BASTEI LÜBBE

P.T.DEUTERMANN
im BASTEI-LÜBBE-Taschenbuchprogramm:

13 597 Jagd auf die ›Scorpion‹
13 836 Der Krieg der Offiziere

P.T. DEUTERMANN

DER KRIEG DER OFFIZIERE

Thriller

Ins Deutsche übertragen
von Joachim Honnef

BASTEI LÜBBE

BASTEI-LÜBBE-TASCHENBUCH
Band 13 836

Erste Auflage: Januar 1997

Deutsche Lizenzausgabe 1997
Bastei-Verlag Gustav H. Lübbe GmbH & Co., Bergisch Gladbach
Originaltitel: Official Privilege
Lektorat: Isolde Pflaum-Weidlisch/Dr. Edgar Bracht
Titelbild: ZEFA
Umschlaggestaltung: Quadro Grafik, Bensberg
Satz: KCS GmbH, Buchholz/Hamburg
Druck und Verarbeitung: Brodard & Taupin,
La Flèche, Frankreich
Printed in France

ISBN 3-404-13836-8

Der Preis dieses Bandes versteht sich einschließlich der
gesetzlichen Mehrwertsteuer.

Danksagungen

Ich möchte mich beim Verleger und den Redakteuren von St. Martins Press bedanken. Ebenso danke ich der Lady vom Büro des Leichenbeschauers in Philadelphia und einem forensischen Wissenschaftler im Georgia Bureau of Investigation, die mich baten, anonym zu bleiben. Ich danke Debby und Kathy und Aubrey für das erste kritische Lesen des Manuskriptes; Andy Fahy für Hilfe bei der Erstellung des Grundrisses vom Kriegsschiff; der historischen Marineabteilung der Washingtoner Marinewerft; der Abteilung Öffentlichkeitsarbeit der Washingtoner Metropolitan Police und zwei jungen Captains der Army vom Georgia Military College für Hilfe mit Material für organisatorische Dinge der Army. Besonderer Dank gilt auch meinem Agenten, Nick Ellison, und seiner treuen Perle Liz für ihre ständigen Ermunterungen.

Widmung

Dieses Buch ist denjenigen Flaggoffizieren oder Offizieren im Generalsrang in den Streitkräften gewidmet, die weiterhin ihren praktischen, persönlich engagierten Führungsstil anwenden, der ihnen ihre Sterne eingebracht hat.

1

APRIL 1994
PHILADELPHIA
MARINEWERFT

1

Ich lasse mir von diesen Bastarden keine Angst einjagen, dachte Benny. *Ich weiß, was diese blöden Itaker vorhaben. Vermutlich warten ein paar dort unten in der Finsternis, springen aus einer der Luken und erschrecken mich.* Er blieb stehen und spähte durch das zerkratzte Visier des Helms. Er versuchte, mit der Lampe, die darauf angebracht war, den Plan des Rumpfes zu beleuchten und trotzdem den dunklen Durchgang zum zweiten Deck im Auge zu behalten. Die Hurensöhne saufen oben einen bei der Luftschleuse, während ich hier unten in den Stickstoff gehe und *ihren* verdammten Job erledige.

Benny war neunzehn, High-School-Absolvent, und er bemühte sich, auf der Marinewerft in Philadelphia einen Praktikantenjob im Sommer in einen Vollzeitjob umzuwandeln. Das war vermutlich der Grund, weshalb ihn sein Vorgesetzter auf die Kontroll- und Sicherheitspatrouille in das Kriegsschiff geschickt hatte. Diese Pfeifen drüben in Abteilung 72 hatten berichtet, daß alles sicher sei, doch der Vorgesetzte hatte sie auf dem Hauptdeck herumsitzen sehen, als sie den Maschinenraum im Schiff Stück für Stück hätten überprüfen sollen. »Sie machen das, Benny«, hatte er gesagt. »Ich weiß, es ist dunkel dort unten und alles ein bißchen gespenstisch, aber Sie bekommen eine Sauerstoffausrüstung und gehen durch die Hauptgänge der *Wisconsin* und führen die Sicherheitskontrolle durch.«

Das tat Benny, und es war wirklich gespenstisch hier unten – kalter schwarzer Stahl, zum Teil fünf, sechs Zoll dick, sorgte für absolute Dunkelheit und sobald man durch die Luftschleuse auf dem Hauptdeck gegangen war. Im Gang vom Hauptdeck aus hatte es noch eine trübe Beleuchtung gegeben, doch vom Zwischendeck an war es zappenduster. Er hatte eine einzelne Sauerstoffflasche bei sich und trug eine Sauerstoffmaske, denn unter dem Hauptdeck war das eingemottete Kriegsschiff mit Stickstoff gefüllt worden. Kein Sauerstoff, keine Oxidation – kein Rost. Und kein Sauerstoff bedeutete, daß keiner sonst hier unten sein sollte – abgesehen vielleicht von ein paar Klugscheißern der Abteilung 72, die darauf warteten, den neuen Jungen zu erschrecken.

Benny setzte seinen Weg weiter über den Gang fort und hielt nach der Luke in den Tank- und den Hauptmaschinenraum Ausschau. Er drehte den Helm hin und her, damit das Licht der Lampe von Seite zu Seite fiel, und stieg vorsichtig über die verdammten Stolpersteine, die stählernen Rahmenverstärkungen, die alle fünf Meter aus dem Gang ragten. Er fror – er hätte die Jacke anziehen sollen, wie der Boß empfohlen hatte. Aber derselbe Typ hatte auch über Geister und herumwandelnde Seelen von toten Sailors gelabert und die Augen verdreht, und davon wollte Benny nichts hören.

Er gelangte an eine stählerne Luke; er trat näher, um die Messingplatte zu betrachten, in die eine Nummer eingestanzt war. Dann zog er wieder den Plan zu Rate. Volltreffer. Durch diese Luke erreichte man das nächste Deck und von dort aus die Feuer- und Maschinenräume des Kriegsschiffes. Er neigte den Kopf, um die steile Treppe auszuleuchten, und er staunte über das stählerne Deck und die schweren hydraulischen Arme, von denen die Luke gestützt wurde. Was, zum Teufel, war das? Sein Kopf ruckte herum, aber der Helm schränkte sein Blickfeld ein. Er hatte das Gefühl gehabt, daß jemand in der Dunkelheit hinter ihm her war. Wenn es stimmte, dann mußte es einer dieser Jungs sein, die ihn erschrecken wollten. Er hatte weitere Sauerstoffausrüstung bei der Luftschleuse gestapelt gesehen. Die verdammte Deckmannschaft! Er fragte sich, wie lange es her war, seit einer von *ihnen* hier unten nach dem Rechten gesehen hatte.

Benny stieg auf die erste Stufe der Leiter und schaltete die Lampe auf dem Helm aus. Dann blinzelte er in absolute Dunkelheit. Er hatte gehofft, einen Lichtschimmer hinter sich auszumachen, wenn einer der Jungs ihn verfolgte, aber da war nichts – nur Schwärze und das Geräusch seines Atmens unter der Sauerstoffmaske. »Dort unten ist es wie in einer verdammten Gruft, Mann«, hatte der Boß der Deckmannschaft gesagt. »Da wird einem klar, warum keiner von der Abteilung diese Runde machen will. Außerdem gibt es all den elektronischen Flutalarm und so einen Scheiß – warum sollte man da runtergehen?«

Aber Bennys Vorgesetzter hatte es erklärt. »Weil es Vorschrift ist, einmal pro Monat dort runterzugehen, die Hauptstellen zu inspizieren und nach dem Ausschau zu halten, was für ein eingemottetes Schiff eine Katastrophe bedeuten kann – Wasser. Die Kielräume müssen knochentrocken sein, denn wenn es Wasser gibt, dann ist irgendwo ein verdammtes Leck, und das ist Scheiße, denn steigendes Wasser kann zu einem Kurzen in der Alarmanlage führen, und dann läuft nichts mehr, und dieses große Schlachtschiff liegt hier ohne einen einzigen Pimmel an Bord, während Wasser in einen Maschinenraum läuft.«

Einer der eingemotteten Kreuzer drüben im Westen der Werft war binnen eines Monats bis auf den Grund gesunken, weil Wasser durch eine scheinbar trockene Schicht zur Konservierung aus den geöffneten Dampfturbinen und acht Kesseln geflutet war. Sie hatten das Schiff verschrotten müssen.

Benny überprüfte den Bereich hinter sich, aber da war immer noch nichts als Schwärze. Wenn ihm jemand auf den Fersen war, dann konnte er ihn nicht mehr sehen, wenn er einfach die Leiter hinabstieg, und das tat er auch. Er nahm vorsichtig eine Stufe nach der anderen, wobei sein Sauerstofftank leicht gegen die Lukeneinfassung und dann gegen die einzelnen Sprossen der Leiter stieß. Als er die Stahlplatte am Fuß der Leiter spürte, drehte er sich um und sah hinauf, wo die Spitze der Leiter sein mußte. Und er wartete, hielt Ausschau nach dem verräterischen Schimmern einer anderen Helmlampe. Aber da war immer noch nichts, und dann erinnerte er sich, daß er acht Hauptstellen überprüfen mußte und nur Sauerstoff für ungefähr fünfzig Minuten im Tank hatte.

Leckt mich, dachte er. Wenn ihr mich verarschen wollt, dann nur zu. Er schaltete die Helmlampe wieder ein und zog den

Plan zu Rate. Sein Atem war wieder unter der Sauerstoffmaske zu hören. Von achtern aus vorwärtsarbeiten. Mal sehen. Wo, zum Teufel, ist achtern? Hier lang. Dort mußte der Maschinenraum sein, der am meisten achtern lag, von der Luke aus backbord. In der nächsten halben Stunde inspizierte er den Maschinenraum, leuchtete mit der Helmlampe durch die Gräting des Decks in die Bilge drei Ebenen tiefer und suchte nach Wasser. Er arbeitete sich voran zum Bug des Schiffes, bis er zur letzten Luke gelangte, Feuerraum eins, Backbordseite. Die Luken waren lange nicht so groß, wie er erwartet hatte. Für einen schweren Mann mußte es schwierig sein, mitten in einer Seeschlacht hier rauszukommen. Vielleicht waren die Luken deshalb so klein – um zu verhindern, daß sich die Jungs an Deck verkrümelten.

Als Benny den Hebel der letzten Luke betätigte, überraschte es ihn, wie leicht das ging; jede andere Luke war so verrammelt gewesen, daß fast drei Männer und ein kleiner Junge nötig gewesen waren, um sie zu entriegeln. Dieser Hebel ließ sich spielend leicht bewegen. Komisch. Er wollte ihn gerade hochschieben, doch dann verharrte er. Er fragte sich, ob einer der Jungs dort drinnen war, sich hineingeschlichen hatte, während er andere Stellen überprüft hatte, und »buh!« schreien würde, wenn er die Luke öffnete. Er spielte mit dem Gedanken, den Hebel nach unten zu schieben, die Luke zu schließen und dann irgendein Geräusch von sich zu geben, als hätte er sie verriegelt. Wenn jemand hinter der Luke war, würde er sich in die Hosen machen. Aber dann hätte er, Benny, nicht kontrolliert, ob Wasser in der Bilge war. Er überlegte, hörte seinen Atem unter der Sauerstoffmaske, schaute auf seine Armbanduhr und sagte sich, leckt mich. Er öffnete die Luke.

Bevor er eintrat, stellte er auf dem kleinen grünen Logbuch Uhrzeit, Datum und Lukennummer ein. Angespannt rechnete er mit einer plötzlichen Bewegung oder einem Geräusch, aber nichts geschah. Es war nur ein weiterer verwaister Kesselraum mit den Umrissen der riesigen Dampfkessel, die er im Schein der Helmlampe sah, als er auf der Gräting über dem Maschinenraum stand.

Der Maschinenraum war riesig, ungefähr dreißig Meter breit und fast ebenso lang. Die gewaltigen Dampfkessel aus Stahl, umgeben von unzähligen Pumpen und Rohren, die mit weißem Asbest verkleidet waren, glänzten im schwachen Licht. Er schaute wieder auf die Uhr – noch zwölf Minuten Sauerstoff. »Sie brauchen nicht hineinzugehen und herumzuwandern«, hatte der Vorgesetzte gesagt. »Leuchten Sie nur mit der Lampe in den Kielraum. Wenn etwas zurückstrahlt, tragen Sie es ein und melden es, wenn Sie zurück sind. Sie brauchen nichts sonst zu tun.«

Benny leuchtete mit der Helmlampe hinab und sah nur Dunkelheit. Doch dann erkannte er etwas anderes, etwas Weißes, wie Mehl – irgendein weißes Pulver im Kielraum unterhalb der Plattform, auf der er stand, vor Kessel 1 B.

Mist, was jetzt? Das war zweifellos kein Wasser, aber ebenso zweifellos unnormal. Sollte er es eintragen? Er sah wieder auf seine Armbanduhr. Noch zehn Minuten. Scheiß drauf. Geh runter, schau dir an, was es ist, und verschwinde von hier.

Er warf einen letzten schnellen Blick hinaus auf den Gang, um sich zu vergewissern, daß niemand hinter ihm herschlich. Dann kletterte er über die Leiter zur Gräting auf der oberen Ebene des Maschinenraums und spähte durch den Gitterrost. Jetzt konnte er unten im Kielraum einen weißen Sack mit weißem Pulver ringsherum ausmachen. Verdammte Sauerstoffmaske. Kaum was zu erkennen. Sein Atem klang überlaut unter dem Helm. Ruhig, Mann! Du verbrauchst zuviel Luft. Er kontrollierte noch mal die Zeit. Noch neun Minuten. Das dort unten sah wie ein großer Mehlsack aus, der in die Bilge unter Kessel 1 B gefallen und aufgeplatzt war. Aber kein Wasser. Okay. Benny drehte den Kopf mit der Helmlampe, bis er die Treppe zur unteren Ebene am Ende des Ganges vor dem Kessel entdeckte. Dann stieg er hinab. Er schritt über die Stahlplatte zum Dampfkessel 1 B, ließ sich auf alle viere nieder und richtete das Licht der Helmlampe auf die Reste des Sacks. Trotz der Kratzer auf dem Visier konnte er erkennen, was auf den Sack gedruckt war: PULVER, GETROCKNET, NSTM 242-55-9010, Milspec 9710-1a. NUR FÜR DIE BENUTZUNG VON ANTRIEBSKESSELN DER MARINE BEI AUSSER DIENST GESTELLTEN SCHIFFEN. In kleiner Schrift stand etwas darunter, das mit *Warnung* begann, aber mehr konnte er nicht entziffern. Er erhob sich auf die Hacken und fröstelte. Es war kalt hier unten, wirklich kalt. Er fühlte sich wie in einer Grabkammer.

Was, zum Teufel, machte ein Sack mit Trockenpulver in der Bilge? Er kannte Trockenpulver – er war der Abteilung Kesselwartung zugeteilt gewesen, bevor er die jetzige Stelle angetreten hatte. Trockenpulver war hygroskopisch. Es zog Feuchtigkeit an und hielt Metallstrukturen wie die Dampftrommel in einem Kessel knochentrocken. Benny wußte, daß das Trockenpulver in die Dampftrommel gehörte. Er blickte hinauf, aber der Schein der Helmlampe reichte nicht weit genug, um den oberen Teil des Kessels zu erkennen. Behalte die Zeit im Auge! Noch acht Minuten. Benny stieg die Leiter hinab und ging zum Kessel 1 B. Er untersuchte das Einsteigloch der Dampftrommel, das sichtbar war, weil die Asbestverkleidung entfernt war. Er runzelte die Stirn. Außer Dienst gestellt – die Dampftrommel sollte offen sein; jeder der anderen Kessel war offen gewesen. Benny wandte sich um und sah, daß die Trommel von A 1 offen war. Die Verkleidung des Einsteiglochs lag auf der Gräting, die Bolzen mit zwei Zoll Durchmesser waren in der Trommel, und der große Dichtungswulst hing an einem Haken. Er blickte zum Einsteigloch von 1 B und stellte fest, daß die acht Bolzen in der Verkleidung steckten. Er bewegte einen der Bolzen und bemerkte, daß er sich leicht drehen ließ. Warum war die Trommel mit Bolzen verschlossen? Benny schaute wieder auf seine Armbanduhr. Noch sieben Minuten. Was soll's, sagte er sich, ich habe vermutlich noch eine Reserve von einer Viertelstunde über die normale Zeit hinaus. Er zog seinen Handschuh aus und entfernte alle acht Bolzen.

Anschließend hob er den ellipsenförmigen, zolldicken Verschluß des Einsteiglochs an. Er senkte seinen Kopf, um mit seiner Helmlampe in die Öffnung zu leuchten, und dann fuhr er entsetzt zurück.

»O Gott, o Gott«, stöhnte er unter der Sauerstoffmaske, die sofort von seinem Atem beschlug. Benny taumelte fort von dem Kessel, fort von diesen gebrochenen, weit aufgerissenen Augen, den geschwärzten, eingefallenen Gesichtszügen und der klauenhaft erhobenen und erstarrten Hand, die nach dem Einsteigloch zu greifen schien. Dann lief er auf die Luke zu und machte sich fast in die Hosen. Er hastete die Leiter zur Eingangsplattform hinauf, nahm immer zwei Stufen auf einmal und sprang über die Stahlverstärkungen auf dem Gang. Er erschrak zu Tode, als er Lichtschein und einen Ruf wahrnahm. Zwei Gestalten schwenkten die Arme und stießen geisterhafte, schaurige Laute durch ihre Sauerstoffmasken aus. Er rannte eine der Gestalten über den Haufen, hetzte zur Luke, die aufs nächste Deck führte, die Eisentreppe hinauf, durch die nächste Luke und nach rechts und wieder nach rechts durch den Gang, die Leiter hinauf, wo Licht zu sehen war, und durch den Gang auf dem Achterschiff. Er hörte die Zeituhr seiner Sauerstoffausrüstung klingeln, während er schluchzte und um Atem rang. Er stürzte durch die Luftschleuse und in Sonnenschein und Stimmengewirr.

Benny riß sich die Sauerstoffmaske vom Gesicht und hörte Gelächter, das sein Schluchzen übertönte. All die alten Takler und Monteure standen herum und amüsierten sich köstlich, daß der Vorarbeiter und sein Stellvertreter, die jetzt durch die Luftschleuse kamen, den neuen Jungen zu Tode erschreckt hatten. Er wollte ihnen von seinem grausigen Fund erzählen, doch sie lachten und johlten immer noch. Ein feistes, grinsendes Gesicht tauchte dicht vor ihm auf.

»Hey, Junge, wie hat dir der Ausflug gefallen? Schaut ihn euch an. Hey, Joe, sieh dir sein Gesicht an; du hast dem Jungen höllische Angst eingejagt!«

»Toter Mann«, keuchte Benny. Mehr brachte er nicht heraus. »Toter Mann.«

Die anderen lachten und johlten von neuem, als Joe und sein Helfer die Sauerstoffmasken abnahmen. Doch dann sah der Feiste den Ausdruck in Bennys Augen und hob die Hand. »Moment mal, wartet mal, hört auf, Jungs. *Hört auf!* Benny, was soll der Scheiß? Was faselst du von einem toten Mann? Hey, Benny, beruhige dich. Was ist los, Junge, was ist los? Hey, Joe, der Junge dreht durch. Komm her, komm her!«

Das Lachen verstummte, und die anderen drängten sich um Benny, der auf die Knie sank und nach Atem rang, während seine Sauerstoffmaske vor ihm baumelte. Dann übergab er sich am Rand des Achterdecks. Plötzlich herrschte betroffenes Schweigen, und die Männer wichen vor dem Erbrochenen zurück.

»Hey, Junge, was, zum Teufel …«, sagte Joey und hielt eine Hand vor Nase und Mund. »Es war nur ein kleiner Spaß, okay? Mensch, das weißt du doch, okay?«

Aber Benny schüttelte den Kopf und wischte sich übers Kinn. Sein Gesicht war totenbleich, und er fühlte sich erbärmlich, weil er sich vor allen anderen übergeben hatte.

»Ein Toter«, keuchte er. »Im Maschinenraum. In der Trommel. Von Kessel 1 B. Ich schwöre es. O Gott. Ich sah sein Gesicht. Schrecklich. Eine Mumie.«

2

Commander Daniel Lane Collins stand hinter seinem Schreibtischsessel und starrte durch die regennassen Fensterscheiben seines Büros im vierten Stock des Pentagons. Ihm gegenüber war die triste Stelle zwischen den Zementwänden des E- und D-Flügels. Der Regen rann an den vertikalen Furchen im Zement hinab, die noch die Abdrücke der Holzverschalung zeigten, die für das Gießen der Wände des Pentagons im Jahre 1942 verwendet worden war. Die sterile Beleuchtung auf der anderen Seite verkündete den Beginn eines weiteren großartigen Montags bei der Navy, an dem andere Stabsoffiziere Regenmäntel auszogen, Kaffee machten oder die Post in ihren vollen Eingangskörben sichteten. Daniel Collins entdeckte die hübsche blonde Lady Lieutenant Commander, die in der Abteilung OP-63 arbeitete und aus dem Fenster schaute, und er hob seine Kaffeekanne zum morgendlichen Gruß. Sie erwiderte die Geste nicht. Entweder sah sie ihn nicht, oder sie ignorierte ihn. Außerdem stellte seine Geste nach den neuen Gesetzen möglicherweise eine sexuelle Belästigung dar. Er seufzte.

Sein Chef, Captain Ronald K. Summerfield, U. S. Navy (USN), bahnte sich in einem nassen Plastikregenmantel einen Weg zwischen der Ansammlung von grauen Schreibtischen zu seinem Büro.

»Sie lieben es, und Sie wissen das, Daniel«, bemerkte er heiter, während er seinen Regenmantel ausschüttelte. Captain Summerfield, ein großer Mann mit rötlichem Gesicht, war über siebenundzwanzig Jahre im Dienst und der Leiter der Abteilung 614. Er war der Vorgesetzte von Dan Collins und dem anderen Stabsoffizier der NATO-Abteilung Europa Planungen und Taktik, Division der politisch-militärischen Taktik, Leitung Planungen, Taktik und Operationen, Office of the Chief of Naval Operations (Büro des Chefs für Marineoperationen) – oder kurz OP-614. Dan Collins hatte ein paar Monate gebraucht, um das geheimnisvolle Code-System des Navy-Hauptquartiers zu lernen, aber angesichts der vielen organisatorischen Bezeichnungen waren die OP-Codes eine praktische Notwendigkeit.

»Es erinnert mich an Newport beim Dienst auf See, Captain«, erwiderte Dan und wandte sich vom Fenster ab. »Nur daß es kein Schiff und keine See gibt. Es ist schließlich nur ein Job. Dieser Rekrutierer hat mich belogen.«

»Das haben Rekrutierer so an sich«, sagte Summerfield

und hängte seinen Regenmantel und den Hut auf. Dann nahm er einen vergammelt wirkenden Kaffeebecher aus seinem Ausgangskörbchen und kippte ihn um, damit der über Nacht angefallene Staub herausfiel. »Kein weiteres Abenteuer, wie? Sie haben wenigstens noch eine Chance, wieder auf See zu dienen. Ich habe jetzt keine mehr. Ich kann nur noch jede Menge Politik hier im Fort der Stümper an der See machen. Jackson, wo ist der verdammte Kaffee?«

Yeoman Second Class steckte den Kopf um die Ecke des Vorzimmers. Jackson war der Verwaltungsunteroffizier der Abteilung und das Faktotum.

»Die Kaffeemaschine gab den Geist auf, als ich sie heute morgen eingeschaltet habe, Captain. Wir teilen uns die Maschine mit 616.«

Summerfield schüttelte den Kopf. »Wenn ich zu den Unterwassertypen nebenan gehen muß, um einen Kaffee zu bekommen, ist das wirklich ein beschissener Tag«, brummelte er.

Dan grinste, als Summerfield, ein engagierter Überwasser-Seemann, zur nächsten Tür ging, um Kaffee bei den U-Boot-Leuten zu schnorren, die für die Abteilung Nuklear- und Seetaktik arbeiteten. Als Dan sich in dem mit vier Schreibtischen vollgestopften Büro, das im Zweiten Weltkrieg für einen Offizier entworfen worden war, umsah, klingelte das Telefon in Jacksons winzigem Vorzimmer. Der Tag fängt an, dachte Dan, setzte sich hin und fand in seinem Eingangskorb das, was ihm wie ein paar hundert Telegramme des State Departments vorkam, die zu seiner Lektüre gestapelt waren. Aber Jackson rief seinen Namen.

»Ja, wer?«

»Büro vom Boß. 06B erbittet das Vergnügen Ihrer Gesellschaft zusammen mit 614, wenn er in sein Büro zurückkehrt.«

»Verstanden«, murmelte Collins. Der Assistant Deputy Chief of Naval Operations für Planungen, Taktik und Operationen (ADCNO), eine ehemaliger Marineflieger und jetzt Konteradmiral, dessen Hauptbeschäftigung darin zu bestehen schien, den Offizieren der Abteilung OP-06 unvollständige, säumige oder sonst unzulängliche Stabsarbeit vorzuwerfen. Wenn Rear Admiral Carson einen um 7 Uhr 35 antanzen ließ, war das alles andere als der gute Beginn eines schönen Tages, geschweige denn eines grauen. Während Dan seinen blauen Uniformrock mit den drei goldenen Streifen anzog, versuchte er sich zu erinnern, welche seiner Pakete an Stabsarbeit vielleicht den Weg zum Deputy Chief of Naval Operations (DCNO) gefunden hatten. Er nahm sein Notizbuch, verließ das Büro und wandte sich auf dem Gang nach rechts. In der Abteilung OP-616 hielt er an, um seinen Abteilungsleiter wissen zu lassen, daß er zum Deputy bestellt worden war. Summerfield stand auf der Schwelle von Captain Ferrings Büro, und er winkte wie ein freundlicher Onkel ab.

»Übernehmen Sie das, Dan. Grüßen Sie Seine Lordschaft von mir. Und seien Sie ehrlich: Geben Sie gleich zu, daß alles Ihre Schuld ist, was auch immer es sein mag. Das wird Ihnen viel Zeit ersparen.«

»Selbst wenn Sie es vermasselt haben, Captain?«

»Besonders wenn ich es vermasselt habe, Dan. Der 06B weiß, daß der Schaden von den Planungsoffizieren angerichtet wird, nicht von uns armen, überarbeiteten Abteilungsleitern. Haben die Kakerlaken noch etwas Zucker in der Dose übriggelassen, John?«

Dan lachte und machte sich auf den Weg zum E-Flügel. Summerfield blieben noch drei Jahre bis zur Pensionierung, es sei denn, er wurde Flaggoffizier. Er hatte keinen Bammel vor dem 06B oder sonst jemandem. Dan war ein anderer Fall. Nach sechzehn Jahren bei der Navy mußte er noch vier hinter sich bringen, um ein Anrecht auf die staatliche Pension zu haben. Mit siebenunddreißig zeigte Dan Collins die Falten und Spuren seiner Laufbahn als Offizier im Dienst über Wasser bei der Navy. Er war einszweiundachtzig groß und schlank und hatte schwarzes Haar, blaue Augen, eine fast zu lange gerade Nase und stark ausgeprägte Wangenknochen. Die hohen gewölbten Augenbrauen verliehen seinem Gesicht einen Ausdruck ständiger Überraschung, und er ging leicht gebeugt, was auf die Jahre zurückzuführen war, in denen er sich durch die Luken eines Kreuzers geduckt hatte. Seine schlanke Gestalt war trügerisch. Zu seinen Hobbys zählte das Rudern auf dem Potomac River, und er bestand die jährliche Gesundheitsprüfung und einen 3000-Meter-Lauf, ohne ins Schwitzen zu geraten.

Das Büro des DCNO, im Stab bekannt als OP-06, war, wie es sich für einen Drei-Sterne-Admiral geziemte, eine geräumige Suite im E-Flügel und nahm eine Ecke des fünfeckigen Gebäudes ein. Die ganze Außenwand des Büros bestand aus hohen Fenstern, die einen Ausblick auf den Hubschrauberlandeplatz des Pentagons und den Nationalfriedhof Arlington jenseits des nahen Highways boten. Das Büro des DCNO und das seines Stellvertreters, des ADCNO, war durch einen Empfangsbereich getrennt, in dem der Executive Assistant (EA), Captain J. Robinson Manning, das Zepter über zwei Chief Petty Offiziers der Verwaltung, zwei Petty Officers First Class und einem Lieutenant schwang, der Adjutant des DCNO war. An den Wänden zu beiden Seiten des Empfangsbereiches hingen Porträts ehemaliger DCNOs und ADCNOs. In der Nähe der Eingangstür gab es eine große Couch und zwei Sessel, auf denen Missetäter, die entweder zum 06 oder zum 06B bestellt wurden, sitzen und schwitzen konnten.

Manning, der EA, war ein gebieterischer Offizier, den viele im Stab J. R. nannten. Natürlich nur hinter seinem Rücken. Manning saß steif aufgerichtet hinter dem Schreibtisch, der dem Büro von Vice Admiral Layman, dem DCNO, am nächsten stand. Sein Schreibtisch wirkte wie eine Kommandozentrale, ausgerüstet mit einem Standardtelefon mit mehreren Leitungen, einem STU-III-Verschlüsselungs-Telefon und einem Telefonsystem, das sowohl mit allen anderen Verwaltungsassistenten des Stabs im Navy-Hauptquartier als auch mit dem Büro des Chairman of the Joint Chiefs of Staffs, zufällig ein Admiral der Navy, verbunden war. Dan wußte, daß Mannings Netzwerk routinemäßig benutzt wurde, um die

Marine-Bürokratie auf der Drei- und Vier-Sterne-Ebene kurzzuschließen.

Manning spähte kurz über seine Lesebrille hinweg, als Dan eintrat.

»Ah, Commander Collins. Nehmen Sie bitte Platz.«

»Guten Morgen, Sir«, sagte Dan, blieb jedoch bei einem der Sessel stehen und wartete. Er hatte festgestellt, daß es aufgrund seiner schlaksigen Gestalt zu unbequem war, sich in die alten Ledersessel zu setzen und später wieder aufzustemmen. Die Tür zum Büro des ADCNO war geschlossen, was ein schlechtes Omen war. Routinemäßige Stabsangelegenheiten zwischen einem Planungsoffizier und dem 06B bestanden darin, daß der Offizier an die offene Tür klopfte, den Kopf ins Büro steckte, angeschnauzt wurde, ein paarmal »Jawohl, Sir« sagte und sich zurückzog. Eine geschlossene Tür bedeutete, daß dahinter ein ernsthaftes Gespräch stattfand. Der 06B bezeichnete es beschönigend so: Bestellen Sie Commander X zu mir – ich möchte meine Gedanken mit ihm austauschen. Dan wußte, daß es keinen Sinn hatte, Manning zu fragen, weshalb er bestellt worden war. Der EA hatte eine Standardantwort auf diese Frage: einen langen tadelnden Blick, gepaart mit Schweigen, das klarmachte, daß der Bestellte ohne Fragen anzutanzen hatte, wenn es einem Admiral mit seiner Macht und Glorie beliebte, ihn zu sich zu rufen.

Während das Stabspersonal seiner Büroarbeit nachging und morgendliche Anrufe entgegennahm und Manning sich mit einem Problem herumschlug, das Stabswagen betraf, betrachtete Dan zum x-ten Mal die Reihe der Porträts an der Wand. Dies war sowohl seine zweite Dienstzeit in Washington im Navy-Hauptquartier oder OpNav, Stab, als auch in OP-06, dem politischen und diplomatischen Stab. Es gab fünf Abteilungen in OP-06: Strategie (OP-60), Politik-Militär (OP-61), Technologietransfer (OP-62), Ausländische militärische Verkäufe (OP-63) und Flottenoperationen (OP-64). Dans erste Dienstzeit, 1990 bis 1991, als Stabsoffizier in OP-6 war beruflich anregend gewesen. Die jetzige in OP-61 war weniger interessant, und er begann, sich zu langweilen, als er feststellte, daß er sich mit den gleichen bürokratischen Themen herumschlagen mußte, an denen er während seiner ersten Dienstzeit gearbeitet hatte. Er gewann die Überzeugung, daß Captain Summerfield recht hatte: Hole die alten Unterlagen hervor, korrigiere das Datum, und reiche sie ein, denn nichts ändert sich wirklich im Stab von OpNav, besonders nicht die Position der Navy zur Politik zwischen den Streitkräften. Summerfield hatte ein altes Cheerleader-Schild aus seiner Studienzeit über der Tür zu seinem Büro aufgehängt: WEITER SO, stand darauf, und das faßte die Position des Navy-Hauptquartiers zu fast jedem Thema zusammen, das die Politik der Navy betraf.

Seine beiden Dienstzeiten bei OpNav waren durch eine Verwendung als stellvertretender Kommandant auf dem United States Ship *John King*, einem in Norfolk stationierten Kreuzer mit Fernlenkgeschossen, getrennt gewesen. Dieser Dienst hatte eine berufliche Herausforderung bedeutet, manchmal erschöpfend, und eine große Erfahrung, wie viele Probleme 283 Sailors in achtzehn Monaten haben konnten. Aber er hatte das Glück gehabt, unter zwei sehr guten Kommandanten zu dienen, die Dienstzeit mit seiner Beförderung zum Commander, USN (Korvettenkapitän) beendet und sich auf sein erstes Kommando gefreut. Am Montagmorgen sehnte er sich nach den Zeiten, in denen er einen Arbeitstag damit verbracht hatte, das Softballteam der Offiziere zum Sieg gegen die Maschinisten zu führen.

Die Aussicht auf eine weitere Dienstzeit auf See war wie ein Rettungsanker für ihn, der ihn davor bewahrte, beruflich zu verzweifeln. Der Dienst als Kommandant eines Schiffes am Ende dieser Dienstzeit war der erste, entscheidende Schritt. Das war die gute Nachricht. Aber jetzt ›saß er auf der Bank‹, auf der Commander darauf warteten, Kommandant eines Schiffes zu werden. Da es mehr Commander als Schiffe gab, konnte es eine lange Wartezeit werden, besonders weil die Navy so viele Schiffe ausmusterte. Die schlechte Nachricht war, daß er gezwungenermaßen im Pentagon bleiben mußte, bis er an der Reihe war. Diese Faktoren, verbunden mit dem fast sicheren Wissen, daß er nach seiner Verwendung auf See wieder in OP-06 landen würde, verbesserte nicht sein langfristiges Verhalten. Bis vor kurzem schien es, daß er sein Berufsleben damit verbracht hatte, den Rang Commander, USN, zu erlangen. Jetzt, da eine Verwendung als Kommandant am fernen Horizont war, hatte er begonnen, darüber hinauszusehen, und er dachte allmählich wie Summerfield.

Das Leben als Single war ebenfalls deprimierend, trotz des schicken Umfelds seines Stadthauses in Old Town. Er hatte zwei Dienstzeiten gebraucht, um sich gefühlsmäßig und geistig vom Tod seiner Frau zu erholen – wenn dies das richtige Wort war. Doch selbst nach dieser langen Zeit hatte er kein Interesse daran, wieder eine Beziehung mit einer Frau aufzubauen. Sein Verstand sagte ihm, daß es vermutlich falsch war, allein zu leben, doch er hatte einfach nicht die Energie und den Willen, sein Privatleben zu ändern. Es war immer noch ein Vergnügen, eine Frau aus der Ferne zu beobachten, doch seit Claires Tod war das Vergnügen proportional so groß wie die Distanz zu dieser Frau.

Die Gegensprechanlage auf Mannings Schreibtisch summte, und der Captain nahm den Hörer ab, hörte einen Moment lang zu und blickte dann zu Dan.

»Jawohl, Sir. Sehr gut, Sir«, säuselte Manning. Er wies wortlos auf Dan und dann auf die Tür zum Büro des 06B. Dan ging zu der großen, weißen Tür, atmete tief durch, klopfte zweimal an, öffnete sie und trat ein.

Das Büro des ADCNO war sechs Quadratmeter groß, mit einer eigenen Fensterwand, zwei Couches und zwei Sesseln, einem Büchertisch an der Wand zum Gang und einem großen Mahagonischreibtisch an der hinteren Wand. An der vorderen Wand hingen Bilder von Flugzeugen der Marine. Zwei antike Schränke mit Erinnerungsstücken an die Laufbahn des Admirals vervollständigten die Ausstattung.

Rear Admiral Walter Carson saß hinter dem Schreibtisch;

seine bifokale Brille hatte er auf die Nasenspitze geschoben. Seine Miene spiegelte Ärger wider. Carson hatte ein rötliches Gesicht, und seine korpulente Statur und seine manchmal schikanöse Art täuschten darüber hinweg, daß er während des Vietnamkriegs als A-6-Pilot eine hervorragende Beurteilung erhalten hatte. Sein Job als 06B entsprach in etwa dem eines stellvertretenden Kommandanten eines Schiffes – die letzte Kontrollstation für die Qualität und Richtigkeit aller Stabsarbeit des Hauptquartiers, bevor sie dem 06 und dem Chief of Naval Operations vorgelegt wurde. Carson würde vermutlich nicht zum Vizeadmiral aufsteigen, und dieses Wissen beeinflußte manchmal sein Verhalten. Er war das Gegenteil von einem traditionellen Marineflieger, sehr formell, stets arbeitswütig und sehr pingelig – kurz gesagt, ein perfekter Stellvertreter.

Dan sah eine weitere Person im Büro, einen schwergewichtigen Zivilisten Anfang oder Mitte Fünfzig in einem verknitterten grauen Anzug. Der Mann war sichtlich aufgeregt; er warf Dan einen verärgerten Blick zu, als dieser eintrat.

Aber Dans Aufmerksamkeit galt dem Admiral, der wortlos auf den freien Sessel wies. Der Admiral blieb hinter seinem Schreibtisch sitzen.

»Okay«, wandte sich der Admiral schroff an den Zivilisten. »Mr. Ames, dies ist Commander Collins. Commander, dies ist Mr. Roscoe Ames, ein stellvertretender Leiter des Naval Investigative Service.«

Dan schüttelte Ames die Hand, bevor er Platz nahm, aber Ames schaute ihn kaum an. Dan fühlte sich unbehaglich bei Ames' offenkundiger Feindseligkeit. Vom NIS? Wurde etwa gegen ihn ermittelt?

»Okay«, sagte der Admiral von neuem. »Commander Collins, dies ist eine mündliche Ernennung. Die schriftliche folgt. Sie sind hiermit ernannt, eine JAGMAN-Ermittlung in einem Fall durchzuführen, der sich auf der Marinewerft Philadelphia abgespielt hat. Es geht um einen Todesfall, der möglicherweise ein Mordfall ist. Können Sie mir folgen?«

»Äh, ja, Sir, aber ...«

»Aber warum wird ein politisch-militärischer Spezialist des CNO-Stabs beauftragt, in einem Fall zu ermitteln, der normalerweise unter die Zuständigkeit des NIS fällt? Erstens, weil wir das sagen, und ›wir‹ schließt Admiral Torrance, den Vice Chief of Naval Operations, ein. Zweitens brauche ich einen ranghohen Stabsoffizier, um eine ganz korrekte, noch inoffizielle JAGMAN-Ermittlung durchzuführen, und weil die NATO-Europa-Abteilung von OP-61 zur Zeit nicht gerade eine Brutstätte diplomatischer Aktivität ist, werden Sie ernannt. Mr. Ames hier wird jemanden vom NIS bestimmen, der Ihr – wie sollen wir ihn bezeichnen, Deputy? – ja, Ihr Deputy bei der Durchführung der Ermittlung sein wird. Aber Sie werden die Leitung haben. Ihr ›Deputy‹ wird dafür sorgen, daß Sie vom NIS die Unterstützung bekommen, die Sie für nötig halten. Mr. Ames, sind die Kompetenzen geklärt?«

Ames antwortete nicht gleich. Dan sah jetzt, daß der Zivilist nicht nur aufgeregt war; er war zornig. Er preßte die Lippen zusammen und starrte den Admiral wütend an. Mutiger Mann, dachte Dan.

»Ja, Admiral«, sagte Ames schließlich. »Die Kompetenzen sind klar. Aber wir ...«

Der Admiral hob eine Hand. »Ja, ich verstehe. Der NIS protestiert heftig, und ich habe den Protest zur Kenntnis genommen. Aber dies kommt direkt vom Büro des Vice Chief, wie übrigens Ihr Chef, Admiral Keeler, vermutlich in diesem Moment auf anderem Wege erfahren wird. Lassen Sie uns also nicht mehr herumalbern, okay? Ich habe Ihre Einwände zur Kenntnis genommen, und ich setze voraus, daß Sie meine Anweisungen zur Kenntnis genommen haben. Danke dafür, daß Sie sich so kurzfristig herbemüht haben. Das ist alles, Mr. Ames.«

Ames erhob sich aus dem Sessel. Dan sah, daß Ames' Hände zitterten, während er einen letzten Versuch machte.

»Sir, ich werde Admiral Keeler raten, diese ganze Sache bis zum Marineminister vorzutragen. Diese ganze Sache ist ...«

»Prima, Mr. Ames«, unterbrach Carson, ohne ihn länger anzuschauen. »Das ist prima. Ich bin überzeugt, daß sich der Leiter des NIS, der einen Stern hat, wie ich mich erinnere, Ihre Empfehlung sehr aufmerksam anhören und dann vermutlich dem guten Rat des Vice Chief folgen wird, der vier Sterne hat, falls Sie das vergessen haben. Guten Tag, Sir.«

Ames schloß sein Notizbuch und verließ das Büro. Er knallte die Tür hinter sich zu. Dan sah überrascht, daß Carson fast lächelte, als er aufstand und zu der Couch ging.

»Ich hasse diese NIS-Typen«, murmelte er, während er sich auf die Couch sinken ließ. »Seit der Explosion des Gefechtsturmes der *Iowa* haben sie nur Scheiße über die Navy ausgeschüttet. Ich erzähle Ihnen jetzt, worum es geht – nein, wir brauchen keine Notizen. Hören Sie nur zu.«

Der Admiral lehnte sich auf der Couch zurück, nahm seine Brille ab, schloß die Augen und rieb sich über den Nasenrücken, bevor er begann. Dan schlug sein Notizbuch zu. Keine Notizen, hatte der Admiral gesagt.

»Hier geht es um zweierlei: um eine Ermittlung und ein politisches Machtspiel. Wir haben eine Nachricht von der Werft in Philadelphia erhalten, daß eine Leiche in einem der eingemotteten Schiffe gefunden wurde, im Kriegsschiff *Wisconsin*. Der Bericht ist sehr ausführlich, aber das Wesentliche ist, daß die Sache als Mordfall behandelt wird. Und weil die Leiche auf Terrain der Navy gefunden wurde, bearbeitet die Polizei von Philadelphia den Fall nicht; er ist Sache des Bundes.«

»Dann wäre der NIS zuständig.«

»Ja, normalerweise würde das stimmen. Doch seit der Schweinerei mit der *Iowa* und dem jüngsten Tailhook-Debakel ist der NIS bei den OpNav-Flaggoffizieren nicht sehr gut angesehen. Ich habe gehört, daß der Vice Chief sie als unfähige Schwachköpfe bezeichnete, was vielleicht etwas überzogen und beeinflußt von den Anschuldigungen ist, daß OpNav während dem Tailhook-Debakel dem NIS zuviel Einfluß einräumte.«

»Der NIS war sehr nützlich für mich, als ich stellvertretender Kommandant in Norfolk war«, warf Dan ein.

»Ich bin überzeugt, daß die Mehrheit der NIS-Leute ihren Job gut macht. Aber das ist ein Fall, in den ein Kriegsschiff verwickelt ist. Erinnern Sie sich an das letzte Mal, als der NIS in einen Fall auf einem Kriegsschiff verwickelt war?«

»Jawohl, Sir. Die Explosion des Gefechtsturmes der *Iowa*. All diese Verschwörungstheorien.«

»Richtig.« Der Admiral nickte. »Sie werden vielleicht mal den offiziellen Ermittlungsbericht darüber lesen wollen, besonders die Vernehmungsprotokolle des NIS. Dann sehen Sie das Problem und warum der Vice Chief den gegenwärtigen NIS auflösen und neu aufstellen würde, wenn er die Chance hätte. Was möglicherweise ebenfalls erklärt, warum einer der Kronprinzen des Vice Chief, Rear Admiral Walker T. Keeler, zur Zeit Leiter des NIS ist.«

»Jawohl, Sir. Ich nehme an, wir haben alle einige Geschichten über den NIS gehört. Aber die Navy hat nun mal von Zeit zu Zeit Mordfälle.«

»Ja, aber dieser Fall wird die Presse aufrütteln. Es klingt nach einem ziemlich phantastischen und absonderlichen Fall, aber da Sie die Ermittlungen führen werden und ich der Offizier bin, der Sie ernannt hat, kann ich nicht mehr darüber sagen. Das könnte sonst als Einflußnahme eines Vorgesetzten und so weiter ausgelegt werden.«

»Aye, aye, Sir«, sagte Dan.

Der Ermittler mußte die Fakten selbst herausfinden, ohne von oben beeinflußt zu werden. »Aber Mr. Ames war offenbar wirklich sauer.«

»Milde ausgedrückt.« Der Admiral schnaubte. »Aber wir schließen den NIS ja nicht aus – er stellt uns einen Deputy und gewährt Ihnen bei der Ermittlung technische Unterstützung, Tatortarbeit, Forensik, und das Beste von allem, ich werde dafür sorgen, daß der NIS die Kosten für Reise und Logistik bei Ihrer Ermittlung bezahlen wird.«

»Da wird eine Lektion von oben erteilt. Mit dem Hammer

auf den Tisch geschlagen. Wir können auf euch verzichten. Wir kommen gut ohne euch zurecht.«

Der Admiral nickte zustimmend und erhob sich.

»Summerfield sagte, Sie seien clever. Auf der Sache sind alle Fingerabdrücke des Vice Chief. Und Sie wissen, was mit Leuten passiert, die den Vice auf sich aufmerksam machen. Aber ich wollte Ihnen klarmachen, daß es um zwei Spiele geht. Führen Sie die Ermittlung ganz korrekt durch, wie ich schon sagte. Aber verlangen Sie die volle Kooperation des Personals und der Mittel des NIS. OpNav hat eindeutig die Leitung, Dan.«

Dan stand auf. »Aye, aye, Sir. Und ich nehme an, daß die OpNav-Vorurteile gegenüber dem NIS keinen Vorrang vor der Objektivität der Ermittlung haben?«

Der Admiral schaute ihm in die Augen. »Absolut keinen«, bestätigte er. »Sie finden, was Sie finden. Fakten, Meinungen, Vorschläge. Ganz korrekt und nach allen Regeln der Kunst, Commander.«

»Jawohl, Sir. Wünschen Sie Berichte?«

»Nicht über die Ermittlung. Wir halten uns auf Armlänge fern, bis Sie Ihren vorläufigen Bericht abliefern. Andererseits jedoch ja. Halten Sie es wie E. T.: Rufen Sie gelegentlich zu Hause an. Sprechen Sie mit Manning. Der NIS wird das nicht widerspruchslos hinnehmen, und Sie werden vielleicht gelegentlich unsere Unterstützung brauchen. Und weil Captain Summerfield nicht kam, als ich ihn herbat, können Sie ihn als Ihr Sprachrohr zu Manning oder mir benutzen – wenn Sie so nett wären.«

Dan ging zurück in die Abteilung OP-614 und unterrichtete Summerfield über das Wesentliche des Gesprächs, einschließlich der letzten Bemerkung des Admirals.

»O Gott, vielleicht wird er mich aus der OpNav versetzen«, sagte Summerfield nachdenklich. »Ich habe schon gehört, daß OpNav-Personal zu Ermittlungen abkommandiert wird, aber nie zu welchen außerhalb des Gebäudes. Der Vice Chief muß wirklich scharf darauf sein, den NIS an die Kette zu legen.«

»Aufgrund der Miene von diesem Ames können wir davon ausgehen, daß die Kette kurz ist und hart daran gezogen wurde. Ich nehme an, ich muß nach oben zum JAG gehen und mich über den neuesten Stand informieren, wie eine JAG-Ermittlung durchgeführt wird.«

»Ja, okay. Und dann sollten Sie zur Spesenabteilung gehen – da ist allerhand für die Reise zu erledigen. Sagte er tatsächlich, daß der NIS die Reisekosten zahlt? Das liebe ich. Ich empfehle Ihnen, mit dem Wagen nach Philly zu fahren. Das ist leichter als all die Abfertigungen auf den Flughäfen, und Sie brauchen nicht darauf zu warten, daß die alten Ladies im fünften Stock all den Papierkram erledigen. Lassen Sie irgendwelche Vorhaben unerledigt zurück?«

»Nur zwei langfristige Planungen: der Besuch des Atom-U-Boot-Hafens unserer geliebten Verbündeten in Griechenland und die portugiesische NATO-Fregatte. Die Hafenbesuch-Akte ist drüben in OP-6-16. Und die Fregatte ...«

Summerfield schüttelte den Kopf. »Die portugiesische NATO-Fregatte? Ist Ihnen klar, daß diese Pleite schon ungefähr zwölf Jahre im System hin und her geschoben wird?«

»Jawohl, Sir. Ich erkenne einige meiner alten Berichte wieder.«

Summerfield lachte. »Ich gebe die Sache Lieutenant Colonel Black von der stets begeisterten Marine Ihrer Majestät. Er wird das Thema portugiesische NATO-Fregatte lieben.«

Dan entschloß sich, den JAG aufzusuchen, bevor sein Kollege herausfand, was er da erbte. ›Beißer‹ Black hatte einen verrückten Sinn für Humor. Den würde er brauchen, wenn er das Thema portugiesische Fregatte erbte. Durch die ständigen Budgetkürzungen war das Personal des Military Service Headquarters um ungefähr vierzig Prozent vermindert worden. Zwei Stabsstellen in 614 waren unbesetzt, und so mußte Black jede laufende Arbeit übernehmen, die liegenblieb, wenn Dan die Ermittlung durchführte.

Als Dan eine Stunde später ins Büro zurückkehrte, hatte er ein großes Ringbuch mit den Vorschriften, Bestimmungen und Kontrollisten des *Navy Judge Advocate General (JAG) Manual*, das Handbuch des Chefs der Militärjustiz für die Durchführung von inoffiziellen JAG-Ermittlungen, bei sich. Dan wußte, daß die Aufschrift ›inoffiziell‹ eine etwas falsche Bezeichnung war. Die tatsächliche Ermittlung war ziemlich offiziell; Beweismaterial konnte jedoch erst benutzt werden, wenn die Ermittlung dazu führte, einen ›offiziellen‹ Prozeß vor einem Militärgericht einzuberufen. Eine inoffizielle Ermittlung gab dem ermittelnden Offizier den größtmöglichen Spielraum, die Fakten eines Falles herauszufinden, und in diesem Stadium waren die Fakten des Falls Beweismaterial. Dan setzte sich an seinen Schreibtisch und sah die Kontrollisten und Formulare durch. ›Beißer‹ Black kam ein paar Minuten später ins Büro und ging zu Dans Schreibtisch.

»Seid gegrüßt, Kameraden«, sagte er. Black war ein stämmiger Mann mit rundem, froschartigem Gesicht und rauher Stimme.

»Commander Collins ist nicht da«, verkündete Dan hoffnungsvoll und hielt den Kopf gesenkt.

»Commander Collins ist ein Kommunist, wie die ganze Welt weiß. Die Frage ist nur, wie er sterben will. Die portugiesische Fregatte wird sein Tod sein.«

»Sie können mir nichts antun. Der Boß aller Marineoperationen hat mich zum Ermittler ernannt. Ich habe ein Ernennungsschreiben und alles.« Dan schwenkte das Dokument in der Luft. Wenn Beißer Black in etwas beißen würde, dann vielleicht in das Ernennungsschreiben.

»Tod und Zerstörung mögen über Sie kommen«, sagte Beißer. »Möge Ihr Whisky ständig verwässert sein. Mögen die Kommunisten alle Ihre Kinder verführen. Möge …«

»Okay, Beißer«, ertönte Captain Summerfields grollende Stimme aus seinem Büro. »Holen Sie Ihre Bleistifte, und arbeiten Sie uns eine Romanidee über die portugiesische Fregatte aus, wenn Sie Ihren Spleen abreagieren wollen.«

Beißer blickte theatralisch auf die Tür von Summerfields Büro und neigte sich näher zu Dan. »Diese Blonde, nach der es Sie gelüstet, die dort drüben in OP-63, ist ein Er. Und er hat Syphilis, den er sich bei Ihrer Mutter geholt hat, Sie …«

»*Beißer!*«

»Aye, aye, Sir.« Beißer Black zog sich hinter seinen Schreibtisch zurück und machte Dan stumm, jedoch mit eindeutigen Gesten klar, was er ihm alles Schlechte wünschte. Dan hatte leichtes Mitleid mit ihm, aber da war nun mal das Gesetz des Westens: Wenn jemand das Glück hatte, für irgendeine vorübergehende Verwendung von OpNav fortzukommen, mußten die verbleibenden Kollegen dessen Arbeit erledigen. Yeoman Jackson rief Dan.

»Ein Typ auf Leitung zwei. Er sagt, er ist vom NIS und will mit Ihnen reden. Soll ich durchstellen, Commander?«

»Er treibt es wieder mit Ziegen«, bemerkte Beißer Black.

»Jeder ist heute ein Komiker«, entgegnete Dan. »Stellen Sie durch.«

Sein Telefon klingelte, und er nahm den Hörer ab.

»Commander Collins.«

»Commander, hier ist Doug Englehardt vom NIS. Ich bin der Offizier, der mit dem Problem Philadelphia befaßt ist.«

»Sind Sie der Mann, der mein Deputy bei dieser Ermittlung sein wird?«

Es folgte Schweigen am anderen Ende der Leitung.

»Nun, Commander, nicht genau«, sagte Englehardt schließlich. »Das ist eigentlich der Grund, weshalb ich anrufe. Können Sie zu einem kleinen Treffen rüber zur Werft kommen? Ich werde Ihnen … äh … Ihren Deputy dann vorstellen. Paßt es Ihnen heute mittag, sagen wir dreizehn Uhr?«

Dan überlegte schnell. Er erinnerte sich an den cholerischen Mr. Ames, und sein politischer Instinkt sagte ihm, daß das erste Treffen mit den NIS-Truppen nicht auf ihrem Heimplatz stattfinden sollte. Dann wäre er allein gegen alle.

»Eigentlich, Mr. Englehardt, muß ich hier in 614 noch einige politische Themen abhandeln.« Dan sah aus dem Augenwinkel, daß Summerfield und Beißer zuhörten. Beißer verdrehte die Augen. »Machen wir es folgendermaßen. Ich bekomme den Konferenzraum von OP-06 um sechzehn Uhr. Wir treffen uns dort zum ersten organisatorischen Gespräch. Und vielleicht können Sie oder Ihre Leute mich dabei über die technische Unterstützung informieren, die mir der NIS bei dieser Ermittlung geben kann, besonders wenn sie sich als Mordfall erweist. Und ich habe vor, gleich morgen früh nach Philadelphia zu reisen, um die Dinge anzupacken. Ich habe das Ernennungsschreiben. Okay. Sehen wir uns im Puzzle-Palast um sechzehn Uhr? Das ist Raum Nummer ...«

»Ich weiß, wo der 06-Konferenzraum ist, Commander«, fiel ihm Englehardt ins Wort. Seine Stimme klang jetzt wesentlich unfreundlicher. »Wir werden sehen, was wir tun können.«

»Prima, Mr. Englehardt. Ich weiß Ihre Kooperation zu schätzen. Bis später.« Dan legte auf.

Summerfield lehnte sich in seinem Sessel zurück und nickte anerkennend. »Gut. *Sehr* gut. Die kommen zu Ihnen. Sie arbeiten für Sie. Das gefällt mir.«

»Diese Zivilisten werden das Leben hassen«, meinte Beißer. »Sie sollen zu einem Treffen um sechzehn Uhr aus ihren Büros kommen. Diese Typen gehen um sechzehn Uhr alle *nach Hause*.«

»Jeder weiß, daß wir von OpNav hingebungsvoll dienen«, bemerkte Dan. »Das Schwierige wird sein, den Konferenzraum zu bekommen. Jackson!«

»Ich spreche gerade mit dem Sekretariat, Commander. Wenn Sie bis siebzehn Uhr fertig sind, können Sie den Konferenzraum benutzen.«

»Jackson, hören Sie auf, tüchtig zu sein«, sagte Beißer im Befehlston. »Sie erschrecken den Captain.«

3

Um 16 Uhr 10 warteten Dan Collins und Captain Summerfield im OP-06-Konferenzraum gegenüber von Vice Admiral Laymans Büro. Der Raum war lang und schmal, und an den getäfelten Wänden hingen große Weltkarten. Obwohl Dan die Versammlung einberufen hatte und sie auch selbst leitete, freute es ihn, daß Summerfield sich dazugesellte. Nach zwei Dienstzeiten in der Welt der Navy-Politik war Dan ziemlich zufrieden mit seinem Geschick in Washingtoner Bürokratie, aber Ronald Summerfield war ein anerkannter Meister im OP-06. Er hatte Jahre in der Arena Washington verbracht, drei davon im OLA, dem Office of Legislative Liaison der Navy. Mehrere seiner Klassenkameraden auf der Marineakademie waren bereits Flaggoffiziere, einschließlich des Vice Chiefs. Als ehemaliger Kommilitone des Vice Chiefs sollte Summerfield ein ungewöhnliches Maß an Zugang zu ihm haben, was noch durch die Tatsache erleichtert wurde, daß er Assistent des vorherigen Vice Chiefs gewesen war. Aber Dan hatte bemerkt, daß Summerfield äußerst vorsichtig damit war. Ein Captain und Abteilungsleiter, der solche Beziehungen zu seinem Vorteil nutzte, würde ein Risiko bei den Ein-, Zwei- und Drei-Sterne Admirälen in der OpNav-Befehlsebene zwischen Summerfield und dem Vice Chief of Naval Operations eingehen. Dan wußte über das Privatleben seines Chefs nur, daß er eine behinderte Frau hatte und Waffensammler war.

»Nach dem, was Sie mir erzählt haben«, bemerkte Summerfield nachdenklich auf seinem Platz an der Seite des Konferenztisches, »hat der NIS nicht wirklich vor, mit Ihnen zusammenzuarbeiten. Es ist diesen Leuten absolut zuzutrauen, daß sie hinter Ihrem Rücken ihre eigene Ermittlung durchführen, damit Sie schlecht aussehen. Sie wissen, daß der NIS ein Büro in Philly hat wie bei jeder anderen großen Einrichtung der Marine?«

»Ja, Sir«, sagte Dan und schaute auf seine Armbanduhr.

»Ich habe heute nachmittag darüber nachgedacht. Ich wollte das Büro des NIS-Agenten in Philadelphia bitten, mir den vorläufigen Ermittlungsbericht rüberzufaxen, sobald ich hier eine Kommandostruktur aufgebaut habe. Ich will durch diesen Deputy alles anfordern lassen, was ich vom NIS bekommen kann.«

»Gut. Die können Ihnen viele Steine in den Weg legen – Ihre Schreibarbeit verlieren, Beweismaterial verlegen, die Beweiskette unterbrechen, einen Bericht für den Abend versprechen und erst liefern, wenn Sie die Stadt am Morgen verlassen haben, solche Dinge. Aber Sie haben recht mit der Taktik, den NIS-Deputy festzunageln und sich von ihm mit den nötigen Unterlagen versorgen zu lassen. Wenn Sie ihn leerlaufen lassen, sieht der NIS schlecht aus, nicht Sie, Dan.«

»Haben Sie eine Ahnung, warum der Vice Chief das tut?« fragte Dan.

Der Captain kratzte sich am Beginn eines 17-Uhr-Bartschattens und blickte zur Seite. »Nun«, antwortete er, »der gegenwärtige Leiter des NIS ist ein Protegé des Vice Chief. Sein Name ist Walter T. Keeler, und er war ein Studienkollege von mir. Selbst damals auf der Akademie war er immer sehr von sich eingenommen. Wir haben es hier vielleicht mit dem Fall eines Protegés zu tun, der ein bißchen zu großkotzig geworden ist und seinen Schutzheiligen gekränkt hat. Vielleicht soll er mit der Nase darauf gestoßen werden. Ah, ich glaube, da sind sie.«

Die Tür am anderen Ende des Konferenzraums wurde geöffnet, vier Personen traten nacheinander ein und legten ihre Regenmäntel ab. Es waren drei Männer und eine sehr attraktive Frau. Der erste Mann, der sich als Doug Englehardt ausgab, war um die Fünfzig und sah wohlgenährt und gepflegt aus. Er war mit einem dunkelblauen Anzug bekleidet und hatte eine teure Aktentasche bei sich. Den zweiten Mann, einen jungen schwarzen Zivilisten mit schütterem Haar, der einen hellbraunen, zweireihigen Anzug anhatte, stellte er als Bobby Booker vor. Booker nahm sofort am Konferenztisch Platz, setzte eine gelangweilte Miene auf und klopfte mit einem Kugelschreiber auf die Tischplatte. Der dritte Mann, er hieß Smithson, war älter, Anfang Sechzig. Er trug Hemd und Krawatte, jedoch kein Jackett. Er hatte einen tragbaren Projektor dabei, den er am Ende des Konferenztisches aufbaute, ehe er die Leinwand holte. Offenbar ein Vorführer und kein Konferenzteilnehmer, dachte Dan.

Dan stellte sich und Captain Summerfield den Bürokraten vor und heftete dann den Blick auf die Frau, die Englehardt als Ms. Grace Ellen Snow bezeichnete. Sie war nur drei oder vier Zentimeter kleiner als Dan und trug ein teuer aussehendes graues Leinenkostüm mit Maxirock. Ihr schwarzes Haar war an den Seiten zurückgekämmt, auf dem Kopf hochgesteckt und fiel in Wellen bis auf ihre Schultern. Sie schaute ihn bei der Vorstellung offen an, und er war beeindruckt von ihren glänzenden grünen Augen. Sie hatte ein hübsches Gesicht, fand Dan, wenn es auch ein wenig Distanziertheit widerspiegelte. Er versuchte, sich auf den Zweck des Treffens zu besinnen, und er bemerkte einen leicht amüsierten Ausdruck auf Summerfields Gesicht. Als jeder am Tisch Platz genommen hatte, schlug Englehardt vor zu beginnen. Er wies die beiden Navy-Offiziere darauf hin, daß es ziemlich spät sei, und nahm ein Notizbuch aus seiner Aktentasche.

»Nicht für die OpNav, Mr. Englehardt«, widersprach Captain Summerfield mit einem herablassenden Lächeln. »Wir haben noch eine Operationsbesprechung vor uns, und anschließend findet noch die Konferenz unserer Abteilungsleiter statt.«

»Ich möchte bis spätestens siebzehn Uhr fertig sein«, sagte Dan am Kopfende des Tisches. »Der erste Punkt der Tagesordnung ist mein Ernennungsschreiben. Ich habe Kopien für jeden gemacht.«

Er schob die Kopien zu den drei NIS-Leuten über den Tisch und ignorierte den Vorführer beim Projektor. Englehardt steckte sein Exemplar in das Notizbuch, ohne einen Blick darauf zu werfen. Der junge Schwarze ließ sein Blatt mit der

Schrift nach unten auf dem Tisch liegen und spielte weiterhin Gene Krupa mit seinem Kugelschreiber. Grace Ellen Snow überflog ihre Kopie und nickte knapp.

»Als zweites möchte ich einen vorläufigen Zeitplan aufstellen«, fuhr Dan fort. »Ich habe vor, morgen sehr früh nach Philadelphia aufzubrechen, vor der Rush-hour. Ich werde mit meinem Privatwagen fahren, weil das die schnellste Möglichkeit ist, wenn man die bürokratischen Hemmnisse bedenkt, die eine Abwicklung der Reise hier durch OpNav verzögern. Ich möchte ein paar Tage in Philly verbringen, um herauszufinden, was wir haben, und danach werden wir einen offiziellen Plan erstellen. Mr. Englehardt, in diesem Ernennungsschreiben steht, daß ich von euch Jungs einen Deputy bekomme.«

Englehardt nickte, sah immer noch nicht auf das Ernennungsschreiben, als wolle er andeuten, daß es ihn nicht interessierte. Er schlug sein Notizbuch auf, schaute hinein und räusperte sich.

»Commander, der NIS wird bei dieser Ermittlung mit dem Maximum seiner Fähigkeit und Befugnis nach dem Gesetz und der Charta des NIS kooperieren«, begann er. Dan fand, daß es wie das diplomatische Verlesen genauer Verhandlungsanweisungen klang. Er blickte zu Summerfield, der die Augen verdrehte. Grace Snow beobachtete Englehardt.

»Wir schlagen vor, Miss Snow hier als Ihre *Einsatz-Verbindungsperson* zum NIS für die Dauer dieser Ermittlung zu ernennen oder bis zu einem Zeitpunkt, an dem die Ermittlung wieder in mehr, äh, konventionelle Bahnen gelenkt ist.«

»Einsatz-Verbindungsperson?«

»Ja, Commander. Der stellvertretende Leiter des NIS für Ermittlungen in Strafsachen hielt diesen Titel für passend, da Miss Snow, die leitende Angestellte des NIS ist, unbedingt unter der Verwaltungskontrolle des NIS bleiben muß.« Er legte eine Pause ein und sah Dan an.

»Okay. Fahren Sie fort.«

»Miss Snow wird Sie während der Ermittlungen in Philadelphia begleiten und dann auf der Basis des von Ihnen gesammelten Beweismaterials und der Nachforschungsergebnisse Ihrer eigenen Leute vor Ort einen separaten Bericht erstellen. Dieser wird Ihrem Ermittlungsbericht, der laut *JAG Manual* erforderlich ist, hinzugefügt werden.«

»Falsch.«

Englehardt legte sein Blatt ab. »Wie bitte?«

Dan konnte sehen, daß Summerfield Mühe hatte, eine gleichmütige Miene zu behalten. Dan lehnte sich zurück und lächelte Englehardt höflich an. »Ich sagte ›falsch‹. Oder vielleicht hätte ich sagen sollen ›netter Versuch‹. Wissen Sie, es interessiert mich nicht, welchen Titel Miss Snow hat. Aber es gibt nur eine Ermittlung und nur einen ermittelnden Offizier, und es wird nur einen Bericht geben. Wenn Sie sich die Mühe machen, dieses Ernennungsschreiben zu lesen, werden Sie feststellen, daß es von Admiral Crutchfield, dem JAG persönlich, unterschrieben ist, der für den Marineminister arbeitet, der an der Spitze Ihres und meines Brötchengebers ist. Es finden besser keine separaten Nachforschungen Ihrer Büros statt, die ich nicht angeordnet habe. Das würde nur zu doppelter Arbeit, Verwirrung, konträrer Zielsetzung und in diesem Fall vermutlich zu einer Verfälschung von Beweismaterial führen, wodurch sich meiner Kenntnis nach NIS-Ermittlungen vor meiner Ernennung ausgezeichnet haben.«

Englehardt stieg das Blut in die Wangen. Grace Snow betrachtete eingehend die Tischplatte. Der junge Schwarze hörte mit dem Trommeln auf und schaute Dan mit einigem Interesse an. Der ältere Mann am anderen Ende des Konferenztisches rückte an seinem Projektor herum und sah aus, als wünsche er sich woandershin.

»Wenn Miss Snow die Verbindungsperson zwischen mir und dem NIS sein soll«, fuhr Dan fort, »dann schlage ich vor, daß der NIS mir alle Unterstützung, die ich brauche, durch Miss Snow zukommen läßt. Der NIS wird Miss Snows Anforderungen erfüllen und sie meine. Sie wird praktisch die

Fähigkeiten des NIS nutzen und mir alle Informationen übermitteln, die der NIS jetzt hat oder im Laufe der Ermittlungen erhalten wird. In diesem Zusammenhang bitte ich um einen knappen Bericht aller Einzelheiten über diesen Fall, die dem NIS-Büro in Philadelphia vorliegen, wenn ich dort eintreffe, was gegen zehn Uhr morgen früh sein wird.«

»Wenn wir dort eintreffen.«

Dan schaute zu Grace Snow, die zum ersten Mal bei diesem Gespräch etwas gesagt hatte.

»Ja, genaugenommen, wenn wir eintreffen«, fügte er hinzu und nickte in ihre Richtung.

Englehardt schüttelte den Kopf. »Da kann ich nicht zustimmen.«

»Das läßt sich leicht regeln«, murmelte Captain Summerfield.

»Sir?« fragte Englehardt gespannt.

»Das Büro des Vice Chief of Naval Operations ist nur ein paar Meter entfernt. Er war ein Klassenkamerad von mir. Ich bin überzeugt, daß er uns sehr kurzfristig empfangen wird. Gehen wir zu ihm und erzählen wir ihm von unseren Problemen. Er kann Admiral Keeler anrufen, den Chef Ihres Chefs, und vielleicht helfen, die Sache zu klären. Der Vice Chief ist wirklich gut im Klären von Dingen.«

Englehardt spitzte die Lippen. Dan glaubte, Grace Snow kaum wahrnehmbar den Kopf schütteln zu sehen, während sie Englehardt anschaute. Der junge Schwarze ergriff das Wort.

»Mr. Englehardt, das klingt machbar. Ich werde der Blödmann beim NIS sein, der all diesen Mist bearbeitet. Es ist eine schöne, saubere Linie der Kommunikation, und Sie und Mr. Ames können eine Kopie von allem und jedem bekommen. Sind Sie damit einverstanden, Commander?«

»Wie Sie das intern handhaben, ist Sache des NIS, Mr. Booker. Ich werde keine Zusammenarbeit mit sämtlichen Abteilungen des NIS anstreben – ich werde mich an Miss Snow halten.«

»Das ist cool«, sagte Booker. »Auf sie kann man leicht aufpassen.«

Es folgte peinliches Schweigen. Englehardt versuchte es ein letztes Mal. »Commander, dies ist vermutlich ein Mordfall. Es gibt festgelegte Prozeduren bei einem Mordfall, bei einem Tatort, beim Umgang mit Beweismaterial. Sie wissen nichts darüber …«

»Aber *ich*«, unterbrach Grace Snow. Dan erkannte plötzlich, daß hier mehr bürokratische Machenschaften im Spiel waren, als er gedacht hatte. Englehardt wirkte wütend. Dan entschloß sich nachzusetzen.

»Sehen Sie, Mr. Englehardt, das ist genau richtig. Ich weiß, wie eine Navy-JAGMAN-Ermittlung durchgeführt wird. Miss Snow kennt die NIS-Prozeduren. Mr. Booker hier ist der zuständige Mann beim NIS. Es gibt keinen Grund, weshalb wir nicht alle zusammenarbeiten können. Aber wenn wir uns nicht einigen können, dann sollten wir tun, was Captain Summerfield vorgeschlagen hat – den Mann gegenüber aufsuchen. Er soll wirklich sehr entscheidungsfreudig sein.«

Englehardt gab auf. »Ich akzeptiere diese Vereinbarungen unter dem Vorbehalt, daß sie die Billigung meiner Vorgesetzten erhalten. Ich …«

Dan schnitt ihm das Wort ab. »Großartig«, sagte er. »Wir haben noch eine halbe Stunde. Wie wäre es, wenn Ihr Vorführer uns kurz etwas von den Fähigkeiten des NIS zeigt, und dann können wir die Sache unter Dach und Fach bringen. Ich – Verzeihung, Miss Snow – *wir* müssen morgen sehr früh abreisen.«

Grace Snow zog ihren Mantel fester um die Schultern, als die NIS-Gruppe nach der Konferenz am Eingang des südlichen Parkplatzes des Pentagons stand. Englehardt nahm sie zur Seite, während die anderen nach dem Pendelbus der Marinewerft Ausschau hielten.

»Sind Sie sicher, daß Sie wissen, was Sie hier tun, Grace?« fragte er.

Grace ließ den Blick über das Meer von Wagen auf dem Südparkplatz schweifen. Es war kurz nach siebzehn Uhr, und der Parkplatz war immer noch voll.

»Ich denke, ja, Doug. Diese Verwendung ist entscheidend für mich, und ich glaube, ich weiß auch, was hier gespielt wird. Aber es ist ebenso offenkundig, daß diese Leute es ernst meinen.«

»Ihre Bosse nehmen es ernst. Ich gehe davon aus, daß der Commander scharfgemacht wurde, aber diese JAGMAN-Ermittlung ist nur eine vorübergehende Verwendung für ihn. Danach kehrt er in seinen alten Job zurück. Aber es stimmt, daß der Vice Chief, Admiral Torrance, dahintersteckt. Wir werden sehr vorsichtig sein müssen. Er ist als nächster CNO vorgesehen, und Ames hat eine Heidenangst, daß Torrance als neuer Boß den NIS ganz abzuschaffen versucht.«

»Ames hat immer Angst«, bemerkte Grace Snow. »Das ist ein Teil unseres Problems beim NIS – ein großer Teil.«

Englehardt vergewisserte sich mit einem schnellen Blick, daß die anderen nicht mithören konnten. »Ihre Ansichten sind wohlbekannt, Grace. Bitte halten Sie sich vor Augen, daß Sie trotz Ihrer großen Erfahrungen auf dem Personalgebiet keine Berufsbeamtin sind.«

»Und ich bin für diese kleine Farce abgestellt, weil ich bei der Personalabteilung bin, richtig, Doug? Einen kleinen Klaps für die Blauröcke: Ihr wollt einen Deputy, und wir geben euch eine Anwältin, die man zu einer Angestellten der Personalabteilung gemacht hat, richtig?«

»Also überraschen Sie sie.«

»Oh, ich glaube, das werde ich, Doug. Vertrauen Sie mir in diesem Punkt.«

Englehardt lachte. »Ames ist ein blöder Bastard, der keine Ahnung hat, was er ausgelöst hat«, sagte er. »Aber wie ist es mit Collins? Können Sie mit diesem Kerl fertig werden? Ich dachte an einen spießigen Kompanieoffizier. Oder besser noch an einen Marineflieger. Aber dieser Typ hat einige Dienstjahre in Washington hinter sich. Er ist erfahren und clever. Das beweist schon die Wahl des Treffpunktes.«

Grace schaute ihn an. »Mit ihm fertig werden? Ich bezweifle, daß das die richtige Formulierung ist. Ich denke, als erstes führen wir die Ermittlung durch. Sehen Sie, Doug, ich glaube immer noch, daß wir die beste Chance haben, die Glaubwürdigkeit des NIS wiederherzustellen – und vielleicht unser politisches Überleben zu sichern –, wenn wir unsere Sache so gut wie möglich machen, trotz ihrer Vorgeschichte. Wenn wir diesen Fall korrekt erledigen, haben die Admiräle des OpNav keinen Grund für einen Konflikt. Wenn wir Ames und die ›Gang der Zwei‹ Politik spielen lassen, gehen wir geradewegs in die Falle des Vice Chief.«

»Nach Ihrer bescheidenen Meinung.«

»Nun, wir …«

»Da ist der Bus, Gott sei Dank. Sie fahren mit dem Wagen, richtig?«

»Richtig. Und ich habe Ihre private Faxnummer.«

»Ja. Okay. Seien Sie auf der Hut, Grace Ellen Snow. Dies kann ernster Scheiß werden.«

»Nach Ihrer be …«

Er grinste. »Ja, nach meiner bescheidenen Meinung.«

Grace winkte den anderen zu, als sie in den Bus stiegen, dann machte sie sich auf den Weg, um ihren weißen BMW vom Besucherparkplatz am östlichen Ende des großen Parkplatzes vom Pentagon zu holen. Sie fädelte sich in den Verkehr ein, der am Hubschrauberlandeplatz vorbei gen Washington strömte. Sie überquerte die berüchtigte Kreuzung östlich der Memorial Bridge und nahm den GW Parkway am Fluß entlang bis zum Beginn des Roosevelt Island Parks. Erst dort fiel ihr ein, daß es von Fahrspuren Richtung Norden keine Auffahrt zur Key Bridge gab. Sie mußte den ganzen Weg bis zur Chain Bridge über den Fluß zurück nach Georgetown fahren.

»Verdammt«, murmelte sie, als sie bremste und mit dem

Rest der Herde durch Rosslyn kroch. Und sie verfluchte noch einmal die ganze Sippschaft von Georgetown, die eine U-Bahnstation hier abgelehnt hatte. »Nun, wenn man einen Chauffeur hat, dann juckt einen der Verkehr nicht«, sagten diese großkotzigen Typen.

Grace Ellen Snow war fünfunddreißig, eine Tatsache, die sie immer mehr beschäftigte, wenn sie über sich nachdachte. Während sie unter den hohen Bogen der Key Bridge im Stau stand, ging ihr wieder die vertraute Litanei von Plus und Minus durch den Kopf: Du siehst ziemlich gut aus, du hast Geld und ein schönes Haus in Georgetown; du stammst aus einer guten Familie, hast ein Wirtschaftsstudium auf der Brown University absolviert und bist Doktor der Rechtswissenschaft der juristischen Fakultät Georgetown; du hast einen Spitzenjob – Korrektur, einen Job auf mittlerer Ebene, nicht wahr? – im Staatsdienst. Und auf der Minusseite, Frau Anwältin? Eine Nase, die ein wenig zu groß ist, zu kleine Brüste, das drei Jahre alte gefühlsmäßige Erbe einer katastrophalen Ehe und eine Karriere, die hauptsächlich durch deine Vorliebe geprägt wurde, deine Vorgesetzten zu verärgern – sie bis zu dem Punkt zu bringen, an dem sie die Versetzung unterzeichnen, für die der Staatsdienst berühmt oder berüchtigt ist, je nachdem, was mit einem geschieht oder nicht. Von der NIS-Ermittlungsabteilung als GS-15 in die Personalabteilung. Immer noch als 15, aber mit null Leitung und Verantwortung und klaren Vorgaben, und – o ja, wenn wir schon beim Thema sind, du hast das gesellschaftliche Leben eines Baumes.

Langsam, sehr langsam und äußerst widerstrebend gewöhnte sie sich an die Vorstellung, daß eine traditionelle Ehe, Kinder und ein Labrador im eingezäunten Hof für sie wohl nicht mehr in Frage kamen. Ihre Eltern waren verstorben, und so brauchte sie wenigstens nicht deren Erwartungen gerecht zu werden. Aber warum blieb ihr versagt, was andere bekamen? Vielleicht lag es an all diesen Vorteilen und den Dummköpfen in der Regierung, mit denen sie zusammenarbeiten mußte. Da dachte sie wieder elitär wie ihr Ex-Mann, der Leute in der Regierung automatisch für zweitklassig hielt.

Nach dem Treffen hatte sie Collins gegenüber ihre achtjährige praktische Ermittlungserfahrung erwähnt. Aber sie hatte ihm verschwiegen, daß es sich dabei um Betrugsfälle bei der Securities and Exchange Commission (SEC) gehandelt hatte und die ›Praxis‹ der Finanzdschungel Manhattans gewesen war. Nachdem sich ihre Ehe mit Rennie, dem Börsenmakler, zu einem Alptraum entwickelt hatte, im Vergleich zu dem sogar die Scheidungsprozedur wie ein Picknick gewesen war, hatte sie sich gegen Ende der Bush-Administration auf das Angebot einer politischen Ernennung im Justizministerium gestürzt und dann – wie so viele Leute, die sich auf etwas stürzen – festgestellt, daß sie äußerst naiv gewesen war. Nach nicht ganz zwei Jahren hatten sich die großen ungewaschenen Horden der ›anderen Partei‹ eingefunden, und plötzlich war sie nur eine weitere Ernannte auf unterer Ebene gewesen, die sich abstrampelte, um einen Job zu finden. Sie hatte sich beim FBI beworben, aber jemand mit Verbindung zum früheren Justizministerium war zur unerwünschten Person geworden. Grace hatte gerade den Gedanken aufgegeben, im Staatsdienst zu bleiben, als eine Freundin beim Schatzamt sie auf eine offene Stelle beim NIS in dessen Abteilung ›Weiße-Kragen-Verbrechen‹ hingewiesen hatte. Weil diese Leute beschäftigte, die krumme militärische Zahlmeister überführten und interne Jobs bei den Finanzabteilungen der Navy erledigten, war ihre berufliche Vorgeschichte ziemlich passend gewesen. Und weil sie weiblich war, half das natürlich dem NIS, die neue und erhöhte Frauenquote zu erfüllen. Die Anstellung beim NIS war ein Abstieg gewesen, nachdem sie unter einem Deputy Assistant U. S. Attorney General (stellvertretender Justizminister) gearbeitet hatte, aber sie hatte sich nicht eingestehen wollen, daß sie geistig zu unabhängig war, um eine gute Bürokratin zu sein, und sich auch auf diese Stelle gestürzt.

Im nachhinein war ihr klar, daß ihre Ernennung im Justizministerium für zwei dienstalte Leiter der SEC-Büros der Region New York schrecklich unangenehm gewesen war. Sie argwöhnte jetzt, daß ihr Weggang von einem, wenn nicht sogar von beiden, raffiniert eingefädelt worden war. Aber das Scheitern ihrer vierjährigen Ehe mit Rennie und die folgende Scheidung hatten sie zermürbt, und jede Versetzung von New York war wie ein Gottesgeschenk für sie gewesen. Armer Rennie. Als die Reagan-Seifenblase zerplatzt war und ökonomische Korrekturen erfordert hatte, war das Leben mit Rennie, der sich für einen von Tom Wolfes Meistern des Universums hielt, zu einem demütigenden Alptraum geworden. Er hatte sie ständig betrogen und war schließlich kokainsüchtig geworden. Rennie zu verlassen war leicht gewesen; sich einzugestehen, daß es ein Fehler gewesen war, ihn zu heiraten, war nicht ganz so leicht für sie gewesen.

Und selbst diese neue Arbeit hatte gut begonnen, ihr gefühlsmäßige und geistige Erschöpfung gebracht und sie von ihren Problemen abgelenkt. Doch das vertraute Strickmuster war während des ersten Jahres wiedergekehrt. Nach nur ein paar Monaten hatte sie erkannt, daß Washington wie New York eine Männerwelt war und sich die Dinge zwischen ihren Mitarbeitern und Vorgesetzten bereits zugespitzt hatten. Was hatte der Deputy Attorney General nach ihrer Rückkehr von einem zweitägigen Seminar gesagt? »Bürokratisch ausgedrückt, Sie sind eine schwierige Frau, Grace. Es liegt Ihnen nicht, in einer Organisation zu arbeiten.« Ursprünglich hatte er sich wie ein väterlicher Berater gegeben, ihr versichert, sie würde eine großartige Prozeßführerin oder selbständige Anwältin in einer Privatpraxis abgeben, dann aber diesen Eindruck durch eine Bemerkung über ihre Beine verdorben. Sie hatte gedacht, gute Arbeit geleistet zu haben – bis man ihren Stuhl vor die Tür gesetzt hatte. Und das gleiche im Justizministerium, obwohl ihr dort keine Zeit geblieben war, ihre Fähigkeiten zu beweisen, weil die neue Administration die alte abserviert hatte. Und jetzt NIS: ein GS-15 Job in der Politik, der zu einem in der Personalabteilung geworden war. Ihr Karriereweg sah wieder einmal mehr und mehr wie eine Fallkurve aus.

Nach der Spout-Run-Abzweigung kam der Verkehr endlich wieder in Fluß. Grace nahm die Ausfahrt Chain Bridge, überquerte den Potomac und fuhr nach rechts auf der Canal Road in die Stadt zurück. Als die Canal Road bei der Key Bridge in die M Street überging, bog sie in die 33rd Street und war in Georgetown. Sie brauchte jetzt nur noch drei Minuten bis zu ihrem Haus in der P Street. Für eine Bewohnerin von Georgetown lebte sie fast in Luxus: Sie hatte zwar keine Garage, aber einen Zufahrtsweg, der wenigstens nicht blockiert war. Die Parkplätze auf der schmalen P Street waren wie üblich alle besetzt. Sie stellte ihren Wagen hinter dem schmiedeeisernen Zaun ab, stieg aus, schloß das quietschende Tor und ging die Eisentreppe zur Haustür hinauf.

Während sie in ihrer Handtasche nach den Schlüsseln kramte, dachte sie über das Treffen nach. Eine Ermittlung vor Ort, in einem Verbrechen, sogar in einem Mordfall. Gut. Eine Ermittlung, zu der sie abgestellt worden war, um die Leute zu beleidigen, die meinten, sie leiteten die Navy. Collins würde sich nicht sehr lange täuschen lassen – er wirkte ziemlich clever. Morgen, wenn sie mit ihm nach Philadelphia fuhr, würde der richtige Zeitpunkt sein, es ihm zu sagen. Auf diese Weise bestand immer noch die Chance, diese Sache durchzuziehen. Wenn auch ihre Bosse beim NIS wollten, daß die OpNav-Ermittlung in die Hose ging, mußte sie für ihren Erfolg sorgen. Es war ihre einzige Chance – wofür? Um sich einen Namen zu machen? Eher, um eine Närrin aus sich zu machen.

Sie seufzte. Eines Tages würde sie die Dinge in den Griff bekommen müssen. Um zu erkennen, wie es mit der Laufbahn weiterging. Aber welchen Sinn hatte es überhaupt, in Washington zu leben, wenn man kein Mitglied der Regierung war.

4

Commander Collins war am nächsten Morgen pünktlich. Nachdem sie gehört hatte, daß er in Old Town Alexandria wohnte, hatte sie seinem Vorschlag, sie um sechs Uhr vor der Einfahrt zum südlichen Parkplatz des Pentagons abzuholen, zugestimmt. Das war ein guter Mittelweg, denn er lag auf halber Strecke zwischen Georgetown und Alexandria, eine Insel inmitten der morgendlichen Rush-hour. Sie wartete unter dem Dach einer der Bushaltestellen, als Collins in einem großen blauen Chevrolet Suburban vorfuhr.

Grace stieg auf der Beifahrerseite ein und legte eine einzige Reisetasche auf den Rücksitz. Sie begrüßten sich kurz, und dann ließ sie ihn sich auf den Verkehr konzentrieren. Er nahm den George Washington Parkway nach Old Town zurück. Es war noch dunkel, und die Straßen waren naß vom Nieselregen der Nacht.

»Wollen Sie über den Beltway, Commander?« fragte Grace, als er bei einer Tempobegrenzung nahe dem Washington National Airport die Geschwindigkeit etwas reduzierte.

»Ja. Und ich heiße übrigens Dan. Sparen Sie sich den ›Commander‹ für offizielle Treffen. Wenn wir an einem Stück über die Wilson Bridge kommen, ohne durch ein Schlagloch zu fallen, fahren wir die I-Ninety-five kurz vor der Delaware Memorial Bridge rauf und dann am Fluß entlang nach Philly.«

»Bitte nennen sie mich Grace. Der Beltway macht mir angst.«

»Der macht jedem angst. Deshalb habe ich mir diesen großen alten Schlitten zugelegt. Aber die New York Avenue ist während der Rush-hour schlimmer, selbst nach auswärts, wenn alle in die Stadt unterwegs sind. Washington ist hoffnungslos, was Straßen und Verkehr anbetrifft, oder vielleicht auch in allem anderen.«

Grace schwieg, als er den großen Wagen durch den Verkehr auf der Washington Street, Old Towns Hauptdurchgangsstraße, lenkte. Sie zuckte nur einmal zusammen, als Dan bei einem Ausweichmanöver um die Statue des Soldaten der Konföderation auf der rechten Spur fast einen Honda gerammt hätte. Er mußte es bemerkt haben.

»Das Gesetz des Starken«, scherzte er. »Hondas legen sich mit Chevrolet Suburbans auf eigene Gefahr an.«

»Ich war mir nicht sicher, ob Sie ihn gesehen hatten.«

»Oh, ich hatte ihn gesehen. Das Dumme ist nur, daß es keinen anderen Weg um die verdammte Statue herum gibt, und das wußte er. In diesen kleinen Wagen hat man ein gutes Sichtfeld.«

»Aber er hat uns ziemlich ins Schwimmen gebracht.«

»Ja, aber ich habe mich da rausgerudert. Ich bin Ruderer, wissen Sie. Ich habe ein Boot im Potomac Boat Club drüben bei der Key Bridge. Es ist nur ein Einer, aber ich fahre jeden Nachmittag zum Fluß, wenn ich früh genug aus dem Puzzle-Palast herauskommen kann. Manchmal muß ich ihn mit dem Wagen zu anderen Flüssen oder runter zum Occoquan bringen. Dann kommt er auf einen Anhänger, und ich schleppe ihn mit diesem Wagen ab.«

»Ah, das Rudern muß schön sein«, schwärmte Grace. Auf ihren Spaziergängen über das Gelände der Georgetown University hatte sie oftmals die Rudermannschaften auf dem Fluß üben sehen. »Ich habe oft die Boote beobachtet. Ich war auf der juristischen Fakultät der Georgetown Uni.«

»Sie sind Juristin?«

Grace lachte. Er hatte ›Juristin‹ fast ausgesprochen, als sei es gleichbedeutend mit ›Kinderschänderin‹.

»Sie lieben Juristen, wie?« sagte sie.

Jetzt lachte er. »Wenn ich Ihnen einen Juristenwitz erzähle, wird das unsere Zusammenarbeit beeinträchtigen?«

»Nur wenn ich ihn schon kenne. Eigentlich bin ich mir nicht sicher, wie unsere Zusammenarbeit aussehen soll.«

»Oh, das ist ganz einfach. Schauen Sie sich mal dieses Arsch … Verzeihung. Ich bin es gewohnt, ohne Begleitung zu fahren und dabei Selbstgespräche zu führen. Ich befürchte, es liegt daran, daß ich allein lebe.«

»Sie sind nicht verheiratet?« hörte Grace sich fragen.

»Nein. Ich war es. Meine Frau starb vor ein paar Jahren. Ich habe nie mehr …«

»Es tut mir leid«, sagte sie automatisch, als er nicht weitersprach. »Ich wollte wirklich nicht neugierig sein. Ich meinte diese Sache zwischen OpNav und NIS.« Sie war plötzlich aus irgendeinem Grund bemüht, die Richtung der Unterhaltung zu ändern. Zu ihrer großen Erleichterung spielte er mit.

»Oh, das. Ich weiß noch nicht genau, was das alles zu bedeuten hat. Wenn diese Sache in Philadelphia wirklich ein Mordfall ist, dann würde er unter die alleinige Zuständigkeit des NIS fallen. Aber wenn die Elefanten tanzen, sind die Mäuse gut beraten, von der Tanzfläche zu verschwinden.«

Grace dachte darüber nach, während sie schweigend ein paar Kilometer zurücklegten. Entweder war er an dem Spiel beteiligt oder nicht, aber er verhielt sich, als wäre dies nicht der Fall.

»Meine Bosse sind wirklich aufgebracht«, erklärte sie.

»Dieser Ames war es bestimmt. Wie lauten also Ihre Marschbefehle, Grace?«

Sie war einen Moment sprachlos angesichts seiner direkten Frage. »›Marschbefehle‹?« fragte sie dann. »Ich gehe davon aus, daß ich als Ihre Verbindungsperson zum NIS fungieren und Sie bei der Ermittlung unterstützen soll.«

»Okay, das ist fair genug«, meinte Dan. »Meine Aufgabe ist es, mich auf die *JAG-Manual*-Ermittlung zu konzentrieren. Der Navy JAG – das ist der Judge Advocate General, der Chef der Militärjustiz – hat einige ziemlich klare Richtlinien für JAGMAN-Ermittlungen erlassen, und ich will einfach genau nach der Checkliste vorgehen. Ich nehme an, Sie sollen Ihre verärgerten Bosse auf dem laufenden halten, richtig?«

»Ja, natürlich.«

»Okay, ich ebenfalls. Meinen Sie, Ihre Bosse hätten es gern, wenn meine Ermittlung in irgendeiner Weise scheitert?«

»Ich … ich weiß es nicht. Bürokratisch gesehen, wäre ihnen das vermutlich recht. Aber ich habe keinen Beweis, daß jemand darauf wartet, die Ermittlung zu sabotieren, wenn Sie das meinen.« Er war *sehr* direkt.

»Okay. Lassen Sie uns einen Handel abschließen: Wir bemühen uns vorrangig um eine saubere Ermittlung; um unsere jeweiligen Bürokraten kümmern wir uns zu gegebener Zeit. Wenn es einen Konflikt zwischen diesen beiden Aufgaben gibt, reden wir darüber, okay?«

»Das klingt fair.« *Es wird vielleicht einfacher, als ich erwartet habe,* dachte Grace.

»Nun, das ist praktisch, denn es wird vermutlich Konflikte geben. Ich denke, daß wir beide so etwas wie Bauern in einem großen Schachspiel sind. Was auch immer die hohen Tiere im Schilde führen, auf Ihrer Seite oder meiner, geht über unsere Besoldung hinaus. Wenn wir also richtig spielen, geben wir den Elefanten keinen Vorwand, uns zu zertrampeln, wenn ich das mal bildlich ausdrücken darf. Ah, da ist der Beltway. Alle Visiere hochklappen.«

In der nächsten Stunde sprachen sie nur sporadisch miteinander, während sich Dan darauf konzentrierte, die Fahrt über den Beltway der Hauptstadt lebend zu überstehen. Grace entspannte sich nach einer Weile; sie konnte sich gut mit ihm unterhalten, und er schien keine großen Ansprüche zu haben. Sie erzählte ihm von ihren Jahren bei der SEC, der Securities und Exchange Commission, in Washington und New York, und daß sie mit einem Börsenmakler in New York verheiratet gewesen und geschieden worden sei, bevor man sie zur Staatsbeamtin im Justizministerium ernannt habe.

»Warum sind Sie dann beim NIS? Hat die neue Administration sie aus dem Justizministerium geworfen?«

»Ja, wie alle anderen auch. Ich hätte wissen müssen, daß es keinen Sinn hat, eine Ernennung in den letzten Tagen einer Administration anzunehmen.«

»Ja. Ich schätze, das ist so bei politischen Ernennungen. Was macht man in der Ermittlungsabteilung des NIS?«

Grace überlegte schnell. Sollte sie es ihm sagen oder ihn im unklaren lassen? Aber wenn er es bereits wußte? Egal, das Risiko mußte sie eingehen.

»Ich denke, wir tun das gleiche wie die Abteilung Planungen und Taktik bei OpNav«, antwortete sie. »Wir sollen organisatorische Strategien entwickeln, und außerdem koordinieren wir die Beziehungen der jeweiligen Abteilungen der Dienste. Der NIS spielt eine wichtige Rolle in der Spionageabwehr, und es gibt in dieser Stadt natürlich viele Leute in diesem Spiel.«

»Amen, und offenbar alle gleich unfähig. Die Navy hatte den Fall Walker, und jetzt hat die CIA Bruder Ames. Unsere Arbeit bei OpNav unterscheidet sich nur unwesentlich, abgesehen von Spionageabwehr. Wir sind zuständig für Strategie und langfristige Planungen der Navy, für die Stabsarbeit an einer Unmenge von internationalen Verträgen und Vereinbarungen. Die Navy macht Geschäfte rund um die Welt, und so kümmert sich OpNav mehr um diesen Bereich als alle anderen Dienste. Ich würde es als die Erledigung von mehr oder weniger wichtigem Schreibkram bezeichnen.«

Grace fragte ihn, wo er wohnte, und er beschrieb sein Haus aus dem 18. Jahrhundert in der Prince Street in Old Town, zwei Blocks hügelaufwärts vom Fluß.

»Die Prince ist eine der Straßen mit original Pflastersteinen. Ich hielt sie für wirklich malerisch, als meine Eltern mir das Haus vererbten, doch meine Waden wissen es jetzt besser. Aber jemand von der Navy muß diesen Preis schon zahlen.«

Sie lachte. »Meine Straße hat Kopfsteinpflaster *und* Straßenbahnschienen. Meine Eltern kauften mir das Haus, als ich zum Jurastudium auf die Georgetown Uni kam. Vater nahm an, daß die juristische Fakultät auf dem Campus sei, und so liegt es zwei Blocks von dort entfernt.«

»Ist sie das nicht?«

»Nein. Das war sie nie. Sie ist in der Innenstadt. Ich habe es nicht übers Herz gebracht, ihm das zu sagen.«

»Ich war auf der Gonzaga High School – es sollte eine Vorbereitung auf die Georgetown Uni sein. Aber meine Eltern konnten sich Georgetown nicht leisten. So ging ich statt dessen zum Offiziersausbildungskorps.«

Dan erzählte ihr, daß er in der Gegend von Washington, D. C., aufgewachsen sei. Nach seiner Geburt 1957 als einziges Kind eines Lehrerehepaares des Fairfax County hatte er in verschiedenen Kleinstädten im nördlichen Virginia gewohnt, weil seine Eltern oft versetzt worden waren. Er hatte eine liebenswürdige Erziehung genossen und eine leichte, schöne Kindheit verlebt, was dazu beitrug, daß er mit fast jedem auskam und sich in jeder Gruppe zurechtfand. Angesichts des Berufes seiner Eltern – beide unterrichteten Geschichte – entwickelte er einen Hang zum Lernen, der jedoch nicht leistungsorientiert war. Er besuchte staatliche Schulen bis zur Aufbauschule, und als er in der achten Klasse war, fühlten sich seine Eltern – beide Katholiken – gezwungen, ihn wegen seiner allzu lässigen Einstellung gegenüber Schulnoten der rauhen Behandlung der Jesuiten der Gonzaga College High School in der Washingtoner Innenstadt auszusetzen.

Als ein Junge, der von staatlichen Schulen im nördlichen Virginia kam, empfand Dan sein erstes Jahr auf der Gonzaga als eine Erfahrung, die ihm die Augen öffnete, nicht so sehr hinsichtlich seiner schulischen Qualifikationen, sondern eher im Sinne der Schwerpunkte. Das Niveau der Schulen des Fairfax County lag über dem nationalen Durchschnitt, aber für einen beliebten und geselligen Jungen, der kurz vor der Pubertät stand und dessen Interesse sich glücklicherweise den zuvor völlig ignorierten Fremdlingen namens Mädchen zuwandte, bedeutete die Gonzaga High School eine entscheidende Kurskorrektur. Es gab keine Mädchen auf Gonzaga, nur Jesuiten, jede Menge Jesuiten, die eine ernsthafte schulische und sportliche Konkurrenz darstellten; jeden Abend drei Stunden Hausaufgaben, täglichen Messebesuch, körperliche Züchtigung für Missetäter und einen vierjährigen Lehrplan, der vollgestopft war mit den Pflichtfächern Latein, Mathematik, Naturwissenschaft, Geschichte und Englisch, alles in strenger Atmosphäre. Jeder Erwachsene mußte mit ›Father‹ oder ›Mister‹ angesprochen werden. Und darüber hinaus wurde großen Wert auf die persönlichen Leistungen gelegt. Es gab täglich Noten, schulische und sportliche Auszeichnungen, Listen in den Hallen und den ständigen Druck durch die jungen Jesuiten-Lehrer, die sich mit Mister statt mit Father anreden ließen und in den meisten der Klassen unterrichteten.

Dan war zuvor in Sportvereinen aktiv gewesen, und so stellten ihn die Jesuiten in einer der Softball-Mannschaften der Studenten im ersten Semester auf, wo er jeden überraschte, besonders sich selbst, indem er sich als Werfer profilierte. Im Herbstsemester wurden die Studenten des ersten Semesters zu Mannschaften der Universität zusammengeschlossen, was dem Sportdirektor die Möglichkeit gab, Talente für die kommende Saison zu sichten. Dans Wahl in das Frühjahrs-Team war sein erster größerer Triumph auf der Gonzaga High School und zugleich der Beginn seiner Billigung des Systems der Jesuiten.

Am anderen Ende des Motivations-Spektrums hatte jede Klasse einen Sprecher, der Beschädigungen und Mängel im Klassenzimmer meldete. Es gab einen Karzer, in dem die Missetäter sofort nach dem Unterricht, um 15 Uhr 15, nachsitzen mußten. Unter der Aufsicht des gewichtigen und allgegenwärtigen Hüters der Disziplin, Father Shining, wurden sie verdonnert, zum Beispiel tausendmal das Nizäische Glaubensbekenntnis abzuschreiben, bevor sie gnädig aus dem Karzer entlassen wurden.

Durch den akademischen Eifer der Jesuiten unterschied sich Dans erstes Jahr auf der Gonzaga High School völlig von dem vorherigen, in dem er im Mittelpunkt all seiner Schulkameraden gestanden und darüber das Lernen vergessen hatte. Zuerst waren die Aufgaben auf der Gonzaga für ihn verworren, dann völlig unzumutbar, dann hart und schließlich interessant. Da die Jesuiten nach dem Prinzip lehrten, junge Leute geistig herauszufordern, gab es aufgrund der Vielzahl verschiedener junger Leute eine ebenso große Anzahl von Herausforderungen. Dan begriff, daß die Jesuiten Disziplin sehr ernst nahmen. Eigentlich nahmen die Jesuiten alles ernst, aber das wurde ihm erst in der Mitte seines ersten Jahres klar, als er seine erste direkte Erfahrung mit dem Hüter der Disziplin hatte. Einer der härtesten Jungs in seiner Klasse war Marty Murphy. Dieser beging den großen Fehler, eines Tages einem der Jesuiten-Lehrer Widerworte zu geben, zur heimlichen Freude der ganzen Klasse, doch Dan entging, daß die Betonung auf ›heimlich‹ lag. Dan erhielt einen Vermerk im Klassenbuch als einer von Murphys Komplizen – weil er gelacht hatte – und wanderte mit Murphy in den Karzer. Bei ihrer Ankunft trat Father Shining ein und packte Murphy ohne Ankündigung oder Erklärung am rechten Arm. Er zog ihn über den Flur und durch die Tür auf den kleinen Rasen vor der Eye Street. Die anderen im Karzer beobachteten durch die Fenster, wie Father Shining Murphy zu dem alten weißen Zaun zerrte, von dem der Rasen umgeben war. Ohne seinen Griff zu lockern, packte der riesige Priester einen Zaunpfosten und riß ihn aus der Erde. Murphy wurde klar, was ihm blühen konnte, duckte sich und starrte ängstlich auf den Pfosten. Father Shining ließ Murphys Arm gerade lange genug los, um den Pfosten zu packen und mit bloßen Händen der Länge nach in zwei Hälften zu spalten. Worauf Murphys freches Grinsen aus seinem Gesicht verschwand. In diesem Augenblick verdrückten sich die Zuschauer von den Fenstern und hasteten zu ihren Pulten, in der nicht allzu großen Hoffnung, mit dem hundertmaligen Abschreiben des Neuen Testamentes davonzukommen. Dan sagte sich, daß die Jesuiten ihre Sache tatsächlich ernst nahmen, und seine Aufmerksamkeit war geweckt, nicht nur für sein Studium, sondern auch für die Spielregeln in dieser neuen Schule. Murphy erzählte nie, ob Shining den Pfosten tatsächlich benutzt hatte, und keiner fragte ihn danach.

Nach der Graduierung mit besonderer Auszeichnung und als Kapitän der Softball-Mannschaft im Jahre 1974 schrieb sich Dan auf der George Washington University ein, wieder in der Washingtoner Innenstadt, mit einem vollen Stipendium des Offiziersausbildungskorps der Navy. Aufgrund seines akademischen Titels und seiner sportlichen Fähigkeiten wäre er ein As auf der Marineakademie in Annapolis gewesen, doch die Konkurrenz bei politischen Ernennungen in Nord-Virginia war groß, und er hatte es satt, eine Schule ausschließlich für Jungen zu besuchen. Auf der George Washington University studierte er als Hauptfach Völkerrecht, was ihm für einen angehenden Offizier der Navy angemessen erschien, und 1978 graduierte er mit einem Patent und einer Ernennung zum Offizier. Seine Eltern waren mächtig stolz auf ihn, obwohl sie sich unter den vielen Militärangehörigen im Publikum und während der am Ernennungstag militärischen Zeremonie etwas unbehaglich fühlten. Der Vietnamkrieg war vorüber, doch die dadurch entstandenen gesellschaftlichen und politischen Wunden waren kaum geheilt, und Dans Eltern gehörten zu einem Berufsstand, der kein Geheimnis aus seiner Animosität gegenüber militärischen Dingen machte. Sie hatten hart geschluckt, als Dan sich für das Offiziersausbildungskorps der Navy entschieden hatte, aber Dan war einfach realistisch gewesen: Die Offiziersausbildung war ein Vierzigtausend-Dollar-Ticket zu einem Collegeabschluß, und wenn er danach vier Jahre in der Navy dienen mußte, würde er, das versprach zumindest das Werbeplakat, etwas von der Welt sehen, ein Bedürfnis, das seine Eltern vermutlich nie verstehen würden. Und im Gegensatz zu einigen seiner Studienkollegen hatte er anschließend einen Job und nicht nur die Chance auf eine Karriere, wenn die Dinge gut liefen, sondern auch eine Fahrkarte, um Washington, D. C., wieder zu verlassen.

Er erzählte Grace einiges über seine folgende Laufbahn bei der Navy, überging jedoch das schreckliche Jahr in Monterey, in dem seine Frau gestorben war. Grace ließ ihn drauflosreden, ohne ihm zuviel Aufmerksamkeit zu schenken, während sich ihre Gedanken darauf konzentrierten, was sie in Philadelphia erwarten konnte. Sie war besonders besorgt darüber, wie sie das NIS-Büro, im Navy-Sprachgebrauch als NISRA Philadelphia, behandeln würde. Wenn die Leitenden des Hauptquartiers die OpNav-Ermittlung behindern wollten, würde der Agent in Philadelphia, ein Mr. Carl Santini, ihr Instrument sein. Das wäre eine Schande, denn sie wollte wirklich wissen, warum, um alles in der Welt, eine Leiche im Bauch eines schlafenden Kriegsschiffes gelandet war.

2

APRIL 1992

WASHINGTON, D. C.

5

Bereits seit drei Tagen saß Malachi Ward in dem dunklen Ford und beobachtete den Eingang zu dem Apartmenthaus in der E Street, oberhalb des Expressway Viaducts. Die Straße mit der Überführung auf der einen Seite und dem Komplex von Apartmenthäusern auf der anderen war verlassen. Die Scheibenwischer, die er auf Intervallschaltung gestellt hatte, schabten, während sie den Nieselregen wegwischten, der über Washington niederging. Er hatte die Frau beobachtet, als sie in der Dunkelheit des Morgens das Haus verlassen hatte, jeden Morgen zur gleichen Zeit. Sie war eine Pendlerin, ein Gewohnheitstier. Jeden Abend kehrte sie zwischen 18 Uhr 45 und 19 Uhr heim. Sie war offenbar auch pflichtbewußt.

Er schaute wieder auf seine Uhr: 18 Uhr 45. Jetzt mußte sie jeden Augenblick auftauchen. Die Geräusche der nachlassenden Rush-hour hallten von der Überführung herunter und drangen durch die einen Spalt offene Fensterscheibe auf der Beifahrerseite. Er hörte, daß sich jemand über den Bürgersteig näherte. Es waren zwei Frauen. Ihre Gesichter waren verschwommen in seinem regennassen rechten Seitenspiegel zu erkennen, fett und formlos. Das war sie nicht. Die Frau, auf die er wartete, war nicht fett. Sie war sehr hübsch, trug Pumps und hatte einen forschen Gang, bei dem die hohen Absätze ein Stakkato trommelten. Sie hatte einen modischen hellbraunen Regenmantel angehabt, als sie um zehn nach sechs aus dem Haus gekommen war. Sie hatte sich nach links gewandt, war über den Bürgersteig gegangen und links in die 23rd Street gebogen. Diese hatte sie schnell und verkehrswidrig überquert, um eine Zeitung zu holen, und war bei Rot auf die linke Straßenseite zurückgelaufen, um zur U-Bahn-Station nahe der George Washington University zu gelangen. Wenn man bedachte, daß die Sommerzeit gerade erst begonnen hatte und es zu dieser Stunde noch dunkel war, verhielt sie sich äußerst unvorsichtig. Zweifellos ein Typ A: in aller Frühe aus der Haustür, die erste im Büro und vermutlich die letzte, die Feierabend machte. Fuhr in der Dunkelheit zur Arbeit und kehrte in der Dunkelheit heim: das gute Leben von Washington. Wird es zu etwas bringen, unser Mädchen, dachte Malachi.

Das Stakkato von Absätzen. Er drehte den Kopf. Hellbrauner Mantel, forscher Schritt. Da kam sie. Er griff nach dem deutschen Fernglas auf dem Beifahrersitz und spähte zur Halle des Apartmenthauses. Er hatte vor vierzig Minuten auf ihren Anrufbeantworter gesprochen, ihr seinen Besuch spät genug angekündigt, so daß sie seine Nachricht vom Büro aus nicht hatte überprüfen können. Special Agent Demarest, FBI. Eine Sicherheitssache im Pentagon, möglicherweise eine Veruntreuung von Geheimmaterial. Er würde nur zwanzig Minuten oder so brauchen. Reine Routine.

Sie schritt mit klappernden Absätzen an seinem Wagen vorbei und nahm den großen Mann auf dem Fahrersitz nicht wahr, weil sie den Kopf gegen den Nieselregen gesenkt hatte. Die Treppe hinauf, zum Eingang. Er neigte sich vor, um sie im gelben Licht zu beobachten, das aus der Halle fiel. Er betrachtete durch das Fernglas das Sicherheitsschloß der Tür und sah kurz das Profil der Frau, als sie ihre Post aus dem Briefkasten nahm. Sie schloß den Briefkasten. Ging zur Tür. Tippte 4-4-7-8 auf dem Türöffner ein. Schob die Tür auf und verschwand. Er wartete. Gab ihr Zeit, die Treppe hinaufzugehen, den Mantel auszuziehen, die Pumps abzustreifen und den Anrufbeantworter abzuhören. Er wartete noch etwas, nahm dann den Hörer des Autotelefons ab und wählte ihre Nummer.

»Hallo?«

»Ja, Miss Hardin, hier spricht Special Agent Demarest, FBI. Ich habe vor einiger Zeit eine Nachricht auf Ihrem Anrufbeantworter hinterlassen. Haben Sie gehört, was ich auf Band gesprochen habe?«

»Ja, ich habe es soeben abgehört. Aber …«

»Bitte keine Besorgnis, Miss Hardin. Dies hat nichts mit Ihnen direkt zu tun, aber ich muß Sie bezüglich einiger Kontrollprozeduren befragen, die etwas mit dem Büro zu tun haben, in dem Sie arbeiten. Und wegen der Einzelheiten wollte ich das nicht in Ihrem Büro tun. Wissen Sie, die Leute reden, wenn jemand vom FBI auftaucht.«

»Ja, aber …«

»Deshalb schlug ich vor, heute abend vorbeizukommen. Fünfzehn, zwanzig Minuten, und es ist alles erledigt.«

»Ich bin gerade erst nach Hause gekommen. Ich …«

»Ich verstehe das, Miss Hardin. Eigentlich muß ich Lieutenant Hardin sagen, nicht wahr? Ich rufe über Autotelefon an. Wenn ich die richtige Adresse habe, bin ich in ungefähr fünf Minuten da. Sie wohnen in Nummer vier-zwölf in den Kendall Apartments, richtig? Kann man irgendwo in der Nähe parken?«

»Nun, Mr. – Demarest, sagten Sie. Das ist ziemlich schwierig hier. Sie werden Ihren Wagen auf der Straße abstellen müssen. Für die Tiefgarage brauchen Sie eine Magnetkarte.«

»Wie überall. Ich kann Ihnen sagen, manchmal ist es einfacher, die Fälle beim FBI zu lösen, als einen Parkplatz in dieser Stadt zu finden. Ich entschuldige mich noch einmal für die Störung. Ich werde die Sache so schnell wie möglich erledigen, dann haben wir beide Feierabend.«

»Okay«, sagte sie mit einem Seufzen. »Drücken Sie auf den Knopf vier-zwölf, wenn Sie an der Haustür sind. Ich werde Ihnen öffnen.«

»Vielen Dank, Miss Hardin. Bis dann.«

Er legte auf und wartete. Zehn Minuten. Zeit, um dorthin zu fahren und einen Parkplatz zu suchen. Sie hatte eine angenehme Stimme – kultivierte Aussprache mit rauchigem Klang. In der Akte stand, daß sie Offizier für Öffentlichkeitsarbeit war. So sollte sie es gewohnt sein, mit allen möglichen Leuten am Telefon zurechtzukommen.

Malachi Ward lehnte sich zurück und erinnerte sich an den Anruf, der dazu geführt hatte, daß er hier war. Natürlich im Auftrag des Captains; die Chefs riefen nie persönlich an. Es gab da ein kleines Problem, das seine besonderen Talente erforderte. Bitte treffen Sie den Captain um 22 Uhr in der Bibliothek des Army-Navy Town Clubs. Er hatte im Leseraum im zweiten Stock gewartet, bis der Captain aufgetaucht war. Der Captain hatte müde und verärgert gewirkt; es war offenbar ein langer Tag für ihn gewesen, und er war vermutlich noch nicht vorüber.

Sie zogen sich in den hinteren Leseraum zurück, wo der Captain das Problem erklärte, das sich als eine Geschichte erwies, die Malachi sehr vertraut war. Anscheinend hatte ein gewisser ranghoher Offizier wieder seinen Gelüsten nach jüngeren Frauen nachgegeben, diesmal bei einer jungen Lady vom Stab des Hauptquartiers der Navy.

»Steht Ihr ›großer Mann‹ jetzt auf Uniformen?« fragte Malachi.

Der Captain schaute ihn nur an.

Sie kannten beide die Regel in Washington, nach der man sich aus anderer Leute Angelegenheiten heraushalten sollte, doch der Captain war nicht hier, um darüber zu diskutieren, was richtig, falsch oder clever war. Malachi hob die Hand in einer Geste: Schon gut, fahren Sie fort.

»Die Lady hat sich entschieden, die, äh, Beziehung nicht fortzusetzen. Mein Chef ist nicht bereit, ihre Entscheidung hinzunehmen.«

»Ihm gefiel es, ihr nicht.«

Der Captain zuckte die Achseln. »Wie auch immer. Ich denke, sie bekam einfach ein bißchen Angst, bereute wohl, worauf sie sich eingelassen hatte. Jedenfalls warf sie ihm unbeherrscht einige Dinge an den Kopf, wie er es formulierte.«

»Unbeherrscht?«

»Das sagte er.«

Malachi lächelte. Er mochte die Art, wie diese Lakaien von hohen Tieren redeten. »Zum Beispiel, verpiß dich, oder ganz Washington erfährt, daß du ein perverses Schwein bist?«

»Etwas in der Richtung. Jetzt will er, daß die Lady gewarnt oder wenigstens überzeugt wird, daß es besser für sie ist, den Mund zu halten.«

»Bis einige Telefonate geführt und eine passende Versetzung arrangiert werden können, vorzugsweise ans Ende der Welt.«

»Damit haben Sie nichts zu tun. Wir wollen von Ihnen ...«

»Ich weiß, was Sie von mir wollen. Ich soll das für Sie hinbiegen. Aber was ist das Besondere an dieser Sache?«

Der Captain schwieg eine Weile, und dann nahm er ein Kuvert aus seiner Aktentasche und überreichte es Malachi.

»Das Objekt«, verkündete er ernst.

Das Objekt, dachte Malachi. Nicht das Mädchen oder die Frau oder ihr Name, als würde es sich um kein menschliches Wesen handeln. Das Objekt. Malachi öffnete den Umschlag und zog ein schwarzweißes Hochglanzfoto hervor. Es war eine offizielle Aufnahme, und es zeigte eine attraktive Frau, Lieutenant der Navy in blauer Uniform. Er starrte lange auf das Bild. Die Frau war eine Schwarze.

»Der ›große Mann‹ ist ein Idiot«, stellte er schließlich fest.

Der Captain hielt es anscheinend für das beste, seine Meinung für sich zu behalten. Malachi steckte das Foto wieder in den Umschlag.

»Ich nehme an, der große Mann will ihr Schweigen nicht kaufen?«

»Er ist nicht reich.«

»Jedenfalls nicht reich genug, um mich *und* sie zu bezahlen. Deshalb möchte er, daß der Lady angst gemacht wird, damit sie den Mund hält, richtig?«

»Nun ...«

»Was?«

»Natürlich keine körperliche Gewalt. Aber Sie haben in der Vergangenheit, äh, heikle Missionen erfolgreich beendet. Der Chef will nicht wissen oder braucht nicht zu erfahren, wie Sie vorgehen ...«

Malachi lachte. »Das ist bei allen hohen Tieren so. Okay. Ich habe kapiert. Sie haben den Honorarvorschuß?«

Der Captain überreichte Malachi ein Kuvert mit dem Standardhonorar in bar. Dann wies er auf den Umschlag mit dem Foto.

»Ihre Adresse und einige Einzelheiten sind dort drin.«

Malachi schaute auf seine Armbanduhr. »Ich werde mich um die Sache kümmern. Sie sehen müde aus. Sie sollten öfter herkommen, etwas trinken, ein gutes Buch lesen. Ein wenig entspannen.«

Der Captain sah ihn nur an, nickte und ging.

Das war in der vergangenen Woche gewesen. Malachi blickte jetzt wieder auf seine Armbanduhr, nickte vor sich hin und stieg aus. Er nahm seine Aktentasche und schloß den Wagen ab. Er trug einen dunkelgrauen Nadelstreifenanzug, weißes Hemd mit konservativer Krawatte und einen billigen, aber praktischen braunen Trenchcoat. Sogar John Edgar Hoover hätte sein Äußeres gebilligt. In einem Etui in der Brusttasche hatte er die Dienstmarke und den Ausweis mit Foto eines FBI Special Agent, und in einem Schulterholster unter dem linken Arm steckte eine 9mm Beretta. Er schaute auf dem Bürgersteig in beide Richtungen, ob es irgendwelche Zuschauer oder frühe Straßenräuber gab. Manchmal, wenn er sich langweilte, hoffte er fast, auf Mugger zu stoßen, besonders wenn er schlecht gelaunt war. Obwohl heutzutage manche Mugger in Washington mit Maschinenpistolen herumliefen. Dennoch könnte eine solche Begegnung spannender sein, als in der Glotze *Jeopardy* zu sehen.

Auch mit zweiundfünfzig war Malachi Ward ein sichtlich harter und gestählter Mann. Sein großer Schädel strahlte etwas Teutonisches aus, und er hatte eine Hakennase, tiefliegende graue Augen unter schwarzen Brauen, breite, fast sinnlich wirkende Lippen und einen dünnen grauen Haarkranz um eine Glatze. Seine Haut war glatt, abgesehen von den Krähenfüßen um die Augen und zwei senkrechten Falten, die den Mund einrahmten. Sein Gesicht hatte rötliche Flecken auf den Wangen, und sein Teint war insgesamt rosafarben, was auf den reichlichen Genuß von Bourbon zurückzuführen war. Wenn man genau hinsah, entdeckte man ein Netzwerk von

Narben, gerade oberhalb seines Hemdkragens. Er war nicht besonders groß, aber sein Oberkörper war stämmig, und er hatte gewaltige Arme. Er hielt sich sehr gerade, als wolle er verhindern, daß ihm all die Muskelmasse des Oberkörpers vorauseilte.

Malachi Ward sah zum Teil wie ein Cop aus, obwohl er wußte, daß er nicht der Typ eines FBI-Agenten war. Vor allem seine Hände paßten nicht dazu – es waren Arbeiterhände, schwielig und gerötet von seinem Härtetraining, mit dicken Fingern und breiten, gelblichen Fingernägeln. In der Army war er wegen ihrer Größe befangen gewesen, bis er zur Militärpolizei gekommen war und festgestellt hatte, daß manchmal nur der Anblick seiner enormen Fäuste ausreichte, um viele Probleme zu lösen, bevor sie richtig begannen. Bei seiner gegenwärtigen Arbeit ließ Malachi seine Hände sehen, um die Leute einzuschüchtern. Wenn das Objekt seiner Aufmerksamkeit nur ein bißchen Beobachtungsgabe hatte, dann genügte ein Blick auf diese Hände, um jeden Zweifel an seiner Gewalttätigkeit auszuräumen. Während einige Männer harte Sprüche klopften, erweckte Malachi diesen Eindruck durch seine physische Präsenz.

Das zweite untypische Merkmal für einen FBI-Agenten war seine Stimme: tief, rauh, fast eine Reibeisenstimme, aber mit sehr wenig bleibender Kraft, das Ergebnis eines Unfalls in Deutschland, während er bei der Army gewesen war. Weil ihm die Stimme schnell versagte, war er zu einem Mann weniger Worte geworden. Aber er hatte gelernt, diese Stimme einzusetzen, um seinen Gesprächen Bedrohung hinzuzufügen, wann immer er es für nötig hielt, eine Fähigkeit, die ihm nutzte, wenn er sich mit jemandem zusammensetzte wie jetzt gleich.

Er ging zu der Tastatur, vergewisserte sich, daß er unbeobachtet war, und tippte die Codenummer ein. Das Schloß klickte auf. Er nickte zufrieden vor sich hin. Es gab in jeder Lage zwei Wege hinein und zwei heraus. Er ging hinüber zu den Türklingeln, drückte auf den Knopf 412 und wartete.

»Wer ist da?« fragte eine metallen klingende Stimme aus dem Lautsprecher.

»Special Agent Demarest, Federal Bureau of Investigation, verabredet mit Lieutenant Elizabeth Hardin«, sagte Malachi. Seine Worte klangen sehr offiziell und hallten durch die mit falschem Marmor verkleidete Halle, aber es war niemand da, der ihm für seinen Auftritt Beifall zollen konnte. Als ein Summton ertönte, lief er zur Tür, öffnete sie, trat ein, fand den Aufzug und fuhr in den vierten Stock. Nachdem er ihn verlassen hatte, schaute er sich um, bis er die Treppe entdeckte. Er prüfte mit einem Blick nach unten, ob sie als Fluchtweg dienen konnte, und vergewisserte sich, daß die Tür zum Treppenhaus unverschlossen war. Erst dann suchte er nach Apartment 412, das sechs Türen rechts vom Aufzug entfernt war. Er klopfte zweimal an, zog seinen Ausweis hervor und trat einen Schritt zurück. Elizabeth Hardin öffnete die Tür mit vorgelegter Sicherheitskette einen Spalt und spähte heraus.

»Lieutenant Elizabeth Hardin?« fragte Malachi förmlich.

»Ja.«

»Special Agent Demarest vom FBI. Mein Ausweis, Miss Hardin.« Malachi hielt das aufgeklappte Lederetui hoch. Sie schaute auf das Foto und nickte. Nachdem sie die Kette entfernt hatte, machte sie die Tür auf und ließ ihn in die Wohnung. Malachi zog seinen Regenmantel aus und hängte ihn an die Garderobe bei der Tür. Elizabeth Hardin ging voran in ein Wohnzimmer, das klein und schlicht war und ein großes Fenster hatte, aus dem man in einen Innenhof und auf die Fenster anderer Apartments blickte. In einer Ecke waren ein Eßtisch, ein offener Küchenbereich und eine Tür, die vermutlich ins Schlafzimmer führte. Elizabeth Hardin wies auf zwei Sessel und fragte Malachi Ward, ob sie ihm etwas anbieten könnte.

»Danke, nein, Miss Hardin. Wie gesagt, ich entschuldige mich für die Störung, und ich werde das so schnell wie möglich erledigen.«

»Ihre Stimme klingt, als brauchten Sie etwas zu trinken. Deshalb fragte ich. Entschuldigen Sie mich bitte einen

Moment, Mr. Demarest, ich hole mein Bier. Ich bin gerade erst nach Hause gekommen.«

Malachi Ward stellte seine Aktentasche auf die Knie und öffnete sie, während er die Frau aus den Augenwinkeln beobachtete. Sie ging in die Küche, nahm etwas aus einem Schrank und öffnete den Kühlschrank. Sie kehrte dann mit einem Zinnkrug mit Bier zurück und setzte sich ihm gegenüber auf die Couch. Malachi sagte sich, daß sie wirklich sehr hübsch war – ungefähr einssechsundsiebzig und vielleicht sechzig Kilo. Ihr Gesicht war tiefschwarz mit glatter Haut, hohen, gewölbten Brauen, mandelförmigen braunen Augen und Zügen, die Malachi eher als die einer Weißen als einer Schwarzen bezeichnet hätte. Ihr Haar war gerade zurückgekämmt und zu einem glänzenden Dutt gebunden. Sie hatte eine buntgemusterte Bluse und einen langen, fließenden, formlosen Rock an. Er bemerkte, daß sie Nylonstrümpfe trug und keine Pumps anhatte und daß sie ihn beobachtete, während er sie anschaute.

»Ich nehme an, ich habe erwartet, Sie in Uniform zu sehen, Lieutenant«, sagte er.

»Ich bin in CHINFO – das ist die Public-Relations-Abteilung der Navy. Die Typen von den Medien fühlen sich behaglicher, wenn sie mit Leuten in Zivilkleidung reden, also richten wir uns danach.« Elizabeth Hardin trank einen Schluck Bier. »Was hat dies alles zu bedeuten, Mr. Demarest? Wo ich arbeite, gibt es kein geheimes Material.«

»Es geht um die *mögliche* Gefährdung von Geheimmaterial, Miss Hardin. Aber lassen Sie mich erst einige Einzelheiten über Sie klären.«

Er öffnete seinen Aktenkoffer und holte einen ledernen Aktenhefter hervor, der gelbliche Schriftstücke enthielt. Er klappte den Aktenhefter auf und legte ihn in den Aktenkoffer, so daß sie ihn nicht sehen konnte. Er tat so, als gehe er einige Notizen durch, und las dann die Daten der Sozialversicherungskarte ab.

»Sie sind Elizabeth Terry Hardin, geboren in Washington, D. C., am 6. Dezember 1965?«

Sie lächelte. »Ihre Daten sind korrekt«, sagte sie.

»Und Sie sind Stabsoffizier in der PR-Abteilung des Hauptquartiers der Navy und zugleich die Computerspezialistin? Und Sie arbeiten dort seit zwei Jahren?«

»Zwei Jahre, das stimmt. Ich studierte Informatik an der George Washington University. CHINFO ist voll vernetzt, aber Sie wissen, wie Computer sind. Eigentlich haben wir gute Rechner, es sind die Benutzer, die die Fehler machen. Wenn es Probleme gibt, ruft man mich. Ich bin auch Verwalterin der CHINFO-Datenbank, und ich arbeite an neuen Organisationsformen oder zusammen mit anderen Büros von OpNav. Eigentlich bin ich ihre Daten-Lolly.«

»OpNav, Daten-Lolly?«

»OpNav.« Sie seufzte geduldig. »Der Stab des Hauptquartiers der Navy. Der Stab des Chief of Naval Operations.«

»Der Chef für Marineoperationen?«

»Richtig. Operations, Naval. Kurz OpNav. Wir arbeiten auch für das Büro des SecNav.«

»Des Secretary of the Navy?«

»Richtig, des Marineministers. Und Lolly ist eine andere Bezeichnung für Trottel, Mr. Demarest.«

»Okay. Ich habe ein Wort wie Lolly nicht mit einer schönen jungen Frau in Verbindung gebracht, Miss Hardin.«

Er sah, daß sie sich versteifte. »Und was hat mein Aussehen mit dem Problem im Zusammenhang mit Geheimmaterial zu tun, Mr. Demarest?« fragte sie.

Malachi klappte sein Notizbuch zu, schloß den Deckel des Aktenkoffers und setzte sich im Sessel zurück. Die Lady war vorsichtig. Gut. Jetzt würde sie aufmerksam zuhören.

»Nun, überhaupt nichts, Miss Hardin«, gab er lächelnd zu. »Aber Ihr Aussehen hat alles mit dem wirklichen Grund meines Besuches zu tun.«

Alarmiert stellte sie den Bierkrug ab. Malachi hob eine Hand. »Nein, nein, regen Sie sich nicht auf. Ich bin nur ein Botenjunge, in Ordnung?«

Sie legte die Hände auf die Couch und spannte sich an, als wolle sie schnell aufstehen.

»Ich möchte noch einmal diesen Ausweis sehen, Mr. Demarest«, verlangte sie. »Und wenn Sie kein …«

Er hob abermals die Hand. »Ausweis und Dienstmarke sind absolut echt, Miss Hardin. Ich *bin* Special Agent des FBI – am Tag. Im Augenblick arbeite ich schwarz. Ich bin hier, um mit Ihnen über Ihre sexuelle Beziehung zu einer gewissen ranghohen Person bei der Navy zu reden.«

Er hörte sie Luft schnappen und sprach weiter, bevor sie etwas erwidern konnte.

»Man hat mich hergeschickt, um Ihnen einen Rat zu geben, einen wirklich guten Rat. Sie können sich entweder anhören, was ich zu sagen habe, oder Sie können mich rauswerfen, und ich werde sofort gehen. Aber bevor Sie das tun, sollten Sie über einiges nachdenken. Zum Beispiel, welche Macht jemand hat, der einen FBI-Agenten außer Dienst dazu bringen kann, Sie über Ihr Sexleben auszufragen.«

»Wie können Sie es wagen! Seit wann geht mein Privatleben den FBI etwas an?« Ihre Augen spiegelten Zorn wider.

»Genau so ist es«, sagte er und ließ die Worte wirken. Sie starrte ihn ein paar Sekunden lang an und lehnte sich dann langsam auf der Couch zurück. Er hakte nach.

»Ich will zur Sache kommen. Mein Hintergrundmaterial belegt, daß dieses hohe Tier geil auf Sie war und Sie eine Chance sahen, an einen mächtigen Mann heranzukommen. Sie taten, was viele Mädchen und Frauen in dieser Stadt tun, und nachdem ihr es miteinander getrieben hattet, bekamen Sie kalte Füße und wollten Schluß machen, es sei denn, es wäre etwas für Sie herauszuholen. Aber er ist ein hohes Tier, verheiratet und war weder gewillt, sich ausnehmen zu lassen, noch einfach nur *sayonara* zu sagen. Er drängte Sie, die Dinge so zu lassen, wie sie waren. Sie lehnten ab, er bedrängte Sie noch mehr, und Sie drohten, an die Öffentlichkeit zu gehen. Ist das ungefähr die richtige Zusammenfassung?«

Sie schwieg fast eine Minute lang und starrte ihn wütend

an. Er sah, daß sie jetzt wirklich zornig war. Aber sie war auch besorgt.

»Nein«, widersprach sie schließlich. Doch dann blickte sie eine Weile zu Boden. »Es war mehr als das. Es *ist* mehr.«

»Jetzt nicht mehr«, sagte er.

Ihr Kopf ruckte hoch, und sie starrte ihn an. Er erkannte in diesem Moment, daß es niemals geklappt hätte, wenn ihr Geld angeboten worden wäre. Die Puppe war verliebt. Der Captain hatte es umgekehrt geschildert. Malachi Ward entschied, sofort nachzusetzen. Er neigte sich vor.

»Jetzt nicht mehr«, wiederholte er. »Sie werden die Sache und ihn vergessen. Einfach alles vergessen. Auf diese Weise behalten Sie Ihre schöne Karriere bei der Navy, und alles entwickelt sich zum Besten. Aber nur, wenn Sie den Mund halten und sich damit abfinden, daß jetzt alles zu Ende ist. Vergessen und vorbei. Als Gegenleistung bekommen Sie, was Sie wollen: Der große Mann hält *seinen* Mund und nervt Sie nicht mehr. Aber kein Skandal, keine Pressekonferenzen wegen sexueller Belästigung, keine Äußerungen in den Medien. Sie sind vermutlich nicht die erste Weide, die er in seiner Laufbahn abgegrast hat, und Sie werden wahrscheinlich nicht die letzte sein. Aber Sie *werden* den Mund halten.«

»Sie verstehen wirklich nicht, wie?« entgegnete sie. »Ich habe ihm nur gedroht, weil er mich nicht in Ruhe lassen wollte. Ich sagte ihm, daß eine heimliche Affäre ein Fehler gewesen sei.« Sie legte eine Pause ein und schaute auf den Tisch. »Die ganze Sache war ein Fehler. Ein größerer, als er weiß.«

»Das sehen Sie genau richtig«, stimmte Malachi zu. Seine Stimme klang müde. »Aber vierundzwanzigjährige Frauen, die mit Männern in meinem Alter herumspielen, müssen immer mit Kummer rechnen – besonders, wenn sie schwarz und weiß vermischen.«

»Was, zum Teufel, soll das heißen?« brauste sie auf.

Er erkannte, daß er zu weit gegangen war, doch ihr schnippisches Verhalten ärgerte ihn. Die verdammten Weiber waren alle gleich.

»Das soll heißen, daß Schwarze und Weiße sich nicht paaren sollten. Es ist wider die Natur.«

»Sie *Bastard*! Wider die Natur? *Wider die Natur!* Für wen oder was halten Sie sich?«

Auch in Malachi wallte Zorn auf. Er stellte seinen Aktenkoffer ab, stand auf und trat näher an die Couch heran. Er ragte über ihr auf. *Für wen oder was ich mich halte?* dachte er. *Unverschämte kleine Nutte!* Er kniff die Augen zu Schlitzen zusammen und senkte die Stimme, als sie zurückwich und ihn ängstlich anstarrte.

»Für wen oder was ich mich halte? Sie haben es gehört. Ich bin der Bote«, sagte er fast im Flüsterton und stieß einen dicken Finger in ihre Richtung, ließ sie seine gewaltigen Hände sehen. »Und die Botschaft lautet, daß Sie den Kopf gesenkt, den Mund zu und die Beine geschlossen halten sollen. Und wenn Sie das nicht tun, werden Sie mehr als nur Ihren Job verlieren.«

Aber sie ließ sich nicht so einschüchtern, wie er gedacht hatte. Ihr Gesicht spiegelte immer noch ebensoviel Zorn wie Angst wider. Er streckte die Rechte mit klauenförmig gespreizten Fingern aus, um sie am Kinn zu packen. Plötzlich nahm er das Blitzen von Stahl wahr und spürte einen scharfen Schmerz an der Hand. Er sprang mit einem Schmerzenslaut zurück, als sie seitwärts von der Couch hochschnellte, katzenhaft landete und geduckt stehenblieb, ein langes Küchenmesser in der linken Hand. Sie hatte ihm den Handrücken aufgeschnitten. Er hob die blutende Hand, um festzustellen, wie schlimm die Schnittwunde war.

»Verschwinden Sie!« schrie sie. »Sofort!«

Er wich einen Schritt zurück und richtete sich auf. Zorn flammte in ihm auf. Noch ein gottverdammtes Weib mit einem Messer – er konnte den damaligen Schmerz fast wieder spüren, glaubte noch einmal zu erleben, was das deutsche Weibsstück getan hatte. Er dachte auch kurz an die Waffe im

Schulterholster, doch dann gewann er die Kontrolle über sich. Er atmete tief durch, hielt die blutende Hand vors Gesicht, bewegte sie hin und her, wie um sie zu inspizieren. Er ließ das Blut auf seinen Hemdsärmel laufen, nicht auf den Teppich. Dann schaute er sie an. Sie zitterte, aber sie behauptete sich.

»Okay«, sagte er ruhig, den rechten Arm immer noch erhoben und so gedreht, daß Elizabeth Hardin sehen konnte, was sie angerichtet hatte. »Ich gehe jetzt. Sie haben einen großen Fehler gemacht, einen sogar noch größeren, als mit dem falschen Mann zu vögeln, wie Sie bald merken werden.«

»Verschwinden Sie«, befahl sie, und ihr Mut stieg, als sie erkannte, daß er gehen würde. »Sie sind es, der einen großen Fehler gemacht hat, wie Sie gleich morgen früh sehen werden. Sehen und hören. Mein Job ist die *Öffentlichkeitsarbeit*, erinnern Sie sich. Und jetzt bewegen Sie Ihren weißen Arsch hier raus.«

Sie zielte mit dem Messer in seine Richtung. Er bückte sich, griff mit der linken Hand nach seinem Aktenkoffer und wich zur Tür zurück, die rechte immer noch erhoben. Dann blieb er stehen, stellte den Aktenkoffer ab, zog sein Jackett aus und wickelte es um seine blutende Hand. Elizabeth Hardin konnte jetzt die Waffe in seinem Schulterholster sehen, und sie starrte mit großen Augen darauf. Ohne hinzuschauen, spürte er, daß sein Hemdsärmel blutgetränkt war, und wickelte das Jackett um den Unterarm. Er schnappte sich den Regenmantel von der Garderobe, öffnete die Tür und spähte in den Gang hinaus, um sich zu vergewissern, daß es keinen Beobachter gab. Dann wischte er mit dem Jackett über den Türgriff, um Fingerabdrücke zu beseitigen. Er nahm die Aktentasche und sah Elizabeth Hardin an.

»Es ist nie schön, den Boten zu verletzen, Lieutenant«, sagte er mit kaltem Lächeln, während er auf den Flur hinaustrat. Sie stürzte zur Tür und knallte sie mit einem Fuß zu.

Draußen auf dem Gang wickelte Malachi das Jackett fester um den Unterarm, zog den Regenmantel an und ging zum Treppenhaus. Er stieg die Treppe hinab bis zum Erdgeschoß, öffnete die Tür zur Halle einen Spalt, um sicherzugehen, daß dort die Luft rein war, doch dann entschied er sich, den Notausgang zur Tiefgarage zu benutzen. Seine Hand begann zu schmerzen, aber er war mehr besorgt, nicht entdeckt zu werden.

Die Tiefgarage war unbewacht, und die Einfahrt ließ sich automatisch öffnen. Die Tür des Treppenhauses führte zur ersten Parkebene, rechts neben denen zur Straße. Er eilte zum Ausgang und schwenkte die linke Hand vor dem elektronischen Auge, was den Türöffner auslöste. Einen Augenblick später stand er auf der regennassen Straße. Er ging um den Block mit den Apartmenthäusern, ehe er sich seinem Wagen näherte. Das Weibsstück hatte vielleicht die Cops angerufen, und er wollte nicht in eine Falle tappen. Er hielt das blutige Bündel um seine rechte Hand so versteckt wie möglich, aber es war niemand in Sicht. Scheinwerferlicht flammte auf, als jemand in die Tiefgarage fuhr, doch dann war die Straße wieder verlassen. Er hastete zu seinem Wagen, schloß ihn mit der linken Hand unbeholfen auf, warf die Aktentasche auf den Beifahrersitz und stieg ein. Das Jackett um seinen Arm fühlte sich feucht und klebrig an. Er erinnerte sich. Von den Erste-Hilfe-Kursen bei der Army hatte er in Erinnerung, daß Wunden an Händen und Kopf am stärksten bluten. Ein Wagen kam die Straße herunter, und er duckte sich, bis er vorbei war. Immer noch keine Cops. Er hatte eine Idee. Er wählte wieder ihre Telefonnummer. Besetzt. Sie telefonierte also. Mit wem?

Als kein Streifenwagen auftauchte, startete er, drehte und setzte in die 23rd Street zurück. Er bog nach rechts ab, fuhr bis zur Memorial Bridge und über den Fluß nach Arlington, wobei er sich abmühte, das Jackett fest um seine rechte Hand und den Arm gewickelt zu halten. Malachi Ward war sich ziemlich sicher, daß er kein Blut in ihrem Apartment hinterlassen hatte, doch das Messer würde Blutspuren aufweisen, wenn sie es nicht abgewaschen hatte. Er würde vielleicht am Tag dorthin zurückkehren müssen, um das zu überprüfen.

Das würde einfach sein. Er hatte die Nummer, um ins Haus zu gelangen, und die Apartmenttür war leicht zu knacken.

Er fuhr über den Arlington Boulevard zur Abfahrt 10th Street, dann die Wilson hinauf zur Quincy Street, bog nach rechts und anschließend nach links in die Tiefgarage des Randolph-Towers-Apartmentgebäudes. Seit einigen Jahren bewohnte er ein spartanisches Ein-Zimmer-Apartment in den RandolphTowers, die vierundzwanzig Stockwerke hoch und einen Block von der Ballston U-Bahn-Station entfernt waren. Zu dem gesicherten Apartment gehörte ein Stellplatz in der bewachten Tiefgarage. Er hielt sich selten dort auf, aber es war ein sicheres Versteck, wenn er eines brauchte, ebenfalls eine Empfehlung von Monroney. Er glaubte immer noch, die rauhe Stimme und den harten New Yorker Akzent seines alten Saigoner Mentors zu hören: »Bei einem Job in der Unterwelt braucht man mindestens ein Versteck, Malachi, und mindestens zwei, vorzugsweise drei Fahrzeuge mit vielen verschiedenen Papieren für alles. Denk daran, du kannst jede Art Fahrzeugpapiere von den Haitianern im Distrikt bekommen, die um das Straßenverkehrsamt an der New Avenue herumlungern.« Malachi hatte alle drei Wagen unter falschen Namen und Adressen gemeldet und das ziemlich durchlässige System der Gebührenzahlung per Post genutzt. Solange er die Schecks einschickte, kamen die Verlängerungen. Er hatte sogar zwei Führerscheine – einen von Virginia und einen vom Distrikt –, die zu den Daten und Namen aller Wagen paßten. Im Zeitalter des Computers war das kein narrensicheres System, aber bei einer Verkehrskontrolle würde er nicht auffallen.

Die Randolph Towers waren ab 22 Uhr gut gesichert, aber bis dahin konnte er drei Eingänge, die von der Portiersloge aus nicht zu sehen waren, benutzen und folglich kommen und gehen, ohne Aufmerksamkeit zu erregen. Einige der ausländischen Botschaften der Stadt hatten hier Apartments gemietet, und Ausländer und fremde Gesichter gehörten zum alltäglichen Bild. Auch die Ausgänge der Garage lagen außerhalb der Sichtweite und von den Sicherheitsleuten in der Halle nicht zu sehen und ließen sich automatisch mit einer Codekarte öffnen.

Malachi hatte sich Monroneys Rat bezüglich der Fahrzeuge zu Herzen genommen und für seine Operationen drei Wagen zugelegt: einen Pickup-Truck, einen kleinen Van und eine Ford Limousine, die in der Tiefgarage der Randolph Towers blieb. Er hatte sie auf einer Auktion der Polizei des Fairfax County ersteigert. Der schwarze Wagen war alt und verbeult und hatte getönte Scheiben, eine kurze Funkantenne auf der Kofferraumhaube und einen verchromten Suchscheinwerfer mit Fernbedienung vor dem Außenspiegel auf der Fahrerseite. Für ihn hatte er zwei Sätze Nummernschilder: einen vom Distrikt, für Operationen in Virginia, und einen von Virginia, für Operationen im Distrikt. Beide hatte er sich bei einem Treffen auf dem Parkplatz des Verkehrsamtes des Distrikts Columbia besorgt, wie Monrowey ihm empfohlen hatte. Der Ford sah genauso aus wie das, was er gewesen war, ein unauffälliger Polizeiwagen, was viele Probleme in gewissen Vierteln löste und auch das Parken in Washington erleichterte. Er konnte jeden freien Platz nutzen, der für Fahrzeuge der Regierung reserviert war. Hunderte in Washington.

Malachi fuhr zwei Ebenen tiefer und stellte den Ford auf der untersten Parkfläche ab. Er hielt das Jackett um die Hand gewickelt, wand sich aus dem Regenmantel und rollte den blutgetränkten Hemdsärmel hoch. Nachdem er sich vergewissert hatte, daß er nicht beobachtet wurde, holte er den Erste-Hilfe-Kasten aus dem Kofferraum, wickelte das Jackett von der Hand und verband seine Finger im Schein der Kofferraumbeleuchtung. Die Schnitte waren tief, der Handballen angeschwollen. Sie sollten genäht werden, dachte er, aber es war unmöglich, jetzt die Notaufnahme eines Krankenhauses aufzusuchen. Er trug etwas antibakterielle Salbe auf und zuckte bei dem brennenden Schmerz zusammen; anschließend umwickelte er die Hand, so gut es ging, mit Verbandsmull, um die Schnitte zusammenzuhalten. Er nahm den FBI-

Ausweis und die Dienstmarke aus dem Jackett, zog wieder den Regenmantel an und schob die verletzte rechte Hand in die Manteltasche.

Er wartete, bis ein Schwarm abendlicher Pendler seine Parkplätze erreicht hatte, und als alle auf dem Weg zu den Aufzügen waren, schloß er den Ford ab und ging mit dem ruinierten Jackett über die Rampe zur Einfahrt der Randolph-Street-Garage. Er schob seine Magnetkarte in den Automaten, öffnete die Tür und trat hinter dem Imbiß im Erdgeschoß auf die Straße. Als er an einem der Müllcontainer des Apartmentgebäudes vorbeikam, warf er das blutige Jackett hinein. Er überquerte die Randolph Street, ging über den Parkplatz hinter der Praxis eines Zahnarztes über die Stafford Street und betrat das Ramada Renaissance Hotel. Die rechte Hand hatte er in die Tasche des Regenmantels gesteckt, und keiner widmete ihm Aufmerksamkeit, als er die Halle durchquerte, das Hotel durch die Hintertür verließ und direkt in die Ballston U-Bahn-Station hinabstieg.

Er nahm die erste U-Bahn Richtung Innenstadt und ließ sich auf einen freien Platz sinken. Es war eine Bahn der Blue Line, die am Ende der Rush-hour in die Stadt zurückfuhr und ziemlich leer war. Malachi lehnte sich zurück und schloß die Augen. Er brauchte dringend etwas zu trinken und eine Zigarette. Das mußte warten, sagte er sich. Er würde heimfahren, die Wunden säubern und richtig verbinden und dann eine kleine Sitzung mit Mr. Bourbon aus dem Hause Harper abhalten. Er versuchte, sich die Ereignisse im Apartment der Frau in Erinnerung zu rufen, doch der pochende Schmerz in seiner Hand lenkte ihn ab. Er mußte eingenickt sein, denn plötzlich schreckte er hoch, als Leute bei der Center Station in die Bahn drängten. Er sah sich um und stellte fest, daß er jetzt der einzige Weiße im Abteil war. Aber daran war er gewöhnt. Die Züge, die die Center Station spät abends in Richtung Virginia verließen, waren hauptsächlich mit Weißen gefüllt; die Bahnen, die ostwärts gen Capitol Hill und Nordost-Washington fuhren, wurden überwiegend von Schwarzen benutzt.

Malachi wohnte auf dem Capitol Hill, der bei Tag der Bezirk der weißen nationalen Legislative sowie ihres Personals und der Capitol-Hill-Polizei war. Wenn der Arbeitstag vorüber war, wurde wieder ein schwarzes Viertel daraus. Malachi hatte das Haus 1975 erworben, wiederum eine Gefälligkeit Monroneys. Die Army hatte ihn in Fort McNair beim Zusammenfluß von Potomac und Anacostia River stationiert, während er nach dem Zwischenfall in Deutschland auf seine Entlassungspapiere gewartet hatte. Monroney, zu diesem Zeitpunkt im Ruhestand und Chef einer Beraterfirma in Washington, hatte ihn einer Immobilienmaklerin mittleren Alters vorgestellt, deren Vorliebe für Whisky fast ebenso war wie seine. Ohne ihr mehr als unbedingt nötig zu sagen, hatte er ihr erklärt, daß er Geld gespart habe und es für eine Wohnung investieren wolle, bevor er aus der Army ausscheiden würde. Weil sie verwandte Seelen in punkto Whisky waren, hatte sie ihm empfohlen, ein heruntergekommenes Doppelhaus in der 5th Street, drei Blocks vom Obersten Gerichtshof entfernt, zu kaufen, und ihm vorgeschlagen, er könne die beiden Häuser selbst in Schuß bringen. So hatte er während seiner letzten Monate bei der Army nebenbei etwas zu tun gehabt, und jetzt wohnte er in einem der Häuser und hielt das zweite, das er zum Schein verkauft und unter falschem Namen wieder gekauft hatte, als sicheres Versteck für Auftraggeber bereit, die ab und an einen diskreten Platz suchten, an dem sie untertauchen konnten. Die Maklerin hatte ihm einen verdammt guten Rat gegeben. Der Wert des Doppelhauses war stark gestiegen, und das Ersatzhaus brachte gute Miete von drei Büros des Kongresses ein, die anscheinend das dringende Bedürfnis hatten, von Zeit zu Zeit äußerst diskrete Quartiere anzumieten.

Zwei sehr große und dicke Ladies musterten ihn mißtrauisch, als sich die U-Bahn der Capitol South Station näherte, aber er ignorierte sie und schob seine schmerzende Hand tiefer in die Tasche des Regenmantels. Er dachte voller Vorfreude an den Bourbon und an das, was er am nächsten Morgen tun würde. Gottverdammtes Weib. Zwölf Jahre in der Army, und kein Mann hatte ihn jemals ernsthaft verletzt. Nur eine gottverdammte Frau. Er kannte ihre Gewohnheiten als Pendlerin. Er würde es ihr am Morgen heimzahlen.

6

Um Viertel vor sechs am nächsten Morgen wartete Malachi in seinem weißen Ford F-25 Pickup-Truck auf der Südseite der 23rd Street, kurz hinter einer Bushaltestelle. Der Truck hatte ein gelbes Warnlicht auf dem Dach der Fahrerkabine, einen großen stählernen Stoßfänger auf der vorderen Stoßstange und auf beiden Türen das Emblem der Washington Metropolitan Transit Authority. Monroney hatte darauf hingewiesen, daß in Washington ein Wagen der Metro fast überall parken konnte, außer vor dem Weißen Haus. Malachi saß in der Fahrerkabine, hatte das Warnlicht eingeschaltet und ein großes Klemmbrett auf dem Lenkrad liegen. Ein Wagen der Metro, dessen Fahrer die Einhaltung des Fahrplans der Buslinie überprüfte und auf die Rush-hour wartete. Drei Streifenwagen waren vorbeigefahren, und die Cops hatten nicht einmal einen Blick auf ihn geworfen.

Er trug ein kurzärmeliges weißes Hemd und eine schwarze Krawatte. Von Zeit zu Zeit hob er die verbundene rechte Hand an, um den Schmerz zu lindern. Das verdammte Weibsstück. Es hatte dieses Küchenmesser die ganze Zeit unter den Couchkissen gehabt. Für alle Fälle. Typisch Großstadtpflanze. Immer verteidigungsbereit. Besonders in dieser Stadt, der Mordhauptstadt der freien Welt. Wie war die Statistik? Durchschnittlich zwei Morde pro Nacht in den vergangenen drei Wochen? Frühling in Washington. Malachi Ward betrachtete wieder seine Hand mit dem weißen Verband. Vier tiefe Schnitte. Ein Glück, daß sie geschnitten und nicht zugestoßen hatte. Er wurde unvorsichtig auf seine alten Tage. Hatte nicht damit gerechnet, daß eine Frau zum Messer greift. Unglaublich. Plötzlich sah er vor seinem geistigen Auge Inge, das deutsche Barmädchen, das damals in Frankfurt mit dem Messer auf ihn losgegangen war. Ja, er hätte aufpassen müssen.

Er schaute auf seine Armbanduhr. Vielleicht noch eine halbe Stunde. Es war noch wenig Verkehr in der Stadt, doch die Arterien der Vororte schwollen bereits an. Ein Bus der Linie 17A, dessen Fahrtziel laut beleuchteter Anzeige FOGGY BOTTOM war, fuhr an ihm vorbei und hielt. Der Fahrer winkte lässig. Malachi erwiderte den Gruß und tat, als schreibe er etwas auf das Blatt auf seinem Klemmbrett. Er hatte gestern abend noch zweimal versucht, Elizabeth Hardin anzurufen. Jedesmal war die Leitung besetzt gewesen. Vielleicht hatte sie jemandem von ihrem Besucher erzählt. Das war ein mögliches Problem, je nachdem, mit wem sie telefoniert hatte. Aber vermutlich mit keinem bei der Arbeit – dann hätte sie die Art des Problems erklären müssen. Vielleicht hatte sie einen Verwandten angerufen. Laut Akte hatte sie einen Bruder, aber der war irgendwo bei der Navy. Ihre Mutter? Das würde er herausfinden. Das Messer und die Telefonate – zwei ungelöste Probleme.

Malachi Ward gähnte und zündete sich noch eine Zigarette an. Er kurbelte die Fensterscheibe ein Stück hinunter. Allmählich wurde er ein bißchen zu alt für diesen Scheiß. Zwölf Jahre in der verdammten Army, neun davon bei der Militärpolizei, und er hatte schon Schwierigkeiten, etwas früher aufzustehen. Vielleicht war es keine gute Idee gewesen, so viel Bourbon zu trinken. Der Whisky hatte nicht geholfen wie sonst. Nachdem er den Schmerz in seiner Hand betäubt hatte, war der Kopfschmerz gekommen. Als er um halb fünf aufgestanden war, hatte er nicht gewußt, was ihn mehr quälte, der Kopf oder die Hand.

Malachi hatte die Metro-Schilder vor vier Jahren von einem Typen gekauft, der ein wenig Hilfe gebraucht hatte, und die Warnlichtanlage stammte aus einem Versandhaus. Durch diese Ausstattung des Pickup-Trucks hatte er ein weiteres Fahrzeug gewonnen, mit dem er jeden Teil der Stadt erreichen und überall parken konnte, ohne Aufsehen zu erregen. Bevor er aus der Garage gefahren war, hatte er die ganze Frontpartie, Scheinwerfer, Haube, Stoßstange und besonders den schweren stählernen Stoßfänger mit einem besonderen Spray eingesprüht – nur für den Fall, daß er dem Objekt zu nahe kam. Dann hatte er zwei Runden durch die hiesigen Straßen gedreht, um seinen Fluchtweg zu überprüfen und sich zu vergewissern, daß das städtische Bauamt keinen Mini-Grand-Canyon auf seinem Weg gegraben hatte.

Er blickte wieder auf seine Armbanduhr. Zehn, fünfzehn Minuten, und sie würde auf seiner Seite die Straße heraufkommen und ungefähr dreißig Meter entfernt die 23rd Street überqueren, um die Zeitung zu kaufen. Pendler: absolute Gewohnheitstiere. Sie mußten einfach ihre Morgenzeitung haben. Normalerweise mußte er nur eine seiner gewaltigen Hände auf jemanden legen, um ihm klarzumachen, wo es langging. Diesmal hatte es nicht geklappt. Runde eins ging also an die Lady. Rund zwei würde zu einer kleinen Eskalation führen: An diesem Morgen würde er ihr mit dem Truck Todesangst einjagen. Mit Servolenkung. Dafür brauchte er keine zwei Hände. Er würde dafür sorgen, daß sie im Moment der Wahrheit sein Gesicht sah. Ihr zu verstehen geben, daß sie sehr leicht sterben konnte, wenn sie nicht klein beigab. Er wartete, und sein Kopf und seine Hand schmerzten um die Wette. Er nahm die Taschenflasche aus dem Handschuhfach und trank einen Schluck. Der Whisky milderte ein wenig die Kopfschmerzen.

Zwölf Minuten später, als ein weiterer Metro-Bus in einer Wolke von Dieselrauch davonfuhr, sah er sie am fernen Ende des Blocks. Er drehte den Kopf und zuckte bei der Bewegung zusammen. Sein Mund war trocken, und die Augen taten ihm weh. Aber was er sah, gefiel ihm: keine anderen Fußgänger, immer noch kaum Verkehr. Er überprüfte den Spiegel und stellte fest, daß die Verkehrsampel am Washington Circle hinter ihm von Gelb auf Rot umsprang. Perfekt. Die Straße würde für weitere neunzig Sekunden frei sein. Er atmete tief durch, um seine Nerven zu beruhigen, spielte flüchtig mit dem Gedanken, noch einen Schluck Whisky zu trinken, doch dann ließ er den Motor des Trucks an und legte den ersten Gang ein. Nachdem die Schnauze ein paar Zentimeter auf die Straße hinausragte, stoppte er jedoch und schaltete das Licht aus. Die Frau näherte sich weiter auf dem Bürgersteig. Er konnte jetzt ihr Gesicht erkennen, das vorgereckte Kinn im Schein der Straßenlampen, während sie forsch dahinschritt, wobei sie vielleicht überlegte, was sie an diesem Morgen tun oder sagen würde, vielleicht eine empörte Konfrontation mit dem großen Mann, angetrieben von der tiefen Sorge, daß ihre Karriere plötzlich auf dem Spiel stehen könnte. Er sah sie einen kurzen Blick über die 23rd Street werfen, ehe sie sich anschickte, zum Zeitungsautomat hinüberzugehen. Er wartete, bis sie drei Schritte gemacht hatte. Dann gab er Gas, und der Truck schoß aus dem Parkplatz. Und er beschleunigte und fuhr schon vierzig, als die Frau endlich über die Schulter blickte, und fünfzig, als ihr bewußt wurde, was da auf der dunklen Straße auf sie zuschoß. Malachi hielt direkt auf sie zu, wollte sie nur um Haaresbreite verfehlen, sich vorlehnen, damit sie sein Gesicht hinter der Windschutzscheibe sehen konnte. Er nahm an, daß sie sich mit einem Sprung in Sicherheit bringen würde, doch das tat sie nicht. Sie starrte, wie gelähmt von dem Anblick des Trucks, und dann fixierte sie sein Gesicht, und ihre Augen spiegelten Erkennen wider, im allerletzten kritischen Sekundenbruchteil, als sie sich schließlich zu bewegen versuchte. Doch sie rutschte auf dem feuchten Asphalt aus und taumelte seitwärts, und die linke Seite des Stoßfängers erfaßte sie. Die Wucht des Achttonners wirbelte sie herum und katapultierte sie meterweit über die Straße, bis sie wie ein blutiges Bündel gegen die Veranda eines Brownstone-Hauses knallte.

Malachi blickte nicht zurück. Er wußte, daß er sie voll erwischt hatte. Sein Puls raste, Kälte breitete sich in ihm aus. Er war plötzlich sehr nüchtern. Er raste noch einen Block weiter auf der 23rd Street, schaltete dann runter und fuhr an der ersten möglichen Abzweigung nach links in die F Street. Nach drei Kreuzungen bog er nach rechts in die 19th Street South.

Dieses blöde Weibstück! Dieses blöde trotzige Weib! Es hätte nur aus dem Weg zu springen brauchen!

Er machte den Polizeifunk an, während er auf die Constitution zuhielt, und schaltete das gelbe Warnlicht ein, als er etwas schneller als erlaubt Richtung Capitol Hill fuhr. Seine Kopfschmerzen waren weg. Nur ein kleiner Adrenalinstoß, um einen klaren Kopf zu bekommen, dachte er. Für einen kurzen Augenblick war sie Inge geworden. Er konnte das Bild vor seinem geistigen Auge immer noch sehen – den gleichen feindseligen Blick und dann der Schock. Aber nein, es war überhaupt nicht Inges Gesicht. Inge war weiß gewesen. *Verdammt!*

Malachi Ward reduzierte die Geschwindigkeit, als er in dichteren Verkehr geriet, bog in die 2nd Street, um noch eine Weile durch Seitenstraßen rings um den Capitol Hill zu fahren, nur ein Wagen der Flotte von Kontrolleuren der Metro, der die tägliche morgendliche Verrücktheit der Hauptstadt überwachte. Er hörte jetzt etwas im Polizeifunk, einige Codewörter, und schließlich wurde eine Ambulanz angefordert, Code acht, 23rd Street. Code acht – zu spät. Der Code ›es eilt nicht‹.

Ein paar Minuten später steuerte er eine Autowaschanlage an. Normalerweise herrschte hier viel Betrieb, doch zu dieser frühen Stunde hatte er die Anlage für sich. Er stieg aus, entfernte das Warnlicht und nahm die Magnetschilder mit dem Metro-Emblem von den Türen des Trucks ab, bevor er zweimal durch die Waschanlage und dann schließlich zum Doppelhaus zurückfuhr. In der Garage stieg er aus, schloß das Tor und untersuchte mit einer Taschenlampe sorgfältig die Schnauze des Trucks. Nichts. Vom Gummiüberzug der Stoßfänger tropfte noch etwas Wasser von der Wagenwäsche und hinterließ eine kleine Lache auf dem Zementboden, aber es gab keine Beulen, kein gebrochenes Glas, weder Stoffstücke noch Kratzer, noch Blutflecke. Er richtete sich auf und schloß die Augen einen Moment lang. Im Geiste bildete das sterile Metall des Trucks einen starken Kontrast zu dem Schwarzweißbild ihres vom Stoßfänger deformierten Körpers und dem verzerrten schwarzen Gesicht, als sie durch die Wucht des Aufpralls durch die Luft geschleudert wurde. Malachi Ward atmete tief durch und erschauerte. Dann lächelte er. Nun, der Truck war wenigstens sauber. Ein sauberes Instrument. Sauberkeit kam gleich nach Göttlichkeit. Und was sollte es? Ein Unfall, nichts anderes, und noch dazu ein unnötiger. Sie hätte gestern abend nur zu sagen brauchen: ›Okay, ich habe die Botschaft verstanden. Ich werde brav sein und den Mund halten.‹ Aber nein, sie war mit einem verdammten Messer auf ihn losgegangen, hatte ihm in die Hand geschnitten und ihn gezwungen, es von neuem zu versuchen. Noch eine hinterhältige Frau, die ihn mit einem Messer attackiert hatte.

Er legte die Taschenlampe zurück ins Handschuhfach, schaltete die Garagenbeleuchtung aus und vergewisserte sich, daß das Tor abgeschlossen war. Dann zwängte er sich am Truck vorbei und verließ die Garage durch die Hintertür. Er zündete sich eine Zigarette an und blies eine blaue Rauchwolke in die Morgendämmerung. Zum Teufel, er hatte der Frau nur Angst einjagen wollen; es war ihre Schuld, daß sie wie versteinert gestarrt hatte, anstatt zur Seite zu springen. Einer der unglücklichen Zufälle im Leben, wie Monroney zu sagen pflegte. Außerdem wußte Mr. Bourbon Harper, wie man mit unangenehmen Erinnerungen fertig werden konnte. Das einzige Verwirrende an der Sache war, daß er einen Augenblick lang gedacht hatte, nicht Frau Lieutenants, sondern Inges Gesicht vor sich zu haben. Ein schlechtes Zeichen, dieses Gesicht wiederzusehen. Das schwarze Mädchen hatte sich praktisch selbst umgebracht, als es ihm nicht aus dem Weg gesprungen war. Aber woher kam das Bild von Inge nach all diesen Jahren?

Er durchquerte den kleinen, vernachlässigten Hof, stieg über die Hintertreppe und betrat die Küche auf der linken Seite des Doppelhauses. Dort hielt er einen Moment an und schaute auf die Whiskyflasche, doch dann ging er weiter durch das Haus, zog seine schwarze Windjacke an und verließ es durch die Vordertür. Er lief die sieben Blocks zur Eastern Market Metro Station und fuhr mit einer Bahn der orangefarbenen Linie zurück in die Stadt. An der Foggy Bottom Station stieg er aus und tauchte auf der 23rd Street gegenüber vom Komplex der Georg Washington Uniklinik auf. Nur ein paar Blocks entfernt schien etwas ein Verkehrschaos zu verursachen. Er kaufte in einem Imbiß Kaffee und ein Donut und fragte den koreanischen Besitzer, was passiert sei.

»Unfall mit Fahrerflucht«, antwortete der Besitzer. »Irgendeine Lady wurde überfahren. Alle hängen im Stau. Möchten Sie eine Tüte haben?«

7

Am nächsten Morgen stand Malachi früh auf holte sich eine Morgenzeitung und Zigaretten im Laden in der East Capitol Street. In der Bäckerei gegenüber kaufte er Kaffee und ein Pflaumenteilchen, dann ging er die vier Blocks zum Capitol Hill. Es war ein angenehmer Frühjahrsmorgen mit dem ersten Grün der Bäume und einer Spur von Wärme in der Luft. Ein paar Pendler, die den Hauptverkehrsstraßen auswichen und durch die Seitenstraßen des ruhigen Viertels bretterten, hielten nur selten bei Stoppschildern. Es spürte die Vibrationen des unebenen Asphalts unter einem vorbeifahrenden Bus, als er die 2nd Street hinter der Kongreßbibliothek überquerte. Sein Kopf schmerzte nicht mehr, denn diesmal hatte er nicht den Fehler begangen, seinen Whiskykonsum zu unterbrechen. In der vergangenen Nacht hatte er kaum geschlafen, jedenfalls nicht länger als eine halbe Stunde an einem Stück. Er hatte eine Reihe von zunehmend langweiliger werdenden Talkshows gesehen, all seine Zigaretten aufgeraucht und eine Flasche Harpers getrunken. Aber er war nicht betrunken, nur angenehm – stabil, ja, das war das Wort. Der Bourbon wärmte ihn und hielt den lauernden Kopfschmerz im Zaum.

In dem kleinen Park hinter dem Obersten Bundesgericht entdeckte er eine Bank abseits der zerlumpten Penner, die in den Büschen schliefen, entfaltete die Zeitung und überflog den Lokalteil. Er fand sofort, was er suchte: Ein weiblicher Navy-Lieutenant war das Opfer eines morgendlichen Unfalls mit Fahrerflucht auf der 23rd Street geworden. Man hatte sie tot in die George Washington Uniklinik eingeliefert und als Lieutenant Elizabeth T. Hardin, U. S. Navy, 26, vom Chief of Information (CHINFO) Büro des Navy-Hauptquartiers im Pentagon identifiziert. Die trauernden Hinterbliebenen waren ihre Mutter, Mrs. Agnes Hardin vom District Heights in Südost-Washington, wo sie nach ihrer Geburt aufgewachsen war, und ein jüngerer Bruder, ein Lieutenant Junior Grade der Navy, der auf einem Schiff stationiert war. Laut Zeitungsbericht gab es keine Zeugen des Unfalls und keinerlei Spuren. Gut, wenn das stimmte. Der Artikel schloß mit den Bemerkungen eines Polizeisprechers über die Gefahren beim verkehrswidrigen Überqueren von Straßen, besonders in der Dunkelheit. Zwei Spalten. Hmhm. In der nächsten halben Stunde trank Malachi Ward seinen Kaffee, aß das Teilchen, las die Zeitung und beobachtete den Strom von Frauen, die zu den verschiedenen Bürogebäuden eilten. Fast alle sahen toll aus. Kein Wunder, daß all die Kongreßmitglieder den Reißverschluß ihrer Hosen nicht zuhalten konnten. Schau dir die sexy Puppen nur an, Malachi: Anschauen ist alles, was dir noch geblieben ist.

Als er zum Doppelhaus zurückkehrte, leuchtete das rote Lämpchen seines Anrufbeantworters. Er fand eine Nachricht vom Captain vor, der wütend, beinahe hysterisch, ihn aufforderte, ihn sofort unter seiner Privatnummer anzurufen. Er behandelte ihn wieder wie einen dummen Jungen. Malachi grinste und löschte die Aufzeichnung. Sollte der Captain noch eine Weile schmoren. Das Telefon klingelte, als er auf dem Weg zur Treppe war. Er blieb stehen und hörte sich an, was der Captain auf Band sprach. Eine Wiederholung der ersten Mitteilung. Der Captain bemühte sich, seiner Stimme einen noch drohenderen Tonfall zu verleihen, doch er klang eher ängstlich. Malachi salutierte spöttisch Richtung Anrufbeantworter und ging nach oben, um sich zu duschen und zu rasieren.

Kurz nach neun Uhr ging er wieder nach unten, schenkte sich den letzten Kaffee aus der Kanne der Kaffeemaschine ein und gab einen kleinen – nun vielleicht einen mittelgroßen – Schuß Whisky hinein, zündete sich eine Zigarette an und rief den Captain im Dienst an. *Du wirst schon von deinem hohen Roß herunterkommen,* dachte er. Ein Verwaltungsunteroffizier erklärte, daß der Captain nicht erreichbar sei, und fragte, ob er etwas ausrichten solle. Malachi nannte ihm seine Nummer und den vereinbarten Decknamen. Während er wartete, fand er die Personalakte über Elizabeth Hardin und vernichtete sie im Reißwolf. Der Captain rief zwanzig Minuten später zurück, und Malachi ließ ihn abermals auf Band sprechen. Als schließlich kurz vor zehn Uhr das Telefon nochmals klingelte, nahm Malachi den Hörer ab.

»Ja?«

»Was, zum Teufel, haben Sie getan?« flüsterte der Captain.

»Können Sie nicht reden?« fragte Malachi unschuldig. »Sind Leute in der Nähe und spitzen die Ohren?«

»Verdammt, Sie haben gehört, was ich gesagt habe!« Wieder sprach der Captain im Flüsterton.

Malachi setzte sich auf die unterste Treppenstufe, wie es seine Gewohnheit war, wenn er von der Halle aus telefonierte.

»Mann, ich habe getan, was Sie wollten«, verteidigte er sich. »Ich habe sie besucht, gleich nachdem sie von der Arbeit heimkam, und mich als FBI-Agent ausgegeben. Das mit dem

FBI kaufte sie mir ab, und als ich in ihrer Wohnung war, brachte ich ihr Liebesleben zur Sprache und überließ ihr das Wort. Doch sie wollte nicht mitspielen. Sie wurde empört und aufgeregt und warf mich raus. Wo ist da das Problem?«

»Das Problem ist, daß sie tot ist.«

Malachi heuchelte Überraschung. »Tot? Tot? Sie war verdammt lebendig, als ich sie verlassen habe. Sie beschimpfte mich, aber sie war sehr lebendig und sehr sauer. Was meinen Sie mit *tot*?«

»Lesen Sie keine Zeitung? Sehen Sie sich keine Fernsehnachrichten an?«

»Null Interesse.«

»Nun, das sollten Sie aber. Sie wurde gestern am frühen Morgen in der 23rd Street überfahren, am Morgen nach Ihrem Besuch.«

»Im Ernst? Und?«

»Nun, ich nahm an, daß Sie etwas damit zu tun haben, Malachi.«

Malachi bemühte sich um einen harten Tonfall. »Da haben Sie etwas Falsches angenommen. Sie sagten ausdrücklich, daß ich ihr nichts antun soll, und so wandte ich nur die Einschüchterungsmasche an – überließ ihr das Wort, wie Sie es wollten – und verduftete, als sie giftig wurde. Ich dachte, sie würde als nächstes an Sie austeilen, bei all dem Scheiß, den sie von sich gab. Das wollte ich berichten, als ich anrief, und ich wollte auch hören, was Sie dagegen unternehmen wollen.«

»Was genau hat sie gesagt?«

»Daß sie den großen Mann besuchen und ihm den Arsch aufreißen will. Daß sie sehr redselig sein wird. Sie erinnerte mich, daß sie *Öffentlichkeitsarbeit* betreibt, Betonung auf *Öffentlichkeit*. Ich dachte mir, Sie rufen heute morgen an und erzählen mir von einer häßlichen Szene im Vorzimmer des großen Mannes.« Malachi genoß dieses Spiel.

Der Captain schwieg eine Weile. Dann sagte er: »Er weiß noch nichts davon.«

»Was, liest er keine Zeitung? Sieht er sich keine Fernsehnachrichten an?«

Wieder Schweigen.

»Ah«, sagte Malachi. »Ich kapiere. Sie sind auserwählt, um es ihm beizubringen.«

»Vermutlich.«

»Wunderbar. Nun, Sie sind jetzt ein großer Captain, also sagen Sie es ihm. Oder sagen Sie es seiner Frau, die es ihm weitererzählt. Das wäre interessant. Aber ich komme vom Thema ab. Ich habe mit der Schlampe *geredet*. Nichts sonst habe ich getan. Und ich wiederhole, sie ließ sich nicht einschüchtern. Teilen Sie das Ihrem großen Mann mit. Und hier ist ein kostenloser Rat: Wenn er in Tränen aufgelöst und melancholisch ist, weisen Sie ihn darauf hin, daß er keinen Skandal mehr zu befürchten hat. Das ist sozusagen ein Silberstreifen für ihn.«

»Ein Silberstreifen?«

»An einem sehr dunklen Horizont, Captain. Bis dann.«

Malachi legte auf und ging in die Küche, deren hintere Fenster auf einen kleinen Hof und verfallenen Zaun blickten, der an der Gasse entlangführte. Er schnippte eine Zigarette aus der Packung und riß den Filter ab, bevor er sie anzündete. Jeder echte Süchtige weiß, daß der Tabak in Filterzigaretten doppelt so stark ist wie in filterlosen. Die Kaffeekanne war leer, und so kochte er neuen Kaffee. Okay, nur diese zwei kleinen ungelösten Probleme: die Telefonate und das Messer. Die Sache mit dem Messer war einfach. Wenn die Cops dachten, was die Zeitung schrieb – ein Unfall mit Fahrerflucht –, dann würden keine Kriminalbeamten in ihr Apartment gehen. So sollte es leicht sein, in der Tagesmitte, wenn alle bei der Arbeit waren, in ihre Wohnung einzudringen, das Messer zu säubern und wieder unter die Couchkissen zu legen, wo sie es aufbewahrt hatte, was ein Freund oder Verwandter vielleicht wissen konnte. Doch dann dachte er genauer darüber nach. Vermutlich hatte sie dies bereits selbst erledigt. Wie auch immer, das Problem Messer war einfach zu lösen.

Die Telefonate waren beunruhigender. Je nachdem, mit wem sie fast eine Stunde lang gesprochen hatte, konnten die Cops doch noch ermitteln. Wenn sie zum Beispiel ihre Mutter angerufen hatte und ihr erzählt hatte, was passiert war, ihr von dem nächtlichen Besucher mit den riesigen Händen erzählt hatte. Er hielt die rechte Hand hoch und schaute auf den Verband. Tiefe Schnitte. Sie schmerzten immer noch höllisch. Er hatte bisher dreimal den Verband wechseln müssen, aber das Sulfonamidpulver erfüllte seinen Zweck – es gab kein Anzeichen auf eine Entzündung. Wenn Elizabeth Hardin mit ihrer Mutter geredet hatte und diese sich an die Cops gewandt hatte, dann sollte er sich besser nicht mit der verbundenen Hand bei ihrer Wohnung blicken lassen. Er setzte sich an den Küchentisch und überlegte, während die Kaffeemaschine zischende Laute von sich gab. Ohne Näheres über die Telefonate zu wissen – wen sie angerufen und was sie gesagt hatte –, konnte er sich nicht um das Messer kümmern. Er beschwor das Bild der jungen Frau vor seinem geistigen Auge herauf. Was würdest du tun, Miss Navy Lieutenant, nachdem du einen Mann mit einem Messer geschnitten hast, das du unter den Couchkissen versteckt hattest? Ein großer Kerl mit riesigen Händen, der dir angst gemacht hat? Du würdest ihn aus dem Apartment vertreiben, und dann stehst du mit blutigem Messer in der Hand im Wohnzimmer. Richtig: Du gehst in die Küche, legst es in die Spüle und läßt Wasser über die Klinge und deine Hände laufen. Und vielleicht versteckst du das Messer wieder. Du denkst nicht forensisch. Du hast ein flaues Gefühl beim Anblick der blutenden Hand, die du aufgeschnitten hast. Du hast das Bedürfnis, erst das Messer zu reinigen und danach deine Hände zu waschen. Also pfeif auf das Messer und finde heraus, was die Cops unternehmen und wer mit ihnen worüber gesprochen hat.

Malachi stand auf, nahm eine Tasse aus dem Schrank, schüttete den kümmerlichen Rest Bourbon hinein und paffte an seiner Zigarette, während er darauf wartete, daß der Kaffee durchlief.

Als er bereit war, die Telefonate zu führen, ging er in sein Büro, das einst das Eßzimmer gewesen war. Es setzte sich an den Schreibtisch und schaltete den Stimmen-Synthesizer ein. Nach dem, was in Deutschland mit seinen Stimmbändern passiert war, brauchte er die Maschine. Keiner, der seine richtige Stimme gehört hatte, besonders am Telefon, würde sie jemals vergessen. Und das Telefonieren war wichtig für ihn. Monroney hatte ihn darauf hingewiesen, daß man fast alles in Washington telefonisch herausfinden konnte. In Washington wurde soviel telefoniert wie in L. A. Jede Regierungsstelle stand im Telefonbuch, und so konnte man jeden herausfinden, der eine Verbindung zur Regierung hatte.

Er wählte Programm sechs und rief als erstes bei der *Washington Post* an, um nach dem Reporter zu fragen, der den Artikel über den Unfall mit Fahrerflucht geschrieben hatte. Während er auf die Verbindung wartete, schlug er die Gelben Seiten bei ›Anwälte‹ auf. Das Telefon klingelte viermal, und dann ertönte eine Stimme vom Band. Als er es eine halbe Stunde später von neuem versuchte, meldete sich eine menschliche Stimme.

»Kit Freeman.«

»Mr. Freeman, ich rufe wegen des Artikels über den jungen weiblichen Navy Lieutenant an, der überfahren wurde.«

»Ja? Und Ihr Name?«

»Mein Name ist Farrell Greenberg, Mr. Freeman. Ich bin Anwalt bei Lyle, Spencer, Watkins und King in Bladensburg.« Er schlug das Telefonbuch zu.

»O Mann, das glaube ich nicht, Greenberg. Lassen Sie mich raten, Sie sind von einer Versicherung und …«

»Nein, nein, Mr. Freeman. Nicht jeder Anwalt in dieser Stadt macht nach Unfällen Jagd auf mögliche Mandanten bei den Angehörigen von Unfallopfern.« Malachi schrieb den Namen Farrell Greenberg und die Nummer 6 auf einen Zettel neben dem Stimmen-Synthesizer.

»Das ist aber was ganz Neues«, stellte Freeman fest. »Was ist denn Ihre Masche?«

»Unsere Kanzlei vertritt einen Mandanten, der Statistiken über die Aufklärungsrate des Columbia Police Department bei tödlichen Verkehrsunfällen erstellt – besonders bei solchen mit Fahrerflucht. In Ihrem heutigen Artikel ist die Rede davon, daß Lieutenant Hardin eine Schwarze ist beziehungsweise war. Mein Mandant glaubt, die Polizei hält es bei tödlichen Unfällen von Schwarzen für zweitrangig, den oder die Täter zu finden.«

»In dem Artikel stand nicht, daß sie eine Schwarze war.«

»Es stand darin, daß sie aus Washington war und ihre Mutter im Südosten wohnt, im Distrikt Heights. Daraus schloß ich, daß sie eine Schwarze war. Ist das ein Irrtum?«

»Nein.«

»Also nach der Meinung unseres Mandanten ...«

»Das ist Blödsinn, und das wissen Sie.«

»Ich sagte, daß unser Mandant das glaubt. Unsere – das heißt meine – Anweisungen lauten, alle Unfälle in der Stadt, wie den von Lieutenant Hardin, weiterzuverfolgen und festzustellen, was die Polizei unternommen hat.«

»Und warum rufen Sie ausgerechnet mich an?«

»Wenn ich die Polizei anrufe, werde ich mit dem Hinweis auf laufende Ermittlungen und so weiter abgespeist. Mir ist völlig klar, daß erst ein Tag vergangen ist, aber die meisten tödlichen Unfälle werden ungefähr nach einer Viertelstunde ›aufgeklärt‹. Ich rufe Sie an, um herauszufinden, ob die Polizei mehr weiß, als sie bekanntgibt, oder ob sie diesen Unfall einfach sozusagen trocknen läßt und wegbläst.«

Der Reporter schwieg einen Moment. Malachi lehnte sich in seinen Sessel zurück. Er baute darauf, daß der Reporter durch die Masche mit dem Anwalt keine geistige Verbindung zwischen dem Anrufer und dem Unfall herstellte. Es war schließlich ein Unfall gewesen.

»Sagen Sie mir, Mr. Greenberg, was zeigen Ihre Statistiken bis jetzt?« fragte Freeman.

Malachi raschelte mit den Seiten seines Notizbuchs, als überfliege er Daten. »In vierundzwanzig Fällen von Mord oder Totschlag mit Fahrzeugen in den vergangenen dreißig Monaten im Distrikt waren achtzehn Schwarze betroffen, und sechs davon wurden, Zitat Anfang, ›gelöst‹, Zitat Ende. Das sind achtundachtzig Prozent. In zwei anderen Fällen erzählten die Zeugen derart widersprüchliche Geschichten, daß keiner etwas damit anfangen konnte. Die übrigen Opfer waren entweder Weiße oder andere Rassen, und die Aufklärungsrate ist ungefähr gleich – fünfundachtzig Prozent.«

»Warum gibt Ihr Mandant nicht einfach auf?«

»Meine Mandanten sind keine Leute, die sich durch Fakten von ihren politischen Zielen ablenken lassen.«

»Ah, eine Interessengruppe. Okay. Das ergibt mehr Sinn, wenn man bedenkt, wie sich die Leute in dieser Stadt verhalten. Also der Fall Hardin. Die Cops stehen vor einem Rätsel. Ein Mann kam aus seinem Haus, auf dem Weg zur Arbeit, und fand die junge Frau auf dem Mülleimer neben seiner Treppe. Mausetot. Keine Bremsspuren, keine Zeugen, kein Anzeichen auf Raub oder etwas anderes als Fahrerflucht. Die Cops sagen sich, daß es genau das ist, wonach es aussieht – Fahrerflucht. Sie versuchen es mit der üblichen Methode: Wer immer Sie dort draußen sind, Sie wissen, was Sie getan haben. Stellen Sie sich – jetzt ist es noch ein Unfall. Wenn wir Sie finden, ist es Totschlag oder sogar Mord. Gewöhnlich klappt das übrigens.«

Malachi schwieg eine Weile und sagte dann: »Verzeihung, ich habe mir Notizen gemacht. Es gibt also keine Anzeichen darauf, daß die Polizei den Fall zweitrangig behandelt?«

»Nein. Aber …«

»Ja?«

»Die Mutter des Mädchens. Der Beamte, der für den Fall zuständig ist, behauptete, die Mutter der Toten hätte sich reichlich sonderbar verhalten. Ich meine, es war die erwartete Trauer, wenn ein Elternteil ein Kind verloren hat, selbst ein erwachsenes, aber sie schien damit gerechnet zu haben, daß ihrer Tochter etwas zustößt. Keine normale Reaktion, wie auch immer die aussehen mag, aber ... ich weiß nicht, wie ich es erklären soll.«

»Ich verstehe schon. Wir werden nie ergründen, wie sich Trauer äußert, nicht wahr?«

»Sehen Sie viel Trauer in Ihrem Job als Anwalt?«

»Die Leute rufen selten ihre Anwälte an, um einen der kleinen Triumphe des Lebens zu feiern, Mr. Freeman. Aber ich nehme an, ich muß die Antwort auf Ihre Frage jetzt noch offenlassen.«

»Ja, ja, so ist das in D. C. Ein Unfall mit Fahrerflucht kann nicht mit unzähligen Schießereien in der Drogenszene konkurrieren, und so arbeitet die Polizei nicht mit Volldampf an dem Fall, aber sie behandelt ihn auch nicht zweitrangig. Sie hat bis jetzt einfach keine Anhaltspunkte. Aber was die Theorie anbetrifft, daß die D.-C.-Cops Fälle mit Schwarzen schlechter bearbeiten ...«

»Ich weiß, Mr. Freeman. Ich habe die Statistiken, erinnern Sie sich? Aber vielen Dank für Ihre Zeit und Information. Ich werde in ungefähr einer Woche meine Beziehungen bei der Polizei spielen lassen und feststellen, wie weit sie mit ihren Ermittlungen gekommen ist.«

»Viel Erfolg.«

Malachi legte auf und ging in die Küche. Ein Telefonat – vorausgesetzt, es gab mehrere – hatte Elizabeth Hardin also mit ihrer Mutter geführt. Malachi fragte sich, ob die Mutter des Mädchens etwas von der Affäre ihrer Tochter mit dem großen Mann gewußt hatte – Mütter wissen oftmals viel mehr, als ihre Kinder, sogar die erwachsenen, annehmen. Aber der Reporter konnte ihm auch Sand in die Augen gestreut haben, oder – wahrscheinlicher – er war einfach nicht auf dem laufenden. Freeman hatte wie ein Jüngling geklungen. Eines war allerdings klar: Wenn die Mutter den Cops erzählt hatte, daß ihre Tochter am Abend vor dem Unfall bedroht worden war, dann würde die Polizei eine Mordakte anlegen. Er mußte herausfinden, was die Mutter wußte und ob die Cops tatsächlich ermittelten.

Malachi wartete zwei Tage, und dann machte er sich daran, zu sondieren, was die Polizei unternahm. Er rief im Präsidium an, gab sich als Reporter aus und erreichte, wie vorhergesehen, gar nichts. Dann nutzte er wieder den Stimmen-Synthesizer und rief beim Navy CHINFO an. Er gab sich als ein Freund namens Henry Brinson aus und fragte, wann und wo der Gedenkgottesdienst für Lieutenant Hardin abgehalten werde. Der junge weibliche Petty Officer sagte ihm, daß er in einer Baptistenkirche im Distrikt Heights stattfinden werde – morgen nachmittag. Er bedankte sich und wollte schon auflegen, doch dann spürte er, daß sie noch etwas zu sagen hatte. Er wartete ab. Sie zögerte einen Moment und wollte dann wissen, ob er ein Weißer sei. Verblüfft bestätigte er es.

»Nun, Mr. Bronson, es geht um folgendes: Der CHINFO persönlich – das ist Admiral Kenney – wollte einen Gedenkgottesdienst in Arlington ausrichten, in der dortigen Kapelle. Sie war im aktiven Dienst und so. Und deshalb ließ er seinen Stellvertreter bei Mrs. Hardin anrufen – Lieutenant Hardins Mutter.«

»Ja?«

»Und Mrs. Hardin wurde regelrecht feindselig. Sie versicherte ihm, daß sie genug Kummer in ihrem Leben durch die Arbeit ihrer Tochter für die Navy des Weißen Mannes – das waren ihre Worte, Mr. Bronson – ertragen habe und es einen *schwarzen* Gedenkgottesdienst in ihrer Kirche für die *schwarzen* Leute geben werde, die ihre Tochter gekannt hätten. Der Gottesdienst werde für ihre *schwarze* Familie abgehalten. Sie machte klar, daß weiße Leute und besonders die der Navy nicht willkommen sein werden. Admiral Kenney rief uns alle zusammen und erklärte, daß die Leute in ihrer Trauer auf verschiedene Weise reagieren und wir Verständnis dafür haben sollten. Darum bin ich mir nicht sicher, was ich Ihnen sagen soll …«

»Ich danke Ihnen für den Hinweis, Petty Officer Berger. Ich möchte wirklich nicht uneingeladen zu einer Beisetzung gehen. Vielen Dank für den Hinweis, okay?«

»Jawohl, Sir.«

Malachi spielte kurz mit dem Gedanken, zu der Baptistenkirche zu fahren, vielleicht konnte er von draußen etwas sehen, aber er entschied sich sofort dagegen. Er war noch nie im Distrikt Heights gewesen, denn der Südosten der Hauptstadt war eine Gegend, die man besser mied. Ein Weißer, der von einem Wagen aus eine emotional aufgewühlte Menge Schwarzer in der Kirche beobachtete, würde auffallen wie ein Häschen in einem Tigerkäfig, mit ungefähr den gleichen Konsequenzen. Selbst wenn er den Anschein erweckte, im Wagen eines Cops zu sitzen, würde das Ergebnis das gleiche sein. Vielleicht sogar schlimmer.

Aber was wußte die Mutter? Er wollte den Captain aushorchen, aber der hatte eine starre Regel aufgestellt: Der Captain stellte jeden Kontakt zwischen ihnen her, niemals umgekehrt. Höchstwahrscheinlich hatten der Captain und der große Mann die ganze Sache inzwischen als unglücklichen Zufall abgetan – schade um das Mädchen, aber ... Die Mutter hatte der Navy Bescheid gegeben. Vielleicht fand er etwas heraus, ob ihr Haß auf die Navy einen persönlichen Grund hatte oder nur auf allgemeine Feindseligkeit zurückzuführen war, wenn er sie anrief und sich wie ein militärischer Typ verhielt, der versuchte, nett zu sein. Die Beerdigung war morgen nachmittag. Er schaute auf seine Armbanduhr. Ziehen wir die Schau ab, dachte er und griff zum Telefonbuch.

Er fand sieben Hardins im Telefonbuch, aber nur einen mit einer Adresse im Distrikt Heights. Er versuchte es und gab sich als ein gewisser Major Carr, Militärgeistlicher, U. S. Army, Fort Myer, aus. Mit einem anderen Stimmenprogramm stellte er sich unter diesem Namen vor, als sich eine junge Frau meldete. Er wurde gebeten, einen Augenblick zu warten. Er notierte den neuen Namen und die Nummer des Stimmenprogramms. Dann ertönte eine erheblich kräftigere Frauenstimme.

»Ich habe euch Leuten gesagt, daß ihr uns in Frieden lassen sollt«, beschwerte sie sich.

»Ist dort Mrs. Hardin? Hier spricht Major Carr vom Büro des Militärgeistlichen in Fort Myer.«

»Wer?«

»Major Carr vom Büro des Militärgeistlichen in Fort Myer. Wir sorgen für den Gedenkgottesdienst bei Beisetzungen auf dem Arlington-Nationalfriedhof. Wir …«

»Ich habe es euch Leuten schon gesagt. Ich habe diesem Navy-Mann, diesem Chimpo oder so, gesagt, daß wir mit der Navy nichts zu tun haben wollen. Mein Mädchen hat all die Schulen besucht, die George Washington Uni, hat Informatik studiert, ein Offizierspatent geschafft. Und was hat ihr das eingebracht? Können Sie mir das verraten? Den Tod auf den Straßen wie fast jedem schwarzen Kind in dieser Stadt!«

Es folgte einen Augenblick lang Stille, und dann ertönte die Stimme eines jungen Mannes.

»Wer spricht dort bitte?«

»Hier ist Major Carr, Büro des Militärgeistlichen, Fort Myer, Mister …«

»Lieutenant Junior Grade Wesley Hardin, Major. Ich bin Elizabeth' Bruder.«

»Ah ja, Lieutenant. Ich bin Militärgeistlicher. Ich rufe an, um mein Beileid auszusprechen und zu erfahren, ob die Familie geistlichen Beistand braucht. Ich sprach mit Admiral Kenneys Büro, wo Eli …Lieutenant Hardin stationiert gewesen sein soll. Man sagte mir, daß die Familie das Angebot eines Gedenkgottesdienstes der Navy, äh, abgelehnt hat. Man bat mich, es zu versuchen, weil anscheinend alles, was mit der Navy zusammenhängt, für die Familie sozusagen …«

»Auf der schwarzen Liste steht, Major?«

»Nun, ja. Wenn das Militär etwas falsch gemacht hat, dann möchten wir es korrigieren.«

Er hörte den jungen Mann seufzen. Im Hintergrund waren Geräusche zu vernehmen, Stimmengewirr, das Verrücken von Möbelstücken, wie es klang.

»Nun, Major, ich habe wegen des Todes meiner Schwester Urlaub bekommen. Ich bin Versorgungsoffizier auf einem

Schiff, das in der Werft von Philadelphia liegt. Bleiben Sie bitte dran.« Eine Tür klappte zu, die Hintergrundgeräusche verstummten, dann war Lieutenant Hardin wieder in der Leitung.

»Ich weiß nicht, was ich Ihnen sagen soll, Major«, fuhr er fort. »Meine Mutter will nichts von der Navy oder sonst jemandem vom Militär hören. Sie ist sehr aufgeregt. Wir alle sind das. Elizabeth war so etwas wie ein Star hier, und Stars sind eine Rarität in unserem Viertel – verstehen Sie, was ich meine?«

»Ja.«

»Deshalb ist die Reaktion hier sehr stark. Ich bin das jüngere von zwei Kindern, und im Augenblick vermeide ich alles, was die Leute erinnert, daß ich bei der Navy bin, das können Sie mir glauben. Aber es ist noch mehr im Spiel. Meine Schwester rief mich an, bevor man sie … bevor sie starb. Wenn die Beerdigung vorüber ist, werde ich einige Dinge, einige persönliche Dinge überprüfen. Ich möchte jetzt noch nicht mehr sagen, und ich denke, Sie wollen auch nicht mehr wissen. Aber Sie verstehen, was ich meine?«

»Ich bin mir nicht sicher, ob ich Ihnen folgen kann, Lieutenant, aber ich werde Ihre Wünsche respektieren. Wenn Sie oder Ihre Mutter sich anders besinnen und Sie etwas von uns brauchen oder wünschen, rufen Sie einfach das Büro des Militärgeistlichen hier in Fort Myer an. Manchmal häufen sich nach ein paar Tagen die Probleme, wissen Sie. Wir können viel helfen. Dafür sind wir da, okay? Kann ich Ihnen die Telefonnummer geben?«

»Wir werden Sie finden, wenn wir Sie brauchen. Danke, Major.«

»Und mein Beileid, Lieutenant.«

Malachi legte den Hörer auf und überlegte. Einige persönliche Dinge überprüfen. Vielleicht hatte sie ihrer Mutter überhaupt nichts erzählt. Vielleicht hatte sie sich statt dessen ihrem Bruder anvertraut.

8

Drei Tage nach seinem Gespräch mit Lieutenant Junior Grade Hardin hatte Malachis Anrufbeantworter eine Nachricht vom Captain aufgezeichnet. Der vorgeschlagene Treffpunkt war die Arlington-County-Bücherei. Am späten Nachmittag fuhr Malachi mit der U-Bahn zur Ballston Station in Virginia, ging über die Quincy Street vorbei an den Randolph Towers und betrat die Bücherei. Er fand den Captain in der Abteilung Zeitschriften im ersten Stock, ins *Wall Street Journal* vertieft. Malachi nahm neben ihm Platz und wartete darauf, daß der Captain von der Zeitung aufblickte. Der Captain war Anfang Fünfzig und wirkte auf Malachi, abgesehen von der blauen Uniform, wie ein leidlich erfolgreicher Bankier.

»Ah, da sind Sie«, stellte der Captain fest und beendete seine Lektüre.

»In der Tat«, erwiderte Malachi und schaute sich um. Es war niemand in Hörweite.

»Wir haben ein anderes Problem mit dem Fall Hardin.«

»Ist der große Mann über seinen Verlust hinweggekommen?«

Der Captain faltete die Zeitung zusammen und legte sie neben seinem Stuhl auf den Boden. »Ich denke, ja. Und ich wünsche, Sie würden ihn nicht so nennen.«

»Möchten Sie, daß ich seinen Namen benutze?«

»Nun …«

»Was ist das neue Problem? Hat es mit ihrem Unfall zu tun?«

»Ich bezweifle, daß er irgendwelche Verbindungen zwischen Ihrer Operation und dem tragischen, äh, Unfall auf der 23rd Street hergestellt hat. Jedenfalls hat er nichts davon erwähnt.«

»Sie sagten doch, er weiß nichts über mich«, erinnerte Malachi.

»Er weiß, daß ich von Zeit zu Zeit Leute engagiere, die sich um … besondere Probleme kümmern. Er weiß nicht, wer Sie sind.«

»Gut zu hören.«

»Das ist nur die normale Prozedur, Malachi. Gassen im Minenfeld sind wichtig zur Absicherung – besonders wenn es einen Unfall wie diesen einschließt.«

Malachi nickte. Ihm gefiel, wie diese Typen sprachen. »Gassen im Minenfeld … Absicherung …«

»Nun«, erwiderte er, »es gibt keine Verbindung zwischen meinem Besuch und dem Unfall, vielleicht abgesehen davon, daß sie an diesem Morgen in Gedanken vertieft war.«

»Das ist sehr gut. Aber dieses neue Problem steht leider im Zusammenhang damit. Die junge Lady hat einen Bruder.«

Malachi setzte sich zurück und kratzte sich am Kinn. Er würde dem Captain nichts durch eigene Fragen preisgeben.

»Und?«

Der Captain neigte sich vor und senkte die Stimme. »Dieser Bruder – der übrigens zufällig auch bei der Navy ist – hat um einen Termin bei meinem Chef gebeten.«

»Aha.«

»Ja. Mein Chef blockt das zur Zeit noch ab – voller Terminplan, ranghohe Offiziere empfangen gewöhnlich keinen Besuch von Lieutenants Junior Grade und so weiter.«

»Aber er beharrt darauf, nicht wahr? Er wird vielleicht sogar ein wenig aggressiv.«

»Ja, sein Verhalten grenzte an Anmaßung.«

»Und?«

»Ich bin mir nicht ganz sicher, was geschehen wird. Der Chef will ihn natürlich einfach abwimmeln, was eigentlich Ihre Aufgabe wäre. Aber wenn er auf den Putz haut, wäre jedes Eingreifen Ihrerseits vielleicht äußerst provozierend.«

Malachi dachte darüber nach. Ein alter Mann ging auf den Captain zu und fragte ihn, ob er das *Wall Street Journal* zu Ende gelesen habe. Der Captain hob die Zeitung auf und gab sie ihm wortlos.

»Ich denke, wir müssen den Bruder kommen lassen«,

meinte Malachi. »Aber vielleicht irgendwo außerhalb des Büros des großen Mannes. So ist es ein privater Schauplatz, wenn es zu einer Szene kommen sollte.«

»Ja, das war auch mein Gedanke – besonders, was den Ort des Treffens anbetrifft. Das Mädchen muß dem Bruder irgend etwas erzählt haben, sonst gäbe es keinen Grund für ihn, bei meinem Chef anzurufen.«

Malachi schnaubte. »Das liegt auf der Hand. Die Frage ist, ob der Bruder den Verdacht hat, daß es zwischen ihrem Krach mit dem großen Mann und ihrem Abflug auf der 23rd Street einen Zusammenhang gibt oder nicht.«

Der Captain sah Malachi scharf an. »Gibt es denn einen?« fragte er.

Malachi hielt dem Blick stand und schwieg, bis der Captain zu blinzeln begann. »In Ordnung«, sagte der Captain. »Ich werde es nicht mehr zur Sprache bringen.«

»Gut zu hören. Das geht nicht mehr auf mein Konto. Dafür haben Sie auch nicht genug gezahlt.«

Der Captain nickte langsam. »In Ordnung. Ich werde dem Chef empfehlen, sich mit dem Lieutenant zu verabreden. Irgendwo privat.«

»Mit Ihnen beiden?«

»Das übliche Szenario. Der Lieutenant trifft sich mit meinem Chef, ich höre zu und zeichne auf.«

»Okay. Und was brauchen Sie von mir?«

»Wir denken – ich möchte –, daß sie bei dem Treffen in der Nähe sind. Nicht anwesend, aber nahe dabei. Wir wollen, daß Sie sich den Lieutenant genau ansehen. Sie könnten uns zu einem späteren Zeitpunkt von Nutzen sein, um mit ihm ... äh ... zu sprechen.«

Malachi lächelte. »Wir.« All diese militärischen Typen benutzen das königliche *Wir*.

»Wo ist der Knabe stationiert? Falls ich ihn besuchen muß.«

»Auf der USS *Luce* – das ist ein Zerstörer mit Fernlenkgeschossen. Das Schiff wird auf der Werft in Philadelphia überholt.«

Malachi erinnerte sich, daß der junge Mann am Telefon etwas von Philadelphia erwähnt hatte. »Okay. Sonst noch etwas?«

»Nein«, sagte der Captain. »Doch, da ist noch etwas. Versuchen Sie herauszufinden, ob es besondere polizeiliche Ermittlungen hinsichtlich Miss Hardins Unfall gibt. Aus offenkundigen Gründen können wir selbst uns nicht telefonisch erkundigen.«

»Das habe ich bereits getan. Es gibt nichts. Die Verkehrspolizei geht von einem Unfall aus und hat die Sache den Jungs übergeben, die Verkehrsunfälle mit Fahrerflucht bearbeiten. Sie halten die Akte offen. Aber das kann sich ändern, wenn Ihr junger Lieutenant sich entscheidet, mit seinem Wissen zur Polizei zu gehen.«

Der Captain spitzte die Lippen. »Richtig. Wir werden daran denken.«

»Tun Sie das.«

Der Captain erhob sich. Nachdem der Captain über die Wendeltreppe verschwunden war, schlenderte Malachi durch den Leseraum und schaute aus dem Fenster, als der Captain zu seinem Wagen ging. Niemand auf dem Parkplatz beachtete ihn. Zufrieden stellte Malachi fest, daß keiner dem Wagen des Captains folgte, als er hinaus auf die 10th Street fuhr. Malachi blätterte eine Weile in verschiedenen Zeitschriften.

Eine kleine Unklarheit, die darauf hindeutete, daß der Fall Hardin noch nicht erledigt war, ging ihm nicht aus dem Kopf. Elizabeth Hardin hatte an jenem Abend lange telefoniert. Die Mutter hatte jegliche Hilfe der Navy abgelehnt und sich ihr gegenüber deutlich feindselig gezeigt. Warum? Hatte sie gewußt oder vermutet, daß ihre Tochter eine Affäre mit einem hohen Tier gehabt hatte? Mit einem verheirateten und ranghohen weißen Offizier? Aber es war der Bruder, der Fragen stellte. Vielleicht hatte das Mädchen ihren Bruder eingeweiht, nicht die Mutter, der jetzt den großen Mann zur Rede stellen wollte, vielleicht sogar anschuldigen: ›Meine Schwester sagte, daß ein großer Kerl bei ihr war, den Sie geschickt haben, Sir.

Der sie bedrohte, als sie sich nicht bereit erklärte, den Mund zu halten. Sie mußte den Bastard mit einem Messer aus ihrer Wohnung jagen. Am nächsten Morgen wurde sie überfahren. Wie passend für Sie, Sir. Sie haben die Verbindung, um Schläger anzuheuern, die FBI-Ausweise zeigen, warum rufe ich nicht einfach den echten FBI an und erzähle, was sie mir anvertraut hat?‹

Malachi grübelte. Der Lieutenant könnte sich mit dem großen Mann anlegen, aber würde er die Polizei einschalten? Der Junge hatte geklungen, als sei es eine Sache, die er irgendwie selbst erledigen wollte. Andererseits war er Offizier der Navy. Schwer einzuschätzen. Malachi warf einen Blick auf seine Armbanduhr. Zeit zum Abendessen. Das Queen Bee war nur sieben Blocks den Wilson Boulevard runter. Er konnte die U-Bahn bis zur Clarendon Station nehmen oder sogar laufen. Das beste nordvietnamesische Restaurant der Stadt. Er lächelte. Die Nordvietnamesen mochten den Krieg gewonnen haben, aber jetzt, zwanzig Jahre nach ihrem ›Sieg‹, lag das ganze Land immer noch darnieder. Die Nordvietnamesen verstanden es einfach nicht, mit Geld umzugehen, wogegen die Südvietnamesen höllisch gut im Umgang damit waren. Sie hatten ihn in jenen Tagen sogar halb reich gemacht. Er ging nach unten; er hatte sich entschieden, zu Fuß zu gehen.

Zwei Tage später besuchte Malachi auf Wunsch des Verwaltungsassistenten eines prominenten Kongreßabgeordneten der Demokraten Capitol Hill. Malachi hatte ihn vor über zwanzig Jahren kennengelernt, als der Mann Captain in Westmorelands Stab in Saigon und Malachi First Lieutenant bei der Militärpolizei auf dem Luftstützpunkt Tan Son Nhut gewesen war. In den vergangenen acht Jahren hatte Malachi einige Jobs für den Verwaltungsassistenten erledigt, wenn dessen Boß mal wieder über die Stränge geschlagen hatte. Der letzte Fall war typisch: In einer Bar war der Kongreßabgeordnete in volltrunkenem Zustand scharf auf einen allseits bekannten Schwulen geworden. Weil es den Washingtonern im allgemeinen widerstrebte, einem der Könige des Capitol Hill offen zu sagen, daß es sich um einen Transvestiten handelte, war der Kongreßabgeordnete glückselig mit seiner Eroberung ins Willard Hotel gegangen. Nachdem er erkannt hatte, daß er eine Tunte abgeschleppt hatte, machte der Kongreßabgeordnete, zwar ernüchtert, aber immer noch voller Promille, eine solche Szene, daß das Sicherheitspersonal mit einiger Muskelkraft die Randale beenden mußte. Ein Reporter der *Washington Times* hatte Wind von der Sache bekommen und angefangen herumzuschnüffeln. Malachi war gebeten worden, den Reporter zu besuchen und ihn zu überzeugen, daß die Geschichte nicht auf Tatsachen beruht hatte.

»Ich weiß die Hilfe zu schätzen, Mr. Ward«, sagte der Verwaltungsassistent. »Mein Boß hat angeordnet, daß wir Ihren Honorarvorschuß erhöhen. Nur um Ihnen zu zeigen, wie sehr wir Ihre Dienste anerkennen.«

Malachi steckte den Scheck ein und bedankte sich. Der Verwaltungsassistent verstand es, zur Diskretion zu ermuntern. Es war stets ein Vergnügen, in dieser Stadt mit Leuten zusammenzuarbeiten, die alle Spielregeln kannten, und auf dem Capitol Hill gab es jede Menge davon. Nachdem er den Job erledigt hatte, ging Malachi zu Fuß zum Doppelhaus zurück.

Malachi lebte seit 1975, dem Zeitpunkt seiner Entlassung aus der Army, in Washington und hatte sich im Laufe der Jahre eine profitable Liste von Auftraggebern aufgebaut. Sein alter Mentor aus der Zeit in Saigon, Master Sergeant im Ruhestand Tommy Monroney, U. S. Army, war damals bereits im Geschäft gewesen, und er hatte ihm die Kniffe beigebracht.

»Du hältst dich an die Steigbügelhalter, die Assistenten, Chefsekretärinnen, Verwaltungsbeamten, an solche Typen. Das sind die Leute, die sich um die Probleme der großen Tiere kümmern. Manchmal müssen die Probleme diskret gelöst werden, wenn du verstehst, was ich meine. Einige stinken, aber da darfst du nicht pingelig sein. In Washington wollen die Leute keine Probleme, verstehst du? Mensch, jeder hat genug davon, und die Jungs in der Regierung müssen mit den Problemen der ganzen verdammten Welt fertig werden, verstehst du? Da gibt es für Leute wie dich und mich schöne Jobs.«

Monroney hatte ihn auf seine Lohnliste gesetzt und ihm gezeigt, wie die Dinge liefen.

»Du brauchst keine Akkordarbeit zu leisten, weißt du – du nimmst nur Jobs auf Honorarvorschuß an. Das ist das Geheimnis, wie man in dieser Stadt zu richtigem Geld kommt. Sie bezahlen dich für das Vorrecht, dich anzurufen, wenn sie dich brauchen. Eines mußt du dir merken: Wenn sie anrufen, mußt du ihnen sofort zur Verfügung stehen. Aber weil sich meistens nie alle gleichzeitig in die Scheiße reiten, hast du acht, zehn, zwölf ständige Auftraggeber und bekommst von jedem einzelnen Vorschuß. Das summiert sich, Mann.«

Und so war es. Wegen seiner Körpergröße hatte sich Malachi auf das spezialisiert, was Moroney beschönigend als ›Verbindungsmann zur Lösung persönlicher Probleme‹ bezeichnete. Malachi fand es clever von Monroney, immer bombastische Formulierungen zu benutzen, um etwas zu beschreiben, das ganz einfach Gewaltanwendung war. Aber seine Jahre bei der Militärpolizei hatten seinen nicht sehr ausgeprägten Sinn für richtig und falsch abgeschwächt. Er hatte dort oft Gewalt angewandt, und das System draußen war nicht anders. Irgend jemand verursachte einem großen Tier Bauchschmerzen, und dann besuchte Malachi den Kerl, teilte ihm seine Gedanken mit und überzeugte ihn, daß es einen anderen Weg gab, um im Leben voranzukommen, als den, den er gegenwärtig beschritt. »Washington ist die Stadt der alternativen Möglichkeiten«, pflegte Monroney zu sagen. »Alternative Möglichkeiten« – Malachi liebte diese Formulierung.

Malachi war selbst ein Army-Kind gewesen; sein Vater hatte als Sergeant und später als Master Sergeant den Zweiten Weltkrieg mitgemacht. Danach war er der Arlington Hall Station, einem Nachrichtendienst der Army, in Washington zugeteilt worden. Seine Mutter, eine unscheinbare kleine Frau, hatte während der Ehe mit seinem Vater ihre Meinung für sich behalten. Malachi begriff später, daß der Krieg vermutlich der Höhepunkt im Leben seines Vaters, der sich schließlich zwei Jahre nach seiner Entlassung aus der Army zu Tode getrunken hatte, gewesen war. Gleichberechtigung hatte er strikt abgelehnt und Schwarze, Juden, Katholiken, Ausländer, Beamte, Anwälte und fast jede andere erkennbare ethnische oder berufliche Gruppe gehaßt. Malachi hatte viele dieser Vorurteile im Laufe der Jahre in sich aufgesogen.

Das Leben als Junge in einer Reihe von Garnisonen der Army lehrte Malachi, daß es zwei sehr klar definierte Schichten von Leuten in der Army gab: die Offiziere und die Unteroffiziere und Mannschaften. Wenn sein Vater nach dem sechsten oder siebten Bier am Abend darüber redete, bezeichnete er die Offiziere als die Wurzel aller Probleme der Army. Und während die Erwachsenen sich mit dem Unterschied abfanden, mußten die Kinder von Unteroffizieren und Mannschaften auf schmerzhafte Art erfahren, daß nicht nur deren Kinder etwas Besseres als sie selbst waren, sondern auch deren Quartiere erheblich komfortabler ausgestattet waren. Zum Offiziersclub, einem herrschaftlichen Ziegelgebäude am Ende des Exerzierplatzes, gehörte ein großer, eingezäunter Swimming-pool, während der Unteroffiziersclub ein etwas besserer Bierschuppen mit einem kleinen, nicht so tollen Schwimmbecken war. Als er seine Mutter fragte, warum die Kinder nicht den Swimming-pool der Offiziere und ihrer Angehörigen benutzen durften, nahm sie sich nur die Zeit für die Erklärung, daß der Unterschied zwischen den Leuten auf die Schulbildung zurückzuführen sei: Kinder von Offizieren besuchten das College und wurden Offiziere oder Anwälte oder Bankiers, und Kinder von Unteroffizieren und Mannschaften gingen zur Army und wurden Soldaten.

Nachdem sein Vater im Walter Reed Army Medical Center

an Leberversagen gestorben war, entschied sich seine Mutter, nach Arkansas zurückzukehren. Malachi, ein Einzelkind, wurde vor die Wahl gestellt, entweder mitzukommen oder bei der Familie eines Warrant-Offiziers zu bleiben, um die High School in Nordwest-Washington zu beenden. Der Warrant Officer, ein barscher Fernmeldeoffizier bei der Navy, bestätigte die Äußerung seiner Mutter: daß eine High-School-Ausbildung ihn zur Zweitklassigkeit in allen Bereichen verdammte. Mit Hilfe des Warrant Officers fand Malachi heraus, daß es für Unteroffiziere und Mannschaften der Army, die einen High-School-Abschluß hatten, Stipendien für das College gab – Stipendien, die zu einem Offizierspatent führen konnten. Es war ein Risiko dabei, denn er mußte, bevor er es beantragen konnte, erst in die Army eintreten. Würde es abgelehnt, mußte er seine vier Jahre in Kasernen dienen. Aber Malachi, der keine andere Chance sah, meldete sich einen Monat nach seinem High-School-Abschluß bei der Army Reserve, und nachdem er ein halbes Jahr an deren monatlichen Übungen teilgenommen hatte, suchte er um ein Stipendium für den Collegebesuch nach. Drei Monate später bekam er einen Platz an der University of Maryland. Obwohl er nicht an dem Programm des Reserve Officer Trainings Corps (ROTC) teilnahm, wurde er der Army-ROTC-Einheit für Verwaltungszwecke zugeteilt, und er konkurrierte heimlich mit den privilegierten Kadetten, obwohl er technisch als ein E-2 in der Army Reserve diente, während sie bereits Offiziersanwärter waren.

Malachi, bereits bei seinem Eintritt ein hünenhafter Junge, wurde in den Sommern der Grund- und der anschließenden Infanterieausbildung, die für das Programm erforderlich waren, noch größer und noch muskulöser. Er fand heraus, daß er clever war, zumindest cleverer als die meisten der Kadetten, die sich in den frühen Sechzigern durch das ROTC-Programm tranken, aber in gewisser Hinsicht war es wieder wie in den Garnisonen der Army, denn es gab viele Jungen von Offizieren im ROTC-Programm. Im Gegensatz zu ihnen hatte er kein Geld für Schwof oder einen Wagen, jobbte das ganze Jahr an zwei Stellen, um seine Ausgaben bezahlen zu können, und wohnte mit drei anderen Jungs von Unteroffizieren zusammen, die ebenfalls in finanzieller Verlegenheit waren. Nachdem er in der Grundausbildung einen Film über die Militärpolizei beim Rekrutieren auf dem Campus gesehen hatte, wählte er als Hauptfach Kriminologie und machte im Jahre 1961 seinen Magister. Nach der Offiziersanwärterschule verbrachte er die obligatorischen achtzehn Monate bei der Infanterie, bevor er 1963 vom Corps der Militärpolizei akzeptiert wurde.

Alles änderte sich, als er 1965 nach Vietnam und in die neue Welt von Lyndon B. Johnsons Programm der Gegenrebellion geschickt wurde, wo die U. S. Army sich mutig mit dem Problem herumschlug, wie sie die Herzen und den Verstand aufsässiger asiatischer Kommunisten gewinnen konnte. Als First Lieutenant führte er die Verlegung einer MP-Einheit aus dem Hauptquartier der Militärpolizei zum Tan-Son-Nhut-Luftstützpunkt außerhalb von Saigon durch. Weil es ihn langweilte, ein besserer Schreibtisch-Polizist zu sein, fuhr er nach Einbruch der Dunkelheit in einem MP-Jeep durch den Stützpunkt, hauptsächlich, um von all der Schreibarbeit im Büro wegzukommen, aber auch aus Neugier. Er hatte einige interessante Geschichten über einen Schwarzmarkt gehört, der angeblich auf dem Stützpunkt direkt vor der Nase der Army blühte. Keiner der ranghohen Offiziere im Büro des Kommandeurs der Militärpolizei konnte verstehen, wie das möglich war, nachdem nur die Amerikaner die Kontrolle über und den Zugang zu den Waren hatten. Malachi, der sich geistig nie wirklich von seiner Vorgeschichte als Sohn eines Unteroffiziers gelöst hatte, glaubte, dies zu können. Eines Nachts nahm er drei Männer fest, die einen Zweieinhalbtonner mit Schätzen aus dem größten Lagerhaus beluden. Einer von ihnen erwies sich als ein Sergeant First Class namens Monroney, ein Unteroffizier, den Malachi während seiner Grundausbildung in den Staaten kennengelernt hatte.

Monroney forderte Malachi zu einem kleinen Spaziergang abseits vom Lagerhaus auf und zeigte ihm fünftausend Dollar in bar. Weil die Army in Vietnam zu dieser Zeit in Ersatzpapiergeldwährung zahlte, war all das echte Geld ein faszinierender Anblick.

»Dies ist Taschengeld für Jungs, die fair spielen, Lieutenant«, erklärte Monroney. »Wenn Sie einsteigen wollen, können wir immer einen richtig denkenden MP-Jungen brauchen, der die Regeln beherrscht.«

Malachi starrte auf all das Geld.

»Wer ist wir?« fragte er schließlich.

»Eine Menge von uns Sergeanten. Keine Schlitzaugen, okay? Nur reguläre Army GIs, Jungs wie Sie und ich, die dahintergekommen sind, daß dies kein richtiger Krieg ist. So verdienen wir uns den einen oder anderen Buck damit. Jeder weiß, daß diese vietnamesische Gegenrebellion Blödsinn ist, warum sollen wir also nicht ein bißchen absahnen? Sie sind schon eine Weile hier, sehen Sie sich doch um. Die schlitzäugigen Generäle und Colonels lassen all die amerikanischen Hilfsgelder auf ihren Schweizer Bankkonten verschwinden. Den amerikanischen hohen Offizieren, den Berufssoldaten, geht es nur darum, Medaillen einzuheimsen und Karriere zu machen. Die einzigen, die in den Arsch getreten werden, sind die einfachen Soldaten, wie immer. Aber dies hier ist immer noch Asien, nicht wahr? Jemand muß einen Schwarzmarkt betreiben. Der große Krieg ist für die Zivilisten. In Korea gab es erst einen nach dem Waffenstillstand. Diesmal sind die guten Jungs an der Reihe, die Unteroffiziere.«

Monroney blätterte das Bündel Banknoten durch und hielt Malachi an, es schnell zu zählen, damit er spüren konnte, wie wunderbar sich so viele Geldscheine anfühlten.

»Na, was sagen Sie, Lieutenant?« schnurrte Monroney. »Ein Mann wie Sie in der Militärpolizei kann seinen Preis nennen. Und Sie brauchen nichts Böses zu tun – Sie dürfen nur zur richtigen Zeit *nicht* das tun, was gute Jungs tun. Sie verstehen?«

Malachi entschied sich auf der Stelle. Sein Offizierspatent war ohnehin nur oberflächlich. Er diente als Reservist, und all seine Vorgesetzten waren Berufssoldaten von West Point oder dem ROTC-Programm. Die ROTC-Jungs hatten ihr Patent am Ende der Ausbildung erhalten. Malachi und seine Zimmergenossen hatten dafür die Offiziersanwärterschule besuchen müssen. Diese hochnäsigen Berufsoffiziere konnten nicht herausfinden, wer den Schwarzmarkt direkt vor ihrer Nase betrieb. Was dieser Monroney vorschlug, war das erste Vernünftige, was Malachi seit seiner Ankunft in diesem verrückten Land gehört hatte, und in den nächsten zweieinhalb Jahren kassierte er mehr Geld, als er sich je erträumt hatte, in zehn Jahren Laufbahn bei der Army zu verdienen – in bar, schöne, grüne steuerfreie Scheine, und obendrein standen ihm Bankiers in Cholon zur Verfügung, die das Geld in einem Netzwerk äußerst diskreter Banken über die ganze Welt verschieben konnten.

Das Netzwerk der Unteroffiziere breitete sich bis nach Deutschland aus, als sich der Vietnamkrieg hinzog, und Malachi war nach zweieinhalb Jahren in Saigon auch dort beteiligt. So war es nur natürlich, daß er in Tommy Monroneys Geschäft einstieg, als er die Army verließ, besonders weil Monroney gleich hier in Washington, D. C., war. Wenn er bedachte, wie seine Dienstzeit in Deutschland und seine Laufbahn bei der Army geendet hatte, war Malachi sehr glücklich darüber gewesen, daß Monroney ihn vor dem Tor erwartet hatte. Und als Monroney vor drei Jahren ›in Pension‹ gegangen war, hatte Malachi einen Teil seiner Geschäfte übernommen, was ihm eine Reihe von Auftraggebern im Spektrum des inoffiziellen Washington eingebracht hatte. All seine Geschäfte liefen auf der Basis von monatlichen Schecks, Vorschußzahlungen, die von Zeit zu Zeit erhöht wurden, wenn die großen Tiere und ihre Steigbügelhalter erkannten, daß sich Malachi angesichts der Dinge, von denen er wußte, als außergewöhnlich diskret erwiesen hatte.

Zwei Abende später saß er in einer Ecke der Bar im Army und Navy Town Club. Er trug einen dunkelblauen Anzug. Der Captain hatte eine der Suiten im zweiten Stock auf seinen eigenen Namen gebucht. Der große Mann besuchte angeblich an diesem Abend einen Empfang im Hauptspeisesaal, den er laut Plan für eine Viertelstunde verlassen wollte, um Lieutenant Junior Grade Hardin in der Suite des Captains zu empfangen. Sobald der große Mann nach oben gegangen war, würde der Captain in die Halle kommen und Malachi das Signal geben. Malachi würde sich daraufhin in die Bibliothek in den zweiten Stock begeben und ans ferne Ende des Tisches im Hauptraum der Bibliothek setzen, von wo aus er die Aufzüge gut überblicken konnte. Malachi sollte sich Lieutenant Hardin genau ansehen, wenn der Captain ihn zu dem Treffen nach oben brachte. Danach sollte Malachi in die Bar zurückkehren, damit weder der große Mann noch Hardin ihn sahen, wenn sie die Suite verließen. Nach dem Treffen würde ihn der Captain über den Verlauf informieren und ihm, falls nötig, neue Anweisungen geben, wenn welche erforderlich waren.

Malachi nippte an seinem Harper 100 und beobachtete Clubmitglieder in der Bar, die sich bei ihren Martinis über jüngste Ungeheuerlichkeiten der Verwaltung ausließen. Er war leicht amüsiert über die Manöver, die der Captain geplant hatte. Er wußte doch, wer dessen Boß war. Aber vielleicht war es das beste, das nicht preiszugeben – die alte Weisheit: Was du nicht weißt … und so weiter.

Der Captain tauchte bei den Aufzügen auf und durchquerte die Halle. Er schien rein zufällig einen Blick in die Bar zu werfen. Dann wandte er sich um und schlenderte zum Empfangsbereich. Malachi trank seinen Bourbon aus, stand auf, eilte zu den Aufzügen und fuhr in den zweiten Stock. Er ging in die Bibliothek und schaute sich schnell um. Die Büros waren geschlossen, und es hielt sich niemand in der Bibliothek auf. Er zog einen Stuhl ans Ende des Tisches, der am weitesten vom Eingang entfernt war, und schaltete dann die Hälfte der Lampen in der Bibliothek aus, wodurch es im

Hauptraum halbdunkel wurde. Er setzte sich, verschränkte die Arme und täuschte vor zu schlafen. Für jemanden, der an der Bibliothek vorbeilief, sollte es aussehen, als sei er einer der alten Säcke, die hier heraufkamen, um Zeitung zu lesen und darüber einzuschlafen.

Fünf Minuten später hörte er einen leisen Gongton, bevor der Captain, gefolgt von einem jungen schwarzen Offizier in Uniform, aus dem Aufzug trat. Der Captain blieb nahe beim Eingang der Bibliothek stehen und stellte dem Lieutenant eine Frage. Gut gemacht, Captain, dachte Malachi, während er unter halb gesenkten Lidern den Lieutenant betrachtete; dessen ganze Aufmerksamkeit galt dem Captain, und er schaute nicht in die Bibliothek. Er war jung, sehr jung – vielleicht dreiundzwanzig, vierundzwanzig. Nicht sehr groß, ein wenig dünn, der Uniformrock mit den anderteinhalb Streifen wirkte etwas zu weit. Sein Gesicht war schmal und sein Haar kurz geschnitten. Es war ihm anzusehen, daß er aufgeregt war. Er gestikulierte heftig beim Sprechen. Wie ein Offizier sieht er nicht aus, dachte Malachi, eher wie ein Junge mit einem Kostüm.

Schließlich führte der Captain den Lieutenant außer Sicht in die Halle. Malachi hörte das Zuklappen einer Tür. Er wartete noch eine Minute, stand auf und verließ die Bibliothek. Er hatte sich bei seiner Ankunft an der Rezeption nach den Suiten erkundigt. Es gab zwei am anderen Ende des Flurs mit Blick auf die 17th Street. Er ging über den Gang, bis er zu einer Feuertür gelangte, die zum Treppenhaus führte und einen Spalt offenstand. Er vernahm Stimmen aus einer der Suiten und schlich näher an deren Tür heran. Aber die Stimmen blieben unverständlich, denn in dem alten Clubgebäude waren alle Türen aus Eiche. Er lauschte ein paar Minuten und behielt den Gang im Auge, bis die Stimmen lauter wurden. Jemand verlor die Beherrschung. Er konnte immer noch nicht verstehen, was gesagt wurde, aber der Tonfall und das Volumen sprachen für sich selbst. Der Lieutenant stattete hier keinen Freundschaftsbesuch ab – was bedeutete, daß er etwas wußte.

Malachi zog sich zurück, fuhr mit einem der Aufzüge nach unten und kehrte an seinen Eckplatz in der Bar zurück. Sein leeres Glas stand noch dort, wo er es zurückgelassen hatte, in einer Lache aus Kondenswasser. Wirklich flinker Service hier, dachte er sarkastisch. Die Kellnerin sah ihn. Sie machte ein verwirrtes Gesicht, aber als er das Glas anhob, lächelte sie und holte einen neuen Harper 100 für ihn. Während er auf die Rückkehr des Captains wartete, dachte er über das Problem nach. Er kramte in der Erinnerung nach Kontakten in Philadelphia. Angelo Fiori, fiel ihm ein. Ich wette, der gute Angelo kann mir bei diesem kleinen Problem helfen. Er schuldet mir einen Gefallen aus der Zeit in Saigon.

Zehn Minuten später führte der Captain den Lieutenant in die Halle. Dann suchte er die Bar auf und setzte sich zu Malachi.

»Die Sache wird immer komplizierter«, eröffnete er.

»Was will der Junge?«

»Er kam zornig her, wollte nicht Platz nehmen, keine Hand schütteln, war äußerst gereizt und empfindlich.«

»Was wollte er?« wiederholte Malachi.

»Er rückte gleich damit heraus, bestätigte, daß seine Schwester ihn in Philadelphia angerufen und von ihrer Liebesaffäre mit dem Chef erzählt hatte und daß die Dinge häßlich geworden waren, nachdem sie ihm den Laufpaß gegeben hatte. Er wußte von eurer kleinen Sitzung, daß sie von Ihnen bedroht worden war und ein Messer eingesetzt hatte, um Sie aus dem Apartment zu werfen. War das übrigens tatsächlich so?«

Der Captain schaute auf Malachis rechte Hand mit den verbundenen Fingern. Malachi ignorierte die Frage, neigte sich vor und starrte den Captain an, bis dieser seinen Blick vom Verband löste.

»Kommen Sie zur Sache«, drängte Malachi. »Was *will* er?«

»Nun, er will … Genugtuung. Wenn mein Chef nicht *beweisen* kann, daß der Unfall seiner Schwester ein Zufall war, will unser Lieutenant den Medien erzählen, daß dieser sehr ranghohe, verheiratete weiße Offizier der Navy eine heimliche Affäre mit einer schwarzen Frau hatte, die zufällig ebenfalls in der Navy und ein rangniedrigerer Offizier war.«

Malachi setzte sich zurück. »Und wie hat sich Ihr Chef dazu geäußert?«

»Er hat alles abgestritten, geleugnet, daß es eine Affäre gegeben hat. Er behauptete, er habe das Mädchen im Verlauf dienstlicher Geschäfte kennengelernt und zweimal etwas mit ihm getrunken, jedesmal bei offiziellen Anlässen, bei denen sie beide hätten anwesend sein müssen. Er gab sich als eine Art Beichtvater aus, der dem Mädchen Rat für die Laufbahn gegeben habe, und er deutete an, das Mädchen habe sich in seiner Phantasie ausgemalt, daß mehr hinter der Beziehung stecke. Er bezeichnete den Gedanken, daß Sex im Spiel gewesen sein könnte, als absurd – er sei doppelt so alt und bestimmt nicht so dumm, sich mit einem rangniedrigeren Offizier einzulassen. Er fügte hinzu, daß sie eine gutaussehende schwarze Frau gewesen sei, die bestimmt jeden attraktiven *Schwarzen* einem älteren weißen Mann vorgezogen hätte – das war übrigens wirkungsvoll. Es verstärkte anscheinend die eigenen Vorstellungen des Jungen, wie die Dinge sein sollten – ich konnte es seinem Gesicht ansehen. Jedenfalls fuhr mein Chef fort, daß er niemals jemand zu ihr geschickt habe, weil zuerst überhaupt nichts zwischen ihnen gewesen sei. Er sagte, das Mädchen habe sich vertrauensvoll an ihn gewandt, weil es einige Probleme mit ihrem Job in einem sehr weißen Stab im Navy-Hauptquartier gehabt und die Gelegenheit genutzt habe, mit jemandem darüber zu reden, mit jemandem, der nicht direkt zu seiner Abteilung gehörte. Er war gut, sehr gut. Er ist wirklich aalglatt und überzeugend, wenn er das sein will.«

»Das fand sie vermutlich ebenfalls einmal«, bemerkte Malachi. »Kurz bevor sie sich auszog.«

»Bitte. Das Mädchen ist tot, um Himmels willen. Ich denke jedenfalls, daß er den jungen Mann eingelullt hat. Er versicherte, er würde all seine Möglichkeiten ausschöpfen, um zu beweisen, daß es ein Unfall war.«

»Was meinte der Junge dazu?«

»Er sagte, er würde uns – das ist übrigens ein gutes Zeichen: gegen Ende ging es ihm nicht mehr um die Person meines Chefs – eine Woche Zeit geben. Ich hatte den Eindruck, durch den ruhigen Ton meines Chefs wurde dem Jungen klar, mit wem er laut und respektlos gesprochen hatte, und er bekam ein wenig Angst ... Er ist nur Lieutenant Junior Grade.«

»Okay.« Malachi nickte. »Ich habe keine weitere Information, was die Verkehrspolizei unternimmt, wenn überhaupt etwas. Ich gehe davon aus, sie versucht es mit der alten Masche und verkündet öffentlich: Wer immer das Mädchen überfahren hat, stellen Sie sich, und wir behandeln die Sache als Unfall. Wenn wir Sie suchen und finden, wird es schlimm für Sie.«

Der Captain schüttelte den Kopf. »Das hilft uns nicht. Ich muß mir etwas anderes einfallen lassen.«

»Kann dieser Junge herausbekommen, was wirklich los war?«

»Mein Chef sagt, daß er und Miss Hardin äußerst diskret waren. Aber als Offizier im aktiven Dienst kann sich der Lieutenant natürlich Zutritt ins Pentagon und in die CHINFO-Büros verschaffen. Aber wenn sie keine engen Freunde in ihrem Büro hatte, an die er sich wenden kann, und wenn es keine Leute gibt, die sie eingeweiht hat, und wenn keiner bereit ist, mit ihm zu reden ... viele *wenn*. Ich wünsche, der Hurensohn würde einfach verschwinden, nach Philadelphia zurückkehren und sich aus etwas heraushalten, das ihn nichts angeht.«

Malachi nickte und lächelte. »Ich schätze, ich kann dazu beitragen.« Er schaute auf seine Armbanduhr. Er würde mit Angelo in Philly sprechen müssen.

9

Angelo Fiori war fett geworden. Er hatte ein Mondgesicht, ein Dreifachkinn, und in seinem Anzug sah er aus wie eine dunkelblaue Wurst. Malachi erinnerte sich, daß Angelo bereits zur Fettleibigkeit geneigt hatte, als er ihn in Saigon kennengelernt hatte. Die Uniform des Sergeants hatte sich damals schon um seine Massen gespannt, und er hatte in der tropischen Hitze ständig geschwitzt. Aber jetzt war er ein gewaltiger Fettwanst. Malachi versuchte, ihn nicht anzustarren, als sie in Fiori's Restaurant in South Philadelphia Platz nahmen. Er spürte, wie sich der Tisch zu ihm verschob, als Angelo sich in die Nische zwängte, wobei er vor Anstrengung japste. Malachi hatte Kopfschmerzen nach dem Flug von Washington und vielleicht von der vergangenen Nacht.

»Angelo, hast du mal was von einem der Jungs gehört?« Malachi bemühte sich um eine Aussprache, die nicht nach Washington klang. Er fragte sich, ob es hier Harper 100 gab. Vermutlich nicht; wahrscheinlich hatten sie nur Wein.

Angelo kratzte sich am Nacken. »Nein. Einer meiner Cousins, Salvator, ist in New York, aber die übrigen Jungs, die meisten von ihnen im Ruhestand, sind irgendwo im Süden. Wie ist es mit dir?«

»Ich sehe von Zeit zu Zeit einige Jungs in D. C. Gallagher, Monroney, Jackson – du erinnerst dich an Jackson, den großen Sergeant First Class beim Wagenpark, der all die Zweieinhalbtonner klaute und dann die Schlüssel verlor?«

»Wer könnte ihn vergessen. Ich dachte, der verdammte Monroney würde ihn deshalb umlegen.«

Malachi lachte. »Das hätte er, doch als er es ihm besorgen wollte, war Jackson im Bau in Tan Son Nhut, weil er gegen das Ausgehverbot verstoßen hatte.«

Angelo spielte mit der Tischdecke. »Damals war es gut. Heutzutage ist es härter, viel härter, das kann ich dir sagen.«

»Du meinst, weil die Bullen besser organisiert sind?«

»Ja, deshalb und wegen der verdammten Jungs heutzutage; sie haben keinen Sinn für Organisation, weißt du. Da eine Gang und dort eine, und die Schwarzen sind total verrückt mit ihren Bandenkriegen. Man kann nicht mehr vernünftig seine Territorien abgrasen, ohne daß man beharkt wird. Es ist beschissen. Willst du bestellen? Ich komme um vor Hunger.«

Malachi nickte, und Angelo winkte dem Maître, der, gefolgt von einem Kellner, an den Tisch kam. Während er sich eine Scheibe Brot in den Mund schob, fragte er Malachi kauend, was er essen wolle. Malachi forderte ihn auf, für sie beide zu bestellen. Angelo rasselte etwas auf italienisch herunter, und der Maître und der Kellner hörten zu, ohne etwas zu notieren. Dann nickte der Maître, entfernte sich und kehrte kurz darauf mit einer geöffneten Flasche Chianti und einer Flasche Mineralwasser zurück. Das Restaurant war gut besucht, aber in ihrer Nische waren sie ungestört, was Malachi als ein Zeichen für Angelos Ansehen deutete. In Saigon hatte Angelo als Dummkopf gegolten. Eines Nachts war er in einer Bar in eine Schlägerei verwickelt gewesen, bei der eine Vietnamesin erstochen worden war. Die Tatwaffe war ein Messer der Army gewesen. Malachi hatte den Notruf entgegengenommen und dafür gesorgt, daß das Messer am Tatort gegen ein anderes vertauscht worden war. Monroney hatte dann jemanden bei der örtlichen Polizei geschmiert, und der Fall war zu den Akten gelegt worden, wodurch Angelo tief in Malachis Schuld stand.

Nachdem der Maître und der Kellner gegangen waren, zog Angelo die Augenbrauen hoch, signalisierte Malachi, daß er bereit war zuzuhören. Malachi senkte die Stimme.

»Da ist also dieser Typ von der Navy drüben in der Werft«, sagte er. »Ich muß ihn etwas zurechtstutzen. Er hat einen meiner Auftraggeber in D. C. verärgert, und ich muß ihm klarmachen, daß er den Schwanz einziehen und nicht die Nase in anderer Leute Angelegenheiten stecken soll.«

»Was für ein Typ ist das? Du sagtest, einer von der Navy?«

»Ein Offizier – ein schwarzer Offizier, Lieutenant Junior Grade. Weißt du, in D. C. ist etwas passiert, und dieser Lieutenant macht Tamtam, behauptet, mein Auftraggeber hätte etwas damit zu tun. Was nicht der Fall ist, okay? Aber dieser Junge will keine Vernunft annehmen. Glaube mir, wir haben mit ihm geredet. Aber er antwortet mit Drohungen. So habe ich mich gefragt, ob du einige Jungs in der Werft hast, die ihn vielleicht besuchen und so in die Mangel nehmen, daß er die Schnauze hält.«

Angelo mampfte wieder Brot und schenkte sich Wein ein. Er deutete mit der Flasche auf Malachis Glas, doch Malachi schüttelte den Kopf. Er haßte Wein. Angelo kostete den Chianti, stellte das Glas ab und wischte sich mit der Serviette über den Mund.

»Ja, ich habe einige Leute, die das erledigen können. Ist es eilig?«

»Ja, ziemlich sogar. Der kleine Scheißer droht damit, sich an die Presse zu wenden. Es muß also noch in dieser Woche über die Bühne gehen, wenn das zu machen ist.«

Angelo nickte ernst. »In der Werft, sagtest du? – Ist das ein Werftarbeiter?«

Malachi unterdrückte ein Seufzen. Angelo hörte nicht richtig zu. »Nein. Ein Mitglied der Navy. Ein Offizier, ein junger schwarzer Lieutenant Junior Grade. Er ist dort auf einem Schiff stationiert, auf dem United States Ship *Luce*. Er ist der stellvertretende Versorgungsoffizier oder so was.«

Angelo schaute sich flüchtig im Lokal um und nickte dann langsam. »Ja, ich denke, das läßt sich machen. Worum geht das alles, oder soll ich das nicht wissen?«

»Ich kümmere mich nur um ein Problem für einen Auftraggeber. Er ist ein hohes Tier in D. C., und dieser Lieutenant macht ihm Schwierigkeiten. Wegen seines Liebeslebens, wenn du das glauben kannst.«

»Wie lautet also die Botschaft genau?«

»Steck nicht die Nase in die Dinge deiner Schwester; es geht dich nichts an, wen sie besucht hat, und wenn du darüber in den Medien redest, könntest du deine Lebenserwartung verkürzen. Etwas in dieser Art.«

Malachi verschwieg Angelo, daß besagte Schwester ihre Lebenserwartung bereits verkürzt hatte. Angelo nickte wieder und trank noch etwas Wein. »Das also machst du heutzutage, du kümmerst dich um solchen Scheiß für irgendwelche Auftraggeber? Nach all dem Geld, das wir in Nam kassiert haben?«

»Ja. Es geht nicht um das Geld – wie du sagtest, wir haben viel verdient, und ich habe noch das meiste davon. Aber ja, genau das ist jetzt mein Job. Mir gefällt D. C., weißt du. Ich finde es herrlich, wenn diese großen Tiere mit ihren Tausend-Dollar-Anzügen und ihren Lakaien und all diesem großkotzigen Getue in der Scheiße sitzen und sich von Jungs wie mir helfen lassen müssen. Außerdem ist die Bezahlung ziemlich gut. Bei dieser kleinen Sache weiß der Auftraggeber nicht genau, wie das Problem angepackt wird. Auch seine Leute haben keine Ahnung.«

»Dies ist also kein Auftrag – das geht auf deine Kappe?«

»Richtig. Weißt du, der Lieutenant kann mir ebenfalls Schwierigkeiten machen, und er versucht es schon massiv bei meinem Auftraggeber. Deshalb bin ich hier, sozusagen aus eigenem Antrieb. Dieser Junge muß zur Vernunft gebracht werden.«

Angelo, der den Brotkorb geleert hatte, hielt nach etwas anderem Eßbaren Ausschau. Er fand nichts auf dem Tisch und schenkte sich Wein nach. »Ja«, sagte er. »Ich habe kapiert. Ich denke, wir können etwas arrangieren. Wir haben einige Jungs auf der Werft. Wir betreiben einige kleine Geschäfte dort, hauptsächlich mit Material, und wir haben natürlich Leute in den Gewerkschaften, Metallarbeiter, Schrott-Transporteure, solche Jungs. Die Gewerkschaften halten sich einige zweibeinige Hunde, die alles friedlich halten.« Er lächelte bei dem Gedanken an Frieden an der Arbeitsfront. »Einige dieser Typen in Washington labern über Arbeit und Löhne; man sieht sie im Fernsehen mit ihren Zweihundert-Dollar-Frisuren und einer Haut glatt wie ein Babyarsch, und dann hört man, daß Kongreßabgeordnete die Hotelpagen im Badezimmer bumsen, daß große Vorsitzende von Konzernen Geld für Stempel nehmen, für Stempel! Dies sind die Typen, die die Gesetze verabschieden und uns Armleuchtern sagen, wie wir leben sollen.«

»Du weißt nur die Hälfte davon«, schnaubte Malachi. »Das ist nur die Scheiße, die aufgedeckt wird und in den Zeitungen steht. Jungs wie ich schaufeln noch viel mehr Scheiße beiseite.«

»Ja, das glaube ich. Sieh mal, da ist etwas, das du wissen solltest. Diese Aufträge, bei denen wir Leute losschicken, um jemanden zurechtzustutzen, können manchmal außer Kontrolle geraten, wenn du verstehst, was ich meine. Wenn es einer aus unserer Branche ist, wird er auf einen guten Rat hören. Wir brechen ihm vielleicht trotzdem ein Bein, aber wenn er die Jungs sieht, ist ihm sofort klar, was es zu bedeuten hat, was passieren kann und was jeder erwartet. Aber bei einem Soldaten ... Nun, man weiß nie, was ein Soldat tun wird, richtig? Manchmal wird ein kleines Gespräch zu einer großen Sache, und der Typ reagiert nicht richtig. Das muß ich dir sagen.«

»Ich verstehe«, erklärte Malachi. »Glaube mir, ich weiß sehr wohl, was alles passieren kann.«

»Okay, ich sage es dir vorher, damit es keine Überraschungen gibt. Weißt du, wenn etwas schiefgeht, sind wir nicht zimperlich.«

»Ich verstehe«, wiederholte Malachi. »Und ich meine, wenn etwas schiefgeht, dann sollte das Problem – wenn es eines gibt, und ich meine damit nicht, daß es eines geben *sollte* – verdammt völlig verschwinden.«

Angelo schaute ihn ungefähr zehn Sekunden lang wie eine Eidechse an. Malachi fragte sich, ob sie aneinander vorbeiredeten.

»Sieh mal«, fuhr er fort. »Ich will wirklich nicht, daß der Typ um die Ecke gebracht wird; dies ist nicht wie eine Sache zwischen zwei Familien, bei der ich zeigen muß, wer der Herr im Haus ist oder so. Ich möchte nur, daß er Muffensausen bekommt und nicht mehr daran denkt, jemandem zu erzählen, was in D. C. passiert ist, das ist alles. Ich denke, du redest über einen unvorhergesehenen Zwischenfall, willst das grundsätzlich geklärt haben, und da stimme ich dir zu. Aber ich weise darauf hin, wenn es ein echtes Problem gibt, kann ich mir nicht erlauben, daß ein verdammter Steifer im Delaware auftaucht.«

»Unvorhergesehener Zwischenfall«, sagte Angelo mit ausdrucksloser Miene.

»Ja, ich meine, dies ist nur gute Planung. Aber am meisten liegt mir daran, daß er sich jedesmal in die Hose macht, wenn ihm auch nur der Gedanke kommt, die Klappe aufzureißen. Das ist es, was ich brauche. Ich habe etwas Geld mitgebracht – zehntausend.«

»Das ist dein Geld«, sagte Angelo, ohne zu blinzeln.

»Ja. Und ich weiß, was jetzt kommt – daß du es aus Gefälligkeit tun willst, wegen der alten Zeiten und Saigon und allem. Aber ich möchte, daß du es nimmst; so kannst du Bares einsetzen, dafür sorgen, daß die Sache einwandfrei über die Bühne geht, besonders so kurzfristig. Das ist das mindeste, was ich tun kann, okay?«

Angelo ließ seinen Blick durch das volle Lokal schweifen und sah dann wieder Malachi an, wobei er den gierigen Glanz aus seinen Augen nicht verbannen konnte. »Nun, du hast recht«, bestätigte er. »Ich würde es aus Gefälligkeit tun. Wir kennen uns lange. Du hast mich mal aus der Scheiße geholt, und ohne deine Deckung wäre unser kleines Geschäft in Saigon nicht so gut gelaufen. Und ich bin dir wegen dieser Sache in Cholon noch etwas schuldig.«

»Vergiß es. Wir haben damals prima zusammengearbeitet. Ich erinnere mich an keine Schulden. Du tust mir einen Gefallen. Aber die Knete … nun, das ist wie ein bißchen Schmierfett, um die Dinge gängiger zu machen, verstehst du?«

»Ja. Du verstehst es, einen zu behandeln. So clever warst du immer.«

Malachi reichte ihm den Umschlag unter der Tischplatte. »In Saigon haben wir gut verdient«, sagte er. »Hier, nimm das Geld. Mich juckt die Ausgabe nicht, und man kann nie wissen, irgend jemand könnte ein bißchen gierig werden und viel Moos für den Job verlangen. So bist du flüssig ...«

»Ja, da hast du recht. Einige der Jungs heutzutage ...« Angelo verdrehte die Schweinsaugen.

»Stimmt, die Jungs sind nicht mehr wie wir«, sagte Malachi. »Und nun der Name. Er lautet Hardin, Lieutenant Junior Grade Wesley Hardin, stationiert auf der USS *Luce*, das ist ein Zerstörer. Ich glaube, er wird überholt. In dem Umschlag ist eine Beschreibung.«

Angelo nickte nachdenklich und prägte sich die Informationen ein. Der Umschlag war wie durch Zauberei unter seinem gewaltigen Jackett verschwunden. »Hardin, okay, kapiert. Und es soll ihm ein bißchen Benimm beigebracht werden. Eine Tracht Prügel, vielleicht von Kopf bis Fuß in Klebeband einwickeln, ihn vielleicht in einen Trockner stecken oder ihn ein paar Runden in der Waschmaschine drehen lassen, so etwas in dieser Art. Ihm ein vorgezogenes Halloween bescheren. Ich habe einige Leute, die das erledigen können. Und du brauchst es in dieser Woche.«

»Wenn möglich, ja, in dieser Woche. Ich nehme an, das kann nicht so schwierig sein. Ich meine, ich habe schon einige Erkundigungen eingezogen. Er wohnt an Bord des Schiffes und hat vermutlich einen Wagen, der irgendwo auf dem Gelände der Werft steht. Ich wette, es gibt einen Parkplatz für Offiziere oder so was. Er ist Single, geht wahrscheinlich abends aus und macht einen drauf, wie wir es getan haben, als wir in seinem Alter waren. Vielleicht könnte jemand abends den Parkplatz beobachten und ...«

Malachi verstummte, als er sah, daß Angelos Bauch hüpfte wie ein Plastiksack voller Pudding. Angelo lachte. »Bald wirst du mir noch erklären, wie eine gute Pasta gemacht wird, wie?

Du willst, daß der Nigger für eine Nacht weiß wird, und das schaffen wir ohne deine Ratschläge, okay?«

»Entschuldige, Angelo. Ich wollte dir nicht reinreden. Ja, ihr bringt das schon. Er muß alles vergessen, was er in D. C. getan hat. Die ganze Sache muß aus seinem Gedächtnis verschwinden. Piffpaff. Wie der magische Drachen.«

»Ja. Erinnerst du dich an diese gottverdammten DC-3-Maschinen? – Wie nannte man sie noch? Ja, Piffpaff, die magischen Drachen. Wie du gesagt hast. Sie hatten diese GE-Kanonen, die ihre Salven aus der Tür schossen. Sahen aus wie ein Pferd, das in der Nacht Feuer vom Himmel pißt und eine ganze Provinz gleichzeitig bespritzt. Erinnerst du dich an diese Kanonen?«

»Na klar. Vulcans hießen sie. Und ich erinnere mich auch, daß ihr Jungs eine ganze Schiffsladung voll von den Kais in Saigon geklaut habt.«

»Ja, und du mußtest kommen, um die Beute zu sprengen, damit sich die Leute vom CID beruhigten, die im Hauptquartier herumschnüffelten.«

»Ich entschied mich dafür, weil ihr Jungs – ich glaube sogar, Monroney sagte es – nichts mit dem Diebesgut anzufangen wußtet.«

»Ja, uns war klar, daß wir den Scheiß nicht dem Vietcong verkaufen konnten.«

»Richtig. Ihr konntet nicht den bösen Buben solche Kanonen verscherbeln, damit sie unsere eigenen Jungs abknallen. Das wäre falsch gewesen.«

»Absolut.«

Sie schauten sich an und lachten, als der Kellner mit dem Essen auftauchte.

Fünf Tage nach Malachis Rückkehr aus Philadelphia rief Angelo an. Es war elf Uhr nachts, und Malachi saß in seiner Küche, trank Harper 100 und schaute sich eine Wiederholung des Films M*A*S*H an. Angelo war kleinlaut.

»Die Sache ging in die Hosen, Malachi. Total. Dein Junge drehte durch, wie mir meine Leute sagten. Er flippte völlig aus.«

»Ich weiß, was du meinst«, sagte Malachi und erinnerte sich an Elizabeth Hardins Angriff mit dem Messer. »Das muß in der verdammten Familie liegen.«

»Was?«

»Nichts. Was ist also passiert?«

Angelo antwortete nicht sofort. Es hörte sich an, als esse er etwas.

»Nun, sie schnappten ihn, wie du vorgeschlagen hast«, sagte Angelo schließlich. »In der Nacht auf dem Parkplatz für Offiziere bei Dock fünf. Sie steckten ihn in einen Van zwischen ein paar Jungs, die für eine Umzugsfirma arbeiten. Man behauptet in ihrer Branche, daß sie Klaviere stemmen können.

»Große Jungs.«

»Ja, wirklich große Jungs. Jedenfalls fuhren sie irgendwohin, bearbeiteten ihn ein bißchen und sprachen mit ihm. Brachten ihn dann zur Werft zurück, sprachen noch einmal mit ihm und ließen ihn auf dem Parkplatz so gegen ein Uhr aussteigen, ganz diskret. Es ging ihm nicht sehr gut, sagten meine Jungs. Aber er hatte ein freches Maul, und sie brauchten einige Zeit, um es ihm zu stopfen. Er schleppte sich etwa zehn Meter vom Van fort, und dann begann er zu schreien, er wisse, wer sie geschickt habe, und er lasse sich von dem Drecksack nicht einschüchtern, so etwas in dieser Art. Die Jungs konnten ihn nicht genau verstehen, du weißt, wie das ist, wenn jemand wie irre rumbrüllt.«

»Und was haben sie getan?«

»Es gab eine Szene wie aus *French Connection*. Wie aus den Actionfilmen: Sie jagten ihn mit dem Van, und der Typ raste wie ein wildgewordener Affe durch die Gegend. Weil es ein Aschenplatz ist, fliegen Schlacke und Dreck herum, und der Typ rennt zwischen parkenden Autos hin und her. O Mann, ich wünsche fast, ich wäre dort gewesen. Aber dann macht der verdammte Kerl etwas wirklich Blödes. Er hebt einen Ziegelstein auf und wirft ihn durch die Windschutzscheibe in den nagelneuen Van meines Jungen.«

»Wunderbar.«

»Ja, das ist der richtige Ausdruck, wenn man zynisch ist. Mein Junge wird jetzt wirklich sauer. Ich meine, bis jetzt war es fast komisch – es ist ein Uhr morgens, sie jagen dieses Gespenst über den Parkplatz, die Klavierstemmer hinten im Van purzeln hin und her. Aber jetzt treibt mein Junge den Kerl zum Dock, springt aus dem Van, und der Kerl – ist nicht zu fassen, Mickey ist ein Muskelmann von zweieinhalb Zentnern – wird frech und beschimpft ihn. Unglaublich.«

»Ich kann das glauben.«

»Nun, mein Junge packt ihn am Arsch und wirft ihn gegen die Wand, und plötzlich rührt sich der Kerl nicht mehr und ist blutüberströmt. Wie ich dir sagte, diese Dinge können manchmal außer Kontrolle geraten. Erinnerst du dich an meine Worte?«

»Ja.«

»Ich meine, keiner fuhr dort raus, um jemanden um die Ecke zu bringen. Es sollte nur ein geselliges Beisammensein zwischen deinem und meinen drei Jungs sein, und deiner drehte durch.«

»Ich glaube es. Und was machten sie dann?«

»Malachi, willst du das unbedingt wissen? Wenn ja, sage ich es dir. Ich meine, es macht mir nichts aus. Aber du solltest dir überlegen, ob du das wirklich willst. Was man nicht weiß, kann keiner aus einem herausbekommen, habe ich recht?«

»Absolut, Angelo. Vergiß, daß ich gefragt habe. Ich hoffe nur, daß alles für immer und ewig beseitigt ist.«

»O ja. Für immer und ewig. *Saecula, saeculorum*, wie es hieß, als ich Meßdiener war. Das gefiel mir. Aber ja, er ist für immer und ewig verschwunden. Wo die Sonne niemals scheinen wird. Ich meine, er war bei der Navy. Wo er jetzt ist, wird er sich wie zu Hause fühlen.«

»Okay. Ich nehme an, das war's dann. Klingt, als wäre das Problem erledigt.«

»Absolut. Ich meine, wenn ich dir sagte, wo sie ihn abgelegt haben, würdest du es niemals glauben.«

»Ich glaube es.«

»Ich habe das Gefühl, ich sollte dir das Geld zurückgeben«, meinte Angelo.

Malachi lächelte am Telefon. Der alte Fettwanst!

»Nein, behalte es, Angelo«, widersprach er. »Ich wollte, daß der Junge zum Schweigen gebracht wird. Was du mir erzählt hast, hört sich an, als würde er nicht mehr reden. Es wird natürlich hier einigen Wirbel und Fragen von einigen Leuten geben, aber solange keine Leiche auftaucht, ist mein Problem und das meines Auftraggebers vorüber.«

»Okay«, sagte Angelo. »Denk nur daran, daß ich es dir vorher gesagt habe: Manchmal geraten solche Dinge außer Kontrolle.«

Am nächsten Morgen bestellte der Captain Malachi zu einem dringenden Treffen um dreizehn Uhr in eine Bar namens Black Crystal unter der Crystal City. Sie war eine wohlbekannte Tränke für Tausende von Navy-Mitgliedern, militärische und zivile, die in dem hohen Bürogebäudekomplex – genannt Crystal City – in der Nähe des Flughafens arbeiteten. Gedämpftes Licht und Nischen, in denen man unter vier Augen reden konnte, boten Vorteile, die von Leuten geschätzt wurden, die einen diskreten Treffpunkt für Geschäftliches oder zum Vergnügen suchten, besonders zum Vergnügen. Malachi nahm die U-Bahn bis zur Crystal City Station und fuhr mit der Rolltreppe in den Untergrund, ein Labyrinth mit Läden, Bars, Restaurants und Parkgaragen, die von einem Ende Crystal Citys zum anderen reichten.

Er mußte einen Moment im Vorraum der Bar stehenbleiben, bis sich seine Augen an die düstere Beleuchtung gewöhnt hatten. Es war dreizehn Uhr, und das Gros der Leute war nach der Mittagspause in die Büros zurückgekehrt oder drüben im Sheraton. Aber wegen der schwarzen Teppiche und Wände konnte er immer noch nicht viel erkennen. Schließlich betrat er die Bar und ließ den Blick durch das schummrige Lokal schweifen, bis er den Captain entdeckte. Er ging zu der Nische im hinteren Teil der Bar hin, setzte sich, winkte eine Kellnerin im Minirock fort und schaute den Captain an, der wie üblich aufgeregt wirkte.

»Sie haben angerufen«, sagte Malachi.

Der Captain warf ihm einen abschätzenden Blick zu. »Malachi«, begann er. »Wir haben eine neue Entwicklung in der Hardin-Sache, und ich denke allmählich, daß Sie nicht ganz ehrlich zu mir waren.«

»Ich bin so ehrlich wie meine Auftraggeber«, erwiderte Malachi. »Nicht mehr und nicht weniger. Was ist passiert? Hat er es getan? Ist Ihr Lieutenant an die Öffentlichkeit getreten?«

Der Captain sah ihn weiterhin abschätzend an. Malachi stellte überrascht fest, daß er einen Martini vor sich stehen hatte. Im Black Crystal waren die Martinis stark. Er wußte, was auf ihn zukam, und wünschte sich plötzlich einen Harper. Aber er brauchte keinen Alkohol, um mit diesem Kerl fertig zu werden – besonders nicht, wenn der Captain welchen brauchte, um mit ihm zu reden.

Der Captain trank einen Schluck Martini und schaute Malachi über den Rand des Glases hinweg an. »Der Lieutenant«, sagte er, ohne seinen Blick abzuwenden, »der Lieutenant ist verschwunden. Hat sich in der verschmutzten Luft von Süd-Philadelphia aufgelöst, das wurde von seinem Schiff mitgeteilt.«

»Verschwunden?«

»Verschwunden. Er ist der Offizier, der den Sold ausbezahlt, und so wurde als erste Reaktion die Kasse überprüft. Aber da war alles in Ordnung. Er ist einfach – weg. Die Navy hat die Familie befragt, die offenbar jetzt nur noch aus einer Mutter besteht. Sie weiß nichts.«

Malachi bemühte sich, die Eiseskälte zu ignorieren, die sich in seinem Magen ausbreitete. Er wartete darauf, daß der Captain weitersprach. Der Captain saß jedoch nur da, sah ihn an, nippte an seinem Martini. Malachi kannte das Spiel. Einige Leute konnten die Unterbrechung eines Gesprächs nicht ertragen – ein langes Schweigen, eine Pause, mußte gefüllt werden. Der Captain versuchte, ihn dazu zu bringen, etwas zu sagen. Er wartete. Schließlich gab der Captain auf und brach das Schweigen.

»Ich muß es wissen, Malachi. Haben Sie etwas mit dem Verschwinden dieses jungen Mannes zu tun?«

»Nein.«

»Gar nichts? Auch nicht indirekt?«

»Den letzten Satz, in dem der Name des Lieutenants und das Wort *verschwunden* vorkamen, habe ich gerade von Ihnen gehört«, sagte Malachi. »Vielleicht sollte ich fragen: Was haben *Sie* getan?«

Die Miene des Captains nahm einen harten Zug an. »Ja«, antwortete er, »das habe ich gesagt. Er war eine Plage bei etwas, das ihn nichts anging. Wir mußten damit rechnen, daß er wirklich große Schwierigkeiten macht, je nachdem, wer bereit sein würde, ihm zuzuhören. Aber wir haben daran gearbeitet. Wir haben eine ziemlich gute Schadensbegrenzung angeleiert. Und jetzt ist er spurlos verschwunden.«

»›Er *war* eine Plage? Sie mußten damit rechnen‹? Sie reden über den Lieutenant in der Vergangenheit, Captain. Wissen Sie etwas, das ich nicht weiß?«

Der Captain lehnte sich zurück. »Leute zu einem Sinneswandel zu bewegen, sie zu beeinflussen, ihnen zu helfen, ihre Position zu überdenken – das ist Ihr Spiel, Malachi. Wir, Leute wie mein Chef und ich, brauchen solche Dienste manchmal, aber Sie haben die Mittel und Möglichkeiten, sie auszuführen. Wir haben politische Ziele, Karrieren, Machtbereiche, Privilegien und den guten Ruf zu schützen. Sie haben große Hände, die wir anheuern. Ich denke, wenn jemand den Lieutenant verschwinden lassen kann, dann Sie. Sie haben sogar so etwas wie ein Motiv.«

Malachi war das Wortgeplänkel plötzlich leid. Er mußte diesen Lakaien etwas zurechtstutzen. Er lehnte sich vor und legte die riesigen Hände auf den Tisch, damit der Captain sie sah. Dann sagte er in scharfem Tonfall:

»Captain, ich wurde anscheinend von Ihnen und Ihrem großen Mann *bezahlt*, um etwas illegale Gewalt anzuwenden und jemanden einzuschüchtern. *Bezahlt*. Und ich habe nicht zum ersten Mal für Sie Drecksarbeit erledigt. Ich *weiß*, was der Lieutenant nur vermutet hat, erinnern Sie sich? Ich weiß nichts über das Verschwinden des Lieutenants, aber *wenn* ich etwas wüßte, dann würde ich Ihnen raten, mit den Fragen aufzuhören, wenn Sie all die möglichen Antworten nicht ertragen können, verstanden? Ich denke, die Probleme Ihres Chefs mit den Hardins sind jetzt wirklich vorüber. Er sollte Ihnen für immer dankbar sein, und Sie mir.«

Der Captain schüttelte den Kopf. »Ich war bereit, im Zweifel zu Ihren Gunsten zu entscheiden, als das Mädchen den ›Unfall‹ hatte. Mein Chef stellte keinen Zusammenhang her, aber er war aufgeregt, sichtlich aufgeregt, als ich ihm mitteilte, was passiert war. Aber jetzt ist er auf andere Art beunruhigt: Das Mädchen hat einen tödlichen Unfall. Sein Bruder kommt her und macht Anschuldigungen. Und bevor wir damit fertig werden können, und ich meine, auf zivilisierte Weise, verschwindet er. Mein Chef ist nicht blöde.«

»Er war es in puncto schöne junge Mädchen. Ich glaube, Ihr Chef hat hauptsächlich Angst.«

Der Captain schwieg einen Augenblick lang. Malachi war froh über Angelos Anruf.

»Folgendes«, sagte Malachi und neigte sich vor. »Ich weiß gewisse Dinge, die Ihrem Chef den ganzen Tag versauen könnten und Ihnen ebenso, wenn Sie sie hören wollen. Aber ich habe Geld genommen, um einige dieser Dinge zu bereinigen, und das bedeutet, daß ich auch dran sein könnte, wenn Sie dran sind. Ich habe etwas gegen Sie in der Hand, Sie haben etwas gegen mich in der Hand. In gewissen Kreisen ist das als ›Versicherung‹ bekannt, und solche Versicherungen sind überhaupt nicht schlecht, denn sie sorgen dafür, daß jede Seite den Mund hält.«

»Das klingt wie eine Drohung.«

»Falsch. Das ist die Feststellung einer Tatsache. Und es ist auch ein Rat inbegriffen.«

»Ein Rat?«

»Ja, ein Rat. Lassen Sie mich mit einem kleinen Gleichnis enden. Es spielt während Napoleons Rückzug von Moskau, mitten im russischen Winter. Es ist höllisch kalt, und überall liegen Schnee und Eis. Ein französischer Caporal findet einen kleinen Vogel in einer Schneewehe neben der Straße, der fast erfroren ist. Unterbrechen Sie mich, wenn Sie es schon kennen.«

Der Captain blinzelte nur. Malachi lächelte und amüsierte sich jetzt. Was sollte es, der Lieutenant lebte nicht mehr, das Problem war wirklich vorüber.

»Dieser Caporal findet den fast erfrorenen kleinen Vogel neben der Straße, das Tier ist halbtot. Aber ein großer alter Ochse, der eine Kanone zieht, kommt vorbei und läßt einen großen, dampfenden Haufen Scheiße auf die Straße fallen. Der Caporal stopft den Vogel in diese warme Scheiße, bis zum Hals, um ihn wiederzubeleben. Der Vogel nimmt die Wärme aus der Scheiße auf und ist so glücklich, daß er zu singen beginnt. Ein großer böser Wolf hört im Wald den Gesang, folgt ihm, findet den Vogel und frißt ihn. Jetzt kommt die Moral von der Geschichte – hören Sie mir zu? Sie müssen diese Geschichte dem großen Mann erzählen. Er muß das wissen. Denn es ist nicht unbedingt der böse Bube, der einen in die Scheiße reitet, und es ist nicht unbedingt der gute Junge, der einen herausholt, aber wenn man bis zum Hals in der Scheiße steckt, Captain, sollte man nicht singen.«

3

APRIL 1994

PHILADELPHIA MARINEWERFT

10

Dan Collins und Grace Snow trafen am Dienstagmorgen um zehn Uhr bei der Marinewerft in Philadelphia ein und fuhren sofort zum NISRA-Büro in der Broad Street. Einer der Offiziere vom Dienst gab ihnen eine Kopie des Vorberichtes und erklärte ihnen, daß der Sicherheitsdienst des Stützpunktes darauf warte, sie zum Fundort der Leiche zu bringen. Er überreichte beiden Overalls und zeigte ihnen, wo die Umkleideräume waren. Sie überflogen den Bericht und zogen sich dann um. Zehn Minuten später verließen sie das Büro des Resident Agent, in dem sie ihr Gepäck abgestellt hatten, und ein Sergeant DeGiorgio von der Polizeiabteilung der Werft holte sie in einem alten weißen Polizeiwagen der Navy ab und brachte sie durch das Sperrgebiet. DeGiorgio war ein angenehmer Mann, dessen gewölbte blaue Uniform seine Vorliebe für die ausgezeichneten italienischen Restaurants außerhalb des Haupttors der Werft in Süd-Philadelphia verriet. Er erklärte freundlich die verschiedenen Werkstätten und Abteilungen der Werft – wo an Dampfkesseln, Elektrik, Mechanik, Schiffsschrauben und Waffensystemen gearbeitet wurde –, während er zwischen den riesigen Hallen und Gebäuden hindurchfuhr, lärmenden Kränen und gelben Gabelstaplern, Gruppen von Männern mit Schutzhelmen und Werkzeugen und Stapeln von Material auf Paletten auswich.

Dan saß rechts auf dem Rücksitz, die übliche Position für einen Offizier in einem Dienstwagen. Grace Snow hatte auf dem Beifahrersitz Platz genommen – ein weißer Schutzhelm aus Plastik thronte auf ihrem Kopf. Sie hielt sich an der Armstütze fest, als der Polizeiwagen über Kopfsteinpflaster, Krangleise und durch Schlaglöcher rumpelte. Ihre Overalls rochen nach altem Schmierfett und einem scharfen Waschmittel. Die rußigen Backsteingebäude mit ihren schmutzigen Fensterscheiben boten einen deprimierenden Anblick und erinnerten Dan daran, daß die Marinewerft, scheinbar planlos an den Ufern des Delaware River verstreut, über hundert Jahre alt war. Er wußte auch, daß sie als eine der unzuverlässigsten Werften an der Ostküste galt. Die Navy hatte sie wegen der mittelmäßigen Arbeit und der hohen Kosten schon mehrmals schließen wollen, was die starken Gewerkschaften jedesmal verhindert hatten.

»Sehen Sie«, sagte Sergeant DeGiorgio und wies durch die schmutzige Windschutzscheibe. »Das dort ist die *Wisconsin.* Ein häßlicher Pott, nicht wahr?«

Dan und Grace lehnten sich vor, als sie die letzten großen Wände der Trockendocks hinter sich ließen und einen langen Pier passierten, der parallel zum Fluß verlief, an dem das schlafende Kriegsschiff in den Horizont ragte. Jenseits des Flusses rahmten die Fackeln von zwei Ölraffinerien die majestätische Silhouette des Sechzigtausend-Tonnen-Schiffes ein, dessen Sechzehn-Zoll-Geschütze über die Decks des fast zweihundertachtzig Meter langen Rumpfes aus gepanzertem Stahl wiesen. Als sie sich näherten, sahen sie jedoch, weshalb man das Schiff eingemottet hatte. Die graue Farbe war verblichen und fleckig, und an den Seiten konnten sie Roststreifen erkennen. Die gewaltigen weißen Zahlen am Bug, die es als Kriegsschiff Nummer 64 auswiesen, verschmolzen beinahe mit dem Grau des Rumpfes. Die Fünf-Zoll-Geschütze an der Backbordseite waren mit Planen verhüllt, die Fenster der Brücken mit Sperrholz vernagelt. Die Rettungsleinen an den Decks hingen durch, und der Kot einer Taubenkolonie bedeckte die Aufbauten. Ein dicker Kabelstrang zog sich wie eine Nabelschnur vom Pier mittschiffs zum Hauptdeck, auf dem am Ende der Gangway, die von Gittern umgeben war, ein hölzernes Wachlokal errichtet worden war. Dan sah eine Gruppe von Männern oberhalb der Gangway stehen. Vier davon trugen Overalls und gelbe Schutzhelme, einige waren mit einem Gurtwerk ausgestattet, das einen einzelnen gelben Sauerstofftank auf ihrem Rücken und ein Sauerstoffgerät an Ort und Stelle hielt. Am Fuß der Gangway parkten zwei andere Polizeiwagen der Sicherheitspolizei der Werft und ein Ambulanzwagen.

Als der Wagen hielt, bedankte sich Dan bei DeGiorgio. Er griff nach seinem Schutzhelm, und sie stiegen aus. Grace versuchte mit wenig Erfolg, ihr Haar unter den Plastikhelm zu schieben, als sie über die Gangway hinaufstiegen. Oben erwartete sie der Superintendent der USS *Wisconsin,* Lieutenant Graveley, Civil Engineering Corps, USN, und der Philadelphia Naval Investigative Service (NIS) Resident Agent. Er stellte sich als Carl Santini vor und begrüßte Dan höflich, schien aber weniger begeistert, Grace Snow zu sehen.

Dan stellte fest, daß die vier Männer mit gelben Plastikhelmen Mechaniker waren, die sie zu dem Maschinenraum führen würden, in dem die Leiche entdeckt worden war. Der Superintendent des Schiffes, ebenfalls im Overall und mit einem Sauerstoffgerät ausgestattet, überreichte ihnen ein Gurtwerk und die Sauerstoffausrüstung. Dan bemerkte, daß die Mechaniker Grace Augen machten; der Overall verriet deutlicher als die Uniform, daß sie zweifellos eine Frau war.

»Warum brauchen wir das?« fragte Grace Lieutenant Graveley, als er ihr zeigte, wie das Gurtwerk angelegt wurde.

»Das Schiff ist seit langem außer Betrieb gesetzt«, antwortete Graveley, als erläutere das alles. Dan sah Grace' verständnislose Miene und klärte sie auf.

»Wenn man ein so großes Schiff langfristig einmottet, dann wird es unterhalb des Hauptdecks hermetisch versiegelt. Man entlüftet es und ersetzt den Sauerstoff in den Innenräumen durch Stickstoff. Ohne Sauerstoff rostet nichts. Es gibt nirgendwo dort unten Luft zum Atmen.«

»Mein Gott. Wie kam dann die Leiche dort runter?«

»Das ist der Hauptgrund, weshalb wir von einem Mord ausgehen«, sagte Santini in übertrieben geduldigem Tonfall. Er war Mitte Fünfzig, und er sprach mit Grace wie ein Onkel, der wenig erfreut ist, daß die Neffen und Nichten ihn besuchen. »Jemand muß ihn dorthin gebracht haben. Es gibt kein Anzeichen darauf, daß er eine Sauerstoffmaske anhatte.«

»Jemand mit einem Sauerstoffgerät.«

»Absolut. Wenn der jetzt Tote noch gelebt hat, vielleicht bewußtlos war, als er dorthin geschafft wurde, dann wäre er auf dem Weg zum Maschinenraum gestorben.«

Grace schaute Dan an. Ein ziemlich klarer Mordfall, dachte sie.

»Wenn Sie bereit sind runterzugehen, dann muß ich einen kurzen Vortrag über die Sicherheitsvorschriften halten«, kündigte Lieutenant Graveley an. Er überprüfte die Gurtwerke bei Dan und Grace und wurde ein bißchen verlegen, als er Grace klarmachen mußte, daß die beiden letzten Gurte zwischen die Beine gezogen werden mußten. Dann half er ihnen, die Sauerstoffflaschen einzuhaken, und erklärte die Mechanik der Sauerstoffmasken und der Lampen, die auf dem Helm befestigt wurden. Danach sprach er über die Sicherheitsvorschriften.

»Ich muß betonen, daß es dort unten keine Luft gibt – nur Stickstoff. Der Sauerstofftank, den Sie tragen, reicht bei Aktivität im Schrittempo für eine Stunde; wir halten fünfundvierzig Minuten für eine sichere Aufenthaltszeit, und darauf stelle ich Ihre Zeituhr ein. Je anstrengender die Tätigkeit, desto weniger Zeit haben Sie. Wir werden über ein paar Decks, von denen aus wir Zugang zu den Maschinenräumen haben werden, in das Innere des Schiffes gelangen. Wir haben provisorisch Licht entlang der Route installiert, aber es ist immer noch dunkel, also achten Sie auf Ihre Schritte, und stolpern Sie nicht über die Träger der Trennwände, die aus dem Boden ragen. Jeder wird eine Taschenlampe bekommen, und auf Ihren Schutzhelmen sind natürlich ebenfalls Lampen.«

»Was ist, wenn wir mehr als eine Dreiviertelstunde dort unten brauchen?« wollte Dan wissen. Santini, der hinter ihm stand, verdrehte die Augen, wie um zu fragen: Weshalb so lange?

»Nun, Sir«, erwiderte Graveley, »dann gehen wir alle nach oben, wechseln die Sauerstofftanks und gehen wieder runter.«

»Wir haben die Ermittlung am Fundort der Leiche durchgeführt«, warf Santini ungeduldig ein. »Diese Besichtigung dient nur dazu, daß Sie die Leiche in situ sehen, bevor wir sie für die Autopsie von dort entfernen.«

Dan verstand die Botschaft. Dies ist eine Übung zugunsten der Amateure, die richtigen Cops haben bereits die eigentliche Arbeit erledigt. Aber er blieb geduldig.

»Ich verstehe das, Mr. Santini. Aber wir müssen dort runter und uns ein Bild machen.«

Santini zuckte die Achseln und setzte seine Sauerstoffmaske auf. Die anderen folgten seinem Beispiel. Dann überprüfte der Lieutenant die Geräte auf ihre Funktionstüchtigkeit, und sie betraten die Luftschleuse bei dem Gang, der zur Luke führte, und stiegen durch die Luke. Dan empfand die Atmosphäre an Nacken und Händen kalt und trocken. Und er stellte fest, daß der Lieutenant das Problem mit der Beleuchtung untertrieben hatte. Unter der Decke hatte man Kabel verlegt, an das alle zehn Meter eine einzige Glühbirne angeschlossen war. Durch das leicht beschlagene und zerkratzte Visier der Sauerstoffmaske sah der Gang wie ein stahlverkleideter Minenschacht mit mattgrünen Wänden aus. Die gesamte am Rumpf befestigte Ausrüstung – elektrische Anschlußdosen, Leitungen und Kabeltrommeln, Luken und Türen, Lüftungsanlagen und Beleuchtungskörper – lag im Schatten, und sein Blickwinkel wurde durch das begrenzte Gesichtsfeld der Maske weiter eingeschränkt. Das weiße Licht der Helmlampen fiel auf Eisenteile, auf die dunkelgrauen Kabelstränge an der Decke und auf die Messinggeländer der ersten Leiter, über die sie vom ersten Hauptgang aus das Zwischendeck erreichten.

Sie stiegen die Leiter zum Zwischendeck hinab und passierten einen Bereich, in dem sich vermutlich früher Quartiere befunden hatten. Dan versuchte sich den Betrieb auf dem Schiff mit einer Besatzung von über tausend Mann vorzustellen. Jetzt fühlte er sich wie in einer Pharaonengruft – und wenn man bedachte, was sie sehen würden, war die Bezeichnung nicht ganz abwegig. Sie gingen ungefähr dreißig Meter nach achtern, bogen dann nach rechts und zogen ihre Köpfe ein und schützten die Helmlampe mit den Händen, während sie durch eine weitere Luke stiegen. Dan erinnerte sich, daß sie in einem Kriegsschiff waren, als er bemerkte, daß das Deck, durch das die letzte Leiter hinabführte, ein paar Zoll dick war. Er beleuchtete mit der Taschenlampe die dicke Luke, die von glänzenden hydraulischen Armen zurückgehalten wurde. Am Fuß der Leiter betraten sie einen längeren und viel schmaleren Gang, der noch dunkler war als der obere. Zu beiden Seiten gab es eine Reihe wasserdichter Luken, durch die man in die einzelnen Tankräume gelangte, die in der Mitte des Schiffes verliefen – daher der Name Gasoline Alley. Dieses Deck war mit Stahlplatten verkleidet, die ein Fischgrätenmuster hatten. Jede Seitenluke war mannshoch und umgeben von einer Vielzahl von fernbedienten Dampfventilrädern, Kurbeln, um die Treibstoffzufuhr bei Notfällen abzuschalten, und Sprechanlagen für die Kommunikation bei Notfällen.

Dan versuchte, sich an den Grundriß zu erinnern, den er an diesem Morgen im Büro des NIS gesehen hatte. Das Kriegsschiff hatte acht Haupt-Maschinenbereiche, die jeweils als Kombination Kessel/Maschinenraum entlang der Mittellinie angeordnet waren, während die Gasoline Alley über den Maschinenbereichen längs der Mittellinie verlief. Zusätzlich zu den vier Kesselräumen hatte das Schiff vier Haupt-Dampfturbinen, eine pro Maschinenraum, die zusammen den gepanzerten Behemoth mit fast 38 Seemeilen pro Stunde antreiben konnten. Die Leiche war im Kesselraum Nummer fünf gefunden worden, in der Dampftrommel des Kessels auf der Backbordseite.

Der Lieutenant führte sie zu der Luke vor dem Kesselraum Nummer eins; sie war mit Lampen, die über ihr von der Decke hingen, sowie mit gelbem Klebeband zur Kennzeichnung eines Tat- beziehungsweise Fundortes markiert und stand offen. Die sechs Kurbeln, mit denen sie geöffnet und geschlossen wurde, hatte man mit durchsichtigem Plastik abgedeckt. Lieutenant Graveley ging durch die Luke voran und trat über die kniehohe Lukenkimming hinweg auf eine stählerne Plattform im Kesselraum. Er wies mit der Taschenlampe auf eine steile Leiter, deren Geländer ebenfalls abgedeckt war, und stieg hinab, gefolgt von den anderen. Am Fuß der Leiter fand sich Dan auf einer Gräting zwischen den beiden Dampfkesseln wieder, die wie zwei Stahlgebäude nebeneinander standen. Er war auf der oberen Ebene des Kesselraums. Das stählerne Gitterwerk war engmaschig, erlaubte jedoch einen Blick auf den Bereich vor den Kesseln, zwischen denen sechs Lampen an einer provisorischen Leitung hingen. Die Dampftrommel, ein schwerer Stahlzylinder oben im Kessel, der nach Dans Schätzung ungefähr dreieinhalb Meter lang war und ungefähr einen Meter Durchmesser hatte, stand offen. Die Abdeckung und Bolzen des ovalen Einsteiglochs, das Zugang in die Dampftrommel bot, waren entfernt worden und lagen auf der Gräting vor dem Kessel. Der Lieutenant wies stumm auf das Einsteigloch der Dampftrommel, das von einem tragbaren Scheinwerfer ausgeleuchtet wurde, und trat zurück. Die Mechaniker blieben zusammen bei der Leiter, die nach oben führte.

Dan und Grace näherten sich dem Einsteigloch und spähten hinein. Sie stießen mit den Sauerstoffmasken gegen den kalten Stahl. Die Leiche lag auf dem Rücken, die linke Hand an der Seite, die rechte Hand etwas erhoben, den Kopf in einem merkwürdigen Winkel zurückgeworfen, die Füße zum Einsteigloch gerichtet. Die Kleidung erinnerte Dan an den Khaki-Arbeitsanzug der Navy, und der einzelne silberne Balken eines Lieutenant Junior Grade glänzte im Schein der Helmlampe. Dan konnte nicht das ganze Gesicht erkennen, aber nach dem, was er vom Hals und den Armen sah, war die Leiche offenbar in der kalten, trockenen, sauerstofflosen Atmosphäre mumifiziert. Die Brust hatte die Form verloren, und der ganze Körper schien geschrumpft und war flach geworden. Über die Knochen der klauenartigen Hände spannte sich dunkle, trockene Haut wie Pergament. Einer der Schuhe der Leiche hatte ein Loch in der Sohle. Klumpige Säcke mit trockenem Pulver umgaben die Leiche wie Zementkissen. Dan trat zurück, damit Grace einen besseren Blick hatte, und sie schob die Hand mit der Taschenlampe und dann den Kopf in das Einsteigloch.

Dan fand eine andere Leiter, stieg auf die untere Ebene und inspizierte den Bereich vor dem Kessel. Die Treibstoffventile, die Brennerapparaturen und der Stahl des Bodens schimmerten im Licht, das von oben herabfiel. Er berührte eine Brennerapparatur. Sie war glatt, kalt und leicht ölig. Perfekt konserviert, wie der Junge im Kessel. Eine schwarze männliche Person, hatte im NIS-Vorbericht gestanden. Alter über zwanzig. Ein Lieutenant Junior Grade. Keine Hinweise auf die Identität in den Taschen, keine Ringe, weder Armbanduhr noch Brieftasche. Abgenommene Fingerabdrücke verzerrt. Keine vom Einsteigloch aus sichtbaren Anzeichen auf Verletzung; eine Autopsie würde die Geschichte erzählen.

Dan schaute sich um. Der Kesselraum sah wie alle Kesselräume aus: ein Labyrinth von Rohren in den Schatten der Decke und unter den Rosten der oberen Ebene; die stummen, gähnenden Rachen von Belüftungsschächten; zwei doppelwandige, hohe Stahlkessel nebeneinander, davor die abmontierten Brennerapparaturen, sauber, leicht geölt, bereit zum Abtransport. Die Brennerventile waren ebenfalls sauber und tiptop. Das Messing und der rostfreie Stahl des Kontrollpultes glänzten im Lampenschein, und alle Anzeigen der Instrumente wiesen nach links. Er warf einen Blick auf die Eichplakette: Dezember 1991; die *Wisconsin* war im September 1991, nach Desert Storm, außer Betrieb gesetzt worden.

Dan bewunderte die Sauberkeit und Ordnung, den soliden Anstrich, die völlig rostfreien Metallteile, die einwandfreie und ölfreie Isolierung auf den Pumpen und Turbinen und vor allem die kleinen grünen Kladden, die an jeder Maschine hingen und in der die Besonderheiten notiert waren. Die Mechaniker hatten das Schiff gründlich, fast liebevoll außer Dienst gestellt. Eine letzte Leiter führte hinab unter die unterste Ebene, und dort in der Bilge lag der zerplatzte Pulversack, der die Aufmerksamkeit bei der Sicherheitskontrolle zuerst geweckt hatte. Ein Sack mit Pulver, der aus der Dampftrommel entfernt worden war, um Platz für die Leiche zu schaffen? Wie lange war die Leiche dort drinnen? Zwei Jahre oder so? Jedenfalls lange genug, um zu mumifizieren. Oder war der Sauerstoff noch nicht gegen Stickstoff ausgetauscht worden, als der Junge in die Trommel geraten war? Sie würden den Zeitablauf überprüfen müssen. Dan erschauerte bei dem Gedanken, im Inneren eines Schiffskessels aufzuwachen, umgeben von einem schalldichten, zwei Zoll dicken Stahlzylinder und in absoluter Finsternis. Wäre dieser Junge ein Überwasser-Offizier gewesen, hätte er vielleicht geahnt, wo er sich befand …

Dan stieg auf die obere Ebene hinauf, während Grace sich vorsichtig von dem Einsteigloch entfernte. Lieutenant Graveley gab ihm ein Zeichen ›Fertig?‹ Dann deutete er auf seine Uhr und zeigte an, daß sie noch ungefähr eine Viertelstunde Zeit hatten. Santini stand mit verschränkten Armen da, und seine Körpersprache verriet, daß er sich langweilte. Die anderen saßen auf den Geländern der oberen Ebene und warteten. Dan blickte zu Grace, die zu verstehen gab, daß sie noch fünf Minuten haben wollte. Er wies auf den Kesselraum und führte sie dann zu dem Pulversack auf der unteren Ebene. Sie dankte ihm mit einem Nicken, dann stieg sie vor Dan die Leiter zur oberen Ebene hinauf und ging zu der Luke, die zum Kesselraum führte. Sie leuchtete mit der Taschenlampe über die Lukenkimming. Dan tat es ebenfalls, aber er wußte nicht, wonach Grace suchte. Der Lieutenant kam zu ihnen und zeigte auf seine Armbanduhr, und Dan nickte. Sie verließen hintereinander den Kesselraum; Santini war der letzte und schloß die Luke, um den Raum zu versiegeln. Sie kehrten über die Gänge und durch die Luftschleuse aufs Hauptdeck zurück. Als die Gruppe die Sauerstoffmasken entfernte, übernahm Santini das Kommando.

»Wenn das die Besichtigungstour war, die Sie vorhatten, Commander, werde ich die Leiche abtransportieren lassen. Ich habe mit dem Leichenbeschauer des Philadelphia Police Department vereinbart, daß eine Autopsie gemacht wird.«

»Besichtigungstour, Mr. Santini?« Dan rieb sich übers Gesicht, auf dem der Gummi der Sauerstoffmaske Male hinterlassen hatte.

»Nun, ich meine ...«

Grace Snow ergriff das Wort. »Mr. Santini, Commander Collins ist der Leiter dieser Ermittlung. Wenn Sie damit ein Problem haben, kann ich schnell anrufen und jemanden vom Hauptquartier herbestellen, der entgegenkommender ist.«

Santini starrte sie mit all der Feindseligkeit an, die ein Mann der Außenstelle für störende Typen vom Washingtoner Hauptquartier reserviert hat, doch dann setzte sich der Italiener in ihm durch, und er hob beschwichtigend die Hände.

»Okay, okay, Miss Snow, wie Sie meinen. Wir waren oft genug am Tatort – einmal mehr oder hundertmal mehr spielt keine Rolle, nehme ich an. Was sollen wir also tun, Commander?«

»Ich möchte, daß Sie Ihre Untersuchung im Bereich Kesselraum Nummer eins, obere Ebene, beenden und dann die Leiche zur Autopsie abtransportieren lassen. Sie sprechen immer von Tatort. Aber ich frage mich, ob der Mord, wenn es denn einer ist, in oder bei dem Kessel stattgefunden hat. Die ganze Sache sieht aus, als habe jemand eine Leiche an einen Ort geschafft, an dem sie so gut wie nie gefunden wird. Aber ich gehe davon aus, Sie warten auf den forensischen Beweis, der zur Identifizierung des- oder derjenigen führen kann, der oder die diesen Jungen dorthin gebracht haben, richtig? Zum Beispiel auf Fingerabdrücke auf diesem Pulversack auf der unteren Ebene?«

Santini schaute Dan herablassend an. »Jawohl, Sir, etwas in dieser Art. Und vielleicht hier und da einige Spuren, die brauchbarer sind.«

»Die Spuren sind in Ihrem vorläufigen Ermittlungsbericht beschrieben?«

»Nun ... darauf kommen wir noch.«

Dan löste das Gurtwerk des Sauerstoffgerätes. »Zweifellos, Mr. Santini. Wie oft findet die Sicherheitskontrolle statt, monatlich?«

»So sollte es sein. Aber die Leute der Abteilung zweiundsiebzig sagen, daß sie nur alle zwei Monate dazu kommen. Sie haben den Flutalarm, der sie warnt, wenn sich etwas Ernsthaftes anbahnt.«

»So kann jeder Schmutz von Schuhen auf den Leitern oder dem Boden im Kesselraum vom Sicherheitsmann stammen, der die Runden gemacht hat? Vielleicht vor zwei Jahren?«

Santini nickte. »Das ist richtig.«

Dan sah Grace Snow an. »So werden wir von der Forensik höchstens erfahren, wer dieser Junge war und wie lange er tot und unten im Stickstoff ist.«

»Und wie er starb«, ergänzte Grace.

»Richtig. Und wie er starb. Okay, lassen Sie die Leiche entfernen. Ich brauche eine Aufstellung über die Organisation der Werft – welche Abteilungen was machen – und eine Liste aller Personen, die Babysitter bei dem schlafenden Schiff spielen.«

Er blickte auf seine Armbanduhr. Halb eins. »Ist der Offiziersclub noch geöffnet?« fragte er.

Santini bestätigte es, und Dan forderte Grace mit einer Kopfbewegung auf mitzukommen. Sie verließen das Schiff über die Gangway, als das Ambulanz-Team mit einer Trage auftauchte, die als Bahre dienen würde. Santini wechselte wie die Mechaniker die Sauerstoffflasche, weil er wieder nach unten mußte. Sergeant DeGiorgio döste in seinem Wagen, aber er war schnell genug wach, um sie zum NIS-Büro zu fahren, wo sie wieder ihre Uniformen anzogen: Dan die blaue Uniform und Grace den Arbeitsanzug. Eine Viertelstunde später betraten sie den Speiseraum des Offiziersclubs. Der Mittagsbetrieb hatte nachgelassen. Dan bestellte ein Bier und einen Hamburger. Grace nahm Eistee und einen Salat. Zu Dans Überraschung wurde das Essen sehr schnell serviert. Der Hamburger war riesig. Der Salat wirkte nicht mehr ganz knackig.

»Ein Kinderteller«, bemerkte Dan.

Grace schaute auf das Bier und den großen Hamburger mit Fritten. »Wie schaffen Sie das nur?«

»Ich bin Ruderer, erinnern Sie sich? Ich rudere jeden Nachmittag anderthalb Stunden auf dem Potomac und arbeite es wieder ab. Normalerweise besteht mein Frühstück aus einem Donut und Kaffee und das Abendessen aus einem Steak mit Salat. Aber ich schätze, ich habe Glück – solches Essen macht nicht fett.«

»Sie haben sogar großes Glück. Ich nehme schon zu, wenn ich nur einen Blick darauf werfe.«

»Davon ist aber nichts zu sehen.«

Grace hob die Augenbrauen, wie um zu sagen: Verzichten wir auf diese Tour, ja? Dan hob die Hände in gespielter Kapitulation.

»Ich glaube, das war nicht ganz korrekt von mir«, gab er zu. »Aber es sollte ein Kompliment sein.«

»Danke. Aber ich bin der Meinung, wir müssen unsere Beziehung auf strikt dienstlicher Basis halten. Bedenken Sie, daß wir nicht gerade Verbündete bei dieser kleinen Operation sind.«

Dan ließ es sich schmecken, während er darüber nachdachte.

»Nun«, sagte er schließlich, »oberflächlich betrachtet, gebe ich Ihnen recht, jedenfalls hinsichtlich dessen, was unsere jeweiligen Bosse wollen. Aber dieses Spiel liegt über Ihrer und meiner Besoldungsstufe, wie wir festgestellt haben. Wie auch immer das Spielchen der Bürokraten aussieht, ich bin wirklich der Ansicht, wir sollten herausfinden, was hier passiert ist.«

»Da stimme ich zu. Aber wäre ich ein Mann, würden Sie mir auch keine Komplimente über die Figur machen.«

»Ja, ich weiß. Es tut mir leid, aber ich bin noch nicht in der Lage, eine Frau wie einen Mann zu behandeln.«

»Das brauchen Sie auch nicht. Aber ich denke, wir erledigen diese Sache besser und schneller, wenn sie unpersönlich bleibt. Was kommt als nächstes?«

Dan trank einen Schluck. Er bemerkte, wie Grace mannhaft in ihrem welken Salat herumstocherte. Oder weibhaft? Er lächelte.

»Was ist?« fragte Grace.

Er schüttelte den Kopf. »Ein Gedanke meiner respektlosen Seite«, erklärte er. »Was als nächstes kommt? Wir versuchen, die Identität dieses Jungen herauszufinden. Die Autopsie wird ergeben, wie er starb. Da er schon eine Weile in diesem Schiff war, sollte es irgendwo im System eine Vermißtenmeldung geben. Er ist ein Lieutenant Junior Grade im Arbeitsanzug gewesen, was für mich darauf hinweist, daß, was auch immer mit ihm passiert sein mag, hier auf der Werft passiert ist.«

»Weiter«, sagte Grace.

»Nun, wenn er einfach verschwand, wird er bei der Navy als UA gemeldet sein.«

»UA?«

»Unauthorized absentee. Unerlaubtes Entfernen von der Truppe. Er muß zu irgendeiner Einheit gehört haben, entweder hier auf der Werft oder auf einem Schiff, das überholt wird. Wenn jemand verschwindet, muß der Vorgesetzte das melden.«

»Ist UA dasselbe wie eine vermißte Person?«

»Nein, nicht genau. UA bedeutet, daß sich der Typ aus eigenem Antrieb davongemacht hat. Eine vermißte Person – nun, das heißt, die Einheit bezweifelt, daß sie sich aus eigenem Entschluß entfernt hat. Ein Offizier als UA ist eigentlich ziemlich selten.«

Grace setzte sich zurück und schob ihren Teller von sich. »Worauf ich hinaus will, ist folgendes: Wenn er als vermißte Person gemeldet wurde, hätte der NIS eine Akte: Das Personalbüro schaltet immer den NIS ein, wenn Personal vermißt wird.«

Dan nickte nachdenklich. »Dann können wir da anfangen. Ich nehme an, die Außenstelle Philly hat Zugang zu eurer zentralen Datenbank in D. C.?«

Sie lächelte, und er erkannte plötzlich, daß sie wirklich sehr attraktiv sein konnte, wenn sie auf die todernste Miene verzichtete.

»Nehmen Sie nicht an, Commander Collins. Eigentlich funktioniert es andersherum. Das Washingtoner Hauptquartier hat Zugang zu den Computern der Außenstellen. Aber Santini kann es für uns versuchen. Obwohl es vielleicht archiviert ist.«

»Okay, Sie kümmern sich um diesen Punkt, und ich rufe im Personalbüro an und stelle fest, was wir hinsichtlich eines Offiziers haben, der im schönen Philly verlorenging. Santini sagte, wir können einen Schreibtisch und ein Telefon haben.«

11

An diesem Nachmittag machte es sich Dan in einem kleinen, vorübergehend unbenutzten Raum des NIS-Büros bequem, zog Santinis Telefonbuch zu Rate und rief im Personalbüro der Navy in Washington an. Er fragte den Telefonisten nach der Abteilung, die Fälle von unerlaubtem Entfernen und Desertion bearbeitete, und wurde mit einem Master Chief Gonzales verbunden.

»Master Chief, hier spricht Commander Dan Collins. Ich bin bei OP-614 drüben im OpNav und in vorübergehender Verwendung bei einer JAGMAN-Ermittlung hier in der Marinewerft in Philly. Ich habe eine Frage.«

»Schießen Sie los, Commander.«

»Ich möchte wissen, ob Sie eine Akte über einen Lieutenant

Junior Grade haben, der irgendwann in den vergangenen zwei, drei Jahren als UA gemeldet wurde.«

»Sie wollen mich wohl auf den Arm nehmen, Commander.«

»Ja, ich weiß. Das ist ziemlich viel verlangt ...«

»›Ziemlich viel verlangt?‹« sagte der Master Chief. »Wissen Sie, wie viele Offiziere und Unteroffiziere und Mannschaften wir heutzutage in der Navy haben? Zum Beispiel in diesem Augenblick?«

»Nein.«

»Wir auch nicht.«

»Was heißt das?«

»Sie haben es gehört, Commander. Wir könnten nicht mal versuchen, Ihnen eine Antwort zu geben. Und das liegt an der Fluktuation, wie wir es bezeichnen: vorübergehende Verwendungen, Kranke, UAs, Deserteure und Häftlinge. Wir können Ihnen sagen, wie hoch die Fluktuationsrate an jedem Tag ist – über den Daumen gepeilt zwölftausend, ein paar hundert mehr oder weniger. Aber das ist das Genaueste, womit wir dienen können. Und da wollen Sie einen einzigen Mann finden?«

Dan wechselte den Hörer vom rechten zum linken Ohr. »Nicht genau, Master Chief. Wir haben den Mann gefunden. Wir versuchen, in Erfahrung zu bringen, wer er ist – oder war. Wissen Sie, er ist tot. Und es sieht nach einem Mord aus.«

»Das ist ein Hammer. Bleiben Sie einen Moment dran, ich hole nur was zu schreiben.«

Dan wartete.

»Okay«, meldete sich Gonzalez wieder. »Wo, sagten Sie, arbeiten Sie, Commander?«

»Ich weiß, daß es kompliziert ist«, antwortete Dan und bemerkte, daß Santini anscheinend aus seinem Büro gegenüber lauschte. Grace saß an einem anderen freien Schreibtisch und telefonierte mit dem NIS in Washington. »Aber der NIS ist ebenfalls an der Ermittlung beteiligt. Ich rufe vom NIS-Büro in Philly an.«

»Wie wäre es, wenn ich zurückrufe, Commander?«

»Das wäre nett, Master Chief. Möchten Sie die Nummer haben?«

»Nicht nötig.«

Dan legte auf und wartete. Der Master Chief war kein Dummkopf – jeder konnte im Personalbüro anrufen und Fragen stellen. Er ging, sich eine Tasse Kaffee holen und hörte das Telefon im Vorzimmer klingeln.

»Ja«, sagte die Sekretärin kaugummikauend. »Er ist hier. Ich verbinde.«

Dan nahm den Hörer des ihm zugeteilten Apparates ab. »Master Chief?«

»Richtig. Okay, Commander. Ich wollte nur sichergehen, verstehen Sie. Heutzutage …«

»Ich weiß, Master Chief. Der Mann, den ich identifizieren möchte, war ein Lieutenant Junior Grade. Und er war schwarz. Das ist alles, was ich weiß, solange wir die Ergebnisse der Autopsie nicht haben.«

»Auf der Marinewerft von Philly? Okay, fragen wir den Computer, wen wir in Philly haben. Ich habe Ihre Telefonnummer und rufe an, wenn ich was weiß.«

»Danke, Master Chief.«

Dan hängte fast gleichzeitig mit Grace ein.

»Glück in D. C. gehabt?« fragte er.

»Noch nicht. Ich habe die Frage gestellt, aber jetzt bin ich in der Warteschlange für eine Antwort. Keiner arbeitet beim NIS in den Dienststunden.«

»Das kann man wohl sagen«, stimmte Santini zu, der auf der Türschwelle seines Büros aufgetaucht war. »Es überrascht mich, daß Sie überhaupt jemanden erreicht haben.«

»Ich weiß, wen ich anrufen muß«, entgegnete Grace lächelnd.

»Ich wünsche, ich wüßte das auch. Ich habe dort RFIs, von denen einige sechs Wochen alt sind.«

»RFIs?« fragte Dan.

»Requests for information. Wie ich schon sagte, der NIS ist

keine richtige Datenbank. Nicht wie das National Crime Information Center des FBI. Wenn diese Jungs eine offizielle Anfrage bekommen, können sie in einer Viertelstunde antworten, und in zwei Minuten, wenn ein Cop von seinem Streifenwagen aus anruft. Das ist ein erstaunliches System.«

»Kann der NIS das nicht einfach übernehmen? Oder sich anschließen?«

Grace rieb Daumen und Zeigefinger aneinander. »Geld. OpNav genehmigt uns das Budget, und OpNav liebt uns einfach nicht.«

Dan lehnte sich zurück und nickte. Dann fuhr er aus seinem Stuhl hoch.

»O Scheiße!« stieß er hervor.

»Was?«

»Wo ist diese Ambulanz? Meinen Sie, die hat die Werft schon verlassen?«

Santini sah auf seine Armbanduhr. »Nein. Ich bin selbst gerade erst zurückgekehrt. Sie bringen die Leiche vermutlich noch auf den Pier. Warum?«

»Miss?« rief Dan der Sekretärin zu. »Können Sie versuchen, die Funkzentrale der Cops hier auf dem Stützpunkt ans Telefon zu bekommen? Ich möchte wissen, ob sie noch auf dem Pier sind. Und wenn das der Fall ist, muß ich sie mit etwas beauftragen.«

Grace neigte den Kopf zur Seite und schaute Dan an. »Werden Sie uns Unwissende einweihen?«

Dan hob eine Hand. Die Sekretärin hatte die Zentrale der Polizei am Apparat, die mit einem der Streifenwagen auf dem Pier Funkkontakt hatte.

»Hier spricht Commander Collins«, meldete sich Dan. »Ich war vorhin dort, mit den NIS-Jungs, und habe mir diese Leiche im Schiff angesehen. Ist die Ambulanz schon abgefahren?«

Der Mann in der Zentrale bat ihn zu warten und teilte ihm einen Augenblick später mit, daß die Leiche im Wagen verstaut sei und soeben die Hecktür geschlossen werde. Santini starrte Dan an und fragte sich offensichtlich, welche neue Störung der Amateur verursachen würde.

»Okay«, sagte Dan. »Bitten Sie jemanden von der Ambulanz, den Leichensack zu öffnen und sich für mich etwas anzusehen.«

Der Mann in der Zentrale sprach über Funk mit der Besatzung des Streifenwagens.

»Der NIS-Mann auf dem Pier sagt, daß die Jungs den Leichensack nicht aufmachen können, wenn er versiegelt ist. Wegen der Beweiskette.«

»In Ordnung. Bleiben Sie dran. Mr. Santini, ich muß Sie bitten, Ihrem Mann klarzumachen, daß es okay ist, ihn trotzdem zu öffnen. Ich möchte, daß er etwas nachsieht.«

»Nun, Commander, wir haben die Leiche in dem Kessel, so gut wir konnten, untersucht, und da war nichts ...«

»Ja, natürlich. Aber der Tote ist in Uniform. In einem Navy-Arbeitsanzug. Wenn er auf einem Schiff war, sollte sein Name in den Hemdkragen und in den Hosenbund geprägt sein – für die Schiffswäscherei.«

Santinis Gesicht lief rot an. »Scheiße. Geben Sie mir den verdammten Hörer«, brauste er auf. Grace Snow vertiefte sich in ihr Notizbuch und vermied es, jemanden anzuschauen.

Fünf Minuten später hatten sie den Namen. Laut Prägung in seinem Hemdkragen war der tote Offizier Lt. (jg) W. Hardin, Versorgungskorps, USN. Dan rief im Personalbüro an und sprach mit dem Master Chief, der aufgrund der Daten eine schnelle Bestätigung zusagte, obwohl der Computer zur Zeit nicht frei war. Dan legte auf.

»Okay«, sagte er. »Vorausgesetzt, dieser Junge hat sich den Arbeitsanzug nicht geliehen, haben wir jetzt seinen Namen. Das Personalbüro wird über Computer feststellen, auf welchem Schiff oder bei welcher Einheit er stationiert war. Mr. Santini, sind Sie sicher, daß in Ihren Akten nichts über den Jungen steht?«

»Mit einem Namen können wir vielleicht in den Archiven

fündig werden. Verstehen Sie, Commander, ohne die Identifizierung ...«

Dan winkte ab. »Vergessen Sie's, Mr. Santini. Ich hätte daran denken sollen, als ich sah, daß die Leiche eine Uniform trug. In Zivilkleidung ist selten der Name eingeprägt.«

»Ja, okay. Ich war nur etwas – besorgt, daß wir vom Hauptquartier zur Schnecke gemacht werden, weil wir die Leiche nicht gleich identifiziert haben.« Er blickte anzüglich zu Grace Snow.

Dan nickte. »Mit anderen Worten, ich schreibe in meinen Bericht, daß die Identifizierung durch die Uniform des Toten ermöglicht wurde, basta. Nicht wie oder durch wen. Oder wann.«

Santini spitzte die Lippen und nickte langsam. Zwei andere NIS-Männer im Büro hörten zu, während sie vorgaben, in Arbeit vertieft zu sein.

»Ja, das wäre fein«, säuselte Santini. »Das wüßten wir zu schätzen.«

»Schon in Ordnung. Und nun, angenommen, wir erfahren die Einheit, werden wir uns näher an das Datum des Todes heranarbeiten. Ich denke, wir sind alle der Meinung, daß der Todeszeitpunkt eine Weile her ist. Und das forensische Labor wird uns die Todesursache mitteilen. Danach ...«

»Danach werden wir vermutlich nicht sehr viel mehr wissen«, sagte Grace und neigte sich auf dem Stuhl vor. »Ich meine, wir werden weder das Motiv noch irgendeine andere Erklärung für seinen Tod haben.«

»Ich bezweifle, daß wir die Ergebnisse der Autopsie in ein, zwei Tagen haben – im Leichenschauhaus in Philly herrscht viel Betrieb«, bemerkte Santini.

Dan klappte sein Notizbuch zu. »Trotzdem werden wir wohl oder übel auf die Ergebnisse der Autopsie warten müssen, bevor wir hier viel unternehmen können, es sei denn, wir schaffen es, mit Leuten seiner Einheit zu reden. Aber das wird schwierig, denn Schiffe, mal angenommen, er war auf einem Schiff, haben einen Zu- und Abgang von fast fünfzig Prozent pro Jahr. Wenn sein Tod lange zurückliegt, werden wir wahrscheinlich nicht viele Leute finden, die etwas über diesen Jungen oder über mögliche Umstände wissen, die zu seiner Ermordung geführt haben. Und das Schiff kann überall auf der Welt sein. Da wird es wirklich schwer sein, Motive zu finden.«

»Hey, Commander«, warf Santini ein, »Sie reden hier über Süd-Philly, und hier kann man wegen hunderterlei Dinge kaltgemacht werden.«

»Ja, aber auf einer Marinewerft?«

»Tausenderlei Dinge«, bestätigte einer der anderen NIS-Ermittler.

»Wir wissen nicht, ob der Mord auf der Werft geschah«, gab Grace zu bedenken. »Die Leiche kann einfach auf der Werft versteckt worden sein.«

Dan nickte. »Sie haben recht. Aber wir *wissen*, daß wir nichts wissen.«

Santini lachte. »Jetzt fangen Sie an, wie ein Cop zu denken«, sagte er.

»Wir wissen, daß der Offizier tot ist und daß ihn jemand vermutlich umgebracht und in den Kessel gelegt hat«, faßte Grace zusammen. Das Gelächter verstummte.

12

Santini hatte für sie zwei Zimmer im Quartier für ledige Offiziere bestellt, das ein heruntergekommenes, dreistöckiges Gebäude aus dem Zweiten Weltkrieg war und an den Offiziersclub grenzte. Es war 1942 errichtet und seither mehrmals renoviert worden, doch nichts konnte sein Alter und den allgemeinen Verfall verbergen. Auf den Gängen blätterte die Farbe von den Wänden. Der dritte Stock war geschlossen, weil sich eine Renovierung nicht mehr lohnte. Die Quartiere waren spartanisch eingerichtet – Waschbecken, Kommode, Bett, Dusche und Toilette. Die alte, ins Fenster eingebaute Klimaanlage blockierte den Großteil des Sonnenscheins, und Schmutz und Ruß auf den Fensterscheiben ließen nicht viel Licht herein.

Dan hatte sich bei Grace entschuldigt, nachdem ihm klargeworden war, wo sie absteigen mußten. Aber es gab nur eine Alternative. Entweder sie blieben hier auf dem Stützpunkt, wo sie das NIS-Büro schnell erreichen konnten, oder sie zogen in ein Hotel im oberen Stadtteil und mußten zweimal pro Tag mit der U-Bahn hin und her fahren. Grace hatte sich leicht damit abgefunden, daß sie mit dem Quartier für ledige Offiziere vorliebnahmen.

»Ich wollte immer mal sehen, wie die hohen Tiere wohnen«, bemerkte sie mit perfekt ernster Miene.

Sie verabredeten sich für halb sieben im Offiziersclub auf einen Drink und würden dann überlegen, wo sie zu Abend essen sollten. Sie würden den Stützpunkt verlassen müssen, denn der Speiseraum des Offiziersclubs war nur zur Mittagszeit geöffnet. Dan wartete am Seiteneingang des Clubs, als Grace aus dem Quartier für ledige Offiziere kam. Ihm fiel erneut auf, daß sie toll aussehen konnte, wenn sie sich ein bißchen mehr zurechtmachen würde. Aber sie trug wieder ein streng geschnittenes, nichts enthüllendes Kostüm mit langem Rock. Sie hatte die Handtasche am Riemen über die Schulter gehängt und hielt einen leichten Regenmantel über dem Arm. Er dachte, daß ihr Aussehen – ernste, geschäftsmäßige Miene, ein Minimum an Make-up, praktische, strenge Frisur, flache Schuhe und ihre wachsame, fast abwehrende Haltung – genau das ausdrückte, was sie zur Zeit war: eine Polizistin. Er fragte sich, ob sie eine Waffe in der Handtasche hatte.

Dan war mit einem blauen Blazer, einer grauen Freizeithose, weißem Hemd und Krawatte bekleidet; seine polierten Slipper glänzten, und auch er hatte einen Regenmantel mitgenommen. Es war April, aber noch nicht warm in Philadelphia, und es war vom Abend bis zum Morgen Regen vorhergesagt worden. Sie gingen in die schummrige Bar des Offiziersclubs und setzten sich an einen Ecktisch. Die Bar war fast leer. Nur zwei Warrant Officers tranken Bier und schauten sich die Abendnachrichten im Fernsehen an. Grace bestellte Weißwein, Dan einen Gin Tonic. Er bemerkte, daß Grace das Gesicht verzog, als sie mitbekam, welchen Wein der Kellner einschenkte.

»Das ist kein hochklassiger Laden hier«, erklärte Dan. »Dieser sogenannte Offiziersclub würde keine Woche ohne die zivilen Werftarbeiter überleben, die hierher zum Mittagessen kommen. Diese ganze Marinewerft ist ein großes Drecksloch.«

»Sie sagten, daß die Navy nach wie vor versucht, sie zu schließen.«

»Richtig. *Versucht* ist das Wort, auf das es ankommt. Die Kongreßabgeordneten von Pennsylvania müssen im Besitz einiger sehr kompromittierender Fotos von sehr ranghohen Leuten der Navy sein, denn sie halten die Werft Jahr um Jahr weiter in Betrieb, ganz gleich, wie mies ihre Arbeit ist.«

»Das ist unglaublich.« Grace probierte den Wein und schaute dann verächtlich auf ihr Glas. »Der ist ebenfalls unglaublich.«

Dan lachte. »Zweifellos Don Carlos bester. Mindestens einen Tag im Tankwagen gereift. Ein Teil des Problems ist die Gegend – dies ist Süd-Philadelphia, wie Santini heute nachmittag sagte. Ich war mal ein halbes Jahr auf einem Schiff hier. Die Werft ist eine bedeutende Einnahmequelle für Gangster, für große und kleine. Materialdiebstahl in großem Stil, Betrug, Erpressung, Überbesetzung mit Arbeitskräften, Abrechnung von Phantomstunden, Drogen. Wenn Sie Stoff wollen, können Sie hier welchen bekommen.«

Sie sah sich in der schummrigen Bar um. Tapete, die Täfelung vortäuschen sollte, billige Messinglampen, alter unscharfer Fernseher, abgetretener Teppichboden. Sie tat, als interessiere sie sich für all das. Er glaubte, sie leicht die Nase rümpfen zu sehen.

»Könnte dieser Mord etwas mit dem organisierten Verbrechen zu tun haben?« fragte sie schließlich. »Hat vielleicht ein Offizier, vielleicht ein naiver junger Offizier, seine Nase in Dinge gesteckt, die ihn nichts angehen?«

Dan dachte darüber nach. »Vielleicht, aber das ist ein bißchen weit hergeholt. Sie meinen, daß er Gangstermethoden aufdeckte? Das bezweifle ich. Ein Lieutenant Junior Grade hat nicht genug Einblick in den Ablauf der krummen Geschäfte, um einen Abteilungsleiter oder Gewerkschaftsboß zu beunruhigen. Sie hätten ihm vielleicht die Reifen auf dem Parkplatz zerstochen, aber ein Mord? Nein, das glaube ich nicht. Es gibt genug leichte und wirkungsvolle Möglichkeiten, um einen jungen Offizier kirre zu machen – zum Beispiel, seine Arbeitsbefehle verlieren, das Material für die Jobs in seinem Bereich verschwinden lassen, seine Kabine verwüsten und dergleichen.«

Grace nickte, nippte an ihrem Wein und stellte das Glas ab. Sie erschauerte. »In diesem Schiff war es unheimlich. Und die mumifizierte Leiche. Ich fühlte mich wie in den Tiefen einer alten stählernen Gruft ...«

»Ja. Wenn man vom NIS ist, fühlt man sich in einem Kriegsschiff unbehaglich.«

Sie brauste auf. »Was soll das heißen?«

Er lächelte. »Hey. Ich wollte Sie nicht aufziehen. Ich meinte nur, daß die letzte Ermittlung des NIS in einem Kriegsschiff sich als die größte Schei ... die größte Katastrophe erwies, die die Navy seit ein paar Jahrzehnten erlebt hat.«

Grace betrachtete die Tischplatte. »Ich nehme an, Sie reden von der *Iowa*-Sache; das war vor meiner Zeit. Aber nach meinen Informationen hielten die alten Hasen im NIS ihre Theorie zumindest für umsetzbar. Das Problem war, daß einiges von der praktischen Arbeit, die Verhöre und die Auswahl der Zeugen, reichlich unqualifiziert war.«

»Und sie konnten nichts beweisen.«

»Stimmt. Aber ich denke, der NIS wurde zum Prügelknaben gemacht. Wie in der Tailhook-Ermittlung. Der Generalinspekteur kam hauptsächlich da ins Spiel hinein, weil man annahm, daß OpNav gehörigen Einfluß ausübte.«

»Vielleicht wie bei diesem kleinen Handel«, sagte Dan leise.

»Ja. Sie waren bei der Flotte – ist der NIS nützlich?«

»Sie kamen, wenn ich rief, und ich fand stets, daß sie ihren Job bei unseren Problemen auf den Schiffen einwandfrei erledigten«, sagte Dan. »Aber hier haben wir es mit Washington zu tun. Wenn es einen Zwischenfall in Washington gibt, erhält jeder viel Hilfe von den Vorgesetzten. Wie bei der Geschichte mit der *Iowa*.«

»Ich habe etwas von dem Ermittlungsmaterial gelesen. Sie war offenbar ein sehr lockeres Schiff.«

Dan schüttelte den Kopf. »Nach dem, was ich gehört habe, fing die *Iowa* nicht so an, als sie wieder in Dienst gestellt wurde. Aber ich muß zugeben, daß ich mich mit dem eigentlichen Bericht nicht befaßt habe, obwohl Captain Summerfield – er ist mein Boß bei OpNav – Sie haben ihn bei dem Treffen kennengelernt – mir seine Lektüre empfahl. Er behauptete, er könne erklären, warum OpNav auf den NIS schießt.«

»Tut er das denn?«

»Da komme ich nicht mit. Wenn Dinge ausarten, werden Organisationen, die dem OpNav berichten, manchmal auf dem Altar der Public Relations geopfert. So sah es in der Tailhook-Affäre aus. Die Admirale gingen, die rangniedrigen Offiziere wurden festgenagelt. Aber was soll's, ich arbeite hier nur. Aber Sie müssen zugeben, die Tatsache, daß ich und nicht der NIS mit diesem Fall befaßt bin, weist darauf hin, daß jemand auf ihn schießt, meinen Sie nicht auch?«

Sie schaute einen Augenblick lang mit gesenktem Kopf auf ihren Wein. Dan bemerkte zum ersten Mal, daß sie fast blauschwarzes Haar hatte, nicht brünettes, wie er zuerst gemeint hatte, und breite Schultern. Er fragte sich, ob sie Kraftsport betrieb. Vielleicht eine Schwimmerin. Aber dann meldete sich seine innere Stimme: Warum interessiert dich das?

»Ich sitze praktisch im selben Boot wie Sie«, gab Grace zu und blickte auf. »Ich erzählte bei unserem ersten Treffen, daß ich ein paar Jahre Erfahrung in Ermittlungen im Außendienst hätte. Das stimmt, aber sie betrafen niemals Kriminaldelikte. Erinnern Sie sich, ich sagte, ich sei für die Securities and Exchange Commission tätig gewesen. All meine Ermittlungen für die SEC führte ich in Manhattan durch, hauptsächlich in Fällen von Versicherungsbetrug.«

Er war überrascht. Versicherungsbetrug. Was, zum Teufel, tat sie dann hier? Als hätte sie seine Frage erraten, fuhr sie fort.

»Wie ich Ihnen auf der Fahrt mitteilte, erhielt ich während der letzten Administration, gegen Ende, wie sich herausstellte, eine politische Ernennung im Justizministerium. Als die neue Administration kam, landete ich als Staatsbeamtin beim NIS, in der Abteilung Ermittlung in Kriminalfällen. Ich nehme an, ich bin eine dieser politisch Ernannten, die sich verkriechen. Aber es sollte Ermittlungsarbeit sein, und es waren Kriminalfälle, eine Abkehr von der reinen Weiße-Kragen-Kriminalität.«

»Sie haben also in Kriminalfällen ermittelt?«

»Ja. Aber jetzt bin ich nicht mehr in dieser Abteilung. Ich bin jetzt in der Personalabteilung.«

Dan drehte die Eiswürfel in seinem Glas. Komisch, komisch. »Ich verstehe«, sagte er schließlich.

»Wirklich?« Sie schaute ihm in die Augen.

»Nun, ja und nein. Aber vielleicht eher ja. Sie haben jemanden verärgert, und man hat sie auf ein Abstellgleis geschoben. Und als dieser Fall anstand, hat man Ihnen erklärt, es erwarte Sie eine beruflich herausfordernde Aufgabe.«

Sie lächelte. »Ich glaube, ich habe sie mehr frustriert als verärgert. Ich wollte die interne Politik nicht bei einem Fall stören lassen. Ich verstand nicht, jedenfalls zu Anfang, daß die internen und externen politischen Erwägungen alles färbten, was wir taten, sowohl im Justizministerium als auch beim NIS. Gehen wir irgendwo essen, ich werde Ihnen davon erzählen.«

Sie fragten den Kellner nach einem guten Restaurant in Süd-Philadelphia. Er riet allen Ernstes, Pizza in die Bar liefern zu lassen. Aber einer der Warrant Officers pries ein Restaurant, das ungefähr drei Kilometer vom Haupttor entfernt war, als wirklich hervorragend. Er legte ihnen nahe, ein Taxi zu nehmen, denn die Einheimischen reagierten empfindlich auf auswärtige Autokennzeichen, besonders wenn es sich um eines aus Washington, D. C., mit einem militärischen Aufkleber handele. Der Kellner bestellte ihnen ein Taxi. Eine halbe Stunde später saßen sie an einem Ecktisch in der Trattoria Firenzi und probierten auf Grace' Vorschlag hin eine Flasche roten Chianti. Auf Dans Vorschlag hin bestellten sie eine Reihe von Vorspeisen anstelle eines Hauptgerichts.

»Der Warrant Officer wußte, wovon er redete«, bemerkte Grace, nachdem die ersten Vorspeisen serviert waren.

»Das tun Warrants gewöhnlich; er wußte auch, daß wir aus Washington sind.«

Grace lachte. »Das hier ist kein großer Stützpunkt, und einer dieser Jungs war vom Sicherheitsdienst.«

»Woher wissen Sie das?«

»NIS-Geschäftsgeheimnis. Er war mit einem Walkie-talkie ausgestattet.«

Dan lächelte. »Aha, Sie kennen sich mit Polizeiarbeit aus. Wenn Sie jetzt bereit sind, erzählen Sie mir, warum Sie beim NIS von der Ermittlungs- in die Personalabteilung versetzt wurden.«

Sie musterte ihn einen Augenblick lang, als müsse sie erst zu einer Entscheidung gelangen. Er hielt ihrem Blick stand. Intelligente Augen, jetzt dunkelgrün. Ein fast herbes Gesicht. Immer noch kein Make-up. Vielleicht ein schwieriger Fall. Aber das, was er von ihr im Overall gesehen hatte, war sehr weiblich gewesen. Und doch hatte sie keinerlei Koketterie gezeigt, sie hatte sich streng geschäftsmäßig verhalten. Vielleicht eine unterschwellige Unsicherheit. Warum sollte sie ihm etwas anvertrauen? Schließlich arbeiteten sie für gegnerische Lager. Aber dann sah er, daß sie sich entschieden hatte.

Sie schenkte Wein nach und erzählte ihm von sich – von ihrer Heimat New England und ihrer Familie – ihre Eltern waren beide Ärzte gewesen –, von einem bequemen Aufwachsen als einzige Tochter, vom Wirtschaftsstudium an der Brown University und dem Jurastudium an der Georgetown University und vom Job bei der SEC, zuerst in Washington, später in New York. Sie hatte das Jurastudium 1984 abgeschlossen. Ein Jahr später waren ihre Eltern gestorben, was ihren Entschluß beeinflußt hatte, in Washington zu bleiben.

»Mein Vater hatte einen Herzanfall, im Krankenhaus, wenn Sie das glauben können. Eine der Schwestern sah ihn plötzlich vor ihrem Schreibtisch stehen. Sie sagte: ›Ja, Doktor?‹, und er erklärte nur, daß sein Herz nicht mehr schlage, dann fiel er vornüber. Sie brachten ihn sofort auf die Intensivstation, konnten ihn aber nicht wieder … in Gang bekommen. So bezeichneten sie es. Als wäre er eine alte Maschine, deren Motor einfach ausgegangen war.«

Grace nippte an ihrem Wein und starrte auf die Kerze im wachsbedeckten Halter auf dem Tisch.

»Das war im Frühjahr 1985. Meine Mutter zwang sich weiterzumachen, jedenfalls für eine Weile. Aber im selben Jahr zur Weihnachtszeit starb auch sie. Eigentlich hat sie mich vorgewarnt, in einem Brief, aber ich schenkte ihm nicht viel Beachtung. Ich war ihr einziges Kind, und so begriff ich mich als Mittelpunkt des Universums. Ich hatte keine Ahnung, wie sehr sie sich geliebt hatten – überhaupt keine Ahnung. Jetzt denke ich, sie hatten das Gefühl, mich gewissenhaft und liebevoll großgezogen und wieder Zeit füreinander zu haben, sobald ich das Nest verlassen hätte.«

Sie trank einen Schluck Wein und schaute nachdenklich vor sich hin.

»Mutter war Psychiaterin in einer Privatpraxis mit zwei anderen Ärzten. Ich habe mit niemandem darüber gesprochen, aber ich habe oft gedacht, daß sie etwas genommen hat – wissen Sie, Ärzte kennen Mittel für den Freitod. Aber ich bin mir nicht sicher. Sie war zwar eine sehr starke Frau; trotzdem könnte sie sich seelisch aufgegeben haben, um ihrem Mann zu folgen.«

Dan sah, daß ihre Augen feucht wurden, doch dann tupfte sie mit ihrer Serviette darüber, atmete tief durch und nahm noch einen Schluck Wein. Der Kellner servierte die nächste Vorspeise.

»Jedenfalls«, fuhr Grace fort, »habe ich in diesem schrecklichen Jahr eine erstaunliche Summe Geld bekommen – Lebensversicherungen, Wertpapiere, der Anteil ihrer Praxen, solche Dinge. All das erbte ich, und plötzlich brauchte ich nicht mehr zu arbeiten. Jedenfalls nicht wegen des Geldes. Aber ich arbeitete härter denn je. Ich vergrub mich förmlich in die Arbeit und ließ sie mein Leben bestimmen. Das war eine Weile wirklich tröstend. Und dann lernte ich Ren kennen, meinen späteren Mann. Er sagte in einem Versicherungsprozeß in Washington als Zeuge aus. Ich ließ mich im folgenden Frühjahr nach New York versetzen, und wir heirateten 1987.«

Dan trank Wein und schwieg. Sie hatte anscheinend das Bedürfnis zu reden, und es gab einige unangenehme Parallelen in ihren Lebensgeschichten.

»Der Job und die Ehe waren eine Zeitlang wunderbar. Doch dann kriselte es in der Wall Street, und das Leben in der Finanzwelt wurde härter. Rennie kam nicht damit zurecht, begann fremdzugehen, verfiel dem Kokain und nahm die häßliche Gewohnheit an, mich als Punchingball zu benutzen. Ich ließ mich scheiden, aber zu dieser Zeit war ich keine angenehme Gesellschaft. Ich vermute, deshalb kam es zu meiner Ernennung.«

»Das war Ende 1990?«

»Es war 1991. Wie ich bereits sagte, politisch war ich nicht sonderlich scharfsinnig. Ich hätte abwarten sollen, wer oder was die Wahl gewann.«

»Die ›was‹ haben sie gewonnen.«

»Ich denke, es war eher so, daß die ›wer‹ sie verloren hat, aber wie auch immer, im Dezember 1992 hatte mich die große Washingtoner Welle der plötzlich Überzähligen erfaßt. Wie ich ebenfalls bereits sagte, war ich finanziell gesichert und brauchte nicht zu arbeiten, aber ich tat es. Der Tod meiner Mutter hatte mir angst gemacht, und nach meiner Scheidung befürchtete ich, von meinem Leben abgeschnitten zu werden, was damals meine Arbeit bedeutete.«

»Und Sie haben keinen Passenden in Washington gefunden?« fragte er, und dann stieg ihm das Blut in die Wangen. »Verzeihen Sie; vergessen Sie die Frage.«

Sie lächelte. »Warum haben Sie sie gestellt?«

Er war verlegen. »Der Tod Ihrer Eltern, die Scheidung. Ich meinte nur, daß Sie inzwischen vielleicht …«

Sie sah ihn prüfend an, ignorierte jedoch seine Verlegenheit. »Nein. Nach Rennie habe ich mich sozusagen vom Markt genommen. Denken Sie daran, daß ich es bei der SEC beruflich mit Prozeßführern der Regierung und ihren Gegnern zu tun hatte – sowohl mit den guten als auch mit den schlechten Jungs. Schwer, sich dafür zu erwärmen, und wenn man in diesem Job einen Zwölf-Stunden-Tag hinter sich hat, dann bleibt nicht viel Zeit oder Energie für Sexappeal übrig, ganz gleich, was in den Filmen gezeigt wird. Besonders, wenn die Heimatfront sich auflöst.«

»Davon habe ich gehört.«

»Jetzt wohne ich in Georgetown, in meinem eigenen Haus. Es hat sogar eine Zufahrtsstraße und einen Garten mit schönen hohen Ziegelwänden. Der perfekte Zufluchtsort für den geplagten Regierungsangestellten, wie der Makler behauptete. Kennen Sie Georgetown?«

Dan lachte. »Außerhalb meiner Preisklasse, befürchte ich. Ich bin Witwer seit … 1988. Ich glaube, ich sagte es schon, mein Vater kaufte vor zwanzig Jahren ein Haus aus dem 18. Jahrhundert in Old Town Alexandria und vermachte es mir während meiner letzten Dienstzeit an Land hier – in Washington, meine ich. In der Theorie hat es den zehnfachen Wert von dem, was er dafür bezahlte, aber die restliche Hypothek und die Steuern sind immer noch ziemlich happig.«

»Old Town ist sehr schön. Ich denke, so war Georgetown früher auch«, bemerkte Grace.

»Georgetown sieht heutzutage wie Armani-Land aus. Old Town liegt günstig, aber das Haus selbst ist nichts Besonderes. Ein ehemaliges Geschäftsgebäude, zwei Geschosse und eine Dachstube. Ein Ladekran hängt noch aus einem Fenster der Mansarde. Nicht groß, sondern lang und schmal, und alles ist ein bißchen schief. Ich habe einen Ausblick in den Garten meines Nachbarn und auf die hinteren Wände anderer Häuser und den Fluß, wenn ich mich im Winter vor der Haustür auf die Zehenspitzen stelle. Es gibt keine Garage. All dieses verdammte Kopfsteinpflaster und ein Holzzaun, der mehr der Schwerkraft trotzt als den Holzwürmern. Mein Vater ließ Zentralheizung einbauen, bevor ich einzog, und das macht es erträglich. Einige dieser alten Häuser sind unbewohnbar. Aber Georgetown schien mir stets entweder für Staatssekretäre und Minister oder für das betuchte Disco-Volk reserviert zu sein.«

»Es leben auch noch andere Leute dort, aber ich interessiere mich nicht sehr für die gesellschaftliche Szene in Georgetown. Ich war Statistin auf einigen Dinnerpartys – hauptsächlich von Nachbarn, die eine vierte Person an einem Tisch brauchten. Nach New York bin ich eine Art Einsiedlerin geworden.«

Der Kellner servierte die letzte Runde Vorspeisen, und Dan war fast satt. Durch sein tägliches Training auf dem Fluß oder mit der Rudermaschine zu Hause hielt er sich fit und hatte einen gesunden Appetit, aber er war kein Freund von großen Portionen und Essen in Restaurants. Grace hatte anscheinend das gleiche Problem.

»Darf ich erfahren, was mit Ihrer Frau geschah?« sagte sie.

Dan stellte sein Weinglas ab und starrte auf den Tisch. Nach all den Jahren fiel es ihm auffallend schwer, darüber zu reden; ihre Frage war für ihn wie ein Überfall aus dem Hinterhalt.

»Claire starb bei der Niederkunft, oder unmittelbar davor.

An etwas, das die Ärzte als Toxämie diagnostizierten. Wir waren auf der PG-Schule in Monterey – das ist die Hochschule der Navy. Sie hatte in ihrem dritten Semester Probleme mit dem Blutdruck gehabt, aber die Wehen waren normal, wenn man etwas an Wehen normal bezeichnen kann. Ich ließ sie allein, um den verdammten Hund auszuführen, wenn Sie das glauben können. Nach einer halben Stunde kam ich zurück, aber sie war nicht mehr da – im Kreißsaal, meine ich. Eine Krankenschwester fing mich ab und brachte mich ins Büro eines Arztes, und ich wartete dort in Panik, bis der Arzt mit einem Kaplan eintraf und mir erklärte, daß Claire Krämpfe gehabt und einen Schlag erlitten habe. Ich hatte sie und das Baby verloren.«

Er atmete tief durch und stammelte: »Es passierte so gottverdammt schnell.«

»Es tut mir leid«, sagte Grace und legte ihre Hand auf seine. Er war plötzlich aufgewühlt, und ihre Hand fühlte sich kühl und fast sonderbar an. Grace spürte anscheinend sein Unbehagen und zog sie zurück.

»Nun, mir ging es ähnlich wie Ihnen. Ich verkroch mich in meine Höhle und zog den Vorhang zu. Ich stürzte mich auf meine Studienarbeit, bestand die Prüfung zum Maschinenbauingenieur und ersuchte um Dienst auf See, irgendwo weit weg. Die Navy ist ungewöhnlich gut in solchen Dingen, wenn jemand seine Frau verliert. Binnen zwei Wochen war ich auf einem Kreuzer, und es war wie ein Geschenk des Himmels.

Vierundzwanzig Stunden in weiter Ferne auf See. Mitte 1990 kam ich zum ersten Mal nach Washington zurück. Dienst an Land ist wie Zivilleben – er geht ein bißchen langsamer.«

»Ich weiß alles über dieses Langsamere«, erklärte Grace. Dan fühlte sich nicht sonderlich wohl bei der Unterhaltung, doch er spürte auch eine Seelenverwandtschaft. Sie spielte auf die Wochenenden an, die sich träge dahinschleppten.

»O ja, die Wochenenden«, sagte er. »Nun, ich habe ein Heilmittel entdeckt. Ich wurde ein Fan der Geschichte des Bürgerkrieges. Ich fuhr zu den Schlachtfeldern – es gibt jede Menge, die man binnen drei Stunden im Umkreis von D. C. finden kann –, und ich las viele Bücher. Einige dieser Stätten sind erstaunlich interessant, und die Landschaft ist die Reise wert.«

Der Kellner fragte, ob sie Doggy bags haben wollten, um die Reste des Essens ›für den Hund‹ mitzunehmen. Sie lehnten ab, und Dan verlangte nach der Rechnung.

»Ich habe meinen Doktor in Politologie gemacht«, sagte Grace. »Ich weiß wirklich nicht, was ich damit anfangen soll, aber die langen Wochenenden waren mit akademischer Arbeit ausgefüllt.«

Sie wirkte wehmütig bei diesen Worten, und Dan erkannte, daß sie tatsächlich verwandte Seelen waren. Sie hatte vermutlich einige ernste seelische Narben, und wie er suchte sie sorgfältig stabile und kalkulierbare Verhältnisse, in denen sie die Tage und Nächte überstehen konnte. Sie schien seine Gedanken erraten zu haben und entschuldigte sich, während Dan auf die Rechnung wartete.

Sein Gespräch mit Grace hatte ihn wieder dazu gebracht, sich Gedanken über eine Beziehung mit einer anderen Frau zu machen. In den ersten paar Jahren nach Claires Tod hatte ihn der Status des Witwers geschützt, doch nach seiner Dienstzeit auf dem Kreuzer *John King* hatte er sich gefragt, ob er jemals wieder eine neue Beziehung aufbauen konnte. Keine der Frauen, die er in den vergangenen Jahren kennengelernt hatte, war in der Lage gewesen, die quälende Trauer zu durchbrechen, die ihn erfüllte, wann immer er an Claire und die verlorene Familie dachte. Ihm war klar, daß es besser war, eine neue Beziehung einzugehen, aber all diese Frauen waren entweder leicht verzweifelte geschiedene oder ehemüde gewesen. Weil er nicht mehr gewußt hatte, was er wollte, hatte er diesen Teil des Lebens einfach ausgeklammert und sich auf seine Arbeit im Pentagon, auf sein Rudern, auf die Wochenendausflüge in die Geschichte und die Aussicht auf einen weiteren Dienst auf See konzentriert und die gelegentlichen Versuche seiner Kollegen, ihn mit einer Freundin der Familie zusammenzubringen, immer höflich abgelehnt. Er beobachtete, wie Grace sich einen Weg durch das volle Restaurant zurückbahnte – attraktiv, selbstbewußt, reserviert –, und suchte in seinen Gefühlen nach einem Funken von wahrem Interesse. Von ihrer äußeren Erscheinung her war sie zweifellos interessant, aber sein Herz blieb stumm. Er seufzte. In diesem Moment traf der Kellner mit der Rechnung ein, und Dan kehrte zum Geschäftlichen zurück, indem er die Rechnungssumme für ihre getrennten Spesenabrechnungen teilte.

13

Um halb neun am Mittwochmorgen rief Master Chief Gonzalez vom Personalbüro an. Er hatte einige Neuigkeiten über den vermißten Lieutenant Junior Grade W. Hardin. Dan nannte Grace die Nummer des Nebenapparates, damit sie mithören konnte.

»Ich kann Ihnen den Ausdruck faxen«, bot Gonzalez an, »aber es sind nicht so viele Informationen, wie Sie vielleicht erwarten, denn alle Akten gingen vor ungefähr anderthalb Jahren zum Aufbewahrungsort des Bundes in St. Louis, nachdem er zum Deserteur erklärt wurde.«

»Er wurde also tatsächlich zum Deserteur erklärt?« fragte Dan.

»Jawohl, Sir. Sein Schiff, die USS *Luce*, ist seitdem außer Dienst gestellt. Man legte zuerst eine Vermißtenakte an, wie es die Vorschriften erfordern, doch dreißig Tage später erklärte man ihn zum Deserteur. Dieser Teil ist hier. Und er war stellvertretender Versorgungsoffizier. Der DisBo.«

»Okay, Master Chief. Ich gebe Ihnen die Faxnummer von hier. Oh, und können Sie mir seine Fitrep-Akte schicken?«

»Das bezweifle ich, Commander. Wenn die Akten nach St. Louis gehen, behalten wir nichts.«

»Wie wäre es mit den Mikrofilmen?«

»Auch die sollten bei den Akten in St. Louis sein, aber ja, vielleicht ist noch etwas im Archiv geblieben. Ich werde das überprüfen. Ich werde irgend etwas Schriftliches brauchen, damit das Material freigegeben wird.«

Dan dachte darüber nach. Um Zugang zu den Gesundheitsberichten eines anderen Offiziers zu erhalten, bedurfte es der Unterschrift eines Flaggoffiziers.

»Lassen Sie mich mit meinen Bossen bei OpNav telefonieren, Master Chief. Unterdessen faxe ich Ihnen meinen Ernennungsbrief, damit Sie die restlichen Unterlagen bekommen. Und ich werde Sie offiziell bitten, die Akten mit Priorität aus St. Louis anzufordern. Dies ist kein UA-Fall, dies ist höchstwahrscheinlich ein Mordfall.«

»Im Ernst? Haben Sie seine Angehörigen informiert?«

Dan fühlte sich plötzlich verlegen. Er hätte sofort die nächsten Angehörigen benachrichtigen sollen, nachdem die Identität des Toten festgestellt worden war.

»Nein, das habe ich nicht«, antwortete er. »Unsere Identifizierung basiert nur auf einer Wäschereimarkierung. Wir nehmen an, daß das stimmt, aber ich brauche die Akten, besonders die Gesundheitsakte und den zahnärztlichen Bericht, damit die Jungs von der Forensik sie bestätigen können. Aber die Leiche ist die eines schwarzen Lieutenants Junior Grade in Uniform des Versorgungskorps, und in der Uniform steht sein Name.«

»Nun, das klingt nach Hardin, wie ich mit einem Blick auf den Ausdruck feststelle. Commander, darf ich Ihnen einen Rat geben? Eine Leiche in einem Kriegsschiff, das ist für Journalisten ein heißes Thema. Das kann die Presse ziemlich schnell auf Trab bringen, es braucht nur jemand von der Werft zu plaudern. Schicken Sie eine Nachricht hier ans Büro – ans Casualty Assistance Calls Office – vom ComNavBase Philly, berichten Sie, was Sie gefunden haben, fordern Sie die Akten und einen CACO an. Dann kann der CACO die Familie aufsuchen – hier steht, daß sie in D. C. wohnt – und sie benachrichtigen, bevor sie es durch das Fernsehen erfährt. Okay?«

»Guter Rat, Master Chief. Die Nachricht kommt zu Ihnen. Bleiben Sie dran für die Faxnummer.«

Dan legte den Hörer hin und schaute Grace Snow an. »Es gibt nichts Besseres als einen Master Chief, um die Fehler eines Commanders auszubügeln«, murmelte er. »Ich hätte gestern daran denken sollen, nachdem wir den Namen hatten.«

Grace sah kopfschüttelnd auf ihre Notizen. »Ich komme da nicht mehr mit. Was ist CACO? FITREP? DISBO?«

»Richtig, das muß ich erklären. Warten Sie einen Moment.« Er stand auf, ging zu Santini und bat ihn, den Public Affairs Officer (PAO) des Marinestützpunktes Philadelphia ins NIS-Büro zu bestellen, und zwar sofort.

»Kann ich ihr mitteilen, worum es geht?« fragte Santini. »Die Stabsoffiziere kommen nicht einfach her, weil ich sie anrufe.«

»Teilen Sie ihm nur – *sie*, sagten Sie? Teilen Sie ihr mit, daß ein Commander von OpNav in Ihrem Büro auf den PAO wartet und daß es wirklich dringend ist. Wenn wir Glück haben, kriegen wir hier noch die Kurve. Und ich brauche Ihre Faxnummer für den Mann von der Personalabteilung, und meine Ernennungsurkunde muß ihm rübergefaxt werden.«

»Wird erledigt.«

Santini beauftragte die Sekretärin, und Dan kehrte zu Grace zurück, um ihr die Abkürzungen zu erläutern.

»Ein CACO ist ein Casualty Assistance Calls Officer. Das ist der Typ, der in einem schwarzen Wagen vorfährt, um einer Familie – den Eltern, der Ehefrau – mitzuteilen, daß ihr Angehöriger beim Militär verwundet oder gefallen ist.«

»Das ist aber eine wundervolle Verwendung.«

»Richtig, aber keine ständige. Jedem kann der Job angehängt werden, wie man mir die JAG-Ermittlung anhängte. Es gibt ein Handbuch über die Prozeduren und besondere

Anweisungen für all das, was ein CACO wissen muß. Und typischerweise geht es nach den Diensträngen: Wenn ein Commander stirbt, wird ein anderer Commander zum CACO ernannt. Und so weiter. Und heutzutage, wenn die Medien interessiert sind, besteht die Hauptaufgabe des CACO darin, schneller als die Presseleute an der Tür der Hinterbliebenen zu sein. Danach hilft er ihnen, so gut er kann. Er arrangiert die Beisetzung, sorgt für den Transport der sterblichen Überreste, informiert die Versicherung und erledigt all den nötigen Verwaltungskram. Es ist ein gutes System.«

»Und wir brauchen jetzt einen CACO.«

»Ja. Wir haben keine endgültige Identifizierung der Leiche, aber ich denke, wir schulden der Familie Hardin wenigstens eine Benachrichtigung, daß wir ihren Sohn gefunden haben. Besonders, weil es ein Zivilist war, der den Namen von der Uniform abgelesen hat.«

»Und FITREP?«

»Fitrep ist der Fitneß-Report eines Offiziers. Er enthüllt vielleicht, warum sein Schiff, nachdem er verschwunden war, so reagierte. Das Problem ist, daß all diese Akten – Personalakte, Soldakte, ärztliche, zahnärztliche und Fitreps – nach St. Louis in das Archiv des Bundes geschickt werden. Und Unterlagen aus dem Bundesarchiv zu bekommen kann sechs bis acht Wochen dauern.«

»Das kann ich mir vorstellen. Und dieser Mann von der Personalabteilung versucht, die Auslieferung zu beschleunigen?«

»Ja. Aber ich muß dem Commander des Stützpunktes eine Nachricht zukommen lassen, um den Prozeß in Gang zu bringen.«

Santini tauchte auf. »Commander, der PAO des Stützpunktes, Lieutenant Commander McGonagle, ist unterwegs hierher. Sie klang etwas übellaunig.«

»Damit werde ich schon fertig«, versicherte Dan. Aber nachdem sich Santini zurückgezogen hatte, schlug Grace vor, sich um die Lady zu kümmern. Dan dachte kurz darüber nach und stimmte zu.

»Gute Idee«, meinte er. »Sie setzen sie ins Bild. Ich rufe beim Commander des Stützpunktes an. Diese Sache könnte sehr schnell zu einem großen Medienrummel führen.«

»Noch eines, was ist PAO?«

»Public Affairs Officer – Sprecher oder Sprecherin der Navy in diesem Fall. Und DISBO bedeutet Disbursing Officer – Hardin war der Zahlmeister. Die Außenstellen des NIS sind spezialisiert auf die Überprüfung von Zahlmeistern, deshalb sollte Santini eine Akte über ihn haben.«

Dan telefonierte mit dem Hauptquartier des Stützpunktes und ließ sich mit dem EA des Admirals verbinden. Während er wartete, versuchte er, sich die Organisation in Erinnerung zu rufen. Vor dem Zweiten Weltkrieg hatte man das Unternehmen Navy an Land in geographische Distrikte unterteilt und das gesamte Bundesgebiet und einige Besitzungen in Übersee sechzehn Marine-Distrikten zugewiesen. Der Distriktkommandeur war gewöhnlich ein Zwei-Sterne-Admiral, der seine letzte Dienstzeit vor dem Ruhestand absolvierte. Die Marine-Distrikte beschäftigten sich mit Verwaltungsangelegenheiten in ihrem Bereich: der Verfolgung und Festnahme von Deserteuren, Gerichtsverfahren und Militärgerichten, offiziellen und inoffiziellen JAG-Ermittlungen, der Ernennung und Unterstützung von CACOS, der Verwaltung von Kasernen und Militärgefängnissen und der personellen und administrativen Infrastruktur für alle in dem Distrikt stationierten Navy-Einheiten. In den Jahren der Zusammenziehung seit dem Krieg waren die Distrikte abgeschafft und diese Pflichten ihren größten Stützpunkten übertragen worden. Dan wußte, daß der Kommandant des Marinestützpunktes Philadelphia, jetzt ein Konteradmiral, einen kleinen Stab von Leuten hatte, die sich bemühten, die Funktionen der früheren Distrikte neben ihren alltäglichen Aufgaben zu erfüllen.

»Hier spricht Lieutenant Commander VanSladen«, ertönte eine Stimme aus dem Hörer. Dan lächelte. Selbst in einem toten Wasser wie dem des Marinestützpunktes Philadelphia klang der EA beeindruckt von sich selbst. Dan stellte sich vor und informierte VanSladen schnell über den Stand der Dinge.

»Commander«, begann VanSladen, »ich bin ein bißchen überrascht, erst einen Tag nach Ihrer Ankunft etwas über Sie und Ihre Ermittlung zu erfahren.«

»Nun, Mr. VanSladen«, Dan benutzte die richtige Anrede für einen rangniedrigen Offizier, »der ComNavBase Philadelphia steht auf dem Verteiler meines Ernennungsschreibens vom Navy JAG. Wenn Sie überrascht sind, dann lesen Sie Ihre Post nicht.«

Er folgte Schweigen. Dan war klar, daß das Ernennungsschreiben beziehungsweise die Kopie vielleicht noch gar nicht in Philadelphia eingetroffen sein konnte, was auch VanSladen sehr wahrscheinlich wußte. Aber VanSladen war ein Lieutenant Commander, der mit einem Commander sprach. Dan war auch klar, daß er sofort nach seiner Ankunft Kontakt mit dem Büro des Kommandanten des Marinestützpunktes hätte aufnehmen sollen.

»Sehen Sie, ich muß hier schnell handeln«, fuhr er fort. »Ich schlage vor, Sie rufen den EA in OP-06 an, das ist Captain Manning. Hier ist die Nummer. Oder besser noch, vielleicht sollte der Admiral bei Admiral Carson anrufen – das ist der 06 – der ADCNO Planungen und Taktik. Das wäre die schnellste Möglichkeit für Ihren Chef, um die politische Färbung dieser Situation zu erkennen, eine Erklärung von Flaggoffizier zu Flaggoffizier, warum ich hier anstelle des hiesigen NIS-Büros ermittle. Aber noch wichtiger, ich habe soeben Ihren PAO bestellt, weil ich damit rechne, daß eine Meute von Journalisten am Tor auftauchen wird, vielleicht noch heute. Und ich brauche ein Gesuch mit Priorität von Ihrem Chef, um Akten aus dem Bundesarchiv zu bekommen. Außerdem die Ernennung eines CACO.«

Es folgte wieder Schweigen, und Dan glaubte das Rascheln von Papier zu hören. Dann meldete sich VanSladen. »Ich habe alles notiert, Commander. Von welchem Büro aus operieren Sie?«

»Ich arbeite im hiesigen NIS-Büro. Ich denke, wir sind nebenan.«

»Wir rufen zurück«, versprach VanSladen und legte auf.

Dan grinste. EAs redeten immer, als hätten sie eine Maus in der Tasche. ›Wir‹ rufen zurück. Er wählte schnell die Nummer des OP-06 im Pentagon und ließ Captain Manning mitteilen, daß der Kommandant des Marinestützpunktes Philadelphia möglicherweise 06B anrufen und fragen werde: ›Was, zum Teufel, soll das?‹. Der EA nahm das auf die leichte Schulter – 06B hatte zwei Sterne, der ComNavBase Philadelphia nur einen. Aber er erklärte sich bereit, Captain Manning vorzuwarnen. Als Dan einhängte, erblickte er Grace Snow auf der Türschwelle. Neben ihr stand eine große, sehr irisch aussehende Rothaarige in der blauen Uniform eines Lieutenant Commander.

»Commander Collins«, stellte Grace vor, »dies ist Lieutenant Commander Helen McGonagle, der PAO des Stützpunktes. Ich habe sie über das informiert, was uns bis jetzt vorliegt. Und hier ist das Fax von dem Master Sowieso vom Personalbüro.«

»Das ist ein Master *Chief.* Guten Morgen, Miss Gonagle«, erklärte Dan und nahm von Grace das Fax entgegen. Er wußte nie genau, wie er weibliche Offiziere ansprechen sollte – mit dem Dienstrang oder mit Miss. Er hatte sich darauf festgelegt, den Dienstrang für Lieutenants und darunter zu benutzen; Miss für Lieutenant Commanders, wegen der zwei Worte des Dienstrangs; und den Dienstrang wieder für Commander, Captain – für die höheren Dienstränge. Zwangsläufig würden ihn die Ladies korrigieren. Aber McGonagle war ganz dienstlich und in der Tat übellaunig.

»Commander Collins, Ihr freundlicher PAO kann für meinen und Ihren Boß von erheblich größerem Nutzen sein, wenn Sie ihn von Anfang an einschalten.«

»Da stimme ich zu, und ich bedaure, daß ich Sie nicht eher anrufen ließ. Ich habe nicht erwartet, daß sich diese Sache so schnell entwickelt.«

»Nun, unser lieber Werftkommandant hätte sich sofort an uns wenden sollen, nachdem die Leiche gefunden wurde. Er hat uns in seinem Bericht noch nicht einmal erwähnt, aber das ist unser kleines internes Problem, nicht Ihres. Sie sind OpNav unterstellt und führen eine Ermittlung in einem Mordfall vor Ort durch?«

»Das ist richtig.«

»Und nicht der NIS? Warum ermitteln Sie anstelle des NIS?«

Vorsicht, Junge, die hier ist eine Lady Stabsoffizier mit Grips, dachte Dan. »Ich muß mich im Augenblick vor einer Antwort drücken, Miss McGonagle.«

»Mein Name ist Helen, und nein, Sie können sich nicht drücken. Sehen Sie, betrachten Sie mich als Ihre Anwältin oder Beraterin – kluge Offiziere sagen dem PAO immer die ganze Wahrheit, damit ihr PAO ihnen die Schakale der Medien wirkungsvoll von den Hacken fernhalten kann, Sir.«

Dan lachte laut. »Jawohl, Ma'am. Kommen Sie bitte herein, und schließen Sie die Tür, ja?«

Während Grace zuhörte, berichtete Dan von der Leiche im Kriegsschiff und erklärte, daß man ihn mit der Ermittlung beauftragt habe, um zu verhindern, daß in der Öffentlichkeit eine Verbindung zwischen dem NIS und einem anderen Kriegsschiff hergestellt werde.

»Genauer gesagt, weil die Medien Interesse an der Leiche entwickeln könnten und vielleicht ärgerliche Vergleiche mit der *Iowa*-Geschichte gezogen werden.«

»So ist es.«

»Aber wenn dies der Fall sein sollte, können wir auf Miss Snow zeigen und sagen, daß der NIS an der Ermittlung beteiligt ist. Außerdem operieren Sie vom NIS-Büro aus. Okay, das reicht für den Augenblick. Aber für eine genaue Überprüfung der Washingtoner Medien wird es vermutlich nicht reichen.«

»Und was machen wir dann?« fragte Grace.

»Dann ist es ein Problem des CHINFO, nicht wahr?« stellte

Helen McGonagle klar. Dan mochte die Frau plötzlich. »Sagten Sie, Sie haben die Leiche identifiziert?«

»Ja. Ein Lieutenant Junior Grade W. Hardin. Er war stellvertretender Zahlmeister auf der *Luce*, als sie vor zwei Jahren hier stationiert war.«

»Hardin? Hm.«

»Sie kennen den Namen?

»Nun, ja, aber nicht seinen. Ich kannte einen Lieutenant Elizabeth Hardin beim CHINFO, als ich vor zwei Jahren dort war. Sie kam bei einem Unfall mit Fahrerflucht in Washington ums Leben. Ich erinnere mich, daß sie einen Bruder bei der Navy hatte. Aber ...« Sie wurde durch das Piepen ihres Funkgerätes unterbrochen.

»Ah«, sagte sie und schaute auf die Anzeige. »Das ist das Büro von CBS. Der Tanz beginnt.«

Lieutenant Commander McGonagle rief über Dans Telefon den Reporter des hiesigen CBS-Büros an und stellte fest, daß es tatsächlich eine Anfrage bezüglich der Leiche im Kriegsschiff gab. Sie teilte dem Reporter mit, daß die Navy um fünfzehn Uhr eine Erklärung abgeben werde, rechtzeitig für die Abendnachrichten, und nein, sie könne noch keinen Namen nennen, weil die nächsten Angehörigen noch nicht benachrichtigt seien. Ja, um fünfzehn Uhr werde er weitere Einzelheiten erfahren. Kein Kommentar, ob es sich um Mord handele.

»Ich lasse schnell eine Erklärung tippen und alle Anrufer in meinem Büro im Hauptquartier mit diesem Text vertrösten. Ich fahre dorthin zurück und informiere meinen Boß. Ich schlage ein Treffen um vierzehn Uhr im Hauptquartier vor, damit wir koordinieren können, was wir den kleinen Lieben sagen werden.«

»Werden Sie den CHINFO unterrichten?«

»Jawohl, Sir, das werde ich. Lassen Sie es mich wissen, wenn die Personalabteilung einen CACO ernannt hat.«

»Das werden wir tun. Und vielen Dank, Helen. Dieser Medienrummel ist für uns Schiffer unheimlich.«

»Richtig. Und denken Sie daran, ich kann nur helfen, wenn Sie mich auf dem laufenden halten.«

Als Helen McGonagle das Büro verlassen hatte, arrangierte Dan ein schnelles Treffen mit Grace und Santini in dessen Büro. Er informierte Santini über den Stand der Dinge und das Interesse der Medien.

»Wir brauchen jetzt, bis uns die Akten von der Personalabteilung vorliegen, alles Lokale, was Sie – oder möglicherweise die Polizei des Stützpunktes – über das Verschwinden haben. Ich weiß, es ist fast zwei Jahre her, aber es muß zumindest Routine-Papierkram über einen Offizier gegeben haben, der einfach verschwand, besonders wenn es ein Zahlmeister war.«

Santini machte sich Notizen. »Ich habe gestern einen Blick in die Akten geworfen«, sagte er. »Aber lassen Sie mich noch etwas genauer nachsehen. Und vielleicht wollten wir uns an die Versorgungsabteilung der Navy wenden – ich habe die Abkürzung vergessen, aber diese Jungs überprüfen die Bücher, wenn jemand denkt, irgend etwas sei nicht koscher. Wir arbeiten mit ihnen zusammen, wenn ein Zahlmeister krumme Dinger dreht.«

»Ja, ich weiß, wen Sie meinen. Der Name ist irgend so ein Beamtenchinesisch. Und auch noch abgekürzt.«

»Wie können Sie so etwas wissen?« fragte Grace. »Von Ihnen habe ich noch nie Beamtenchinesisch gehört, oder?«

Beide Männer lächelten.

»Ich werde sie finden«, versprach Santini. »Jerry Watkins hat gerade erst an dem Fall eines Zahlmeisters gearbeitet. Er wird wissen, wie die Abteilung heißt.«

»Grace«, bat Dan, »Sie könnten telefonisch feststellen, wie es mit der Autopsie steht, die Sache vielleicht beschleunigen. Ein Fall des Bundes und so weiter. Ich spreche mit 06 und dann mit dem EA.«

Sie trennten sich, und Dan kehrte an seinen Schreibtisch zurück, um im Pentagon anzurufen. Grace ging an einen nicht besetzten Schreibtisch im Hauptbüro, um ihre Telefonate zu erledigen. Dan wurde zu Captain Manning durchgestellt.

»Admiral Carson trug mir auf, von Zeit zu Zeit anzurufen, Captain. Dieser Fall kommt heute nachmittag an die Öffentlichkeit, und so hielt ich jetzt für einen guten Zeitpunkt.«

»In der Tat. Der Admiral ist in einer Konferenz. Geben Sie mir den genauen Stand der Dinge, und ich werde ihn dem ADCNO und dem Vize weitergeben.«

»Dem Vizechef?«

»Ja, Commander. Er hat diesen Kleinkrieg mit dem NIS angefangen, erinnern Sie sich?«

Dan blickte zu Grace Snow, die telefonierte.

»Jawohl, Sir. Nun der Stand der Dinge.« Dan berichtete in drei Minuten.

»Und wie kommen Sie mit dem NIS aus?«

»Eigentlich recht gut. Ich wurde hier in der Außenstelle ziemlich feindselig empfangen, aber jetzt ist man offenbar zur Kooperation bereit. Die kritischen terminlichen Punkte sind die Autopsie als Bestätigung, daß es ein Mord war, und die Akten von der Personalabteilung, damit wir Hardin zweifelsfrei identifizieren und einige Leute ausfindig machen können, die mit ihm hier auf der *Luce* waren und vielleicht Hinweise liefern können, warum er ermordet wurde.«

»Ich verstehe. Und das Interesse der Presse?«

»Eine Leiche in einem Kriegsschiff. An der Story ist zumindest ein Fernsehsender interessiert; der PAO des Stützpunktes gibt um fünfzehn Uhr eine Erklärung für die Medien ab.«

»Und Sie sind nicht dabei, richtig?«

»Ich habe mich noch nicht entschieden. Und der PAO auch nicht ...«

»Sie werden *nicht* an der Pressekonferenz teilnehmen. Der PAO kann Sie als den Offizier nennen, der die Ermittlung durchführt, wenn das absolut nötig ist, aber ansonsten wollen wir, daß Sie im Hintergrund bleiben.«

»Jawohl, Sir. Aber darf ich wissen, warum?«

»Sie wollen doch kein Fernsehstar werden, oder?«

»Nein, Captain. Aber der PAO wird es hart haben, Fragen über die Ermittlung zu kontern, wenn ich nicht dabei bin.«

»Genau.«

»Oh.«

»Ja, oh. Wenn Ihr PAO ein Profi ist, dann wird er damit weniger Schwierigkeiten haben, als Sie denken.«

»*Sie*. Der PAO ist eine Frau.«

»Wie wunderbar für Sie.«

Dan überlegte. Er hatte Captain Manning noch etwas mitteilen wollen. Dann fiel es ihm ein.

»Sir, noch eines. Der PAO, Lieutenant Commander McGonagle, sagte etwas, das von Bedeutung sein könnte, besonders wenn die Presse zu bohren beginnt.«

»Und was war das?«

»Sie kannte Lieutenant Hardin, einen weiblichen Offizier, beim CHINFO. Sie erinnert sich an den Namen, weil die Frau bei einem Verkehrsunfall ums Leben kam.«

»Und warum soll es da eine Verbindung geben?«

»Ich bin mir nicht sicher, ob es eine gibt. Aber wenn dieser weibliche Lieutenant mit unserem Hardin verwandt war, würde es bedeuten, daß die Familie innerhalb von zwei Jahren zwei Kinder im Militärdienst verloren hat. Das sollte auch der CACO erfahren.«

»Ich verstehe.« Mannings Stimme wurde weicher. »Ja. Und es ist vielleicht wirkungsvoller, wenn ich die Information an Ihrer Stelle weitergebe.«

»Jawohl, Sir, schon möglich. Aber ich weiß nicht, ob es stimmt. Hardin ist doch kein ungewöhnlicher Name.«

»In Ordnung. Sonst noch etwas?«

»Nein, Sir. Ich melde mich, sobald wir weitergekommen sind.«

»Sehr gut.« Es klickte, und die Leitung war tot. Dan legte den Hörer auf und rieb sich übers Gesicht. Er fühlte sich stets unbehaglich, wenn er mit EAs sprach. Die meisten von ihnen vertraten ihre Chefs überaus arrogant, doch sie hatten anscheinend die gleiche Denkweise. Zum Beispiel, was seine

Teilnahme an der Pressekonferenz betraf; der EA hatte vielleicht völlig recht, ihm diese zu verbieten. Dan hatte wenig Erfahrung mit den Medien, aber ihm waren Geschichten über naive Marineoffiziere zu Ohren gekommen, die sich bei geschickten Fragen von Reportern den Mund verbrannt hatten. Er mußte sich beim Stützpunkt anmelden. Auf dem Schreibtisch lag eine Telefonliste der Basis, und Dan wählte die Nummer des Büros des Kommandanten und fragte nach dem EA.

»Sir, der EA ist bei dem Admiral und dem PAO. Soll ich etwas ausrichten?«

»Nein, eigentlich nicht. Commander McGonagle wird sie über den Stand meiner Ermittlung informieren. Ich bin Commander Collins. Ich wollte mich eigentlich nur anmelden.«

»O ja, Sir, Sie sind *dieser* Commander. Bleiben Sie bitte am Apparat.«

Er mußte eine Minute warten, dann wurde er zu jemandem durchgestellt, der sich als Rear Admiral Bostik vorstellte.

»Commander Collins, hier ist der Admiral. Mein PAO und mein EA sind gerade in meinem Büro. Warum erfahre ich das alles aus zweiter Hand und einen Tag später?«

»Ich entschuldige mich dafür, Admiral. Da aus Philly der Leichenfund gemeldet wurde, nahm ich an, daß Sie zumindest davon wissen, Admiral. Deshalb ging ich gleich zum NIS-Außenbüro. Was die Ermittlung anbetrifft …«

»Ja, was soll das überhaupt? Seit wann führt OpNav eine Ermittlung in einem Mordfall auf einer der Werften durch? Haben Sie schon mit dem Kommandanten gesprochen?«

»Äh, nein, Sir, das habe ich nicht.«

»Nun, Sie sind mir ein Lone Ranger, was? Ich verstehe immer noch nicht, warum Sie anstelle des NIS hier sind.«

Dan war all das Kompetenzgerangel ein bißchen leid. Er glaubte vor seinem geistigen Auge die selbstgefällige Miene des EAs zu sehen.

»Nun, Sir, wie 06 es erklärte, will der Stellvertretende Chief of Naval Operations es so erledigt haben. Ich nehme an, ich kann zu diesem Zeitpunkt nur vorschlagen, daß Sie ihn anrufen …«

»Seien Sie nicht impertinent, Commander. Sie wissen verdammt genau, daß ich keinen Vier-Sterne anrufe und ihn irgend etwas in dieser Art frage. Aber wenn Sie mit dieser Ermittlung Erfolg haben wollen, schlage ich vor, daß Sie hier nicht reinplatzen wie ein Washingtoner As und sich aufspielen. Ich kann Ihnen das Leben sehr schwermachen, junger Mann.«

»Jawohl, Sir. Aye, aye, Sir«, sagte Dan gehorsam.

»Das klingt schon besser. Das ist das erste Korrekte, was Sie bisher von sich gegeben haben. Nun der nächste Punkt. Ich will, daß Sie heute nachmittag an dieser Pressekonferenz teilnehmen.«

»Admiral, das kann ich nicht.«

Es folgte Stille, und dann hörte Dan Helen McGonagle im Hintergrund nach dem Grund fragen.

»Weil ich den Befehl habe …« Er zögerte kurz. Hier war ein Admiral, der wollte, daß er bei der Pressekonferenz dabei war, aber es war nur ein Captain der EA, der ihm befohlen hatte, nicht teilzunehmen. Aber er hatte dieses königliche *wir* benutzt – sprach der EA für den 06? Für den 06B? Und wenn der Admiral seine Beziehungen spielen ließ, würde der EA ihm Rückendeckung geben? » …vom DCNO, OP-06, Vice Admiral Layman, nicht teilzunehmen«, fuhr er fort.

Schweigen am anderen Ende der Leitung, und er beeilte sich, es auszufüllen. »Anscheinend nimmt man an, daß der PAO den Medienleuten nur die reinen Fakten berichten kann, wenn ich zwar genannt werde, jedoch nicht anwesend bin.«

Er hörte Helen McGonagle im Hintergrund sagen: »Vielen Dank, Commander«, dann wurde der Lautsprecher leiser gestellt. Dan wartete. Schließlich meldete sich der Admiral wieder, und seine Stimme klang etwas weniger wütend.

»Okay. Ich glaube, ich kapiere allmählich, und ich werde einige Telefonate führen müssen. Wie heißt der EA bei 06?«

»Captain Manning, Admiral.«

»In Ordnung. Ich will, daß Sie sich am Ende jeden Tages, an dem Sie hier sind, in meinem Büro melden. Keine weiteren Überraschungen.«

»Aye, aye, Sir«, sagte Dan, und dann war die Leitung tot. Verdammte EAs! dachte er. Diese kleine Miss Lieutenant Commander war zu Papi gegangen und hatte ihm von dem unfreundlichen Commander von OpNav erzählt. Dan fragte sich, ob er Captain Manning anrufen und ihm berichten sollte, daß er gesagt hatte, Admiral Layman habe ihm befohlen, sich von den Medienleuten fernzuhalten. Zum Teufel damit – er würde sehen, was Manning damit anfing. Grace kam zu ihm.

»Glück gehabt?« fragte Dan.

»Nur zum Teil. Im Büro des Leichenbeschauers war man alles andere als überwältigt von all meinem Gerede über einen Fall des Bundes. Der Mann, mit dem ich sprach, sagte mir, sie bearbeiten jeden Mordfall der Reihe nach, was vermutlich bedeutet, daß sie die Autopsie durchführen, wenn sie dran ist. Er sagte mir ebenfalls, daß dies gewöhnlich einen Tag nach dem Erhalt der Leiche der Fall ist, also wird es nicht mehr lange dauern. Der Mann erklärte mir, sie hätten sich die Leiche angesehen und wären zu dem Schluß gelangt, daß sie sich halten würde. Ich nehme an, das sollte ein Scherz sein.«

»Leichenschauhaus-Humor. Okay. Nun, ich bin soeben vom ComNavBase zur Schnecke gemacht worden, weil ich auf seinem Terrain operiere, ohne die entsprechenden Verbeugungen getroffen zu haben. Ich hoffe, der 06-EA wird mir Rückendeckung geben.«

Grace schloß die Tür. »Mein Hauptquartier hat vielleicht die Hand im Spiel. Ich hörte meinen Vorgesetzten gestern etwas sagen, das ich erst jetzt begreife: daß der NIS-Washington den Kommandanten des Stützpunktes anrufen werde. Wenn Roscoe Ames das getan hat, dann hat er Ihre Ermittlung nicht im besten Licht geschildert.«

»Sie meinen, die wußten es bereits? Terrain über alles, wie? Haben Sie auch das Gefühl, daß es den großen Tieren verdammt gleichgültig ist, wer diesen Jungen ermordet hat?«

Grace zuckte die Achseln. »Nach meinen Erfahrungen wird Washingtons Antwort auf diese Frage lauten, daß es immer Mordfälle zu lösen gibt, aber alles, was die Macht, Befugnis oder das Budget einer Organisation bedrohe, Vorrang habe. Immer.«

Dan lehnte sich in seinem Stuhl zurück. Sie hatte vermutlich völlig recht. Jemand klopfte an die Tür, und dann steckte Santini den Kopf ins Büro.

»Commander, da ist jemand von der Nachrichtenredaktion von Kanal sechs am Telefon und möchte mit Ihnen sprechen.«

»Woher, zum Teufel, hat er diese Nummer?«

»Er behauptet, der PAO des Stützpunktes habe sie ihm gegeben.« Santini war bemüht, ein Grinsen zu unterdrücken.

»Sagen Sie ihm, daß die Navy heute für fünfzehn Uhr eine Pressekonferenz einberufen hat und daß er sich an den PAO wenden soll, um Einzelheiten zu erfahren. Ich rede nicht mit den Medien, basta.«

»Okay.« Santini hatte es aufgeben, seine Belustigung zu verbergen. Er zog sich zurück und schloß die Tür.

»Diese Hurensöhne«, schnaubte Dan.

»Die Presse?«

»Nein, der Stützpunkt. Sie sind wütend, weil ich hier bin, und deshalb hetzten sie die Medien auf mich.«

»Drehen Sie den Spieß doch um.«

»Was?«

»Rufen Sie den EA des Stützpunktes an, und sagen Sie ihm, er soll mit dem Spiel aufhören, oder Sie wenden sich an die Medien und lassen den Stützpunkt wie eine Horde Armleuchter aussehen. Sagen Sie ihm, Sie werden dem nächsten Reporter, der anruft, klarmachen, daß Sie hier sind, weil die Leute auf dem Stützpunkt so bescheuert sind, daß Washington sich gezwungen sah, jemanden zu schicken, der fähiger ist.«

Dan schaute sie bewundernd an. »Der Gedanke gefällt mir. Aber ein Kompetenzstreit schadet der Ermittlung – so gern ich auch zurückschlagen würde.«

»Okay.« Grace seufzte. »War nur ein Gedanke. Und was machen wir jetzt?«

»Wir warten. Santini findet vielleicht Hintergrundmaterial über das Verschwinden des Jungen, wenn es irgendwelche Daten gibt. Die Personalabteilung wird sehr bald einen CACO in Bewegung setzen, und sie bemüht sich, die Akten aus dem Archiv in St. Louis zu bekommen. Die Leichenbeschauer werden die Autopsie durchführen, wenn sie an der Reihe ist. Der PAO des Stützpunktes gibt um fünfzehn Uhr eine Pressekonferenz. Ich muß mich hinsetzen und aufschreiben, was sich bisher getan hat, aber wenn Ihnen einfällt, was wir tun sollten ...«

»Mir geht das Kriegsschiff nicht aus dem Sinn. Wer hat Zugang ins Innere des Schiffes? Ich meine, da kann nicht jeder rein, oder? Man braucht Zugang und Sauerstoffgeräte und muß wissen, daß die Atmosphäre dort unten tödlich ist, wenn man nicht rechtzeitig zurückkehrt.«

Dan nickte. »Was darauf hinweist, daß jemand, der die Leiche dort ablegte, all dies wußte.«

»Vielleicht. Oder zumindest Unterstützung von den Leuten hatte, die sich legal dort aufhalten.«

»Das sind die Werftarbeiter. Ich denke, wir können mit jemandem auf der Werft reden und erfahren, wie all das funktioniert. So kommen wir wenigstens hier raus.«

»Vielleicht kann uns dieser Superintendent des Schiffes weiterhelfen, Lieutenant Graveley.«

Sie brauchten anderthalb Stunden, um Lieutenant Graveley zu finden. In der Verwaltung informierte man sie, daß sich der Lieutenant nicht nur um die USS *Wisconsin* kümmere, sondern darüber hinaus von drei weiteren Schiffen die Überholung beaufsichtigte. Sie fanden ihn schließlich an Bord eines Minensuchboots in Trockendock vier. Lieutenant Graveley war nicht sehr mitteilsam. Er sagte ihnen, daß die Abteilung 72 für die Wartung der eingemotteten Schiffe verantwortlich sei, besonders für die größeren, die mit Stickstoff konserviert werden, Abteilung 72 sei verantwortlich für die

Verbindung von Pier zum Rumpf und für alle Mechanikerarbeiten auf der Werft, für das Demontieren, Palettieren, die Arbeiten mit Kränen und Gabelstaplern sowie mit Sauerstoffgeräten. Letztere Verantwortlichkeit sei das Entscheidende, denn die Abteilung 72 halte die Sauerstoffgeräte für Inspektions- und Sicherheitspersonal in Stand, das in die Schiffe ging, in denen die Atmosphäre ausgetauscht wurde.

»Wenn es um den Zutritt geht, kann ich Ihnen versichern, daß nur die Arbeiter von Abteilung 72 in die *Wisconsin* reinkommen, und ich muß Ihnen sagen, das ist eine sehr verschworene Gemeinschaft. Sie sind wie Handlanger oder Stauer, mehr oder weniger Hilfsarbeiter. Die Jungs haben einen körperlich harten Job und viel mehr Muskeln als Grips. Und Sie reden von etwas, das vielleicht vor zwei Jahren geschah. Die meisten der Arbeitsmannschaften haben in dieser langen Zeit ein paarmal gewechselt.«

Dan bedankte sich und beschloß, dennoch mit dem Vorarbeiter der Abteilung 72 zu sprechen. So konnte er wenigstens in seinen Bericht schreiben, daß er der Spur bis zum Ende gefolgt war. Sie gingen durch das Industriegebiet zu den Büros der Abteilung 72. Bei ihrer Ankunft wurde offenkundig, daß jemand sie telefonisch angekündigt hatte, denn der Leiter der Abteilung 72 hatte ihnen nichts Wesentliches mitzuteilen. Er erklärte, daß die Sicherheitsmaßnahmen bei den eingemotteten Schiffen völlig ausreichend seien und kein Unbefugter an Bord eines dieser Schiffe gelangen könne, geschweige denn ins Innere.

»Aber jemand hat das geschafft«, wandte Dan ein.

»Ich weiß nichts darüber, und ich bin überzeugt, daß auch sonst niemand hier etwas weiß. Es muß jemand von außen gewesen sein. Meine Arbeiter würden so etwas nicht tun. Das ist alles, was ich Ihnen sagen kann, Commander. Auch die Arbeiter werden Ihnen nicht mehr sagen können.«

»Mit anderen Worten«, meinte Dan zu Grace, als sie das Büro verließen, »sprechen Sie nicht mit meinen Leuten, denn ich habe ihnen verboten, mit Ihnen zu sprechen.«

»So habe ich das auch aufgefaßt«, stimmte Grace zu.

Sie suchten eine der Kantinen auf, die sich in einem ziemlich schmuddeligen Eckraum eines Lagerhauses befand. Die Fenster waren mit Fliegendreck gesprenkelt. Es gab einen lauten, mit Fett bedeckten Ventilator und eine große Zahl von Fliegen und Wespen über zwei überquellenden Abfalleimern. Der fette Mann hinter der Theke hatte einen weißen Kittel an, der mit Ketchup gestärkt war. Es war fast vierzehn Uhr dreißig, und Dan war nicht erpicht darauf, ins NIS-Büro zurückzukehren, denn er befürchtete, erneut aufgefordert zu werden, an der Pressekonferenz teilzunehmen. Sie bestellten Hot dogs, weil sie sich sagten, daß sie aus heißem Wasser kamen und sie nicht allzu krank machen sollten.

Zum Essen gingen sie ins Freie und verscheuchten Wespen. Als sie nach Servietten suchten, schlich ein langhaariger, pickeliger junger Mann zur Kantinentür. Er trug den gelben Plastikhelm der Arbeiter mit der Aufschrift X-72. Er betrachtete Grace von oben bis unten, bevor er die Kantine betrat. Mit einem Hot dog und einer Cola kam er wieder nach draußen und blieb neben einem überfüllten Abfalleimer stehen. Während er aß, musterte er Grace wieder von oben bis unten. Ihre Kleidung war wie üblich relativ formlos: legere Freizeithose, Bluse und Pullover sowie bequeme Schuhe mit flachen Absätzen. Dan hatte die blaue Uniform gegen einen Arbeitsanzug getauscht: schwarze Hose, schwarzes Hemd mit schwarzer Krawatte und die silbernen Eichenblätter des Commanders auf den Kragenspitzen. Er und Grace trugen weiße Plastikhelme, weil sie sich im Industriegelände aufhielten. Nachdem der Arbeiter seinen Hot dog verzehrt hatte, knüllte er den Pappdeckel mit dem Rest Ketchup zusammen und warf ihn in den Abfalleimer. Er schaute sich sichernd um und sagte dann etwas zu Dan.

»Was?« fragte Dan und schüttelte eine mit Senf bedeckte Biene von seiner Hand.

»Ich fragte, ob ihr die Leute seid, die etwas über den Steifen in der W wissen wollt?«

»In der W?« Dan überlegte. Ah, *Wisconsin.* »Stimmt. Ich bin Commander Collins.«

Der Junge schob sich näher heran und starrte Grace wieder an, als versuche er zu entscheiden, ob sie eine Frau war, die weitere Aufmerksamkeit verdiente oder nicht. Er vergewisserte sich mit einem weiteren Blick nach rechts und links, daß keiner ihn beobachtete, dann wandte er sich an Dan und ignorierte Grace jetzt.

»Ihr müßt mit dem alten Brannie Gutowski reden. Der war vor ein paar Jahren Vorarbeiter. Hängt drüben bei McGurns Kneipe rum, an der Ecke Fifteen und Porter, in der Nähe des Diablo Club. Er ist entlassen worden, wegen seiner Sauferei, aber er ist ein Pfundskerl. Wenn jemand weiß, was mit dem Steifen in der W passiert ist, dann Ski. Sprich mit ihm, Mann!«

»Das werde ich tun. Danke für den Tip.« Dan wollte noch Fragen stellen, aber der Junge schaute sich noch einmal um und schlenderte davon.

»Haben Sie Lust auf ein Abenteuer?« fragte Dan. Grace verzog das Gesicht, aber sie nickte.

14

Sie verließen den industriellen Bereich um fünfzehn Uhr und gingen über die Verlängerung von Philadelphia Broad Street zum Marinestützpunkt zurück. Grace wies auf zwei Vans, die vor dem Verwaltungsgebäude parkten. Es waren Wagen von Fernsehgesellschaften, und Dan und Grace beschleunigten ihre Schritte. Dan dachte flüchtig daran, daß Helen McGonagle jetzt die Pressekonferenz gab. Jenseits des Haupttors fanden sie ein Taxi und nannten dem Fahrer das Ziel. Der Fahrer wandte den Kopf und musterte sie beide. Dann schüttelte er den Kopf und fuhr los. Dan fragte sich, worauf sie sich einließen, zeigte seine Besorgnis Grace gegenüber jedoch nicht.

Nach zehn Minuten bog der Fahrer nach links in die Porter Street, folgte ihr drei Blocks weit und wendete dann so unvermittelt und mit quietschenden Reifen, daß Grace erschrak. Der Fahrer hielt vor einem schäbigen Lokal mit schmutziger Neonreklame, die verkündete, daß es sich um McGurns Bar & Grill handelte. Die vordere Fensterscheibe war dunkel getönt und so verdreckt, daß sie nicht einmal die schwache rote Neonreklame darüber widerspiegelte. Dan bezahlte beim Taxifahrer, und sie stiegen aus und betraten die Bar.

Das Innere war, wie Dan erwartet hatte: ein langer schmaler Raum mit Theke und Barhockern zur Rechten und einigen Nischen zur Linken. Eine Reihe von gelben Lampen mit wenig Watt hingen über den Nischen, und ein Ventilator verrührte den Geruch von altem Bier und Zigarettenrauch. Der Boden war mit altem, abgenutztem Linoleum ausgelegt. Im Regal stand vor einem großen Spiegel ein Sortiment von Fusel. Das Lokal war verlassen bis auf einen griesgrämig wirkenden Kellner und einen einsamen Gast, der auf dem letzten Barhocker vor einem Fernseher saß, der ohne Ton lief.

»Himmlisch«, murmelte Grace.

»Möge das unser Knabe sein«, sagte Dan und ging ans Ende der Bar.

Der Kellner musterte sie schnell. Dann wandte er ihnen den Rücken zu, griff nach einem Glas und polierte es umständlich. Er vermutete offenbar Ärger. Dan fiel plötzlich ein, daß er seine Uniform trug, als er sich dem schlecht gekleideten Mann näherte. Der Mann war um die Sechzig, hatte einen Bierbauch, ein rundes rötliches Gesicht mit roter Knollennase und einen Kranz weißer Haare um eine Glatze. Er blickte starr auf etwas im Spiegel hinter der Bar. Dan sagte sich, daß der Mann sozusagen zum lebenden Inventar dieser Kneipe gehörte.

»Verzeihung, sind Sie Mr. Brannie Gutowski?« wandte sich Dan an ihn.

Der dicke Mann ignorierte die Frage und umklammerte sein fast leeres Bierglas mit beiden Händen. Als er nicht antwortete, trat Grace um Dan herum, öffnete das Etui mit ihrem NIS-Ausweis und hielt es dem Dicken vor die Nase.

»Wir sind Bundespolizisten«, erklärte sie. »Sind Sie Brannie Gutowski?«

Der Kellner spuckte auf den Boden hinter der Bar, wandte ihnen jedoch weiterhin den Rücken zu. Der dicke Mann nahm sie nun doch zur Kenntnis.

»Na und?«

Dan ergriff das Wort. »Wir möchten Ihnen ein paar Fragen über etwas stellen, das vor zwei Jahren auf der Werft passierte.«

»Ich arbeite nicht mehr«, maulte Gutowski. »Ich erinnere mich nicht mehr an die verdammte Werft, also lassen Sie mich in Frieden.«

»Das werden wir«, sagte Dan. »Sobald Sie ein paar Fragen beantwortet haben. Das wird nicht hart und nicht kompliziert. Ich spendiere Ihnen auch ein Bier, na, was halten Sie davon?«

Die Augen des Dicken spiegelten eine Spur Interesse wider.

»Setzen wir uns dort in eine Nische. Dann können wir uns nett und privat unterhalten. Barkeeper, ein Bier für diesen Mann.«

Der Kellner wandte sich um und sah sie verdrossen an, bevor er nach Gutowskis Glas langte. Er füllte es und knallte es auf die Theke, so daß etwas Schaum überschwappte. Als Gutowski das Glas nahm, hatte Dan eine Idee.

»Sie sollten das Gebräu ein bißchen würzen, Barkeeper. Sieht ziemlich wäßrig aus.«

Der Kellner starrte ihn einen Augenblick lang an, dann griff er nach einer Flasche Gin. Er schenkte ein Schnapsglas bis obenhin voll, schob es zu Gutowski, der es gierig leerte.

»Noch einen für unterwegs«, bestellte Dan, während Grace mit dem Bierglas zu einer Nische ging. Gutowski kippte auch den zweiten Gin, rülpste, schaute sich nach dem Bier um, stieg dann ächzend vom Barhocker und zwängte sich auf die

Bank der nächsten Nische. Dan legte einen Zehner auf die Theke und setzte sich dem Säufer und ehemaligen Werftarbeiter gegenüber hin. Grace blieb neben Gutowski stehen, zwischen ihm und dem Kellner, der sich zum anderen Ende der Bar zurückgezogen hatte. Dan senkte die Stimme.

»Okay, Mr. Gutowski, es geht um folgendes. Wir befassen uns mit dem Fall eines Offiziers, der vor ungefähr zwei Jahren auf der Werft verschwand. Ein Werftarbeiter gab uns den Tip, mit Ihnen zu reden.«

Gutowski sah Dan überrascht an und nahm anscheinend erst jetzt die Navy-Uniform wahr.

»Was, zum Teufel, sind Sie?« fragte er.

»Ich bin Commander Collins vom Stab des Chief of Naval Operations in Washington, D. C., und Miss Snow ist vom Navy Investigative Service, dem NIS, einer Ermittlungsbehörde des Bundes. Wir führen eine Ermittlung durch, weil an Bord des Kriegsschiffes *Wisconsin* eine Leiche gefunden wurde.«

Dan glaubte dem fetten Mann an den Augen anzusehen, daß er sich an etwas erinnerte. »Diese Leiche, ist das der Vermißte? Der schwarze Junge?«

»Ja, das nehmen wir an. Er war Offizier der Navy.«

»Und ihr meint, ich hätte etwas damit zu tun?«

Dan setzte sich zurück. »Nein, das meinen wir nicht. Aber wir haben erfahren, daß die Arbeiter, die Jungs von der Abteilung 72, die einzigen sind, die Zugang zu einem eingemotteten Schiff haben – wegen des Stickstoffs. Sie waren damals Vorarbeiter. Wir fragen uns, ob Sie etwas über diesen Fall gehört haben.«

»Nicht die Bohne.« Gutowski starrte Dan an, und dann zeigte er die Andeutung eines triumphalen Grinsens. »Aber danke für die Spende.«

Dan starrte zurück. Dann sprach Grace hinter Gutowski.

»Commander, es gibt einen leichteren Weg.«

Dan wußte nicht, worauf sie hinauswollte, aber er spielte mit.

»Ja?«

»Wir fahren in die Innenstadt, sprechen mit dem FBI und lassen uns ein paar hiesige italienische Namen geben. Dann unterhalten wir uns mit den Italienern und erwähnen beiläufig, daß Mr. Bierbauch hier einige Dinge geäußert hat, aus denen man schließen kann, daß die Ehrenwerte Familie in unseren Fall verwickelt ist.« Sie schwieg kurz, um ihre Worte wirken zu lassen. »Wir sollten Mr. Gutowski einfach eine Visitenkarte hierlassen. Ich denke, er wird uns finden müssen, bevor wir ihn finden.«

»Das ist ein guter Plan«, stellte Dan fest und tat so, als wolle er aufstehen.

»Hey, Moment mal«, protestierte Gutowski. »Das könnt ihr nicht machen! Ich habe euch keinen Scheiß erzählt!«

»Aber das werden Sie«, sagte Dan und holte eine Visitenkarte hervor. »Freut mich, daß Ihnen der Schnaps geschmeckt hat. Passen Sie in den nächsten Tagen auf sich auf.«

»Moment, warten Sie. Setzen Sie sich. Seid ihr verrückt oder was?«

»Kehrt Ihre Erinnerung zurück, Mr. Gutowski?«

Gutowski vergewisserte sich mit einem schnellen Blick, daß der Barkeeper weit genug entfernt war, bevor er leise antwortete. Er ließ seine Schultern fallen, senkte den Kopf und schaute Dan nicht mehr direkt an.

»Ich weiß nichts, okay? Mir ist nur hier und da was auf der Werft zu Ohren gekommen. Das ist zwei Jahre her. Da kann man sich nicht mehr so gut erinnern.«

»Das kann ich verstehen. Was haben Sie gehört?«

»Der Neger – die Navy sagte, er war Zahlmeister. Es hieß, daß er mit der Kasse vom Schiff abgehauen ist.«

»War das die *Luce?*«

»Keine Ahnung. Eines der Schiffe auf der Werft. Welches auch immer. Alle suchten nach ihm, aber nicht auf der Werft. Es hieß, daß er desertiert war.«

»Was jedoch nicht stimmte.«

»Ja, nun, es ist komisch, daß Sie von den Itakern reden. Ein paar Monate, nachdem dieser Neger verduftet ist, spricht sich herum, daß die Geschichte mit der geklauten Kasse Blödsinn ist, daß der Junge in Wirklichkeit umgelegt wurde. Ich erinnere mich daran, weil der Junge, der mir das erzählte, von ein paar Itakern in den Arsch getreten wurde, weil er über Scheiß geredet hatte, der ihn nichts anging, wie sie behaupteten, verstehen Sie? Sie schlugen den Jungen zusammen, und dann wurde nie wieder darüber gesprochen.«

»Es wurde nicht gesagt, daß die Leiche in einem Kriegsschiff versteckt wurde?«

»Hölle, nein. Diese gottverdammten Kriegsschiffe sind schon ohne Leichen unheimlich genug. Wenn so was die Runde gemacht hätte, wäre keiner von den Jungs jemals wieder in eines hineingegangen. Jeder weiß, daß es in diesen Schiffen spukt.«

Dan lehnte sich zurück und sah zu Grace, die mit den Schultern zuckte. Die Vordertür wurde geöffnet, und zwei Männer mit Plastikhelmen der Werft traten ein. Grace gab Dan ein Zeichen, und er stand auf. Er wollte sich bei Gutowski bedanken, doch etwas an Grace' Miene hielt ihn zurück. Sie trat um Dan herum und schaute auf Gutowski hinab.

»Da Sie nicht mit uns zusammenarbeiten wollen, Mr. Gutowski, werden wir uns einen richterlichen Haftbefehl besorgen und Sie zu einer offiziellen Befragung vorführen lassen«, erklärte sie mit lauter Stimme. »Vielleicht überlegen Sie sich Ihre Geschichte bis dahin noch einmal. Danke für nichts. Commander!«

Sie gingen an den beiden starrenden Neuankömmlingen vorbei aus dem Lokal. Dan erinnerte sich, daß die Broad Street rechts lag, und er wandte sich in diese Richtung.

»Meinen Sie, Gutowski hat begriffen, daß wir ihm einen Gefallen getan haben?« fragte Dan.

»Ich bezweifle es sehr«, antwortete Grace. »Sein Gehirn ist von Schnaps und Bier derart umnebelt, daß er die meiste Zeit nicht mal seinen Namen weiß. Aber das war eine interessante Story.«

Dan nickte und hielt Ausschau nach einem Taxi. Als sie zur Broad Street gelangten, war der Verkehr von der Werft her stark, aber kein Taxi war in Sicht. Einige der Einheimischen sahen neugierig auf seine Uniform.

»Was soll's, möchten Sie laufen? Es regnet nicht, und ich denke, es sind nur zehn Blocks bis zur Werft.«

»Ich nehme an, das können wir schaffen«, meinte Grace. »Solange es noch hell ist. Die Gegend um das Stadion sieht ziemlich finster aus.«

»Haben Sie keine Waffe?« fragte Dan, als sie lamentierte.

»Normalerweise nicht, obwohl ich einen Waffenschein habe oder hatte. Jetzt bin ich in der Personalabteilung, und ich bin nicht sicher, ob er noch gültig ist. Nur die Außenermittler tragen Waffen, und das auch nicht immer.«

»Schade, ich wette, viele der Typen hier in der Gegend sind bewaffnet. Was halten Sie von Gutowskis Geschichte, daß dies ein Mord des organisierten Verbrechens ist?«

Grace konzentrierte sich auf das Überqueren der nächsten Straße, bevor sie antwortete. Dan ging etwas langsamer, damit sie keine Mühe hatte, mit ihm Schritt zu halten.

»Klingt ziemlich weit hergeholt. Ich meine, wenn der Offizier Geld geklaut hätte, dann könnte ich verstehen, daß der Mob darin verwickelt ist. Kreditwucher, illegales Glücksspiel, Drogen. Aber wenn das stimmte, wären wir auf eine separate NIS-Ermittlungsakte im Zusammenhang mit seinem Namen gestoßen.«

»Eure Jungs vom NIS haben sich um diesen Punkt gekümmert, oder? Wir sollten uns nach unserer Rückkehr vergewissern, ob das auch wirklich geschehen ist.«

»Ich werde das erledigen.«

Dan blieb an der nächsten Ecke stehen. »Und ich denke, wir sollten diesen Aspekt im Augenblick für uns behalten.«

Die Ampel wechselte auf Grün, und sie gingen auf die andere Straßenseite.

»Warum sagen Sie das?« fragte Grace. »Das klingt fast, als

mißtrauten Sie Santini, dem NIS und den Leuten auf dem Stützpunkt.«

Dan blieb auf dem Bürgersteig stehen und schaute sie an. »Ich weiß nicht genau, ob ich Santini oder irgendeinem auf dem Stützpunkt traue. Sie ärgern sich aus verschiedenen Gründen über unsere Anwesenheit, aber sie sind absolut bereit zusammenzuhalten, wenn es gegen uns geht. Für sie dient alles, was sie herausfinden, dazu, den Stützpunkt oder den NISRA schlecht aussehen zu lassen, und deshalb erwarte ich nicht viel Hilfe.«

Sie sah ihn an. »Das macht unsere Zusammenarbeit ziemlich peinlich. Wenn Sie dem NIS nicht trauen, können Sie logischerweise auch mir nicht trauen.«

»Das habe ich nicht gesagt, Grace.«

»Ich arbeite für den NIS. Sie arbeiten für OpNav. OpNav hat einen möglicherweise tödlichen Eröffnungszug im Schachspiel gegen den NIS gesagt, indem man Sie zum Leiter dieser Ermittlungen ernannt hat. Ich bin nicht überzeugt, daß die Lösung dieses Falles für OpNav so wichtig ist wie das Torpedieren des NIS.«

Dan setzte den Weg in Richtung Werft fort. Grace folgte ihm und wartete auf eine Antwort. Er blieb wieder stehen.

»Okay. Ich verstehe, was Sie meinen. Sie haben vielleicht recht. Ich habe den Verdacht, daß aus Washingtoner Sicht der Machtkampf zwischen OpNav und NIS von größter Bedeutung und der Fall nur nebensächlich ist. Aber das ist um so mehr Grund für uns beide, unsere Nachforschungsergebnisse für uns zu behalten, jedenfalls für den Augenblick. Wenn wir in diesen Machtkampf verstrickt werden, gehen wir beide unter – dieser Kampf findet zwischen Leuten statt, die weit über unserer Besoldungsstufe stehen. Ich denke, die einzig sichere Vorgehensweise besteht darin, uns auf die Ermittlung zu konzentrieren und abzuwarten, wohin sie uns führt. Ich meine, was soll's, hier ist ein Offizier der Navy ermordet worden.«

Diesmal setzte Grace die Wanderung fort, während Dan ihr folgte und auf eine Antwort wartete. Er fragte sich, ob er sich in der Annahme, daß sie Partner sein könnten, geirrt hatte. Was die Karriere bei dieser Ermittlung betraf, riskierte sie möglicherweise erheblich mehr. Er konnte seinen Bericht schreiben und mit seiner Laufbahn bei der Navy weitermachen. Sie versuchte vielleicht, ihre Karriere zu retten. Dann sah er, daß sie nickte.

»In Ordnung«, sagte sie. »Das klingt vernünftig. Aber versprechen Sie mir eines: Wir führen die Ermittlung absolut ehrlich und offen durch, und keiner verschweigt dem anderen etwas. Und wenn OpNav etwas unternimmt oder fragt, was ausschließlich dem Machtkampf dient, lassen Sie es mich wissen. Und ich informiere Sie ebenfalls, okay?«

»Aber müssen Sie diese Art Information nicht an den NIS weiterleiten?«

»Verlangen Ihre Bosse bei der OpNav nicht das gleiche von Ihnen?«

Er erinnerte sich an Admiral Carsons Anweisungen – »Seien Sie wie E.T.« Er hatte den Befehl, in Washington nur anzurufen, wenn er etwas über den NIS und nicht über die Ermittlung zu berichten hatte. »Natürlich«, erwiderte er.

»Also gut. Wenn wir beide uns daran halten, kommen wir miteinander aus und halten die Ermittlung sauber. Was die großen Tiere mit unserem ›Nachrichtenmaterial‹ machen, ist ihr Problem.«

Dan erkannte die Logik. Das Sauberhalten der Ermittlung war ihr einziger Schutz. Er war ein Stabsoffizier, der eine JAG-Ermittlung durchführte, und sie eine Ermittlerin, die derzeit in der Personalabteilung arbeitete und ihren beruflichen Leumund wiederherstellen wollte.

»Sie haben absolut recht«, gab Dan zu. »Gott, das ist erschreckend.«

»Was ist erschreckend?«

»Eine Frau, die perfekt logisch denken kann.«

»Wozu normalerweise nur die Herren der Schöpfung

in der Lage sind«, sagte sie und lachte laut. Sie konnten das Haupttor der Werft ungefähr fünf Blocks vor ihnen sehen.

»Ich nehme an, Sie melden sich sofort beim Stützpunkt, oder?« fragte sie süß.

Dan stöhnte. »Es ist sechzehn Uhr. Eigentlich wollte ich Feierabend machen. Aber ich habe den Verdacht, daß ein paar Anrufe von meinen neuen Freunden auf dem Stützpunkt für mich eingegangen sind. McGonagle ist jetzt vielleicht wirklich unglücklich über mich.«

Als sie ins NIS-Büro zurückkehrten, wartete Santini auf sie. Der Rest des NIS-Personals machte Feierabend. Santini hatte eine Handvoll gelber Telefonnotizen für Dan und eine für Grace.

»Die Beliebtheit des Commanders«, meinte er und gab Dan die Zettel. »Der EA des Stützpunktes will, daß Sie sich melden. Die Pressekonferenz war offenbar ein ziemlicher Streß. Lieutenant Commander McGonagle ist im Augenblick nicht gerade glücklich.«

»Das kann ich mir vorstellen«, sagte Dan. »Grace, gehen Sie bitte durch, was Mr. Santini in den hiesigen Akten gefunden hat, während ich einige Telefonate erledige?«

Dan setzte sich an den Schreibtisch und las die Telefonnotizen. Die erste fiel ihm sofort ins Auge: Von Captain Manning, dem 06 EA. Eine andere Nachricht: ›Rufen Sie an‹. Vom EA des Stützpunktes und drei von McGonagle. Der Rest waren Anrufe von Journalisten. Er schaute auf seine Armbanduhr und beschloß, die EAs in der Reihenfolge ihrer Bedeutung anzurufen. Zuerst versuchte er, den 06 EA zu erreichen.

»Vice Admiral Laymans Büro, Senior Chief Preston am Apparat, Sir.«

»Senior Chief, hier ist Commander Collins in Philly. Kann ich Captain Manning sprechen?«

»Ich werde es versuchen, Commander«, sagte der Senior Chief. »Warten Sie bitte.« Eine Minute später meldete er sich wieder. »Er ist in einer Besprechung, Commander. Er bittet Sie, in einer halben Stunde noch einmal anzurufen.«

»In Ordnung. Wissen Sie, weshalb er mich sprechen wollte, Senior Chief?«

»Äh, nicht genau, Sir. Ich glaube, der EA des VCNO, Captain Randall, hat mit ihm telefoniert, aber ich weiß nicht, worum es ging.«

»Okay. Ich rufe in einer halben Stunde an.«

Dan legte auf, atmete tief durch, wählte die Nummer des Hauptquartiers und bat, mit dem EA verbunden zu werden.

»Er ist im Augenblick in einer Konferenz mit dem Admiral und dem PAO, Commander. Aber er sagte mir, daß der Admiral Sie unbedingt sehen möchte.«

Dan schnitt eine Grimasse. »Das kann ich mir vorstellen, Yeoman Hardy. Mal sehen, ob ich ein paar Beruhigungstropfen für ihn auftreiben kann, und dann komme ich gleich rüber.«

Der Verwaltungsunteroffizier lachte. »Unter uns, Commander, der Admiral brüllt zwar viel herum, aber er ist eigentlich ein ziemlich netter Kerl.«

»Okay, Hardy. Ich bin im NIS-Büro. Ihr Jungs seid gleich nebenan, ist das richtig?«

»Jawohl, Sir. Zweiter Stock, am Ende des Flurs in Richtung Fluß.«

Dan fand Grace zusammen mit Santini in dessen Büro. »Der Admiral wünscht das Vergnügen meiner Gesellschaft auf seinem Schafott«, erklärte er Grace. »Möchten Sie mich begleiten?«

»Eigentlich nicht, aber ich komme trotzdem mit«, sagte Grace und nahm ihre Handtasche. »Wir sind hier fertig. Carl, ich nehme an, wir sehen uns morgen früh«, fügte sie an Santini gewandt hinzu.

Als sie die Treppe hinuntergingen, fragte Dan, was Santini herausgefunden hatte. Grace blieb in der Halle stehen, um ihr Notizbuch zu Rate zu ziehen. Dan wurde klar, daß er ebenfalls eines brauchte.

»Nicht viel. In den hiesigen NIS-Akten gibt es einen Bericht über das Verschwinden des Offiziers, aber laut Carl keinen Hinweis auf irgendeine andere Ermittlung. Bei einer Rechnungsprüfung fand man alles in Ordnung. Die Akte enthält das Standardformular für die Vermißtenmeldung nach dreißig Tagen und eine Kopie, mit der die Personalabteilung Lieutenant Junior Grade Wesley Hardin zum Deserteur erklärte.«

»Hat der NIS im Zusammenhang mit Hardins Verschwinden damals jemanden befragt?«

»Nein, obwohl eine Notiz angeheftet war, daß eine Mrs. Hardin angerufen hatte und ein Mr. Kent Friedman vom Außenbüro den Anruf entgegennahm. Aber keine Information.«

»Verdammt. War Hardin verheiratet?«

»Das weiß ich nicht. Ich hoffe, er war es nicht.«

15

Sie verließen das Verwaltungsgebäude der Werft und gingen nach nebenan zum Hauptquartier des Stützpunktes, ein dreigeschossiges Backsteingebäude, das von der industriellen Verschmutzung fast schwarz war. Dan wollte Grace fragen, ob Santini ehrlich zu ihr gewesen war, doch er entschied sich dagegen, als sie das Hauptquartier betraten.

Die Halle war ausgestattet wie das Achterdeck eines Schiffes, mit einem großen Steuerrad aus Holz, Flaggen in hölzernen Halterungen, Fotos von früheren Kommandanten des Stützpunktes; eine ganze Wand zeigte Bilder von Schiffen, die auf der Werft Philadelphia gebaut oder überholt worden waren. Auf einer Seite stand ein Empfangspult, aber keiner hatte dort Dienst. Sie gingen die breite Treppe hinauf in den zweiten Stock, über einen mit Linoleum ausgelegten Flur, vorbei an einer Reihe stiller und dunkler Büros bis zum Vorzimmer des Admirals am anderen Ende. Dan öffnete die Glastür und trat zur Seite, um Grace den Vortritt in den Empfangsbereich zu lassen.

Ein Verwaltungsunteroffizier, hinter dessen Schreibtisch sich eine Schwingtür befand, arbeitete an einem veralteten Computer. An den beiden anderen Schreibtischen saß niemand. Der Mann blickte auf, und ihm wurde klar, wer die Besucher waren.

»Commander Collins? Ich bin Yeoman Hardy.«

»Dies ist Miss Snow vom NIS, Hardy. Wir möchten zum Admiral. Aber bevor wir in sein Büro gehen, muß ich Sie um einen Gefallen bitten. Würden Sie bitte unter dieser Nummer – das ist das Büro OP-06 im Pentagon – dem EA ausrichten lassen, daß ich gleich nach meinem Besuch bei Admiral Bostick anrufen werde?«

»Wird gemacht, Commander. Ich melde Sie eben an.«

Das brauchte er jedoch nicht. Lieutenant Commander VanSladen kam durch die Schwingtür und forderte sie mit einer Geste auf, ins Büro des Admirals zu kommen. Dan stellte erfreut fest, daß VanSladen aussah, wie er am Telefon klang: etepetete, selbstgefällig und relativ klein. Es überraschte ihn, wie feudal das Büro des Admirals ausgestattet war – dicker roter Teppich, Schreibtisch und Schränke aus Mahagoni, ein riesiges Fenster, das einen beeindruckenden Blick auf den Delaware River, die Werft und den oberen Teil des Hafengebietes bot. Vor einer Wand, an der Gemälde hingen, stand ein langer Konferenztisch, umgeben von Stühlen. Der Admiral, in blauer Uniform minus Rock, saß am Kopfende des Tisches, und Lieutenant Commander McGonagle, die mitgenommen wirkte, saß in einem der Stühle an der Seite. Der große Fernsehapparat in der Ecke des Büros war eingeschaltet, lief jedoch ohne Ton. Der Admiral, ein älterer kleiner Mann mit weißem Haar und bleistiftdünnem Schnurrbart, sah Dan Collins und dann Grace Snow über seine Halbbrille hinweg prüfend an.

»Sie sind die Leute aus Washington?« fragte er, und er klang verärgert.

»Jawohl, Sir«, antwortete Dan und kam dem Versuch des EAs, sie vorzustellen, zuvor. »Ich bin Commander Dan Collins von OpNav, und das ist Miss Grace Snow vom Hauptquartier NIS.«

Der Admiral stieß einen Grunzlaut aus, forderte sie jedoch nicht auf, Platz zu nehmen. Der EA setzte sich wieder und lächelte blasiert.

»Commander«, sagte der Admiral und nahm die Brille ab. »Warum waren Sie entgegen meiner Anweisung nicht auf der Pressekonferenz?«

»Wir haben im Zusammenhang mit der Ermittlung Leute befragt, Admiral. Als wir damit fertig waren, war die Konferenz vorüber.«

Der Admiral schüttelte den Kopf. »Ich will Ihnen mal was sagen, junger Mann. Solange Sie in meinem Verantwortlichkeitsbereich operieren, will ich, daß Sie genau dort sind, wo ich Sie erwarte, oder mir Gründe für Ihre Abwesenheit nennen, und zwar im voraus, verstanden?«

Dan reichte es. Er hatte gedacht, dieses Thema sei erledigt. »Admiral, haben Sie Admiral Carson oder Admiral Layman gesprochen?«

»Nein. Und das habe ich auch nicht vor, nur weil Sie meinem EA vorschlugen, dies zu tun.«

Dan nickte. »Admiral, ich führe eine JAGMAN-Ermittlung in einem Fall durch, der anscheinend ein Mordfall ist. Ich wurde auf Befehl des Vice Chief of Naval Operations zum Ermittlungsoffizier ernannt. Ich habe den VCNO nicht um diese Verwendung gebeten. Aber, Sir, wenn es Ihre Intention ist, über meine Zeit und meine Aktivitäten während meiner Anwesenheit hier zu bestimmen, muß ich dem Navy JAG berichten, daß meine Ermittlung vom ComNavBase Philadelphia manipuliert wird. Ich habe genaue Befehle vom OP-06 hinsichtlich einer Beeinflussung dieser Ermittlung.«

Es wurde totenstill. Dan glaubte Grace scharf einatmen zu hören.

Die Kinnlade des EA fiel nach unten, und der Admiral starrte Dan an, der zurückstarrte. Er wußte, daß er sich als Commander einem Konteradmiral gegenüber respektlos verhalten hatte, aber er wußte auch, daß der Admiral und sein Stab ihn schikanieren würden, bis er aufgab, wenn er nicht jetzt für klare Verhältnisse sorgte. Der Admiral blinzelte. Er öffnete den Mund, wie um etwas zu sagen, doch dann preßte er die Lippen aufeinander und schaute einen Moment lang auf die Tischplatte.

»Okay«, sagte er schließlich. »Ich habe verstanden. Die Ermittlung darf natürlich nicht beeinträchtigt werden.« Dan spürte, daß sich alle etwas entspannten. »Aber ich *muß* das Vorgehen des PAO mit Washington koordinieren«, fuhr der Admiral fort. »Mit dem CHINFO. Wollen Sie an dieser Koordination teilnehmen oder nicht?«

Dan wollte gerade zustimmen, als Grace Snow das Wort ergriff. »Wir nehmen nicht teil, Admiral. Was wir brauchen, ist eine möglichst vollständige Abschirmung vor den Medien. Wir möchten Lieutenant Commander VanSladen bitten, unsere Namen und Telefonnummern nicht mehr an Pressemitglieder weiterzugeben.«

Der Admiral blickte zu seinem EA und sah dann wieder Grace an. Dan bemerkte, daß der EA verlegen wirkte. Eins zu null für Grace.

»Und Sie sind, Miss …«

»Mein Name ist Grace Ellen Snow, Admiral, GS-15 beim NIS. Ich bin Verbindungsperson zwischen Commander Collins und dem NIS.«

Der Admiral lehnte sich zurück. »Ich bin verwirrt«, sagte er. »Führt nun NIS diese Ermittlung durch oder OpNav?«

»Ich bin der alleinige Leiter der JAGMAN-Ermittlung, Admiral«, warf Dan ein. »Der NIS gewährt mir Unterstützung.«

»Kann ich diesen Aspekt an die Medien geben?« fragte

McGonagle. »Es liegt eine diesbezügliche Anfrage von CBS vor.«

»Nein«, sagte Dan, nachdem Grace leicht den Kopf geschüttelt hatte. »Ich schlage vor, daß Commander McGonagle mich jeden Tag um vierzehn Uhr konsultiert, solange wir hier sind. Ich werde ihr Fakten nennen, die meiner Ansicht nach bekanntgegeben werden können. Sie kann diese mit dem CHINFO in Washington abstimmen, und die Abteilung Öffentlichkeitsarbeit der Navy kann entscheiden, welche sie zur Veröffentlichung freigibt und welche nicht. Sie, Sir –«, er wies auf den Admiral, »– würden natürlich Kenntnis von den Fakten erhalten, die zur Veröffentlichung vorgeschlagen werden. Und wenn wir etwas herausfinden, das man als sensationell bezeichnen kann, werden wir Ihr Büro sofort informieren – durch Commander McGonagle.«

Der Admiral nickte, etwas besänftigt durch Dans mittlerweile wieder respektvolle Behandlung. Jeder anwesende Offizier wußte, daß der Admiral auf diese Weise sein Gesicht wahrte.

»Wie ist der derzeitige Stand?« fragte der Admiral.

Dan faßte die Fakten des Falles bis zur Stunde zusammen und verschwieg das Gespräch mit Gutowski.

»Uns sind sozusagen die Hände gebunden, solange uns die offiziellen Ergebnisse der Autopsie nicht vorliegen«, schloß Dan. »Wir müssen auch die Personalakte des Opfers studieren. Wir haben es wahrscheinlich mit einem Mordfall zu tun, aber noch keinen Anhaltspunkt für ein Motiv. Wir denken, daß jemand den Lieutenant ermordet und seine Leiche dann in ein Schiff ohne Sauerstoff geschafft hat. Es war nur Zufall, daß sie überhaupt entdeckt wurde. Als dieses Schiff zum letzten Mal eingemottet wurde, war es für fast vierzig Jahre.«

»Jemand wollte ihn also nicht nur ermorden, sondern auch seine Leiche für eine kleine Ewigkeit verstecken.«

»Jawohl, Sir, so sieht es aus. Aber wir haben noch keine Fakten, um diese oder andere Rückschlüsse zu untermauern.«

»Wie sieht Ihr Plan aus?«

Bevor Dan antworten konnte, steckte der Verwaltungsunteroffizier den Kopf ins Büro.

»Commander Collins, da ist ein Anruf vom Büro des DCNO Planungen und Taktik für Sie.«

Dan entschuldigte sich, ging ins Vorzimmer und nahm das Gespräch entgegen. Grace blieb im Büro des Admirals. Dan konnte sie reden hören, als er nach dem Hörer griff.

»Commander Collins, Sir.«

»Hier ist Captain Manning. Ich erhielt einen Anruf von Captain Randall.«

»Vom EA des VCNO?«

»Das ist richtig. Der EA des CHINFO rief im VCNO-Büro an und teilte mit, daß Ihre Ermittlung öffentlich bekannt geworden sei. Er wollte wissen, was Sie bis jetzt erreicht haben.«

Dan gab ihm einen Lagebericht und erwähnte auch ihm gegenüber nichts von Gutowskis Theorie.

»Sind die dortigen Stellen kooperativ?«

»Der NIS behindert mich nicht offen, obwohl die Akten in diesem Fall anscheinend ziemlich dünn sind. Der Stützpunkt versuchte, die Nase in den Fall zu stecken, aber ich denke, ich habe das unter Kontrolle.«

»Der Stützpunkt? Muß da jemand einschreiten?«

»Nein, Sir, das glaube ich nicht, jedenfalls nicht zum jetzigen Zeitpunkt. Das Wichtigste im Moment ist, die Medien von mir oder der Ermittlung fernzuhalten. Ich habe vor, dem PAO des Stützpunktes jeden Tag einige Fakten weiterzugeben, die meiner Meinung nach veröffentlicht werden können, und sie mit dem CHINFO koordinieren zu lassen, so daß es Verlautbarungen der Navy sind anstatt Erklärungen von mir.«

»Das klingt intelligent. Aber Sie sind ziemlich sicher, daß es ein Mordfall ist?«

»Jawohl, Sir. Lieutenant Hardin ging nicht aus eigenem Antrieb in dieses Kriegsschiff.«

»Woher wissen Sie das?«

»Dort unten gibt es keinen Sauerstoff. Das Schiff ist vom Hauptdeck abwärts mit Stickstoff gefüllt.«

Captain Manning schwieg einen Augenblick. »Ich verstehe«, sagte er dann. »Sehr gut. Haben Sie mir sonst noch etwas mitzuteilen?«

»Nein, Sir. Die Personalabteilung kümmert sich um die Beschaffung der Akten und die Ernennung des CACO – Hardins Familie wohnt in Washington. Wir überprüfen die NIS-Akten, während wir auf den Autopsiebericht warten.«

»Sehr gut«, wiederholte Manning, und dann unterbrach er ohne ein weiteres Wort die Verbindung. Dan betrachtete einen Moment den Telefonhörer. Auf Wiedersehen und ebenfalls schönen Tag noch, Captain Großkotz, dachte er. Alle EAs, die er bisher kennengelernt hatte, verhielten sich wie Manning. Das Dumme war, daß die meisten von ihnen auf der Drei- oder Vier-Sterne-Stabsebene nach ihrem Dienst als EA in die Auswahl der Flaggschiffe kamen und selbst Sterne erhielten, und so basierte ihre Arroganz auf Erwartungen. Sein eigener Boß, Captain Summerfield, stellte eine bemerkenswerte Ausnahme dar – er war EA des Vizechefs, dem Vorgänger des derzeitigen Amtsinhabers, Admiral Torrance, gewesen. Gerüchten zufolge war Summerfield absichtlich nicht Flaggoffizier geworden, weil seine Frau im zweiten Jahr seiner Verwendung einen Schlaganfall erlitten hatte, was auch der Grund dafür war, daß er jetzt einen wenig aufreibenden Job als Abteilungsleiter bei OP-614 hatte.

Dan blickte auf seine Armbanduhr. Es ging auf achtzehn Uhr zu. Er kehrte ins Büro des Admirals zurück. Alle sahen sich die regionalen Abendnachrichten im Fernsehen an, in denen über die Leiche im Kriegsschiff berichtet wurde. McGonagles vorbereitete Erklärung war knapp und beschränkte sich strikt auf Fakten, und der Sender spielte dreimal ihre ›Kein-Kommentar-Antwort‹ auf Fragen ab, bevor der Reporter wieder eingeblendet wurde und haarsträubende Spekulationen von sich gab. Der Admiral schaltete den Ton aus.

»Ich sehe, wir werden nicht nur vorübergehend in diesem Fall erwähnt«, bemerkte er.

»Ich schlage vor, daß Sie alle weiteren Fragen der Medien direkt an den CHINFO in Washington weiterleiten«, sagte Grace. »So können Sie sie mit Informationen füttern, aber der CHINFO muß dafür geradestehen.«

»Darauf können Sie sich verlassen«, sagte McGonagle.

»Admiral, wenn wir hier fertig sind ...«, sagte Dan.

»Ja, das denke ich. Ich weiß nicht, was ich noch sagen soll, außer daß Sie mich bitte auf dem laufenden halten, so gut Sie können.«

»Das habe ich verstanden, Admiral. Wir werden unser Bestes tun. Aber wir können nicht all die Informationsquellen unter Kontrolle halten. Ich habe den Verdacht, daß das Personal der Ambulanz die Medien unterrichtet hat.«

»Richtig. Ich versichere Ihnen, mir ist dieses Problem besser bekannt, als es Ihnen jemals sein wird, Commander. Außer, Sie leiten selbst mal einen Stützpunkt, meine ich.«

16

Auf Grace' Vorschlag hin fuhren sie mit Dans Wagen zum nächsten McDonald's auf der South Broad Street, um zu Abend zu essen, und beschlossen, in dem vollen Lokal nicht über den Fall zu sprechen. Danach wollte Dan im Offiziersclub ein Bier trinken, der wie gewöhnlich bis auf ein paar Unermüdliche an der Bar fast verlassen war. Sie setzten sich an einen Tisch in einer Ecke. Dan fragte Grace nach der einzigen Nachricht, die man ihr im NIS- Büro hinterlassen hatte.

»Es war meine Version Ihrer E.T.-Botschaft«, sagte sie. »Doug Englehardt wollte den neuesten Stand wissen.«

»Ich hatte eine telefonische Audienz bei dem EA des 06«, berichtete Dan. »Er erhielt offenbar eine Rückfrage vom EA des VCNO.«

»Diese EAs spinnen die Fäden, nicht wahr?« bemerkte Grace.

»Ich bin mir nie sicher, ob ich es mit einem Navy Captain oder dem Surrogat eines Vice Admirals zu tun habe, wenn ich mit Manning rede – das ist der EA des 06. Der Typ ist ein wahres Bündel an Persönlichkeit.«

Grace drehte langsam ihr Glas zwischen den Händen. Sie kannte einen EA, der genauso war. »Admiral Keeler – das ist der Leiter des NIS – hat einen EA«, erklärte sie. »Captain Rennselaer. Kein umgänglicher Typ, einer von der Sorte, die sich für etwas Besseres hält. Ich denke, er hatte bei meiner internen Wiederverwendung die Hand im Spiel. Jedenfalls konnte Doug Englehardt nichts Besonderes berichten. Es ist ein frühes Stadium, nehme ich an.«

Dan nickte. »Ich bin überzeugt, daß Santini Sie auf dem laufenden hält für den Fall, daß Sie sich durch den engen Umgang mit einem Teufel von OpNav verderben lassen.«

»Wahrscheinlicher ist, daß sie seine Meldungen mit meinen vergleichen. Ich habe heute auch mit Bobby Booker gesprochen, ihn ersucht, unsere Anfrage mit Vorrang zu bearbeiten. Er sagte, im Datenzentrum habe man wenig optimistisch auf seine Bitte um Beschleunigung reagiert.«

»Booker ist ein Kumpel von Ihnen?«

»Sozusagen. Ja, das ist er. Ich habe bei einem häßlichen rassistischen Streit Partei für ihn ergriffen. Er hat verloren, was zumindest teilweise seine Schuld war, aber ich bin zum ersten Mal als Unruhestifterin aufgefallen. Er ist ein Produkt der Straßen Washingtons – sehr gerissen, vorsichtig und energisch. Er verbringt fast all seine Zeit im Hauptquartier. Irgendwann hat er mir anvertraut, er könne nicht glauben, daß er dort einen Job bekommen hat, und er wisse nicht viel mit dem Feierabend anzufangen, weil er kein richtiges

Zuhause habe. Aber wenn er fürs NIS-Hauptquartier arbeitet, ist er ein regelrechter Spürhund.«

»Und er kann Ihnen einen Tip geben, wie die großen Tiere auf diese Ermittlung reagieren?«

»Ja. Das wird vielleicht sehr hilfreich sein. Aber vergessen Sie nicht, ich war etwas verdächtig, bevor ich diesen Auftrag erhielt.«

»Ich frage mich, ob mir die verschiedenen Spieler auf meiner Seite alles sagen, was sie wissen. Verdammt, es wird kompliziert.«

Grace lächelte und wechselte das Thema. »Erinnern Sie sich an unser Gespräch über eine mögliche Verbindung des Hardin-Falles zum Mob? Sie meinten, ein Lieutenant Junior Grade sei zu rangniedrig, um die Aufmerksamkeit des organisierten Verbrechens auf sich zu ziehen. Aber nun behauptet dieser Gutowski, es sei bestellter Mord gewesen. Sehen Sie die Sache jetzt anders?«

Dan dachte darüber nach. Es war ihm nicht entgangen, daß sie die Unterhaltung von ihrer politischen Beziehung abgelenkt hatte.

»Ich sagte das in dem Zusammenhang mit der Tatsache, daß ein junger Offizier etwas entdeckt hat, das dem Mob unangenehm sein könnte, und ein Junior Grade ist wahrscheinlich nicht dazu in der Lage. Bei einem Offizier, der persönlich verstrickt in Drogen oder Glücksspiel ist – etwas, das ihn erpreßbar und für Kredithaie interessant macht –, ist das eine andere Sache. Wir müssen diesen Aspekt untersuchen, wenn wir die Identifizierung bestätigt bekommen, und dann versuchen, mit Kameraden zu sprechen, die mit ihm auf der *Luce* gedient haben.«

»Sie sagten, das wird schwierig.«

»Ja. Das Schiff ist außer Dienst gestellt, und Crews und Offiziere verstreuen sich in zwei Jahren. Wir werden hier vielleicht keinen von der *Luce* finden.«

»Und die Akten und seine Familie sind in Washington, nicht wahr?«

»Ja. Ah, ich verstehe, worauf Sie hinauswollen. Wenn wir die Fakten über die Umstände seines Todes haben, dann muß der Rest der Nuß in D. C. geknackt werden.«

Grace nickte. »Ich bin auch der Meinung, daß wir uns ein Bild von Lieutenant Hardins Charakter machen müssen, bevor wir uns über Motive und Verdächtige Gedanken machen. Was Hardin widerfahren ist, kann vermutlich festgestellt werden. Aber herauszufinden, *warum* es geschehen ist, wird der harte Teil sein.«

Sie nahm ihre Handtasche und erhob sich. »Jetzt bin ich müde. Ich danke Ihnen für das phantastische Feinschmeckermahl des Abends. Sehen wir uns am Morgen im NIS-Büro, sagen wir um acht?«

»Prima«, erwiderte Dan. »Ich denke, ich werde mir noch ein Bier genehmigen. Ich kann noch nicht ganz abschalten.«

Grace lächelte, als sie den Offiziersclub verließ und über den Parkplatz zum Quartier für ledige Offiziere ging. In ihrem Zimmer entkleidete sie sich und beschloß, die Dusche auszuprobieren. In den Rohren pochte es, und das Wasser war etwas bräunlich vom Rost, aber es war wenigstens warmes Wasser. Sie hatte Dan nicht die ganze Wahrheit über die Anfrage im Hauptquartier erzählt. Bobby hatte ihr mitgeteilt, daß das Datenzentrum seine Bitte rundweg abgelehnt habe. Die Leiterin hatte dramatisch über den Gang zum Büro des Admirals gewiesen und Bobby gesagt, daß sie ihre Anweisungen von Rennselaer persönlich habe.

»Um Himmels willen«, hatte Grace am Telefon ausgerufen. »Dann werden wir ja nie irgendwelche Informationen erhalten.«

»Nur die Ruhe«, hatte Bobby erwidert. »Latonya hat die Nachtschicht im Datenzentrum. Wir sind befreundet. Ich werde an Material herankommen.«

Als Grace sich abtrocknete, dachte sie an Dan Collins. Es war ihr leicht peinlich, daß sie so gesprächig gewesen war. Sie hatte ihm mehr als nötig über ihre Vorgeschichte und ihr Privatleben erzählt, und sie fragte sich, warum. Vielleicht lag es an der Aura von Verletzlichkeit, die ihn umgab. Er war klug genug, um die Konturen des Kompetenzkampfes zu erkennen, aber vielleicht ein bißchen zu naiv, um sich vorzustellen, wie häßlich und sogar persönlich die Sache werden konnte. Vielleicht traf dies auf das Offizierskorps nicht zu. Sie hatte andere Marineoffiziere kennengelernt; sie alle hielten sich anscheinend für Garanten von persönlicher Ehre und Integrität, für die etwas derart Triviales wie bürokratische Macht unter ihrer Würde war. Sie wußte nur zu gut, daß zivile Staatsbeamte diese Dinge viel ernster nahmen, und sie ahnte, daß das NIS-Hauptquartier in diesem Fall entschlossen war, auch mit schmutzigen Tricks zu arbeiten. Selbst Doug Englehardt, der jedem Mentor näher kam, den sie jemals beim NIS haben würde, konnte sie nicht ganz vertrauen, besonders weil er an ihr sowohl persönlich als auch beruflich interessiert war. Sie hatte einige seiner Annäherungsversuche abgewiesen, und jetzt, da sie einen Freund im oberen Management brauchte, spürte sie, daß Englehardt sie, ohne mit den Wimpern zu zucken, fallenlassen würde, wenn er die Wahl hätte, seinen Job zu behalten oder ihren zu retten.

Dan erwachte früh am Donnerstagmorgen. Er stellte fest, daß es ein schöner, sonniger Tag werden würde, und entschloß sich, eine Runde auf dem Stützpunkt zu joggen. Als er das Quartier für ledige Offiziere verließ, begegnete er Grace Snow, die offensichtlich die gleiche Idee gehabt hatte. Sie trug einen grauen Pullunder, eine Jogginghose sowie teuer aussehende Turnschuhe, und sie machte einige interessante Dehnungsübungen. Zweifellos sehr weiblich und reizvoll. Dan genoß den Anblick einen Moment lang, bis sie ihn bemerkte und sich mit leicht gerötetem Gesicht aufrichtete.

»Guten Morgen«, rief er. »Ich hielt Sie nicht für eine Joggerin.«

»Warum, sehe ich so verweichlicht aus?« Sie strich ihr Haar zurück.

»Überhaupt nicht. Nun, vielleicht. Ich meine ...« Er verstummte verwirrt, als ihm klar wurde, daß sie über ihn lachte.

»Ah, vergessen Sie's«, sagte sie. »Möchten Sie Gesellschaft?«

»Klar.« Er wärmte sich auf, und dann joggten sie in flottem Tempo die äußere Straße des Stützpunktes hinunter, die an den verlassenen Start- und Landebahnen eines Marineflughafens entlangführte, der jetzt außer Betrieb war, und hinab zum Delaware River, wo sie einigen anderen Joggern begegneten, die sich über den vielversprechenden Aprilmorgen freuten. Grace hielt problemlos mit ihm Schritt und strafte seine Annahme Lügen, daß sie nicht das Tempo eines Mannes mithalten konnte, der fünf Meilen genauso mühelos lief, wie die meisten Männer um einen Block wanderten. Sie umrundeten den ehemaligen Flugplatz und joggten zurück, wobei sie den Anblick des Sonnenaufgangs über den glänzenden Stahlkonstruktionen der Raffinerien jenseits des Flusses genossen. Als sie schließlich den Hauptbereich des Stützpunktes erreichten und in Schrittempo verfielen, mußte Dan sich bemühen, Grace nicht anzustarren. Ihr Körper weckte in ihm ein Verlangen, das er seit Jahren nicht mehr so stark empfunden hatte. Er stellte sich vor, daß ihr Gesicht ebenso beim Sex erhitzt und entspannt aussehen würde. Der Gedanke überraschte ihn. Wenn sie sein Interesse wahrnahm, ließ sie sich das nicht anmerken.

Sie verabredeten sich für halb acht im NIS-Büro. Als Dan dort eintraf, berichtete Santini, daß jemand vom Büro des Leichenbeschauers angerufen habe, es gebe einen vorläufigen Autopsiebericht, außerdem seien die ärztlichen und zahnärztlichen Akten von der Navy angefordert worden. Da Dan keine Lust hatte, das Leichenschauhaus aufzusuchen, um mit dem Leichenbeschauer persönlich zu sprechen, nahm er Santinis Angebot wahr, den vorläufigen Bericht per Fax übermitteln zu lassen. Dann rief er den Master Chief von der Personalabteilung an, um sich nach den Akten zu erkundigen.

»Wir haben noch nichts, Commander. St. Louis sagt, daß daran gearbeitet wird.«

»Ist es möglich, die Freigabe der zahnärztlichen Akten zu beschleunigen? Wir brauchen sie für die Bestätigung der Identifizierung.«

»Ich weiß, aber bei diesem Haufen würde ich empfehlen, bei allen Akten Dampf zu machen. Wenn Sie eine zweifelsfreie Identifizierung haben wollen, gibt es eine Alternative.«

»Welche?«

»Bitten Sie den CACO, ein Familienmitglied nach Philly zu bringen.«

»Toll, Master Chief«, lobte Dan. »Daran habe ich gar nicht gedacht. Die Leiche ist ... nun, sie ist zwar nicht verstümmelt oder so, aber ... mumifiziert. Sieht aus wie aus dem Museum. Das könnte ein Alptraum für einen nahen Angehörigen sein.«

»Ich weiß nicht, Commander. Ich habe mit dem CACO gesprochen – eine Sie, Lieutenant Shea von NavSea drüben in Crystal City. Es gibt nur eine enge Hinterbliebene, und das ist Hardins Mutter. Ich habe den Eindruck, es ist wichtiger für sie zu erfahren, was mit ihrem vermißten Sohn geschehen ist, als ihr den Anblick der Leiche zu ersparen. Möchten Sie mit dem CACO reden?«

»Ja, ich glaube, das sollte ich.«

Der Master Chief gab ihm Lieutenant Sheas Telefonnummer, und Dan wählte sie, als Grace mit zwei Bechern Kaffee zu seinem Schreibtisch kam. Dan informierte sie, wen er anrief, während das Telefon am anderen Ende der Leitung klingelte, und forderte sie mit einer Geste auf, am Nebenapparat mitzuhören. Lieutenant Shea meldete sich. Dan stellte sich vor und fragte sie, was sie davon halte, Mrs. Hardin zur Identifizierung ihres Sohnes nach Philly zu begleiten. Zu seiner Überraschung stimmte Lieutenant Shea sofort zu.

»Ich denke, das sollten wir tun, Commander«, meinte sie. »Aber ich muß Sie warnen. Sie ist eine ziemlich harte Dame, und sie zeigt sich sehr feindselig gegenüber der Navy.«

»Haben Sie eine Ahnung, warum?«

»Nun, Sir, sie hatte zwei Kinder, einen Sohn und eine Tochter. Beide waren bei der Navy.«

»Und?«

»Und beide sind tot.«

»Können Sie das noch mal sagen?« Dan sah, daß Grace etwas notierte, und eine verschwommene Erinnerung begann in seinem Kopf Gestalt anzunehmen.

»Beide sind tot«, wiederholte Lieutenant Shea. »Die Tochter war Lieutenant beim CHINFO; sie starb bei einem Verkehrsunfall mit Fahrerflucht. Der Fahrer wurde nie ermittelt. Das war vor zwei Jahren. Und dann verschwand ihr Sohn, ungefähr zwei Wochen später. Ein Master Chief brachte mich auf die Idee, das zu überprüfen, bevor ich die Familie besuchte, und das ist die Geschichte.«

Dann erinnerte sich Dan: Lieutenant Commander McGonagle hatte erwähnt, sich an den Namen Hardin zu entsinnen. Darüber hatte er sogar Manning informiert. Er schüttelte den Kopf. Er sollte sich Einzelheiten notieren.

»Richtig«, sagte er. »Der PAO hier wußte etwas darüber. Ich hatte es vergessen.«

»Nun, Sir, ich habe die Mutter, Mrs. Hardin, zweimal besucht. Sie war unfreundlich, und ich nahm zuerst an, es liege an unserer unterschiedlichen Hautfarbe, doch jetzt sehe ich das anders. Ich gewann den Eindruck – und mehr ist es nicht, Commander, ein Eindruck, okay? Ich habe keine Fakten. Aber ich glaube, sie ist der Meinung, die Navy habe irgend etwas mit dem Tod ihrer Tochter zu tun und vertusche etwas über ihren vermißten Sohn – oder habe vielleicht nie richtig ermittelt.«

»Etwas vertuschen bei einem Verkehrsunfall? Aber warum? Und wie hat sie die Nachricht aufgenommen, daß wir ihren Sohn vielleicht gefunden haben?«

»Es war, als fühle sie sich in einem Verdacht bestätigt. Sie äußerte sich mit häßlichen Worten darüber, wie lange wir, die Navy, die Sache vertuscht haben, so in dieser Art. Sie ist sehr verärgert und äußerst mißtrauisch.«

»Sie haben mein Mitgefühl, Lieutenant. Es ist schon hart genug ohne dieses Problem, CACO zu sein.«

»Im Handbuch steht, daß die Hinterbliebenen auf unterschiedliche Arten reagieren, und dies ist wohl eine davon. Was soll ich machen, Commander? Ich möchte diese kleine Verwendung hinter mich bringen, wenn Sie verstehen, was ich meine.«

»Nun, wir sind an einem Punkt angelangt, an dem wir wirklich eine positive Identifizierung brauchen. Lassen Sie mich mit meinem, äh, den Leuten hier sprechen. Ich rufe gleich wieder an.«

Dan legte den Hörer auf und schaute zu Grace hinüber. Er hätte am Telefon fast ›Partner‹ gesagt, doch dann war ihm eingefallen, daß sie mithörte, und er hatte sich im letzten Augenblick anders besonnen. Nachdem Grace zu seinem Schreibtisch zurückgekommen war, erzählte er ihr, daß der Leichenbeschauer einen vorläufigen Autopsiebericht per Fax schicken würde, eine zweifelsfreie Identifizierung ohne zahnärztliche Akten jedoch nicht machen könne.

»Haben Sie deshalb vorgeschlagen, daß die Mutter hier rauf kommt?«

»Ja. Aber bedenken Sie Madam CACOs Worte – es könnte noch peinlicher als normalerweise üblich werden. Ich bin ein bißchen besorgt wegen der Presse. Einige Nachrichten-Ghule finden heraus, daß sie hier ist, um ihren toten Sohn zu identifizieren, und dann tritt sie mit wilden Anschuldigungen gegen die Navy vor die Kameras und Mikrofone, verstehen Sie?«

Grace nickte. »Aber für die Ermittlung ist eine eindeutige Identifizierung nötig. Die Navy hat ein ganzes Pressekorps, um mit dem Problem fertig zu werden.«

Dan schüttelte den Kopf. »McGonagle wird uns jetzt regelrecht hassen. Okay, ich werde mich darum kümmern. Ich rufe den Master Chief von der Personalabteilung und Madam CACO an. Wie wäre es, wenn Sie zum Büro des Leichenbeschauers fahren, um ihn über unser Vorhaben zu informieren, und feststellen, wie diese Sache abgewickelt wird? Es ist noch früh; vielleicht können wir das noch heute erledigen.«

Eine Stunde später brachte die Sekretärin Dan den vorläufigen Autopsiebericht. Er bat sie, Miss Snow mitzuteilen, daß das erwartete Fax eingetroffen sei, und dann konzentrierte er sich auf den Bericht.

Nur vorläufiger Bericht; vollständige anatomische und toxikologische Untersuchungsergebnisse folgen. Schwarze männliche Person, Anfang bis Mitte Zwanzig. Todeszeitpunkt nicht schätzbar; Opfer muß seit mehr als einem Jahr tot sein. Leiche ausgetrocknet, aber ziemlich gut erhalten. Todesursache Ersticken nach vorherigem Schlag auf den Hinterkopf. Anzeichen auf Abbindungen an Armen und Beinen. Die Kopfverletzung führte zu Bewußtlosigkeit, jedoch nicht zum Tod …

Dan runzelte die Stirn, als er las, daß die Finger beider Hände stark abgeschürft und die Fingernägel gebrochen waren. Ellenbogen und Knie zeigten Anzeichen auf Quetschungen vor dem Tod. Der Grad der Austrocknung war nicht ganz vereinbar mit dem Aufenthalt der Leiche in einer Stickstoffatmosphäre. Nach Meinung der Pathologen war die Leiche ebenso abgezehrt wie vertrocknet.

Dan legte das Fax auf den Schreibtisch und dachte darüber nach. Nachdem er begriffen hatte, was die letzte Bemerkung bedeutete, setzte er sich steil auf. Abgezehrt? War er *verhungert*?

»Allmächtiger!« stieß er hervor.

»Was ist?« fragte Grace, als sie an seinen Schreibtisch trat.

»Lesen Sie das. Ich denke, der Pathologe sagt damit, daß Hardin lebte, als er in der Kesseltrommel eingeschlossen wurde.«

»Lebte? O Gott.« Grace wurde blaß. Sie ließ sich auf einen Stuhl sinken. Dan gab ihr den Bericht und griff zum Telefon. Er rief die Zentrale der Werft an und bat, mit dem Produktionsbüro verbunden zu werden. Eine zivile Sekretärin meldete sich. Dan stellte sich vor und fragte:

»Kann mir jemand bei Ihnen sagen, wann genau die *Wisconsin* außer Betrieb gesetzt wurde?«

»Bleiben Sie dran.«

Nach einer Minute ertönte die Stimme eines Mannes.

»George Warren, Commander. Ich arbeite für den Produktionsleiter. Sie möchten wissen, wann die *Wisconsin* außer Betrieb gesetzt wurde?«

»Ja, Mr. Warren. Können Sie mir sagen, wann das war?«

»Klar – im September 1991. Ich erinnere mich daran, weil die *Wisconsin* das letzte der Kriegsschiffe war, das man wieder in Betrieb setzte, und trotzdem das erste, das nach Desert Storm wieder eingemottet wurde. Jeder hielt das für ziemlich idiotisch.«

»Dazu möchte ich mich nicht äußern, Mr. Warren«, bemerkte Dan.

»Können Sie mir auch sagen, wann das Schiff mit Stickstoff gefüllt wurde? War das, als man es außer Betrieb setzte?«

»O nein, Sir, kaum. Es dauert eine Weile, bis ein Schiff eingemottet ist. Ganz abgesehen von den Formalitäten. Alle Tanks und Hohlräume müssen geleert, gereinigt und entlüftet werden, und es gibt ein paar hundert auf einem Sechzigtausend-Tonnen-Schiff. Dann müssen alle technischen Systeme und die Gefechtstürme versiegelt werden. Anschließend müssen die Alarmsysteme installiert und Leitungen für vorübergehende Beleuchtung im Schiff verlegt werden, das sind ein paar Kilometer Kabel und Lampen in all diesen Durchgängen. Sie müssen sich vor Augen halten, daß das Schiff beinahe so lang wie drei Fußballfelder und über zehn Meter breit ist, okay? Alle Luken müssen verschlossen und versiegelt werden. Es vergeht fast ein halbes Jahr, ehe das Schiff schlafen kann. Zuletzt wird es mit Stickstoff gefüllt, und der Austausch der Atmosphäre unter dem Hauptdeck dauert ungefähr zwei Wochen.«

»Jetzt habe ich eine Vorstellung, Mr. Warren«, erklärte Dan.

»Sagen Sie, geht es um diese Leiche, die man gefunden hat?«

»Ja. Ich bin der Ermittlungsoffizier. Und ich denke, was wir brauchen, sind genaue Daten über den Austausch der Atmosphäre – sowohl Beginn als auch Ende. Sind diese aus Ihren Unterlagen zu entnehmen?«

»Klar, aber dafür muß ich Zugang zu einigen Archiven haben. Geben Sie mir Ihre Telefonnummer?«

Dan nannte ihm die Nummer des NIS-Büros, bedankte sich und legte auf. Er schaute Grace an. »Nun?« fragte er.

»Ich denke, Sie haben recht. Wir haben angenommen, daß er in das Schiff gelegt wurde, *nachdem* man es mit Stickstoff gefüllt hatte. Aus dem Bericht geht hervor, daß er zu diesem Zeitpunkt lebte.« Sie erschauerte bei dem Gedanken.

»Wir werden es bald genau wissen. Wenn die Unterlagen belegen, daß der Stickstoff eingefüllt wurde, nachdem Hardin als vermißt gemeldet war ...«

»Wie schrecklich. Lebendig begraben!« Ihr schauderte wieder, als sie sich vorstellte, daß der Lieutenant in der Schwärze der Trommel eines stählernen Dampfkessels aus der Bewußtlosigkeit erwacht war. Drei Decks tief im Bauch eines verlassenen Kriegsschiffes.

Dan verbrachte den Rest des Morgens damit, seinen Bericht auf den neuesten Stand zu bringen, während Grace Einzelheiten der Überholung der USS *Luce* ausfindig machte, um die Daten und Umstände mit der mutmaßlichen Zeit des Mordes zu vergleichen. Madam CACO rief zu Mittag an und teilte mit, daß sie mit Mrs. Hardin am späten Nachmittag in Philadelphia eintreffen werde. Dan und Grace aßen im Offiziersclub zu Mittag und berieten sich anschließend mit den Mitarbeitern Santinis, um Nachforschungsergebnisse am Fundort der Leiche in den Ermittlungsbericht zu übertragen.

17

Um siebzehn Uhr hatten sich Grace und Dan im Empfangsbereich vom Büro des Leichenbeschauers des Philadelphia County in der University Avenue, gegenüber dem Schuylkill River, eingefunden. Da Mrs. Hardin erwartet wurde, trug Dan seinen blauen Dienstanzug, und Grace wirkte in einem schwarzen Kostüm mit Weste und hüftlangem Jackett sehr förmlich. Der CACO, Lieutenant Shea, hatte vom Flughafen aus angerufen, um ihre Ankunft zu avisieren, doch am Empfang hatte man Dan gesagt, daß es bis zu ihrem Eintreffen noch lange dauern könne, weil der Verkehr in der Gegend des Flughafens am späten Nachmittag schrecklich sei.

Die Frau an der Rezeption hatte ihnen die Prozedur bei der Identifizierung einer Leiche im Leichenschauhaus erklärt und den Leichenbeschauer über ihren Besuch informiert. In einer Ecke des Empfangsbereichs stand ein Fernseher, und Dan sah sich die Nachrichten an, während Grace noch einmal den vorläufigen Autopsiebericht las.

Warren von der Produktionsleitung hatte telefonisch bestätigt, daß der Austausch der Atmosphäre sieben Tage nach Hardins Verschwinden begonnen hatte. Dan seufzte wieder bei dem Gedanken daran. Der arme Kerl. Ein gefundenes Fressen für die Boulevardpresse, wenn das bekannt wurde. Aber bis jetzt wurde in den frühen Abendnachrichten nur ein einminütiger Bericht über die Leiche im Kriegsschiff gesendet. Lieutenant Commander McGonagle traf ein paar Minuten nach dem Ende der Nachrichten ein; sie wirkte besorgt.

»Irgendwie haben sie herausgefunden, daß die Mutter auf dem Weg hierher ist«, erklärte sie ohne Einleitung – mit ›sie‹ meinte sie offenbar die Medien. »Draußen steht ein Aufnahmewagen von Kanal zehn.«

»Na wunderbar«, brummte Dan und blickte zur Rezeption. »Hier hat vermutlich jemand geplaudert. Ich mußte allen sagen, daß sie kommt, denn sonst hätten wir kurz vor Geschäftsschluß keinen Termin mehr bekommen.«

McGonagle nickte und holte ihr Notizbuch hervor. »Ich werden versuchen, ihr genaue Anweisungen zu geben und sie durch die Tür begleiten, wenn es soweit ist. Vielleicht können wir das diskret über die Bühne bringen. Wenn wir Glück haben, wird nur dieser eine Fernsehsender hier sein.«

Dan erhob sich und ging zu dem Fernseher, um ihn auszuschalten.

»Ich weiß nicht, ob es klappt«, meinte er. »Offenbar ist Mrs. Hardin der Navy alles andere als freundlich gesinnt. Vielleicht *will* sie etwas Öl ins Feuer schütten. Und wir haben einige unangenehme Nachrichten vom Büro des Leichenbeschauers erhalten.«

McGonagle schlug erwartungsvoll ihr Notizbuch auf. Dan sah, daß die Frau am Empfang die Ohren spitzte. Er senkte die Stimme und unterrichtete McGonagle kurz über seine Gespräche mit dem CACO sowie den vorläufigen Autopsiebericht. McGonagle fluchte leise, als sie hörte, daß der Leutenant lebendig begraben worden war. Grace ergriff das Wort, nachdem Dan zu Ende berichtet hatte.

»Das werden wir seiner Mutter nicht mitteilen, oder?«

»Richtig, das teilen wir ihr nicht mit«, sagte Dan. »Ich möchte es so lange wie möglich geheimhalten. Vielleicht können wir es als interne Information darstellen – nur die Mörder können davon wissen, also veröffentlichen Sie es bitte nicht.«

»Netter Versuch«, bemerkte McGonagle. »Aber man wird sich sofort auf die Pressefreiheit berufen, wenn Sie versuchen, diese Meldung zurückzuhalten. Ich muß den CHINFO anrufen. Jetzt gleich.«

Grace sagte: »Dan, wir müssen bedenken, daß wir es mit einer Mutter zu tun haben, die herkommt, um ihren toten Sohn zu sehen. Ich weiß, daß wir alle uns Sorgen wegen der Medien machen müssen, aber ich schlage vor, daß Commander McGonagle sich darum kümmert, während Sie und ich uns darauf konzentrieren, die Barrieren einzureißen, die Mrs.

Hardin gegen die Navy aufgebaut hat. Ihre Kooperation kann entscheidend für unsere Ermittlung sein.«

Dan nickte, während McGonagle ein finsteres Gesicht machte. Aber Grace hatte recht – wieder einmal. Sie mußten sich auf die Ermittlung konzentrieren. McGonagle ging zum Fenster, schaute auf die Straße hinaus und wandte sich dann hastig um.

»Ich schlage vor, wir suchen einen Raum, in dem wir uns verstecken können. Lady Vampir von Kanal zehn ist eingetroffen.«

Die Frau vom Empfang führte sie widerstrebend in ein unbesetztes Büro und kehrte dann an die Rezeption zurück, um das Büro des Leichenbeschauers anzurufen und vom Interesse des Fernsehens zu berichten. Dan setzte sich auf die Kante eines Schreibtisches. Grace nahm auf einem Stuhl Platz. Sie warteten. Sie hatten schon vorher darüber diskutiert, ob sie sich bei Mrs. Hardin sofort als Ermittler vorstellen oder zuerst dem CACO das Wort überlassen sollten. Dan war dagegen gewesen, mit Mrs. Hardin zu sprechen.

»Sie ist bereits wütend auf uns oder jedenfalls auf die Navy. Es wird ein Schock für sie sein, wenn sie die Leiche ihres Sohnes sieht, vorausgesetzt, es ist ihr Sohn. Ich halte es für äußerst ungünstig, mit Fragen zu beginnen«, hatte er argumentiert.

Grace war anderer Ansicht gewesen. »All das stimmt, aber ich meine, wir müssen uns wenigstens als Ermittler der Navy zu erkennen geben. Wir sollten uns einfach vorstellen und ihr sagen, daß wir bemüht sind herauszufinden, was geschehen ist. Wenn ich richtig verstanden habe, ist sie wütend auf die Navy, weil sie denkt, keiner kümmert sich um das Schicksal ihrer Kinder.«

»Meinen Sie nicht, daß wir dadurch die Quelle vergiften?«

»Nein. Wenn nur der CACO bei ihr ist, dann wird sie das Gefühl haben, bevormundet zu werden, ohne daß jemand wirkliches Interesse hat. Und in einem städtischen Leichenschauhaus wird es nur noch schlimmer – da ist alles Routine. Es geht nur um eine weitere Leiche.«

»Ich bin einfach nicht scharf darauf, von einer Hinterbliebenen eine Standpauke zu hören.«

»Wir brauchen diese Frau, wenn der Tote tatsächlich Lieutenant Hardin ist. Stellen wir uns einfach vor. Das ist alles – keine Fragen, keine Äußerungen – es sei denn, es läßt sich nicht vermeiden. Keinen Streit. Geben wir ihr einfach das Gefühl, daß ein höherer Offizier, ein Commander der U.S. Navy, an dem Fall arbeitet. Wenn wir sie dann später befragen müssen, weiß sie wenigstens, wer wir sind.«

Er hatte eingesehen, daß ihr Vorschlag vernünftig war, doch er hatte immer noch Bedenken. Die Tatsache, daß der Lieutenant lebendig begraben worden war, vielleicht eine Woche, ein paar hundert Stunden, bevor der Stickstoff in den Kessel gedrungen war, machte ihm nach wie vor zu schaffen. Schließlich hatte Dan zugestimmt, daß McGonagle und der CACO Mrs. Hardin durch die Medienleute, die bis jetzt aus dem Nachrichtenteam eines Fernsehsenders bestanden, eskortierten. Dann würde die Frau vom Empfang die Meute fernhalten, er und Grace würden Mrs. Hardin kennenlernen, sich vorstellen und sie in den Identifizierungsraum bringen. Die Frau vom Empfang wollte anrufen, wenn der CACO eintraf. Dan spielte nervös mit den Knöpfen seines Uniformrockes, als das Telefon klingelte.

»Ich denke, sie sind da, Commander«, sagte die Frau an der Rezeption. »Ein weibliches Navy-Mitglied und eine ältere Frau steigen eben aus dem Taxi. Die andere Lady von der Navy ist auf dem Weg nach draußen.«

Dan dankte ihr, strich seine Uniform glatt, öffnete die Tür einen Spalt und spähte hinaus. Eine Minute später verließ er mit Grace das Büro, um Mrs. Hardin entgegenzutreten, die von Lieutenant Shea und dem Mitarbeiter des Leichenbeschauers begleitet wurde. Die Empfangsdame hatte die Türen zur Halle abgeschlossen, um zu verhindern, daß die TV-Reporterin und ihr Kameramann sie filmen konnten.

Dan stellte sich und Grace Snow vor, während sie über den Flur auf den Identifizierungsraum zuliefen. Der Mitarbeiter des Leichenbeschauers ging voran, und sein Gesicht war beruflich ausdruckslos, Lieutenant Shea bildete den Schluß.

Mrs. Hardin war eine kleine, adrett gekleidete Frau Mitte Fünfzig, mit grauem Haar, rundem Gesicht, mahagonifarbener Haut und intelligent wirkenden Augen. Sie machte einen gefaßten Eindruck, ohne jede Spur von Nervosität oder Besorgnis. Als wüßte sie es bereits, dachte Dan.

»Mrs. Hardin«, sagte Dan, »ich bin Commander Dan Collins vom Marineministerium, und dies ist Miss Grace Snow vom Naval Investigative Service, dem Ermittlungsdienst der Marine. Wir haben von den Hauptquartieren in Washington den Befehl, die Umstände bezüglich des Fundes einer Leiche in dem eingemotteten Schiff *Wisconsin* zu ermitteln. Wir haben Grund zu der Annahme, daß es sich bei dem Toten um Ihren Sohn, Lieutenant Junior Grade Wesley Hardin, handelt. Wir wissen sehr zu schätzen, daß Sie nach Philadelphia gekommen sind.«

Mrs. Hardin schaute ihn an.

»Lieutenant Shea hat mir gesagt, daß Sie hier sein werden, Commander Collins. Ist es mein Sohn, den die Leute hier haben?« Ihre Stimme klang überraschend rauchig, vielleicht ein Zeichen dafür, daß sie ihr Leben lang Zigaretten geraucht hatte.

Als der Mitarbeiter des Leichenbeschauers um eine Ecke bog, blieb Dan stehen. Sie waren jetzt außer Sicht der Fernsehleute. »Wir glauben es, Mrs. Hardin«, antwortete er. »Aber unsere Identifizierung basiert nur auf zwei Punkten: Erstens war der Name Ihres Sohnes auf dem Wäschezeichen von Hose und Hemd, und die Uniform war die eines Lieutenant Junior Grade beim Versorgungskorps der Navy. Und zweitens ist – war – die Person ein Schwarzer.«

Mrs. Hardin sah zu Grace und dann wieder zu Dan. »Wenn diese Stadt wie Washington ist, würde man der Tatsache, daß eine Leiche im Leichenschauhaus schwarz ist, kaum Bedeutung beimessen«, erklärte sie.

»Ja, Ma'am, das stimmt vielleicht.« Dan wollte etwas Intelligentes sagen, während Mrs. Hardin ihn musterte und wartete. Er entschied sich weiterzugehen.

»Ich denke, die Prozedur ist folgende. Wir gehen in den Identifizierungsraum, wo einige Angaben für den Totenschein notiert werden.«

»Werde ich ihn sehen?« fragte Mrs. Hardin.

»Nicht in persona, Mrs. Hardin«, antwortete der Mitarbeiter des Leichenschauhauses. Er war ein Weißer Anfang Dreißig mit Khakihose und einem Arztkittel über weißem Hemd und Krawatte. »Wir haben einen Fernsehmonitor im Identifizierungsraum. Wir dämpfen die Beleuchtung und schalten den Monitor an, der das Gesicht des Verstorbenen zeigen wird. Zu diesem Zeitpunkt bitten wir Sie um die Identifizierung.«

»Ich kann ihn nicht berühren, ihn nicht aus der Nähe sehen?«

»Leider nicht, Ma'am. So läuft das bei uns nicht mehr ab. Wenn es sich um Ihren Sohn handelt, kann Ihr Bestattungsunternehmer Ihnen helfen. Hier entlang bitte, Ma'am.«

Mrs. Hardin nickte. »Bringen wir es hinter uns.« Der Mitarbeiter des Leichenbeschauers betrat vor Mrs. Hardin den Identifizierungsraum.

Dan und Grace folgten ihnen. Der Raum war schmucklos, – weiße Wände, Teppichboden, drei Stühle vor einem großen, dunklen Monitor. Der Ermittler des Leichenbeschauers forderte Mrs. Hardin mit einer Geste auf, auf dem mittleren Stuhl Platz zu nehmen. Dann holte er ein Klemmbrett aus dem Regal unter dem Monitor und setzte sich neben Mrs. Hardin, um den Totenschein auszufüllen. Danach erhob er sich, um zu telefonieren. Dan und Grace blieben hinter den Stühlen stehen.

Der Mitarbeiter des Leichenbeschauers kehrte zu Mrs. Hardin zurück. »Wenn Sie bereit sind, Mrs. Hardin?«

»Ja, ich bin bereit«, erwiderte sie.

Der Mann drehte an einem Dimmer, um das Licht im Raum zu dämpfen. Dann schaltete er den Monitor ein. Nach ein paar Sekunden erschien das Bild. Es zeigte das Gesicht der Leiche in Nahaufnahme. Mrs. Hardin starrte sekundenlang darauf und schien dann auf dem Stuhl in sich zusammenzusinken. Schließlich nickte sie, streckte die rechte Hand aus, wie um das Fernsehbild zu berühren. Dann ließ sie die linke Hand sinken und richtete sich auf.

»Ja, das ist mein Sohn Wesley.«

Der Mitarbeiter des Leichenbeschauers dankte ihr und schaltete den Monitor aus. Er nickte Mrs. Hardin und den anderen zu und verließ den Raum. Dann gingen sie in das Beratungszimmer nebenan und fragten Mrs. Hardin, ob sie etwas wünsche, Kaffee oder etwas anderes. Sie schüttelte den Kopf und setzte sich auf eine Couch. Grace nahm neben ihr und Dan in einem Sessel Platz. Lieutenant Shea blieb stehen und schaute auf den Boden. Dan beschrieb, wie der Leichnam gefunden worden war, und begann dann mit Fragen für die Ermittlung. Mrs. Hardin saß schweigend da, und Dan wußte nicht, ob sie seine Worte aufnahm oder noch unter Schock stand, nachdem sie ihren toten Sohn gesehen hatte.

»Mrs. Hardin«, sagte Dan, »wir bedauern alles, was Sie heute durchgemacht haben. Ich kann Ihnen nicht garantieren, daß wir herausfinden können, was geschehen ist, aber ich kann Ihnen versprechen, daß wir unser Bestes tun werden.«

Mrs. Hardin sah ihn schließlich an und schüttelte dann langsam den Kopf, als wolle sie bestreiten, was sie soeben gehört hatte.

»Nein, Sir«, entgegnete sie leise. Dann lauter: »Nein, Sir. Sie haben Ihre Sache richtig gemacht, bis Sie das gesagt haben. Ich *weiß*, daß das nicht stimmt, was Sie behaupten. Es stimmte nicht, als Elizabeth starb, und es stimmt jetzt nicht. Ich *weiß* es. Meine Elizabeth war ebenfalls Lieutenant bei der Navy. Wußten Sie das?«

»Ja, Ma'am, seit heute. Ich nehme an, Ihre Familie hatte

nicht viel Glück mit der Navy.« Noch während Dan sie ansprach, erkannte er, wie albern seine Worte klingen mußten.

Mrs. Hardin schniefte. Sie nahm ein Taschentuch aus ihrer Handtasche und tupfte sich über die Augen. Als Dan sah, daß sie weinte, blickte er zu Grace, wie um zu fragen: Was jetzt?

»Mrs. Hardin«, begann Grace. »Wir bedauern Ihren Verlust, Ihre beiden Verluste. Wir sind jetzt bei diesem Fall, und zum jetzigen Zeitpunkt wissen wir sehr wenig. Aber Commander Collins ist von den ranghöchsten Offizieren in der Navy ernannt worden, um zu ermitteln, was hier passiert ist. Und wenn mit Ihrer Tochter etwas passiert ist, das noch nicht geklärt wurde, und es eine Beziehung zu diesem Fall hat, werden wir unsere Ermittlung erweitern, wenn es sein muß.«

Dan war bestürzt über Grace' Versprechen. Die Tochter war bei einem Verkehrsunfall ums Leben gekommen. Wenn die Washingtoner Cops den Fall nicht klären konnten, dann würde ihm und Grace das unmöglich gelingen.

»Mrs. Hardin, die Leiche Ihres Sohnes war fast zwei Jahre in diesem Schiff«, fuhr Grace fort. »Wir müssen die letzten Tage seines Lebens hier auf der Werft rekonstruieren, um herauszufinden, warum er ermordet wurde.«

Mrs. Hardin setzte sich auf. »Ermordet? Sie sagen ermordet?«

Grace sah zu Dan, der sie betroffen anschaute. Er hatte gedacht, jemand hätte es Mrs. Hardin gesagt. Das ist soeben geschehen, du Dummkopf! signalisierte ihr Blick.

»Ja, Ma'am«, griff Grace mit ruhiger Stimme ein. »Laut Bericht des Leichenschauhauses hat Ihr Sohn einen Schlag auf den Kopf bekommen. Wir gehen davon aus, daß er dann in das Schiff gebracht wurde, damit seine Leiche nie gefunden wird. Aber ja, jemand hat Ihren Sohn ermordet. Deshalb legen wir diesen Fall nicht zu den Akten wie andere ungeklärte Vermißtenfälle.«

Mrs. Hardin starrte vor sich hin, und ihr Oberkörper wippte leicht vor und zurück. Dan erkannte, daß ihr nie in den Sinn gekommen war, daß man ihren Sohn ermordet hatte. Er neigte sich vor.

»Dies ist nicht der richtige Zeitpunkt oder Ort, um Ihnen Fragen zu stellen, Mrs. Hardin. Lieutenant Shea wird Ihnen helfen, die Überführung des Leichnams Ihres Sohnes zu arrangieren. Aber später, nach einiger Zeit, werden wir Sie befragen müssen.«

Mrs. Hardin schüttelte heftig den Kopf. »Nein. Nein. Gott weiß, daß ich von der Navy genug habe. Sie sehen ja, was sie meinen Kindern angetan hat. Mir angetan hat. Nein. Wenn Sie Detektiv spielen wollen, dann tun Sie das. Aber lassen Sie mich in Frieden. Die Navy hat mir genug Leid zugefügt.«

Grace' Blick signalisierte Dan: ›Belassen wir es im Augenblick dabei‹, und sie erhob sich.

»Mrs. Hardin«, sagte Grace. »Ich wiederhole, wir bedauern Ihren Verlust sehr. Lieutenant Shea und das Büro werden Ihnen bei der Erledigung der Formalitäten und Schreibarbeiten helfen. Danke dafür, daß Sie sich die Zeit genommen und mit uns geredet haben.«

Mrs. Hardin schaute sie nicht an. Dan stand auf, folgte Grace aus dem Raum und schloß die Tür. Lieutenant Shea, der CACO, folgte ihnen einen Moment später.

»Was mache ich mit den Reportern, Commander?« fragte sie.

»Weichen Sie ihnen aus, wenn Sie können. Vielleicht erkundigen Sie sich, ob Sie einen anderen Ausgang benutzen können, und lassen sich von einem Taxi am Hinterausgang abholen oder so ... Ich weiß es nicht. Commander McGonagle ist jetzt draußen. Sie sollten vielleicht beim Empfang feststellen, ob Commander McGonagle weiß, was läuft. Tun Sie, was immer Ihnen Commander McGonagle rät. Wir versuchen, eine Hintertür zu finden.«

»Aye, aye, Sir«, sagte Lieutenant Shea und bedachte ihn mit einem wenig respektvollen Blick, bevor sie in den Beratungsraum ging. Der Ermittler vom Büro des Leichenbeschauers kam mit einem Aktenhefter in der Hand über den Flur.

»Haben Sie einen Moment Zeit, Commander?« fragte er.

»Ja, was ist?«

»Normalerweise müssen wir von zwei Personen eine Identifizierung machen lassen. Wie ich das verstanden habe, ist diese Lady die Mutter des jungen Mannes, aber gibt es da noch jemanden?«

»Sie ist wegen der Identifizierung von Washington hergeflogen«, erklärte Dan. »Ich bezweifle, daß er weitere Angehörige hat, jedenfalls bestimmt keine hier in Philadelphia.«

»Können Sie die Identifizierung bestätigen, Commander?«

»Ich kann nur bestätigen, daß die Leiche der Beschreibung eines Offiziers entspricht, der vor zwei Jahren auf der Werft verschwand, und daß Name und Dienstrang auf den Wäschezeichen seiner Uniform zu Wesley Hardin passen. Wir werden bald über ärztliche und zahnärztliche Akten aus dem Bundesarchiv verfügen. Können Sie die nutzen?«

»In der Tat. Wir wüßten es zu schätzen, wenn Sie dafür sorgen, daß wir die Akten bekommen. Aber ich denke, wir haben genug, um die Leiche freizugeben. Ich werde das Mrs. Hardins Begleitung mitteilen. Danke.«

»Gibt es einen Weg aus dem Gebäude, durch den die Empfangshalle gemieden werden kann? Vorne sind Reporter, mit denen wir nicht sprechen wollen.«

»Ja, Sir, gehen Sie bis zum Ende des Flurs und dann nach rechts durch die Tür mit der Aufschrift ›Notausgang‹. Aber sagen Sie vorher beim Empfang Bescheid, damit dort kein Alarm ausgelöst wird. Wählen Sie einfach drei-drei von jedem Telefon aus.«

Sie befolgten die Anweisungen und gelangten unbehelligt auf den Parkplatz hinter dem Gebäude, in dem sich das Büro des Leichenbeschauers befand. Dan atmete auf, als sie im Freien standen.

»Das war einfach wunderbar«, sagte er.

Grace blickte zu Boden. »Gott sei Dank gibt es hier das

Büro zur Betreuung von Hinterbliebenen; die Frau erklärte mir, daß Philadelphia die einzige Stadt sei, die eines hat.«

»Ich fühle mich wie eine Ratte, die sich davonmacht«, bemerkte Dan. »Aber ich wollte wirklich dort raus.«

»Die arme Frau«, sagte Grace. »Ich bin mir nicht sicher, ob man ihre Einstellung verurteilen kann.«

»Ja, ich weiß, was Sie meinen. Sie hat beide Kinder verloren.«

»Meinen Sie, es gibt da eine Verbindung?«

»Grace, das ist nun wirklich weit hergeholt.«

»Ich nehme an, Sie haben recht«, räumte sie ein und seufzte. Die Hochhäuser der Innenstadt waren im Smog über dem Fluß kaum zu sehen. »Ich glaube, ich brauche jetzt etwas zu trinken.«

18

Am Freitagmorgen berief Dan eine Besprechung mit Grace, Santini und den Lieutenant Commanders McGonagle und VanSladen im Konferenzraum des NIS-Außenbüros ein.

»Ich denke, es ist an der Zeit zu rekapitulieren«, sagte Dan. »Wir haben jetzt eine sichere Identifizierung der Leiche im Kriegsschiff. Wir haben einen vorläufigen Autopsiebericht, der auf Mord hindeutet, mit dem Beweis, daß das Opfer einen Schlag auf den Kopf erhielt und auch sonst geschlagen wurde, bevor man es in den Kesselraum des Schiffes gebracht hat. Wir haben auch das Gutachten der Pathologen, nach dem das Opfer noch lebte, als es in der Dampftrommel eingeschlossen wurde. Die Akten der Werft belegen, daß die Stickstoffatmosphäre, die zu seinem Tod führte, ungefähr sieben Tage nach seinem Verschwinden geschaffen wurde.«

»O Gott!« stieß VanSladen hervor. Der Zeitabstand war ihm offenbar nicht bekannt gewesen.

»Ja«, fuhr Dan fort. »Wir nehmen an, daß der Mord vor ungefähr zwei Jahren geschah, als das Opfer zuerst wegen unerlaubten Entfernens von der Truppe gemeldet wurde. Wir wissen, daß das Opfer Zahlmeister auf der *Luce* war. Die Lokalnachrichten sind an dem Fall interessiert, und möglicherweise die Medien im ganzen Land. Soviel ist uns bekannt. Was uns nicht bekannt ist, sind ein Motiv oder irgendwelche Tatverdächtigen.«

»Und die Spur ist kalt«, warf Santini ein.

»Ja, sehr kalt«, stimmte Dan zu. »Aber wir haben ja gerade erst mit der Suche angefangen. Miss McGonagle, wie steht es in punkto Medien?«

»Sie brachten an zwei Abenden Berichte in den Lokalnachrichten, aber nicht in den landesweiten Nachrichten – bis jetzt. Die Berichterstattung war sachlich: Fakten über den Leichenfund und heute die Meldung, daß die Leiche von einer Hinterbliebenen identifiziert worden ist. Von Mord wurde nichts erwähnt, und es gibt keine Spekulationen darüber, daß ein Offizier vom Hauptquartier der Navy in Washington die Ermittlung durchführt. Aber es ist nur eine Frage der Zeit, bis sich das ändert.«

Dan nickte und wandte sich Grace Snow zu.

»Miss Snow, ich bitte Sie, über das Hauptquartier des NIS zu veranlassen, daß das Außenbüro Philadelphia untersucht, wer Zugang zu dem Kriegsschiff hatte. Ich möchte, daß jeder von der Abteilung 72 befragt wird. Insbesondere will ich herausfinden, ob noch jemand hier auf der Werft arbeitet, der 1992, dem vermutlichen Zeitpunkt des Mordes, Zugang zu dem Schiff hatte. Durch diese Befragungen will ich vor allem erfahren, wie schwierig es für Unbefugte wäre, sich diesen zu verschaffen. Mr. Santini, sind Sie vertraut mit der Methodik ›Fakten kontra Meinung‹ einer JAGMAN-Ermittlung?«

»Ja«, sagte Santini. Er wirkte nicht gerade glücklich über die Aufgabe, die auf ihn zukam, aber Dan stellte erfreut fest, daß er sich Notizen machte.

»Ich möchte, daß Sie nicht nur alle zur Zeit tätigen, sondern auch alle ehemaligen Arbeiter, die erreicht werden können, befragen. Ich bin nicht sehr optimistisch, daß wir etwas ausgraben, aber das sind die Leute, die Zugang zu dem Schiff gehabt haben sollten. Einige von ihnen waren entweder in den Fall verwickelt oder haben es anderen ermöglicht, das Opfer ins Schiff zu bringen. Die Tatsache, daß es vor dem Austausch der Atmosphäre passiert sein kann, erweitert die Liste möglicher Verdächtiger – es waren keine Sauerstoffgeräte nötig.«

»Derzeitige und ehemalige Arbeiter?« protestierte Santini. »Das kann ewig dauern.«

»Warum begrenzen wir es nicht auf den vermuteten Zeitraum, in dem der Mord geschah?« schlug Grace vor. Dan stimmte zu und fuhr fort.

»Und ich brauche die schriftlichen Protokolle über die Sicherheitskontrollen in den außer Betrieb gesetzten Schiffen – was die Sicherheitsleute überprüfen und wie oft. Die Protokolle werden Fakten sein. Ich möchte auch Meinungen hören, wie das System wirklich funktioniert – ob die Leute ihren Job ernst nehmen oder nur an Deck die Protokolle schreiben und sich ein paar faule Stunden machen, anstatt in diese Schiffe runterzugehen.«

Santini nickte. »Das kann ich jetzt schon voraussagen – wenn sie wie die anderen Werftarbeiter hier sind, dann führen sie die Kontrollen nur lasch oder gar nicht durch.«

»Ja, aber ich hätte gern einige Beweise dafür«, beharrte Dan.

»Das ist eine andere Sache«, entgegnete Santini. »Diese Typen glauben nicht an Sabotage.«

»Okay. Ich erhoffe mir, daß ein Muster erkennbar wird, nachdem Sie mit genug Leuten geredet haben. Zum Beispiel hat erst nach zwei Jahren jemand bemerkt, daß die Dampftrommel eines Kessels verschlossen war, obwohl sie hätte geöffnet sein sollen. Aber ich möchte nicht, daß Sie Ihre Fragen auf irgendwelche vorgegebenen richtigen Antworten abstimmen.«

»Schon kapiert«, sagte Santini. »Miss Snow, wie ist die Priorität dieser Aufgabe gegenüber den übrigen Dingen, an denen wir hier arbeiten?«

Grace zögerte. Sie hatte keine Ahnung, wieviel Rückendeckung sie vom NIS-Hauptquartier bekommen würde.

»Betrachten Sie es als Ihre wichtigste Aufgabe. Ich werde das von Mr. Ames in Washington bestätigen lassen.«

»Was haben Sie kurzfristig vor, Commander?« fragte VanSladen. »Der Admiral bat mich, das festzustellen.«

»›Kurzfristig‹, Mr. VanSladen? Die Ermittlung wird nach Washington verlegt.«

Dan begann sich zu entspannen, als endlich das Industriegebiet rund um den Flughafen hinter ihm lag und er über die Autobahn 95 südostwärts fuhr. Zu seiner Linken glitzerte der Delaware River im Sonnenschein des Vormittags. Das Wasser wurde von einem großen Tanker auf dem Weg von den Ölraffinerien zum Meer in V-förmigen Wellen gepflügt.

»Schon besser«, sagte Dan. »Bis zur Kommandobrücke sind wir relativ sicher. Dann müssen wir wieder die Helme aufsetzen.«

Grace lächelte über die Anspielung auf *Star Trek.* »Ich weiß nicht, warum, aber ich war unheimlich froh, als wir die Werft verlassen haben. Sie war ein ziemlich deprimierender Ort.«

Dan nickte. Er wußte aus eigener Erfahrung, wie bestürzend es war, mit einem Schiff aus dem Ozean in das triste industrielle Labyrinth von Süd-Philadelphia zu kommen und dann Komplize sein zu müssen, während eine Horde gewerkschaftlich organisierter Typen das Schiff unter dem Deckmantel einer Überholung glücklich auseinandernahm. Das reichte, um jedem echten Seemann das Herz zu brechen. Und es war noch deprimierender gewesen, dort in einem Mordfall zu ermitteln.

»Ich muß immer noch an Lieutenant Hardin denken, der lebendig in all diesem Stahl begraben war«, sagte Grace.

»Das wissen wir nach wir vor nicht«, sagte Dan. »Das ist immer noch eine Meinung.«

»Richtig. Eine Ihrer berühmten JAGMAN-Meinungen.«

Dan schaute auf den Tacho und vergewisserte sich, daß er nicht schneller als erlaubt fuhr, während die Ortsansässigen an ihm vorbeirauschten.

»Zu Recht berühmt, weil es uns Ermittler ehrlich hält. Man kann nicht sein liebstes Steckenpferd reiten, wenn die Fakten nicht gegeben sind. Und weil am Rande dieser Ermittlungen einige ziemlich ernste politische Spiele im Gange sind, müssen wir doppelt vorsichtig sein und die JAGMAN-Regeln einhalten. Dreifach vorsichtig, falls diese Sache wirklich groß in den Medien rauskommt.«

Grace schüttelte den Kopf. »Nicht ›falls‹. Es ist nur eine Frage der Zeit, wann sich die Medien darauf stürzen. Und ich bin mir nicht sicher, ob ich den politischen Aspekt noch verstehe.«

»Welchen – die OpNav kontra NIS?«

»Ja. Angenommen, wir lösen diesen Fall, so unwahrscheinlich das jetzt auch klingt. Aber mal angenommen, wir finden tatsächlich den oder die Mörder und können anklagen. Wie wirkt sich das auf NIS oder OpNav aus? Der Chief of Naval Operations im Stab des Washingtoner Hauptquartiers hat doch eigentlich nichts mit Ermittlungen in Mordfällen zu tun, oder?«

»Mir ist klar, daß ich das nicht so sehen sollte«, erwiderte Dan, »aber wirklich hohe zivile Schlangen wie Ames, der Leiter des NIS, sehen ihre Unabhängigkeit bedroht, wenn Stabsoffizieren von außerhalb die Leitung hochkarätiger Ermittlungen übertragen wurde. Die Zivilisten vom NIS würden mit hochtrabend klingenden Titeln, aber ohne Macht enden, und alle übrigen zivilen Schlangen würden das wissen. Und die Offiziere, die ermitteln, müssen nicht vom OpNav kommen, wissen Sie. Bei dem JAGMAN-System kann jeder Stabsoffizier zum Leiter einer Ermittlung ernannt werden. Sogar ich.«

»Okay, aber wie wirkt sich das auf unsere Arbeit aus?«

»Verdammt! Sehen Sie sich diesen Idioten an. Gerade als ich meinte, wir seien sicher! Wie sich das auswirkt? Wenn wir anfangen, diese Nuß zu knacken, und näher an die Lösung des Falles herankommen – das heißt, wenn es scheint, als könne der OpNav- Typ die Nuß knacken –, werden Sie vom NIS die Anweisung erhalten, Sand ins Getriebe zu streuen.«

Grace schwieg lange. Dan ließ sie darüber nachdenken. Er hatte nicht gesagt, daß der gleiche Druck auf ihm lastete: Wenn sich ein Erfolg abzeichnete, würde er den Befehl bekommen, dafür zu sorgen, daß die Leistung des NIS in seinem Bericht unbedeutend aussah.

»Ich werde das nicht tun«, sagte Grace schließlich.

»Was?«

»Die Ermittlung sabotieren. Ich will wissen, wer die Tat begangen hat.«

»Ich doch auch. Aber *sabotieren* ist eine zu starke Bezeichnung. Man wird nicht so offen sein, sondern uns einfach Steine in den Weg legen. Informationen werden uns vorenthalten. Offiziere in Außenstellen wie Santini werden uns nicht unterstützen. Berichte werden verlorengehen oder frisiert werden. Zielsetzungen werden geändert – erinnern Sie sich, was Sie Santini als höchste Priorität nannten? Ames oder Englehardt können ihm sagen, daß er das vergessen soll.«

»Ich werde das nicht zulassen.«

Dan lachte. »Ihr Mut gefällt mir. Aber Leute auf unserer Ebene im Staatsdienst haben nicht das Privileg, etwas ›zuzulassen‹. Wenn jemand auf der Ebene ›Stellvertretender Sowieso-Leiter‹ der Organisation einen Wink gibt, sei es NIS, dem Marineministerium oder sogar OpNav, uns gegenüber zu mauern, dann können Sie davon ausgehen, daß die zivilen Schlangen und all die EAs dies verdammt gut tun werden. Und sehr clever und vorsichtig dabei vorgehen.«

»Ich bin nur eine GS-15! Und hören Sie auf, von zivilen *Schlangen* zu reden.«

»Das tut mir leid. Ja, Sie sind eine GS-15 – in der Personalabteilung, und Sie basteln jetzt an Ihrer Karriere, wie mir einfällt.«

Sie schaute ihn einen Moment lang finster an. Dann drehte sie den Kopf und sah aus dem Fenster.

»Und«, sagte Dan freundlicher, »Sie sind eine Ex-Ernannte, die notdürftig Unterschlupf gefunden hat. Grace, dasselbe System, das Sie aus dem SEC und in eine langfristige politische Ernennung drängte, hat Sie auch aufgenommen, als alle anderen sich abmühten, einen Job zu finden. Jemand erwies jemandem einen Gefallen, das war alles. Als sich herausstellte, daß Sie nicht auf den Kopf gefallen sind, wurden Sie von dem verwurzelten System schnell aus der Politik entfernt und in die Personalabteilung gesteckt. Wenn die alten Hasen einen bearbeiten, ist das nach meiner Erfahrung wie ein Sonnenbrand: Den ganzen Tag fühlt man sich gut und warm, doch bei Sonnenuntergang ist einem zum Sterben zumute.«

Grace hüllte sich fast zehn Minuten in Schweigen. Dann seufzte sie laut.

»Scheiße«, sagte sie.

»Aye, aye«, stimmte Dan zu.

»Und würde OpNav bei solchen Spielen mitmachen?«

Ich wußte, daß sie clever ist, dachte Dan. »Bestimmt«, antwortete er. »Besonders wenn wir in diesem Fall weiterkommen. Aber wissen Sie was? Ich bin auf Ihrer Seite. Der Gedanke, daß dieser junge Lieutenant in einen Kessel gestopft wurde und in der Finsternis verhungerte, geht mir nicht aus dem Sinn. Ich schlage vor, daß es bei unserer Abmachung, die wir dort auf der Broad Street getroffen haben, bleibt. Wir beide spielen mit offenen Karten – bei der Ermittlung und beim Austausch von Informationen –, ganz gleich, was geschieht.«

Grace nickte. »Ja, ganz gleich, was geschieht. Obwohl mir das ›was‹ vielleicht nicht gefällt, nach dem, was ich soeben von Ihnen gehört habe.«

Sie faßten noch einmal zusammen, was sie wußten und was nicht. Dans Ansicht nach war der nächste Schritt klar:

Hardins Akten beschaffen, feststellen, was der Fitrep besagte, und dann die Leute aufspüren, die mit Hardin auf der *Luce* gedient hatten – seinen Skipper, dessen Stellvertreter, seinen Vorgesetzten, andere Offiziere.

»Das erfordert viele Telefonate«, sagte Dan. »Wir brauchen eine Heimat.«

»Ich kann uns vielleicht ein Büro in der Washingtoner Marinewerft besorgen.«

Dan schüttelte den Kopf. »Damit wären meine Bosse nicht einverstanden.«

»Zu nahe beim Feind, wie?«

»Erraten. Subversive NIS-Mitglieder könnten mein armes Gehirn mit supergeheimen Strahlen bombardieren und mich in einen Doppelagenten verwandeln. OpNav würde verraten und hintergangen, und alles wäre verloren.«

Grace lachte. »Gibt es keine supergeheimen Strahlen beim OpNav?«

»Teufel, nein. OpNav hat erst seit ein paar Jahren Elektrizität. Zuvor gab es es nur Öllampen, Taue, Schiffsglocken, Signalflaggen und jede Menge Bilder von Schiffen. Es kursieren Gerüchte, daß ein Computer in einem Raum im fünften Stock steht. Die meisten der hohen Tiere meinen, wenn sie ihn nicht füttern, wird er vielleicht einfach sterben. Kurz gesagt, kein OpNav-Büro ist perfekt. Wir werden uns in Op-614 aufhalten, und Sie können aus erster Hand einen Eindruck gewinnen, wie wenig der NIS oder sonst jemand von OpNav zu befürchten hat.«

Um halb drei erreichten sie Washington und konnten gerade anderthalb Kilometer zurücklegen, bis der Stau begann. Dan wählte eine Abfahrt und fuhr westwärts um die Umgehungsstraße I-495 Richtung Virginia. Die Rush-hour stand bevor, und er bot Grace an, sie einfach nach Hause zu bringen.

»Es ist Unsinn, daß Sie versuchen, um diese Zeit zur Marinewerft zu gelangen«, sagte er. »Ich kann Sie absetzen, beim Pentagon kurz halten, um uns für Montag anzumelden, und mache mich dann auf den Weg zur Old Town, bevor die Rushhour beginnt.«

Sie verabredeten sich am Montagmorgen um halb neun an der Einfahrt zum südlichen Parkplatz des Pentagons. Dan setzte Grace vor ihrem Haus in Georgetown ab und fuhr weiter über die Key Bridge nach Rosslyn, von wo er die 110 hinab zum Pentagon benutzte. Er fand einen Parkplatz nahe beim Gebäude, auf dem Nordparkplatz.

19

Grace schaute Dans großem Suburban nach, der langsam durch die von parkenden Wagen gesäumte P Street zur Wisconsin Avenue fuhr, und betrat dann ihr Haus. Der Grundriß des Backsteingebäudes war recht einfach: eine kleine Diele, die links zu einer Treppe und rechts ins Wohnzimmer führte. Im Erdgeschoß gab es vier Räume: Wohnzimmer, Küche und Damentoilette. Oben befanden sich zwei Schlafzimmer und zwei Badezimmer sowie ein kleiner Raum, den der Makler als ›Nähzimmer‹ bezeichnet hatte und den sie als Lagerraum benutzte. Das Elternschlafzimmer lag gleich neben dem Treppenabsatz, das zweite Schlafzimmer war am Ende des Ganges und dazwischen das Gästebadezimmer. Der ›Nähraum‹ war auf der Straßenseite des Hauses.

Grace hatte das Eßzimmer in ein Arbeitszimmer umgewandelt. Durch ein Erkerfenster blickte man auf den Garten hinter dem Haus. Die Vorbesitzer hatten eine kleine Veranda vor der Küche angebaut, und Grace hielt sich mit Vorliebe im Bereich der Küche und des Arbeitszimmers auf. Das Gästeschlafzimmer stand für Besuch bereit – der nie kam. Im Keller war es feucht und schimmelig, und zwischen einigen Steinen des Fundamentes konnte man alte Erde sehen, waren die Heizanlage, ein Warmwasserboiler und eine zentrale Klimaanlage installiert, aber Grace vermied es, hinunterzugehen, weil sie dort Monster wähnte, und sie hatte sogar ein Bücherregal vor die Tür zum Kellergeschoß gestellt. Jede zweite Woche kam eine Putzfrau, und ein alter Gärtner kümmerte sich ausgezeichnet um all die Gärten in diesem Block, wenn auch nach einem etwas zufälligen Plan.

Nach dem Tod ihrer Eltern hatte sich Grace einige Möbelstücke in dem großen Haus in Beacon Hill ausgesucht und nach Georgetown gebracht, einschließlich eines Queen-Anne-Eßtisches aus Kirschbaumholz, der ihr jetzt als Schreibtisch diente und dessen schöne Platte unter all dem Durcheinander von Papieren kaum zu sehen war. Sie machte etwas Platz auf der Platte vor einem der Lehnsessel und hörte ihren Anrufbeantworter ab. Eine empörte Botschaft von der Putzfrau; sie hatte vergessen, ihr mitzuteilen, daß sie nach Philadelphia fuhr. Wer arbeitet eigentlich für wen? fragte sich Grace flüchtig. Alberne Frage. Die zweite Nachricht hatte Englehardt hinterlassen. Sie war kurz und von der E.T.-Art: »Grace, rufen Sie bitte mein Büro im NIS-Hauptquartier in der Marinewerft Washington an.« Sie stand auf, nahm das Telefon, setzte sich in einen der großen, hochlehnigen Ledersessel und wählte die Nummer.

»Mr. Englehardts Büro.«

»Grace Snow. Ich sollte mich melden.«

»Er ist nicht im Büro, Miss Snow. Ich werde ihm sagen, daß Sie zurückgerufen haben. Sind Sie zu Hause?«

Grace bestätigte es, bedankte sich und legte auf. Dann ging sie nach oben, um zu duschen und Freizeitkleidung anzuziehen. Unter der Dusche träumte sie mit offenen Augen von Dan Collins, und dann fragte sie sich lachend, was ihre Mutter, die Psychiaterin, daraus gemacht hätte. Als sie wieder nach unten ging, klingelte das Telefon. Gemäß ihrer Gewohnheit, wenn sie im Haus war, wartete sie, bis sich das Band einschaltete und der Anrufer identifizierte. Es war Doug Englehardt. Sie nahm den Hörer ab.

»Hallo, Doug. Ich bin wieder da.«

»Hallo, Grace. Ames sagte, daß Sie heute zurückkehren. Wie war es in Philadelphia?«

»Ziemlich übel. W. C. Fields hatte recht. Aber selbstverständlich hat uns dieses grausige Verbrechen den Aufenthalt dort erträglicher gemacht.«

»Das hörte ich von Ames.«

Natürlich. Ames hatte ihm direkt Bericht erstattet.

»Er ist immer noch reichlich verärgert über den Eröffnungszug von OpNav. Er bedrängte Admiral Keeler, damit zum Marineminister zu gehen, doch der Vice Chief hat Keeler offenbar einen freundlichen Rat gegeben, und so kam nichts dabei heraus. Jedenfalls haben wir diese erste Runde verloren. Laut Ames scheint Keeler aus irgendeinem sonderbaren Grund nicht mit dem Herzen bei der Sache zu sein.«

»Dieser Vice ist ohnehin nicht herumzukriegen.«

Englehardt lachte. »Admiral Torrance wird der nächste Chief of Naval Operations, und er ist ein sehr mächtiger und ehrgeiziger Flaggoffizier. Der Vice Chief betreibt die tagtägliche Navy-Politik, während der Chief of Naval Operations seine meiste Energie mit den Joint Chiefs of Staffs auf nationaler politischer Ebene verbraucht. Gewöhnlich ist der Vice der Mann mit dem Hammer gewesen, mit dem man sich besser nicht anlegt.«

»Ich habe Santini Arbeit aufgehalst. Wird das unterstützt?«

Englehardt zögerte mit der Antwort, und Grace hielt den Atem an.

»Da bin ich mir nicht sicher, Grace«, sagte er. »Ich denke, Ames weiß, daß ich so etwas wie Ihr Förderer hier bin, und er zierte sich ein bißchen, als ich ihm die gleiche Frage stellte. Wie wichtig ist die Arbeit, die Sie Santini und seinen Leuten aufgehalst haben?«

»Sie ist Teil einer Ermittlung in einem Mordfall, Doug. Dieser junge Offizier wurde nicht nur umgebracht, er wurde auch in die Dampftrommel eines Kessels gesperrt, und zwar eine Woche *bevor* man das Schiff mit Stickstoff gefüllt hatte. Aus dem vorläufigen Autopsiebericht geht hervor, daß das

Opfer noch einige Zeit in seinem stählernen Gefängnis gelebt hat.«

»Mein Gott. Davon wußte ich nichts.«

»Nun, das macht den Kompetenzstreit für meine Begriffe erheblich unbedeutender«, gab Grace zurück. Sie spürte, daß sie wütend wurde, und mußte sich in Erinnerung rufen, daß es vermutlich ihr Verbündeter war, mit dem sie sprach.

Er mußte ihre Gedanken erraten haben. »Beruhigen Sie sich, Grace. Ich bin einer der guten Jungs, vergessen Sie das nicht.«

»Verzeihung, Doug. Ja, Sie sind einer der guten.«

»Wie ist dieser Collins? Pflichtbewußt?«

»Ja. Eigentlich äußerst zurückhaltend. Macht Fehler und gibt sie zu. Täuscht vor, nicht sehr klug zu sein, sagt jedoch Dinge, die das Gegenteil beweisen.«

»Ist er engagiert bei dem Spiel, das die OpNav-Elefanten vorhaben?«

»Das glaube ich nicht. Ich habe eher das Gefühl, er würde spielend verkraften, wenn man ihm den Fall entziehen und einem anderen übertragen würde. Bis dahin bearbeitet er ihn.«

»Wo ist er jetzt?«

»Auf dem Weg nach Hause, vermute ich. Er wollte beim Pentagon vorbeifahren, um uns für nächste Woche einen Arbeitsraum zu besorgen. Er sagte, es lohne sich nicht, daß ich um diese Zeit noch ins Büro mitkomme. Warum fragen Sie, Doug?«

»Er hat recht. Ihr beide seid gut miteinander zurechtgekommen?«

Sie zögerte kurz mit der Antwort. »Wir haben eine Art Abmachung, daß wir die Ermittlung einwandfrei durchführen, ohne Rücksicht auf das NIS-OpNav-›Kompetenzgerangel‹, wie er es nannte. Ich denke, ich kann ihm vertrauen.«

»Vielleicht, vielleicht auch nicht. Vertraue, aber nicht blindlings, wie Reagan zu sagen pflegte. Und da Sie jetzt wieder in der Stadt sind, bleiben Sie mit mir in Verbindung. Ich werde die Ohren für Sie an den Boden halten, wie die Indianer sagen.«

Grace lachte, dankte ihm und verabschiedete sich. Sie ging davon aus, daß Doug Englehardt immer noch verliebt in sie war. Er war verheiratet und nahm allem Anschein nach die Ehe ernst, denn er hatte die Grenzen des Anstandes nie wirklich überschritten. Sie war sich jedoch nicht sicher, was vielleicht geschehen wäre, wenn sie ihn ermuntert hätte. Wenn sie eine Chance hatte, wieder in die Welt der Politik zurückzukehren, dann war Dougs Hilfe der Schlüssel dazu. Aber seine Bemerkung über Ames erinnerte sie daran, daß er ebenfalls ein Überlebender war. Wenn er die Wahl hätte, Grace zu unterstützen oder seine Haut zu retten, dann gab es für Grace keinen Zweifel daran, wie er sich entscheiden würde. Zum Glück konnte sie noch auf Bobby Booker zurückgreifen. Er konnte zwar nichts für ihre Karriere tun, aber er kam herum und konnte ihr Informationen beschaffen. Ihr wurde plötzlich klar, wie wenig Freunde sie in dieser Stadt hatte.

Dan traf um 16 Uhr 15 in der Abteilung OP-614 ein, wo er Summerfield vorfand. Sonst war niemand im Büro. Verwaltungsunteroffizier Jackson mußte bereits um sechs Uhr zum Dienst erscheinen, um die diplomatischen Termine für die Offiziere zu sortieren, und er machte normalerweise um sechzehn Uhr Feierabend. Und ›Beißer‹ besuchte eine Sitzung im Außenministerium – wegen der portugiesischen Fregatte. Summerfield trank die letzte Tasse Kaffee des Tages und las im *Wall Street Journal* einen Artikel über die jüngsten Sünden der Administration, ein tägliches Ritual, das er genoß. Er blickte auf seine Armbanduhr, als Dan eintrat.

»Der Detektiv ist zurück«, sagte er. »Um 16 Uhr 45 an einem Freitag. Ich dachte, ich hätte Sie besser gedrillt, Daniel.«

»Jawohl, Sir, das haben Sie«, erwiderte Dan, legte seine Aktentasche auf den Schreibtisch und betrachtete seinen übervollen Eingangskorb. »Aber ich muß etwas für Montag arrangieren. Grace Snow und ich werden von 614 aus operieren müssen, ein paar Wochen lang, wenn Sie damit einverstanden sind. Wir haben hier die unbesetzten Schreibtische; die Alternative ist, daß ich in die Marinewerft gehe.«

»›Grace Snow und ich‹ – das klingt vertraulich. Okay, kein Problem. Sie werden verhindern müssen, daß sich Beißer an die geschätzte Miss Snow heranmacht, aber sonst sollte das klappen.«

Dan nickte. »Wir können Beißer im Auge behalten. Lassen Sie mich jetzt zusammenfassen, wie die Dinge stehen.«

Nachdem er geendet hatte, drehte sich Summerfield mit seinem Schreibtischsessel zum Fenster hin und schaute eine Weile hinaus. Die Fenster des D-Flügels schauten zurück.

»O Mann«, sagte er schließlich und drehte sich vom Fenster weg. »Ich denke, es war richtig von Ihnen zurückzukommen. Bei einem zwei Jahre alten Fall werden weder Sie noch der NIS in Philly Weiteres von Bedeutung herausfinden. Diese Werftarbeiter können sehr verschlossen sein. In politischer Hinsicht sollten Sie am Montag den 06B um einen Termin bitten und Bericht erstatten.«

»Ich habe Manning informiert.«

»Gut ... Aber denken Sie daran, es ist nicht gestattet, von selbst jemanden über den Stand der Ermittlungen zu unterrichten, aber Sie können ihn aufsuchen und ihm mitteilen, wie die Dinge mit dem NIS laufen. Lassen Sie ihn die Fragen stellen. Bieten Sie nichts freiwillig an, und erzählen Sie ihm nicht so viel wie mir. Ich denke, er wird sich auf seine Marschbefehle vom Vice Chief konzentrieren, welche auch immer das sein mögen.«

»Seine Einstellung und die der Navy werden sich vielleicht ändern«, sagte Dan. »Wenn die internationale Presse Wind von der Geschichte des lebendig Begrabenen bekommt, werden wir alle hier Streß haben.«

»Nein, der Navy Chief of Information wird den haben. Und das ist ein wichtiger Unterschied. Das ›Grace und ich‹-

Team sollte sich sehr bedeckt halten. Ich denke, Sie haben den richtigen Plan – mit den Leuten reden, die Hardin von der *Luce* kannten. Wir sollten vielleicht einige Möbel besorgen. Sie und Miss Snow bekommen das hintere Büro, wo Sie ungestört arbeiten können. Beißer kann Ihren Schreibtisch haben. Vor Weihnachten könnte ich Ihnen keine neuen Telefonleitungen schalten lassen, aber wir haben bereits vier. Sie können zwei für Ihre Arbeit benutzen. Erzählen Sie mir von Miss Snow.«

Dan informierte seinen Chef über Grace' beruflichen Hintergrund und ihre bisherige Zusammenarbeit bei der Ermittlung. Das Telefon klingelte, aber als Dan den Hörer abnehmen wollte, schüttelte Summerfield den Kopf.

»Zu spät, um Anrufe zu beantworten. Miss Snow ist also keine dieser Politzicken ohne BH.«

»Nein, Sir. Sie ist intelligent – Brown University, Georgetown, Ermittlerin in Wirtschaftsverbrechen in der Wall Street. Und sie denkt klar. Sie ist anscheinend bereit, die Ermittlung ehrlich und geradlinig durchzuführen und sich nicht um das Kompetenzgerangel zu kümmern.«

Summerfield nickte nachdenklich. »Wo ist sie jetzt?«

»Ich habe sie bei ihrem Haus in Georgetown abgesetzt. Es war zu spät, um sie zur Marinewerft zu fahren.«

»Georgetown. Wie schön für sie. Sie spielt Ihrer Meinung nach also ehrlich?«

»Ja, Sir, das denke ich.«

»Das wird sich ändern, wenn ihr einer Lösung des Falles näher kommt.«

»Ja, Sir, das befürchte ich auch. Und Grace denkt ebenso darüber. Wir haben sogar darüber gesprochen. Ich rechne damit, daß der NIS dann Sand ins Getriebe streuen wird.«

»Ja, okay. Wir werden uns um das Problem kümmern, wenn es soweit ist. Sie werden Beißer sagen, daß er umziehen muß.«

»Na wunderbar«, sagte Dan.

»Ich muß jetzt gehen«, verkündete Summerfield. »Ich habe eine Versammlung mit meinem Schießclub.«

»Sie schießen an diesem Wochenende?«

»Nein, es ist nur unsere wöchentliche Versammlung, bei der wir uns die neuen Spielzeuge anschauen. Wir sind Sammler. Wir zeigen gern unsere Waffen.«

»Waffensammler werden eine gefährdete Gattung in Amerika.«

»Um so mehr Grund, welche zu tragen, finden Sie nicht?« fragte Summerfield grinsend.

20

Am Montagmorgen um halb neun trafen sich Dan und Grace an der Einfahrt zum südlichen Parkplatz des Pentagons. Grace trug ein anthrazitfarbenes Kostüm und Pumps. Sie hatte ihre schwarze Handtasche über die Schulter gehängt und einen Laptop bei sich. Dan führte sie durch die Metalldetektoren und Sicherheitsschleusen. Dann besorgte er ihr einen vorläufigen Ausweis, der ihr das Betreten des Gebäudes gestattete. Unterwegs hielten sie an einer Schautafel, und Dan erklärte Grace kurz den Grundriß des Pentagons, damit sie sich zurechtfinden würde.

»Ich werde Sie heute abend oder wann immer Sie gehen, hinausbegleiten«, bot er an.

»Ist das wirklich nötig? Jetzt habe ich doch einen Ausweis.«

»Ja. Dies ist immer noch das größte Bürogebäude der Welt, was die Länge der Korridore betrifft. Rund achtundzwanzig Kilometer sind es insgesamt. Fünf konzentrische Gebäude – oder Flügel, wie sie genannt werden –, fünf Geschosse über der Erde, zwei oder mehr darunter und ungefähr dreiundzwanzigtausend Leute pro Arbeitstag. Man muß den Grundriß kennen, um sich zurechtzufinden.«

»Das klingt logisch«, gab Grace zu und betrachtete einen Plan hinter Glas.

»Ja, aber Sie werden feststellen, daß es alle fünfzehn Meter eine dieser Schautafeln gibt. Ich finde, das Gebäude ist wie ein Rad mit Speichen. Jedes Büro hat eine Nummer wie zum Beispiel vier-E-vier-acht-sieben. Die erste Zahl steht für das Stockwerk, der Buchstabe bezeichnet den Flügel, und die letzte Zahl ist die Nummer der Tür. Am schnellsten kommt man zu jedem Büro, wenn man einer Speiche bis zur Radnabe folgt, rauf oder runter zum entsprechenden Stockwerk läuft oder fährt, dann um die Nabe herumgeht – das ist der A-Flügel – zum entsprechenden Flur – das ist eine weitere Speiche – und über diesen Korridor zu dem Flügel, in dem sich das Ziel befindet.«

»Sonnenklar«, bemerkte Grace und schaute auf den stetigen Strom von Leuten, die vorbeigingen und sich anscheinend alle auskannten.

»Die Nummer des Zimmers, das ich Ihnen gegeben habe, ist OP-614. Wollen Sie es versuchen?«

Eine Viertelstunde später gab sich Grace geschlagen, Dan, der jetzt den Laptop trug, erklärte ihr das System.

»Es ist wirklich ziemlich logisch«, meinte er, als sie über den Gang des E-Flügels auf OP-614 zugingen. Sie blickte ihn kurz von der Seite an, sagte jedoch nichts.

Im Büro stellte Dan sie der 614-Mannschaft vor. Beißer war sauer gewesen, als ihm Summerfield an diesem Morgen nahegelegt hatte, sich der Lady gegenüber ausnahmsweise mal als Gentleman zu zeigen, und sein Blick hatte Dan Vergeltungsmaßnahmen angekündigt. Als Grace sich bewundernd über das Marine Corps äußerte, war Dan gerettet. Und Beißer ein Vorbild an Anstand und Höflichkeit. Sie richteten das ›Basiscamp‹ für die Ermittlung her, und bis zum Mittagessen war Beißer umgezogen und ihr ›Befehlsstand‹ betriebsbereit.

Dan führte Grace hinunter zur Snackbar auf dem Center Court, und sie aßen Hamburger. Der Center Court war eigentlich ein schöner botanischer Garten im fünfeckigen Innenhof des Gebäudes. Dan wies auf eine kuriose Tradition hin, die auf den Kalten Krieg zurückzuführen war. Die Snackbar in der Mitte des Hofes war bei den im Pentagon Beschäftigten als ›Zone null‹ bekannt.

»Nur um Sie zu erinnern, daß das Pentagon zwar ein architektonisch interessantes Bürogebäude, aber auch das Nervenzentrum der mächtigsten Militärmaschinerie des Planeten ist.«

»Es erstaunt mich, wie verfallen das Gebäude ist. Ich meine, dieser Garten ist herrlich, aber die Büros sind ...«

»Miserabel, ja. Dieses Gebäude wurde während des Zweiten Weltkriegs innerhalb von ungefähr sechzehn Monaten buchstäblich in eine fünfeckige Form gegossen. Es wurde auf einem ehemaligen Flugplatz errichtet, der wiederum auf Sumpfgelände angelegt worden war. Die Fundamente stehen auf Pfeilern, einundvierzigtausend, wenn ich richtig die Erklärungen des Führers bei der Besichtigung behalten habe. In den Büros in den Kellergeschossen kann man den Wasserstand des Potomac schätzen – ist er hoch, schwitzen die Wände. Die Büros der Flaggoffiziere und Generals sind in Ordnung, und die Hauptkommandozentralen voller High-Tech. Aber der Rest besteht aus Bruchbuden.«

Grace schaute sich die Rasen und exotischen Bäume des Center Court an, der zur Mittagszeit voller Leute war, die sich am schönen Wetter erfreuten und etwas Sonnenschein genossen. Als sie sich den tristen Ausblick von OP-614 in Erinnerung rief, wußte auch sie den Sonnenschein zu schätzen.

Nach der Rückkehr ins Büro setzte sich Grace an den Schreibtisch und schloß ihren Laptop an. Dan informierte sie, was er unternommen hatte.

»Ich habe in der Personalabteilung angerufen. Es wird noch eine Woche dauern, bis Hardins Akte von St. Louis eintrifft. Unterdessen werde ich etwas anderes versuchen. Ich habe die Personalabteilung um eine Namensliste der Offiziere gebeten, die während Hardins Dienstzeit auf der *Luce* waren – angefangen mit dem Kapitän. Ich habe darum gebeten, mir auch ihre gegenwärtige Stationierung auszudrucken.«

»Dann starten wir also eine große Telefonaktion.«

»Ja. Ich denke, wir sollten uns genau überlegen, was wir diese Leute fragen.«

Beißer steckte den Kopf durch die Tür und zielte mit einer imaginären Waffe auf Dan.

»Seine Eminenz der EA bittet um das Vergnügen Ihrer Gesellschaft«, verkündete er.

»Jetzt?«

»Jeder Zeitpunkt innerhalb der nächsten elf Sekunden würde ihn völlig zufriedenstellen, aber jetzt wäre nett. Entschuldigen Sie uns, Miss Snow. Commander Collins ist nicht nur ein wohlbekanntes subversives Element, sondern auch der Liebling von OP-6. Es ist stets schwierig, seine Aufmerksamkeit zu gewinnen, und selbst wenn man das schafft, jammert er.«

Grace lächelte, als Dan sein Jackett anzog. »Ich werde eine Liste der Fragen zusammenstellen«, sagte sie.

Dan ging zum Büro des EA. Auf dem Gang begrüßte er einige Kollegen. Sie gratulierten ihm zu seiner Abkommandierung; jede Flucht von OpNav, sogar eine vorübergehende, war Grund zum Gratulieren. Captain Manning unterhielt sich leise mit Captain Eldon Randall, Erster Adjutant und EA des Vice Chief of Naval Operations. Randall war ein großer, schwarzhaariger Mann, der die vier goldenen Achselschnüre an der linken Schulter trug wie den Umhang eines Kronprinzen, was er in gewissem Sinne auch war. Im vergangenen Dezember hatte man ihn für den Rang des Flaggoffiziers vorgeschlagen, und er wartete jetzt auf eine Verwendung als Kommandant eines Kreuzer-Zerstörer-Verbandes. Randall behielt seine distanzierte Miene, selbst wenn er mit anderen EAs sprach. Er hatte dunkelbraune Augen, buschige Brauen, eine hohe Stirn, Hakennase und dünne, fast blutleere Lippen. Er war groß genug, um auf die meisten im Stab hinabzublicken. In vielerlei Hinsicht wirkte Randall wie sein Boß, der Vice Chief of Naval Operations, Admiral William H. Torrance.

Dan hatte Randall noch nie ohne Uniformrock gesehen.

Sogar am Schreibtisch trug er ihn, als wollte er nicht drauf verzichten, seine goldenen Schnüre zu zeigen. Er war ein Palastwächter, erfüllt von der Macht seines Chefs und herablassend jedem Offizier gegenüber, der kein Admiral war. Bei der Navy hatte er sich den Ruf eines Kommandanten erworben, der die Tradition pflegte, die Jungen zu fressen. Wenn ein Offizier seinen hohen Anforderungen nicht gerecht wurde, schrieb Randall die Art Beurteilung, die eine Karriere bis zu dem Maße ruinieren konnte, daß man ihm riet, ins Zivilleben zurückzukehren. Bei den ranghöheren OpNav-Stabsoffizieren war Randalls Image gleichermaßen schlecht. Es machte ihm anscheinend Spaß, einen Stabsoffizier, der Bericht erstattete, fertigzumachen, indem er ihn am Podium raffiniert zu Fehlern provozierte und dann jedermann darauf aufmerksam machte.

Dan zögerte auf der Türschwelle, als er Randall sah, aber die beiden EAs ignorierten ihn. Dan blickte den Verwaltungsoffizier fragend an, der ihm mit einem Nicken zu verstehen gab, daß er ihn zu 06B führen würde, wenn der Admiral zu sprechen war. Dan wandte den beiden EAs den Rücken zu und versuchte, sich unauffällig zu verhalten, indem er die Bilder an der Wand betrachtete. Ein Hubschrauber vom Heliport des Pentagons flog dröhnend vorbei und übertönte einen Moment lang jede Unterhaltung.

»Sie sind Commander Collins?« fragte eine gebieterische Stimme. Dan erkannte, daß Randall mit ihm sprach. Er drehte sich um, ging jedoch nicht zu Mannings Schreibtisch.

»Jawohl, Sir«, sagte er.

Randall musterte ihn drei Sekunden lang, wandte ihm dann den Rücken zu und sprach mit Manning, ohne Dan eines weiteren Wortes zu würdigen. Auch mir war es ein Vergnügen, dich kennenzulernen, Mister Freundlichkeit, dachte Dan. Er drehte sich wieder um, denn er wollte nicht den Eindruck erwecken, daß er bei dem Gespräch der beiden EAs mithörte. Dan wurde klar, daß Randalls arrogantes Verhalten teilweise darauf zurückzuführen war, daß sein Admiral, der

Vice Chief, fast mit Sicherheit der nächste Chief of Naval Operations werden würde, der ranghöchste Offizier der gesamten Navy. Wenn die Tatsache, gesehen zu werden, ein Kriterium für die Beförderung bei der Navy war, dann konnte man keine bessere Position haben als die des Ersten Adjutanten und EA des nächsten CNO. Aber Summerfield hatte in einem ihrer Gespräche am späten Nachmittag einige interessante Bemerkungen über Randall gemacht.

Laut Summerfield lag einer der Hauptgründe für das Verhalten Randalls und der anderen EAs darin, daß sie so sichtbar waren. Sie mußten manchmal zwei oder drei Jahre als EA dienen, ohne jemals einen Fehler zu machen. Normalerweise kamen sie um halb sechs und manchmal noch früher ins Büro, sechs Tage pro Woche, um über alles, was los war, Bescheid zu wissen, wenn ihr Chef um sieben Uhr eintraf. Dann blieben sie im Büro, bis ihr Chef Feierabend machte, wie spät das auch sein mochte.

Eines Abends hatte Dan erstaunt beobachtet, wie Manning die letzte Aufgabe des Tages eines EA erledigt hatte. Nachdem Vice Admiral Layman sein Büro verlassen hatte, mußte Manning die Position jedes einzelnen Aktenhefters und Stabspapiers auf dem großen Schreibtisch des Deputy Chief of Naval Operations notieren, alles für die Nacht im Safe einschließen und am nächsten Morgen anhand seiner Skizze wieder dorthin legen, wo der große Mann es am Vorabend zurückgelassen hatte.

»Es ist hart, EA zu sein«, hatte Summerfield gesagt, »und die Admiräle sind ziemlich unbarmherzig: Wenn Sie Admiral wie ich werden wollen, dann müssen Sie es als mein EA schaffen. Und Sie sollten verdammt gut sein. Erst dann werden wir darüber *nachdenken,* ob wir Sie zu einem von uns machen.« Einige Captains wollten nichts davon wissen. Sie zogen es vor, auf ihren Marinestützpunkten oder nach ihrem Dienst auf See im Stab an Land zu bleiben und die dünne Luft in den Büros der Drei- oder Vier-Sterne-Offiziere bei der Navy zu meiden. Und weil Summerfield selbst ein EA und

Klassenkamerad von Admirälen war, wußte er, wovon er sprach.

»Commander Collins, der Admiral will Sie jetzt sehen, Sir«, verkündete der Verwaltungsunteroffizier. Dan ging zu der geschlossenen Tür des Büros. Die beiden EAs verstummten, als er vorbeiging, und Randall musterte ihn wieder.

»Schließen Sie die Tür«, sagte Admiral Carson, als Dan eintrat. »Nehmen Sie Platz. Ich habe gleich Zeit für Sie.«

Carson hielt einen roten Filzschreiber in der Hand und las ein Stabspapier in einem braunen Aktenhefter. Schließlich klappte er ihn zu und schaute Dan über seine Lesebrille hinweg an.

»Sie haben Ihre Operationen nach Washington verlegt. Warum?«

»Ich hatte das Gefühl, daß ich nichts mehr in Philly tun kann, Admiral. Der Leiter des Außenbüros des NIS hat angeordnet, alle Werftarbeiter, die Zugang zu dem Schiff gehabt haben konnten, zu befragen, aber das wird einige Zeit dauern – wenn die NIS-Leute die Befragungen tatsächlich durchführen. Ich hielt es für produktiver, ein mögliches Motiv oder einen Grund für Lieutenant Hardins Tod zu suchen.«

»Und dieses Motiv ist in Washington?«

»Das wissen wir nicht, Sir. Aber alle Akten sind hier oder werden hier sein, und von hier aus können die Leute, die mit Hardin vor zwei Jahren auf dem Schiff waren, besser ausfindig gemacht werden als von Philly aus.«

»Ich verstehe. Sie sagten, *wenn* NIS die Befragungen durchführt – ist er nicht kooperativ?«

»Vorgeblich, ja, Sir. Aber wir werden das sehr bald testen können. Miss Snow, die Verbindungsperson vom NIS Washington, hat dem Leiter des Büros Philadelphia zu verstehen gegeben, daß diese Befragungen erste Priorität haben. Wenn das so gehandhabt wird, habe ich keinen Grund zur Klage.«

Carson nickte. »Der Direktor des NIS ist Rear Admiral Keeler ... Wir hörten, daß sein Stellvertreter, Mr. Ames, diese

Sache bis zum Marineminister hinauf vortragen will, doch das geschah nicht. Ich nehme also an, daß Sie noch im Geschäft sind.«

»Jawohl, Sir.«

»Ich werde nicht nach Einzelheiten über die Ereignisse in Philadelphia fragen, aber der CHINFO informierte die CNOs beim morgendlichen Briefing heute, daß der Fall wirklich sensationell sei.«

»Jawohl, Sir, ich glaube, das ist er.«

»Dann sollten Sie anfangen, sich um Unterstützung von hilfreichen Leuten umzusehen. Denken Sie an die JAGMAN-Regeln: Sie sind der ermittelnde Offizier, und Sie können die Ermittlung durchführen, wie Sie es für richtig halten. Und wenn ein Ranghöherer Sie dabei behindert, können Sie ihm den Fall übergeben, und dann wird es *seine* Ermittlung. Das ist genauso, als würde der Kapitän auf die Brücke gehen und einen Manövrierbefehl erteilen. Der Kapitän hat das Sagen, richtig?«

»Jawohl, Sir. Aber bis zu welchem Rang gilt der Rat, Admiral?«

Admiral Carson zeigte die Andeutung eines Lächelns.

»Das werden Sie vermutlich herausfinden. Das war alles, Commander. Ich wünsche Ihnen einen schönen Tag.«

Bei seiner Rückkehr in die Abteilung 614 fand Dan ein Kurierpäckchen von der Personalabteilung auf seinem Schreibtisch vor. Grace teilte ihm mit, daß es vor fünf Minuten abgeliefert worden sei. Dan öffnete das Päckchen und stellte überrascht fest, daß es eine braune Personalakte, einen weißen Aktenhefter mit dem Fitneß-Report sowie zwei grüne Aktenhefter mit ärztlichen und zahnärztlichen Berichten enthielt. Aus dem beiliegenden Schreiben vom Bundesarchiv ging hervor, daß diese Akten noch nicht archiviert gewesen waren und deshalb zurückgeschickt werden mußten. Dan und Grace setzten sich hin, und Dan zeigte ihr, welche Akten in welchem Hefter waren. Dann bat er sie, abzuklären, ob das Büro des Leichenbeschauers in Philadelphia immer noch die zahnärztliche Akte benötige. Er begann, die Fitreps zu lesen, stellte jedoch bald fest, daß sie nicht sehr hilfreich waren.

»Verdammt«, murmelte er.

Grace legte den Telefonhörer auf. »Philadelphia will die zahnärztliche Akte haben. Sie sind aber zufrieden mit der Identifizierung, haben Zahnabdrücke gemacht und können ihre Akten schließen, wenn sie mit denen der zahnärztlichen Akte übereinstimmen. Was ist los?«

»Die Fitreps: alles Larifari – nichts Außergewöhnliches, nichts Negatives. Der einzige andere Offizier des Versorgungskorps auf dem Schiff war der Abteilungsleiter und sein Vorgesetzter. Diese Akte hilft uns nicht weiter.«

»Steht darin, wer der Kapitän war?«

»O ja. Und ich habe die Liste der Offiziere inklusive gegenwärtige Stationierung angefordert. Aber ich hatte gehofft, daß es einige Hinweise in der Akte gibt, etwas, das auf ein berufliches oder privates Problem oder sogar auf den Charakter schließen läßt.«

Grace setzte sich in ihrem Stuhl zurück. »Warum erwarten Sie ein Problem – nur weil er ein Schwarzer war?«

»Nein, natürlich nicht. Weil er umgebracht wurde. So etwas passiert nicht aus heiterem Himmel. Er war in etwas verwickelt, das zu seiner Ermordung führte.«

»Auf welchem Beweis basiert diese Annahme?«

Dan überlegte, aber Grace bedrängte ihn.

»Sie verstehen, was ich meine? Es ist der falsche Weg bei einer Ermittlung, einfach etwas vorauszusetzen. Ich denke, es ist an der Zeit für eine Entscheidungssammlung.«

»Entscheidungssammlung?«

»Ja, wie sie von der britischen Polizei benutzt wird. Sie hält alle verfügbaren Fakten auf einer großen weißen Tafel fest. Zu jedem Fakt vermerkt man ein Datum oder Stadium des Geschehens. Dann werden die Namen aller, die in irgendeiner Weise mit dem Fall zu tun haben, aufgelistet, wiederum mit den jeweiligen Daten der Verbindung. Dann wird eine Haupttafel mit chronologischer Zeitenfolge angelegt, der man die

Fakten und Namen zuordnet. Wenn es ein Motiv oder Verbindungen gibt, dann zeigt sich das auf der Haupttafel. Wir sollten das jetzt so machen. Diese drei weißen Tafeln sind bereits hier.«

In der nächsten Stunde legten sie die Tafeln an. Summerfield und Beißer schauten gelegentlich vorbei, während sie arbeiteten, aber keiner von beiden sagte etwas. Als sie fertig waren, lehnte sich Dan zurück und sah auf die Tafeln.

»Wenn ein Motiv daraus hervorgeht, so entgeht es mir«, meinte er und seufzte.

»Wir haben gerade erst mit der Ermittlung angefangen«, sagte Grace. »Aber ich sehe bereits einen Zusammenhang.«

Dan überlegte, erkannte den Zusammenhang jedoch nicht, im Gegensatz zu Beißer, der wieder einmal vorbeigekommen war.

»Zwei Todesfälle«, stellte er fest und wies auf die Tafel mit dem chronologischen Zeitablauf. »Hardins Schwester stirbt am 12. April 1992 bei einem Verkehrsunfall in D. C. Ihr Bruder wird ungefähr zwei Wochen später gekillt, nur weiß das keiner zu diesem Zeitpunkt. Bruder und Schwester, beide Navy-Mitglieder, beide tot in weniger als einem Monat. Wie ist das möglich, wenn es keinen Zusammenhang gibt?«

Grace nickte. »Und es wurde nur nicht mehr daraus gemacht, weil es zu diesem Zeitpunkt ein Unfall und ein Verschwinden war. Daß der Bruder tot ist, haben wir erst zwei Jahre später herausgefunden.«

»Dann lautet die Frage«, überlegte Dan, »besteht tatsächlich eine Verbindung? Gibt es zwischen Hardins Ermordung und dem Unfall seiner Schwester einen Zusammenhang? Vielleicht sollten wir mit den Cops sprechen.«

Captain Summerfield tauchte auf der Türschwelle auf. Er hatte seine Pfeife ausgegraben und tat, als paffe er daran, unter Mißachtung aller neuen Antiraucher-Vorschriften.

»Ich halte das für ziemlich unwahrscheinlich«, sagte er. »Ihr werdet nicht viel von der Polizei über einen Unfall mit Fahrerflucht erfahren, der vor zwei Jahren passierte. Ich denke, ihr müßt mit Lieutenant Hardins Vorgesetzten reden – mit solchen Leuten. Ich stimme Dan zu. Sie wissen vielleicht, was ihn in Schwierigkeiten gebracht und zu seiner Ermordung geführt hat.«

»Die Fitreps sind Blabla, Captain«, beschwerte sich Dan.

»Ja, aber das ist nicht ungewöhnlich. Er ist nicht lange genug bei der Navy, um sehr ausführliche Fitneß-Reports und all die Codewörter für den Beförderungsausschuß in den Beurteilungen zu haben. Die Beförderung zum Lieutenant erfolgt nicht automatisch, kommt aber verdammt nahe daran. Ich empfehle Ihnen, mit dem Mann zu sprechen, der damals befehlshabender Offizier der *Luce* war. Es muß einen Grund geben, weshalb Hardin in Schwierigkeiten geriet. Und weil er stellvertretender Zahlmeister war, wette ich, daß es etwas mit Geld zu tun hat. Wenn der Skipper auch nicht darüber reden will, wird Ihnen das etwas sagen. Da ist mein Telefon.«

Summerfield und Beißer verließen das Büro. Dan schaute Grace an. Sie zuckte die Achseln. Dan stand auf und schloß die Tür.

»Captain Summerfield hat vermutlich recht«, meinte Dan. »Wir müssen mit den ranghohen Offizieren auf seinem Schiff sprechen.«

»Ich habe eine bessere Idee«, entgegnete Grace. »*Sie* sprechen mit ihnen. Die reden wahrscheinlich eher mit einem Marineoffizier als mit einer Frau vom NIS.«

»Hey«, protestierte Dan. »Wir sind überhaupt nicht so schlecht, wie Sie uns machen.«

»Im Zweifelsfall entscheide ich zu Ihren Gunsten. Aber Sie müssen zugeben, bei der Erwähnung des NIS klappt automatisch sehr schnell das Visier hoch, um ihre Formulierung zu benutzen. Ein Commander, der vom OpNav aus anruft, erzielt wahrscheinlich bessere Ergebnisse. Ich habe eine Liste mit Fragen erstellt.«

»Und was machen Sie?«

»Ich werde mit der Polizei telefonieren.«

21

Am Dienstag kehrte Malachi Ward in sein Stadthaus in Capitol Hill zurück und hörte seinen Anrufbeantworter ab. Da war eine Nachricht vom Captain, der um Rückruf bat. Malachi mußte in einem alten Notizbuch nachschlagen, denn er hatte seit fast zwei Jahren nicht mehr mit dem Captain telefoniert. Dessen geliebter Chef mußte eine Keuschheitsphase hinter sich und gelernt haben, den Reißverschluß seiner Hose für eine Weile geschlossen zu halten. Es war fast achtzehn Uhr, aber Malachi wußte, daß der Captain noch in seinem Büro sein würde. Der Captain war sehr pflichtbewußt, das mußte man ihm lassen. Malachi wählte die Telefonnummer.

Nach der vierstündigen Fahrt von Norfolk war Malachi müde. Er hatte den Stabschef eines Unterausschusses zu einem freundlichen Gespräch mit dem Führer eine Lobbyistengruppe im maritimen Handel begleitet. Anscheinend war der Lobbyist dem Vorsitzenden des Unterausschusses bei Hearings mitten in einem wichtigen Machtkampf in die Quere geraten, nachdem er versprochen hatte, ihn bei einer Abstimmung über ein Kontingent zu unterstützen. Die Gesetzesvorlage selbst war nicht in Frage gestellt worden. Der politische Einfluß des Ausschußvorsitzenden hatte ausgereicht, um sie durchzubringen. Malachi war angeheuert worden, um den Lobbyisten darauf aufmerksam zu machen, daß es besser sei, wenn er sich nicht querlegte.

Sie waren am frühen Abend zu dessen Haus gefahren, und der Stabschef hatte mit dem Repräsentanten der Handelslobby gesprochen. Malachi war angewiesen worden, nichts zu sagen, einfach auf der Terrasse zu stehen und den Mann bedeutungsvoll anzuschauen, sein Haus, die hübsche Frau und die Kinder, die an den Küchenfenstern zu sehen gewesen waren. Die Botschaft war anscheinend durchgedrungen. Am folgenden Morgen hatte sich der Stabschef mit dem Lobbyisten und dessen ganzer Gruppe getroffen, um sicherzustellen, daß jeder den Kurs des Stabschefs vertreten würde. Malachi hatte das Haus noch einmal aufgesucht und die Frau des Lobbyisten auf dem Weg zum morgendlichen Tennis-Match abgefangen. Abermals hatte er nichts gesagt und nichts getan: Er hatte nur vor dem Haus im Wagen gewartet. Als sie aus der Tür gekommen war und ihn gesehen hatte, war sie sofort wieder im Haus verschwunden. Er hatte ihr Zeit gelassen, mit ihrem Mann zu telefonieren, bevor er langsam davongefahren war.

Als sich am Telefon eine unbekannte Stimme meldete, hinterließ Malachi seinen Codenamen und die Nummer und schenkte sich einen Whisky ein. In der vergangenen Nacht hatte er sich mit dem Trinken zurückgehalten – er war mit einem Auftraggeber unterwegs gewesen. Der Stabschef hatte irgendwo einen Empfang mit Abendessen gegeben, und Malachi hatte im Restaurant des Holiday Inn gegessen und einen doppelten Harper getrunken, bevor er auf sein Zimmer gegangen war. Er hatte eine Flasche Bourbon mitgenommen, jedoch beschlossen, seine Willenskraft zu testen. Er hatte die Flasche ungeöffnet auf den Nachttisch gestellt, sich einen alten Western im Fernsehen angesehen und geraucht, bis er schließlich eingeschlafen war. Die am nächsten Morgen immer noch ungeöffnete Flasche Harper hatte er als Beweis seiner Selbstkontrolle betrachtet. Aber das war gestern nacht gewesen. Heute war das anders. Er schenkte sein übliches Quantum ein und schaute sich die Abendnachrichten an. Das Telefon klingelte, als der Lokalsender noch einmal die Leichen der vergangenen Nacht in einem gesellschaftlich explosiven Viertel des Distriktes aufzählte. Malachi nahm den Hörer ab.

»Ja?«

»Hallo.«

Der Captain.

»Hallo. Sie hatten angerufen«, sagte Malachi.

»Ja, das habe ich. Erinnern Sie sich an den Hardin-Jungen?

Der vor zwei Jahren verschwunden ist? In Philadelphia? Nun raten Sie mal, was mit ihm ist?«

Malachi schwieg. Er mochte keine Ratespielchen.

»Er ist nicht mehr verschwunden«, fuhr der Captain fort.

Malachi setzte sich steil auf und schaltete den Fernseher leise. *Nicht möglich,* dachte er. *Aber paß auf, was du sagst.*

»Wo ist er aufgetaucht? Und was hat er gemacht?« fragte er und versuchte, den Eindruck zu erwecken, daß der Junge seines Wissens vielleicht noch lebte.

»Er ist mausetot in einem eingemotteten Kriegsschiff auf der Marinewerft Philadelphia aufgetaucht. Und jetzt gibt es eine Ermittlung.«

»Er ist tot?«

»Sehr tot. So tot, daß er sogar mumifiziert ist. Es hat den Anschein, daß er seit jenem Verschwinden in einem der Kessel der *Wisconsin* eingesperrt war. Wissen Sie, in einem eingemotteten Schiff gibt es keinen Sauerstoff unterhalb des Hauptdecks – er wird durch Stickstoff ersetzt. So schrumpfte der Junge zur Mumie. Sie werden bestimmt bald etwas darüber in den Nachrichten hören.«

Malachi nahm einen Schluck Whisky und überlegte. »Nun«, sagte er, »was soll's? Wenn er tot ist, kann er keine interessante Geschichte mehr erzählen. Daran können Sie Ihren Chef erinnern.«

»Die Ermittlung macht uns Sorgen, nicht Lieutenant Hardin. Aber wir hoffen, daß nach zwei Jahren die Spuren so kalt sind, daß dabei nichts herauskommt.«

»Das klingt vernünftig. Die meisten Morde werden entweder in den ersten zweiundsiebzig Stunden oder überhaupt nicht aufgeklärt.«

»Ist dies ein Mord, Malachi?« Die Stimme des Captains klang sanft. Malachi grinste vor sich hin.

»Das müssen Sie beantworten, Captain – einer Ihrer Leute ermittelt, nicht wahr?«

»Ja, genau. Und wie bei allen Ermittlungen, müssen wir sehen, wohin sie uns führt. Bei dieser Sache gibt es eine politische Dimension, die mir vielleicht die Möglichkeit verschafft, den Verlauf der Ermittlung zu beeinflussen. Auf eine Weise, die uns allen helfen kann. Aber …«

»Ja, ich höre dieses ›Aber‹. Was wollen Sie von mir?«

»Ich wollte nur, daß Sie es zuerst von uns erfahren. Wir melden uns vielleicht wieder. Halten Sie sich bereit.«

»Okay. Sie wissen, wo Sie mich finden. Aber denken Sie daran, daß es Ihre Ermittlung ist.«

Malachi legte auf und starrte auf den Fernseher. Er trank Bourbon, während Werbung auf dem Bildschirm lief. Eine sexy junge Frau im Minirock neigte sich über ein Ladenregal und entschied, welches Waschmittel das beste für sie und den Rest der Menschheit war. Hier ist die Frauenemanzipationsbewegung aktiv, dachte Malachi. Der voyeuristische Schwenk der Kamera auf die Oberschenkel der jungen Lady sollte zweifellos den Betrachter anregen, doch Malachi empfand nichts – jetzt nicht und seit jener Nacht in Frankfurt nicht, als ein Streit in einer Bar schrecklich danebengegangen war. Malachi und ein Sergeant der Militärpolizei namens Terry Eastman waren nach Sachsenhausen geschickt worden, um einen Warrant Officer der Air Force, der sich unerlaubt von der Truppe entfernt hatte, nach einer dreitägigen Sauftour in der Bar festzunehmen. Es hatte ganz einfach sein sollen: den Besoffenen schnappen, ihn in den MP-Transporter verfrachten und zum Bau transportieren. Eastman hätte das mit links erledigen können, aber Malachi war mit ihm gefahren, um anschließend sein freies Wochenende in Frankfurt zu genießen.

Es war anders gekommen: Ein Barflittchen mischte sich ein – Inge. Er kannte ihren Namen noch nicht, sah sie nur an der Bar sitzen. Als Sergeant Eastman dem Warrant Officer, der so betrunken war, daß er nicht mal den Kopf heben konnte, die Festnahme mitteilte, fuhr das grell geschminkte und vollbusige Barmädchen auf dem Barhocker herum und schrie Malachi auf deutsch an. Malachi war überrascht – es war keine große Sache im Gang, kein Kampf, überhaupt kein Problem.

Er war der Offizier, nicht der MP, und er war in Uniform. Er hob die Hand, wollte ihr sagen, daß sie die Klappe halten und sich nicht einmischen solle. Da griff Inge hinter sich, schnappte eine Bierflasche von der Bar, schlug den Hals ab und stieß sie Malachi zwischen die Beine. Der Schmerz war so unglaublich, daß Malachi nicht einmal schreien konnte, als er vor dem Barhocker zu Boden sank und die Hände auf seine plötzlich feuchte Hose preßte, und dann stieß ihm das Weibsstück die Flasche gegen die Kehle. Außer an den Schmerz und das Blut in seiner Hose und auf seinem Hemd erinnerte sich Malachi nur noch an Terry, den guten Sergeant Terry, der mit weit aufgerissenen Augen nach dem .45er griff und das Feuer auf die Hure eröffnete. Fünfmal blitzte und krachte Terrys Kanone. Flaschen im Regal hinter der Bar zersplitterten, und zwei Kugeln trafen Inge, eine den Oberkörper, die andere den rechten Arm, mit dem sie die Flasche schwang, die übrigen klatschten in das Holz der Bar und zertrümmerten Schnapsflaschen und Gläser. Malachi und Inge lagen nebeneinander auf dem Boden, Malachi zusammengekrümmt, Auge an Auge mit der Hure, seine Augen sehend, wenn auch kaum, ihre Augen glasig und nichts wahrnehmend, während hinter ihnen Glas klirrte, Sergeant Terry seinen Namen schrie und sich ein Geruch nach Blut, Schießpulver und Urin ausbreitete.

Malachi hatte vier Monate im Lazarett der U. S. Army in Wiesbaden verbracht, gegen eine Infektion angekämpft und dann gelernt, mit seinen beschädigten Stimmbändern wieder Laute zu bilden. Von seiner Kastration hatte man ihm erst nach drei Wochen erzählt.

Er starrte lange auf den Fernseher, ohne etwas wahrzunehmen, und durchlebte jene Nacht zum x-ten Male, ehe er in die Gegenwart zurückkehrte. Er stellte fest, daß seine Hände zitterten und er das Gefühl hatte, in einer Zwangsjacke zu stecken. Verdammt. Woher, zum Teufel, kam das? Er atmete tief durch, stand auf und ging in die Küche, um mehr Whisky und Zigaretten zu holen. Es war erstaunlich, was die Erinnerung manchmal auslöste – wenn er einer Frau in der U-Bahn begegnete, die Ähnlichkeit mit Inge hatte, wenn er etwas im Fernsehen sah wie heute abend. Er fragte sich oftmals, ob er nicht ein bißchen verrückt war. Manchmal entdeckte er in Gesichtern von Frauen, an denen er auf der Straße vorüberlief, das von Inge. Es brachte ihn immer durcheinander, wenn es geschah. Wie an dem Morgen, an dem er dieses schwarze Mädchen überfahren hatte – war das schon zwei Jahre her? Ihr Gesicht, ihre Wut, ihre verzerrten Züge hatten die Erinnerung an Inge ausgelöst, kurz bevor sein Wagen sie erfaßt hatte. Vielleicht war das der Grund, *warum* er sie erfaßt hatte.

Und das Leben in Capitol Hill half nicht: Anscheinend wohnten in all den kleinen Häusern in seiner Umgebung schöne junge Frauen, die jeden Morgen mit klappernden Absätzen an seinen Fenster vorbeiliefen, gekleidet wie Pariser Callgirls, jede mit der hochnäsigen ›Meine Scheiße stinkt nicht‹-Miene. Hunderte solcher Frauen. Die ihm nichts nutzten. Malachi konnte mit Frauen nichts anfangen.

Er ging ins Wohnzimmer zurück und setzte sich wieder. Der Hardin-Junge war also aufgetaucht. Im Kesselraum eines Kriegsschiffes. Netter Versuch, Angelo. Immerhin originell. Malachi schloß die Augen und wartete darauf, daß Mr. Harpers Elixier seinen Verstand mit etwas neuer Energie versorgte. Er hatte einmal unter einem Master Sergeant gedient, der ständig Predigten gehalten hatte, wie man in der Army zurechtkam. Einer seiner Sprüche schien jetzt zu passen. Vergeude keine Zeit und Kraft mit Dingen, die du nicht ändern kannst. Der Tod des Mädchens war ein Unfall gewesen, ein unangenehmer Unfall, aber daran war nichts zu ändern. Nach dem, was ihm eine Frau angetan hatte, schuldeten ihm alle Weiber jede Menge Möglichkeiten zu – wozu? Rache? Vergeltung? Gerechtigkeit, ja, das war es. Vielleicht war sie auf der Straße nicht ausgerutscht. Vielleicht hatte er Inges Gesicht gesehen und einfach das Lenkrad ein wenig gedreht, gerade genug, um etwas von dem heimzuzahlen, was ihm diese deutsche Hure angetan hatte, indem sie ihm die Stimme und sein Sexleben ruiniert hatte – für immer.

Der Tod ihres Bruders war auch so etwas wie ein Unfall. Bruder wie Schwester hatten offenbar die Scheiße angezogen wie ein Magnet das Eisen. Angelo hatte ihn gewarnt, und wie bei der Sache mit dem Mädchen waren die Dinge schiefgegangen. Und jetzt hatte man die Leiche gefunden, und die Navy führte eine Ermittlung durch. An der Tatsache, daß die Leiche aufgetaucht war, ließ sich nichts ändern, und Angelo war nicht der Typ, der ihm sein Geld zurückzahlte; bei solchen Jobs gab es keine Garantie.

Er dachte über die Auswirkungen einer Ermittlung nach. Eine Ermittlung der Navy in einem Mordfall fiel in die Zuständigkeit des Naval Investigative Service. Er schnaubte. Der lahme Versuch der Navy, dem CID der Army nachzueifern, noch dümmer. Während seiner Zeit in Deutschland hatte er Erfahrung mit einer NIS-Gruppe vom Büro Neapel gemacht, als er einem Corporal der Navy eine Drogensache angehängt hatte, um einige Freunde zu schützen. Er hatte die Dinge so gut vorbereitet, daß die Würstchen vom NIS eigentlich gar nichts mehr hätten tun müssen, aber nein, sie hatten herumschnüffeln wollen, mit Leuten reden, und dabei fast alles verdorben. Sie waren eine Horde von Ex-Sailors, die in Polyester-Anzügen von Sears herumliefen und versuchten, in ihren Berichten dreisilbige Wörter zu benutzen. Es hatte ihn nicht überrascht, zu lesen, daß der NIS an den jüngsten PR-Problemen der Navy wegen des Tailhook-Skandals stark beteiligt war. Aber nichtsdestoweniger würde der NIS jetzt herumschnüffeln und mit Leuten reden. Es war zwar besser, daß der NIS und nicht das FBI ermittelte, aber es bedeutete, daß eine Bundespolizei ihre Nase in die Sache steckte. Dadurch würden der Captain und sein Chef früher oder später nervös werden. Eigentlich waren sie es schon.

Malachi schenkte sich in der Küche noch einen Bourbon ein. Als er ins Wohnzimmer zurückkehrte, brüllte ein besonders freundlicher Autoverkäufer stumm auf dem Fernsehbildschirm. Warum mußten Auto- und Möbelverkäufer immer schreien? Er war überzeugt davon, daß die Stummtaste auf der Fernbedienung erfunden worden war, diese Leute zum Schweigen zu bringen. Er setzte sich wieder hin. Selbst der NIS konnte einen Zusammenhang zwischen dem Tod des Mädchens und dem des Bruders nur zwei Wochen später herausfinden. Aber außer diesem bedauernswerten Zufall gab es nichts, das *ihn* mit dem Mädchen und dessen Bruder in Verbindung brachte. Angelo, vielleicht, aber Angelo war so sicher, wie einer nur sein konnte. Man mochte das Gewerbe der Itaker nicht bewundern, aber sie beachteten ihre eigenen Regeln und Vorschriften viel genauer als die meisten Gruppen der amerikanischen Gesellschaft.

Und der Captain. Malachi dachte darüber nach. Wenn die Würstchen vom NIS auf etwas stießen, dann war die schwächste Stelle in seinem Sicherheitsnetz der Captain – der Typ, der ihm vor zwei Jahren das Geld überreicht hatte, damit er dem Mädchen Angst einjagte, und der Typ, der ihn in den Army Navy Club eingeladen hatte, damit er sich den Bruder ansah. »Ich wünsche wirklich, daß der Hurensohn einfach verschwinden würde«, hatte der Captain zu ihm gesagt. Der Captain war die einzige Person in dieser ganzen Hardin-Sache, der mit dem Finger auf ihn zeigen konnte.

Malachi trank sein Glas leer und genoß die Wärme, die sich in seinem Magen ausbreitete. Dieser ganze Schlamassel hatte begonnen mit einem ehrlichen, unkomplizierten Job: Er hatte Elizabeth Hardin einschüchtern und ihr klarmachen sollen, daß das sehr wichtige Leben eines sehr beschäftigten großen Mannes geschützt werden mußte. Die leichte Warnung hatte nicht geklappt, und so hatte er mehr Druck ausgeübt, doch das Weibsstück hatte alles verdorben. Wie man es auch betrachtete, diese Sache war einfach ein Unfall gewesen.

Dann der Nicht-so-sehr-Unfall ihres geschwätzigen jüngeren Bruders.

Vielleicht, nur vielleicht, je nachdem, was der Captain entschied, würde er im Fall Hardin noch einen weiteren Schritt unternehmen müssen. Die Geschichte mit dem Mädchen war verdammtes Pech gewesen. Ihr Bruder … nun, ihr Bruder hatte das Maul bei den falschen Typen zu weit aufgerissen. Jetzt mußte er, Malachi, möglicherweise eine weitere Figur aus dem Spiel nehmen, um sich zu schützen. Dann blieb der Chef, der große Mann, ganz allein übrig, wenn der NIS zufällig den richtigen Weg einschlug. Der Gedanke gefiel Malachi. Ja, der war fast so gut wie dieser köstliche Bourbon. Er merkte, daß sich seine Gedanken im Kreis drehten und er vielleicht ein bißchen betrunken war. Welch eine Überraschung.

22

Am Dienstagmorgen betrat Grace das Gebäude der Stadtverwaltung in der Indiana Avenue und orientierte sich an der Tafel über dem unbesetzten Informationsschalter. Die Halle war groß und ziemlich düster, und es herrschte ein stetiges Kommen und Gehen. Da waren Bürger, die ein Kraftfahrzeug anmelden wollten, gestiefelte Motorradcops. Cops in Zivil und viele Leute, die Grace nicht einordnen konnte. Der Terrazzoboden verstärkte die Geräusche, die Schritte der Leute und Stimmen, die nach dem Weg fragten. Die Informationstafel verriet ihr, daß sich die Mordkommission im dritten Stock befand, und so ging sie zu den Aufzügen und gesellte sich zu einer kleinen Gruppe von Leuten, die dort warteten.

Sie zog den Zettel mit dem Namen ihrer Kontaktperson aus ihrer Tasche: ein Captain Goldsmith. Sie hatte gestern nachmittag angerufen und um einen Termin gebeten. Heute morgen, bevor sie zur U-Bahn gegangen war, hatte sie wieder telefoniert, und Goldsmith' Sekretärin hatte den Termin bestätigt. Endlich kam der Aufzug. Grace fuhr in den dritten Stock. Dort las sie eine Zimmernummer und ging den Gang entlang zum vorletzten Büro, dessen Tür offenstand. An den meisten Türen fehlten die Zimmernummern.

In dem Büro gab es zwei Schreibtische. Neben einer offenen Tür, hinter der sich ein größeres und besser eingerichtetes Büro befand, unterhielt sich eine Sekretärin mit einem Schwarzen in einem grauen Anzug, als Grace eintrat. Er fragte sofort, ob er ihr helfen könne.

»Ich habe einen Termin bei Captain Goldsmith«, sagte Grace. »Können Sie mir sagen, wo sein Büro ist?«

»Ich bin Captain Vann«, stellte sich der Mann vor. »Captain Goldsmith ist der Leiter der Mordkommission. Die Tür nebenan. Ich zeige Ihnen den Weg.«

Er führte sie durch die nächste Tür in ein Vorzimmer. Vann schaute ins Chefbüro und forderte Grace mit einer Geste auf einzutreten. Dann entfernte er sich.

Wendell Goldsmith war ein Weißer Mitte Fünfzig, der nicht wie der Chef der Mordkommission in einer Stadt wie Washington wirkte, sondern eher wie ein wohlhabender Lobbyist. Er hatte ein rötliches Gesicht mit dem Ansatz eines Doppelkinns und war wohlbeleibt. Der teure Anzug war vermutlich maßgefertigt. Der Captain hatte den vorsichtigen Blick eines langjährigen Bürokraten, und seine Begrüßung war höflich, aber reserviert, nachdem sich Grace ausgewiesen hatte. Goldsmith forderte sie auf, Platz zu nehmen. Grace bemerkte, daß er sich mit einem Blick vergewisserte, daß die Tür zwischen seinem Büro und dem Vorzimmer nicht geschlossen war.

»Nun, Miss Snow, was kann ich für den NIS tun?« Er hatte eine angenehme Stimme, die keine besondere Emotion verriet. Grace fragte sich, ob er ein politisch Ernannter war oder jemals als Kriminalbeamter gearbeitet hatte.

»Captain Goldsmith, ich danke Ihnen, daß Sie mich so kurzfristig empfangen. Wie ich Ihrer Sekretärin sagte, führe ich eine Ermittlung für die Navy durch, und sie betrifft die Ermordung eines Lieutenants auf der Marinewerft Philadelphia vor zwei Jahren.«

Er sah sie nur fragend an.

»Ich suche die hiesige Polizei auf, weil die Schwester des

Ermordeten, die ebenfalls bei der Navy war, einem Verkehrsunfall mit Fahrerflucht hier im Distrikt zum Opfer fiel. Sie kam ungefähr zwei Wochen vor der Ermordung des Lieutenants ums Leben. Der Fall wurde offenbar nie gelöst.«

»Haben Ihre Ermittlungen irgendeine Verbindung zwischen den beiden Todesfällen ergeben, Miss Snow?«

»Nein, nicht nach den Fakten. Aber wir halten es für einen zu großen Zufall, daß Bruder und Schwester, beide Navy-Mitglieder, innerhalb von zwei Wochen sterben.«

»Ich verstehe«, sagte Goldsmith höflich. *Das bezweifle ich,* dachte Grace, aber sie hakte nach.

»Ich möchte mich mit den Leuten zusammensetzen, die die Ermittlung bei dem Unfall mit Fahrerflucht durchführten. Der Name des Opfers ist Elizabeth Hardin.«

Goldsmith schrieb den Namen auf einen Zettel und dachte anscheinend nach.

»Wenn es Fahrerflucht war«, erklärte er schließlich, »dann wird der Fall zur Abteilung Fahrerflucht bei der Verkehrspolizei gegangen sein. Die ist drüben in der New York Avenue. Wenn der Fall gelöst wurde, sind die Akten hier im Zentralarchiv – das ist unten im Erdgeschoß.«

»Und wenn er nicht gelöst wurde?«

Goldsmith zuckte die Achseln. »Dann wäre es ein offener Fall; die Originalakten wären unten, und ein Duplikat wäre bei der Verkehrspolizei. Die Aussicht auf eine Lösung zu einem so späten Zeitpunkt ...« Er schaute auf seine Armbanduhr.

»Ich verstehe, Captain«, sagte Grace. »Können Sie mich an jemanden bei der Verkehrspolizei verweisen?«

»Das kann ich, aber wir haben eine Standardprozedur, wenn wir andere Strafverfolgungsbehörden Polizeiakten einsehen lassen, die Sie erst hinter sich bringen müssen. Wir benötigen ein formelles Gesuch Ihrer Dienststelle – ein Fax wird aber reichen. Möchten Sie telefonieren?«

Sie mußte unten im Archiv fast eine Stunde warten, bis Bobby Booker ein entsprechendes Fax vom NIS schicken konnte. Schließlich händigte ihr eine sehr dünne ältere Schwarze eine noch dünnere Polizeiakte aus. Sie ließ Grace den Empfang mit ihrer Unterschrift bestätigen und wies dann auf eine Kombination aus Schreibpult und Sitzbank im Vorraum des Archivs, die Grace seit ihrer Schulzeit nicht mehr gesehen hatte. Grace bedankte sich und setzte sich, um die Akte zu lesen, sie war wirklich sehr dünn. Die typische Redensart des Quizmasters einer Fernsehshow in den fünfziger Jahren kam ihr in den Sinn: »Nur die Fakten, Madam, nur die Fakten.«

Fakten waren alles, was die Akte enthielt: Am 12. April 1992 um 6 Uhr 35 hatte ein Bürger über Notruf 911 gemeldet, daß er eine junge Frau, die vermutlich tot war, vor seinem Haus in der 23rd Street gefunden hatte. Der Rettungsdienst war um 6 Uhr 35 losgefahren und um 6 Uhr 45 eingetroffen. Der Rettungsdienst bestätigte, daß das Opfer, eine schwarze weibliche Person, an den Folgen zahlreicher Verletzungen gestorben war, nachdem ein Fahrzeug es erfaßt hatte. Es gab Beweise auf der Straße (zwei Schuhe, Blutflecke und eine Damenhandtasche), jedoch keine Bremsspuren oder andere sichtbare Anzeichen auf ein Ausweichmanöver. Die Distanz zum Fundort der Leiche betrug 22,3 Meter. Keine Zeugen, die etwas gesehen oder gehört hatten.

22,3 Meter, dachte Grace. Das Fahrzeug war ungebremst weitergefahren. Vermutlich ein großes Fahrzeug, ein Van oder ein Suburban wie der von Dan. Grace stellte sich vor, wie das Opfer durch die Luft geschleudert worden war, und sie erschauerte.

Der schlecht getippte Ermittlungsbericht von einem Detective namens William Marshall war nicht viel informativer. Entsprechende Presseverlautbarungen waren der Akte beigefügt, einschließlich eines Appells an den unbekannten Fahrer und der Bitte um sachdienliche Hinweise an die Bevölkerung. Alles ohne Ergebnisse. Rundschreiben an Karosserie- und Reparaturwerkstätten hatten zu nichts geführt. Die Kleidung des Opfers war ins Labor geschickt und auf Lackspuren untersucht worden, ohne welche zu finden. Eine Befragung der Mutter des Opfers hatte keinerlei Hinweise ergeben, die einen Unfall in Frage gestellt hätten. Die Schlüsse des Ermittlers: Unfall mit Fahrerflucht; Täter unbekannt; Fahrzeugtyp, Baujahr, Farbe unbekannt. Eine handschriftliche Notiz in der Rubrik ›Begleitumstände‹ machte darauf aufmerksam, daß das Opfer eine Schwarze gewesen war, die in dunkler Kleidung in der frühmorgendlichen Dunkelheit verkehrswidrig die Straße überquert hatte.

Die dritte Seite war ein Bericht des Leichenbeschauers über Verletzungen und Todesursache, aus dem hervorging, daß das Opfer von einem großen Fahrzeug mit hoher Geschwindigkeit erfaßt worden war. An den Fuß der Seite waren einige Bemerkungen gekritzelt, die Grace überging. Sie blätterte weiter. Die vierte Seite war der Bericht des Arztes, der die junge Frau beim Eintreffen in der Notaufnahme der George Washington Uniklinik für tot erklärt hatte. Zahlreiche innere Verletzungen, starker Schock. ›Höchstwahrscheinlich fast sofortiger Tod durch Ausmaß und Schwere der Verletzungen. Nächste Angehörige, Mrs. Angela Hardin, nach den Angaben der Papiere des Opfers benachrichtigt. Leiche für den Leichenbeschauer freigegeben.‹

Grace widmete sich wieder dem Bericht des Leichenbeschauers, las die anatomischen Befunde und konzentrierte sich dann auf die handgeschriebenen Anmerkungen. Die Handschrift des Leichenbeschauers war fast unlesbar, doch Grace konnte ein Wort entziffern und daraufhin den Rest deuten. Elizabeth Hardin war zum Zeitpunkt ihres Todes in einem sehr frühen Stadium einer Schwangerschaft gewesen. Grace schloß die Akte.

Das war vielleicht wichtig. Eine Schwangerschaft wies auf eine Beziehung mit einem Mann hin, der vielleicht Informationen über Elizabeth Hardin, die Frau, die Person, geben konnte – im Gegensatz zu Elizabeth Hardin, das Opfer eines Unfalls mit Fahrerflucht. Durch Elizabeth konnten sie vielleicht etwas über ihren Bruder erfahren. Grace war bereit einzuräumen, daß der Tod der jungen Frau das war, wonach er aussah: ein Unfall. Die Cops hatten gewöhnlich ein ziemlich gutes Gespür für diese Dinge, und die Ermittlung war offenbar ganz korrekt durchgeführt worden. Doch Grace hielt es immer noch für einen merkwürdigen Zufall, daß binnen zwei Wochen erst die Schwester und dann der Bruder ums Leben gekommen war. Sie brauchte menschlichen Kontakt, um diesen Zufall zu erkunden.

»Verzeihen Sie, Miss Snow«, ertönte eine Stimme und riß sie aus ihren Gedanken. Sie erschrak und ließ die Akte beinahe fallen. Überrascht hob sie den Kopf. Seitlich hinter ihr stand der Captain, der sie in Goldsmith' Büro geführt hatte. Vann hieß er. Es war unmöglich, sich graziös von der engen Bank zu erheben, und so blieb sie sitzen und schaute einfach zu ihm auf. Vann war mittelgroß, schlank und hatte ein schmales Gesicht, das Grace vage vertraut vorkam.

»Ja?« sagte sie.

»Ich bin Moses Vann. Der Stellvertreter des Kripochefs. Ich war früher Leiter der Mordkommission. Sie haben Fragen über den Fall Hardin gestellt?«

»Haben Sie mit Captain Goldsmith gesprochen?«

Er sah kurz weg, wie ungeduldig oder verärgert, weil sie mit einer Gegenfrage geantwortet hatte. »Weshalb sind Sie hier, Miss Snow? Warum interessiert sich die Navy plötzlich für den Tod von Elizabeth Hardin?«

Grace fühlte sich zunehmend unbehaglich, weil sie zu ihm aufblicken mußte. Sie schob sich seitwärts von der Bank und legte die Akte auf den Schalter zurück. Die Angestellte vermerkte den Erhalt der Akte und verschwand damit.

»Ich führe eine Ermittlung in dem Todesfall, offenbar ein Mordfall, ihres Bruders, Lieutenant Wesley Hardin, in Philadelphia durch«, erklärte sie schließlich. »Er wurde …«

»Ja, ich habe davon gehört. Wissen Sie, ich kenne Angela Hardin. Welche Verbindung gibt es da?«

»Ich – wir, das heißt, ich habe einen Partner, der die Ermittlung leitet, er ist von OpNav, und …«

»Welche Verbindung gibt es, Miss Snow? Sind Sie aus einem bestimmten Grund hier? Oder suchen Sie hier Ostereier?«

Grace mißfielen sowohl Inhalt als auch Tonfall seiner Frage. Dieser Mann war fast unverhohlen verärgert über sie. »Ich bin Ermittlerin des Bundes«, entgegnete sie. »Ich arbeite für den NIS – das ist der Naval Investigative Service. Ich vertrete die Bundesregierung, Captain Vann. Aus der Art, in der Sie mit mir sprechen, könnte man schließen, daß Sie bei diesem Fall besonders empfindlich sind.«

Vann starrte sie an, und dann lachte er freudlos.

»Nein«, sagte er. »Da kommt nur meine übliche geistsprühende Persönlichkeit durch. Wir kleinen Cops hier machen uns gern über hübsche weiße Frauen lustig. Besonders über solche vom Bund, wenn Sie verstehen, was ich meine.«

Grace sah ihn schelmisch an. »Das war wirklich eine Schau, Captain Vann. Können Sie auch Bill Cosby imitieren?«

Vann bemühte sich, sie finster anzuschauen, doch dann hatte er Schwierigkeiten, seine Miene unter Kontrolle zu halten. Schließlich grinste er. »In Ordnung, Miss Bundesregierung Snow. Ich nehme an, das hatte ich verdient. Wie wäre es, wenn ich Ihnen eine Tasse Kaffee spendiere und wir noch einmal von vorne anfangen?«

Grace zögerte, doch dann stimmte sie zu und griff nach ihrer Handtasche. Er führte sie über den Korridor zur Eingangshalle und aus dem Gebäude. Sie traten in den strahlenden Sonnenschein auf den Platz vor dem Zentrum, wo sich anscheinend die gleichen Leute tummelten, die sie bei ihrer Ankunft gesehen hatte. Als ein paar Fahrer versuchten, sich im Schrittempo einen Weg durch die Menge zu bahnen, gab es einen Stau, und zwei offenbar überforderte Polizistinnen trugen zu dem Durcheinander bei, indem sie vergeblich versuchten, den Verkehr zu regeln. Einige der Cops grüßten Vann, als er mit Grace über die Straße auf ein Eckcafé namens Barista zuging, das nahe beim Eingang der U-Bahn-Station

Judiciary Square war. Vann wies auf einen Tisch vor dem Café, fragte Grace, welche Art Kaffee sie wolle, und betrat dann das Lokal, um zu bestellen. Er kehrte mit zwei Kaffees und einem Pflaumenteilchen zurück, das in zwei Hälften geschnitten war.

»Pflaumenteilchen sind mein Untergang«, gab er zu und setzte sich neben Grace. »Doch diesmal geht es okay; Sie müssen eine Hälfte essen, damit ich keine Gewissensbisse bekomme.«

Grace lächelte und nickte. Vann nahm die andere Hälfte und verzehrte sie im Nu. Grace bemerkte, daß er nervös war, nicht still sitzen konnte und sich ständig umschaute.

»Der Kaffee ist nur ein Vorwand, um an das Pflaumenteilchen zu kommen«, meinte er und leckte sich die Finger ab. Sein Jackett sprang auf, und Grace sah ein Schulterholster, in dem eine Waffe steckte, die wie eine Miniaturkanone wirkte. Er bemerkte ihren Blick.

»Das ist eine Ruger Blackhawk 44er Mag«, erklärte er. »Damit kann ich nichts treffen, das kleiner als ein Gebäude ist, aber wenn das Ding losgeht, reckt jeder schuldige Bastard im Umkreis eines Blocks die Hände hoch. Auf diese Weise lösen wir viele Fälle.«

Grace lächelte. »Man gab mir beim NIS eine 3,75 Magnum«, sagte sie. »Ein Spaß, den man sich mit einer Neuen macht, denke ich. Ich hatte Angst, nach dem ersten Schuß noch einmal abzudrücken. Meine Hand tat weh.«

Vann lachte. »Ich weiß, was Sie meinen. Wir haben eine kleine Lady hier bei der Kripo – Tamassa Greene heißt sie. Ziemlich forsch, die Kleine. Beim ersten Mal auf dem Schießstand tauchte sie mit einem Colt Woodsman auf – das ist eine dieser teuren 22er Halbautomatiks. Der Mob liebt sie. Der Ausbilder erklärte, damit würde sie nichts stoppen. Sie stimmte ihm zu, denn sie bevorzuge es, einem Bastard die erste Kugel durchs Auge und die zweite zwischen die Beine zu schießen. Ich erinnere mich, daß es totenstill wurde, als sie das sagte, und wie all die Machos ein wenig vor ihr zurückwichen. Diese Waffe trägt sie bis zum heutigen Tag, und wenn sie für Qualifikationen schießt, dann endet sie mit zwei zusätzlichen Treffern, einen hoch, einen tief, wenn Sie mir folgen können. Sie ist wirklich Spitze. Aber genug davon. Sie sind aufgrund eines Verdachts vom Pentagon hierhergekommen. Sie suchen etwas und wissen nicht, was?«

Grace nickte und berichtete dann über den Stand der Ermittlung. Vann wirkte entspannter und ruhiger, während Grace sprach. Er war nicht mehr so nervös, und er sah nur sie an. Grace gewann den Eindruck, daß er sich jedes ihrer Worte einprägte.

»Wir haben im Augenblick kaum Fakten und eine sehr kalte Spur«, endete Grace. »Wir konnten nur feststellen, daß die beiden Todesfälle zeitlich nahe beieinanderlagen.«

Vann nickte, dann zog er eine Schachtel Zigaretten hervor, schnippte eine heraus und schaute Grace an, als wolle er um Erlaubnis zum Rauchen fragen.

»Rauchen Sie nur«, forderte sie ihn auf. Es machte ihr nichts aus, wenn jemand in ihrer Gesellschaft im Freien rauchte.

»Heutzutage kann man verdammt fast nirgendwo mehr rauchen«, sagte er mißmutig, zündete die Zigarette an und inhalierte tief. Er achtete darauf, den Rauch nicht in ihre Richtung zu blasen. Dann sah er sie an. »Was genau suchen Sie hier?«

»Ich hoffe, hier mit den Leuten zu sprechen, die im Fall der Fahrerflucht ermittelt haben. Goldsmith meinte, die Akte sagt mir ebensoviel wie die Leute, weil der Fall so lange zurückliegt.«

»Und?«

»Die Akte ist offen und geschlossen zugleich. Ich nehme an, wir müssen uns auf das konzentrieren, was Commander Collins unternimmt. Er befragt Lieutenant Hardins ehemalige Vorgesetzte auf dem Schiff. Vielleicht können sie einen Hinweis geben. Wir gehen von der Theorie aus, daß etwas, das er tat oder getan hatte, zu seiner Ermordung führte. Ich vermute, es war etwas hier in Washington.«

»Sie haben also nichts von Interesse in der Akte der Verkehrspolizei gefunden?«

Grace sagte sich, daß er sie vielleicht auf die Probe stellen wollte. »Nun«, begann sie zögernd, »nur eines – Elizabeth Hardin war schwanger.«

»Aha«, sagte er und sog tief an der Zigarette. »Und warum ist das interessant?«

»Es weist auf einen Freund, Verlobten oder Geliebten hin, auf jemanden, der ihr nahestand und vielleicht etwas über ihren Bruder weiß. Was genau, weiß ich wiederum nicht.«

Vann nickte anerkennend, drückte die Zigarettenkippe aus und trank Kaffee. Sie hatte plötzlich den Wunsch, mit ihm zu reden, das Schweigen auszufüllen, doch dann entschied sie, abzuwarten, was er sagen würde. Schließlich sprach er.

»Ich kenne Angela Hardin – die Mutter von Elizabeth und Wesley.«

»Das sagten Sie bereits. Wir lernten sie in Philadelphia kennen, als sie die Leiche identifizierte.«

»Auch das weiß ich. Wie reagierte sie auf Sie und Ihren Partner, den Commander ... wie heißt er noch, ja, Commander Collins. Wie reagierte Angela Hardin auf Sie?«

»Sie wirkte feindselig. Wir führten es auf die Trauer zurück. Aber ...«

»Ja?«

»Ich hatte das Gefühl, daß sie in der Gewißheit kam, daß es ihr Sohn war, den sie im Leichenschauhaus sehen würde. Als hätte sie sich mit seinem Tod abgefunden, als wäre die Reise nach Philadelphia nichts weiter als eine Formalität, eine Bestätigung dessen, was sie bereits wußte. Auch das führten wir auf ihre Trauer zurück. Beide Kinder zu verlieren ...«

»Dies ist Washington, D. C., Miss Snow«, bemerkte Vann grimmig. »Hier gibt es viele, viele schwarze Familien, die mehr als ein Kind verloren haben. Manchmal haben sie all ihre Kinder verloren.«

»Ja, ich weiß«, sagte Grace. »Aber erklären Sie mir, warum Sie mich heute aufgesucht haben? Sie haben offenbar ein besonderes Interesse an dem ersten Hardin-Fall. Können Sie mir irgend etwas darüber erzählen?«

Vann zögerte mit der Antwort und wurde wieder nervös. Er seufzte, schaute über die Straße, dann zu Boden und schließlich wieder zu ihr. Endlich brach er sein Schweigen.

»Nein«, sagte er. »Ich kann Ihnen nichts erzählen, das Sie bei Ihrer Ermittlung nutzen können. Ich kenne zufällig die Familie. Ich wußte von Wesleys Verschwinden, und ich hörte in den Nachrichten, daß die Navy einen Toten auf der Werft gefunden hat – in diesem Schiff. Ich frage mich, ob es Wesley sein könnte. Aber nein, ich kann Ihnen nicht helfen.« Er überlegte kurz. »Jedenfalls nicht zu diesem Zeitpunkt. Aber wir würden es sehr schätzen, wenn Sie mich wissen ließen, was Sie über Wesleys Tod herausfinden.«

»Wir?«

»Die Polizei. Der Chef nimmt Morde in dieser Stadt sehr ernst, trotz des Bildes, das Sie möglicherweise aus den Zeitungen von uns haben. Und wenn Sie irgend etwas von uns brauchen, wenden Sie sich zuerst an mich.«

Grace nickte. »Natürlich«, sagte sie. »Und wir wüßten es sehr zu schätzen, wenn Sie uns Ihrerseits informierten, sobald sich irgend etwas Neues in dem Fall ergibt. Hier ist meine Karte.«

Vann nahm die Visitenkarte und suchte nach einer seiner eigenen Karten. Grace griff nach ihrer Handtasche und erhob sich. »Wir wissen, Captain, daß man Wesley Hardin *lebend* in diesem Schiff begraben hat. Er wurde verprügelt, erhielt einen Schlag auf den Kopf und wurde wahrscheinlich bewußtlos in einen Dampfkessel gesperrt. Er ist möglicherweise in der Dunkelheit in diesem Kessel zu sich gekommen. Dan Collins meint, er könnte gewußt haben, wo er sich befand. Er hat vermutlich eine Woche in seinem stählernen Grab verbracht. Dann hat man das Schiff mit Stickstoff gefüllt.

Um es ›schlafen zu legen‹, wie man es auf der Werft bezeichnet.«

Sie sah ihn einen Moment lang an. Er streckte ihr seine Visitenkarte entgegen und hielt mitten in der Bewegung inne. Sein Gesicht spiegelte Schock wider, und er starrte sie fassungslos an. Dann schluckte er.

»Wenn Sie etwas herausfinden, rufen Sie mich bitte an«, stammelte er mit erstickter Stimme und überreichte ihr die Visitenkarte. »Bitte.«

23

Am selben Morgen um halb zehn führte Dan sein erstes Telefonat, um mit einem gewissen Captain Martin Fletcher zu sprechen, dem ehemaligen Kommandanten der *Luce,* der jetzt im Stab des Oberbefehlshabers der U. S. Atlantikflotte in Norfolk, Virginia, diente. Fletcher war in einer Konferenz. Der Verwaltungsoffizier fragte, ob er etwas ausrichten solle.

»Ja. Sagen Sie ihm, daß Commander Collins von OpNav wegen einer JAG-Vermittlung angerufen hat. Ich muß mit ihm über einen Lieutenant Junior Grade Wesley Hardin sprechen. Ich möchte auch, daß Sie von ihm ein Formular für die Freigabe von Informationen unterzeichnen lassen und mir zufaxen, damit ich seine Sozialversicherungsnummer auf einem Fragebogen benutzen kann.«

Dan nannte seine Telefon- und Faxnummer und hängte ein. Er mußte bis halb elf warten, um einen zweiten, ähnlichen Anruf zu tätigen, diesmal auf der Suche nach einem Commander William Brownell, ehemaliger stellvertretender Kommandant der *Luce* und jetzt Kapitän eines Zerstörers in San Diego. Man teilte Dan mit, daß der Zerstörer auf See sei und in drei Wochen in den Hafen zurückkehren würde. Er bedankte sich und legte auf. Dann hakte er den zweiten Namen ab.

Der dritte Name auf seiner Liste war ein Lieutenant Francis Baler, Versorgungskorps, U. S. Navy, der Hardins Abteilungsleiter und somit direkter Vorgesetzter auf der *Luce* gewesen war. Dan erfuhr, daß der Lieutenant jetzt in Mayport, Florida, stationiert war. Nach drei Telefonaten hatte er Glück.

»Lieutenant Baler am Apparat, Sir.«

»Lieutenant, ich bin Commander Dan Collins vom CNO-Stab in Washington. Ich führe eine JAG-Ermittlung wegen Lieutenant Junior Grade Wesley Hardin durch, der vor zwei Jahren verschwunden ist. Wie ich gehört habe, waren Sie vor Ihrer gegenwärtigen Verwendung sein Vorgesetzter auf der *Luce*.«

»Jawohl, Sir.«

Dan erklärte ihm, daß es sich bei ihrem Gespräch um eine offizielle Befragung handele und danach einige Formulare unterzeichnet werden müßten.

Er erklärte ihm auch, daß er ein Band mitlaufen lasse, um die Genauigkeit der Angaben sicherzustellen. Baler verstand die Prozedur, und sie gingen Name, Dienstrang und -nummer durch, um Balers Identität festzuhalten.

»Und Lieutenant Hardin war der stellvertretende Zahlmeister und Ihr Assistent während Ihrer Zeit als Versorgungsoffizier, richtig?«

»Jawohl, Sir. Er war der DisBo und mein Stellvertreter. Ist er endlich aufgetaucht?«

Dan war betroffen über die Wortwahl und den Tonfall des Lieutenants.

Die Frage hatte geklungen, als sei ein Ausreißer zurückgekehrt.

»Ja, in gewisser Weise ist er das, Mr. Baler«, sagte Dan. »Es hat den Anschein, daß er 1992 kein UA war. Es sieht aus, als sei er ermordet und seine Leiche in einem der Kesselräume der *Wisconsin* versteckt worden.«

»Allmächtiger! Von dieser Sache habe ich gehört. Das war Wes Hardin?«

»Ja. Ich spreche mit Ihnen, weil ich hoffe, irgend etwas über Mr. Hardins Verhalten im Dienst oder über seine Charakterzüge zu erfahren, was vielleicht einen Hinweis auf das Motiv für seine Ermordung gibt. Ich habe auch Ihren ehemaligen Kommandanten und dessen Stellvertreter angerufen.«

»Allmächtiger«, wiederholte Baler. »Aber ich weiß nicht, was ich der ersten Ermittlung hinzufügen könnte, Commander.«

»Welcher ersten Ermittlung?«

»Nun, eine JAGMAN-Ermittlung, verstehen Sie. Standardprozedur. Ich wurde zwar zum Ermittler ernannt, doch eigentlich wurde sie vom NIS-Büro in Philly durchgeführt, weil Hardin der DisBo war. Aber diese Seite war sauber. Es fehlte kein Geld, und es gab keinerlei Unregelmäßigkeiten in den Büchern. Alles war korrekt.«

Dan spürte ein warmes Kribbeln in seinem Nacken. Es hatte nach Hardins Verschwinden bereits eine Ermittlung gegeben, und der NIS hatte sie *durchgeführt*! Santini hatte sie nie erwähnt. Das war doppelt ärgerlich, denn er hätte darüber informiert sein müssen. Verdammt!

»Wir haben mit dem NIS gesprochen«, erklärte Dan. »Aber von einer JAG-Ermittlung auf der *Luce* hat man uns nichts gesagt. Erinnern Sie sich an den Namen des NIS-Mannes in Philly, der daran teilnahm?«

»Jawohl, Sir, er hieß Santini. Und war die Nummer zwei des Außenbüros. Wer es damals geleitet hat, weiß ich nicht mehr.«

Santini. Wunderbar. »Aber nach Ihrer Kenntnis hatte Hardin keinen offenkundigen Grund, sich einfach so davonzumachen?«

Es folgte eine Pause. Schließlich räusperte sich Lieutenant Baler. »Das habe ich nicht gesagt, Commander. Damals nicht und heute nicht. Aber Ihre Frage berührt einen empfindlichen Nerv.«

»Hat es etwas mit der Rasse zu tun?«

»Jawohl, Sir.« Wieder eine Pause. »Was soll's, ich habe es schon einmal gesagt, und ich wiederhole es, obwohl der Kommandant und der Stellvertreter es höchstwahrscheinlich nicht bestätigen werden. Aber es trifft den Kern des Problems, das ich mit Hardin hatte. Er machte seinen Job, er war ein fähiger Zahlmeister – die kleinen Verwaltungsfehler, die man nach seinem Verschwinden aufdeckte, waren ziemlich belanglose Kleinigkeiten, wie sie überall passieren. Aber als Offizier richtete er ebensoviel Schaden an, wie er Gutes tat. Meiner Meinung nach hatte er echte Schwierigkeiten, mit Weißen zurechtzukommen. Kurz und einfach, ich denke, er war ein Rassist.«

»Das ist ein kurzes und einfaches Attribut, Mr. Baler.«

Baler seufzte. »Jawohl, Sir. Aber was mich anbetrifft, so ist es die Wahrheit. Nicht, daß ein Weißer so etwas laut sagen oder bei einer Beurteilung schreiben kann, schon gar nicht heutzutage. Aber für mich war damals klar, daß Hardin abgehauen ist, weil er es satt hatte, sich an die Regeln der Weißen bei der Navy zu halten. Wissen Sie, ich habe hier in meiner Abteilung zwei schwarze Offiziere, und es gibt keine derartigen Probleme. Sie sind beide sehr gut in ihrem Dienst und kommen mit allen zurecht. Jeder respektiert sie als Offiziere und auch als Schwarze. Aber Hardin war Weißen gegenüber feindselig und machte sich nicht die Mühe, dies zu verbergen.«

Dan dachte nach, während er notierte.

»Beeinflußte dieses Verhalten *alles*, was er tat? Ich meine, war diese rassistische Feindseligkeit sichtbar genug, hat er etwas getan oder gesagt, das zu seiner Ermordung führte?«

»Da verlangen Sie aber Spekulationen von mir, Commander.«

»Ja. Nun, dies ist eine inoffizielle JAGMAN-Ermittlung. Wir machen keine Beweisaufnahme, und Sie sind weder ein Verdächtiger noch Teil der Ermittlung oder so etwas. Ich versuche, Fakten und Meinungen herauszufinden, und Sie sind nicht nur jemand, der Hardin beruflich kannte, sondern offenbar auch bereit ist, darüber zu reden.«

»Dann lautet die Antwort auf Ihre Frage, meiner Ansicht

nach, nein. Er war clever. Ärgerlich, aber intelligent. Die Grenzen des rassistischen Aspekts waren ihm gewiß bekannt, vermutlich auch der Kodex der Straßen, denn er stammte aus dem Zentrum von Washington, D. C. Ich meine, er wußte, wo man nicht hingeht und was man nicht sagt. Wenn er ermordet wurde, bezweifle ich sehr, daß es etwas mit einem Rassenproblem zwischen Schwarz und Weiß zu tun hatte.«

»Was dann? War er hinter Frauen her? Ein Spieler?«

»Das habe ich nie gesehen, und wir beobachten unsere Zahlmeister in dieser Hinsicht. Philly ist eine teure Stadt für rangniedrige Offiziere, und so hielten sich die meisten der Junggesellen, einschließlich Wes, auf dem Stützpunkt auf – im Offiziersclub, beim Pool, auf Partys in der Offiziersmesse, bei solchen Vergnügungen.«

»Was dann?« Dan war nicht sicher, ob Baler der Frage auswich oder wirklich nichts wußte.

»Commander, ich denke, und das sage ich, ohne zu wissen, was hier los ist … Ich denke … Verdammt, ich weiß nicht, was ich denken soll. Ich nehme an, es entstand aus etwas in Washington, entweder in der Vergangenheit, in seiner Jugendzeit, oder auch etwas, das er jemandem in D. C. gesagt oder angetan hat, was diesen Jemand verärgerte und veranlaßte, sich zu revanchieren. Er war oft an den Wochenenden in Washington. Seine Schwester lebte dort – sie kam bei einem Autounfall ums Leben, wie ich mich erinnere. Übrigens kurz vor seinem Verschwinden, fällt mir gerade ein. Und ich wiederhole, Wes war clever und kannte sich auf den Straßen aus, aber manchmal tritt man auf eine Mine, ohne es zu wissen, wenn Sie verstehen, was ich meine.«

»Aber unter dem Strich, er tat oder sagte dienstlich oder privat nichts auf dem Stützpunkt, was auf ein ernstes Problem in Philadelphia hinwies?«

»Das ist richtig, Sir. Aber es ist auch reine Spekulation. Niemand auf dem Stützpunkt wurde richtig vertraut mit Wes.«

»Keine weißen Offiziere, meinen Sie. War er der einzige schwarze Offizier bei Ihnen?«

»Jawohl, Sir.«

Dan dachte darüber nach. Ihm fiel keine weitere Frage ein. Er schaute auf Grace Snows Liste, aber Baler hatte alle beantwortet.

»Okay, Mr. Baler. Danke für das Gespräch und doppelten Dank für Ihre Offenheit. Ich werde es abtippen und Ihnen zum Unterzeichnen zuschicken lassen. Ich muß ... äh ... auf Diskretion bei der Abfassung des Textes achten. Heutzutage kann man in Schwierigkeiten geraten, wenn man auch nur über Rassenprobleme redet. Und ich bin Ihnen dreifach dankbar für die Information über die erste Ermittlung.«

»Jawohl, Sir. Es tut mir leid, das über Wes zu hören. Ich wußte damals nicht, was ich von ihm halten sollte, und ich bin jetzt nicht schlauer.«

Dan bedankte sich noch einmal, verabschiedete sich und hängte ein. Er rief Jackson und bat ihn, das Band abzuschreiben. »Aber löschen Sie es nicht. Ich muß alle Bänder aufheben, bis meine Zeugen die Befragungsprotokolle unterschrieben zurückgeschickt haben. Und machen Sie eine Rohabschrift. Ich muß den Text noch redigieren.«

Jackson maulte etwas, weil er das JAG-Zeug zusätzlich zu seinen normalen Aufgaben erledigen mußte, aber er trollte sich mit dem Band. Dan überprüfte, ob ein Rückruf aus Norfolk eingegangen war, aber das war nicht der Fall. Er wollte mit Santini in Philadelphia telefonieren und ihm wegen der vorherigen Ermittlung die Hölle heiß machen, doch dann entschied er sich zu warten, bis Grace wiederkam. Sollte sie dem NIS eine Standpauke halten.

Dan dachte über die Äußerungen Lieutenant Balers nach. Er selbst hatte als stellvertretender Kommandant einige Erfahrungen mit rassistischem Verhalten beider Hautfarben gesammelt, und er wußte über die Probleme, die auf so engem Raum wie Kriegsschiffen daraus entstehen konnten, Bescheid. Es kam zu Reibereien, und oftmals reagierten die Leute überempfindlich. Aber hatte so etwas einen Mord zur Folge gehabt? Er ging hinüber zu der Tafel mit den aufgelisteten Fakten.

Grace hatte die beiden Todesfälle – Bruder und Schwester, zeitlich so kurz hintereinander – dick unterstrichen. Das mußte eine Bedeutung haben, wenn auch nur statistisch. Laut Baler konnte es auf etwas zurückzuführen sein, das nicht in Philly, sondern in Washington geschehen war. Dan schrieb Hardin oben auf die Tafel mit den Namen und vermerkte darunter Balers Bemerkungen über dessen problematisches Verhalten und eine mögliche Verbindung zu Washington. Plötzlich wußte er, was ihn beunruhigte: Jetzt *mußten* sie mit Mrs. Hardin sprechen. Er saß vor den Tafeln und hing seinen Gedanken nach, als Grace zurückkehrte.

»Wie sind Sie mit den Cops zurechtgekommen?« fragte er, während sie den Mantel auszog und Platz nahm.

»Nichts in puncto Fahrerflucht«, antwortete Grace. »Die Akte ist noch offen, und es gibt keine Verdächtigen, keine Zeugen und keine Identifizierung des Fahrzeugs. Ich war schon bereit zu glauben, daß es das ist, wonach es aussieht: ein Unfall mit Fahrerflucht, bei dem der Fahrer nicht ermittelt werden kann.«

»Sie *waren* bereit – Vergangenheit?«

»Ja. Ein Captain, Ex-Chef der Mordkommission, hatte von meiner Anwesenheit erfahren und suchte mich auf.«

Dan schlug vor, in die Snackbar zu gehen und ein Sandwich zu holen. Grace erzählte ihm von ihrem Gespräch mit Captain Vann und dem Vermerk in der Akte, daß Elizabeth Hardin schwanger gewesen war. Bei dieser Nachricht stieß Dan einen leisen Pfiff aus. Aber dann stellte er die sachliche Frage:

»Was davon können wir als Fakten auf die Tafel schreiben?«

Grace runzelte die Stirn. »Nur die Polizeiakte«, antwortete sie. »Aber die Tatsache, daß sie schwanger war, sagt mir, daß wir mit Mrs. Hardin reden müssen.«

Dan nickte und erzählte Grace, daß er zu demselben Schluß gelangt war. Sie gingen mit ihren Sandwiches in die Abteilung 614 zurück, und Dan berichtete von seinem Telefonat mit Lieutenant Baler, einschließlich der Neuigkeit, daß es eine NIS-

Ermittlung gegeben hatte, an der übrigens Mr. Carl Santini beteiligt gewesen sei. Grace' Gesicht spiegelte Ärger wider.

»Dieser verdammte Santini. Er ließ mich das, was er als seine Akten bezeichnete, durchsehen, aber er erwähnte niemals etwas von einer früheren Ermittlung.«

»Er wird vermutlich kontern, daß Sie ihn nach früheren Ermittlungen des NIS, aber niemals nach einer auf der *Luce* fragten.«

»Bobby hatte recht«, sagte Grace leise.

»Es ist zum Teil mein Fehler«, gab Dan zu. Ihr Ärger wirkte echt, und Dan wollte sie besänftigen. »Ich hätte die JAG-Leute danach fragen sollen. Wenn ein Offizier verschwindet, gibt es normalerweise eine. Santini erzählte uns nur von der Überprüfung der Bücher des Zahlmeisters; ich hätte daran denken sollen. Ich werde nach oben zu den JAG-Leuten gehen und mir eine Kopie aus dem Archiv besorgen. Aber im Augenblick warte ich auf einen Rückruf vom Ex-Kommandanten. Sie können aufschreiben, was Sie bei der Polizei herausgefunden haben, solange es noch frisch in Ihrer Erinnerung ist. Haben Sie eine Kopie vom Bericht der Verkehrspolizei mitgebracht?«

»O verdammt! Nein, das habe ich nicht. Wo war ich nur mit meinen Gedanken!«

»Okay, rufen Sie dort an und bitten Sie um eine Abschrift der Hardin-Akte. Wenn ich vom JAG zurückkomme, versuche ich noch einmal, den Ex-Kommandanten zu erreichen. Konferenzen der Navy dauern nicht so lange.«

Während Grace ihre Telefonate erledigte, ging Dan nach oben ins JAG-Büro und füllte ein Formular zur Einsicht in die Ermittlungsakte gegen Lieutenant Junior Grade Wesley Hardin aus. Mit der Akte ging er wieder in die Abteilung 614 und rief in Norfolk an. Derselbe Verwaltungsunteroffizier, der bei seinem ersten Telefonat am Apparat gewesen war, teilte ihm mit, daß der Captain in einer Konferenz sei.

»In derselben Konferenz?« fragte Dan.

Ein kurzes Zögern. »Äh, ja, ich nehme es an. Ich gab ihm

Ihre Nachricht, aber ich glaube, er sagte, er ist fast den ganzen Tag in Konferenzen, Sir.«

»Okay, danke.« Dan legte auf. Er ging zu Summerfield und erklärte ihm das Problem.

»Das klingt nach einem Captain, der kein allzu großes Interesse hat, einen Commander zurückzurufen«, meinte Dan.

»Besonders bei diesem Thema, vermute ich«, erwiderte Summerfield. »Lassen Sie mich dem EA die Sache ins Ohr flüstern.«

Eine halbe Stunde später berichtete Grace, daß sie eine Kopie der Polizeiakte bekommen könne, aber nur, wenn sie persönlich das Empfangsformular unterzeichnete.

»Ich muß also noch einmal mit der U-Bahn hinfahren.«

»Können die das nicht faxen?«

»Möglicherweise, aber Bobby hat offiziell eine Kopie angefordert, und das bedeutet, daß sie von jemandem abgeholt werden muß. Wir haben unsere Vorschriften, hieß es, und der Amtsschimmel wieherte.«

Dan grinste. Dann meldete Jackson, daß ein Captain Fletcher für Commander Collins in der Leitung sei. Dan war versucht, das Gespräch von Jackson annehmen zu lassen, doch dann erinnerte er sich daran, worum es dabei ging. Er forderte Grace auf mitzuhören und schaltete das Tonbandgerät ein, bevor er den Hörer abnahm.

»Captain Fletcher?« sagte er. »Danke für Ihren Rückruf, Sir.«

»Seien Sie kein Klugscheißer, Commander«, erwiderte eine schroffe Stimme. »Sie haben jemanden beim EA der CincLantFleet anrufen lassen, der mich dazu ermunterte. Was wollen Sie?«

»Ich ermittle ...«

»Im Fall des Deserteurs. Hardin. Ich weiß. Und ich nehme an, das Gespräch wird aufgenommen. Was wollen Sie?«

»Ich möchte Sie fragen, ob Sie mir irgend etwas über Lieutenant Hardins Verhalten im Dienst oder über seine persönliche Situation sagen können, das vielleicht einen Hinweis gibt, warum er auf der Werft ermordet wurde.«

»Ermordet? Sagten Sie ermordet? Er desertierte.«

»Nein, das tat er nicht, Captain«, sagte Dan. »Sie werden es vermutlich bald in den Abendnachrichten sehen. Erinnern Sie sich an irgend etwas Persönliches oder Dienstliches bei ihm, das zu seiner Ermordung hätte führen können?«

»Nein, ich erinnere mich an nichts. Sonst noch etwas?«

Dan war bestürzt. Er versuchte es noch einmal. »Haben Sie irgendeine Meinung, warum er ermordet worden sein könnte?«

»Nein.«

»War Lieutenant Hardin einer ihrer besseren Offiziere, Captain?«

»Kein Kommentar.«

Dan konnte es nicht fassen. Kein Kommentar?

»Verzeihen Sie, Captain, aber ich bin nicht von der Presse. Ich habe Ihre beiden Beurteilungen über Mr. Hardin gelesen, uns sie sagen mir sehr wenig von Substanz. Er machte seinen Dienst; er sollte zum Voll-Lieutenant befördert werden. Das ist schon alles.«

Es folgte Schweigen. Dann fragte der Captain: »Sind Sie ein Überwasser-Mann, Commander?«

»Jawohl, Sir.«

»Hatten Sie schon ein Kommando?«

»Nein, Sir.«

»Nun, ich habe noch kein größeres Kommando bekommen, und so werde ich Sie vielleicht eines Tages in der Flotte sehen. Aber bevor Sie eines bekommen, lernen Sie offensichtlich ein paar Dinge über Fitreps.«

»Wie meinen Sie das, Sir?«

»Wenn Sie meine Beurteilungen über Hardin gelesen haben, dann sollten Sie keine blöden Fragen stellen. Ob er einer meiner besseren Offiziere war? Was ich über ihn zu sagen habe, steht in der Akte. Hardin war das perfekte Produkt seines Milieus. Und mehr werden Sie von mir über Mr. Hardin nicht hören. Sie führen eine inoffizielle JAG-Ermittlung durch, richtig?«

»Jawohl, Sir.«

»Dann sind wir fertig. Ende des Interviews. Sie schicken mir eine Abschrift dieses Gesprächs, und ich unterschreibe. Aber ich habe nichts mehr über Mr. Hardin zu sagen. Auf Wiederhören.«

Dan blieb ein paar Sekunden lang sitzen, bevor er den Hörer auflegte. Ihm wurde bewußt, daß Grace ihn anschaute. Er schaltete das Tonband aus.

»War das normal?« fragte Grace.

»Das war eher eine Behinderung meiner Arbeit. Hardins Ex-Kommandant. Wie Sie hörten, hatte er nichts zu sagen. Er steht voll hinter der Ermittlung – weit dahinter. Er sagte doch tatsächlich ›kein Kommentar‹.«

»Aber ist das eine normale Reaktion eines Captains auf die Nachricht, daß einer seiner Offiziere ermordet wurde, oder?«

»Keineswegs«, erwiderte Dan und stand auf. »Keineswegs.«

Grace ging zu der Tafel mit der Liste der Namen und fügte *›Luce-Captain‹* hinzu; dann sah sie Dan fragend an.

»Fletcher«, sagte er. »Captain Martin Fletcher.«

Sie notierte den Namen und darunter ›kein Kommentar‹. Dann schrieb sie die Namen des stellvertretenden Kommandanten und des Versorgungsoffiziers auf und ließ die Zeile des Kommandanten frei, während sie in die Zeile des Versorgungsoffiziers eine Anmerkung aus Dans Notizen eintrug.

»Man hält den Namen der Person fest, mit der man gesprochen hat, und nicht den des Opfers. Sie haben nie mit Hardin gesprochen.«

»Kapiert. Was ist mit diesem Kripo-Captain?«

Grace schrieb ›Vann‹ auf die Tafel und zögerte. Dann notierte sie ›weiß etwas‹, als Meinung darunter.

»Sehen Sie eine Parallele?« fragte sie.

»Der Versorgungsoffizier äußert sich negativ, und der politisch gewieftere Kommandant hütet sich davor, überhaupt etwas von sich zu geben?«

»Ja. Und durch sein Schweigen bestätigt der Kommandant

unfreiwillig die Aussage des Versorgungsoffiziers. Ich bin bereit, eine Meinung über Hardin zu vermerken.«

Sie diskutierten eine Weile, bevor sie sich einig waren, unter Hardins Namen zu schreiben: »Fähig, Einzelgänger in der Offiziersmesse, rassistisch sehr empfindlich, besuchte oft Washington.«

»Es wird interessant sein, zu hören, was der stellvertretende Kommandant zu sagen hat – oder nicht sagt«, bemerkte Grace.

»Wenn wir ihn erreichen – er ist noch ein paar Wochen auf See. Ich sehe eine andere Parallele«, sagte Dan. »Der Versorgungsoffizier glaubt, daß ein Motiv für Hardins Ermordung in Washington liegen könnte, nicht in Philly. Und die Bemerkung des Captain – ›Hardin war das perfekte Produkt seines Milieus‹ – bezieht sich ebenfalls auf Washington, D. C.«

Grace betrachtete die Tafel. »So kommen wir nicht weiter. Wir müssen mit seiner Mutter sprechen.«

»Und wie gelingt uns das? Sie gab ziemlich eindeutig zu verstehen, daß sie nichts mit uns zu tun haben will.«

Grace überlegte. »Ich muß immer noch zur Polizei. Ich denke, ich werde Captain Vann anrufen. Er sagte, er kennt Mrs. Hardin, und er kannte ihren Sohn und ihre Tochter. Mal sehen, ob er uns wenigstens auf neutralen Boden mit dieser Lady bringen kann.«

Nachdem Grace gegangen war, um zur Polizei zu fahren, brachte Dan seine Notizen für den Bericht auf den neuesten Stand und füllte einige der Kontrollisten des JAG-Büros aus. Nach einer Stunde kam Captain Summerfield.

»Wo ist Ihre Partnerin, das As?« fragte er.

»Sie mußte noch einmal zur Polizei fahren«, antwortete Dan. »Sie hat die Akte über Elizabeth Hardin eingesehen, aber vergessen, eine Kopie mitzubringen.«

»Ihr beide operiert anscheinend als Team«, bemerkte Summerfield und nuckelte wieder an seiner kalten Pfeife. »Meinen Sie immer noch, daß sie mit offenen Karten spielt?«

»Ja, Sir, das tut sie.« Dan erzählte von der vorherigen

Ermittlung und Grace' Nachforschungsergebnissen bei der Polizei. »Die frühere Ermittlung wurde auch ihr gegenüber verschwiegen. Dieser NIS-Typ in Philly, Santini, verhielt sich höflich, aber ich glaube, er erhält seine Befehle von jemand anderem. Grace hat einen Freund im NIS-Hauptquartier, der das sozusagen bestätigt. Jedenfalls habe ich den Navy-JAG um eine Kopie gebeten.«

Summerfield lehnte sich an den Türrahmen und dachte nach.

»Wenn sie nicht hier ist, sollten Sie vielleicht die Fäden bei all dem in die Hand nehmen«, riet der Captain schließlich. »Sagen Sie ihr, sie möchte eine Kopie von dieser Ermittlung aus den NIS-Archiven besorgen. Stellen Sie fest, wie lange es dauert. Und anschließend rufen Sie diesen Captain Vann an, und finden Sie heraus, was er weiß oder nicht. Machen Sie ihm klar, wer diese Ermittlung leitet. Und noch etwas – hat sie diesem Santini nicht einige Anweisungen gegeben, bevor ihr Philly verlassen habt?«

»Ja, das hat sie. Ich wollte, daß alle Arbeiter der Abteilung 72 befragt werden. Sie sagte Santini, daß das höchste Priorität habe.«

»Dann rufen Sie in der Abteilung 72 an; hören Sie nach, ob jemand vom NIS dort war. Es sind ein paar Tage vergangen. Das können Sie jetzt gleich erledigen. Überprüfen Sie, ob Santini die Sache verschleppt. Lassen Sie mich wissen, was Sie erfahren, und vielleicht sprechen wir dann mit dem 06B oder dem EA und geben ihm einen Bericht über den Fortschritt unserer kleinen Allianz mit dem NIS.«

Dan zögerte, nachdem Summerfield das Büro verlassen hatte. Er wollte wirklich nicht hinter ihrem Rücken bei der Polizei anrufen und mit diesem Vann sprechen, bevor Grace ihre Mission dort erfüllt hatte. Aber wenn Summerfield recht hatte ... Er beschloß, in punkto Befragung der Abteilung 72 die Fäden in der Hand zu behalten. Er rief in der Werft an und bat um eine Verbindung mit dem Büro des Vorarbeiters der Abteilung 72, der nicht erreichbar war. Dan fragte die Sekretärin, ob jemand vom NIS-Büro die Arbeiter der Abteilung 72 im Fall Hardin befragt habe.

»Fall Hardin?«

»Sie wissen, die Leiche, die in dem Kriegsschiff gefunden wurde.«

»O ja, davon habe ich gehört. Die Arbeiter sind alle deswegen ausgeflippt. Sie reden von Geistern und Spuk im Schlachtschiff. Aber es war keiner hier, um mit Ihnen zu sprechen.«

Dan bedankte sich und legte auf. Er war wieder versucht, Santini anzurufen, doch er entschied sich dagegen. Das mußte Grace tun. Wenn die Würstchen vom NIS-Hauptquartier die Dinge verschleppten, sollte sie es herausfinden. Dann würde er sehen, was sie damit anfing. Grace war anscheinend zu aufrichtig, um an diesem üblen Spiel beteiligt zu sein, egal, was Summerfield dachte. Und er erkannte plötzlich, daß er sich Grace Snow nicht zur Feindin machen wollte, ganz gleich, welches Spiel die hohen Tiere trieben. Zum Teufel, er mochte Grace!

24

Nachdem Grace eine Wartenummer gezogen hatte und fast eine Stunde gewartet hatte, schaffte sie es schließlich, eine Kopie der Akte Elizabeth Hardin zu bekommen. Sie hatte in Vanns Büro angerufen, bevor sie die Abteilung 614 verlassen hatte, doch die Sekretärin hatte ihr mitgeteilt, daß der Captain nicht erreichbar sei. Aber auf ihrem Weg aus dem Gebäude stieß sie auf Vann. Er blieb stehen, als er sie kommen sah.

»Miss Snow«, sagte er, »schon zurück?«

»Ich habe versucht, Sie anzurufen, Captain«, erwiderte Grace. Sie wies auf den Aktenhefter unter ihrem Arm. »Ich vergaß, eine Kopie der Hardin-Akte zum Pentagon mitzunehmen. Aber ich wollte Sie um etwas bitten.«

»Worum, Miss Snow?« Er schaute sich in der Menge um. »Und sollten wir hineingehen?«

»Ich glaube, das ist nicht nötig, Captain. Wir müssen mit Mrs. Hardin sprechen, offiziell. Können Sie uns dabei helfen?«

»Wer ist ›wir‹?«

»Das habe ich Ihnen schon gesagt. NIS und OpNav – das ist der Stab des Navy-Hauptquartiers – arbeiten bei dieser Ermittlung zusammen. Wir, das bedeutet Commander Collins und ich.«

»Mal langsam, Miss Snow. Ich nehme an, ich habe nicht richtig hingehört, wie diese Sache läuft. Nach meiner Erfahrung arbeiten die Leute des Bundes bei der Ermittlung in einem Mordfall mit keiner anderen Organisation zusammen. Ermittler in Mordfällen teilen nicht, Miss Snow – entweder bearbeiten sie den Fall oder lassen die Finger davon.«

Grace überlegte. »Wie wäre folgendes: Lassen Sie mich ein Treffen mit Ihnen und Commander Collins und mir im Pentagon arrangieren. Wir informieren Sie über das, was uns bis jetzt vorliegt, was, wie ich zugeben muß, nicht viel ist. Aber ich denke, Sie werden dann verstehen, weshalb wir mit Mrs. Hardin sprechen müssen.«

Vann zuckte die Achseln. »Okay, vereinbaren Sie einen Termin mit meiner Sekretärin.« Grace bedankte sich und erklärte, daß sie sich beeilen müsse, um die U-Bahn zu erwischen. Sie ging davon, bevor er es sich anders überlegen konnte.

Als sie in Abteilung 614 eintraf, prallte sie fast gegen Beißer, der gerade hinter der Tür beim Schreibtisch des Verwaltungsoffiziers stand.

»Miss Snow«, sagte er, »Sie kommen gerade rechtzeitig, um sich ins Büro des Admirals zu begeben. Ich zeige Ihnen, wo es ist. Diesen Aktenhefter können Sie hierlassen, wenn Sie wollen. Ich muß diese Tür doppelt verschließen – die Safes sind noch offen, und ich bin der letzte. Die Kommunisten, wissen Sie.«

Nachdem sie durch die Tür getreten war, schloß er die

Safes und das Büro ab. Auf dem Weg zur Halle setzte er Grace ins Bild.

»Es braut sich echte Aufregung zusammen. Der Hardin-Fall kommt offenbar heute abend landesweit in den Fernsehnachrichten, und die EAs wollten wissen: ›Was jetzt, Komma, Baby?‹ Der junge Commander Collins, der berühmte Detektiv und Sympathisant der Kommunisten, freut sich auf Ihre Anwesenheit.«

»Ich kann es kaum erwarten«, sagte Grace. Sie folgte Beißer über den Korridor des E-Flügels. Beißer summte die Hymne des Marine Corps und marschierte zum Rhythmus unhörbarer Trommeln. Grace hatte Mühe, mit ihm Schritt zu halten. Im Empfangsbereich vor dem Konferenzraum trafen sie auf eine Reihe von Captains, unter ihnen Summerfield und ein anderer Captain vom CHINFO. Beißer brachte Grace zu Dan, der sie den EAs, den Captains Manning und Randall, vorstellte, die sie kühl begrüßten. Grace bemerkte, daß sich die beiden EAs mit ihren goldenen Achselschnüren an der linken Schulter etwas abseits von den anderen gedämpft unterhielten. Summerfield stand bei Dan, der wissen wollte, ob sie die Kopie der Polizeiakte erhalten hatte.

»Ja, ich habe sie«, bestätigte Grace. »Und ich habe Captain Vann getroffen. Du meine Güte, so viele Captains.«

»Hat er eingewilligt, uns zu helfen?« fragte Dan und behielt die Tür von Admiral Carsons Büro im Auge.

»Nicht unbedingt. Er will ein Treffen.«

»Warum?« schaltete sich Captain Summerfield ein.

»Er versteht nicht, warum NIS und OpNav zusammen ermitteln. Und ich denke, er will ins Bild gesetzt werden. Er kennt die Familie Hardin persönlich, und er ist vermutlich der einzige, der dafür sorgen kann, daß wir an die Mutter, Angela Hardin, herankommen.«

Dan wollte etwas sagen, doch in diesem Augenblick kam ein großer, vornehm wirkender Offizier aus Admiral Carsons Büro. Er trug den blauen Dienstanzug mit einem einzelnen breiten und zwei goldenen Streifen auf jedem Ärmel, das

Rangabzeichen eines Drei-Sterne-Admirals. Grace hatte noch nie so viel Gold auf einer Uniform gesehen. Der Admiral, der den NIS leitete, hatte nur einen Stern. Sie bemerkte die plötzliche Spannung im Raum. Das gesamte Schreibpersonal sprang auf, und die Offiziere verstummten mitten im Satz, als der DCNO sich umschaute, geistesabwesend jedem und keinem zunickte, wieder in seinem Büro verschwand und die Tür hinter sich schloß. Grace spürte, daß sich die anwesenden Offiziere leicht entspannten. Sie verhielten sich wie Gemeindepriester einer Kleinstadt, die vorübergehend der Anwesenheit eines Kardinals der römischen Kurie ausgesetzt gewesen waren.

»Das war Vice Admiral Layman, der DCNO Planungen und Taktik«, erklärte Dan leise. »Außerordentlich hohes Tier.«

»Warum flüstern Sie?« fragte Grace unschuldig.

Summerfield lachte leise, als Dan nach einer Antwort suchte, doch dann tauchte Admiral Carson in Hemdsärmeln auf der Türschwelle seines Büros auf und winkte alle herein. Die beiden EAs gingen voran, gefolgt von Summerfield und dem CHINFO-Captain. Dan begleitete Grace ins Büro und stellte sie Admiral Carson vor, der ihr freundlich die Hand schüttelte und dann alle aufforderte, Platz zu nehmen. Der Admiral kehrte hinter seinen Schreibtisch zurück.

»Okay«, sagte er. »Das Thema ist die Eskalation des Medieninteresses an dem Fall Hardin. Captain Smythe vom Chief of Information wird uns über den Stand der Dinge unterrichten.«

Der Captain vom CHINFO öffnete seinen Aktenhefter und kündigte an, daß der Fall in den CBS-Nachrichten an diesem Abend landesweit abgehandelt werde. Nach Smythe' Kenntnis war bereits über die Story berichtet worden, jedoch nicht ausführlich in einem Feature. Der CHINFO nahm an, daß die beiden anderen Sendernetze bald mit Beiträgen folgen würden.

»Was ist zur Veröffentlichung freigegeben worden?« unterbrach Randall mit lauter Stimme. Grace erkannte, daß der EA die Macht hatte, gebieterisch den Vortrag eines Captains des CHINFO zu unterbrechen, wenn ein Admiral vorher klargemacht hatte, daß er die Versammlung leitete. Smythe schaute zu Randall und ging zur Routine des Sprechers über.

»Das Marineministerium führt eine Ermittlung in dieser Sache durch; das Marineministerium gibt für gewöhnlich keine Kommentare zu laufenden Ermittlungen. Wir können bestätigen, daß eine Leiche im Kesselraum der USS *Wisconsin* gefunden wurde, daß das Opfer als Lieutenant Junior Grade Wesley Hardin aus Washington, D. C., identifiziert wurde und das Marineministerium die Sache als Mordfall behandelt. Das ist alles.«

»Mußten Sie sagen, daß er aus Washington stammt?« fragte Randall.

»Ja. Sie müssen verstehen, Captain Randall, unsere Verlautbarungen auf dieser Ebene werden oftmals von dem bestimmt, was den Medien bereits bekannt ist. Sie hatten Hardins Namen, wußten, daß er aus Washington, D. C., war und sogar, daß seine Leiche in mumifiziertem Zustand gefunden wurde. Wenn die Medien bereits so viel wissen, dann geben wir es in unseren Stellungnahmen wieder; so erscheinen wir entgegenkommend und mitteilsam.«

»Okay«, sagte Admiral Carson. »Commander Collins, haben Sie eine Ahnung, woher diese Informationen kommen?«

»Es gibt mehrere mögliche Quellen, Admiral«, erklärte Dan. »Jede Einzelheit, die der Captain nannte, kann vom Personal der Ambulanz weitergegeben worden sein, vielleicht mit Ausnahme der Herkunft des Toten.«

»Verzeihen Sie, Admiral«, unterbrach Randall wieder. »Miss Snow, Sie sind die ernannte Verbindungsperson vom NIS?«

Überrascht schaute Grace den EA an. »Ja, Captain, so ist es.«

»Admiral, ich bitte darum, daß Miss Snow von diesem Zeitpunkt an von der Versammlung ausgeschlossen wird.«

Grace war wie betäubt. Admiral Carsons Augenbrauen schnellten in die Höhe. Sie konnte sehen, daß er perplex war, aber der EA des Vice Chief hatte gesprochen.

»Miss Snow«, sagte Admiral Carson. »Es tut mir leid, aber wenn Sie so freundlich wären ...«

Grace stieg das Blut in die Wangen. Sie stand auf und ging zur Tür. Dort hielt sie kurz an, suchte nach einer Möglichkeit zu protestieren, doch dann verließ sie den Raum.

Der Vorfall war Dan sehr peinlich, und er war nahe daran, etwas zu sagen, als Randall ihm zuvorkam.

»Commander Collins, laut meinen Informationen glauben Sie, diese Miss Snow sei voll kooperativ im Verlauf dieser Ermittlung.«

Er ist informiert worden, dachte Dan. Von wem? »Jawohl, Sir, das glaube ich.« Doch dann dachte er plötzlich an die vorherige Ermittlung und die Befragungen der Abteilung 72. Randall bemerkte seine nachdenkliche Miene.

»Ja?« sagte er und hob die Augenbrauen. »Nun, Sir, ich bin mir ziemlich sicher, daß ich mich für Miss Snow verbürgen kann, aber nicht für den NIS. Ich fand heute heraus, daß nach Hardins Verschwinden bereits eine Ermittlung von seiner Einheit, der USS *Luce*, in Zusammenarbeit mit dem NISRA Philadelphia durchgeführt worden war, was das Büro des NIS Philadelphia mir verschwiegen hat. Und Miss Snow hatte das NIS-Büro Philadelphia angewiesen, alle Arbeiter der Abteilung 72 mit höchster Priorität zu befragen. Ich rief heute dort an – es haben keine Befragungen stattgefunden.«

»Überraschung, Überraschung«, höhnte Randall. »Ehrlich gesagt, ich wette, daß der NIS die Informationen an CBS durchsickern ließ.«

»Dieses Spiel können zwei spielen«, sagte Manning. »Wir können immer die Tatsache durchsickern lassen, daß OpNav ermittelt, um sicherzustellen, daß der NIS nichts vermasselt.«

»Das ist ein zweischneidiges Schwert«, entgegnete Admiral Carson. »Wir können dafür sorgen, daß der NIS schlecht aussieht, aber dann sieht auch die Navy schlecht aus.«

»Ich kann das regeln«, erbot sich Randall. »Mein Chef kann den NIS anrufen und ihm sagen, was er davon hält, daß Informationen weitergegeben werden.«

»Heben wir uns das für eine interne Diskussion auf, ja«, schlug Carson vor. Er blickte Dan an. »Commander, wie ist der Stand der Ermittlung?«

Dan hatte diese Frage erwartet. Hätte Carson sie allein und zu seinem eigenen Interesse gestellt, dann wäre er damit einverstanden gewesen. Aber diese Versammlung war offenbar vom EA des VCNO einberufen worden, und Dan schuldete Randall nichts. Er zögerte, und dann entschied er sich.

»Admiral, als der ermittelnde Offizier kann ich berichten, daß ich meine Nachforschungen noch nicht beendet habe. Ich würde es vorziehen, meinen Bericht zurückzuhalten, bis die Ermittlung abgeschlossen ist. Auf diese Weise kann niemand behaupten, daß es eine unzulässige Einflußnahme gab.«

Randall setzte sich steil auf. »Seien Sie nicht blöde«, blaffte er. »Wir reden hier nicht über einen Fall, bei dem ein Zerstörer gegen einen Pier geprallt ist. Dies ist eine ernste Sache, für die sich der VCNO persönlich interessiert.«

»Das verstehe ich, Captain. Aber ich muß auf meiner Meinung bestehen.«

»Sie müssen *was*?« Randall schrie beinahe.

»Captain Randall«, unterbrach der Admiral und blickte Dan gequält an. »Commander Collins, wir werden natürlich Ihren Status respektieren. Und wir entschuldigen Sie jetzt, wenn Sie so freundlich sind.«

»Aye, aye, Sir«, sagte Dan steif und verließ das Büro. Er schloß Carsons Tür behutsam und traf im Vorzimmer auf Grace, die in einem der Sessel saß und alles andere als erfreut aussah.

»Nun, ich bin schon aus besseren Bars rausgeflogen«, meinte Dan. Der Verwaltungsunteroffizier blickte auf, als Dan sich in den anderen Sessel sinken ließ, doch dann tippte er weiter.

»Sie auch?« fragte Grace.

»Ja, ich befürchte, ich habe den EA des VCNO verärgert, als ich darauf hinwies, daß die Vorschriften eine Beeinflussung der Ermittlung verbieten. Sie wollten wissen, was ich bis jetzt herausgefunden habe. Als Randall wirklich sauer wurde, wies mich Carson aus dem Büro.«

»Ich bin mir nicht sicher, was ich getan habe.«

»Sie haben *nichts* getan. Sie sind eine von *ihnen*.«

»Oh. Sind wir jetzt hier fertig?«

Dan grinste. »Kaum. Jedenfalls ich nicht. Man hat mich entschuldigt, aber nicht entlassen. Randall oder Carson werden dort rauskommen und mich abfangen, bevor ich mich nach 614 verdrücken kann. Ich bin einigen EAs auf die Zehen getreten. Und ich entschuldige mich dafür, daß man Sie hinausgeschickt hat. Ich muß Ihnen noch etwas sagen, was mit dem NIS-OpNav-Kompetenzstreit zu tun hat. Als ich heute morgen auf Summerfields Rat beim Vorarbeiter der Abteilung 72 anrief, erfuhr ich von seiner Sekretärin, daß sich keiner von Santinis Büro hat blicken lassen.«

»Ah. Diese Leute denken also, der NIS versucht, die Ermittlung zu sabotieren, und ich bin ein Teil dieses Programms.«

»Einige denken das vermutlich. Von Admiral Carson kann ich das nicht behaupten, aber ich wette, die EAs tun das. Randall steht anscheinend an der Spitze des Anti-NIS-Kreuzzugs.«

»Und er ist der EA des Vice Chief?«

»Richtig. Ein mächtiger Typ hier. Er ist bereits als Admiral auserwählt.«

»Haben Sie sich einen Feind gemacht?«

Dan lachte. »Ich bin nicht bedeutend genug, um der Feind eines Mannes auf dieser Ebene zu werden. Wahrscheinlich wird er mir eine aufs Dach geben, aber das ist auch schon alles. Ich will Ihnen was sagen: Wenn der Vice Chief einen anderen zum Ermittler ernennen möchte, dann kann er das gerne tun.«

Grace schwieg eine Weile. Dan wurde klar, daß sie ein privates Gespräch führen mußten, außerhalb dieses Büros und fern von all den Steigbügelhaltern. Dann wurde die Tür von Carsons Büro geöffnet, und die Parade der Captains tauchte auf, in umgekehrter Reihenfolge als beim Eintreten. Der CHINFO-Captain, Summerfield, Manning und Randall. Als Summerfield das Vorzimmer verließ, zwinkerte er Dan verstohlen zu. Der Verwaltungsunteroffizier sagte Manning, daß Vice Admiral Layman ihn sprechen wolle, worauf dieser sein Notizbuch ergriff, an die Tür von Laymans Büro klopfte und eintrat.

Randall schlenderte auf Dan zu, der aufgestanden war und wartete. Er bedachte Grace mit einem abweisenden Blick, bevor er sich an Dan wandte.

»Sie leben gern gefährlich, Commander?«

»Habe ich etwas Falsches getan, Captain?«

»Sie haben etwas Schlimmeres getan: etwas Blödes.«

»Ich habe Befehle, Captain.«

»Oh, tatsächlich? Darf ich wissen, von wem?«

»Admiral Carson. Er hat mir befohlen, keine Einmischung in die Ermittlung zuzulassen, die als Beeinflussung ausgelegt werden könnte, Sir.«

Randall lächelte. Dan fand, daß es kein angenehmes Lächeln war.

»Es war Carson, der Ihnen die Frage gestellt hat, Commander. Spielen Sie nicht den Querulanten. Damit wagen Sie sich zu weit vor.«

In Dan stieg Zorn auf. »Als Querulant, Captain?«

Das eisige Lächeln verschwand aus Randalls Gesicht. Er trat etwas zurück und fixierte Dan wie eine Schlange einen Frosch. »Sie werden dümmer und dümmer, Commander«, sagte er leise. »Hatten Sie schon ein Kommando in Ihrer Dienstzeit?«

Zum zweiten Mal an diesem Tag wurde Dan danach gefragt. »Nein, Sir.«

»Sieh mal einer an«, meinte Randall, und dann ging er an Dan vorbei zum Gang in den den E-Flügel und bog nach links zum Büro des Vice Chief.

»Das klingt mir nach einem Feind«, bemerkte Grace.

Auf dem Weg zur Abteilung 614 passierten sie eine Reihe jetzt dunkler Büros. Für die meisten im Pentagon war der Tag vorüber. Das Rattern einer kleinen Zugmaschine, die den Büroabfall zu den Müllräumen beförderte, hallte über die Flure. Sie konnten kein Licht hinter der Mattglasscheibe der Tür von 614 sehen, doch sie war unverschlossen. Als sie eintraten, nahmen sie den aromatischen Geruch von Pfeifentabak wahr.

»Aha! Da kommen die Verbrecher. Schließen Sie die verdammte Tür, bevor die Tabakpolizei kommt«, forderte Summerfield sie auf. Dan und Grace gingen ins hintere Büro und blieben auf Summerfields Türschwelle stehen. Der Captain saß in seinem Sessel in einer Wolke aus Tabakrauch. Er hatte die Schreibtischlampe eingeschaltet und einen seiner unzähligen Waffenkataloge vor sich liegen. Dan stellte fest, daß er die Fenster geöffnet hatte.

»Nun, Daniel, hatten Sie einen schönen Tag?« fragte Summerfield unschuldig.

»Er war ein bißchen rauh, Captain«, erwiderte Dan. »Grace denkt, daß ich möglicherweise den Großwesir des Vice Chiefs verärgert habe.«

»Wenn Sie schon jemanden verärgern, dann kann es genausogut der EA eines Viersterners und zum Flaggoffizier Ausgewählter sein«, sagte Summerfield. »Auf diese Weise erreichen Sie mehr Punkte.«

»Jawohl, Sir. Er machte eine unglückliche Bemerkung darüber, daß ich noch kein Kommando hatte.«

»Er dachte zweifellos an eines in Argentinien. Nun, Sie haben dort oben offenbar das Richtige getan. Miss Snow, ich entschuldige mich, daß man Sie aus der Versammlung ausgeschlossen hat, aber es war vermutlich gut, wenn man bedenkt, was am Ende gesagt wurde.«

»Und was war das, Captain?« fragte Grace.

Der Captain schüttelte den Kopf. »Das sage ich nicht. Sie beide machen einfach weiter. Was Sie nicht wissen, kann Ihnen nicht schaden, jedenfalls für eine Weile. Es wird davon abhängen, was die Medien aus diesem Fall machen. Aber Dan, an Ihrer Stelle würde ich eine Aktennotiz über das heutige Treffen machen. Sie auch, Miss Snow. Schreiben Sie Ihre Version der Ereignisse auf, und heften Sie sie zu Ihren Akten. Wie spät ist es? Oh, fast achtzehn Uhr. Es wäre nett, wenn Sie meine Tür schließen, damit ich in Frieden paffen kann. Oh, noch etwas, Dan.«

»Ja, Sir?«

»Nehmen Sie sich den Rest des Tages frei, wenn Sie möchten.«

»Aye, aye, Sir«, sagte Dan mit ausdrucksloser Miene. Er schloß Summerfields Tür und ging mit Grace in das hintere Büro. Grace schaltete ihren Laptop ein, und Dan setzte sich an einen der Personalcomputer. Grace war natürlich zuerst fertig, denn man hatte sie als erste aus dem Büro des Admirals gewiesen. Nachdem auch Dan seine Aktennotiz, die etwas umfangreicher war, getippt hatte, blickte er auf und bemerkte, daß Grace ihn beobachtete. Er glaubte einen forschenden, spekulierenden Ausdruck in ihren Augen zu sehen, und einen Moment lang stellte er selbst Spekulationen an, wie sie im Bett sein mochte. Der Gedanke überraschte ihn.

»Und was jetzt, Mr. Sherlock Holmes?« fragte sie.

»Ich denke, wir machen Feierabend, Dr. Watson. Morgen sollten Sie beim NIS anrufen und sich die Kopie des Berichtes der ersten Ermittlung besorgen. Ich schlage vor, daß Sie anschließend mit Santini telefonieren und die Ergebnisse seiner angeblichen Befragungen der Abteilung 72 anfordern. Danach werden wir uns mit Ihrem Captain Vann treffen.«

»Und was machen Sie?«

»Ich werde meinen Abschlußbericht vorbereiten und den Papierkram in Ordnung bringen. Ich habe das komische Gefühl, daß sie – wer immer sie sein mögen – mir bald befehlen werden, sämtliches Ermittlungsmaterial einem anderen, politisch leichter zu beeinflussenden Ermittler zu übergeben – einem, der das Vertrauen Seiner Exzellenz Captain Randall genießt.«

»Können die das so einfach tun?«

»Klar. Wenn sie wollen, können sie mir zum Beispiel einen Marschbefehl geben und dann wegen meiner bedauerlichen, unerwarteten Versetzung einen neuen JAG-Ermittler ernennen.«

Grace setzte sich in ihrem Stuhl zurück, schlug die Beine übereinander und achtete nicht darauf, daß ihr Rock hochrutschte. Schöne Beine, dachte Dan und bemühte sich, nicht hinzustarren. Wenn sie seinen Blick gesehen hatte, ließ sie sich das nicht anmerken.

»Ich nehme an, ich bin ein bißchen naiv«, bemerkte Grace nachdenklich. »Wenn jemand das beim NIS versuchte, wäre der Teufel los.«

»Tatsächlich? Es würde mich erstaunen, wenn der passive Widerstand des NIS nicht das Ergebnis irgendwelcher Anweisungen von oben ist – oder sogar geheimer Absprachen mit jemand Ranghohem bei OpNav. Denken Sie daran, diese Sache ist an die Öffentlichkeit gedrungen, und die Navy haßt Öffentlichkeit.«

Grace sank etwas in sich zusammen.

»Was würden Sie tun, wenn man Ihnen die Ermittlung abnimmt und Ihnen einen Marschbefehl gibt?« fragte sie.

»Eine ehrliche Antwort? Ich würde den Marschbefehl nehmen, ihn an meine Brust drücken und aus der Tür rennen, nicht gehen. Ich bin für Dienst auf See und ein Kommando fällig.«

»Und was ist mit den Lieutenants Hardin?«

Dan überlegte, ehe er antwortete. »Die Lieutenants Hardin sind tot. Wie ich das zum jetzigen Zeitpunkt sehe, habe ich – haben wir – nicht die geringste Chance, den Mordfall aufzuklären. Seither sind zwei Jahre vergangen. Jede Spur in Philadelphia ist kalt. Jede Spur hier in D. C. führt vermutlich in einen Teil der Stadt, in dem Sie und ich weder willkommen noch erfolgreich sein würden. Ich denke allmählich, daß einige wirklich große Bosse die Sache vertuschen wollen. Das hat Summerfield vermutlich angedeutet. Sie werden den Fall unter den Teppich kehren.«

»Und jetzt?«

»Jetzt befolge ich meinen letzten Befehl: Captain Summerfield sagte, wir sollen weitermachen. Das werden wir tun, bis sich etwas ändert. Aber nicht heute abend. Heute abend habe ich ein Rendezvous mit einer Rudermaschine, denn auf dem Fluß wird es bald dunkel. Bis morgen, Miss Snow.«

25

Malachi Ward setzte sich in seinem Bett auf. Das Zimmer schien sich um ihn zu drehen. Jedesmal, wenn er die Augen öffnete, meinte er das. Draußen war es noch dunkel, und sein Kopf fühlte sich wie ein Schwamm an, der ein paar Liter pulsierenden Schmerz aufgesogen hatte. Der Geschmack in seinem Mund gab der Bezeichnung *Whisky sour* eine neue Bedeutung, und er hatte ein flaues Gefühl im Magen. Er versuchte, sich zu konzentrieren und zu erinnern, wieviel er am vergangenen Abend getrunken hatte. Oder war es an den beiden vergangenen Abenden gewesen? Oder vielleicht an einem Abend dazwischen? Welcher Tag war heute? Immer noch mit geschlossenen Augen tastete er nach seinen Zigaretten. Nur noch eine Zigarette im Päckchen. Er ertastete die Enden der Zigarette, riß den Filter ab und zündete sie an und zuckte beim Geräusch des Feuerzeugs zusammen. Er wollte den Kopf schütteln, um einen klaren Gedanken fassen zu können, doch die Schmerzzentrale bekam rechtzeitig Wind und meldete sich mit einer stechenden Warnung. Vielleicht ein Segen, dachte er und schwang vorsichtig ein Bein nach dem anderen über die Bettkante. Langsam richtete er sich auf, kämpfte gegen das Schwindelgefühl an und wankte ins Badezimmer. *Was ist mit all dieser Selbstkontrolle passiert, Malachi?* dachte er. *Gab es einen Grund, so viel Whisky zu trinken? Welcher kleine Wurm windet sich durch dein Gehirn, den du so ersaufen mußt?*

Er setzte sich im fast dunklen Badezimmer auf die Toilette, schloß die Augen und ließ den Kopf auf die Brust sinken. Ganz langsam. Dennoch ließen die Kopfschmerzen nicht nach. Seine Gedärme beruhigten sich etwas, vielleicht weil sie erleichtert wurden. Ein Funke der Zigarettenglut fiel auf seine Brust. Er ignorierte ihn und sog tief an dem Glimmstengel. Die Hardin-Sache – das war es. Er hatte die Abendnachrichten im Fernsehen gesehen – wann, gestern abend? Ja, es mußte gestern gewesen sein. Leiche im Kriegsschiff. Offizier seit zwei Jahren vermißt. Regierung ermittelt. ›Ich wollte nur, daß Sie es zuerst von uns erfahren‹, hatte der Captain gesagt. Na wunderbar. Er hatte den Captain anrufen, den Codenamen nennen und feststellen wollen, was wirklich los war, aber das konnte er natürlich nicht tun. Sie würden denken, er bekomme es mit der Angst zu tun.

Und der Anruf von Angelo war nicht hilfreich gewesen. Er hatte sich wieder entschuldigt, weil die Leiche gefunden worden war. Er hatte ein versiegeltes, mit Stickstoff gefülltes und außer Dienst gestelltes Kriegsschiff für ein ziemlich sicheres Versteck gehalten und noch einmal versichert, daß es keinen Grund zur Sorge gebe, ebensowenig wie für die Werftarbeiter, die darin verwickelt waren. Überhaupt kein Problem. Vielleicht mit einer Ausnahme. Er, Malachi, müsse jetzt auf seinen eigenen Rücken aufpassen, denn die Leute, die ihn angeheuert hätten, könnten jetzt verärgert sein und natürlich jederzeit jemanden anderen anheuern, um ihn um die Ecke zu bringen. ›Wie ich das sehe, Malachi, bist du der Mann, der mit dem Finger auf seinen Auftraggeber zeigen kann. Der Bund ermittelt, und dein Auftraggeber könnte in Versuchung geraten, die Verbindung zwischen der Leiche im Kriegsschiff und sich selbst zu eliminieren, und das bist du, habe ich recht? Ich fühle mich, als hätte ich ein Stück von diesem Scheiß in der Hand, und so dachte ich, ruf besser an und sag ihm: Paß auf deinen Arsch auf, alter Kumpel. Wenn du Hilfe brauchst, laß es mich wissen. Wir haben einige Jungs in D. C. und können, falls nötig, etwas arrangieren.‹

Danke, Angelo. Du hast mir den Tag versaut, Angelo. Er blieb auf der Toilette hocken wie ein steinerner Wasserspeier, lauschte auf seinen Herzschlag und seine Atemzüge, wartete, bis das Licht, das aus dem Schlafzimmer hereinfiel, heller wurde. Schließlich stemmte er sich hoch, wusch sich Gesicht und Hände und beschloß dann zu duschen. Anschließend ging er in die Küche, um mit einer Coke seinen Magen zu beruhigen. Vielleicht mit einem winzigen Schuß Harper, um ihn wirklich zu beruhigen. Er schaute in den Kühlschrank, aber beim Anblick der wenigen Lebensmittel rebellierte sein Magen. Aspirin, das war es, was Säufer zum Frühstück nahmen. Aspirin, eine Cola, um etwas Koffein zu bekommen, und einen kleinen Schuß Harper, um die Cola zu mildern. Er setzte sich auf einen Küchenstuhl und griff nach der Zuckerdose, die voller Aspirintabletten war.

Vielen Dank, Angelo, das war genau das, was ich zum Grübeln brauchte. Natürlich konnte der Captain jemand anderen anheuern, obwohl er vielleicht nicht so viele Jungs aus dem Gewerbe kannte. Andererseits hatte er ihn angeheuert, nicht wahr? Und es waren mit Sicherheit andere wie er in dieser Stadt. Malachi kannte sogar einige davon. Hölle, jeder war auf die eine oder andere Art in Washington ein Unternehmer oder Berater. Jeder verkaufte und kaufte irgendwie. Und es war so verdammt einfach: Wenn jeder nur cool blieb, stillhielt und schwieg, würden die Bundesbullen aufgeschmissen sein. Es gab einfach keine Spur.

Er gurgelte ein wenig mit der Cola, um den Geschmack der Aspirintabletten loszuwerden, und das Geräusch klang wie eine Brandungswelle in seinen Ohren. Vielleicht war es das beste, sich davonzumachen, einfach zu verschwinden. Sich zur Ruhe zu setzen. Er hatte ein schönes Geldpolster in bar aus den Tagen der Unteroffizier-Mafia in Vietnam und Deutschland, ein paar hundert weitere Riesen auf Bankkonten und in Schließfächern nach all diesen Jahren, in denen er für die großen Tiere Scheiße weggeschaufelt hatte. Er dachte darüber nach, während er auf die Wirkung des Koffeins wartete. Irgendwohin in den Süden reisen, eine kleine Farm oder so was kaufen, gemütlich leben und Bourbon im Schatten eines Baumes trinken. Davon hatte fast jeder Unteroffizier geredet. Aber nur wenige hatten es tatsächlich getan. Gesundheitsprobleme, eine Frau, die endlich einen guten Job gefunden hatte, keine Lust zu einem Umzug, erwachsene Kinder, die noch zu Hause wohnten, die Furcht, zu weit weg vom allmächtigen Besoldungsamt, der Verpflegungsstelle und dem Lazarett der Army zu sein – all das hatte gegen ihre Träume gesprochen. Im Grunde die Gewohnheiten von drei Jahrzehnten Armyleben. Das würde ihn vermutlich ebenfalls hier halten – die Gewohnheit.

Er trank die Hälfte Cola aus dem Glas, füllte es mit Bourbon auf und leerte es langsam. Zum Teufel mit diesen Leuten. Er würde nicht wegen irgendeiner blöden Erinnerung davonlaufen, und wenn die großen Tiere versuchten, ihn umzulegen, würde er als Antwort vielleicht was von ihrer Scheiße ins Spiel werfen. Er kannte sich ja aus, nicht wahr?

Malachi fuhr an diesem Morgen mit der U-Bahn zu den Randolph Towers, um nach seinem Apartment und dem Ford zu sehen. Er verließ die Ballston Station, ging durch die Halle des Ramada Renaissance, überquerte zwei Straßen und betrat die Randolph Towers durch den Drugstore, in dem er seinen Zigarettenvorrat auffüllte und den libanesischen Besitzer wegen seiner Preise anmachte. Im Gebäude nahm er den Lift hinunter zur dritten Ebene der Tiefgarage und steuerte auf seinen Ford zu. Er sah eine kleine Öllache unter dem Wagen und entschloß sich, die nächste Ford-Werkstatt am Wilson Boulevard aufzusuchen. Als er auf der Quincy Street nach rechts abbog, sah er im Rückspiegel einen Wagen von einem Parkplatz einen halben Block hinter ihm in den Verkehr einfädeln.

Er hatte angefangen, auf seinen Rücken zu achten, wie es Angelo empfohlen hatte, sich in U-Bahn-Stationen hinter Zeitungskioske oder in Ladeneingänge zu drücken, um zu beobachten, ob jemand hinter ihm war, aber er hatte nichts entdecken können. Nur die Pendler mit ausdruckslosen Mienen und die ersten Touristen des Frühjahrs in der U-Bahn und all die Politiker, Bürokraten und anderen großen Tiere, die in ihren Dienstwagen über die Avenues rauschten. Doch als er über die Schlaglöcher des Wilson Boulevard holperte, bemerkte er den schwarzen Wagen, den er vorhin gesehen hatte, drei Wagen hinter sich. Nur eine Person, der Fahrer, aber er konnte nicht viel im vibrierenden Innenspiegel erkennen und wollte nicht den Kopf wenden. Nach dem nächsten Block beschleunigte er und bog links ab, bevor die Ampel von Gelb auf Rot umschaltete. Er umkreiste den Block, gelangte wieder auf den Wilson Boulevard, hielt sich auf der rechten Fahrspur und fuhr langsam mit eingeschaltetem rechtem Blinker, als suche er einen Parkplatz. Er hielt Ausschau nach dem schwarzen Wagen, aber er konnte ihn nicht entdecken. Entweder hatte er den Typen abgehängt oder abgeschreckt. Oder der Kerl hatte ihn überhaupt nicht verfolgt.

Er wendete an einer Tankstelle und fuhr zurück zu der Ford-Werkstatt, wo man ihm sagte, daß er drei Stunden warten müsse. Er erklärte, daß er den Wagen hierlassen und morgen abholen werde, und blieb eine Weile in der Ecke der Reparaturannahme stehen und schaute durch die großen getönten Fensterscheiben auf den Wilson Boulevard, ob sich etwas Verdächtiges tat. Nichts. Nach zehn Minuten verließ er die Werkstatt und ging Richtung Clarendon Station. Er hielt kurz im Eingang eines vietnamesischen Gemüsegeschäftes, um wieder Ausschau nach einem Verfolger zu halten. Immer noch nichts. Er entschloß sich, nach Capitol Hill zurückzukehren.

Während der Heimfahrt mit der U-Bahn dachte er nach. Wenn jemand hinter ihm her war und erkannt hatte, daß er bemerkt worden war, würde er aufgeben, oder? Wenn der Verfolgte beschleunigt, abbiegt und einen abhängt, hat er etwas spitzgekriegt, richtig? Andererseits war es unmöglich, daß jemand sein Ziel an diesem Morgen gekannt hatte, bestimmt nicht im voraus, und niemand hatte einen Wagen dort auf ihn warten lassen können, weil er, Malachi, mit der U-Bahn gefahren war. Es sei denn, jemand wußte etwas von dem Apartment in den Randolph Towers. Aber die Tiefgarage hatte zwei Ausfahrten. Zwei Verfolger? Verdammt, er wurde paranoid. Aber auch Leute mit Verfolgungswahn haben Feinde.

Malachi starrte auf die verdunkelten Fenster der U-Bahn, als sie durch die Tunnels unter der Pennsylvania Avenue rollte. *Menschenskind, du steigerst dich da in etwas hinein*, sagte er sich. Seit dem letzten Anruf hatte er nichts mehr von dem Captain gehört, und er war entschlossen, ihn nicht wie ein in Panik geratener Teenager anzurufen. In den Washingtoner Zeitungen hatte nichts mehr über den Fall gestanden. *Du jagst dir nur selbst Angst ein, Mann*, dachte er. Aber als er in seinem Doppelhaus ankam, fand er eine Nachricht vom Captain auf dem Anrufbeantworter vor: »Wir unternehmen Schritte, um die Ermittlung zu neutralisieren. Zwei Jahre sind eine lange Zeit. Einer der Hauptermittler hat die ganze Zeit zu uns gehört. Sie können sich entspannen.«

Das war es, keine Anweisungen zurückzurufen, Kontakt aufzunehmen, kein ›Wir müssen uns treffen‹-Zeug. Malachi hörte das Band ein paarmal ab, wobei er genau auf die Stimme des Captains achtete. ›Die Ermittlung zu neutralisieren‹ – Was, zum Teufel, hatte das zu bedeuten? – ›Zwei Jahre sind eine lange Zeit‹. Richtig, darauf setzten sie alle. ›Einer der Hauptermittler hat die ganze Zeit zu uns gehört.‹ War er nicht mehr mit dem Fall beschäftigt? ›Sie können sich entspannen.‹ Ja, entspannen. Die Vorsicht aufgeben. Die Sache vergessen, denn unser Junge, unser *neuer* Junge, kann vielleicht unser *neues* kleines Problem für uns lösen.

Er löschte die Nachricht nicht, zündete sich eine Zigarette an und ging in Gedanken versunken auf und ab. Er mußte etwas tun, nicht in der Randstellung abwarten. Jeder, der in Nam gedient hatte, kannte diese Regel. Nur Ziele blieben innerhalb des Stacheldrahtes. Überlebende schlichen sich einzeln und paarweise in den Dschungel und erledigten den Feind, bevor er sie erledigen konnte. Aber er brauchte ein

Gesicht, einige Namen. Okay, er würde herausfinden, wer die Ermittlung, die jetzt ›neutralisiert‹ wurde, durchgeführt hatte. Er nahm einen gelben Block von seinem Schreibtisch, ging damit in die Küche und kochte Kaffee. Dann setzte er sich an den Küchentisch.

In den Nachrichten hatte es geheißen, die Navy leite die Ermittlung. Das bedeutete, diese Horde von Clowns vom NIS. Er mußte also Zugang zum NIS finden und feststellen, wer an dem Fall Hardin arbeitete. Was war das Schlimmste, das der NIS aufdecken konnte? Daß es eine Verbindung zwischen dem Unfall von Hardins Schwester und der Ermordung ihres Bruders gab. Wo würden sie dann mit der Arbeit anfangen? Bei der Washingtoner City Police. Dann würde er dort anrufen und vielleicht erfahren, wer vom NIS sich für den Fall Elizabeth Hardin interessierte. Er trank Kaffee und spielte mit dem Gedanken, ihn mit einem Schuß Whisky zu würzen, doch dann schüttelte er den Kopf. Mr. Harper konnte warten – aber nicht zu lange.

Er ging zu seinem Schreibtisch. Als wen konnte er sich diesmal ausgeben? Der Anwalt. Cops nannten einem Journalisten nicht mal die Tageszeit, aber bei einem Anwalt waren sie etwas entgegenkommender. Sie würden ihn jedoch erst überprüfen. Deshalb würde er nicht mit den Cops reden, sondern sich an ihre Angestellten halten. Der NIS würde sich um die Akte bemühen müssen. Er schaute auf seine Notizen, schaltete das Stimmenprogramm sechs für Anwalt Greenberg ein, rief bei der City Police an und erkundigte sich, welche Abteilung einen Unfall mit Fahrerflucht bearbeitete. Die Abteilung Fahrerflucht bei der Verkehrspolizei. So weit, so gut. Aber wie stand es mit den Akten? Das Archiv. Der mürrische Telefonist nannte ihm eine Nummer, unter der sich eine Frauenstimme meldete. *Klingt nach einer älteren Frau*, dachte er. *Sei höflich.*

»Mein Name ist Farrell Greenberg, Ma'am. Ich bin Anwalt der Kanzlei Lyle, Spencer, Watkins und King hier in Bladensburg. Ich habe eine Frage, aber ich bin mir nicht sicher, an wen ich mich wenden soll, und so versuche ich mein Glück im Archiv. Vielleicht können Sie mir helfen.«

»Was suchen Sie?«

»Unsere Kanzlei ist vom Naval Investigative Service von der Marinewerft beauftragt, eine umfangreiche Aktensuche über Unfälle mit Fahrerflucht im Distrikt Columbia durchzuführen. Bei der Navy versuchen einige Leute Versicherungsbetrug, indem sie bei einer ungewöhnlich hohen Zahl von Unfällen mit Fahrerflucht hier in Washington Ansprüche von Veteranen geltend machen. Was wir brauchen ...«

»Warum fragen Sie dann nicht einfach die Lady?«

Lady? »Verzeihung, Ma'am, ich kann Ihnen nicht folgen.«

»Diese Lady, die für dieselben Leute arbeitet wie Sie, für den Naval Investigative Service, wie heißt sie noch, Miss Snow, ja, ich erinnere mich. Sie war hier, schaute sich eine Akte an und mußte sogar noch einmal wiederkommen, weil sie vergessen hatte, sich eine Kopie zu besorgen. Das tut jeder, der hier eine Akte einsieht, wissen Sie. Nette Lady, drangsalierte mich nicht wie die meisten Leute, die etwas vom Archiv wollen.«

»Erinnern Sie sich, welche Akte es war, Ma'am? Wenn ich einen Namen habe, kann ich herausfinden, ob wir uns hier doppelt bemühen.«

»Es war ein Unfall mit Fahrerflucht, daran erinnere ich mich. Eine alte Sache – zwei Jahre her. Aber an Namen kann ich mich nicht erinnern. Ich sehe hier einfach zu viele.«

»Nun, vielen Dank, Ma'am. Ich halte es für das beste, hier aufzuhören, zum NIS zu fahren und mit Miss Snow zu reden. Es hat keinen Sinn, Sie unnötig zu behelligen, nicht wahr?«

»Ja, das stimmt. Vielleicht hat man sie nur überprüft, um zu sehen, ob sie alle Akten sammeln. Meistens traut hier keiner dem anderen, und jeder überprüft jeden.«

»Danke, Ma'am. Ich werde feststellen, was hier los ist. Ich weiß Ihre Hilfe zu schätzen, danke.«

Er legte den Hörer auf. Miss Snow vom NIS. Holte eine zwei Jahre alte Akte über einen Unfall mit Fahrerflucht. *Miss*

Snow. Der Captain hatte gesagt, der Ermittler war ›unser Mann‹. Moment mal, er mußte noch einmal seine Nachricht abhören. *Einer* der Hauptermittler hat die ganze Zeit zu uns gehört. Es arbeiteten also zwei Leute an dem Fall. Einer vom NIS – Miss Snow. Ein anderer von – woher? Wer war die zweite Person? Malachi ging wieder in die Küche und trank noch einen Kaffee. Er konnte nicht einfach beim NIS anrufen. Dort gab es gewiß auch kleine alte Ladies – jede Agentur in Washington hatte welche –, aber das NIS-Personal würde darauf gedrillt sein, nicht mit Außenstehenden zu reden. Und er konnte nicht einfach irgendeine Nummer im Pentagon anrufen. Wenn der Captain das erfuhr, würde es ihn und seinen Chef erschrecken. Wo sonst konnte er anrufen? Philadelphia. Dort war die Geschichte bekannt geworden und in die Nachrichten gekommen. Ein Sprecher der Navy war zitiert worden. Was war die Navy dort oben? Natürlich die Marinewerft.

Malachi ließ sich von der Auskunft für Ferngespräche die Hauptnummer der Werft geben. Er wählte ein neues Stimmenprogramm und eine Identität als Mitglied eines Navy-Ausschusses. Der Telefonist in der Zentrale der Werft verband ihn mit dem Büro des Kommandanten. Malachi bat, zum Sprecher der Werft durchgestellt zu werden. Er wurde zweimal verbunden und dann ein drittes Mal, bis ihm eine zivile Sekretärin sagte, er müsse mit dem Nave Base PAO sprechen.

»NavBase?«

»Jawohl, Sir, Commander Naval Base Philadelphia. ComNavBase. Sie haben eine Frau vom Büro des CHINFO in ihrem Stab; sie ist die Sprecherin für alle Navy-Angelegenheiten hier. Das ist vermutlich die Person, die Sie suchen.«

CHINFO. Er erinnerte sich an die Abkürzung von seinem Gespräch mit Elizabeth Hardin. Die Sekretärin nannte ihm zwei Telefonnummern: eine vom Büro für Öffentlichkeitsarbeit auf dem Navy-Stützpunkt und eine vom Büro des Kommandanten. Er entschied sich für die des PAO und gab sich wieder als Ausschußmitglied aus. Der PAO war nicht erreichbar. »Soll sie zurückrufen?« wurde er gefragt. Malachi zögerte. Er hatte grundsätzlich nie seine Telefonnummer hinterlassen. Er lehnte ab, er sei nicht in seinem Büro, aber es sei dringend, der Ausschußvorsitzende müsse etwas wissen. Dann fragte er, wann der PAO wieder zu sprechen sei. Darüber konnte die Sekretärin keine Auskunft geben. Malachi erklärte, er werde es später noch einmal versuchen. Dann hängte er ein.

Er nagte an der Unterlippe. Aus seiner Zeit bei der Army war ihm bekannt, daß Anrufe von einem Büro des Kongresses die Kommandostruktur hinauf gemeldet werden mußten. Das könnte auch der Captain erfahren, und ein Anruf bei dem Ausschuß würde ihn, Malachi, vielleicht bloßstellen. Nein. Er mußte es irgendwo sonst in Philadelphia versuchen. Bei den Cops? Bei den Medien? Zu schwierig, eine Geschichte zu erfinden und durchzuziehen. Er brauchte jemanden auf unterer Ebene, eine Arbeitsbiene. ›Sei immer eine Schlange und bleib unten im Gras‹, hatte Monroney gesagt. Sie hatten Hardins Leiche auf dem Stützpunkt gefunden. Wohin würde man sie bringen? Vielleicht gab es dort ein Marinelazarett; ein Marinestützpunkt hatte in der Regel eines.

Er rief wieder in der Zentrale an; man sagte ihm, daß das Marinelazarett vor zwei Jahren geschlossen worden sei. Vielen Dank. Wohin würde man die Leiche bringen? Zur Autopsie, vermutlich ins Leichenschauhaus. Er telefonierte viermal, bis er die Nummer des Büros des Leichenbeschauers vom Philadelphia County erhielt, aber dort geriet er an einen Cop, einen Officer Wykowski. Verdammt. Er gab sich wieder als Ausschußmitglied aus. Wykowski hörte höflich zu und fragte nach seiner Telefonnummer – die Standardprozedur. »Wir rufen zurück, wenn wir Ihre Angaben überprüft haben.« Malachi gab seine Telefonnummer beinahe preis, doch dann legte er auf. Von einem Münzfernsprecher aus vielleicht, aber dort konnte er nicht mit dem Stimmen-Synthesizer arbeiten. Er konnte sich vorstellen, daß der Cop über ihn lachte. Vermutlich erhielten sie ständig Anrufe von Reportern, die eine falsche Identität benutzten. Wen sollte er jetzt dort anrufen?

Der Sprecher der Navy war vom Hauptquartier des Stützpunkts gekommen. Vielleicht war es keine gute Idee gewesen, sich als Ausschußmitglied vorzustellen. Wie wäre es, wenn er sich einfach als Reporter ausgab? Er wählte ein anderes Stimmenprogramm und telefonierte wieder, diesmal mit dem Büro des Kommandanten. Ein Yeoman Third Class namens Hardy meldete sich, und Malachi stellte sich als Reporter der *Washington Times* vor. Nur eine schnelle Frage: Wie hießen die Ermittler der Navy, die den Fall Hardin bearbeiteten, die Sache mit der Leiche im Kriegsschiff?

»Dafür müssen Sie den PAO anrufen, Sir«, sagte Hardy.

»Das habe ich bereits gemacht. Man verwies mich an Ihr Büro. Hören Sie, ich kenne einen der Namen. Eine Miss Snow vom NIS, aber meine Quellen weisen darauf hin, daß zwei Personen ermitteln.« Er entschied sich für einen Schuß ins Blaue. »Ich muß wissen, wie dieser Captain heißt, den man mit Miss Snow nach Philly geschickt hat.«

»Das ist ein Commander, Sir, aber ich kann Ihnen keine Namen nennen.«

»Okay, Yeoman Hardy, ich verstehe. Danke.«

Jetzt hatte er Miss Snow und Commander X. Zurück zum PAO. In der Zeitung hatte gestanden, daß Hardins Mutter nach Philadelphia gereist war, um die Leiche zu identifizieren. Miss Snow und der Commander waren dabeigewesen, davon war er überzeugt. Er wechselte das Stimmenprogramm, bevor er im Büro des PAO anrief, und diesmal gab er sich als Officer Wykowski vom Leichenschauhaus in Philadelphia aus, der einen Namen brauchte, um seinen monatlichen Bericht abzuschließen.

»Diese beiden Leute der Navy, die wegen des Hardin-Falles hier waren, den man im Kriegsschiff fand. Ich habe zwei Namen, einer ist Miss Snow, der andere ist ein Commander Sowieso, aber irgendein Dummkopf hat Kaffee auf meinen Papieren verschüttet.«

»Sie meinen Commander Collins.«

»Ja, okay, das paßt. Der Name fängt mit einem C an. Sah

aus wie Cowin oder so. Ich konnte den Rest einfach nicht entziffern. Vielen Dank, Lady.«

Malachi lächelte und hängte ein. Commander Collins und Miss Snow. Er nahm ein Telefonverzeichnis des Verteidigungsministeriums und blätterte bei C. Es gab viele Collins: zwei im Stab des Navy-Hauptquartiers, einen im Stab der Army, einen im Streitkräfteausschuß – zwei Captains, einen Commander, einen Lieutenant Commander. Der einzige Commander war Collins, Daniel L., im Büro des Chief of Naval Operations, Abteilung Politik/militärische Taktik, Codename 614 C. Er sah auch bei der Navy nach und versuchte beim NIS den Namen Snow zu finden, aber er war nicht aufgeführt. Er spielte mit dem Gedanken, beim NIS anzurufen, doch dann entschied er sich dagegen. Jetzt hatte er zwei Namen, und er würde erst eine andere Sache erledigen und dann feststellen, welche Gesichter zu den Namen paßten.

26

Am Mittwochmorgen bat Dan Grace, Captain Vann anzurufen und mit ihm ein Treffen um elf Uhr im Pentagon abzumachen. In der Abgeschiedenheit des Büros hatten sie überlegt, wieviel oder wie wenig sie Vann über das Ausmaß der bürokratischen Kriegsführung ihrer Zusammenarbeit erzählen sollten. Dan war dafür, ihm so gut wie nichts zu sagen, aber Grace setzte sich dafür ein, mit offenen Karten zu spielen.

»Er wird eine fadenscheinige Erklärung, weshalb ich hier bin und Sie nicht beim NIS sind, bestimmt durchschauen«, hatte sie argumentiert. »Cops zählen zu den besten Bürokraten, die es gibt, und er ist vermutlich unsere einzige Hoffnung, an Mrs. Hardin heranzukommen.«

»Es beunruhigt mich, Außenseiter in diese Ermittlung einzubeziehen. Sie ist Sache der Navy.«

»Aber es geht um einen Mordfall, nicht um eine Kollision auf See. Wir haben bereits festgestellt, daß Hardins Ermordung wahrscheinlich nichts mit seinem Dienst als Zahlmeister der Navy, sondern etwas mit seinem Privatleben, vielleicht mit der zivilen Welt in Washington zu tun hat. Das ist Vanns Gebiet.«

Und deines, hatte Dan gedacht, aber er war überredet. Er bemerkte, daß Grace es verstand, ihn zu überreden. Wie abgesprochen holte Dan Captain Vann vor der Einfahrt zum südlichen Parkplatz ab. Der Captain fiel in dem Strom von Uniformierten, die das Gebäude betraten oder verließen, etwas auf. Dan brachte Vann mit seiner großen Waffe durch die Sicherheitskontrollen und anschließend in die Abteilung 614.

»Zum ersten Mal im Pentagon, Captain?« fragte Dan auf dem Weg durch das Labyrinth der Korridore.

»Ich war vor ein paar Jahren mal auf dem Parkplatz wegen einer Schießerei«, entgegnete Vann. »Irgendein Verrückter erschoß mir nichts, dir nichts einen Navy-Offizier. Aber das Gebäude selbst habe ich noch nie betreten.«

In der Abteilung 614 stellte Dan den Captain vor, zog sich dann mit ihm ins hintere Büro zurück und schloß die Tür. Grace hatte in der Zwischenzeit einige Telefonate erledigt und wirkte niedergeschlagen.

»Der Verdacht gegen Santini ist bestätigt«, berichtete sie. »Man hat nichts unternommen. Eine ›Änderung der Prioritäten‹ ist die Entschuldigung. Und der NIS ›forscht‹ nach der Akte der früheren Ermittlung. Man hofft, mir bis Ende der nächsten Woche eine Kopie besorgen zu können.«

»Nächste Woche? Ja, das ist wirklich eine Bestätigung unseres Verdachtes. Ich habe den Navy JAG um eine Kopie gebeten; mal sehen, wer sie uns zuerst liefert. Setzen wir unseren Gast ins Bild. Möchten Sie Kaffee, Captain?«

Das Gespräch dauerte eine Stunde. Vann hatte zwar gesagt, daß er eine Dreiviertelstunde eingeplant habe, aber blieb gelassen auf einem alten Schreibtischsessel sitzen, als Dan das Zeitlimit überzog. Dan informierte ihn über den politischen Hintergrund bei der Ermittlung der beiden Organisationen, faßte zusammen, was sie in Philadelphia gesehen und gehört hatten, und zeigte ihm dann die Tafeln. Vann schüttelte langsam den Kopf.

»Was Sie haben, ist Mist«, sagte er. »Zwei Jahre alter, zwei Jahre kalter Mist.«

Dan nickte und schaute auf die spärlichen Fakten, die sie aufgelistet hatten. »Das wissen wir.«

»Weniger als Mist«, fuhr Vann fort. »Wenn man Hardin in Philly umgebracht und in dieses Kriegsschiff geworfen hat, dann waren die Täter vermutlich ein Kommando von Mafiosi, das Befehle ausführte – wie Ihr versoffener Ex-Werftarbeiter behauptete. Und Sie sagten selbst, daß nur die Arbeiter in dieses Schiff gelangen konnten. Die Chancen herauszufinden, wer in Süd-Philly die Befehle gab, sind gleich null. Sie haben eine Leiche, aber kein ersichtliches Motiv. Sie haben niemanden, der einen Vorteil von Hardins Tod haben könnte, es sei denn, er hatte eine hohe Lebensversicherung. Gab es eine? Das haben Sie bestimmt überprüft. Also keine. Ich wiederhole, Sie haben Mist. Alten, kalten Mist.«

»Wir haben viele Hypothesen und Spekulationen über eine Verbindung zwischen den beiden Todesfällen«, bemerkte Grace. »Es ist einfach ein zu großer Zufall, daß Bruder und Schwester innerhalb so kurzer Zeit ums Leben kommen. Aber das ist alles, was wir haben – Spekulationen. Deshalb möchten wir mit Mrs. Hardin reden.«

»Sie wird nicht mit Ihnen sprechen wollen«, sagte Vann. »Aus ihrer Sicht hat sie der U. S. Navy zwei gute Kinder gegeben, und beide sind jetzt tot.«

»Ich denke, sie sollte sich verzweifelt wünschen, den Grund zu erfahren«, sagte Dan.

Vann schüttelten den Kopf. »Das denken *Sie*. Verzeihen Sie, aber Sie reden wie ein Marsmensch, der keine Ahnung hat, was auf der Erde los ist. Sie haben einfach keine Vorstellung davon, was es bedeutet, zwei schwarze Kinder zu haben, die es von den Straßen hinauf in die Berufswelt der Weißen schaffen. In dieser Stadt rechnet man damit, daß die Hälfte von ihnen ums Leben kommt, bevor sie einundzwanzig ist. Heutzutage glauben viele Eltern *und* ihre Kids, daß es ein ungeschriebenes Gesetz gibt, um die schwarze Bevölkerung zu minimieren. Und wenn so etwas passiert, fühlen sie sich nur in ihren Ansichten bestätigt, verstehen Sie? Diese Frau hat ihren Zorn überwunden und sich in ihr Schicksal ergeben.«

»Aber wie sieht es mit Ihnen aus, Captain?« fragte Grace ruhig. »Haben Sie auch resigniert und lassen den Dingen einfach ihren Lauf? Gewiß sehen auch Sie, daß der Zufall einfach zu groß ist.«

Vann schwieg eine Weile, und in seinem Gesicht arbeitete es. Dann schaute er auf seine Armbanduhr.

»Ich muß gehen«, sagte er. »Ich habe gestern abend den Bericht über den Hardin-Fall im Fernsehen gesehen. Was wird die Navy tun?«

»Tun?« fragte Dan.

»Bescheißen Sie keinen Scheißkerl, Commander. Diese Sache heizt die Medien an, und die Navy muß löschen und sie auf einem Nebengleis abstellen, bis die Hitze raus und sonstwo ist. Erlauben Sie eine Frage: Können Sie mir versichern, daß Sie nächste Woche immer noch mit dieser Ermittlung betraut sind?«

Dan schaute zu Grace, bevor er antwortete. Vann bemerkte es.

»Aha. Ich biete Ihnen folgendes an. Wenn Sie Anfang nächster Woche noch im Geschäft sind, rufen Sie mich an. Aber ich lasse Angela Hardin nicht durch die Mangel einer Ermittlung des Bundes drehen, die keine Zukunft hat.«

»Ich nehme an, wir könnten es auch ohne Sie bewerkstelligen«, sagte Grace.

»Ich wette, daß Sie das nicht schaffen«, konterte Vann und starrte sie an. »Sie wird Sie zum Teufel schicken. Und was machen Sie dann? Laden Sie die Frau unter Strafandrohung vor? Bearbeiten Sie sie im Hinterzimmer?«

»Na, na!« lenkte Dan ein. »So etwas würden wir nicht tun,

Captain, und das wissen Sie – um Himmels willen, sie hat ihre beiden Kinder verloren. Aber keiner von uns ist bereit, die Sache auf sich beruhen zu lassen, wenn auch die Politik anfängt, uns in die Quere zu kommen.«

Vann schnaubte. »Dies ist der einzige ungelöste Mordfall, den Sie hier haben. In der Stadt haben wir jede Menge davon, hauptsächlich, weil die Leute nicht mit uns reden wollen, denn die meisten haben Angst, selbst umgelegt zu werden, wenn sie etwas sagen. *Dieser* Fall ist hoffnungslos.«

»Werden Sie trotzdem darüber nachdenken?« fragte Dan. »Die Sache in Erinnerung behalten, bis wir sehen, was wir noch herausfinden? Werden Sie das tun?«

»Ich werde darüber nachdenken. Und wer bringt mich jetzt raus?«

Dan begleitete Vann aus dem Gebäude. Als er ins Büro zurückkehrte, führte Grace eine angeregte Diskussion mit jemandem am Telefon; auf dem Schreibtisch lag eine Notiz, daß er zum EA 06, Captain Manning, gehen sollte. Während er sie las, versuchte er, etwas von Grace' Gespräch mitzubekommen, doch es war schwierig.

»Was meinen Sie mit ›Übereinstimmung von Interessen‹?« fragte Grace mit erhobener Stimme. »Was für ein dummes Gerede ist das? Vor einer Woche haben Sie versucht, diese Ermittlung dem OpNav zu entziehen und wieder dem NIS zu übertragen. Und jetzt gehen Sie und OpNav auf politischer Ebene miteinander ins Bett? Wozu, um die Ermittlung abzuwürgen? Einen Mordfall, Doug?«

Grace warf ihm nur einen kurzen Blick zu, aber Dan entging nicht, daß sie wirklich wütend war. Doug. Das mußte Englehardt sein, obwohl sie seinen Vornamen bei dem ersten Treffen nicht genannt hatte. Doug war vielleicht ihr Förderer beim NIS. Und sie sprachen davon, die Ermittlung einzustellen? Er schaute auf die gelbe Telefonnotiz. Er mußte zum EA. Er hielt die Notiz Grace hin, damit sie den Text lesen konnte, und gab ihr mit einer Geste zu verstehen, daß er sich auf den Weg machte. Als er das Büro verließ, fing Summerfield ihn ab.

»Jackson informierte mich, daß der EA Sie sehen will«, sagte der Captain. »Was ist los?«

»Keine Ahnung, Captain, aber es klingt, als telefoniere Grace mit ihrem Boß beim NIS. Sie erwähnte, daß die Ermittlung abgewürgt werden soll. Es hat für mich den Anschein, daß gewisse Leute ihre Wagen im Kreis zu einer Wagenburg auffahren.«

Summerfield begleitete ihn über den Flur. »Haben Sie heute morgen die *Washington Post* gelesen?«

»Nein, Sir. Normalerweise lese ich die Zeitung erst mittags.«

»Sie bringt einen kleinen Artikel über den Hardin-Fall, und er stellt die Verbindung mit der Familie hier her. Es gibt auch einen Seitenhieb, wie interessant es ist, daß OpNav die Ermittlung durchführt. Gründe werden nicht genannt, aber es wird über die Tailhook-Affäre und die Pleite mit der *Iowa* spekuliert. Die übliche Standpauke für den NIS. Der Artikel steht im Lokalteil.«

»Wunderbar. Dieser Seitenhieb – hat da jemand von oben nachgeholfen?«

»Das würde mich nicht überraschen.«

Dan hielt auf dem Flur an, bevor sie das 06-Büro erreichten. »Aber wie können sie die Ermittlung jetzt abblasen?« fragte er. »Bei all dieser Publicity werden gescheite Köpfe den Grund wissen wollen.«

»Vielleicht wird die Ermittlung nicht abgeblasen. Aber gehen Sie zum EA. Er wird Sie vielleicht aufklären.«

Dan betrat das Büro und meldete sich beim EA, der gerade telefonierte. Manning forderte ihn mit einer gebieterischen Geste auf, Platz zu nehmen, und setzte das Telefongespräch fort. Dan nahm die vertraute Warteposition vor den Bildern an der Wand ein. Drei andere Stabsoffiziere warteten darauf, zu einem der Flaggoffiziere vorgelassen zu werden, und die Verwaltungsunteroffiziere waren an ihren Computern beschäftigt. Der Adjutant des DCNO, ein äußerst gutaussehender junger Lieutenant, telefonierte und machte eine Schau daraus, für den DCNO in London Zimmer zu reservieren. Dan hörte das Dröhnen eines Hubschraubers vom Heliport. Ein ganz normaler Tag im Büro, dachte er.

Ein Teil von ihm hoffte, daß die Ermittlung jemand anderem übertragen wurde, vielleicht wieder dem NIS, wie es sein sollte. Der Fall Hardin sah hoffnungslos aus. Es schien nahezu unmöglich, den Mörder des Lieutenants zu finden, besonders wenn sein Motiv in den Straßen von Washington, D. C., zu suchen war. ›Sie reden wie ein Marsmensch‹, hatte Captain Vann gesagt. Dan empfand die Washingtoner Innenstadt wie einen anderen Planeten. Er war bestürzt über Vanns fast beiläufige Bemerkung, was schwarze Eltern im Distrikt für ihre Kinder zu erwarten hatten. Und da war noch etwas, wie ihm jetzt bewußt wurde: Stellte man die Ermittlung ein, würde Grace Snow ihn verlassen.

»Commander Collins.« Manning sah ihn an. Dan ging zum Schreibtisch des EA.

»Es sind einige Entscheidungen bezüglich der Ermittlung im Fall Hardin getroffen worden«, sagte Manning und schaute in sein Notizbuch.

»Darf ich wissen, von wem?« fragte Dan.

»Sie dürfen«, erwiderte Manning. »Sagen wir mal, von einer kompetenten Autorität. Sie sind hiermit angewiesen, Ihre Ermittlungsergebnisse in einem vorläufigen Bericht zusammenzufassen und ADCNO, Rear Admiral Carson, per Aktennotiz zu übermitteln. Danach nehmen Sie wieder Ihren normalen Dienst in OP-614 auf. Ich werde Ihnen neben dieser mündlichen auch noch eine schriftliche Dienstanweisung geben, aber der 06B erwartet den Bericht bis zum Ende des heutigen Geschäftstages.«

»Kopie an den JAG?« fragte Dan.

»Kopie an keinen. Dieses Büro wird die Verteilung übernehmen.«

Keine Kopie an den Judge Advocate General? Das bedeutete, daß die großen Tiere diese Sache unter sich regeln wollten. »Die Ermittlung wird einfach fallengelassen?« fragte er. »Abgewürgt wegen des Interesses der Medien?«

Manning tat überrascht. »Fallengelassen? Abgewürgt? Keinesfalls. Die Ermittlung wird dem NIS übertragen mit der Anweisung, den oder die Schuldigen vor Gericht zu bringen. Noch irgendwelche Fragen, Commander?«

Dan hatte ungefähr hundert Fragen, doch er sagte sich, daß es sinnlos war, mit Manning zu reden, was dessen abweisende Miene nur bestätigte.

»Nein, Sir«, antwortete Dan. »Ich erledige den Papierkram. Was passiert mit Miss Snow?«

»Sie sollte vielleicht ihre Dienststelle anrufen. Ich bin ziemlich sicher, daß der NIS bei der Fortsetzung der Ermittlung eine führende Rolle für Miss Snow finden wird, meinen Sie nicht auch?« Mannings hämisches Grinsen zeigte deutlich, daß er das nicht glaubte.

»Richtig, Captain. Ich werde mich an die Arbeit machen.«

»Tun Sie das, Commander. Oh, und Captain Randall läßt grüßen. Er freut sich offenbar darauf, eines Tages mit Ihnen zusammen zu dienen. Das sagte er jedenfalls.«

Dan zwang sich zu einem matten Lächeln und verließ das Büro. Bei seinem Glück würde er bald das Kommando auf einem Schiff von Rear Admiral in spe Randalls Zerstörerverband bekommen, was sicherlich eine wundervolle Dienstzeit werden würde.

Summerfield hat halb recht gehabt, dachte Dan. Als er in der Abteilung 614 eintraf, wurde ihm klar, daß es beinahe 13 Uhr war und er Hunger hatte. Grace saß an ihrem Computer im hinteren Büro.

»Holen wir uns Sandwiches?« fragte Dan. »Ein letztes Mal?«

Sie stellte das Tippen ein und sah zu ihm auf. »Ist es offiziell?«

»Ja. Wir beenden die Ermittlung und übergeben alles Material dem 06B, dem Flaggoffizier, der mich ernannt hat. Von dort geht es angeblich zum NIS, also zu Ihnen.«

Grace schüttelte den Kopf. »Sie haben gewonnen«, sagte sie. »Die Ermittlung wird eingestellt.«

»O nein, im Gegenteil. Der EA hat versprochen, daß der

NIS den Fall energisch verfolgt, bis all die bösen Jungs erwischt und vor Gericht gebracht sind. Er hat Ihnen sogar eine führende Rolle bei der neuen und verbesserten Ermittlung in Aussicht gestellt.«

Grace lachte, doch es klang freudlos. »In Wirklichkeit werden sie eine Pressekonferenz geben und ankündigen, daß sie die Ermittlung *erweitern*, mehr Personal und Mittel einsetzen und auf den NIS konzentrieren, weil die höchsten Stellen im Marineministerium gesteigerten Wert auf eine Klärung des Falles legen.«

»Die Ermittlung wird nicht eingestellt?«

»O doch. Sie werden die Sache auf ein Dutzend verschiedene Abteilungen verteilen, dafür sorgen, daß jeder ein Stück davon bekommt, und auf diese Weise kann die Bürokratie alles leise einschlafen lassen. Die Medien verlieren das Interesse, und das Leben geht weiter. So läuft das.«

Dan setzte sich.

»Ich muß Ihnen etwas sagen, Grace. Ich weiß nicht, ob es mir schlecht oder gut dabei geht. Ich habe mich bei diesem Spiel von Anfang an nicht sonderlich wohl gefühlt. Ich habe keine Insiderkenntnisse über den NIS, aber ich war nicht sonderlich glücklich mit meiner Rolle als Ermittler in einem Mordfall, trotz Ihrer Unterstützung. Eine Kollision, eine Havarie, ein Brand auf See – das sind die Fälle, die unter meine berufliche Kompetenzen fallen. Für Mordfälle sind die Cops zuständig, mehr oder weniger der NIS.«

Grace schüttelte den Kopf. »Das ist nicht der springende Punkt. Es geht darum, daß eine Person umgebracht wurde und eine andere unter mysteriösen Umständen starb. Bruder und Schwester, beide bei der Navy, und die hohen Tiere der Navy bestimmen aufgrund nebulöser politischer und bürokratischer Faktoren, was aus der Ermittlung wird. Da ist etwas faul.«

Dan setzte sich auf seinem Stuhl zurück. »Ich nehme an, ich kann Ihnen nicht helfen, Grace. Die Navy *ist* eine bürokratische Institution wie jede andere Regierungsbehörde in dieser

Stadt. Ich meine, 614 ist in der *politischen* Abteilung des Navy-Stabes, und es ist nun mal eine Tatsache, daß bürokratische Faktoren in Washington außerordentlich wichtig sind und auf alles, was wir tun, Einfluß nehmen. Wir können nur vermuten, daß die Bosse, die Flaggoffiziere, ihre Gründe haben. Sie hatten ihre Gründe, als sie zuerst den NIS an die Kette legten, und jetzt haben sie ihre Gründe, dem NIS den Kopf zu tätscheln. Ich kenne diese Gründe nicht, aber ich garantiere Ihnen, daß man sie mir nicht verraten wird. Wir haben unser Bestes versucht, und jetzt ...«

»Und jetzt wird alles vernebelt und unter den Teppich gekehrt. Schande über uns. Sogar Vann sah es so kommen.«

Dan hatte nichts mehr hinzuzufügen. »Wie wäre es mit Mittagessen?« fragte er.

Trotz der wunderbaren Umgebung im Center Court an einem Frühlingstag war es eine bedrückende Mittagspause. Der größte Teil der Mittagsgäste hatte sich gegen halb zwei verkrümelt und eine große Auswahl freier Plätze sowie eine Schar von Tauben zurückgelassen. Dan versuchte, die Lage gelassen zu betrachten, doch Grace war sichtlich ärgerlich. »Es ist eine Schande«, hatte sie wiederholt, und er konnte nachvollziehen, wie sie sich fühlte. Er fragte sie schließlich, ob sie am Nachmittag das Hauptquartier des NIS auf der Marinewerft aufsuchen wolle.

»Ich werde zuerst anrufen müssen«, antwortete Grace und knüllte das Wachspapier mit dem restlichen Sandwich zusammen. Die Tauben wirkten beleidigt. »Ich bin mir nicht sicher, ob ich heute dorthin gehen soll. Vermutlich würde ich eine Szene machen.«

»Grace, Sie nehmen diese Sache zu persönlich«, mahnte Dan. »Ich meine, Sie *denken*, daß die Ermittlung im Sande verlaufen wird, aber Sie *wissen* es nicht. Und die Flaggoffiziere haben jedes Recht, zu entscheiden, wie diese Sache gehandhabt wird. Der NIS war von Anfang an dafür zuständig.«

»Das ist mir klar. Ich bin wütend auf die Admiräle und ihre verdammten Stellvertreter. Aus intriganten Motiven haben sie die Ermittlung ins Pentagon verlegt und lassen sie jetzt fallen, weil die Medien vielleicht eine heiße Kartoffel daraus machen.«

»Wir Soldaten sind darauf gedrillt, in unserem Job Befehle zu befolgen«, sagte Dan. »Unser ganzes System würde auseinanderfallen, wenn jemand sie in Frage stellen würde. Und man ist nie sicher, ob dem Boß etwas bekannt ist, von dem man keine Ahnung hat und das die ganze Sache erklären würde.«

»Ich glaube, darauf setzen einige dieser kleinen Bürokraten, die sich als ranghohe Militärs ausgeben«, bemerkte Grace. »Dieser kleine Admiral in Philadelphia wollte von Ihnen nur ›Aye, aye, Sir‹ hören. Nicht, weil er irgendeinen Grund hatte, eine Rolle in der Ermittlung zu spielen. Er war nur sauer, weil Sie keinen Kotau gemacht haben, als Sie in seinen Machtbereich kamen.«

Dan wußte nichts darauf zu erwidern. Sie hatte absolut recht, was den Admiral in Philadelphia anbetraf, aber ihre Meinung über den weiteren Verlauf der Ermittlung teilte er nicht. Seiner Ansicht nach war es wahrscheinlicher, daß die Flaggoffiziere und EAs von OpNav die Hoffnungslosigkeit dieses Falles erkannt hatten und ihn wieder dem NIS zuschieben wollten, bevor es zu einer Pleite kam. Doch er hatte nicht vor, dies Grace zu sagen; sie mußte vielleicht weiter an dem Fall arbeiten. Er schaute auf seine Armbanduhr. Es war fast zwei Uhr. Die Rolläden der Snackbar wurden heruntergelassen, und ein alter Mann mit einer Kochmütze spritzte mit einem Schlauch den Boden ringsum ab.

»Wir sollten zurückgehen«, sagte Dan. »Ich muß bis Büroschluß noch einigen Schreibkram erledigen. Und Sie ...«

»Ja, ich muß daheim anrufen.«

27

Grace kam sich wie ein Eindringling vor, als sie nach dem Mittagessen in die Büros von OP-614 zurückkehrte. Captain Summerfield und Beißer waren höflich, aber sie hatte das Gefühl, man erwartete von ihr, daß sie ging, nachdem die Ermittlung wieder dem NIS übertragen worden war. Dan verhielt sich fast, als hätte sie allein die schlechte Nachricht über die Einstellung der Ermittlung erhalten. Einerseits war sie dankbar für seine Fürsorge, andererseits ärgerte sie sich, weil er die Ermittlung so leicht aufgegeben hatte. Sie sagte sich: *Das Problem ist, daß ich ihn mag. Ich bin nicht wütend auf ihn, sondern enttäuscht von seiner kostbaren Navy.* Während Dan begann, seinen Bericht abzuschließen, versuchte sie, Doug Englehardt zu erreichen.

»Mr. Englehardt ist in einer Konferenz«, sagte Brenda, seine Sekretärin. »Soll ich eine Nachricht aufnehmen?«

»Hier ist Grace Snow. Keine Nachricht. Ich ...«

»Oh, er hat eine für Sie hinterlassen, für den Fall, daß Sie anrufen, Miss Snow. Er sagte, Sie sollen sich gleich morgen früh im Hauptquartier zurückmelden, es hätte keinen Sinn, daß Sie heute nachmittag herkommen.«

»Keinen Sinn?«

»Das sagte er.«

»Ich verstehe. Wissen Sie, wer jetzt den Fall Hardin bearbeiten wird?«

»Ich weiß nichts über die Auftragsvergabe, Miss Snow. Ich weiß nur, daß Mr. Englehardt und Mr. Ames in einer Konferenz mit dem Admiral und dem EA, Captain Rennselaer, sind. Ich glaube, es geht um die Leiche in dem Kriegsschiff ... Ist das der Fall Hardin?«

»Ja, das ist er. Sagen Sie mir, Brenda, wie sieht Mr. Englehardts Terminkalender morgen früh aus?«

Die Sekretärin bat sie dranzubleiben und meldete sich nach einer halben Minute wieder.

»Er hat um halb neun eine Stabskonferenz und dann um halb zehn eine Telefonkonferenz mit den NISRAs der Ostküste.«

»Können Sie mich bitte für acht Uhr eintragen? Ich möchte vor der Stabskonferenz mit ihm reden. Ich brauche ungefähr eine Viertelstunde.«

Die Sekretärin stimmte zu, unter der Voraussetzung, daß Englehardt mit dem Termin einverstanden war und sie das wissen ließ. Grace nannte der Sekretärin ihre Telefonnummer in Georgetown und legte auf. Dan, der anscheinend nicht zugehört hatte, blickte von seiner Tastatur auf, als er spürte, daß Grace ihn anschaute.

»Durchgekommen?«

»Ja und nein«, antwortete sie. »Mein Mentor sagte, es habe keinen Sinn, heute nachmittag rüberzukommen, morgen früh werde reichen. Und er berät sich gerade mit dem Leiter des NIS über den Fall Hardin.«

»Dann stürzen sie sich also gleich darauf; das klingt nicht, als wollten sie den Fall abhaken.«

Grace sah aus dem Fenster zu den Zementwänden des D-Flügels gegenüber dem Luftschacht.

»Wenn Sie mit der Arbeit beginnen«, sagte sie, »würden Sie dann nicht die einzige Person vom NIS hinzuziehen, die bis jetzt mit dem Fall beschäftigt war? Oder würden Sie nicht auf eine Kopie ihres Berichts warten? Nein, ich nehme an, das ist eine Strategiebesprechung, und zwar eine, bei der ich nicht dabeisein soll. Englehardt hat es ja praktisch ausgedrückt – es hat keinen Sinn, daß ich heute nachmittag rüberkomme.«

»Sie meinte, man will Sie kaltstellen?«

»Davon gehe ich aus. Vermutlich wird man mir nahelegen, in die Personalabteilung zu meinem übervollen Eingangskorb zurückzukehren.«

Dan zögerte, bevor er aussprach, was er dachte. »Ich weiß nicht, ob ich es Ihnen sagen soll, aber für mich hört sich das nach zwei Botschaften an.«

»O ja, das denke ich auch. Wir schaukeln das schon mit

dem Fall Hardin. Und wann, Miss Snow, kapieren Sie den Wink und treten würdevoll ab?«

Dan stand auf und schloß die Tür.

»Hölle, wenn das Spiel so läuft, warum schlagen Sie dann keinen Handel vor? Sagen Sie ihnen, daß Sie die Organisation ohne Theater verlassen, wenn man dafür sorgt, daß Sie in ihrem Abschlußbericht gut aussehen. Sie erwähnen nicht, daß Sie in die Personalabteilung abgeschoben wurden. Sie schreiben, daß Sie ein wertvolles Mitglied des Stabs waren und Ihre Entscheidung, den NIS zu verlassen, äußerst bedauern et cetera, et cetera.«

»Sie werden zynisch auf Ihre alten Tage, Dan.«

Er grinste. »Ja, aber realistisch. Sie haben sich nichts zuschulden kommen lassen, und jemand muß dem Deputy ins Ohr flüstern, daß Sie, wenn Sie wollten, Anzeige wegen sexueller Belästigung oder eines Verstoßes gegen die Gleichberechtigung der Frau erstatten *könnten*, was sie in der Öffentlichkeit in die Bredouille bringen würde. Machen Sie einen Handel. Lassen Sie sich wieder in den politischen Stab versetzen, sich einen bombastischen Titel geben, und dann warten Sie sechzig Tage, bevor Sie in aller Stille abtreten, ohne Theater, mit einer tollen Beurteilung, vielleicht sogar einer Belobigung. Auf diese Weise könnten Sie ihnen für den Hardin-Fall nützlich sein, selbst wenn Sie nicht daran arbeiten. Wenn Sie einen Mentor haben, nutzen Sie ihn.«

Grace schaute auf die Tafeln mit den Fakten des Hardin-Falles. Dan hatte vermutlich recht. Sie verdiente doppelt soviel pro Jahr mit ihrem Treuhandvermögen als mit dem Gehalt einer G-15-Regierungsangestellten. Sie würde nicht auf die Wohlfahrt angewiesen sein. Sie könnte sich um einen Lehrstuhl an der Uni bemühen, das Ferienjahr eines Professors in Anspruch nehmen und danach wieder für die Regierung arbeiten ... wenn sie das dann noch mochte. Im Augenblick hatte sie den Regierungsdienst satt. Aber der Fall Hardin gärte noch.

»Ich nehme an, Sie haben recht«, sagte Grace. »Ich habe glücklicherweise mehr Alternativen als die meisten Leute. Ich rege mich nur über diesen Fall auf. Ich habe kein Vertrauen, daß das System ihn weiterverfolgt.«

Dan zuckte die Achseln. »Das können wir nicht wissen, wie ich schon sagte. Aber Sie müssen zugeben, daß es ohne Mrs. Hardins Kooperation unmöglich ist, in dieser Sache voranzukommen.«

»Ich denke, Vann war zur Hilfe bereit«, entgegnete Grace.

»Aber nur unter der Bedingung, daß die Navy weiter ermittelt. Wie Sie feststellten, hat er vorausgesehen, daß der Fall wie eine heiße Kartoffel fallengelassen wird. Und jetzt ...«

»Ja? Und was jetzt? Der Unterton in seiner Stimme war nicht zu überhören: Die offizielle Welt der Weißen, die es nur mit einem weiteren Mord an Schwarzen zu tun hat.«

Dan schüttelte den Kopf. »Ich garantiere Ihnen, daß die großen Tiere den Fall unter den Teppich kehren, bis das Interesse der Medien abgekühlt ist, aber nicht aus einem rassistischen, sondern aus einem praktischen Grund, wenn auch nicht aus einem ethischen.«

»Und aus welchem?«

»Wenn das jemals aufgedeckt wird, verliert jeder Beteiligte die Sterne und Streifen. Und außerdem ist die Navy eine Organisation, die auf Rekruten angewiesen ist. Sie kann es sich einfach nicht leisten, Schwarze oder andere Minderheiten zu diskriminieren. Wir brauchen Leute für diese Organisation, und wir stehen in Konkurrenz mit all den anderen Diensten und der Industrie bei einer abnehmenden Zahl körperlich und geistig fähiger Leute.«

Grace wußte nichts darauf zu sagen. Sie hatte daran gedacht, den Regierungsdienst einfach aufzugeben, und Dans Rat, einen Handel abzuschließen, schien ihr äußerst praktisch, wenn auch widerlich. Aber vielleicht wollte sie gerade deshalb aussteigen: Die Arbeit für die Regierung war widerlich.

»Ich weiß nicht, was ich tun werde«, meinte sie schließlich. »Brauchen Sie Hilfe bei Ihrem vorläufigen Bericht?«

»Nein, ich hab's gleich geschafft. Wir haben wirklich nicht viel, wenn man alles auf Fakten und Meinungen reduziert.«

»Bekomme ich eine Kopie, wenn Sie fertig sind?« Die Frage überraschte sie selbst.

»Klar«, stimmte Dan zu. »Ich lichte ab, was ich bis jetzt habe, denn ich habe die Anweisung, keine Kopien zu machen. Die EAs erledigen das.«

Grace fragte sich, warum die EAs die Verteilung des Berichtes übernehmen wollten. Würden vielleicht gar keine Kopien verteilt? Sie saß einen Moment lang da und überlegte, was sie als nächstes tun sollte. Es ist an der Zeit zu gehen, sagte sie sich. Sie packte ihre Sachen zusammen und wartete mit dem Laptop und dem Mantel, als Dan vom Kopierraum zurückkehrte.

»Hier ist Ihre Kopie. Ich bringe Sie nach unten«, bot er an und holte seinen Mantel.

»Ich kann vielleicht den Weg allein finden«, sagte Grace. Doch sie wünschte, daß er sie zum südlichen Parkplatz begleitete. Sie erkannte plötzlich, daß sie nicht bereit war, einfach von Dan Collins fortzugehen. Aber er war ganz dienstlich.

»Ich muß mit Ihnen kommen«, entgegnete er. »Wir müssen Ihre Besuchserlaubnis zurückgeben, und ohne Ausweis oder Begleitung können Sie die Sicherheitskontrollen nicht passieren. Wenn man Sie erwischt, wird man Sie zu einer dreijährigen Dienstzeit hier verdonnern.« Es sollte ein Scherz sein, doch sie lachten nicht darüber.

Sie verließen zusammen das Büro und schwiegen. Dan führte Grace den langen Weg durch den E-Flügel und dann über eine schmale Treppe, die an einer Tür des Sicherheitsbereiches vor dem Ausgang zum südlichen Parkplatz endete. Er brachte sie durch die Sicherheitskontrolle, lieferte den Besucherausweis ab und blieb dann vor dem Gebäude stehen. Sie wußte nicht, was sie sagen sollte.

»Möchten Sie nicht, daß ich Sie informiere, wenn ich herausfinde, was aus der Ermittlung wird?« fragte sie. Sie nahm an, daß er es wissen wollte.

»Wenn es Ihnen keine Mühe macht«, sagte er, und sein Tonfall verriet, daß er nicht wirklich damit rechnete.

»Sehr gut«, gab Grace zurück. »Dann ist das wohl ein Abschied.«

Er zögerte. »Sie haben mir Ihre Privatnummer gegeben«, sagte er schließlich. »Würde es Ihnen etwas ausmachen, wenn ich Sie mal anrufe?«

Aus irgendeinem Grund fühlte sie sich plötzlich viel besser. Sie schaute ihm in die Augen, und er lächelte.

»Bitte tun Sie das«, forderte sie ihn auf. »Es würde mir gefallen.«

Er lächelte wieder, ein fast verlegenes, jungenhaftes Grinsen, grüßte übertrieben zackig wie ein Kadett vor einem Offizier und ging ins Pentagon zurück. Grace machte sich auf die Suche nach ihrem Wagen.

28

Am Donnerstag um Viertel vor acht passierte Grace das Tor der Marinewerft in Südost-Washington. Die Marinewerft, manchmal auch die alte Waffenfabrik genannt, befand sich an den Ufern des Anacostia River. Als älteste Einrichtung der Navy an Land war sie 1799 in Betrieb genommen worden. Viele der Industriegebäude stammten aus den Jahren um 1850, als die Werft begonnen hatte, sich auf die Entwicklung und Herstellung von Geschützen für Schiffe der Navy zu spezialisieren, was schließlich zum Bau von 16-Zoll-Geschützen für deren Kriegsschiffe geführt hatte. Daher der Name Waffenfabrik. Nachdem die Navy Anfang der sechziger Jahre die Produktion von Geschützen für Kriegsschiffe eingestellt hatte, waren die riesigen Gießereien und Fabrikhallen verwaist und verfallen. Da das Verteidigungsministerium ständig auf der Suche nach Büroräumen war, wurden die größten Industriehallen später geräumt und in Bürogebäude umgewandelt und neue in den Außenwänden der Originalbauten aus dem

19. Jahrhundert errichtet. In einem davon, der ehemaligen Schmiede, war das NIS-Hauptquartier untergebracht.

Grace fuhr in den Teil der Marinewerft, in dem man früher die Geschütze für Kriegsschiffe zusammengebaut hatte. Sie passierte eine Wachstation und gelangte in den militärischen Teil der Werft. Sie folgte vier Blocks weit dem Anacostia River und stellte – weil sie vermutlich nicht bleiben würde – ihren Wagen auf einem der Besucherparkplätze vor der ehemaligen Schmiede ab. In einem kleinen Park dahinter waren Schiffsgeschütze, einschließlich eines 16-Zoll-Geschützes, ausgestellt. Auf der Flußseite des Waffenparks lag das United States Ship *Barry* vertäut, ein Zerstörer und jetzt Teil des Marinemuseums, das ab zehn Uhr morgens von der Öffentlichkeit besichtigt werden konnte.

Grace ging durch den Haupteingang, vorbei an den Büros der Militärjustiz im Erdgeschoß und über die Treppe in den ersten Stock zum Empfangsbereich des NIS. Nachdem sie sich ausgewiesen hatte, erreichte sie über einen langen Flur das Vorzimmer von Englehardts Büro und setzte sich, um zu warten. Sie blätterte in der *Washington Post*, als Englehardt kurz vor acht Uhr eintraf. Sie war früh gekommen, weil sie gehofft hatte, etwas länger mit ihm sprechen zu können als die zehn Minuten, die er ihr am Vorabend auf dem Anrufbeantworter zugesagt hatte. Ohne die Neuigkeiten richtig wahrzunehmen, hatte sie die Artikel überflogen, denn ihre Gedanken waren mit der Entscheidung beschäftigt gewesen, vor der sie stand.

»Guten Morgen, Sonnenschein«, grüßte Englehardt heiter. »Lassen Sie mir eine Minute Zeit, damit ich die Kaffeemaschine anwerfen kann, und dann gehen wir in mein Büro. Brenda kommt erst um Viertel nach acht. Ich nehme an, Sie möchten mit mir über die Hardin-Sache sprechen.«

»Ja, das möchte ich. Und über die Zukunft meiner glänzenden Karriere.«

»Die Lady möchte kostenlosen Rat«, sagte er fröhlich, während er das Licht in seinem Büro einschaltete. »Nun, ich habe jede Menge davon. Okay, der Kaffee läuft. Kommen Sie rein.« Englehardts Büro war ungefähr sechs Meter lang und vier Meter breit und hatte, gemäß der Architektur des 1850 errichteten Gebäudes, eine hohe Decke. Eine lange Reihe von Fenstern erlaubte einen Ausblick auf einen viereckigen Gebäudekomplex jenseits der Straße und die zehnstöckigen Backsteinwände der ehemaligen Revolverdrehbank. Der lange Ablagetisch davor war mit Schriftstücken, Notizbüchern und Aktenheftern bedeckt. An der hinteren Wand standen Bücherregale, in deren Mitte ein Fernseher eingebaut war. Englehardt forderte Grace auf, in einem großen Ledersessel beim Fenster Platz zu nehmen, blätterte schnell ein paar gelbe Telefonnotizzettel durch und setzte sich dann in einen der beiden kleineren Sessel vor dem Schreibtisch.

Grace strich ihr Kleid glatt. Sie trug ein dunkelgrünes Maxikleid und hatte sich ausnahmsweise mal Mühe mit ihrem Make-up gegeben. Kaffeeduft erfüllte die Luft, und Grace hörte, wie Leute über den Flur gingen und die umliegenden Büros zu Leben erwachten. Englehardt erhob sich und schaute noch einmal nach der Kaffeemaschine, dann schloß er die Tür zum Vorzimmer.

»Sie sehen wie immer blendend aus, Miss Snow«, stellte er fest und ließ seinen Blick kurz über ihr Kleid schweifen.

»Danke, Doug. Aber ich fühle mich nicht blendend bei dieser Hardin-Sache. Ich weiß … daß meine Mitarbeit bei dem Fall von Anfang an einer gezielten Beleidigung der hohen Tiere dienen sollte. Aber ich bin eine ausgebildete Ermittlerin, wenn auch nicht für Mordfälle, und wir haben einen von der üblen Sorte aufgedeckt.«

»Ja, daran besteht kein Zweifel«, pflichtete Englehardt ihr bei. »Wir sind vom NISRA Philadelphia gut informiert worden, auch darüber, daß man diesen jungen Mann lebendig in dem Schiff begraben hatte. Und ich weiß, was Sie denken, Grace; ich glaube wenigstens, es zu wissen.«

»Und was denke ich, Doug?«

»Daß wir die Sache wegen des Interesses der Medien

zweitrangig behandeln und einschlafen lassen. Aber das werden wir nicht tun.«

»Wer vom Hauptquartier wird den Fall übernehmen?« fragte Grace.

Das Telefon summte, und Englehardt stand auf und griff nach dem Hörer. Während Grace wartete, sah sie, daß das oberste Lämpchen der Telefonkonsole leuchtete, was bedeutete, daß der Anruf von Admiral Keelers EA, Captain Rennselaer, kam. Jeder beim NIS, der diese Leitung hatte, kannte das Lämpchen. Englehardt hörte ungefähr eine Minute zu, sagte ein paarmal: »Jawohl, Sir«, hängte dann ein und setzte sich wieder.

»Knopf null-null, da muß man drangehen«, erklärte er.

»Ein Anruf vom gefürchteten EA«, sagte Grace.

»Den man auf jeden Fall entgegennehmen muß. Nun zum Fall Hardin. Wer ihn bekommt, ist noch nicht entschieden. Aber Sie werden nicht beteiligt sein. Das verstehen Sie, nicht wahr?«

Irgendwie hatte sie gewußt, daß man ihr das sagen würde, doch es war immer noch enttäuschend, es zu hören. »Ich nehme an, daß ich das verstehe«, erwiderte sie. Sie hatte in der Nacht lange darüber nachgegrübelt. »Ich kann nicht behaupten, daß ich völlig damit einverstanden bin, zumindest hatte ich erwartet, daß man sich von mir berichten läßt.«

»Natürlich, obwohl wir heute von dem Ermittler des OpNav einen zusammenfassenden Bericht erhalten sollen. Ich muß Ihnen mitteilen, daß der Admiral und der Deputy nicht unglücklich über die Entwicklung der Dinge sind.«

»Das kann ich mir gut vorstellen. Was hat die Meinung der Admiralität des OpNav geändert? Oder wissen wir das nicht?«

Statt zu antworten, erhob sich Englehardt und schaute wieder nach der Kaffeemaschine im Vorzimmer. Grace gewann den Eindruck, daß er sich unbehaglich fühlte und das Ende ihrer Unterredung herbeisehnte. Sie fragte sich, ob der Anruf des EA etwas damit zu tun hatte. Englehardt kehrte mit zwei Tassen Kaffee zurück und überreichte Grace eine, bevor er wieder Platz nahm. Er blickte auf die Armbanduhr und nippte an seinem Kaffee.

»Wollen Sie meine Meinung hören oder den offiziellen Grund?«

»Ihre Meinung wird der Wahrheit näher kommen. Aber was hat man gesagt?«

Englehardt imitierte die Miene und den Tonfall eines offiziellen Sprechers. »Seine Lordschaft sagte: ›Nachdem sich jetzt bestätigt hat, daß es sich um einen Mordfall handelt, und da vermutlich die Zusammenarbeit mit externen Strafverfolgungsbehörden nötig sein wird, hat man nach eingehender Beratung auf den entsprechenden Ebenen entschieden, daß innerhalb des Marineministeriums der NIS die logische Organisation für diesen Fall ist.‹ Das waren die Worte Seiner Lordschaft.«

»Und Ihre Meinung über den wahren Grund?«

»Es ist ein bizarrer, zwei Jahre alter Mordfall, der wahrscheinlich nicht gelöst werden und zu einem Medienrummel führen kann, bei dem die Navy in der Öffentlichkeit möglicherweise schlecht aussieht. Also überträgt man ihn dem NIS.«

»Toll. Der Fall ist zu kompliziert, also soll jemand anders auf die Nase fallen.«

»Genau. Ich meine, es ist nicht schwierig, zwei und zwei zusammenzuzählen – der EA fand das ziemlich schnell heraus.«

»Welcher EA? Ich war diese Woche von EAs regelrecht umzingelt«, erklärte Grace.

»Unser Captain Rennselaer. Derselbe, der so wütend reagiert hat, als der Fall aufgerollt wurde. Der Ames anstachelte, den Admiral zu überreden, sich beim Marineminister zu beschweren.«

»Und der NIS wird den Fall tatsächlich bearbeiten?«

»Ja, das werden wir. Natürlich werden wir das. Zusammen mit all den anderen ungelösten Fällen, Geschwistermorden, Vatermorden und allen sonstigen Morden.«

»Aha.«

»Ja, ich weiß. Aus Ihrer Sicht ist das eine Schau mit dem Ziel, die Sache einschlafen zu lassen. Aber denken Sie praktisch. Was ist denn so dringend? Es geht nicht um einen geifernden Serienkiller, der sich in seinem Kellerversteck in einen Mordrausch versetzt und losmarschiert, um die nächste Nonne abzuschlachten. Es geht um einen zwei Jahre alten Mord an einem jungen Schwarzen auf militärischem Gebiet des Bundes. Wir haben verdammt einen fast unbegrenzten Vorrat an ungeklärten Mordfällen, die Schwarze betreffen. Und Weiße. Und Filipinos und was weiß ich noch. Gewalt und Mord in den Streitkräften ist keine Frage der Chancengleichheit, und bei all diesen Kürzungen der Gelder haben wir viel mehr ungelöste Fälle als früher. Außerdem gibt es kein Gesetz, das Mordfälle beim Bund beschränkt. Wenn wir den Täter finden, wandert er ins Kittchen. Eher später als früher vielleicht, aber er bekommt seine Strafe. Die Mühlen der Justiz mahlen langsam und so weiter.«

Grace nickte und sah aus dem Fenster. Sie versuchte, sich ihre Enttäuschung nicht anmerken zu lassen. Es versprach ein schöner Tag zu werden, doch der Anblick der tristen Backsteinwände aus dem 19. Jahrhundert bedrückte sie. Englehardt schaute wieder auf seine Armbanduhr.

»Und wie lautete Ihre andere Frage, Grace – die bezüglich Ihrer Karriere?«

Sie atmete tief durch, bevor sie antwortete, doch die Bestätigung, daß man den Fall in der Bürokratie versickern lassen würde, erleichterte ihr die Entscheidung.

»Mir ist klar, daß es maßgeblichen Stellen nicht das Herz brechen würde, wenn ich den NIS verlasse«, begann sie.

Er spürte, was kommen würde, und setzte zu einem Protest an, doch sie hob eine Hand, um ihn zum Schweigen zu bringen.

»Man hat mir dies deutlich zu verstehen gegeben, ohne es auszusprechen«, fuhr Grace fort, »sogar bis zu dem Punkt, daß gewisse politisch korrekte Kreise es als eine unpassende interne Wiederverwendung auslegen können.«

»Aber, Grace ...«

»Nein, Doug. Lassen Sie mich aussprechen. Ich sage Ihnen das, weil Sie während meiner Zeit beim NIS ... sehr anständig zu mir waren. Jetzt möchte ich Sie bitten, eine Botschaft zu übermitteln.«

»Eine Botschaft? Welche?«

»Ich schlage einen Handel vor. Als Gegenleistung für eine vorübergehende Zurückversetzung in die Ermittlungsabteilung, sagen wir für sechzig Tage, werde ich ein Rücktrittsgesuch einreichen, angeblich, um mich als Dr. phil zu betätigen. Wenn ich gehe, dann mit einer hervorragenden Beurteilung und einer Belohnung, keiner finanziellen, irgendeiner Art. Als Gegenleistung verspreche ich, daß ich brav verschwinde und mein Jurastudium nicht nutze, um Klage wegen sexueller Belästigung oder irgendeiner anderen unangenehmen Sache einzureichen.«

Englehardt stellte seine Kaffeetasse ab und sah Grace einen Moment lang an. »Mein Gott. Mit wem haben Sie geredet?« fragte er leise.

»Sie ließen mich ins Pentagon«, säuselte sie. »Wie Sie damals richtig feststellten, ist man dort nicht ungeübt in politischen Manövern.«

»O Mann. Okay. Und Sie möchten, daß ich die Kunde nach oben weitergebe?«

»Als letzte Tat des Mentors, ja. Ich wüßte es sehr zu schätzen. Die Sechzig-Tage-Frist ist übrigens Bedingung. Das ist die Grenze für vorübergehende Ernennungen innerhalb einer Behörde, ohne daß die Civil Service Commission oder der GSA unterrichtet werden muß. Ich habe dem Leiter der Personalabteilung mitgeteilt, daß ich heute und morgen regulären Jahresurlaub brauche. Ich werde am Montagmorgen zurück sein. Ich erwarte morgen, Freitag, vor Büroschluß, telefonisch über die Entscheidung informiert zu werden.«

Englehardt nickte und dachte offensichtlich darüber nach. Er trank den Rest Kaffee und stand auf. »Aber grundsätzlich werden Sie das Entlassungsgesuch einreichen, wenn wir all Ihren Forderungen nachkommen?«

»Ja.«

»Dann sehe ich kein Problem, Grace«, sagte er. »Überhaupt keines.«

Ihr wurde klar, daß die Leitung des NIS vielleicht auf einen Vorschlag dieser Art gewartet hatte. Sie erhob sich und meinte, eine Last sei von ihren Schultern gefallen. Dan hatte recht gehabt. Sie fühlte sich erleichtert. Sogar Englehardt wirkte erleichtert.

»Nach meiner unmaßgeblichen Meinung, Doug, wird das obere Management hier noch reumütig an den Tag zurückdenken, an dem es den Fall Hardin in die Routinekiste gelegt hat.«

Englehardt begleitete sie zur Tür. »Grace, Kriminalität ist etwas anderes als Weiße-Kragen-Verbrechen. Wir haben einfach zu viele Fällen, um uns über einen davon aufzuregen. Die wenigen Mittel, die uns zur Verfügung stehen, brauchen wir für die Fälle, bei denen wir eine Chance zur Aufklärung sehen. Der Hardin-Fall gehört nicht dazu. Ich werde mich wegen dieser anderen Sache melden. Ich persönlich bedaure sehr, daß Sie uns verlassen, aber es ist vielleicht das beste.«

29

Der Captain rief Malachi am Donnerstagnachmittag an und hinterließ eine Nachricht auf Band. Sie war kurz. Er informierte ihn nur, daß den beiden Ermittlern der Fall entzogen worden sei und die Ermittlung jetzt noch besser kontrolliert werden könne. »Nur, um Sie auf dem laufenden zu halten, Malachi.« Noch ein paar Wochen, und der Fall Hardin würde vorüber sein. Malachi hatte die Nachricht ein paarmal abgehört, aber sie war anscheinend das, wonach sie klang: eine Information, um ihn auf dem laufenden zu halten. Er wählte die Nummer des Captains, hinterließ den Codenamen und wartete. Eine Stunde später rief der Captain zurück.

»Sie haben angerufen.«

»Ja. Ich möchte erfahren, wie diese Hardin-Sache begraben wird.«

»Je weniger Sie wissen, desto besser ist das für Sie. Die Ermittlung wurde ursprünglich von OpNav durchgeführt, wegen eines ... äh ... politischen Mißverständnisses innerhalb der Navy. Das ist in Ordnung gebracht worden, und jetzt ist sie wieder dort gelandet, wo sie von Anfang an hingehörte, beim NIS. Und mein Chef hat einigen Einfluß auf den NIS.«

»Und die können die Sache einfach begraben?«

»Nicht ganz. Aber der Fall kann einer Menge unerledigter Fälle hinzugefügt werden.«

»Was eine Lösung unwahrscheinlich macht?«

»Exakt. Die Medien sind ein unberechenbarer Faktor, aber wir haben wie stets an dieser Front vorgebeugt, und man ist anscheinend zufrieden damit, daß die Navy ermittelt. Nach diesem Anruf sollten wir unsere Beziehung bis auf weiteres auf Eis legen.«

»Was heißt das?«

»Das heißt, mein Chef will, daß keine Verbindungen zwischen irgendwelchen ... äh ... Mitarbeitern und ihm hergestellt werden können. Ich werde Sie nicht mehr anrufen, und Sie rufen hier nicht mehr an, es sei denn, es ergibt sich etwas wirklich Dringendes, oder wir sind sicher, daß das Hardin-Buschfeuer von selbst ausgegangen ist.«

Malachi lachte. »Ich bin also gefeuert?«

»Nicht genau, Malachi. Sie sind unbeschäftigt – im Moment. Es ist das Vernünftigste für uns beide, okay? Wenn keine derzeitige Verbindung besteht, dann ist es unwahrscheinlich, daß jemand auf eine frühere stößt.«

Malachi schwieg.

»Sind Sie anderer Meinung, Malachi?«

»Nein. Aber ich möchte informiert werden, wenn sich etwas in der Sache tut. Ich will es von euch erfahren, nicht aus der Zeitung. Sie wollen doch nicht, daß ich überrascht werde, oder?«

»Natürlich nicht. Aber ich habe versucht klarzustellen, daß sich in dem Fall nichts mehr tun wird. Glauben Sie mir, meine Position ist stark genug, um Ihnen diese Garantie zu geben. Sie brauchen nur zu tun, was Sie am besten können: sich bedeckt halten. Ich muß jetzt Schluß machen. Wir werden vermutlich lange nicht mehr miteinander reden, Malachi. Das ist im Moment der sichere und kluge Weg für uns. Einverstanden?«

Malachi sagte nichts, und nach ein paar Sekunden unterbrach der Captain einfach die Verbindung. Malachi legte auf, ging in die Küche und schaute aus dem Fenster.

›Unbeschäftigt‹ hatte der Captain gesagt. Ende der Verbindung bis auf weiteres. Einerseits war das völlig vernünftig. Er, Malachi, war die einzige Verbindung, und es wäre idiotisch, sie aufrechtzuerhalten und das Risiko einzugehen, daß irgendein Schwachkopf vom NIS durch Zufall darüber stolperte. Aber mal angenommen, sie wollten ihn abservieren? Was würden sie als erstes tun? Jeden Kontakt beenden. Ihm vorenthalten, was los war. Ihn in trügerischer Sicherheit wiegen. Und ihn dann umlegen lassen. Was war also zu tun? Was der kluge Soldat tun würde: die Augen und Ohren offenhalten. Das Schlimmste annehmen: Sie könnten jemanden auf ihn ansetzen, ihn vielleicht aus dem Verkehr ziehen. Okay, weiter mit dieser Theorie. Was würde er tun, wenn er jemanden auf den Fersen hatte oder es konkrete Anzeichen dafür gab, daß er gejagt wurde? Nun, als erstes würde er den Killer umlegen. Und dann würde er in die Offensive gehen, dem lieben Captain Angst und Schrecken einjagen, vielleicht sogar seinem geheiligten Chef. Er wußte ja, wo er sie finden konnte. Malachi nickte vor sich hin und überlegte, ob es nicht zu früh für ein kleines Besäufnis war. Nein, es war nicht zu früh.

30

Am Donnerstagabend, nach einem Besuch bei Landini's, ging Dan zu Fuß nach Hause. Das Abendessen in einem der Restaurants der King Street war eine wöchentliche Extravaganz, die er sich gewöhnlich in der Mitte der Woche leistete, um den Touristenhorden an den Wochenenden zu entgehen, und im Landini's kümmerte man sich gut um seine Stammgäste. Dan hatte, wie in dem italienischen Restaurant in Philadelphia, zwei Vorspeisen bestellt. Muscheln in Weißweinsauce, eine Empfehlung des Kellners, und Calamari; dazu eine ganze Flasche gekühlten Lacrima Christi und ein Körbchen mit ausgezeichnetem Brot. Seine Beinmuskeln schmerzten nach dem nachmittäglichen Rudern gegen die Strömung des Potomac, doch der Wein hatte ihn entspannt, oder jedenfalls dachte er das in seinem leicht benebelten Zustand. Die Abenddämmerung an dem klaren, trockenen Apriltag war perfekt, sanft erhellt von den Straßenlampen der Prince Street. Es wehte eine leichte Brise von Norden, in der die Jets über das zweihundertfünfzig Jahre alte Hafengebiet von Alexandria dröhnten und auf dem etwa fünf Kilometer entfernten National Airport niedergingen. Ein großer Mercedes fuhr über den mit Kopfsteinen gepflasterten Abschnitt der Prince Street. Die Fahrerin, eine Platinblonde mit zuviel Lippenstift, sah ihn flüchtig an, als sie auf seiner Höhe war.

Als er sich seinem Haus, der Nummer 128, näherte, dachte er an Grace Snow. Sie benutzte nie zuviel Lippenstift. Er fischte den antiken Schlüssel aus dem Geranientopf neben der schmiedeeisernen Gartentür, schloß auf, trat ein, schloß wieder ab und warf ihn durch den Spalt im Zaun in den Hochsicherheitstopf zurück. Dann ging er über den Steinweg neben dem Haus in den Garten. Einige Vormieter hatten eifrig wachsende Pflanzen und Buchsbaum gepflanzt, doch das war Dan völlig gleichgültig. Er freute sich über das Grün, tat jedoch nichts, um es zu pflegen, was in den Washingtoner

Sommern zu einer überaus gelungenen Imitation eines Dschungels geführt hatte. Das Wuchern von Sträuchern, Blumen und Unkraut störte die Frau des Richters nebenan, der ein fanatischer Gärtner war. Die Frau des Doktors gegenüber bezeichnete ihn als Busch-Nazi.

Der achteckige Innenhof in der Mitte des Gartens war gerade groß genug für einen kleinen, runden schmiedeeisernen Tisch und vier Stühle, deren Kissen zweifellos eine eigene interessante Ökologie beherbergten. Zwei alte, aber wunderbar hohe Ziegelwände rechts und links davon sorgten für eine ungestörte Privatsphäre. Eine dritte Wand verlief parallel zu einer Gasse zwischen der Häuserreihe auf der Prince Street und dem Rest des Blocks. Seine Nachbarn zu beiden Seiten hatten viel größere Häuser und Gärten mit alten Eichen, deren Schatten und Gesellschaft Dan auf Kosten von ein paar Kubikmetern Laub im Herbst teilen konnte, ohne irgendwelchen Platz zu verlieren. Die beiden echten Gaslaternen, sein Vater hatte sie installiert, benutzte Dan an Sommerabenden, an denen er draußen sitzen wollte, um Schwärme von Insekten anzulocken. Aber der Frühling in Washington war herrlich frei von Insekten, und die kühle Luft im Garten nach dem Abendessen tat ihm gut. Um seine Verdauung zu fördern, schenkte er sich einen Courvoisier aus einer Karaffe ein, die er in einer steinernen Minibar am Rande des Hofes versteckt hatte.

In der zunehmenden Dunkelheit dachte er an Grace Snow. Vor seinem geistigen Auge tauchten ihr Gesicht und einige flüchtige Bilder von teuer aussehender Kleidung und Schuhen auf. Im Gegensatz zu dem einen Abend im Restaurant hatte Grace sich hinter einer Fassade intelligenter Reserviertheit verborgen – strikt dienstlich. Zweifellos war sie wegen ihres Status beim NIS frustriert, aber gleichzeitig sonderbar nichtsahnend, welchen Groll und Neid dieser bei den anderen Staatsbeamten ausgelöst haben mußte. Ein Haus in Georgetown, ein neuer BMW, diese Kleidung und die akademischen Grade zweier angesehener Universitäten waren die

Attribute einer politisch Ernannten im Staatsdienst auf oberer Ebene, nicht die einer GS-14 oder GS-15 unten in den Gräben der Bürokratie des Bundes. Dan war in seiner Laufbahn bei der Marine vorwiegend von Staatsbeamten der mittleren Ebene umgeben gewesen. Er wußte, daß viele der Washingtoner Bürokraten keinen akademischen Grad hatten und eher in Dale City oder Herndon wohnten als in Georgetown, mit einer Frau, die auch arbeiten mußte, und einem Haufen Schulden.

Warum, zum Teufel, blieb sie im Staatsdienst? Sie kam nicht mit der Bürokratie zurecht, und sie hatte ihre Verärgerung über die internen Querelen, Intrigen und Kämpfe geäußert, die für die Bürokraten völlig normal und sogar interessant waren, deutlich zum Ausdruck gebracht. Ihre Bildung versetzte sie theoretisch in die Lage, mehr für die Gesellschaft im bürgerlichen Leben zu leisten, als ihr im Staatsdienst jemals möglich war.

Während er genüßlich seinen Cognac trank, dachte Dan über eine noch interessantere Frage nach. Grace Ellen Snow war eine sehr attraktive Frau. Warum widerstrebte ihm zu tun, was jeder normale Mann inzwischen getan hätte – sie anzurufen und sich mit ihr zu verabreden? Er hatte fast zwiespältige Gefühle gehabt, als er ihr gestern beim Abschied auf der Treppe des Pentagons seinen Anruf avisiert hatte. Konnte es sein, daß er nach sechs Jahren immer noch nicht über den Verlust seiner Frau Claire hinweggekommen war? Und hieß das, daß er es vorzog, sich in seinem bequemen Teich des Selbstmitleids zu suhlen, anstatt sich bei einer attraktiven, intelligenten und sogar wohlhabenden jungen Frau zu engagieren?

Etwas glitt am Rand der Sträucher entlang, und Dan lächelte in die Dunkelheit. Der Busch-Nazi würde bei einem solchen Geräusch vor Schreck die Wand hochgehen. Aber vielleicht stellte sein verwilderter Garten einen passenden Vergleich zu seinem Privatleben dar, zum Leben außerhalb der Navy: ein ungepflegtes, fast zielloses Wuchern von nicht sehr interessantem Grünzeug, das vom Frühjahr bis zum Herbst aktiv war, im Winter schlief und nirgendwohin führte, jedoch zufrieden mit seiner Existenz war. Er konnte nicht behaupten, daß er in bezug auf Frauen innerlich völlig abgestorben war, denn er wußte den Anblick einer attraktiven Frau, die über den Flur im E-Flügel ging, nach wie vor zu schätzen, und Grace in Joggingkleidung beim Stretching hatte ihn veranlaßt, zweimal hinzuschauen. Aber sobald er in Erwägung zog, sich mit einer Frau einzulassen, sprach eine innere Stimme dagegen.

Wenn er hörte, was sich im Eheleben vieler Kollegen bei der Navy abspielte, mußte er sich eingestehen, daß seine intakte und vollkommen glückliche Ehe mit Claire zumindest teilweise darauf zurückzuführen war, daß sie tragisch kurz gewesen war, unbelastet von Druck und Streß mit Kindern, Geldsorgen und den langen Trennungen durch den Dienst auf See. Er begriff auch, daß er in seinem Alter normalerweise mit Frauen Umgang haben würde, die nur ein einziges Ziel hatten: sich einen Ehemann zu schnappen. Nach dem, was mit seiner Frau geschehen war, hatte er keine Lust, es wieder zu versuchen. Und die Navy, ihre Dienstzeiten auf See und das bevorstehende Kommando, bot die perfekte Ausrede, seinen gegenwärtigen Kurs beizubehalten, denn sie garantierte, daß er alle zwei oder drei Jahre, wenn er sich bei seiner Verwendung langweilte, einen anderen Job bekommen würde. Vielleicht wurde er einfach faul und träge auf seine alten Tage. Grace Ellen Snow bedeutete vielleicht eine Komplikation, die er nicht brauchte. Dennoch sollte er sie – nachdem die Ermittlung im Fall Hardin für ihn zu Ende war – einfach anrufen. War sie die Mühe wert? Vielleicht. War *er* die Mühe für Grace wert? Ah, das war fraglich. *Ruf sie an*, dachte er. *Ja, das werde ich tun. Aber nicht heute abend. Nächste Woche.*

Er trank seinen Cognac aus und ging ins Haus.

Am Freitagmittag, Dan hatte gerade ein Sandwich an seinem Schreibtisch gegessen, sagte ihm der Verwaltungsoffizier, daß der EA 06 ihn sehen wolle. Dan stöhnte auf. Captain Manning hatte bereits zweimal angerufen und sich über ein Paket Stabspapiere beschwert, die Beißer während Dans Abwesenheit nach oben geschickt hatte. Beißer hatte den grundlegenden Fehler begangen, die einfache militärische Wahrheit über einen der ministeriellen Vorschläge zu militärischen Verkäufen im Ausland niederzuschreiben, denn diese widersprach der derzeitigen Politik der Navy, die wiederum von der gegenwärtigen Politik des Verteidigungsministeriums vorgegeben wurde. Weil das Stabspapier ursprünglich, vor seiner Reise nach Philadelphia, Dans Arbeit gewesen war, hatte Beißer offenbar versäumt, den Namen auf dem Deckblatt zu ändern, und der EA wollte jetzt den vermeintlichen Verfasser zur Rechenschaft ziehen.

Dan zog seinen Uniformrock an. Er suchte etwas Mitgefühl bei Captain Summerfield, doch der Captain war alles andere als interessiert. Dan ging im E-Flügel hinauf in Mannings Büro, und der EA ließ ihn warten, während er mit der mühseligen Aufgabe beschäftigt war, eine telefonische Verbindung zwischen dem Deputy Chief of Naval Operations und einem anderen Admiral herzustellen. Da ein Drei-Sterne-Admiral einen Zwei-Sterne-Admiral anrief, verlangte das Protokoll, daß der EA des Drei-Sterne-Admirals den EA des Zwei-Sterne-Admirals anrief, fragte, ob sein großer Mann für den anderen großen Mann erreichbar sei. Der EA des Zwei- Sterne-Admirals holte den rangniederen Admiral an den Apparat, der warten mußte, bis der EA des Drei-Sterne-Generals in das Büro des ranghöheren Admirals gegangen war und ihn gebeten hatte, das Gespräch entgegenzunehmen, den Hörer seines Telefons abzunehmen. Nachdem Manning die für Dans Empfinden interplanetarische Verbindung hergestellt hatte, lauschte er noch ein paar Sekunden, um sicherzugehen, daß der große Mann tatsächlich telefonierte und nichts Interessantes zu notieren war;

dann legte er den Hörer auf und reichte Dan das Stabspapier, das Anstoß erregt hatte.

»Das ist nicht akzeptabel. Sie wissen genau, daß wir so etwas ... Provozierendes nicht zum CNO hochgeben können. Ich habe bereits mit dem EA des CNO gesprochen, und er hat mir gesagt, daß noch Zeit ist. Formulieren Sie es also um, und passen Sie es der Politik an. Haben Sie das übrigens tatsächlich geschrieben?«

»Mein Name steht darauf.«

»Stimmt, aber das ist keine Antwort auf meine Frage, nicht wahr, Commander? Wie auch immer, ändern Sie es, selbst wenn es nicht auf Ihrem Mist gewachsen ist. Da ist noch etwas.«

»Sir?«

»Admiral Randall möchte Sie sehen. Ich glaube, wegen der Hardin-Sache.«

»Ich werde ihn sofort aufsuchen.«

Dan verließ das Büro, und der Aktenhefter mit dem Stabspapier, den er mitnahm, kam ihm wie ein verirrtes Kind vor. Er würde ein paar Takte mit Beißer reden. Er ging über den Flur an OP-04 vorbei, dem Büro des DCNO für Logistik links und den Quartieren für Flaggoffiziere auf Besuch rechts. Er winkte dem EA des OP-04, Captain McCarthy, zu, dem einzigen freundlichen EA auf der Elefanten-Etage, vermutlich weil er ein Flieger war.

Das Vorzimmer des Büros des VCNO wirkte kleiner als das von 06 und bot mehr Platz für Schreibarbeiten als für Besucher. Randall und der Adjutant des VCNO saßen wie Dressmen in voller Uniform und mit zugeknöpftem Rock an ihren Schreibtischen. Die verzierte Mahagonitür zu Admiral Torrance' Büro war geschlossen. Dan fiel auf, daß das Schreibpersonal ausschließlich aus weiblichen Petty Officers bestand, die gut aussahen. Ihm fiel auch auf, daß ihn niemand grüßte, als er das Büro betrat.

Er ging zu Randalls Schreibtisch. Der EA las ein Stabspapier. Er ignorierte Dan eine volle Minute, und Dan hütete sich, hilfesuchend zu dem Adjutanten zu schauen. Dieser war ein hochnäsiger Lieutenant, der bei den OpNav-Stabsoffizieren als vielversprechendes Rohmaterial für das nationale Penis-Implantations-Programm bekannt war. Dan wollte ihm nicht die Befriedigung verschaffen zuzugeben, daß er von dem EA wie ein Schüler behandelt wurde, der den Unterricht geschwänzt hatte. Manch ein Commander im Stab freute sich schon, den Lieutenant eines Tages bei der Flotte zu sehen. Es dauerte eine weitere volle Minute, bis Randall den Hefter mit dem Stabspapier weglegte und zu Dan aufblickte.

»Ja, Commander?«

»Captain Manning sagte, Sie wollen mich sprechen, Captain.«

»Will ich das? Haben Sie einen Namen?«

»Ich bin Commander Dan Collins, OP-614, Sir.«

Randall starrte ihn ein paar Sekunden lang an. Dan wußte genau, daß Randall ihn kannte. Dies war nur ein Teil des Spiels: Ich bin ein schrecklich wichtiger Mann, kann unmöglich alle Namen behalten, muß mich mit so vielen Leuten herumschlagen, verstehen Sie? Dan war versucht, ihm das Stichwort zu geben und den Fall Hardin anzusprechen, aber er hielt den Mund. Wenn Seine Lordschaft sich nicht erinnern konnte, würde er, Dan, glücklich in die Abteilung 614 zurückkehren und etwas Nützliches tun, zum Beispiel Beißer zusammenscheißen.

»Ah ja«, sagte Randall schließlich. »Commander Dan. Sie haben an der Ermittlung in dem Mordfall Sowieso gearbeitet.«

Dan bemerkte, daß einige der Petty Officers in ihrer gespielt konzentrierten Arbeit innehielten.

»Der Fall Hardin, jawohl, Sir«, sagte Dan. »Aber wie ich hörte, ist er wieder dem NIS übertragen worden. Ich habe den zusammenfassenden Bericht an Captain Manning geschickt.«

»Ja, ich weiß das.« Randall lehnte sich zurück, und jetzt sah Dan den Aktenhefter mit dem Ermittlungsbericht auf dem Schreibtisch. Randall zeigte die Andeutung eines Lächelns, das jedoch schnell verschwand. »Darüber will ich mit Ihnen reden. Es ist nicht viel Substanz in diesem Bericht. Was geschah Ihrer Ansicht nach wirklich mit Hardin und warum?«

»So weit bin ich nicht gekommen, Captain Randall. Wir nehmen an, daß er nicht aus eigenem Entschluß in dem Kriegsschiff endete und noch lebte, nachdem man ihn in den Kessel eingeschlossen hatte. Warum er ermordet wurde und von wem? Wir haben keine Ahnung.«

»Und anscheinend wenig Aussichten, etwas herauszufinden?«

»Jawohl, Sir. Die Sache ist zwei Jahre alt, und es gab nichts sofort Ersichtliches in seiner Akte, das auf ein Motiv für Mord hinwies. Aber ich denke, wir haben gerade mal an der Oberfläche des Falles gekratzt.«

»Sie sprechen dauernd von ›wir‹.«

»Jawohl, Sir, Miss Snow vom NIS und ich. Sie erinnern sich an Miss Snow? An das Treffen ...«

»Ja, natürlich erinnere ich mich an Miss Snow. Und an die Einwände des NIS, daß OpNav ermittelt. Wir sind hier voll informiert, wenn auch der Stab etwas anderes annimmt. Ich habe mich nur gefragt, ob jemand außer Ihnen und Miss Snow an der Ermittlung beteiligt war.«

Dan dachte an Captain Vann, aber aus irgendeinem Grund wollte er nichts von ihm erwähnen. Die Verwaltungsunteroffiziere spitzten jetzt die Ohren, doch Randall warf ihnen einen kurzen Blick zu, worauf sie weiterarbeiteten.

»Nein, Sir, nur die Leute, die wir befragt haben«, sagte Dan. Das stimmte zum Teil. Die Tatsache, daß sich Grace vielleicht weiterhin mit dem Fall Hardin beschäftigte, war auch etwas, das Dan instinktiv diesem Mann nicht mitteilen wollte.

»Sehr gut«, sagte Randall. »Der NIS hat eine Vorabkopie von diesem Bericht. Wir werden ihn jetzt offiziell weiterleiten. Man hat mir versichert, daß der NIS die Sache zügig verfolgen wird. Sie können jetzt gehen.«

Als Dan seiner Aufforderung nachkommen wollte, hob Randall seine linke Hand. »Noch eines, Commander.«

»Ja, Sir?«

»Was Sie anbetrifft, ist diese Sache abgeschlossen, verstanden?« Randalls Zeigefinger war wie eine Waffe auf Dan gerichtet.

»Jawohl, Sir.«

»Und es ist eine Sache, die Ihre völlige Diskretion erfordert. Admiral Torrance weiß Diskretion wirklich zu schätzen, verstanden?«

»Jawohl, Sir, verstanden.«

»Sehr gut, Commander, das ist alles.«

Dan verließ das Büro und spürte, daß sein Hemdkragen feucht von Schweiß war, als er mit dem Stabspapier in die Abteilung 614 zurückging. Der Fall ist für Sie abgeschlossen. Der Vice Chief erwartet von Ihnen völlige Diskretion, also halten Sie die Klappe, oder wir machen Sie fertig. Jawohl, Sir, sonnenklar, Sir. Was, zum Teufel, sage ich Grace, Sir? Und warum will dieser Typ diesen Fall so geheimhalten? Dan beschloß, Summerfield über dieses Gespräch zu informieren.

31

Am Freitagnachmittag kehrte Grace von ihrem wöchentlichen Einkauf bei Neam's, dem Supermarkt in der Wisconsin Avenue, nach Hause zurück. Sie entledigte sich der Tragetaschen und hörte dann den Anrufbeantworter ab, dessen Lämpchen blinkte. Sie schaute auf ihre Armbanduhr: 16 Uhr 18. Sie erwartete eine Nachricht Doug Englehardts, aber das war nicht der Fall.

»Miss Snow, hier spricht Captain Rennselaer, Executive Assistant von Admiral Keeler, dem Leiter des NIS. Wir sind von Mr. Englehardt informiert worden, daß Sie Ihre Stelle beim NIS aufgeben wollen. Der Admiral hat mich ermächtigt, Ihr Entlassungsgesuch zu akzeptieren, mit Wirkung von heute nachmittag. Da Sie in Urlaub sind, habe ich den Leiter der Personalabteilung beauftragt, Ihren Schreibtisch räumen zu lassen. Ihre persönlichen Dinge werden am Montagmorgen an Ihre Adresse geschickt. Wir bitten Sie, Ihren NIS-Ausweis und Ihre Waffen baldmöglichst abzuliefern. Es bleibt Ihnen selbstverständlich freigestellt, sich eine andere Stellung im Staatsdienst mit Ihrer gegenwärtigen Besoldungsstufe zu suchen und mit den zuständigen Stellen Kontakt aufzunehmen. Ihre Personalakte und andere Verwaltungsdaten werden an die Zentrale weitergeleitet. Ich habe die Personalabteilung natürlich angewiesen, all dies schriftlich zu bestätigen; ein entsprechendes Schreiben wird Ihnen Anfang nächster Woche vorliegen. Wir danken Ihnen für Ihren loyalen und pflichtbewußten Dienst beim Naval Investigative Service. Auf Wiedersehen.«

Grace sank benommen auf ihren Schreibtischsessel. Was, zum Teufel, war passiert? Hatte Doug ihr Angebot nicht übermittelt? War er einfach nach oben gegangen und hatte gesagt, daß Grace Snow bereit war, ihren Job hinzuschmeißen? Oder hatte Doug ehrlich gespielt, und Rennselaer spielte falsch? Da sie nichts Schriftliches vorweisen konnte und sich auf die Vermittlung von Englehardt verlassen hatte, war sie vielleicht in eine Falle getappt. Und sie wußte, daß sie verletzlich war, weil sie sich von einer politischen Ernennung in eine GS-Stelle verkrochen hatte. Nachdem sie den Schock überwunden hatte, flammte Zorn in ihr auf. Okay, Leute, wenn ihr es auf die harte Tour wollt, dann wende ich mich an den Beschwerdeausschuß. Aber als sie ihre Lage im kalten Licht der Realität betrachtete, verflog ihre Wut ebenso schnell, wie sie gekommen war. Den Handel, den sie vorgeschlagen hatte, konnte sie nicht einklagen, denn er wäre einer Umgehung der Vorschriften gleichgekommen. Sie hatte angeboten, aus dem Staatsdienst auszutreten, wenn auch erst in sechzig Tagen. Man hatte einfach ihre Bereitschaft, den NIS zu verlassen, genutzt und das Datum vorverlegt. Sie konnte nicht behaupten, daß sie dort glücklich gewesen war, nachdem man sie aufgrund einer Reihe von Auseinandersetzungen mit ihrem Chef, bei denen sie von der Sache her im Recht, jedoch politisch nicht opportun gewesen war, auf ein Abstellgleis geschoben hatte. Innerhalb der Washingtoner Bürokratie machte man sich durch ein derartiges Verhalten äußerst verletzlich. Und sie war nur durch einen Freund im Justizministerium zum NIS gekommen. Wenn ihr jemand Böses wollte, konnte er argumentieren, daß ihr Job das Ergebnis unerlaubter Einflußnahme eines Protegés und ihre ›Bewerbung‹ um den Job nur eine Farce gewesen war. Daß das im Staatsdienst oft so lief, stand nicht zur Debatte. Wenn ihr jemand in diesem Punkt etwas anhängen wollte, würde sie verlieren. Damit mußte sie sich abfinden. Man konnte sie ohne weiteres abservieren, besonders wenn jemand das System manipuliert hatte, um sie überhaupt hineinzulassen.

Sie nahm den Telefonhörer ab und wählte Englehardts Nummer, doch nach einigen Klingelzeichen wurde ihr klar, wie spät es war. Nach 16 Uhr 30. Keiner in dieser Stadt nahm an einem Freitag einen Anruf entgegen, mit Ausnahme dieser armen Narren im Pentagon, die ihr Pflichtbewußtsein beweisen wollten. Das brachte sie auf die Idee, Dan anzurufen. Aber was sollte sie ihm sagen? Daß sie seinen Vorschlag befolgt hatte und in eine Falle gegangen war?

Dieser gottverdammte Rennselaer war seinem Ruf gerecht geworden. Sie hatte sich oft vorgestellt, daß der EA wie eine Spinne im Vorzimmer des Admirals hockte, deren Netz in jeden Winkel des NIS-Hauptquartiers reichte. Als ihm Englehardt ihr Angebot übermittelt hatte, mußte er ihre Verletzlichkeit gespürt haben und nur den wesentlichen Bestandteil – daß sie bereit war auszusteigen – weitergegeben haben. Dem Admiral hatte er nur mitgeteilt, daß es besser für sie sei zu gehen. ›Jawohl, Sir, ich habe empfohlen, daß wir das akzeptieren, Sir. Heute, Sir. Ich werde es veranlassen, Sir.‹

Grace blickte aus dem Fenster. Dort draußen war ein schöner Nachmittag. Und hier drinnen ein äußerst deprimierender. Sie entschied sich, daß sie aus dem Haus gehen mußte;

ein Spaziergang würde ihr guttun. Eine Viertelstunde später stand sie vor der steilen Steintreppe, die zur Canal Road, zwanzig Meter tiefer, führte und durch die Schlußszene im Film *Der Exorzist* berühmt geworden war. Unten floß der Verkehr der Rush-hour über Key Bridge Richtung Virginia und jenseits davon das trügerisch ruhige Wasser des Potomac River. Und die Bootshäuser.

Sie stieg langsam die Stufen hinunter, überquerte die M Street an der vielbefahrenen Key-Bridge-Kreuzung und ging über die gewölbte Fußgängerbrücke über den historischen Chesapeake und Ohio Canal. Nach einigen sehr vorsichtigen Schritten über den Kies und Ton des Treidelpfades auf der anderen Seite sah sie, parallel zum Flußufer unter der Überführung des Whitehurst Freeway, eine weitere Treppe. Sie führte zur Water Street, die mit ihren Reihen von Lagerhäusern, Ladezonen für Trucks und verfallenen Gebäuden wenig einladend war für eine Frau, die allein spazierenging, aber es gab noch Studenten auf dem Treidelpfad, und es war noch hell. Sie beschloß, hinabzugehen zur Water Street, und wandte sich unter den Stahlpfeilern der Überführung nach rechts in Richtung der Gebäude des Potomac Boat Club, die ungefähr vierhundert Meter entfernt waren. Der Boden unter der Key Bridge war mit zerbrochenen Schnapsflaschen übersät, und es roch nach Pennern und der Kanalisation. Grace hoffte, daß der Bootsclub geöffnet war. Sie sagte sich, daß es nicht gerade eine ihrer besten Ideen gewesen war, hier entlangzulaufen.

Das Clubhaus war ein baufällig wirkendes, zweistöckiges Holzgebäude zwischen der Verlängerung der Water Street und dem Ufer des Potomac. Seine grünweißen Wände an der Water Street waren im Laufe der Jahre vom Hochwasser schief geworden. Ein kleines Schild wies darauf hin, daß der Club seit fast einhundertdreißig Jahren bestand, und so war er vermutlich mehr als einmal überschwemmt worden. Sie stieß die Eingangstür auf und schaute sich um, aber das Clubhaus schien verlassen. Durch die Tür auf der Flußseite der

Eingangshalle sah Grace einige Ruderer auf dem Fluß. Ein schwitzender junger Mann in Shorts und T-Shirt kam in die Halle. Er trug Ruder und etwas, das wie ein Ausleger aussah.

»Verzeihen Sie, war Commander Collins heute hier?« fragte Grace.

Der junge Mann musterte sie abschätzend.

»Wer will das wissen?« fragte er.

»Ich bin Grace Snow. Wir sind nur befreundet. Wir haben in Philadelphia zusammen einen Auftrag erledigt, und er erzählte mir, daß er einen Einer rudert, der hier liegt.«

Der junge Mann lächelte und zeigte zur vorderen Tür. »Da, Sie haben Glück, Grace Snow. Da kommt er gerade.«

Grace wandte sich um und sah Dans Suburban über die Schlaglöcher der Water Street holpern und vor dem Clubgebäude stoppen. Dan stieg aus, immer noch in blauer Uniform. Als er Grace im Eingang sah, winkte und lächelte er, und aus irgendeinem Grund fühlte sie sich besser als auf dem gesamten Spaziergang. Er wirkte mit seinem jungenhaften Lächeln viel jünger als im Pentagon. Sie ging zu ihm, als er seine Ausrüstung aus dem Wagen holte.

»Hätte nicht gedacht, Sie hier zu treffen«, meinte er. »Mir war nicht klar, daß Sie so nahe beim Fluß wohnen. Oder sind Sie hier runtergelaufen?«

»Nun … eigentlich ja. Ich brauchte einen Spaziergang, und da kam ich an die *Exorzist*-Treppe und entschied mich …«

Sie wußte nicht mehr weiter, und er half ihr über die Verlegenheit hinweg. »Ich bin mal an einem Sonntagmorgen dort raufgestiegen. Der Rückweg ist eine ziemliche Strapaze. Kommen Sie rein. Ich parke Sie irgendwo, während ich mich umziehe.«

Dan brachte Grace durch die Haupthalle zum hellen Bootshafen hinter dem Clubhaus.

»Sie sind also gekommen, um den unerschrockenen Ruderer im Kampf gegen die tückische Strömung zu sehen«, sagte er und führte sie zu einem altersschwachen Liegestuhl am Ufer.

Grace schaute über den Fluß, der aus der Nähe betrachtet wirklich tückisch aussah, mit großen, silbergrauen Wirbeln, die auf der gesamten Oberfläche in der Strömung des Frühjahrs auftauchten und wieder verschwanden. An einem riesigen grauen Felsen, ungefähr fünfzig Meter vom Ufer entfernt, brach sich das Wasser gurgelnd, umspülte den Bootssteg und zerrte am Pontonpier.

»Ist das sicher? Das Wasser sieht so … unruhig aus.«

»Nun ja, wir Ruderer sind außergewöhnlich tapfer, nicht allzu helle vielleicht, aber tapfer ganz bestimmt. Nein, es ist jetzt nicht besonders sicher. Aber wenn man die Strömung kennt und weiß, wo man *nicht* hinrudert, ist es eine ausgezeichnete körperliche Herausforderung. Die meisten von uns trainieren flußaufwärts, also gegen die Strömung, und dann üben wir, flußabwärts zurückzurudern, ohne irgendwo anzuecken und trotz der Strömung nahe beim Anlegeplatz zu landen. Es ist ein perfektes Gegenmittel nach einem Tag im Pentagon.«

»Das kann ich mir denken. Ich hätte Sie beinahe schon heute nachmittag angerufen. Ich habe einige Neuigkeiten.«

Dan stellte seine Sporttasche ab, und Grace berichtete von ihrem Gespräch mit Englehardt am Donnerstag und Captain Rennselaers kleiner häßlicher Überraschung an diesem Nachmittag.

»Verdammt«, schimpfte Dan. »Die wollen Sie loswerden. Und Ihr Mentor hat Sie offenbar im Stich gelassen. Tut mir leid, das zu hören. Es ist nicht mehr lange hell. Dort drüben ist ein Getränkeautomat. Besorgen Sie sich eine Coke, und setzen Sie sich in einen der Liegestühle am Ufer. Der Ruderausflug dauert keine Stunde, und dann können wir irgendwo was trinken. Diese Hurensöhne. Einfach so abserviert?«

»Ja. In gewisser Hinsicht ärgere ich mich wirklich, doch andererseits fühle ich mich ein bißchen erleichtert.«

»Behalten Sie diesen Gedanken im Kopf«, sagte Dan. »Und wenn ich zurückkehre, schauen Sie bei meinem Anlegemanöver nicht zu genau hin.«

Zwanzig Minuten später kämpfte er gegen die Strömung an. Grace nahm in einem der Liegestühle Platz und sah auf den Fluß. Einer der Georgetown-Achter wurde stromaufwärts gerudert; das Boot ruckte und verlor etwas an Schwung, wenn die Ruderer zum Schlag ausholten. Ein Mann in einem kleinen Boot, das den Achter zu jagen schien, rief etwas durch ein Megaphon. Zwei Ruderer kamen aus dem Bootshaus und unterhielten Grace mit ihren Bemühungen, den schnittigen Zweier abzusetzen und zu besteigen, bevor die Strömung ihn flußabwärts treiben konnte. Grace, die noch nie beobachtet hatte, wie ein Boot zu Wasser gelassen wird, kam es wie ein Wunder vor, daß die beiden Männer es schafften. Vierzig Minuten später kam Dan in einer für Grace besorgniserregenden Schnelligkeit mit der Strömung zurück. Er drehte stromabwärts vom Anlegeplatz und manövrierte den Einer an den Ponton-Pier. Grace ging zu ihm und hielt das Boot an der Seite fest, während Dan die Füße losschnallte und auf den Pier stieg. Er entfernte die Ruder und zog dann das Boot aus dem Wasser. Dan hob das Boot hoch und trug es über Kopf zum Bootshaus. Er versprach, in fünf Minuten wieder hier zu sein. Grace schaute ihm nach und ertappte sich dabei, daß sie seinen muskulösen Körper bewunderte, die Geschmeidigkeit, mit der er sich bewegte. Sie wandte sich abrupt ab und bemerkte, daß ein anderer Mann ihre anerkennenden Blicke mitbekommen hatte.

Wie versprochen, war Dan fünf Minuten später zurück, immer noch in seinem verschwitzten Pullunder, der Khakihose und den Slippern.

»Normalerweise fahre ich nach dem Training heim und ziehe mich um. Wenn Sie mich so ertragen können, sollten Sie mit mir nach Old Town fahren. Ich mache mich frisch, und wir können in einer der Kneipen etwas trinken.«

Grace zögerte nur kurz und stimmte dann zu. Der Gedanke, durch das schäbige Viertel nach Georgetown hinaufsteigen zu müssen, erleichterte ihr die Entscheidung. Sie gingen zu dem Suburban, und Dan ließ sie einsteigen, während er seine Sporttasche auf den Rücksitz legte. Grace war belustigt, als er die hinteren Fensterscheiben runterkurbelte, um die Belüftung zu verbessern, doch als sie vom Parkplatz fuhren, brachte der Geruch von Männerschweiß einige störende Erinnerungen an Sex mit Rennie vor dem Scheitern ihrer Ehe zurück. Auch Rennie hatte einen tollen Körper gehabt, den er mit täglichem Training in einem teuren Fitneßclub in der Wall Street in Form gehalten hatte. Als Grace verstohlen zu Dan sah, wurde ihr bewußt, daß sie sehr lange keinen Sex mehr gehabt hatte.

Hinter der Kurve unter der Key Bridge mußte Dan einem großen weißen Ford Pickup Truck, der halb auf der Fahrbahn stand, ausweichen. Grace erhaschte einen kurzen Blick auf einen großen Mann in dem Ford. Er war offenbar in eine Straßenkarte vertieft.

32

Malachi Ward widerstand der Versuchung, von der Karte aufzublicken, als der Suburban ihn passierte. Er war sich ziemlich sicher, daß die Frau ihn bemerkt hatte, aber sein Gesicht war zum Teil von der Straßenkarte verdeckt gewesen. Er startete den Truck und wartete, bis der Suburban hügelaufwärts Richtung Innenstadt fuhr. Er hatte die Frau nicht erwartet.

Er war dem Suburban vom Nordparkplatz des Pentagons aus gefolgt. Er war leicht gewesen, den Wagen zu entdecken. Weil er wußte, wie großkotzig diese Navy-Offiziere waren, die es im allgemeinen für unter ihrer Würde hielten, in Maryland oder im Distrikt zu wohnen, hatte er im Telefonbuch von Virginia nachgesehen, Collins' Namen und Adresse gefunden. Prince Street bedeutete Old Town; der Mann kam entweder aus betuchtem Hause oder hatte Glück mit Immobiliengeschäften gehabt. Old Town war für reiche Leute.

Am Vorabend hatte er die U-Bahn bis zur Station Ballston genommen, um die Ford-Limousine bei den Randolph Towers abzuholen. Um halb elf war er nach Old Town, über die Prince Street und über das Kopfsteinpflaster an der Nummer 128 vorbei Richtung Fluß gefahren. Er hatte seinen Wagen in der Union Street abgestellt und war zu Fuß zu dem Block, in dem Collins wohnte, gegangen. Am Straßenrand durfte nur mit Genehmigung von Distrikt 1 geparkt werden, und nach kurzer Zeit hatte er den Suburban, das einzige Fahrzeug mit dem Aufkleber des Naval District Washington Stützpunktes, entdeckt. Aus Gewohnheit hatte er sich das Auto gemerkt und die Nummer auf dem Navy-Aufkleber notiert; dann war er wieder zu seinem Ford gelaufen, um zu den Randolph Towers zurückzufahren. Am folgenden Mittag hatte er sich als Colonel Smith im Pentagon im Büro der Pentagon Parking Control über einen Wagen, der seinen reservierten Platz auf dem Südparkplatz blockiert habe, beschwert und der Frau, die am Telefon gewesen war, die Nummer des Aufklebers der Navy genannt. Sie hatte ihm mitgeteilt, daß der Aufkleber nicht für den Süd-, sondern für den Nordparkplatz gültig sei, und ihn gefragt, ob er eine offizielle Beschwerde einreichen wolle. Er hatte verneint, die Woche sei fast vorüber und er plane ohnehin zu verreisen. Aber er würde dem Falschparker gern eine Nachricht mit ein paar ärgerlichen Worten hinter die Windschutzscheibe klemmen. Dann war er mit dem Pickup Truck, diesmal ohne Ausstattung als Fahrzeug der Metro, zum Pentagon gefahren, hatte den Suburban schnell gefunden, drei Reihen von ihm entfernt geparkt und gewartet. Collins hatte um Viertel nach fünf seinen Wagen bestiegen, und Malachi war ihm zum Bootshaus gefolgt. Er war in einen Zufahrtsweg neben einem verlassenen Gebäude gefahren und hatte sich, nachdem Collins' Ziel klar gewesen war, einen Parkplatz näher beim Gelände des Ruderclubs gesucht und beobachtet.

Als er jetzt links in die Verlängerung der Wisconsin Avenue bog, die zur M Street zurückführte, beschloß er, Collins nicht nach Old Town zu folgen. Er war überzeugt, daß Collins nach dem Rudern auf dem Potomac heimfuhr. Er hatte gesehen, daß ihn seine Freundin bewundert hatte. Ob das Miss Snow vom NIS war? Er hatte nach Snow im Telefonbuch gesucht und auch ein paar Kandidaten gefunden, aber keinen in Georgetown. Collins war allein gewesen, als er zum Bootshaus gefahren war, und die Frau war vermutlich zu Fuß dorthin gegangen, um sich mit ihm zu treffen. Er entschied sich, auf eigene Faust nach Old Town zu fahren. Vielleicht konnte er etwas herausfinden.

Er brauchte fast eine Stunde bis zur Memorial Bridge, über den Fluß und dann südwärts auf den GW Parkway. An der Abzweigung nach Old Town geriet er in den Stau der Rushhour und kroch im Schrittempo über die Washington Avenue, bis er auf der Prince Street wieder Richtung Fluß unterwegs war, stellte jedoch bald fest, daß anscheinend jeder Parkplatz in der ganzen Stadt besetzt war. Nach einigem Hin- und Herfahren entdeckte er schließlich einen kleinen Firmenparkplatz in der Strand Street im Hafenviertel, nur einen halben Block von der Prince Street entfernt, doch ein Schild an dessen Einfahrt verkündete: BESETZT. Ein dunkelhäutiger Mann in einem Parkwächterhäuschen winkte ihn träge weiter. Malachi nahm zwei Zwanziger aus seiner Brieftasche und streckte die Scheine aus dem Wagenfenster. Der Parkwächter nahm das Geld und ließ ihn auf den Parkplatz fahren. Drei Minuten später, jetzt zu Fuß, erreichte Malachi die Prince Street und folgte ihr bis zur Kreuzung Union Street, wo er ein kleines Bistro gesehen hatte.

Normalerweise parkte Malachi nicht auf Firmenparkplätzen, wenn er jemanden beschattete. Zu vieles konnte schiefgehen, und es konnte problematisch sein, einen Wagen in aller Eile und zu einer ungünstigen Zeit dort zu holen. Aber es war Freitagabend in Old Town am Beginn der touristischen Saison an einem schönen Frühlingstag, und er hatte keine Wahl. Er spazierte durch die Union Street zur King Street und mischte sich im schicken Geschäftsviertel unter den Strom der Leute, die auf beiden Seiten der King Street flanierten und vorwiegend schick gekleidet waren. Malachi trug eine khakifarbene Freizeithose und Windjacke sowie ein gelbes Polohemd. Er ging langsam und überragte selbst mit den flachen Tennisschuhen die meisten Passanten, ließ sich von einigen überholen, nötigte andere, ihm auszuweichen, und vermied sorgfältig jeden Blickkontakt. Niemand sollte sich an ihn erinnern.

Der Geruch von Knoblauch und Meeresfrüchten drang aus den Restaurants entlang der unteren Blocks der King Street und vermischte sich mit Auspuffgasen von Wagen, deren Fahrer versuchten, sich im Schrittempo einen Weg durch die Menge zu bahnen.

Malachi umkreiste langsam den Block, in dem Collins wohnte. Eine U-Bahn-Station war in der Nähe, und im Haus 128 brannte Licht. Er marschierte weiter, ging ein zweites Mal um den Block und fand heraus, daß zwei Gassen in den Block mit Collins' Haus schnitten. Die erste verlief hinter den Läden und Restaurants der King Street, die zweite bot Zugang zu den Garagen und Parkplätzen der Häuser in der Prince Street; auf ihren beiden Seiten erhoben sich Ziegelsteinmauern, einige hoch, einige niedrig, manche mit Eisentüren, andere mit Holztüren. Hinter einigen Häusern standen zur Leerung am Samstagmorgen grüne Plastikmülltonnen. Die oberen Stockwerke der meisten Häuser, die er jenseits der Mauern ausmachen konnte, waren durch das Frühlingsgrün vieler großer Bäume verdeckt. Am anderen Ende der Gasse sah er die Schatten von Katzen an offenbar verlassenen Garagen vorbeihuschen. Die Geräusche von Ventilatoren von Küchenbelüftern von der anderen Gasse waren über der mittleren Häuserreihe zu hören. Als er in die Gasse schaute, sah er das Licht von Autoscheinwerfern. Ein Streifenwagen wendete langsam an ihrem Ende. Malachi zog sich Richtung Prince Street zurück.

Er schlug einen weiteren langen Bogen am Fluß entlang und gelangte nach einer Viertelstunde an den Anfang der zweiten Gasse. Für Malachi war es wichtig, das Terrain rund um ein Beschattungsobjekt zu Fuß zu erkunden; man konnte Dinge entdecken, die man von einem Wagen aus niemals mitbekam. Er schaute nochmals nach dem Streifenwagen, aber er war verschwunden, und so schlenderte er in die Gasse, bis er zu einer grünen Plastikmülltonne mit der Nummer 128 gelangte, die bei einer soliden Holztür in einer der höheren Backsteinmauern stand. Eine Garagenwand ragte neben der Tür ein Stück in die Gasse und bot Schatten.

Es war inzwischen fast völlig dunkel, aber Malachi sah sich immer noch sorgfältig in der Gasse um und vergewisserte sich, daß niemand ihn beobachtete. Dann probierte er den Griff der Tür. Sie war verschlossen, aber das Holz war alt, und er konnte durch Ritzen spähen. Hinter der Mauer gab es einen Garten und einen Innenhof, über den auf beiden Seiten die Zweige von Bäumen ragten. Er konnte Collins und die Frau im Hof sitzen sehen, aber sie waren zu weit entfernt, und bei der Geräuschkulisse eines Freitagabends in Old Town gelang es ihm nicht, von ihrer Unterhaltung etwas zu verstehen. Irgendwo in der Gasse klapperte es plötzlich, und er zog sich in den Schatten der Garage zurück. Ein Mann leerte einen Abfalleimer in eine Mülltonne, ungefähr fünfzehn Meter entfernt. Als der Mann fort war, kehrte Malachi zu seinem Guckloch zurück. Er versuchte, in der Dunkelheit Einzelheiten vom Gesicht der Frau zu erkennen, doch das war zu schwierig. Sein Gefühl sagte ihm, daß er in einer Gegend herumschnüffelte, die vermutlich gut kontrolliert wurde, und er verließ die Gasse und machte sich auf den Weg zu dem Bistro an der Kreuzung Union und Prince Street.

Auf dem Bürgersteig davor standen Tische mit Schirmen. Malachi nahm an dem vom Eingang am weitesten entfernten Platz. Die übrigen Tische auf dem Bürgersteig waren unbesetzt. Es war ein relativ lauer Abend, doch die meisten Leute saßen im Lokal. Die Männer mit Sakkos oder Anzug und Krawatte hätten sich draußen behaglich gefühlt, doch den meisten der Frauen – einige trugen sogar Cocktailkleider – wäre es etwas zu kühl gewesen. Aber es war ein perfekter Platz, um

Haus Nummer 128 und den großen blauen Suburban im Auge zu behalten. Malachi wußte nicht genau, warum er Collins und die Frau beschattete, aber *wenn* die Frau die geheimnisvolle Miss Snow war und später heimkehrte, konnte er vielleicht herausfinden, wo sie wohnte.

Eine halbe Stunde später sah ihn schließlich ein Kellner mit pickeligem Gesicht in dem gutbesuchten Bistro und eilte an seinen Tisch, wobei er seinen Unmut darüber, daß er draußen bedienen mußte, zu verbergen versuchte und sich offensichtlich eine Ausrede zurechtlegte, warum es so lange gedauert hatte.

»Entspannen Sie sich«, sagte Malachi. »Bringen Sie mir einen doppelten I. W. Harper on the rocks und die Speisekarte. Und lassen Sie sich Zeit, ja? Ich habe es nicht eilig und sehe mir gern die Leute an.«

Der Kellner nickte und eilte ins Lokal, und Malachi setzte sich auf dem Stuhl zurück. Er bezweifelte, daß die Frau bei Collins Miss Snow vom NIS war. Vielleicht handelte es sich einfach um eine der weiblichen Offiziere, von denen es in den vergangenen paar Jahren immer mehr gab. Aber ihre Kleidung wirkte ein bißchen teuer für das Pentagon. Er würde zwei, vielleicht drei Stunden warten. Wenn sich in dieser Zeit nichts tat, würde Collins vermutlich die Nacht mit ihr verbringen, und er, Malachi, würde aufgeben und einfach heimfahren. Wenn Collins die Frau jedoch nach Hause brachte, dann würde er dem Suburban folgen, um festzustellen, wo sie wohnte. Nur für den Fall. Eines war jedenfalls völlig klar: Wenn der Captain irgendein neues Talent angeheuert hatte, das ihn, Malachi, umlegen sollte, dann war es dieser hübsche Junge mit dem großen Wagen und dem kleinen Boot höchstwahrscheinlich nicht.

33

Dan schenkte Wein nach und las dann etwas von dem Text des Etiketts vor.

»›Der Gedanke an den Duft von Veilchen, ein weicher Kitzel für den Gaumen‹ – wer denkt sich dieses Gefasel aus, was meinen Sie, Grace?«

»Kleine, fette Männer, die Krawatten und Brillen mit dicken Gläsern tragen«, antwortete Grace und lachte. »Ich wünschte, sie würden einfach sagen, daß es ein guter Wein ist, denn es *ist* ein guter.«

»Ja, das finde ich auch. Hier in Old Town gibt es diesen teuflischen Laden namens Sutton Place Gourmet. Das Paradies für hungrige Yuppies. Ich gehe gelegentlich dorthin und füge meiner ganzen Physiologie ernsten Schaden zu: Alles, was sie dort anbieten, ist erstklassig und teuer, aber ein Gesundheitsladen ist es nicht. Ich habe den Wein und die Pastete dort gekauft.«

Grace nickte und schaute sich im Garten um. Dan bedauerte flüchtig, daß er ihn nicht besser gepflegt hatte. Er nahm an, wenn dies hier Georgetown wäre, hätten ihn die Nachbarn längst verklagt.

»Mir gefällt dieser ... naturbelassene Garten«, sagte Grace schließlich mit ausdrucksloser Miene.

Dan lachte laut. »Ja, naturbelassen ist er. Ich nenne ihn einen Darwin-Garten. Die stärksten Arten werden es schaffen. Ich amputiere nur, was in den Hof oder den Weg zur Gasse wuchert; alles andere lasse ich wachsen, wie es will.«

Sie lachte, doch dann wurde ihre Miene ernst.

»Sagen Sie mir, hat der Fall Hardin Ihrer Meinung nach einen rassistischen Aspekt?« fragte sie.

Dan ärgerte sich fast, daß sie darauf zurückkam. Er hatte ihre Gesellschaft genossen und sich über die Gelegenheit gefreut, mit einer attraktiven Frau etwas zu trinken, ohne sich durch den dornenreichen Weg einer Beziehungskiste manövrieren zu müssen. Aber der Hardin-Fall war der Grund ihrer Anwesenheit. Sie war nicht zum Bootshaus gekommen, um ihn beim Rudern zu beobachten, nicht wahr? Er antwortete nicht direkt.

»Hat Englehardt irgend etwas gesagt, das darauf hinweist, daß die Rasse ein Faktor ist, der bestimmt, wie sie den Fall handhaben?« fragte er.

Sie stellte ihr Weinglas ab. »Seine Absicht war es nicht, aber ja, er hat es angedeutet. Er sagte, es handele sich nur um einen weiteren ungelösten Mord an einem Schwarzen unter zu vielen anderen. Und dann versuchte er, es zu vertuschen, indem er betonte, wie viele Morde an Filipinos und sogar Weißen unaufgeklärt sind. Aber ich denke, er gab mit der ersten Äußerung seine wahren Gefühle preis. Der Kern der Sache war: Dies ist vermutlich eine Sache unter Schwarzen. Ein weiterer junger Schwarzer, den man für ein Paar Tennisschuhe umgebracht hat. Eignet sich kaum für die Titelseite der Zeitungen. Seine Schwester wurde ebenfalls getötet, doch das scheint ein Unfall gewesen zu sein. Nun, so ist das in Washington. Wir haben hier drei solche Fälle in einer Nacht. Da kann man nichts machen. Das waren in etwa seine Worte.«

Dan nickte und starrte auf den Tisch. Grace klang verbittert. Er wußte nicht, was er ihr sagen sollte. Der Anblick der Leiche von Lieutenant Hardin war schockierender gewesen als all die Fälle von Mord und Totschlag in der Innenstadt, über die die Zeitungen berichteten. Er konnte die schreckliche Tatsache, daß der Lieutenant buchstäblich lebend in diesem Schiff begraben worden war, nicht bagatellisieren. Grace hatte es ebenfalls gesehen, und das war vielleicht der Grund, weshalb es sie nicht losließ.

»Was haben Sie vor, Grace?« fragte er.

»In welcher Beziehung?«

»Nun, den NIS und das Verhalten Ihres ehemaligen Mentors Englehardt. Und in puncto Hardin-Fall.«

»Ah. Sie meinen, im Hardin-Fall sollte etwas unternommen werden?«

Er hatte nicht nur sich selbst, sondern vielleicht auch sie überrascht. Aber es stimmte. Irgend etwas sollte getan werden. »Leider ja, das meine ich.«

»Warum leider?«

Er mußte nachdenken, wie er seine Lage erklären konnte. »Weil es im Zusammenhang mit meiner Laufbahn politisch riskant ist«, erwiderte er. »Ich habe das Gefühl, daß ich bei den EAs auf eine Mine treten werde, wenn ich weiterhin meine Nase in diese Sache stecke.«

Grace war erstaunt. »Wie könnte der Hardin-Fall Sie in beruflicher Hinsicht angreifbar machen?«

»Ganz einfach. Ich habe einen Stabsjob in einem Washingtoner Hauptquartier, und ich warte darauf, ein Kommando zu bekommen. Wenn ich meine Nase in anderer Leute Angelegenheiten stecke und jemanden verärgere, besonders einen dieser EAs, dann können sie das zunichte machen, wenn sie das wollen. Sie können meine Kommandantur hinausschieben oder mir das Kommando über ein Schiff geben, das außer Dienst gestellt ist. Dann verbringt man anderthalb Jahre damit, es irgendwo, zum Beispiel auf der Marinewerft Philadelphia, einzumotten. Das Demontieren der bewaffneten Streitkräfte hat anscheinend bei dieser Administration Vorrang, wissen Sie.«

Er schaute in die Dunkelheit des Gartens. »Oder wenn mir jemand wie Randall schaden will, kann er meine Entlassung betreiben: Er beurteilt mich schlecht, und es gibt mehr Commanders als Stellen für Kommandanten – deshalb haben wir eine Warteliste. Man kann jederzeit von mir verlangen, meine zwanzig Jahre am Schreibtisch zu beenden und anschließend meinen Abschied zu nehmen. Es sei denn natürlich, ich falle unter SERB, dann kann ich sofort gehen.«

»SERB?«

»Selective Early Retirement Board. Ein Ausschuß, der Leute für den Vorruhestand auswählt. Alle Dienste halten es jetzt so zur Feier der Tatsache, daß der Kalte Krieg vorüber und Amerika endlich sicher ist. Sie berufen einen besonderen

Ausschuß ein, der jedes Jahr den Personalbestand von Null-Fünfern und Null- Sechsern sowie die Zahl der Commanders und Captains, der Lieutenant Colonels und der Colonels überprüft und ungefähr zwanzig Prozent von ihnen einen Abschiedsbrief schickt. Danke für Ihre x Jahre treuen Dienste, aber wir haben entschieden, daß wir Sie nicht mehr brauchen. Melden Sie sich in neunzig Tagen im Personalbüro, und man wird Sie zum Zivilisten machen.«

»Davon habe ich noch nie etwas gehört. Was genau passiert da?«

»Genau das, was ich eben sagte. Im Zivilleben nennt man das Stellenabbau, aber die Navy bezeichnet es als ›den richtigen Bestand ermitteln‹ ... Schön, wie? Das hätte Orwell gefallen. Sie setzen um den Thanksgiving Day herum einen offiziellen Ausschuß ein, und dann bekommen ein paar glückliche Seelen eine Weihnachtskarte mit der Nachricht, daß es die Navy mit der zwanzigjährigen Laufbahn nicht ernst gemeint hat und sie bedauerlicherweise in neunzig Tagen Zivilisten sein werden. Viel Glück und alles Gute.«

Grace zuckte die Achseln. »Ihr Soldaten bekommt neunzig Tage. Die meisten Zivilisten haben zwei Wochen nach der Kündigung. Ich hatte einen Tag.«

Dan seufzte und schenkte Wein nach. »Ich weiß. Aber als ich mich verpflichtet habe, versprach man mir eine Laufbahn von mindestens zwanzig Jahren. Man versprach die zwanzig Jahre, weil ich unterschrieben habe, mein Leben für Onkel Sam aufs Spiel zu setzen. Zivilisten leben immer mit der Kündigungsklausel von zwei oder vier oder auch ein paar mehr Wochen in ihrem Arbeitsvertrag, denn sie unterschreiben für nur einen Job – von neun bis siebzehn Uhr. Jeden Abend und jedes Wochenende daheim. Keine sechsmonatige Abkommandierungen in den Indischen Ozean, keine Feuergefechte in den Gassen von Mogadischu, keine Stationierung, um Blockaden vor Haiti aufrechtzuerhalten.«

»Aber beim Militär sind alles Freiwillige, jedenfalls in Friedenszeiten, nicht wahr?«

»Okay. Ich nehme an keinen Blockaden teil, fahre nicht zur See und stehe nicht in der Schußlinie. Aber eine zwanzigjährige Dienstzeit und dann eine sichere Pension für jeden, der sie überlebt, ist nun mal Bestandteil dieser Abmachung. Polizisten und Feuerwehrleute sind in einer ähnlichen Lage, weshalb die meisten nach zwanzig Jahren ihren Abschied nehmen können, wenn sie das wollen und wenn sie dann noch am Leben sind. Das ist das Versprechen, das bei uns gebrochen wird.«

»In der zivilen Welt arbeiten nicht alle von neun bis siebzehn Uhr«, bemerkte Grace. »Staatsbeamte ja, aber viele Zivile in der Wirtschaft machen Überstunden ohne Bezahlung, nur um ihren Job zu *behalten.*«

»Ich weiß«, gab Dan zu, und in ihm stieg leichter Ärger auf. »Aber ich kann meine Arbeit nicht mit der eines Zivilisten vergleichen, der Seife verkauft.«

»Der Seifenverkäufer würde darauf verweisen, daß er euch mit seinen Steuern bezahlt. Ihr beim Militär seid vielleicht etwas weltfremd. Obwohl ich im Staatsdienst war, hat man mir nur einen Tag nach dem Rausschmiß zugestanden.«

»Ja. Leider haben Sie gesagt, daß Sie ausscheiden werden.«

»Auf Ihren Vorschlag hin.«

Das machte ihn plötzlich wütend. Er stellte sein Weinglas hart auf der Glasplatte des Tisches ab. *Ich habe es gewußt,* dachte er. *Verlaß dich auf dein Gefühl. Du hattest recht an dem anderen Abend.* Auf einmal wünschte er, daß sie ging und ihren kleinen Kreuzzug im Hardin-Fall mitnahm. Er wollte wieder die Einsamkeit seines Gartens genießen, in sein bequemes, abgekapseltes Leben zurückkehren. Sie sah seine Miene und schien zu erraten, was er dachte.

»Ich glaube, ich sollte mich verabschieden«, sagte sie leise. »Und ich entschuldige mich für meine Worte. Ihre Idee hätte klappen können. Bei jedem außer dieser Schlange von Rennselaer hätte sie auch geklappt. Die Wahrheit ist, daß ich nicht dorthin gehöre. Ich habe nie dorthin gehört. Ich hätte einfach ausscheiden sollen, als die Administration wechselte. Können Sie mir ein Taxi bestellen?«

Jetzt wurde er verlegen. Wie, zum Teufel, hatten sie es fertiggebracht, den Abend in so kurzer Zeit derart zu verderben? Und warum regte er sich darüber auf? Was machte das schon?

»Ich bringe Sie nach Hause«, bot er an. »Ich habe versprochen …«

»Nicht nötig. Außerdem werden Sie doch nicht an einem Freitagabend nach Georgetown fahren wollen; es ist ein richtiges Tollhaus. Ein Taxi ist prima, wirklich.«

Er wußte wieder nicht, was er sagen sollte. Ein Teil von ihm wollte den Abend retten, aber ein anderer Teil fragte ihn: Worauf wartest du noch? Bestell das verdammte Taxi!

»Ich bestelle ein Taxi«, sagte er.

Er ließ Grace im Garten zurück und ging in die Küche, um zu telefonieren. »Dauert mindestens zwanzig Minuten«, teilte man ihm mit. »Sie wissen doch, was Freitag abends und in der Nacht los ist.« Dan legte auf und schaute aus dem Fenster in den Garten. Er konnte nur das bleiche Oval, aber nicht den Ausdruck von Grace' Gesicht sehen. Er wollte wirklich nicht, daß sie schon aufbrach. Er hatte sich eine schöne Freitagnacht mit ihr vorgestellt: etwas im Garten trinken, vielleicht einen Spaziergang durch die King Street, ein Abendessen und danach einen Schaufensterbummel durch all die Läden in ihren Gebäuden aus dem 18. Jahrhundert. Grace war schön, klug, sogar sexy, und er mußte zugeben, daß ihn das nicht unbeeindruckt ließ. Er spürte, daß er die Sache irgendwie vermasselt hatte. Oder sie. Oder vielleicht sie beide. *Keiner von uns weiß jetzt, wie er sich verhalten soll,* dachte er. *Zu spät. Die Karre ist verfahren.* Er seufzte und ging in den Garten.

»In zwanzig Minuten«, verkündete er.

»Danke«, erwiderte sie nur.

Sie saßen eine Weile schweigend in der Dunkelheit. Dan wollte etwas sagen, etwas tun, und er fragte sich, ob es ihr ebenso ging. Nicht, um sie unbedingt zum Bleiben zu bewegen, aber um ein besseres Ende zu finden.

»Was werden Sie wegen der Kündigung unternehmen?« fragte er schließlich.

»Ich weiß es nicht«, gab Grace zurück. »Der Jurist in mir will sie verklagen, in den Krieg ziehen. Ein anderer Teil von mir ist nicht bereit, all den Ärger auf mich zu nehmen. Ich mache vielleicht etwas Wirbel, drohe mit einer Klage, vielleicht schicke ich ihnen einige professionell wirkende Schriftstücke und verlange meine Weiterbeschäftigung. Aber unter dem Strich bin ich hauptsächlich erleichtert, daß es vorüber ist.«

»Ich finde, das ist eine gesunde Einstellung. Ich bin nicht so abgesichert in meinem Beruf, wie ich es in diesem Stadium erwartet habe. Die Tatsache, daß ich auf der Warteliste für ein Kommando stehe, sollte mich vor dem SERB schützen. Aber nicht, wenn jemand entschlossen ist, mir zu schaden.«

»Wenn ich also den Hardin-Fall weiterverfolge, können Sie mir nicht helfen?«

Er vermied es, darauf zu antworten. »Wie wollen Sie das denn bewerkstelligen, wenn Sie nicht mehr beim NIS sind? Wie könnten Sie herausfinden, was sich mittlerweile getan hat?«

»Ich denke, ich kann mit der Hilfe Bobby Bookers rechnen. Er wird sich ziemlich aufregen, wenn der NIS den Fall einfach begräbt, und schnell erkennen, daß man die Sache vergessen will.«

»Ich verstehe. Nun, heutzutage sucht die Navy nach Möglichkeiten, wie sie Leute mit meiner Besoldungsstufe loswerden kann. Wenn man unangenehm auffällt, tuscheln irgendwelche EAs miteinander, und plötzlich steht man mit all den anderen in mittleren Jahren ohne Job auf der Straße. Als ich zur Navy ging, war ein Commander etwas Besonderes – jemand, der es zu den Rühreiern auf seiner Schirmmütze geschafft hat und später Kommandant eines Schiffes sein wird. Jetzt gehört ein Commander bei der Navy zum Mittleren Management, der neuen gefährdeten Gattung in Amerika.«

»Werden Sie nicht ohnehin mit dieser Aussicht rechnen müssen? Ich meine, nach Ihrer Dienstzeit als Kommandant?«

Dan ärgerte sich über ihre Worte, aber sie hatte recht. Summerfield war ein Beispiel dafür. »Wer seine Dienstzeit als Kommandant ableistet, ohne das Schiff auf Grund zu setzen, wird Captain«, erklärte er. »Dadurch verlängert sich seine Laufbahn. Aus zwanzig Jahren können dreißig werden.«

»Dann ist also die Laufbahn das Entscheidende für Sie?«

»In gewisser Weise, ja.«

»Ich nehme an, das ist der Teil, den ich nie ertragen habe. Und deshalb finde ich vermutlich auch keinen Gefallen mehr am Staatsdienst.«

»Sie haben Geld, was Sicherheit bedeutet. Die meisten Leute sind im Staatsdienst. Deshalb ist etwas wie der SERB so ein Verrat. Und die Politiker, die das entschieden haben, wissen das.«

»Aber die Politiker haben keine Laufbahn mehr vor sich. Sie sind gewählt.«

»So ist es.«

Sie schwiegen eine Weile, bis eine Hupe ertönte. Dan brachte Grace durch den Garten zur Tür. Vor dem Haus wartete ein Taxi mit eingeschalteter Innenbeleuchtung. Der Fahrer, ein extrem fetter Kerl, mache sich nicht die Mühe auszusteigen. Dan öffnete die linke hintere Tür für Grace.

»Danke für den Wein«, sagte sie. »Und viel Glück mit Ihrer Karriere. Es tut mir leid, daß ich keine bessere Gesellschaft war.«

Sie lächelte – etwas traurig, wie er fand, wünschte ihm eine gute Nacht und stieg in den Wagen. Der Fahrer schaltete die Innenbeleuchtung aus und fuhr den Hügel hinunter. Dan schaute dem Taxi nach, das über das Kopfsteinpflaster zur Union Street holperte, atmete tief durch und kehrte in den Garten zurück. Als er die Tür schloß, glaubte er, ein großes Fahrzeug unterhalb des Blocks zu schnell wenden zu hören. Er setzte sich und schenkte Wein ein.

Nun, Casanova, das war's dann, dachte er. *Du hast die Lady bestimmt gewaltig beeindruckt. Sie wurde nach einem Schachzug, der dein Vorschlag war, gefeuert, und du hast den Abend damit verbracht, dich über den derzeitigen Personalabbau bei den Streitkräften zu beklagen. Sie arbeitet wegen der Befriedigung, die sie in ihrem Job findet; du tust es, um eines Tages ein Kommando auf See und nach deinen zwanzig Dienstjahren die Sicherheit einer Pension von der Navy zu bekommen.*

Es stand nicht dafür, beides zu opfern, um herauszufinden, wer den Lieutenant vor zwei Jahren im schönen Philly umgebracht hatte. Schon gar nicht, nachdem der EA des VCNO ihn angewiesen hatte, die Finger von dem Fall zu lassen. Er konnte sich Captain Randalls grinsendes Gesicht vorstellen, wenn er erfuhr, daß sich Commander Collins doch noch mit der Hardin-Sache beschäftigte. Kein schöner Gedanke. Die Amerikaner hatten vermutlich immer Angst vor dem gefürchteten Mann auf dem Pferd gehabt; sie hätten sich die Steigbügelhalter des Mannes genau ansehen sollen.

Dan seufzte und drückte den Korken in die Weinflasche. Wenn Grace Ellen Snow den Fall Hardin weiterverfolgen wollte, dann viel Erfolg. Sie war jetzt eine freie Agentin. Aber er konnte voraussagen, was geschehen würde: Der NIS würde entdecken, daß sie immer noch Detektivin spielte, und ihr die Hölle heiß machen. Um seiner Karriere willen wollte er nicht dabeisein, wenn das geschah. Er beschloß, bei McDonalds um die Ecke noch etwas Fett zu sich zu nehmen, anschließend heimzugehen und noch einen Cognac zu trinken. Vielleicht würde er ihm helfen, die Hardins und Grace Ellen Snow zu vergessen.

Aber als er den Block hinunter zur King Street ging, begriff er, daß dies unmöglich war. Captain Randall hatte deutlich zum Ausdruck gebracht, daß die Ermittlung im Sande verlaufen würde, doch sein Gerechtigkeitssinn schmollte in einem Winkel seines Verstandes und sah ihn böse an. Die Ermordung des jungen Lieutenants war schlimm genug, aber die Tatsache, daß die Navy die Ermittlung einschlafen ließ, nur weil sie vielleicht einen empfindlichen Nerv auf hoher Ebene freilegen würde, machte sie doppelt schlimm. Sicher, er konnte Grace die Sache überlassen, aber sie hatte keine Ahnung, was sich in der Navy abspielte. Als er den Menschenstrom und die vielen hellen Lichter der King Street erreichte, blieb er stehen. Er wußte, daß er sich nicht einfach von dem Fall Hardin abwenden konnte, ebensowenig wie von Grace Snow. Verdammt.

34

Malachi verlor das Taxi in dem Gewirr der Seitenstraßen von Old Town beinahe aus den Augen. In weiser Voraussicht hatte der Fahrer an einem Freitagabend die Seitenstraßen zwischen der Washington Street und dem Fluß bis zum GW Parkway nahe dem Elektrizitätswerk gewählt. Malachi mußte bei einem Stoppschild eine Kreuzung überqueren, ohne anzuhalten, und dann zwei Blocks weit das Abblendlicht einschalten, um den Taxifahrer nicht auf sich aufmerksam zu machen. Auf dem GW Parkway selbst war die Verfolgung viel leichter. Er nahm an, daß das Ziel die Stadt, vielleicht sogar Georgetown war, denn dort war die Lady zum ersten Mal aufgetaucht. Auf der Fahrt nach Norden am Flughafen vorbei versuchte Malachi sich an die möglichen Wege nach Georgetown zu erinnern.

Er hatte das Taxi ungefähr einen Block von seinem Aussichtspunkt am Ende der Prince Street entdeckt. Es war langsam die Prince Street entlanggefahren; offenbar hatte der Fahrer die Hausnummern abgelesen. Malachi hatte sich entspannt, nachdem das Taxi die 128 passiert hatte, doch dann hatte der Fahrer gestoppt und zurückgesetzt. Malachi war aufgesprungen, hatte sein Essen stehenlassen, zwei Zwanziger auf den Tisch geworfen und war zum Parkplatz gelaufen. Er hatte einige Touristen erschreckt, als er mit dem

F-250 vom Parkplatz gerast war. An der Ecke Prince und Union Street hatte er gehalten, bevor ihm klargeworden war, daß er eine Einbahnstraße in falscher Richtung befahren hatte. Aus dem Augenwinkel heraus sah er, daß der Kellner sein Geld vom Tisch nahm und sich umschaute. Oben auf der Straße stand immer noch das Taxi; es schien zu warten. Der Fahrer eines Wagens auf der anderen Straßenseite hupte, doch Malachi ignorierte es. Der Fahrer hupte von neuem und wies auf das Einbahnstraßenschild, aber Malachi konzentrierte sich darauf, Collins und die Frau zu beobachten, die aus der Gartentür kamen. Die Frau stieg in das Taxi, und Collins ging zurück durch die Gartentür. Das Taxi kam die Prince Street herunter und stoppte fast gegenüber von Malachis Truck, bog dann aber vor ihm ab und fuhr nordwärts in Richtung Flughafen und Brücken über den Potomac.

Nachdem er dem Taxi am Pentagon vorbei gefolgt war, wurde klar, daß sich der Fahrer für die Key Bridge entschieden hatte, obwohl dort am Freitag um diese Zeit viel Verkehr war. Malachi blieb drei Wagen hinter dem Taxi und sorgte dafür, daß er auf der Zufahrt zur Brücke auf derselben Spur blieb. Am Ende der Brücke gab es zwei Möglichkeiten. Malachi wußte, daß es hart werden würde, wenn sie in einem dieser kleinen Blocks zwischen Wisconsin und der Universität wohnte – er konnte dem Taxi durch das enge Straßengewirr auf keinen Fall unbemerkt folgen. Am Ende der Brücke bog das Taxi nach rechts in die M Street und rollte dann durch das Gewimmel eines späten Freitagabends in Georgetown. Die Fahrt zwei Blocks weit zur 33rd Street dauerte zehn Minuten und noch mal die gleiche Zeit, bevor sie links in die 33rd bogen, wobei Malachi bei Rot die Ampel überquerte, was ihm ein Hupkonzert einbrachte. Aber er war in diesem Augenblick hinter einem Bus und konnte nur beobachten, wie das Taxi an diesem Bus vorbeizog und verschwand. Der Taxifahrer hatte den linken Blinker eingeschaltet, er wollte also abbiegen. Drei Minuten später bog Malachi auf gut Glück in die N Street, aber vor ihm war kein Taxi zu sehen, nur ruhige Wohnstraßen, an deren Rändern Wagen parkten. Malachi fluchte und fuhr bis zur 37th Street und den Rand des Geländes der Georgetown University. Gefangen in dem Labyrinth von Einbahnstraßen, beschloß er, in jeder Straße des Viertels nach einem Taxi Ausschau zu halten. Nach zwanzig Minuten wurde ihm klar, daß die Frau mit dem Taxi längst am Ziel und in ihrem Haus sein mußte. Also gab er auf und fuhr heim. Er wußte immer noch nicht mit Sicherheit, ob die Frau Grace Snow gewesen war, aber er hätte es gern herausgefunden. Zurück zu einem Telefon, bei dem niemand mithören konnte, sagte er sich, als er von der M Street in die Pennsylvania Avenue bog.

Der Taxifahrer grunzte anerkennend, als er das Trinkgeld entgegennahm. Grace war es gewohnt, in dieser Stadt Taxen zu benutzen. Die Fahrten waren relativ billig, und sie gab reichlich Trinkgeld, solange der Fahrer sie nicht mit Umwegen übers Ohr haute, die bei dem seltsamen Gebührenzonen-System leicht ins Geld gehen konnten. Der Fahrer wandte sich ab, als sich Grace anschickte auszusteigen, jedenfalls drehte er den Kopf, er war so dick, daß es fast eines kleinen Krans bedurfte, um seinen Körper zu bewegen.

»Dieser Mann, bei dem Sie in Old Town waren, ist der verheiratet?«

Grace hielt die rechte hintere Tür auf und sah den Dicken überrascht an. »Nein«, erwiderte sie. »Er war mal verheiratet, aber seine Frau ist verstorben. Weshalb, um Himmels willen, fragen Sie?«

»Weil wir einen Verfolger hatten, seit wir losfuhren. Der Typ blieb uns die ganze Strecke bis zur M Street auf den Fersen, bevor ich ihn hinter diesem Bus einklemmen und abhängen konnte. Ein Weißer mit einem großen, alten weißen Pickup. Ich dachte an eine eifersüchtige Ehefrau, die vielleicht einen Privatdetektiv angeheuert hat, verstehen Sie?«

Grace schüttelte den Kopf. »Nein, nichts in dieser Art. Wir

haben zwei Wochen lang zusammen an einem … Projekt gearbeitet. Sind Sie sicher, daß uns jemand gefolgt ist?«

»Ja, ganz sicher. Kein Blödmann fährt am späten Abend mit einem F-250 Pickup Truck nach Georgetown, wenn er es nicht muß. Seien Sie jetzt vorsichtig. Dieser Typ war hinter Ihnen her, das steht fest.«

Grace stieg aus dem Taxi und schaute automatisch die Straße auf und ab, aber es war kein Verkehr, und sie sah auch keine verdächtigen Autos, die in Gassen oder Zufahrten parkten. Das Taxi fuhr in einer Wolke von Auspuffgasen davon, als Grace auf das Haus zuging. Sie spähte durch eines der kleinen Fenster neben der Eingangstür. Nichts wirkte ungewöhnlich, doch sie schaltete kein Licht an, nachdem sie die Tür hinter sich abgeschlossen hatte. Sie blieb neben dem Fenster im Wohnzimmer stehen und beobachtete durch einen Spalt im Vorhang eine Zeitlang die Straße. Zwei Wagen kamen vorbei; einen erkannte sie als den eines Nachbarn, und der andere war ein Streifenwagen. Dieser Taxifahrer mußte geträumt haben; warum sollte ihr jemand nach Georgetown gefolgt sein? Mit einem Pickup Truck? Grace kam sich albern vor. Sie überprüfte ihren Anrufbeantworter im Eßzimmer; er hatte keine Nachricht aufgezeichnet.

Danach ging sie in die Küche und suchte im Kühlschrank nach etwas Eßbarem. Sie entschied sich für etwas Eiscreme, nahm sie mit zu ihrem Schreibtisch, schob einige Papiere zur Seite und setzte sich. Sie hatte gedacht, Dan Collins könnte angerufen haben, aber vielleicht war der Wunsch Vater dieses Gedankens. Er war enttäuscht über den Verlauf des Abends, das spürte sie. Er war ein ausgesprochen netter Mann, und sie fühlte sich in seiner Gesellschaft wohl. Manchmal war Dan offensichtlich an ihr als Frau interessiert, doch bisweilen schien er sich in seine Rolle als Witwer zurückzuziehen, ständig mehr oder weniger weit entfernt vom Zusammenleben mit Frauen. Warum machte ihr das etwas aus? Sie wußte noch nicht mal, ob es ihr wirklich etwas ausmachte, und nach dem Trauma der Ehe mit Rennie konnte sie Dans Verhalten gut verstehen.

Grace aß die Eiscreme zu Ende, vergewisserte sich, daß alle Türen abgeschlossen waren, schaltete das Licht in der Diele und über der Eingangstür aus und wollte mit einem Buch nach oben ins Schlafzimmer gehen, als sie ein Fahrzeug langsam näher kommen hörte. Das Motorengeräusch klang nicht nach einem der Wagen dieser Gegend. Sie blieb in der dunklen Diele stehen, spähte durch den Vorhang des Fensters in der Tür und sah einen großen weißen Pickup Truck langsam die Straße Richtung Campus der Universität hochfahren. Sie erhaschte nur einen Blick auf das Gesicht des Fahrers, als der Truck in den Lichtkreis einer Straßenlampe tauchte, kaum genug, um dessen Züge zu erkennen; der Fahrer blickte starr geradeaus. Sie glaubte, dieses Gesicht schon einmal gesehen zu haben; irgendwie kam es ihr bekannt vor. Der Truck zog an ihrem Haus vorbei; hielt bei dem Stoppschild der 35th Street und verschwand dann beim nächsten Block.

Grace überlegte. Der Taxifahrer hatte von einem weißen Pickup Truck gesprochen, der ihnen gefolgt war. Und jetzt fuhr ein weißer Pickup Truck durch die schmalen Straßen ihres Viertels, langsam, als suche der Fahrer etwas – was? Oder wen? Und wo hatte sie dieses Gesicht schon gesehen? Plötzlich wußte sie es: Der Truck war ihr auf der Fahrt vom Bootshaus aufgefallen: der Pickup Truck mit dem großen, furchterregend wirkenden Mann, der unter der Key Bridge geparkt und eine Straßenkarte betrachtet hatte. Sie erinnerte sich an Dans Ausweichmanöver auf der Water Street, weil der Wagen die Fahrbahn blockiert hatte. Sie ging ins Arbeitszimmer, um Dan anzurufen. Sein Anrufbeantworter schaltete sich ein, und Grace bat um Rückruf, vorzugsweise vor elf Uhr. Dann überprüfte sie noch einmal, ob alle Türen abgeschlossen waren, und ging nach oben.

Dan rief um Viertel vor elf an und entschuldigte sich für die späte Störung.

»Ich war bei McDonalds auf einen Hamburger. Was ist los? Sie klangen besorgt.«

Grace erzählte ihm von dem Pickup Truck.

»Und Sie meinen, dieser Kerl ist Ihnen von Old Town aus gefolgt?«

»Ich selbst habe ihn nicht gesehen, aber der Taxifahrer behauptete es; er nannte sogar das Fabrikat, ein F-250, was immer das ist. Erinnern Sie sich an diesen Truck, dem Sie ausweichen mußten, nachdem wir vom Bootshaus weggefahren waren?«

»Nein. Doch, ja, ich erinnere mich. Dann war der Typ also schon vor Old Town hinter Ihnen her? Ich frage mich ...«

»Was?«

»Nun, gleich nach Ihrer Abfahrt, als ich an der Gartentür stand, hörte ich ein Fahrzeug mit aufheulendem Motor straßenabwärts wenden.«

»Er kann irgendwo geparkt haben, um sich an das Taxi dranzuhängen«, folgerte Grace.

»Ja, wenn Sie davon ausgehen, daß Sie tatsächlich verfolgt wurden. Haben Sie eine Ahnung, warum jemand Sie verfolgen könnte?«

»Nein. Und das beunruhigt mich. Ich meine, der Taxifahrer hat versichert, den Truck abgehängt zu haben, als er hinter einem Bus eingeklemmt war, und ich bin sicher, daß sich niemand auf der Straße aufgehalten hat, als ich ausstieg – ich habe sie beobachtet. Aber später sah ich einen weißen Pickup Truck langsam mein Haus passieren, und ich denke, es war derselbe Fahrer wie der auf der Water Street.«

Dan schwieg eine Zeitlang. »Ich weiß nicht, was ich Ihnen sagen soll, außer, daß es vielleicht etwas mit dem NIS zu tun hat, und das ergibt nicht viel Sinn. Der würde niemanden verfolgen, der ... nicht mal mehr dort arbeitet.«

Sie lächelte über seine Formulierung. »Und schon gar nicht in einem Truck. Der NIS zieht dunkle Limousinen mit Funkantennen vor, damit keiner jemals auf die Idee kommt, daß es Polizeiwagen sind.«

Dan lachte. »Ja. Die Cops scheuen davor zurück, bei solchen Wagen Strafzettel wegen Falschparkens auszustellen. Was uns auf die nächste logische Frage bringt: Haben Sie die Cops angerufen?«

»Und was hätte ich ihnen sagen sollen? Daß ich glaube, jemand habe mich verfolgt?«

»Nun, das *glauben* Sie ja wirklich. Das Problem wird auftauchen, wenn die Polizei nach möglichen Gründen oder Verdächtigen fragt und herauskommt, daß Sie soeben den NIS verlassen haben. Wir sind hier in Washington, und die Cops werden von vornherein davon ausgehen, daß es bei dieser Sache ein Problem gibt, und vermutlich nicht sehr hilfreich sein.«

»Ich nehme an, Sie haben recht«, sagte Grace und seufzte.

»Genau das wollten Sie um elf Uhr abends herausfinden, nicht wahr? Ein Kerl in einem Pickup verfolgt Sie. Übrigens, es tut mir leid, daß unser gemeinsamer Abend so abrupt geendet hat.«

Das war wie aus dem Nichts gekommen, aber sie empfand plötzlich ... was war es – Erleichterung?

»Mir tut es auch leid«, gab sie vorsichtig zu. »Vielleicht muß ich mir Klarheit über diese NIS-Sache verschaffen, und dann können wir es wieder versuchen. Seit meiner Scheidung in New York hatte ich keine Verabredungen mehr. Ich fürchte, ich bin ungesellig geworden, falls ich jemals eine gute Gesellschaft gewesen sein sollte.«

»Ich weiß, daß ich ungesellig bin. Nach Claires Tod habe ich lange Zeit in einer Art emotionaler Thermosflasche gelebt, und es könnte sein, daß ich mich daran gewöhnt habe. Das ist bequemer, als sich die Leute möglicherweise vorstellen.«

»Kokons haben einige Vorteile«, sagte sie.

»Und ihre Nachteile. Man kann nicht sehr gut hinausschauen. So entgeht einem, wenn etwas Wertvolles vorbeikommt.«

Grace war still. Nach einer Weile sah sich Dan offenbar gezwungen, das verlegene Schweigen zu brechen.

»Was der Grund ist, weshalb ich nicht nur die Hand schütteln und auf Wiedersehen sagen möchte. Und trotz meiner Bedenken, mir wegen des Hardin-Falls Probleme aufzuhalsen, muß ich zugeben, daß es mir nicht behagt, die Sache einfach zu vergessen. Ich bin eben nur ein dummer Sailor und habe keine Ahnung von Ihren weiteren Plänen.«

»Ich auch nicht. Als erstes werde ich versuchen, mit einem guten Zeugnis vom NIS wegzukommen. Dann werde ich mit Captain Vann sprechen. Ich habe den Eindruck, daß er ein persönliches Interesse an der Hardin-Sache hat, und zwar nicht nur, weil er die Familie kennt. Vielleicht kann er mir Hinweise geben, die mir nutzen, besonders wenn ich ihm mitteile, daß der NIS den Fall als ungelöst abhaken will.«

»Okay. Wenn ich mir's richtig überlege, sollten Sie vielleicht doch die Cops anrufen. Damit die Sache aktenkundig ist und Sie nicht von vorn anfangen müssen, wenn weitere Pickup Trucks auftauchen.«

»Ich werde darüber nachdenken.«

»Okay. Und ich rufe am Dienstagabend an.«

»Gut.«

Sie verabschiedeten sich, und Grace legte langsam den Hörer auf. *Besser,* dachte sie. *Viel besser.*

35

Am Montag unterrichtete Grace Robert Fishbein, den Anwalt ihres Vaters in Philadelphia, telefonisch über die Umstände ihrer Kündigung. Der Anwalt erkannte schnell, daß es eine Ermessensfrage war: »Erstens, wieviel Ärger wollen Sie in Kauf nehmen, um zum NIS zurückzukehren, und zweitens, wollen Sie den Job wirklich wiederhaben?« Sie wußte die Antwort, bevor er ausgesprochen hatte. Es ging nicht darum, den Job wiederzubekommen; es ging um die Art und Weise, wie man sie abserviert hatte, wie der verdammte EA Rennselaer vorgegangen war.

»Machen wir folgendes, Bob«, sagte sie. »Erledigen Sie einen Anruf für mich. Stellen Sie sich als mein Anwalt vor, und bitten Sie um die korrekte Schreibweise von drei Namen: eines Admiral Keelers, eines Mr. Ames' und eines Mr. Englehardts. Das sind der Leiter, der Stellvertreter und dessen Stellvertreter. Man wird Ihnen die Namen geben oder nicht, aber sie sollen durch den Anruf unruhig werden. Ich will wenigstens ein anständiges Zeugnis.«

Grace nannte ihm die Telefonnummer des NIS und legte auf. Sie hatte bei der Polizei angerufen und gemeldet, daß ein Kerl in einem Pickup Truck sie verfolgt habe. Der Beamte war höflich, jedoch uninteressiert gewesen, hatte aber erklärt, daß man eine Akte anlegen werde. Grace hatte den Eindruck, daß es eine sehr dünne Akte werden würde, aber man hatte ihren Namen, die Adresse und einige Einzelheiten notiert. Sie stellte schnell fest, daß die Polizei Fakten liebte: Beschreibung des Mannes, Beschreibung des Wagens, exakte Zeitangaben, die genaue Route, Fragen, die sie nur zum Teil genau beantworten konnte. Und nein, sie hatte keine Ahnung, wer einen Grund haben könnte, sie zu verfolgen: keine eifersüchtigen Frauen, keinen Ex-Freund, keinen Feind. Es hatte keine Anrufe gegeben, keine Belästigungen, weder Droh- noch Liebesbriefe. Und sie war nur einmal verfolgt worden. »Okay, rufen Sie uns an, wenn es wieder passiert. Hier ist die Aktennummer. Auf Wiedersehen.« Grace hatte das Gefühl, daß man ihr geraten hatte, zwei Aspirin zu nehmen und am Morgen beim Arzt anzurufen. Aber sie konnte es dem Polizeibeamten nicht verübeln.

Bis zum Mittag versuchte sie, etwas Ordnung in das Durcheinander auf ihrem Schreibtisch zu bringen, dann rief Doug Englehardt an. Nachdem er sich auf dem Anrufbeantworter zu erkennen gegeben hatte, nahm Grace den Hörer ab.

»Hallo, Doug. Komisch, etwas von Ihnen an einem Montagvormittag zu hören.«

»Erschrecken Sie nicht, Grace. Ich habe es erst bei der morgendlichen Stabskonferenz erfahren. Ich habe die Botschaft, wie von Ihnen gewünscht, weitergeleitet, und der verdammte EA hat versichert, sich darum zu kümmern. Ich rufe an, um mich für sein Verhalten zu entschuldigen. Ich kann nicht verstehen, warum man nicht die Lösung gewählt hat, bei der jeder gewonnen hätte. Dieser Rennselaer ist ein fieser Kerl.«

»Und was soll ich Ihrer Meinung nach jetzt tun, Doug, oder geben Sie keine Ratschläge mehr?«

Englehardt zögerte, doch dann rückte er damit heraus. »Ich denke, Sie haben schon gehandelt. Ich erhielt soeben einen mittelstark verzweifelten Anruf aus Ames' Büro, mit dem man mir mitteilte, daß Ihre Anwälte aus Philadelphia nach der korrekten Schreibweise der Namen einiger Prominenter hier gefragt haben.«

»Hat die *Post* schon angerufen?« fragte Grace süffisant.

»Die *Post*? Mein Gott, Grace, was haben Sie getan?«

»Nur eine Seite aus dem Buch Ihres cleveren kleinen EA gerissen, Doug, und ein bißchen damit gespielt. Mir scheint, daß ein sehr öffentliches Diskriminierungsverfahren genau das ist, was der Arzt Leuten wie Captain Rennselaer verordnet. Und wir beide wissen, wie sehr der NIS Publicity liebt. Ich könnte mir denken, daß sich auch einige Leute von OpNav darüber freuen, meinen Sie nicht?«

»Grace, um Gottes willen ...«

»Nein. Um *meines* willen, Doug. Der NIS hat meine Personalakte mit einer Kündigung besudelt, die als Annahme eines vermeintlichen Entlassungsgesuchs dargestellt wird. Ich denke, ich werde leugnen, jemals mit Ihnen gesprochen zu haben ...«

»Grace, Grace, wir können das alles in Ordnung bringen. Wir können ...«

»Hören Sie auf, im Plural zu reden, Doug. Sie sprechen nicht für jemanden, der beim NIS etwas zu sagen hat, wie wir beide herausgefunden haben, nicht wahr? Eines will ich Ihnen klarmachen: Ich werde einen Anruf entgegennehmen, nur einen, und zwar vom Admiral, und er muß wirklich konstruktiv sein und morgen vor Büroschluß getätigt werden, okay? Und wenn dieses Reptil Rennselaer auch nur ein Wort auf meinen Anrufbeantworter spricht, gibt es Krieg. Tschüs.«

Grace legte auf und lachte laut. Sie konnte sich vorstellen, wie der cholerische Roscoe Ames bei Englehardt angerufen hatte. Sie notierte sich, daß sie morgen gegen sechzehn Uhr zu Hause sein mußte, und ging dann in die Küche, um sich etwas zu essen zu machen. Nach dem Mittagessen würde sie Captain Vann anrufen.

36

Am Montag telefonierte Malachi ein paarmal mit dem NIS. Weil er vielleicht dorthin gehen mußte, verzichtete er auf den Stimmen-Synthesizer. Er hatte aus dem Telefonbuch des Verteidigungsministeriums die Nummer der Criminal Investigations Division herausgesucht, und er sagte der Frau, die sich am Telefon meldete, daß er mit jemandem über den Fall Hardin sprechen müßte. Sie verband ihn mit einer Kollegin, die ihm eine andere Telefonnummer nannte. Dieses Spiel dauerte fast zwanzig Minuten, bis er einen NIS-Agenten in der Leitung hatte. Malachi gab sich als Privatdetektiv namens Costas aus, der sich kurz mit dem für den Fall Wesley Hardin zuständigen Agenten unterhalten wollte. Der Agent erklärte ihm, daß Ermittler des NIS ihre Fälle grundsätzlich nicht mit Zivilisten erörterten. Malachi erwiderte, daß er das völlig verstehe, er sei ein ehemaliger Militärpolizist der Army und denke nicht im Traum daran, Fragen über den Fall zu stellen. Er brauche nur ein persönliches Gespräch mit dem Ermittler, um bestätigt zu bekommen, daß der Hardin, den er in den Fernsehnachrichten gesehen habe, tatsächlich Lieutenant Wesley Hardin aus Washington, D. C., und verstorben war.

»Ich muß das in meinen Bericht schreiben, wissen Sie – mein Auftraggeber ist jemand, dem Hardin Geld schuldete, und jetzt will er eine Sicherheit, daß der Kerl tatsächlich tot ist. Ich würde gern bei Ihnen vorbeikommen, kurz mit dem

Ermittler reden und mir eine offizielle Bestätigung von ihm geben lassen; es wird keine fünf Minuten dauern.«

»Nun, wenn das alles ist«, meinte der Agent. »Wir hatten eine Frau auf den Fall angesetzt, aber ich habe heute morgen gehört, daß sie rausgeschmissen wurde. Aber wenn Sie sich an jemanden von der Abteilung Ermittlungen wenden – die war beteiligt –, wird Ihr Problem vermutlich sehr schnell gelöst sein.«

»Bei wem soll ich mich melden?«

»Oh, das weiß ich nicht. Versuchen Sie es bei Mr. Englehardt.«

Malachi zog Anzug und Krawatte an und nahm die U-Bahn nach Arlington, um die Ford Limousine zu holen.

Er vergewisserte sich, daß die Nummernschilder von Virginia von seinem letzten Ausflug nach D. C. an Ort und Stelle waren, und überprüfte die Zulassung und den Führerschein, damit alles zusammenpaßte. Dann fuhr er zur Marinewerft. Fünfundzwanzig Minuten später stoppte er vor dem Haupttor und zeigte dem Wachposten den Ausweis des Ex-Soldaten. Der Posten betrachtete das Auto.

»Sie arbeiten jetzt für das County, wie?«

»Sie wissen, wie das ist«, antwortete Malachi. »Mit dem Ruhegeldscheck kann man heutzutage keine großen Sprünge machen.«

»Da haben Sie recht«, stimmte der Posten zu. »Ich war Chief, und jetzt muß ich mir als Art Portier was dazuverdienen. Wohin wollen Sie?«

»Ich muß eine Abteilung namens NIS finden. Sie soll hier irgendwo sein.«

»Ja, die sitzen in der ehemaligen Schmiede, unten im Hafengebiet. Fahren Sie diese Straße runter, dann die erste links und am Navy-Museum die erste rechts, das nächste Gebäude. Davor ist ein Park, in dem Schiffsgeschütze ausgestellt sind.« Der Posten winkte ihn durch.

Malachi streichelte über das Armaturenbrett des Fords, als tätschelte er einen alten Hund. Erstaunlich, welche Vermutungen Leute anstellten, wenn sie glaubten, einen Polizeiwagen zu sehen. Er hatte die Marinewerft aufgesucht, als er vor seiner Entlassung aus der Army in Fort McNair stationiert gewesen war. Sie befand sich im südöstlichen Zipfel von Washington in einer ziemlich rauhen Gegend, wodurch die sechs Meter hohe Backsteinmauer gerechtfertigt war, die man um das alte Industriegebiet errichtet hatte. Er erinnerte sich an die bedrückende, anderthalb Kilometer lange Fahrt mit dem Pendelbus von Fort McNair zur Marinewerft, durch Trümmerfelder in Südwest- und Südost-D.-C., mit den ausgebrannten Gebäuden, die seit dem 1968er Aufruhr leerstanden, und der Reihe von schäbigen Schnapsläden, vor denen Gruppen finster starrender Gestalten herumlungerten. Er erinnerte sich, daß auch Fort McNair von einer sehr hohen Backsteinmauer umgeben war.

Malachi wollte nach links abbiegen, doch die Straße war wegen Bauarbeiten aufgerissen worden, so daß er einen langen Umweg durch den Komplex der ehemaligen Waffenfabrik machen mußte. Die finsteren, rußgeschwärzten Gebäude waren so hoch, daß sie das Sonnenlicht nahmen, als er über die alten Schienen und Abschnitte mit Kopfsteinpflaster holperte. Er fuhr durch das Hafengebiet, umrundete einige Blocks und bog dann nach rechts ab. Nachdem er am einzigen Überbleibsel der ursprünglichen Waffenfabrik, der Revolverdrehbank, in der die Läufe von Kriegsschiffgeschützen hergestellt wurden, rechts abgebogen war, erreichte er beinahe zufällig die Wasserseite, an der fünf Piers schräg flußabwärts in den Anacostia River ragten. An einem war ein älterer Zerstörer zur öffentlichen Besichtigung vertäut.

Gegenüber lag die ehemalige Schmiede. Er stellte das ehemalige Polizeiauto auf einen der drei für Regierungsfahrzeuge reservierten Parkplätze vor dem Gebäude, schaltete den Motor ab und stieg aus. Ein Polizeiwagen des Federal Protective Service fuhr vorbei, doch der Fahrer ignorierte den Ford. Malachi lächelte und betrat die ehemalige Schmiede. Innerhalb der Backsteinwände aus den fünfziger

Jahren des vorigen Jahrhunderts befand sich eine moderne Halle mit Glastüren zu den Büros der Judge Advocat General auf beiden Seiten. Malachi fragte eine Dame vom Personal des Chefs der Militärjustiz nach dem NIS, und sie wies zu einer Treppe.

Der Empfangsbereich des NIS war überraschend klein, ein Überbleibsel von der Desert-Storm-Sicherheitspanik, als man damit gerechnet hatte, daß Horden von Irakern mit wildem Blick amerikanische Regierungsgebäude stürmen würden, um den mohammedanischen Himmel zu suchen. Zwei weibliche Cops vom Federal Protective Service lehnten an einem Schalter; ein dritter Sicherheitsbeamter saß in der verglasten Kabine, die mit zahlreichen TV-Monitoren bestückt war, und las Zeitung. Malachi zeigte einer der Ladies vom FPS seinen Detektivausweis.

»Ich muß mit Mr. Englehardt von der Ermittlungsabteilung sprechen.«

»Kennen Sie seine Telefonnummer?« wollte Lady Cop wissen.

»Nein.«

Die Frau sah in der NIS-Telefonliste nach, nannte Malachi Englehardts Durchwahl und zeigte auf ein Telefon an der Wand neben dem Schalter. Während Malachi die Nummer wählte, sah er jenseits der Glastüren Leute auf dem Gang kommen und gehen.

»Investigations Policy, Brenda«, meldete sich eine Sekretärin.

»Hier ist Mr. Costas. Ich bin am Empfang. Ich habe heute morgen angerufen, und man hat mir geraten, einen Mr. Englehardt aufzusuchen. Ich brauche zwei, drei Minuten seiner Zeit.«

»Haben Sie einen Termin bei Mr. Englehardt?«

»Nein, leider nicht.« Er gab sich als Privatdetektiv aus und erklärte, daß er eine Bestätigung von jemand benötige, daß ein gewisser Wesley Hardin tatsächlich tot sei. Er fragte, ob er mit Miss Snow sprechen könne.

»Miss Snow? Ich denke, Sie wollten mit Mr. Englehardt sprechen?« fragte die Sekretärin mit einer Spur von Mißtrauen.

»Die Leute vom Büro des Leichenbeschauers in Philadelphia sagten, daß eine Miss Snow als NIS-Agentin dort war«, erwiderte Malachi geduldig, »und daß sie vom Washingtoner Büro kam. Sie sah die sterblichen Überreste, deshalb dachte ich an sie. Aber es ist mir im Grunde gleichgültig, mit wem ich spreche. Es muß nur jemand sein, den ich als Quelle zitieren kann. Wenn Sie wollen, können Sie mir Miss Snows Telefonnummer geben. Dann suche ich sie direkt auf, wenn Mr. Englehardt nicht verfügbar ist.«

»Einen Moment, bitte, Mr. ...«

»Costas.«

»Einen Moment bitte«, wiederholte sie. Der Cop hinter dem Schalter sah zu ihm, und Malachi drehte die Augen himmelwärts. Der Sicherheitsbeamte vertiefte sich wieder in seine Zeitung. Dann war eine männliche Stimme am Apparat.

»Mr. Costas, wie ich hörte, haben Sie einige Fragen über den Fall Hardin. Hier spricht Douglas Englehardt.«

»Nein, eigentlich habe ich keine Fragen, Mr. Englehardt. Ich bin Privatdetektiv. Ich bin auch ein ehemaliger MP der Army. Wenn eine Ermittlung in einem Mordfall läuft, beantwortet man keine Fragen, nicht, wenn man es hält wie wir damals im CID. Ich brauche nur eine Bestätigung von Angesicht zu Angesicht, daß Wesley Hardin offiziell verstorben ist – von jemandem, der die Leiche gesehen hat. Dann kann ich meinem Auftraggeber mitteilen, daß ich sicher *weiß*, daß Wesley Hardin tot ist und mein Auftraggeber sein Geld wahrscheinlich nicht zurückbekommen wird.«

»Um welches Geld handelt es sich, Mr. Costas?«

»Hardin schuldet meinem Auftraggeber offenbar dreitausend Dollar. Nachdem Hardins Tod bekannt geworden war, hat er mich beauftragt festzustellen, ob es sich um ein und denselben Hardin handelt und ob er tatsächlich tot ist.«

»Nun, wir wissen nichts von Geldschulden, aber ich kann Ihnen versichern, daß Lieutenant Hardin tot ist.«

»Haben Sie den Leichnam gesehen?«

»Nein, aber ...«

»Nun, das ist der springende Punkt«, fiel ihm Malachi ins Wort. Ein anderer Mann wollte das Telefon benutzen, und die Sicherheitsbeamten wirkten ungehalten. »Mein Auftraggeber besteht darauf, daß ich mit jemand Offiziellem rede, der die Leiche *gesehen* hat. Ich weiß, es klingt komisch, aber so ist es. Man sagte mir, daß eine Miss Snow ...«

»Miss Snow arbeitet nicht mehr hier«, unterbrach Englehardt.

Das brachte Malachi für einen Moment aus dem Konzept, doch dann erinnerte er sich, daß jemand ihren Rausschmiß erwähnt hatte.

»Nicht mehr? Nun, können Sie mir Ihre Telefonnummer geben, damit ich ...«

»Nein, das ist unmöglich, Mr. Costas. Wir geben grundsätzlich keine ...«

»Warten Sie«, unterbrach Malachi, bevor Englehardt zu sehr auf stur schalten konnte. Lady Cop am Schalter wies auf das Telefon und tippte auf die Armbanduhr, um anzuzeigen, daß er lange genug telefoniert hatte. Er ignorierte sie.

»Wie wäre es, wenn Sie Ihr etwas ausrichten, okay? Sie müßte nur in meinem Büro anrufen und am Telefon bestätigen, daß sie die Leiche gesehen hat, und dann bin ich aus dem Schneider. Ich möchte nicht den ganzen Weg für nichts und wieder nichts gefahren sein. Können Sie Miss Snow wenigstens eine Nachricht zukommen lassen? Ein kleines Telefonat, das mein Problem löst? Ich brauche dann keinen mehr hier zu behelligen. Es stand ja bereits in den Zeitungen, und ich muß nur eine offizielle Bestätigung vorlegen. Sie wissen ja, wie das mit Auftraggebern ist. Bitte.«

Englehardt zögerte, stimmte dann jedoch mit ärgerlichem Tonfall zu. Malachi nannte ihm die Nummer des Doppelhauses in Capitol Hill. Dann bedankte er sich überschwenglich, legte den Hörer auf und verließ den Empfangsbereich des NIS. Er wußte, daß Englehardt den Zettel, auf dem er seine

Telefonnummer notiert hatte, einfach wegwerfen und zur Tagesordnung übergehen konnte; er hatte nach einem Blödmann geklungen. Aber Malachi hatte ziemlich klargemacht, daß er hartnäckig sein konnte. *Wir werden sehen,* dachte er, *es ist einen Versuch wert.*

Als er aus dem Gebäude trat, stellte er erleichtert fest, daß sein Wagen nicht abgeschleppt worden war. Er blickte auf seine Armbanduhr. Er hatte noch Zeit, um einen Abstecher nach Fort McNair zu machen und dort im PX, dem Verkaufsladen für Angehörige der Streitkräfte, seinen Vorrat an Harper Bourbon und Zigaretten aufzufrischen. Er brauchte sich überhaupt nicht mit der Heimkehr zu beeilen. Wenn Miss Snow anrief, würde ein Zusatzgerät ihre Nummer aufzeichnen, und mit einer Telefonnummer konnte jeder Armleuchter eine Adresse in dieser Stadt herausfinden. Er stieg in den Wagen und fuhr nach Fort McNair.

37

Nach dem Mittagessen rief Grace Snow in Captain Vanns Büro an, doch die Sekretärin teilte ihr mit, daß er in einer Besprechung sei. Grace bat um Rückruf und hinterließ ihre Telefonnummer. Sie spielte mit dem Gedanken, Dan anzurufen, aber er hatte versprochen, sich Dienstagabend zu melden, und es war erst Montag. Sie erkundigte sich bei ihrer Bank telefonisch nach ihrem Kontostand und beschloß dann, zur Filiale zu gehen und zu veranlassen, daß man regelmäßig eine bestimmte Summe von ihren Spargeldern auf das laufende Konto überwies, dem jetzt kein Gehaltsscheck mehr gutgeschrieben wurde. Die Bankfiliale war nur sechs Blocks entfernt in der Wisconsin Street, und es war ein angenehmer Apriltag, genau richtig für einen Spaziergang.

Als sie zurückkehrte, leuchtete das Lämpchen ihres Anrufbeantworters. Sie hatte Vanns Anruf erwartet, doch die Nachricht war von Englehardt. Er informierte sie kurz über den Wunsch eines gewissen Costas, eines nervigen Privatdetektivs, und schlug vor, die Sache zu vergessen, wenn sie das wolle. Außerdem teilte er ihr mit, daß er ihre Botschaft dem NIS übermittelt habe, Rennselaer persönlich. Er erwähnte nicht, wie dieser reagiert hatte. Sie spielte das Band noch einmal ab, um vielleicht etwas aus dem Tonfall seiner Stimme herauszuhören, aber er klang ziemlich sachlich und nüchtern.

Sie entschied sich, das Problem Costas hinter sich zu bringen, und wählte die Nummer, die Englehardt genannt hatte. Ein Anrufbeantworter schaltete sich ein, und es meldete sich die Detektei Costas. Wie Englehardt vorgeschlagen hatte, sprach sie kurz auf Band; daß sie die NIS-Ermittlung im Fall Hardin durchgeführt und persönlich den Leichnam von Lieutenant Wesley Hardin gesehen habe und daß er tatsächlich tot sei. Sie fügte hinzu, daß sie nicht mehr beim NIS arbeite und deshalb keine weiteren Informationen über diese Sache geben könne. Ihre Telefonnummer hinterließ sie nicht.

Nachdem sie aufgelegt hatte, setzte sie sich an den Schreibtisch und überlegte, was sie Vann sagen sollte. *Der NIS hat mich gefeuert, man läßt die Ermittlung im Sande verlaufen, und ich will sie auf eigene Faust fortsetzen.* Sie glaubte zu wissen, wie Captain Vann argumentieren würde: Sie sind jetzt Zivilistin, es ist ein Mordfall, für dessen Aufklärung der Bund zuständig ist, und solange er daran arbeitet, wie langsam auch immer, können wir gar nichts tun. Es ist ja kein frischer Mord. Ihr schauderte bei der Vorstellung, daß er diese Formulierung wählen würde. Aber der Cop Vann würde ihr empfehlen, was sie bereits wußte: Lassen Sie die Finger davon!

Vielleicht sollte sie es anders versuchen: *Ich habe beim NIS gekündigt, weil man den Fall Hardin im Sande begraben will. Ich werde mein Gehirn einschalten und nach möglichen Verbindungen zwischen dem Tod Elizabeth Hardins und der Ermordung ihres Bruders suchen. Wenn ich etwas herausfinde, möchte ich es mit Ihnen diskutieren – inoffiziell natürlich. Absolut inoffiziell.*

Besser, viel besser. Er war ein Bürokrat. Bei dieser Version verlangte sie nicht, daß er etwas unternahm, und sie gab nicht zu, daß sie ihre Nase in Dinge steckte, die sie nichts angingen. Sie erklärte nur, daß sie darüber nachdenken wolle. Das war viel besser. Sie wartete auf seinen Anruf.

38

Als Malachi am Montagnachmittag von Fort McNair zu seinem Haus zurückkehrte, warteten zwei Nachrichten auf ihn. Eine auf dem Anrufbeantworter, der für Costas programmiert war und im Anzeigefenster Grace Snows Telefonnummer registriert hatte, die er sich sofort aufschrieb. Die andere hatte der Anrufbeantworter ohne Zusatzgerät aufgezeichnet, und sie überraschte ihn: Sie war vom Captain, der um Rückruf bat. Er rief zuerst dessen Nummer an und hinterließ die verschlüsselte Nachricht. Dann lud er die Kiste Harper und die anderen Waren, die er im PX von Fort McNair gekauft hatte, aus dem Wagen, den er in der Gasse vor dem Garagentor geparkt hatte. Er tadelte sich selbst, weil er sich viel besser fühlte, nachdem er ein weiteres Dutzend hochprozentiger Wachsoldaten im Schrank hatte. Das Wichtigste zuerst, hätte sein Alter sicherlich gesagt, doch in Wirklichkeit hatte er nichts dergleichen gesagt. Sein Alter war meistens zu besoffen gewesen, um überhaupt etwas zu sagen. Wie der Vater, so der Sohn, was? Er grinste bei diesem Gedanken. Das Telefon klingelte, und er nahm den Hörer in der Diele ab. Er hatte die Hintertür offengelassen, damit er den Ford durch das Garagentor im Auge behalten konnte.

»Ja?« sagte er.

»Ich begrüße Sie. Ich wollte Sie nur über den Fall Hardin auf dem laufenden halten.«

»Hatte nicht erwartet, so bald von Ihnen zu hören. Aber ich bin ganz Ohr.«

»Sie werden bemerkt haben, daß in den Medien nichts mehr erwähnt wurde.«

»Das habe ich bemerkt.«

»Nun, wir haben die Sache wieder unter Kontrolle. OpNav hat die Ermittlung abgeben müssen, und der beteiligte Offizier leistet wieder seinen normalen Dienst und hat Anweisungen erhalten, den Mund zu halten. Die ganze Sache ist jetzt in den fähigen Händen des NIS.«

Malachi schnaubte. »Fähig? Als ich Leute vom NIS zum letzten Mal in Aktion gesehen habe, war ich noch bei der Army; die Typen haben sich aufgeführt wie Affen beim Versuch, einen Fußball zu ficken.«

»Nun, sie arbeiten für eine Regierungsbehörde. Da kann man sich vorstellen, daß sie jeden Tag etwas oder jemanden ficken. Ich denke, wir alle sind ziemlich sicher, ob der NIS den Fall nun begräbt oder tatsächlich bearbeitet.«

»Die meisten Kriminellen sind sicher, wenn der NIS ermittelt.«

»Nun, der NIS bekommt manchmal Ratschläge von hoher Ebene. Sie meinen, wir sind jetzt Kriminelle, Malachi?«

»Nicht strafrechtlich verfolgte Verschwörer, Captain. Und so soll es bleiben. Besonders das ›nicht strafrechtlich verfolgte‹. Sie können kontrollieren, was der NIS mit dem Fall macht, richtig?«

»In gewissem Maße, ja.«

»Ich kann mich bei der City Police schlau machen«, sagte Malachi. »Ich habe einige Kontakte zum Präsidium. Solange sich im ersten Hardin-Fall nichts tut, sollte der andere zu nichts führen.«

»Sehr gut. Haben Sie noch was für mich?«

Malachi zögerte. Was hatte das zu bedeuten? Wußten sie, daß er sich ein bißchen umgehört hatte?

»Nein«, antwortete er. »Ihr Boß hält seinen Docht trocken?«

Der Captain lachte. »Mein Boß versucht hauptsächlich, bei all den Budgetkürzungen und dem Stellenabbau seinen Job als Flaggoffizier zu behalten. Entspannen Sie sich,

Malachi. Für die Navy ist diese Sache gestorben und begraben.«

»Manchmal kommt Begrabenes wieder zum Vorschein«, entgegnete Malachi. »Ich schlage vor, wir beide halten die Augen offen.«

»Verlassen Sie sich darauf, Malachi. Erinnern Sie sich, daß ich letztes Mal sagte, wir werden eine Weile keinen Kontakt aufnehmen. Diesmal bleibt es endgültig dabei. Keinen Kontakt mehr.«

»Nur in Notfällen, richtig?«

»Absolut. Nur in Notfällen.«

Der Captain und Malachi legten auf. Malachi dachte über die Worte des Captains nach. OpNav war aus dem Spiel, folglich auch Commander Collins von Old Town und dem Potomac Boat Club. Und Miss Snow von irgendwoher aus Georgetown arbeitete nicht mehr beim NIS, wodurch auch sie draußen sein sollte. Der Captain hatte wirklich was zu sagen: Er oder seine einflußreichen Freunde hatten es geschafft, die Ermittlung wieder dem NIS und offenbar völlig neuen Leuten zu übertragen. »Entspannen Sie sich«, hatte der Captain gesagt, jetzt zum dritten Mal. Und er hatte versichert, daß alles prima ausgehen werde.

Aber dann hörte Malachi eine leise, hartnäckige innere Stimme: Welches letzte Problem war dem großen Mann und seinen Lakaien geblieben? Malachi Ward. Angelo war keine große Leuchte, aber er mußte auf den Straßen verdammt viel gelernt haben, um in seinem Gewerbe zu überleben. Und Angelo hatte ihm zur Vorsicht geraten. Entspannen? Nein, wachsam bleiben. Er entschied sich, die restlichen Einkäufe aus dem Wagen zu holen und dann seine kleine Freundin bei C&P Telephone anzurufen, die einen Hundert-Dollar-Schein in eine Adresse verwandeln konnte, wenn man eine Telefonnummer nannte. Dann mußte er den Ford zurück nach Arlington fahren, bevor irgendein Streifenwagen von Capitol Hill durch die Gasse kam – und, noch wichtiger, bevor die verdammte Rush-hour begann.

39

Moses Vann rief Grace am Montag kurz vor sechzehn Uhr zurück. Er klang müde.

»Ein verdammter Montag«, fluchte er. »Ich habe mit dieser Telefonnummer nichts anzufangen gewußt.«

»Es ist meine private Nummer, die nicht im Telefonbuch steht«, informierte Grace ihn.

»Und warum sind Sie an einem Montag um vier Uhr nachmittags zu Hause? In der vergangenen Woche haben Sie als Lady G-man Überstunden gemacht. Lassen Sie mich raten. Die Navy hat die Sache sterben lassen.«

»Sozusagen«, erwiderte Grace. Sie erzählte ihm, was aus der Ermittlung geworden war, und hielt sich mehr oder weniger an die Version, daß sie ihren Posten aus Verärgerung über die Handhabung des Hardin-Falles aufgegeben hatte und sich jetzt fragte, was sie tun sollte. Sie erklärte ihm, daß sie nicht mit ansehen wolle, wie der Fall einfach im Sande verlief.

»Lassen Sie das den NIS erledigen«, sagte Vann sofort. »Sie können sich nicht in eine Ermittlung des Bundes in einem Mordfall einmischen. Das ist Behinderung.«

»Ich hatte nicht vor, mich einzumischen«, entgegnete Grace. »Ich wollte nur ...«

»Sie wollen einfach als Amateurin tätig sein. Keiner mag Amateure, Miss Snow. Sie pfuschen einem ins Handwerk und vermasseln alles. Halten Sie sich vor Augen, daß es drei Teile bei einem Mordfall gibt: der Mord, das Aufspüren des Täters und die Vorbereitung des Prozesses. Der erste Teil ist immer gratis: Der Täter liefert Ihnen den Mord. Und es gibt viele Fälle, bei denen wir den Täter kennen. Der harte Teil ist der dritte, denn die Staatsanwälte vergeuden nicht ihre Zeit, wenn das Anklagematerial und die Beweismittel nicht hieb- und stichfest sind. Das ist auch der Teil, den die Amateure in der Regel vermasseln. Niemand braucht einen zusätzlichen Spieler.«

Das Gespräch verlief überhaupt nicht zu ihrer Zufriedenheit. Aber dann hatte Grace eine Idee.

»Das alles weiß ich zu schätzen, Captain. Ich war selbst Ermittlerin, erinnern Sie sich? Aber ich habe vielleicht keine Wahl.«

»Wie meinen Sie das?«

Sie erzählte ihm, daß sie am Freitagabend nach einem Besuch bei Collins' von einem Mann, den sie im gleichen Fahrzeug auf der Water Street in der Nähe des Bootshauses gesehen hatte, verfolgt worden sei.

»Haben Sie das der Polizei gemeldet?«

»Ja.«

»Hm. Haben Sie auch den NIS davon in Kenntnis gesetzt?«

»Nein. Ich weiß nicht, was dahintersteckt, und ich finde einfach keinen Zusammenhang ...«

»Haha, Miss Snow. Wir versuchen ein Doppelspiel, wie? Zuerst verklickern Sie mir, daß Sie möglicherweise bereits in den Hardin-Fall verwickelt sind, weil Sie meinen, verfolgt worden zu sein. Aber dann erklären Sie, den NIS nicht informiert zu haben, weil es keine Fakten gibt, die den Mann in dem Truck mit dem Hardin-Fall in Verbindung bringen. Na, na, Sie wollen freiberuflich tätig sein, habe ich recht?«

Grace wurde ärgerlich. »Es ist mir gleich, wie Sie es bezeichnen, Captain Vann. Der Leiter der Abteilung Ermittlungen beim NIS behauptet, daß er vom EA des Admirals die Anweisung habe, den Hardin-Fall in die Routinekiste zu all den anderen ungelösten Mordfällen mit Schwarzen zu stecken. Ich finde, das stinkt. Mein anderes Problem ist, daß ich Wesley Hardin dort in dem Kessel *gesehen* habe. Ich kann mich einfach nicht damit abfinden, daß solch ein Fall wie eine Routinesache behandelt wird.«

Vann schwieg. Grace ließ ihn darüber nachdenken. Als er schließlich sprach, klang er noch müder.

»Verdammt, ich hasse den Montag. All die anderen ungelösten Mordfälle mit *Schwarzen*? Hat der Mann das tatsächlich gesagt?«

»Ja, das hat er. Dann wurde er sich seiner Worte bewußt, und er wollte sich herausreden. Sehen Sie, ich weiß nicht, was ich tun kann, wenn überhaupt etwas, und ich weiß alles über die hilfreichen Außenseiter, die offizielle Ermittlungen vermasseln. Aber zuerst muß eine Ermittlung durchgeführt werden, und ich bezweifle, daß es eine geben wird. Viele Bürokraten werden die Achseln zucken und sich pro forma im Zeitlupentempo mit dem Fall beschäftigen. Aber ich bin überzeugt, daß der Schlüssel zu dessen Lösung die Tatsache ist, daß Wesley Hardins Schwester kurz vor ihm starb und sein Tod mit jemandem oder etwas hier in Washington zu tun hat.«

»Und was wollen Sie von mir, Miss Snow? Einen päpstlichen Segen?«

»Ich möchte mit Mrs. Hardin sprechen. Nachdem Sie die Frau vorbereitet und ihr die Feindseligkeit ausgeredet haben. Wenn möglich, in Ihrem Beisein.«

»Hm. Das habe ich befürchtet. Verraten Sie mir eines: Welche Rolle spielt dieser Navy-Knabe, Collins, bei der Sache?«

»Er hat seinen regulären Dienst im Pentagon wieder aufgenommen.«

»Ist er im Spiel drin oder draußen?«

»Ich muß annehmen, daß er draußen ist. Er sagte mir am Freitag, daß er in große Schwierigkeiten kommen kann, wenn er seine Nase in den Hardin-Fall steckt. Er ließ durchblicken, daß mächtige Leute ihn gewarnt haben.«

»Kluger Junge.«

»Nun, ich habe meinen Job bereits aufgegeben und folglich in dieser Hinsicht auch nichts zu verlieren. Werden Sie mir helfen? Oder wenigstens darüber nachdenken?«

Er schwieg wieder lange. Dann überraschte er sie.

»Miss Snow«, sagte er in sehr offiziellem Tonfall, »Sie deuteten an, daß es eine Verschwörung, eine Mauer des Schweigens, um den Hardin-Fall gibt. Daß ihn einige hochrangige Leute beim NIS und im Pentagon manipulieren, um eine wirkungsvolle Ermittlung zu verhindern. Haben Sie dabei nicht etwas vergessen? Ich bin der Assistent des stellvertretenden Chefs der Kripo. Woher wollen Sie wissen, daß ich nicht einer der Verschwörer bin, Miss Snow?«

Jetzt schwieg Grace eine Weile. Sein veränderter Tonfall und die kalte politische Intention seiner Frage waren ihr nicht entgangen. Sie dachte darüber nach.

»Wenn das der Fall wäre, Captain«, antwortete sie schließlich, »dann hätten Sie mir gleich zu Beginn unseres Gesprächs Ihre Hilfe zugesagt. Auf diese Weise könnten Sie meine Handlungen gleichzeitig kontrollieren oder manipulieren und Ihre Chefs schützen. Nach meiner Erfahrung sind die EAs keine Einzelgänger-Spinnen; sie spinnen ihre Netze mit all den anderen EAs, und sie arbeiten selten nur zu ihrem eigenen Vorteil. Außerdem reden Sie, Captain, immer noch wie ein Mensch.«

Vann lachte. »Wie ein Mensch. Autsch. Okay, Sie haben mich überredet. Vielleicht spielt auch meine nostalgische Ader eine Rolle: Nichts ist mehr so, wie es sein sollte. Ich werde mit Angela Hardin reden, mich sozusagen vortasten. Aber ich verspreche nichts, ist das klar? Ich werde Angela Hardin bitten müssen, Ihnen einen Blick in ihr Herz zu erlauben, und dieses Ding ist gebrochen, wissen Sie. Und in der Zwischenzeit werden Sie *nichts* tun. Denken ist okay. Ich bewundere Leute, die denken. Aber Sie *unternehmen* nichts, bis ich Ihnen grünes Licht gebe, verstanden?«

»Verstanden. Ich verspreche es.«

»Okay. Ich werde mich wieder melden.«

Sie dankte ihm und legte auf. Es war immerhin ein Anfang.

40

»C&P Telephone, Kundendienst, Wanda. Mit wem soll ich verbinden?«

»Ich muß mit Loretta von der Gebührenstelle sprechen«, sagte Malachi.

»Lorettas Leitung ist besetzt, Sir. Sie hilft beim Kundenservice aus. Ich kann Sie zu dem nächsten freien Kollegen der Gebührenstelle durchstellen.«

»Nein, lassen Sie mich bitte warten. Loretta war mir schon mal behilflich, und ich möchte die ganze Sache nicht ein zweites Mal erklären.«

»Danke, Sir. Bleiben Sie bitte dran, Sir.«

Malachi wartete, den gelben Zettel mit Grace Snows Telefonnummer in der Hand. Nach vier Minuten pausenloser Reklame der Telefongesellschaft vom Band meldete sich eine andere weibliche Stimme.

»Gebührenstelle, Loretta. Wie kann ich Ihnen helfen?«

»Loretta, hier spricht Dr. Wizard.«

»Hey, Wiz-Baby. Was tut sich in der wundervollen Welt der Wissenschaft? Und welche Nummer haben wir heute?«

Er gab sie ihr. »Unser Name könnte Snow sein, und es wäre möglich, daß es eine Geheimnummer ist.«

»Oh. Geheimnummer. Wir sind bedeutend. Und betucht, wie die teure Adresse, die ich hier sehe. Miss Grace E. Snow, können wir bestätigen, daß unser Wohnsitz P Street Northwest eins-drei-drei-fünf ist?«

Malachi schrieb die Adresse auf. »Absolut. Dein Computer leistet gute Arbeit, Loretta, ist zweihundertmal besser als meiner.«

»Ah, Baby, Sie sind zu freundlich.«

»Danke, Loretta. Halte dich bedeckt.«

Er legte auf und ging in sein Arbeitszimmer, wo er zweihundert Dollar in Scheinen aus dem Safe abzählte und in ein Kuvert steckte, das er an Ms. Loretta Smith c/o C&P Telephone Washington, Gebührenstelle, adressierte. Er schrieb *persönlich* auf den Umschlag. Loretta war ein Teil des alten Monroney-Imperiums. Als Mitarbeiterin der Gebührenstelle der Chesapeake & Potomac Telefongesellschaft konnte sie jedes Kundenkonto einsehen, vorausgesetzt, er, Malachi, nannte ihr die Telefonnummer des Teilnehmers. Hundert Dollar für eine Information über eine Nummer, die im Telefonbuch stand; zweihundert für Geheimnummern. Solange sie keine Computerdaten manipulierte, kam das Sicherheitssystem der Telefongesellschaft nicht dahinter – ständig riefen Leute an, die Probleme mit ihren Rechnungen hatten, und die Sachbearbeiter fragten stets nach der Telefonnummer, die zugleich die Rechnungsnummer war. Die Sachbearbeiter ließen sich auch immer die Adresse als Bestätigung durchgeben. Loretta hatte sie ihm nur vorgesagt.

Malachi ging wieder in die Küche und schenkte sich den ersten Harper des Tages ein, einen kleinen, denn er mußte noch nach Virginia zurückfahren. Er nahm das Glas Bourbon mit ins Arbeitszimmer und setzte sich. Die Lady im Garten war also tatsächlich Grace E. Snow gewesen. Er fragte sich, ob sie Gracie genannt wurde. Wahrscheinlich nicht – sie wirkte nicht graziös. Eher wie Grace Kelly mit dunklem Haar. Sie wohnte in Georgetown, war also gut betucht. Er versuchte, sich zu erinnern, welche Gefühle eine Frau bei ihm auslöste, die so aussah – gepflegt, attraktiv, teuer gekleidet –, aber da regte sich nichts mehr. *Weil du ein verdammter Eunuche bist, Malachi,* dachte er. *Seit deinem Abend mit Inge, Inge mit der zerbrochenen Flasche, Inge, die perfekt damit zielte, hast du bei Frauen doch nur das Bedürfnis, ihr leichtsinniges Verhalten im Straßenverkehr mit einem F-250 Truck zu bestrafen.*

Er schloß die Augen und war bemüht, sich unter Kontrolle zu bekommen. Er mußte rational denken, logisch. Was war mit dieser Frau? Grace Snow paßte nicht zum NIS, das war verdammt sicher. Dann erinnerte er sich an Englehardts Worte: ›Miss Snow arbeitet nicht mehr hier.‹ Und sie hatte das bestätigt. Warum hatte sie Collins besucht? Es schien kein

Rendezvous gewesen zu sein; dann wäre sie nicht so früh am Abend mit einem Taxi heimgefahren. Aber vielleicht war das die Taktik der Navy-Jungs. Seine Kameraden im Unteroffiziersclub hatten sich ständig darüber lustig gemacht, daß ein Offizier zwei Wochen brauchte, um von einer Frau zu bekommen, was jeder Sergeant in einer halben Stunde bekommen konnte. Offiziere hatten das Bedürfnis, vorher darüber zu sprechen, Unteroffiziere sprachen nachher darüber. Collins war Ruderer, Grace Snow die Yuppie-Prinzessin aus Georgetown. Aber war der Besuch Arbeit oder Vergnügen gewesen? Und konnten diese beiden *vielleicht* vom Captain und seinen Leuten beauftragt worden sein, den einzigen verbleibenden Schwachpunkt zu beseitigen?

Malachi schüttelte den Kopf. Das glaubte er nicht. Nicht diese beiden. Bei der Snow bestand die vage Möglichkeit; er wußte nur zu gut, daß Frauen zu jeder verdammten Unberechenbarkeit fähig waren. Er hatte mal eine Fünfzigjährige kennengelernt, die ihm mit ihrer eiskalten Ausstrahlung Furcht eingejagt hatte. Malachi erinnerte sich, daß er gedacht hatte, wenn jemand ihn abservieren wollte, würde er allein beim Anblick dieser Frau in Deckung gehen. Sie hatte wie ein Killerweib *ausgesehen.* Diese Grace Snow sah nicht danach aus. Und der Navy-Typ? Auch kein Killertyp. Zu solch einer Tarnung war die Navy gar nicht fähig.

Er trank den Whisky und seufzte. Es war an der Zeit, den Ford wieder in sein Versteck zu bringen. Wenn jemand hinter ihm her war, dann nicht diese beiden, was bedeutete, daß er noch wachsamer sein mußte. Er hakte Collins und Snow als Gefahrenquelle ab; manchmal war es ebenso nützlich zu wissen, wer *nicht* hinter einem her war.

Malachi schloß die Haustür ab und ging zum Ford, dabei kam ihm eine Idee. Vielleicht sollte er sich ansehen, wo die geheimnisvolle Miss Snow wohnte. Er entschied, nach Georgetown zu fahren. Es würde ihn etwas Zeit kosten, aber es war Montagabend und der meiste Pendlerverkehr mittlerweile vorüber. Er fuhr die Pennsylvania Avenue entlang, bog in die M Street und verließ sie bei der nächsten Möglichkeit, um zur P Street zu gelangen. Hinter der Wisconsin mußte er wegen des Kopfsteinpflasters und der alten Straßenbahnschienen die Geschwindigkeit reduzieren, aber er kam genau an der P Street Northwest 1335 vorbei. Er sah hinter dem schmiedeeisernen Zaun einen 500er BMW und prägte sich automatisch die Kfz-Nummer ein. Er umkreiste den Block und entdeckte eine Gasse von der nächsten nördlichen Straße, Volta Place, die direkt hinter Grace Snows Haus entlangführte. Sie hatte einen Namen, aber das Schild war von tiefhängenden Zweigen eines Baums zum Teil verdeckt. Er erhaschte einen Blick auf Baumaterial am Ende der Gasse. Zufrieden, weil er genug gesehen hatte, fuhr er zurück in Richtung Key Bridge und Virginia.

41

Dan kämpfte gegen den Drang an, die Augen zu schließen, als er den Fluß hinabruderte. Die Strömung war stark und schnell, und flußabwärts herrschte zuviel Betrieb, so daß er sich konzentrieren mußte. Er trug einen dieser Fahrradhelme mit einem kleinen runden Spiegel an einem verstellbaren Arm, um nach Problemen Ausschau zu halten. Er war in der heißen Phase seines Konditionstrainings, und seine Muskeln schmerzten, während er den Einer an Ästen und anderem Treibgut, das den Fluß hinabschwamm, vorbeimanövrierte. Das Wasser roch nach Schlamm, und das Gurgeln der Frühjahrsströmung hallte von den kahlen Steinpalisaden auf der Virginia-Seite wider, als er sich der Chain Bridge näherte. Der Sitz knarrte, was ihn schließlich aus der Konzentration riß. Ein anderer Einer passierte ihn, und der Ruderer bedachte ihn mit einem wissenden Blick, als Dan langsamer wurde. Gewöhnlich waren mehr Ruderer auf dem Fluß, doch die

Strömung war kaum zu bewältigen. Der einzige Vorteil außer den härteren Trainingsbedingungen bestand darin, daß der Fluß tiefer war und auf einer größeren Fläche gerudert werden konnte. Die großen Achter und Vierer der Universität waren alle flußabwärts in den ruhigeren Abschnitten des Flusses und nahmen den Gestank der Kläranlage in Kauf. *Nein, vielen Dank,* dachte Dan. Er prüfte kurz das Wasser stromaufwärts, bevor er den Einer drehte und in einen langsamen Rhythmus verfiel, der ihn die drei Kilometer bis zum Bootshaus bringen würde.

Ob Grace wieder dort sein würde? Seit dem Telefonat am späten Freitagabend mußte er ständig an sie denken. Und das hatte wenig mit dem Fall Hardin zu tun. Er nahm eine leichte Kurskorrektur vor, um einem gefährlich wirkenden Strudel vor sich auszuweichen, doch als das Boot leicht am Rand des Wirbels vorbeiglitt, entspannte er sich. Er schaute nach links und rechts und sah sich von zwei größeren Ästen flankiert. Flußaufwärts mußte es ein starkes Gewitter gegeben haben, wenn all dieses Zeug hinabtrieb.

Warum rief er Grace nicht heute abend an? Weil Montag war und er gesagt hatte, er würde sich am Dienstag melden? Na und? Er wollte die Frau sehen, und er hatte keine Veranlassung, die Regeln von Teenagern einzuhalten. Er konnte sie vom Bootshaus aus anrufen. Bis zu ihrem Haus dürften es kaum mehr als zehn Minuten sein. Ja, aber die Rush-hour hatte bereits begonnen.

Er grinste, weil ihm bewußt wurde, daß er sich wand wie ein Fisch, der halb am Haken hing. Er legte die Riemen ein und überließ sich eine Weile der Strömung. Ein älterer Mann mit britischem Akzent hatte ihn eines Abends am Landesteg eingeholt und gefragt, warum er sich erst am Bootshaus vorbeitreiben lasse, um dann den ganzen Weg zurückzurudern. Ist die Rückkehr in die wahre Welt so verlockend, alter Junge? Der Trick dabei war, wie der Teufel stromaufwärts zu rudern und auf dem Rückweg etwas von der friedlichen Atmosphäre des Flusses zu genießen. Erfreuen Sie sich daran, solange Sie es können, die Hektik wartet auf dem Zufahrtsweg beim Bootshaus. Der Fluß war wirklich herrlich, auch wenn er seine Tücken hatte. *Und Grace ist auch schön,* dachte Dan. *Claire war schöner. Claire ist tot. Claire war fröhlicher, nicht so ernst, nicht so verdammt neuengländisch. Aber Grace ist elegant, intelligent, sogar sexy. Claire war auch sexy. Aber Claire ist tot.* Eine Woge der Traurigkeit erfaßte ihn wie eine dieser plötzlichen Flutwellen, die von den Great Falls herabstürzen. Bis jetzt hatten die Gedanken an Claire jeden Funken Interesse an einer anderen Frau gelöscht. Aber Claire war tot. Und Grace nur zehn Minuten vom Bootshaus entfernt.

Vielleicht fünfzehn.

Vielleicht war sie nicht daheim.

Vielleicht doch.

Er legte an und trug den Einer zum Bootshaus. Nachdem er versorgt war, rief er von der Halle aus bei Grace an. Der Anrufbeantworter schaltete sich ein, und er wollte schon auflegen, doch dann sagte er sich, was soll's, und nannte seinen Namen. Zu seiner großen Überraschung meldete sich Grace sofort.

»Entschuldigung«, sagte sie. »Ich vermute, das ist eine Verteidigungsmaßnahme von Frauen, die allein leben.«

»Ja, äh, ich überlegte noch, was ich auf Band sprechen sollte, als Sie abnahmen. Ich bin hier im Bootshaus, und ich fragte mich, äh …«

»Möchten Sie vorbeikommen, Dan?«

»Äh, ja, das möchte ich eigentlich. Ich werde vorher sogar duschen.«

»Gut zu hören.«

Dan stieg das Blut in die Wangen. Fehlte nur noch, daß sie sagte, spar nicht mit Seife, und wasch dich auch hinter den Ohren.

»Was ist die beste Route von hier aus?« fragte er hastig.

Sie beschrieb ihm ausführlich den Weg, und er kündigte an, in zwanzig Minuten bei ihr zu sein. Wegen eines Auffahrunfalls in der M Street dauerte es über eine halbe Stunde.

Dan erinnerte sich an ihr Haus, doch er verfehlte den Zufahrtsweg, der eigentlich nur ein Schlauch zwischen zwei Backsteinmauern war. Nach mehrmaligem Zurücksetzen gelang es ihm, den Suburban auf den Hof dahinter zu manövrieren. Er war klein, und der Suburban wirkte wie ein gestrandeter Blauwal. Dan betrachtete seine Aufmachung: Freizeithose, ärmelloses Sporthemd, das er zufällig aus der Reinigung im Wagen gehabt hatte, seine Uniformschuhe und einen schwarzen Ledergürtel der Navy-Uniform. *Freitzeitklamotten zu Uniformteilen, das verstößt gegen die Kleidervorschrift*, dachte er.

Die Eingangstür wurde geöffnet, und Grace trat aus dem Haus.

Sie trug eine graue Freizeithose aus Wolle, eine schwarze Bluse mit langen Ärmeln und Lederschuhe mit flachen Absätzen. Am rechten Handgelenk hatte sie einen dünnen goldenen Armreif, und Dan glaubte, eine Spur von Make-up zu erkennen. Er ertappte sich dabei, daß er sie anstarrte, anstatt aus dem Wagen zu steigen, und beeilte sich, die Tür zu öffnen. Wenn sie sich über seine Aufmachung wunderte, dann ließ sie sich das nicht anmerken. Sie führte ihn durch das Wohnzimmer und Arbeitszimmer in die Küche, wo auf dem Tisch eine Flasche Weißwein und ein Tablett mit Käsehäppchen warteten.

»Wenn Sie den Wein mitnehmen, können wir diesmal *meinen* Garten ausprobieren«, sagte sie über die Schulter. »Aber zuerst müssen Sie die Parkerlaubnis in Ihrem Wagen anbringen, denn sonst bekommen Sie einen Strafzettel, weil Sie meine Zufahrt blockieren.«

Dan griff nach dem Schild ›Parkerlaubnis für Anwohner‹, lief zum Suburban und legte es aufs Armaturenbrett, so daß es durch die Windschutzscheibe gut sichtbar war. Dann kehrte er ins Haus zurück und nahm auf dem Weg nach draußen die Weinflasche mit.

»Sehr schön«, sagte er, als sie über einen asphaltierten Weg in den Garten gingen, in dessen Mitte auf einer kreisrunden

Fläche ein Tisch und Sessel standen. »Im Vergleich dazu sieht mein Garten reichlich verkommen aus.«

»Ein Mann pflegt ihn regelmäßig. Ja, stellen Sie den Wein neben das Tablett. Aber ich habe die Gläser vergessen. Ich hole sie schnell.«

Dan schaute sich in der Zwischenzeit um. Der Garten war nicht so lang wie seiner, aber die Bäume waren stattlicher, der Rasen geschnitten und die Pflanzen und Blumen als solche zu erkennen. Zwei weißgetünchte Ziegelwände zu beiden Seiten führten zu einer dritten Wand mit einer Tür. Um das Gebäude, das darüber zu sehen war, stand ein Baugerüst – es reichte bis zum Dach.

In Georgetown war sogar die Atmosphäre anders als in Old Town. Vermutlich lag es an der Abwesenheit von Touristen. Dan hatte gelesen, daß ein Großteil von Georgetown, dem jetzigen Viertel der Reichen und Berühmten in Washington, ursprünglich ein Slum gewesen war, was man von Old Town zu keinem Zeitpunkt behaupten konnte. In Georgetown blieben die Touristen in den Bars und Restaurants in der M Street, während sie in Old Town überall anzutreffen waren und oftmals in die Wohnzimmerfenster schauten, denn die meisten Häuser waren direkt an die Straße gebaut. *Grace hat den passenden Namen,* dachte Dan, als sie zurückkam. *Graziös der Gang, und die Kleidung betont noch ihre gute Figur und die langen Beine.* Sie stellte den Eiskübel und die beiden Gläser, die sie mitgebracht hatte, auf die Glasplatte des schmiedeeisernen Tisches, wischte ein paar Eicheln von ihrem Sessel und nahm Platz.

»Die Gläser vergessen. Da sehen Sie, wie oft ich Gastgeberin bin. Aber ich habe die Weinflasche geöffnet. Wären Sie so freundlich einzuschenken, Sir?«

Dan füllte die Gläser, reichte ihr eines und stieß mit ihr an. Ihre Blicke trafen sich, und sie sahen sich etwas länger in die Augen als nötig. Grace senkte als erste den Blick.

»Auf Ihr Wohl, Commander«, sagte sie mit der Andeutung eines Lächelns.

»Auf Ihr Wohl, Miss Grace Ellen Snow.«

Sie tranken.

»Dies ist ein ausgezeichneter Wein«, stellte Dan fest.

Sie lachte über die Anspielung auf ihre frühere Diskussion und ihre Kritik am Wein.

»Ja, das ist ein guter. Ich hatte erst morgen abend mit Ihrem Anruf gerechnet.«

Dan nickte. »Ich war auf dem Fluß. Da dachte ich an Sie und beschloß anzurufen.«

»Einfach so?« Ihre Stimme klang jetzt weicher.

Er wandte seinen Blick ab, rief sich in Erinnerung, daß er die Atmosphäre auf dem Fluß trotz der starken Strömung als ruhig und friedlich empfunden hatte. »Nein, nicht einfach so«, gab er zu. »Normalerweise muß ich gegen einen Geist kämpfen, wenn ich überlege, ob ich mit einer Frau sprechen soll, die … die …«

»…nicht Ihre Frau ist.«

»Ja. Verstehen Sie, meine Frau ist … tot. Das war das Sonderbare heute nachmittag dort draußen auf dem Fluß, und der Grund, warum ich mich entschied, es durchzuziehen. Sie anzurufen, meine ich. In Gedanken stellte ich Vergleiche an, sagte mir – alles mögliche. Aber ein Gedanke kehrte immer wieder: Claire ist tot.« Seine Stimme klang belegt. »Claire ist tot«, wiederholte er leise. »Verdammt.«

Plötzlich drang alles wie durch einen Nebelschleier zu ihm, und er stellte sein Glas ab. Er nahm die Umgebung am Rande seines Gesichtsfeldes wahr, aber vor sich konnte er nichts sehen. Er hatte Angst, Grace anzuschauen, sogar Angst zu atmen. Er fühlte sich, als hätte er soeben eine kosmische Entdeckung gemacht: Claire war tot, für immer tot, so verdammt fern von ihm, daß er jetzt, als er sich an ihr Gesicht, ihre Gestalt, an irgend etwas von ihr erinnern wollte, feststellte, daß all die geliebten Bilder plötzlich, während er nicht hingesehen hatte, vor seinem geistigen Auge verschwunden waren. Er starrte, blinzelnd, ohne etwas zu erkennen, auf den Rasen, auf die verschwommene Backsteinmauer, und er versuchte

Claires Äußeres im sanften Abendlicht zu rekonstruieren, doch es gelang ihm nicht. Zwei, drei Minuten lang saß er da, erfüllt von diesem plötzlichen Aufruhr von Gefühlen, die er nicht genau erklären konnte; er wußte nur, daß sie eine Spur von Scham enthielten. Schließlich atmete er tief durch und meinte, aus der Ferne in den Garten zurückgekehrt zu sein.

»Es tut mir leid«, sagte er leise. Dann räusperte er sich, trank etwas Wein und verschluckte sich fast. »Ich wollte nicht – ich bin mir nicht sicher, was soeben geschehen ist. Ich glaube, ich sollte besser gehen.«

Aber Grace schüttelte den Kopf. »Das glaube ich nicht. Ich bin froh, daß Sie angerufen haben. Sie hätten mich sehen sollen, Dan, als ich wie ein kopfloses Huhn durchs Haus gelaufen bin. Schauen Sie mich an, ich habe mich sogar geschminkt. Schauen Sie mich an.«

Er sah sie schließlich an und bemerkte einen weichen Ausdruck in ihrem Gesicht, der ihm noch nie zuvor aufgefallen war – leuchtende Weichheit in ihren Augen. Grüne Augen. Natürlich hatte sie grüne Augen, das wußte er. Und plötzlich erkannte er, daß sie verstand, was soeben geschehen war.

»Manchmal denke ich, das Leben muß uns den Kopf verdrehen, bevor wir begreifen«, sagte sie. »Ich habe seit dem vergangenen Freitagabend immer wieder an Sie denken müssen.«

Er nickte ein stummes ›Ich auch‹, schwieg jedoch, traute seiner Stimme noch nicht.

»Ich bin mir nicht sicher, wie ich mich verhalten soll, Dan. Alle Lust auf einen Flirt war bei mir dahin, nachdem Rennie mich zum fünften oder sechsten Mal geschlagen hatte. Aber ich bin eine Frau in mittleren Jahren, die verdammt genau weiß, daß das Leben kurz ist. Oh, dies ist hart. Was sollen wir tun?«

»Nun, wir können etwas von diesem Wein trinken, von diesem ausgezeichneten.« Seine Stimme klang wieder etwas fester.

Sie lachte, ein helles Lachen der Erleichterung, voller

Humor und geteilter Freude. Er lachte mit ihr und schüttelte den Kopf, wie um die emotionalen Schatten zu vertreiben. In den nächsten beiden Stunden unterhielten sie sich über sich selbst, tranken Wein und begannen das Terrain für eine Beziehung zu erforschen, wobei sie beide sehr vorsichtig waren, um weder zu tief noch zu schnell zu sondieren. Nach Einbruch der Dunkelheit spazierten sie über die Wilson Avenue und aßen in einem der wenigen kleinen Bistros, die am Montagabend geöffnet hatten, eine Kleinigkeit. Während des Abendessens setzten sie die Erkundung fort, tasteten sich verbal nach gemeinsamen Interessen ab, tauschten behutsam Ansichten über Politik und Religion aus, sprachen über seine Liebe zur Geschichte und ihre Faszination, raffinierte Verbrechen aufzudecken. Sie redeten über seine Erwartung, was seine lang erhoffte Dienstzeit als Kommandant betraf, und über seine kürzliche Erkenntnis, daß die Zeit in der Navy danach so werden würde wie davor.

Grace versuchte zu erklären, weshalb sie im Staatsdienst gearbeitet hatte, obwohl sie finanziell abgesichert war und eine erstklassige Ausbildung vorzuweisen hatte. Dan versuchte, die Gründe für seinen Verbleib in der Navy in ein besseres Licht zu rücken. Sie kamen sich seelisch näher und wurden überzeugter, daß es sich lohnte, eine tiefere Beziehung aufzubauen, sie dabei aber nichts überstürzen durften. Nach dem Abendessen spazierten sie durch die stillen Straßen des Viertels und bewunderten die Vielfalt der Architektur der Villen. Den letzten Block zu ihrem Haus legten sie schweigend zurück, zufrieden darüber, daß es ein so harmonisches Beisammensein gewesen war. Als Grace die Eingangstür aufschloß, wurde Dan unsicher, doch dann nahm er ihre Hand in seine beiden.

»Hey, Hand«, sagte er, ohne Grace anzusehen, »dies ist der Augenblick, in dem der Junge gewöhnlich versucht, das Mädchen zu küssen, aber der Junge ist noch zu unsicher und will keine Fehler machen, und so sagt er nur gute Nacht und fährt heim, um herauszufinden, wann er dich wiedersehen kann, okay? Wirst du das deiner Besitzerin von mir ausrichten?«

Grace lächelte im sanften Licht der Verandalampe, und dann legte sie ihre freie Hand auf seine.

»Hey, Hand«, sagte sie, »ich hoffe, wir sehen uns sehr bald wieder, in Ordnung?«

Dan grinste sie jungenhaft an. Dann schlenderte er zu seinem Wagen, winkte, als Grace ins Haus ging, und widmete sich dann der schwierigen Aufgabe, den Suburban aus dem Zufahrtsweg auf die Straße zu rangieren, ohne einen der dicht parkenden Wagen zu demolieren. Als er aus Georgetown herausfuhr, wurde ihm klar, daß sie den ganzen Abend zusammen verbracht hatten, ohne ein einziges Mal den Fall Hardin zu erwähnen. Vielleicht hatten die EAs recht: Vielleicht blieb diese verdammte Sache besser in dem Brackwasser der Bürokratie auf der Washingtoner Marinewerft. Und – er hatte Grace' Parkerlaubnis.

42

Malachi erwachte am Dienstagmorgen mit einem weiteren Kater der Spitzenklasse. Die Rückfahrt nach Virginia am Vorabend war zu einem Alptraum geworden, nachdem sich zwei Wagen voller Arlingtoner Vietnamesen auf der Virginia-Seite der Teddy Roosevelt Bridge gestreift und deren Insassen sich anschließend ein Feuergefecht geliefert hatten. Es waren anderthalb Stunden vergangen, bis sich der folgende riesige Stau aufgelöst hatte. Bei der Ankunft mit der U-Bahn in Capitol Hill war er äußerst schlecht gelaunt gewesen. Als er die Eastern Market Station verlassen hatte, war er von drei jungen Kerlen als mögliches Opfer in der Dunkelheit des frühen Abends fixiert worden. Er war lässig, mit herabhängenden Armen, direkt auf sie zugegangen und hatte sie mit zusammengekniffenen Augen aggressiv angestarrt und zu einer Schlägerei herausgefordert. Er hatte sie angerempelt und sich grob einen Weg zwischen ihnen gebahnt, woraufhin die überraschten Jungen ›Hey, Mann!‹ protestiert hatten.

Zu Hause hatte er gleich mit dem Trinken angefangen, sich in der Küche mit Bourbon vollaufen lassen. Als er zu sich kam, lag er im Obergeschoß auf dem Gang vor dem Schlafzimmer und hatte das Gefühl, sein Schädel würde platzen. Ihm war übel, und er schmeckte Galle im Mund. Fünf Minuten lang fragte er sich, wie er es die Treppe hinauf geschafft hatte, ohne sich das Genick zu brechen. Und weitere fünf Minuten brauchte er, bevor er Muskeln und Nerven ausreichend organisieren konnte, um sich zur Toilette zu schleppen. Fast zwei Stunden vergingen, bis er zu etwas anderem als aufrecht zu sitzen in der Lage war, und selbst dann brauchte er etwas Whisky im Kaffee, um wieder Farben sehen zu können. Er saß am Küchentisch, hielt meist die Augen geschlossen, schlürfte den Kaffee, während eine Zigarette auf einer Untertasse verqualmte; sein Kopf schmerzte, und das Summen des Kühlschranks schien darin widerzuhallen. Während er auf die Wirkung des Bourbons wartete, spürte er jeden Herzschlag in den Schläfen.

Merkwürdigerweise erinnerte er sich an einen Vortrag über Alkoholismus, den er sich in seinem letzten Jahr bei der Army auf Befehl des Bataillonskommandeurs hatte anhören müssen. Der überraschenderweise hart aussehende Militärgeistliche hatte die Stadien des Alkoholismus geschildert, und Malachi hatte sich, zusammen mit einem Dutzend anderer Zuhörer, auf dem geschilderten Weg in diese Sucht genau wiedererkannt. Er erinnerte sich auch, daß die Unteroffiziere danach in den Club gegangen waren, um über den Vortrag zu diskutieren und dabei reichlich zu bechern; Malachi hatte sich ihnen angeschlossen. Er war zwar selbst Offizier, stand aber Unteroffizieren viel näher als den anderen Offizieren, besonders nach Vietnam, wo ihn die Unteroffiziere zu einem wohlhabenden Mann gemacht hatten. Am deutlichsten erinnerte er sich an die Worte des Militärgeistlichen über die Ursache des Alkoholismus: Alkohol macht süchtig und wird dich schließlich erdrücken, aber gewöhnlich ist etwas grundlegend falsch in deinem Leben, von dem sich die Sucht nach Alkohol nährt. Hölle, dachte er, als er am Küchentisch saß und den Kopf in die Hände stützte, wir alle kennen dieses Problem, nicht wahr? Ich wurde von einer deutschen Hure kastriert, die mir auch eine wundervoll neue Stimme und einige Narben verpaßte, deren Anblick Kinder erschreckt und Hunde zum Kläffen animiert.

Aber instinktiv wußte er, daß die Ursache tiefer lag, daß sein ganzes Leben trotz des Geldes zunehmend leerer geworden war, nachdem er sich mit Monroney und Angelo und den anderen Jungs in Saigon eingelassen hatte. Während seines ersten Jahres in Deutschland hatte er bemerkt, daß der CID auf ihn und einige Gaunermethoden dort und vielleicht sogar zuvor in Nam aufmerksam geworden war. Aber die Mafia der Unteroffiziere war gerissen und kannte sich in den Methoden der Army aus, und es waren einfach zu viele Insider am Werk, so daß der CID nie geschafft hatte, genug Beweismaterial zusammenzutragen, besonders nicht gegen einen Captain bei der Militärpolizei. Seine Verwendung in Fort McNair nach dem Zwischenfall in Deutschland war ein gemächlicher Job für einen Rekonvaleszenten gewesen. Er hatte den Befehl über die Wachkommandos am Tor geführt. Ja, er bekam jetzt etwas Invalidenrente zu seinem Ruhegeld, und ja, man hatte ihn niemals erwischt. Aber sie waren eingeweiht gewesen. In diesen letzten Monaten hatte er das Geflüster hinter seinem Rücken gehört: Da ist mehr an diesem Kerl als nur der schreckliche Zwischenfall in der Bar. Während die meisten mit Ordensspangen dekorierten Vietnamveteranen respektvoll im Club empfangen worden waren, hatte man Malachi verstohlene, neugierige Blicke zugeworfen. Er war sehr erleichtert, als er seine Dienstuntauglichkeitspapiere erhalten hatte, und er war sogar ohne jede traditionelle Zeremonie ausgeschieden. Auch der Bataillonskommandeur hatte überaus erleichtert gewirkt.

Sein anschließendes Leben in Washington, zuerst die Arbeit mit Monroney und dann auf eigene Faust, war profitabel und gelegentlich sogar interessant gewesen. Er hatte völlig allein gelebt und sich bereitwillig in sein Gewerbe vertieft und dessen Mechanismen übernommen, auch wenn es ihm schwergefallen war, ein Leben nach der Uhr zu führen, was er nur mit zunehmender Hilfe von I. W. Harper geschafft hatte. Aber wo war die Zukunft? Er wußte, welche Art Zukunft diese leere Flasche Harper versprach: Sein Vater hatte sich in einer Flasche aufgelöst und den jungen Malachi als Pflegekind zurückgelassen. Jetzt hatte er eine kleine Pension und genug Geld, um niemals mehr arbeiten zu müssen, aber was fing er damit an? Nachdem er fast zwanzig Jahre lang für einige der großen Männer Washingtons üble Jobs erledigt hatte, war er immer noch wenig besser dran als ein Unteroffizier. Er, der ewige Fußabtreter, dem die fetten Säcke mit ihren Tausend-Dollar-Anzügen ein paar Geldscheine hinwarfen, damit er den Müll entfernte. ›Sie war eine verdammte Nutte, Malachi, aber gehen Sie mal dorthin und sehen Sie nach, ob ich einen Pariser auf dem Boden verloren habe, okay? Nicht, daß ich Fingerabdrücke hinterlassen habe, Malachi, aber Sie wissen ja, wie das ist.‹

Vor dem Hardin-Problem war sein Dasein von Leere und Einsamkeit geprägt gewesen; er hatte seine Jobs erledigt, weil es Bedarf an seinen Diensten gegeben und er damit seinen Lebensunterhalt bestritten hatte. Er hatte gewußt, daß dieser Trott im Kreis herumführte, aber die Rolle schien zu ihm gepaßt haben, besonders nach dem Zwischenfall in Deutschland.

Jetzt empfand er zum ersten Mal eine Art Bedrohung, eine Spur von Unruhe und Nervosität, der sechste Sinn der Ratte, von dem Monroney immer gesprochen hatte. Seit seinem Ausscheiden aus der Army hatte er nur auf Anweisungen gehandelt. Wenn jemand auf ihn gestoßen wäre, dann hätte immer ein hohes Tier dran glauben müssen, oder es hätte einen Assistenten geopfert. Aber diesmal, bei dieser Hardin-

Sache, hatte er das Gefühl, daß das hohe Tier und sein Assistent daran arbeiteten, *ihn* zu opfern, vielleicht bevor jemand auf ihn stieß. Okay, sie behaupteten, sie hätten die Ermittlung unterdrückt. Okay, es konnte keine direkte Verbindung zwischen ihm, Malachi, und der Ermordung Hardins in Philadelphia hergestellt werden – abgesehen von dem Unfall in der 23rd Street. Nun, es war mehr oder weniger ein Unfall gewesen – er hatte sie nicht umbringen wollen, jedenfalls nicht, bevor sie ihn mit diesem stechenden, die Männer verachtenden Blick angestarrt hatte, wie Inge, als sie ihm die Flasche mit dem abgebrochenen Hals zwischen die Beine gestoßen hatte. Die Frauen schnitten ihn immer mit scharfen Gegenständen. Er betrachtete die noch roten Narben auf seinem rechten Handrücken.

Selbst der Bourbon konnte Angelos Warnung nicht aus seinem Gedächtnis verbannen, und er begriff, daß es noch vieler solcher Saufgelage bedurfte, bis Mr. Harper dies schaffen würde. Diese innere Stimme flüsterte ihm immer noch ins Ohr: sich zurückzuziehen, aus der Stadt zu verschwinden, die falschen Ausweise und die Kontakte zur Schattenwelt zu nutzen, um unterzutauchen, bevor diese gottverdammten Offiziere etwas ausheckten. Aber er wußte, daß er das nicht tun würde; er hatte sein ganzes Leben nach der Pfeife dieser Bastarde getanzt, sogar als er angeblich einer von ihnen gewesen war, aber diesmal würde er nicht strammstehen und dienern: ›Jawohl, Sir, nein, Sir, drei Säcke Scheiße entfernt, Sir.‹ Einmal, nur einmal, wollte er *ihnen* in den Hintern treten, und sie sollten wissen, wer ihnen den Tritt versetzt hatte. Dann würde er vielleicht Fersengeld geben, seine Zelte abbrechen und sich in der Nacht davonstehlen.

Malachi erhob sich, ging zum Kühlschrank und nahm einige Eiswürfel heraus, die er mit einem schweren Suppenlöffel in seiner Handfläche zerkleinerte. Er warf die Eissplitter in ein Glas und füllte es mit Bourbon aus einer neuen Flasche Harper. Dann zündete er sich eine Zigarette an, setzte sich wieder an den Tisch und nippte an dem kalten Whisky.

Vielleicht sollte er den Bastarden zuvorkommen, anonym bei den Cops anrufen und ihnen sagen: Ihr müßt mal mit dem großen Mann reden, denn der hat Lieutenant Hardins Schwester gevögelt. Na und? Also gut, dann folgendes. Lieutenant Hardin wurde kaltgemacht, weil er dem großen Mann, der seine Schwester vögelte, Schwierigkeiten machen wollte. Was würde der Captain dagegen tun? Er konnte nicht auf ihn, Malachi, zeigen, ohne zuzugeben, daß er ihn angeheuert hatte. Und selbst wenn er das tat, gab es keinen Beweis. Er konnte alles leugnen. Und Angelo würde todsicher schweigen, auch wenn die Cops die Spur bis zu den Gangstern in Süd-Philly zurückverfolgten. Aber auch das konnten sie nicht, denn es war nichts direkt, sondern durch Vermittler erledigt worden, durch Telefonate, die sich nicht rekonstruieren ließen, und durch Gespräche in einem Restaurant, in das sich keine Cops wagten, die an ihre Pension dachten. Vielleicht konnten sich die Cops die ganze Geschichte allmählich zusammenreimen, aber ohne Beweise oder ein Geständnis konnten sie weder jemanden anklagen noch verurteilen.

Oder vielleicht sollte er es auf die Washingtoner Art erledigen – die ganze Geschichte dem kalten Licht des Tages preisgeben. Sie der *Washington Post* zuspielen, ein paar Einzelheiten durchsickern lassen. Malachi lebte lange genug in Washington, um zu wissen, daß der große Mann nicht mehr lange groß bleiben würde, wenn auch nur Bruchteile der ganzen Geschichte in der Stadt bekannt wurden, denn die Navy, der die Anschuldigungen und die zwangsläufige Ermittlung peinlich waren, würde den großen Mann vor die Tür setzen und vielleicht den Captain ebenfalls. Und wenn Malachi ihnen ihr dienstliches Privileg und ihre Macht nahm, waren sie nicht mehr in der Position, einige Anrufe zu tätigen und vielleicht jemanden zu beauftragen, ihnen das Problem Malachi vom Hals zu schaffen. Sie würden abgelenkt sein, behaftet mit dem Makel des Skandals, verabschiedet, aber nicht so ehrenvoll, und bestimmt nicht mit einem Beratervertrag. Dann würden sie mit ihm und den anderen Flöhen auf dem

Boden liegen, zwei weitere Militärs im Ruhestand, die nach jedem Krümel griffen, der vom Tisch der Regierung fiel. Hölle, wenn sie erst auf seine Stufe gesunken waren, könnte er vielleicht sogar etwas Spaß mit ihnen haben.

Malachi grübelte über die Aussicht nach, doch dann entschied er sich dagegen. Er konnte förmlich Monroney hören: Selbst das ist zu offen, Malachi, so verpfeift man keinen in dieser Stadt. Es war besser, nur einen kleinen Stein ins Wasser zu werfen, das wahre Washingtoner Spiel zu treiben, einfach die Cops anzurufen und eine rhetorische Frage zu stellen: Welche Verbindung gibt es zwischen der heimlichen Affäre eines gewissen Washingtoner Admirals mit Lieutenant Elizabeth Hardin und der Ermordung ihres Bruders kurz nach ihrem Tod? Keine Namen nennen. Die Cops sollten danach forschen. Denn wenn die Cops kamen und Fragen stellten, würde der Captain sehr schnell davon erfahren, und dann hatten der große Mann und sein Lakai anderes zu tun, als jemanden auf ihn, Malachi, anzusetzen. Ja, so war es das beste. Und jetzt war der richtige Zeitpunkt. Er schenkte sich nochmals nach. Sein Verstand mußte auf Hochtouren kommen, damit er herauskriegen konnte, wen genau er anrufen sollte. Hölle, er fühlte sich bereits besser.

43

Am Dienstagnachmittag füllte Grace ihre 1994er Steuererklärung aus, als das Telefon läutete. Seit dem Tod ihrer Mutter hielt sie nur die Klingel des Apparates im Erdgeschoß aktiviert, denn sie hatte fast so etwas wie Angst vor nächtlichen Anrufen entwickelt. Sie ging zur Treppe, wo sie den Anrufbeantworter hören konnte, und lauschte. Als sie die Stimme von Moses Vann erkannte, lief sie ins Schlafzimmer und nahm den Hörer des Telefons auf dem Nachttisch ab.

»Captain Vann, ich bin hier«, meldete sie sich.

»Miss Snow, freut mich, daß ich Sie erwischt habe.«

»Aus dem Munde eines Polizisten klingt das unheilvoll.«

Er lachte. »Ja, ich sage ›erwischt‹, und die Leute kriegen einen Schreck. Aber im Fall Hardin hat sich etwas Interessantes ergeben. Die Polizei erhielt einen Anruf.«

Der Fall Hardin. Grace setzte sich abrupt auf die Bettkante. Sie hatte nicht mehr an den Fall Hardin gedacht seit ... nun, seit sie Dan am vergangenen Abend gesehen hatte.

»Irgendein anonymer Hinweis?«

»Sie müssen eine Hellseherin sein. Genau das war es. Jemand gab einen Wink mit dem Zaunpfahl.«

»Was hat er gesagt?«

»Nun, es war ein sehr kleiner Zaunpfahl, eigentlich stellte der Anrufer nur eine Frage. Ich rufe an, um herauszufinden, ob Sie vorbeikommen möchten. Sagen wir morgen früh gegen elf. Und vielleicht bringen Sie Ihren Freund von der Navy mit, diesen Commander Collins.«

»Ich werde um elf bei Ihnen sein. Aber ich muß erst mit Dan abklären, ob er Zeit hat. Ich glaube, ich habe Ihnen gesagt, daß er nicht so frei handeln kann wie ich im Augenblick.«

»Können Sie ihn überreden?«

»Ich kann es versuchen.«

»Gut. Denn dieser Anruf ist für ihn möglicherweise doppelt interessant. Fragen Sie ihn auf jeden Fall. Wenn er nein sagt, bedeutet das nicht das Ende der Welt. Aber machen Sie ihm klar, daß es inoffiziell ist, ein nicht stattgefundenes Treffen, wie ihr Bundesbeamte es nennt.«

»Ex-Bundesbeamtin, was mich angeht. Aber ja, solche Treffen hatten wir beim NIS oft. Ich werde Dan anrufen. Bitte verstehen Sie das nicht falsch, Captain Vann: Commander Collins hat ein ebenso großes Interesse an dem Fall Hardin wie ich. Er kann einfach nicht das Risiko eingehen, von einem Captain im Pentagon dabei ertappt zu werden, daß er sich nach wie vor damit beschäftigt. Dann müßte er einen hohen Preis zahlen.«

»Wie ich schon sagte, das macht den Anruf noch interessanter. Versuchen Sie es, Miss Snow. Wie auch immer, ich erwarte Sie um elf in meinem Büro. Kommen Sie einfach hoch in die Abteilung, in der sie letztes Mal waren, und fragen Sie nach mir.«

Vann unterbrach die Verbindung, und Grace legte ebenfalls auf. Sie sank auf das Bett zurück und starrte an die Decke. Verdammt. Sie hatte nicht vorgehabt, bei ihrem nächsten Telefonat mit Dan über den Hardin-Fall zu reden. Er sollte nicht denken, daß sie nur wegen dieser Sache an ihm interessiert war. Es war fast siebzehn Uhr. Dan müßte noch im Pentagon sein. Als sie in ihrem Telefonbuch blätterte, klingelte wieder das Telefon. Wer konnte das sein? Vielleicht Dan. Sie wartete das Spiel des Anrufbeantworters ab.

»Miss Snow, Lieutenant Garrison vom Hauptquartier des Naval Investigative Service am Apparat. Sie werden sich vielleicht an mich erinnern; ich bin der Adjutant des Leiters und wollte herausfinden, ob Sie für Admiral Keeler zu sprechen sind. Meine Telefonnummer ...«

Der erwartete Rückruf vom NIS – daran hatte sie überhaupt nicht mehr gedacht. Leicht gereizt nahm Grace den Hörer ab und drückte auf den Aufnahmeknopf. »Ich bin hier, Lieutenant Garrison. Aber bevor Sie mich mit dem Admiral verbinden, möchte ich klarstellen, daß dies ein Privatgespräch ist. Ich will nicht, daß irgendwelche EAs oder andere unerwünschte Leute an einem Nebenanschluß mithören, haben Sie mich verstanden? Andernfalls wird kein Gespräch stattfinden.«

Der Lieutenant brauchte eine Weile, ehe er ihre Worte verarbeitet hatte.

»Äh, ich werde sehen, was ich tun kann, Miss Snow. Bleiben Sie bitte dran.«

Während sie wartete, schaute sie auf das kleine Fenster des Anrufbeantworters, um sich zu vergewissern, daß sich das Band drehte. Der Apparat konnte Telefonate bis zu einer Stunde auf der Mikrokassette aufzeichnen. Er war ein Relikt aus ihrer Zeit beim SEC, wenn sie manchmal nach Dienstschluß Anrufe von Informanten oder potentiellen Zeugen aufgenommen hatte, die ins Schwitzen geraten waren.

»Miss Snow, der Admiral meldet sich gleich«, sagte der Lieutenant schließlich.

Gut für ihn, dachte Grace. Nach einem Klicken vernahm sie die sanfte Stimme Admiral Keelers. Grace hatte ihn zwar ein paarmal gesehen, allerdings nur einmal mit ihm gesprochen. Er war Ende Vierzig, sah gut aus und wirkte auf Grace, als könnte er einen guten Politiker abgeben. Sie hatte viele Männer wie ihn erlebt, die in der Wall Street an ziemlich raffinierten dunklen Plänen und Spekulationen beteiligt gewesen waren.

»Miss Snow, ich bedaure, daß wir unter diesen mißlichen Umständen miteinander sprechen müssen. Ich befürchte, wir haben die Sache mit Ihrem Ausscheiden aus unseren Reihen nicht sehr glücklich gelöst.«

»So ist es, Admiral. Sie hatten die Chance, dies auf erheblich angenehmere Art und Weise zu arrangieren. Aber offenbar beschloß Ihr stellvertretender Meuchelmörder, sich Ihre Streifen anzuheften und es auf die harte Tour zu versuchen. Oder war das Ihre Idee, Admiral?«

»Nein, nein, Miss Snow, keinesfalls. Ich ziehe ein diskretes Manöver einem Frontalzusammenstoß vor. Captain Rennselaer war der Meinung, in meinem Sinne zu handeln. Solche Mißverständnisse passieren eben manchmal.«

Grace wußte genau, daß der EA in einer seiner wichtigsten Rollen benutzt wurde – der des Blitzableiters, wenn eine der Entscheidungen des Admirals danebengegangen war. Die Chefs ließen die Stellvertreter den Schritt ankündigen oder tun, und wenn sich eine nachteilige Reaktion daraus ergab, konnten sie sich immer davon distanzieren und die Schuld dem EA in die Schuhe schieben. Es war ein Spiel, daß Chefs und ihre Stellvertreter gut beherrschten und oftmals anwandten.

»Nun, jetzt haben Sie eine letzte Chance, den kleinen Fehler Ihres EAs zu korrigieren, Admiral«, erklärte Grace. »Das sind meine Bedingungen: Ich wünsche einen übertrieben schmeichlerischen Abschiedsbrief, unterschrieben von Ihnen, in dem es heißt, daß Sie mein Entlassungsgesuch aus dem NIS- und Staatsdienst mit tiefstem Bedauern akzeptieren und meine Mitarbeit sehr vermissen werden. Sie werden in den höchsten Tönen loben, wieviel ich zum Erfolg der Mission der Organisation beigetragen habe und wie wundervoll unsere berufliche Zusammenarbeit während meiner Anstellung in der Ermittlungsabteilung des NIS war et cetera, et cetera. Soweit klar, Admiral?«

»Völlig klar, Miss Snow. Und ich nehme an, daß Ihre abschließende Beurteilung gleichermaßen vorteilhaft sein soll.«

»Selbstverständlich. Ich möchte nicht, daß sich der NIS bei der Behandlung einer sehr geschätzten Mitarbeiterin, die ihren Dienst quittiert hat, Inkonsequenz vorwerfen lassen muß. Captain Rennselaer sollte ebenfalls unterzeichnen. Vielleicht unterschreibt er einen Teil der Unterlagen, und Sie zeichnen gegen, zum Beweis Ihrer Billigung. Und wir werden nichts von der Personalabteilung erwähnen, nicht wahr?«

»Ganz recht, Miss Snow. Sie waren ausschließlich für die Ermittlungsabteilung tätig. Sagen Sie mir, haben Sie vor, wieder in den Staatsdienst zu gehen, Miss Snow?«

»Wenn ich das tue, wird es als politisch Ernannte sein, nur mit dem Unterschied, daß ich dann zu Beginn einer Administration eintrete. Vielleicht werden wir das Vergnügen haben, daß sich unsere Wege eines Tages im Ermittlungsgeschäft wieder kreuzen.«

»Das wäre interessant, dessen bin ich mir sicher, Miss Snow. Und Ihrerseits werden Sie …«

»Meinerseits werde ich den Eingang Ihrer Papiere abwarten. Wenn ich Sie gelesen habe *und* für zufriedenstellend erachte, werde ich den Anwälten meiner Familie in Philadelphia das Mandat entziehen.«

»Ich verstehe.« Es folgte eine Pause. »Und wie werden wir

wissen, daß dieses, äh, kleine Mißverständnis tatsächlich ausgeräumt ist, Miss Snow?«

»Wenn Sie Ihren nächsten Stern und Ihre nächste Verwendung bekommen, ohne daß es einen sehr öffentlichen und persönlich teuren Prozeß für Sie gegeben hat, Admiral. Sie können hoffen und beten, daß ich *nichts* unternehme. Und nicht mit den Leuten rede. Aber keine Sorge, wir haben uns in der Hand, nicht wahr, Admiral?«

»In der Hand, Miss Snow? Ich kann Ihnen nicht folgen ...«

»Das ist eine Formulierung aus der Unterwelt – aus der Zeit, in der ich noch richtige Ermittlungen in Kriminalfällen für eine richtige Agentur durchgeführt habe. Es gibt vermutlich einige Leute in Ihrem Stab, die wissen, was das bedeutet. Fragen Sie Captain Rennselaer. Ich bin überzeugt, daß er es weiß. Aber grundsätzlich wird es ziemlich schwierig für mich sein, dem Gericht zu beweisen, daß Sie mir ungerechtfertigt unter Mißachtung der vorgeschriebenen Prozedur gekündigt haben, wenn Sie all diese schönen Papiere unterzeichnet haben.«

»Ah, ich verstehe, Miss Snow.«

»Ich wußte, daß Sie das kapieren werden, Admiral. Ich erwarte also Ihre offizielle Korrespondenz. Die bald eintrifft, nicht wahr?«

»Sehr bald, Miss Snow.«

»Auf Wiedersehen, Admiral. Und Ihnen auch, Rennselaer.«

Grace legte den Hörer auf und atmete tief durch. Ekeliger hätte sie das nicht machen können. Hoffentlich würden sie einsehen, daß die Lösung auf dem Papier vernünftig war, denn sie hatte wenig Lust, den anderen Weg zu gehen. Außerdem war sie der Vogel auf dem Ententeich des NIS gewesen, nicht die anderen. Aber sie kannte den Staatsdienst gut genug, um zu wissen, daß man solche Situationen auch auf zivilisierte Weise regeln konnte. Und sie wußte auch, daß hervorragende Beurteilungen entscheidend für die Zukunft sein konnten, sollte sie sich jemals für eine Rückkehr in den Staatsdienst entscheiden, besonders als eine in ein Amt Berufene. All diese Sicherheitsüberprüfungen erforderten einen Blick in ihre Personalakten. Und vor allem mußten diese Verwaltungstypen lernen, daß sie zertreten werden konnten, wenn sie unter ihren Steinen hervorsprangen und jemanden angriffen. Sie nahm die Mikrokassette aus dem Anrufbeantworter, steckte sie in ein Kuvert und beschriftete es.

Dann suchte sie die Telefonnummer von OP-614 heraus und schaute auf ihre Armbanduhr. Fast siebzehn Uhr dreißig. Sie ließ es ein paarmal klingeln, aber keiner nahm den Hörer ab. *Dan ist bereits auf dem Fluß,* dachte Grace. Sie legte auf, wählte Dans Privatnummer und bat ihn auf dem Anrufbeantworter, sie zu Hause anzurufen.

44

Wie durch ein Wunder fand Dan direkt vor dem Haus einen Parkplatz. Er blieb einen Augenblick lang im Suburban sitzen, um sein unerwartetes Glück zu genießen. Der Abend war mild, und die meisten der hohen Bäume längs der Straße standen in voller Blüte. Und sie waren bestäubt, wie er bemerkte, denn gelbgrüner Staub bedeckte die Scheiben anderer Wagen. Dan entschloß sich, in dem kleinen Bistro am Ende der Prince Street schnell eine Kleinigkeit zu essen. Seit Montagabend hatte er Zivilklamotten zum Bootshaus mitgenommen, um nicht nach Schweiß stinkend heimfahren zu müssen. Er stieg aus, schloß den Wagen ab, ging den Hügel hinunter und überquerte die Union Street, nachdem er eine Parade von Touristen vorbeigelassen hatte. Dankbar marschierten sie weiter, an dem kleinen Bistro/Restaurant vorbei.

An einem der Tische auf dem Bürgersteig saß eine ausgesprochen attraktive Blondine, was Dan veranlaßte, sich draußen hinzusetzen. Sie lächelte ihn kurz an und schaute dann betont auffällig auf ihre Armbanduhr, um klarzumachen, daß sie auf jemanden wartete. Dan wählte einen Platz, von dem aus er sie sehen konnte, und sofort verglich er sie mit Grace. Die Blondine war jünger, erheblich jünger sogar, hatte mehr Farbe im Gesicht und zeigte in ihrem Minirock viel Bein. Er fand sie sehr hübsch, aber auf die heiße Art. Grace war eher eine kühle Schönheit, eleganter, vermutlich bedeutend intelligenter und strahlte etwas leicht Geheimnisvolles aus. Das meiste, was er über die Blondine wissen wollte, zeigte sie, wogegen es vieles gab, was er über Grace Ellen Snow nicht wußte, und das faszinierte ihn. Daß sie näher an sein eigenes Alter herankam als diese Schönheit gegenüber, war ebenfalls ein Aspekt. Obwohl er seit Claires Tod praktisch vom Markt gewesen war, hatte er festgestellt, daß es ihm bedeutend leichter fiel, mit Frauen zu reden, die fünfunddreißig Jahre Lebenserfahrung hatten, als mit zehn Jahre jüngeren. Das zusätzliche Jahrzehnt erlaubte eine sofortige gemeinsame Erkenntnis, daß die meisten kleinen seelischen Erschütterungen des Lebens nicht auf einen selbst beschränkt sind. Es half auch, daß Grace im Gegensatz zu den meisten Frauen in mittlerem Alter, die er seit Claires Tod kennengelernt hatte, offenbar nicht auf Männerjagd war.

Der Kellner tauchte auf und fragte die Blondine nach weiteren Wünschen, bevor er Dan, der Stammgast war, freundlich begrüßte.

»Commander Collins, guten Abend, Sir. Ein Glas KJ Chardonnay? Und ich empfehle heute abend die Muscheln. Dazu vielleicht etwas Engelhaar-Pasta mit frischer Tomaten- und Basilikumsauce.«

»Klingt prima, Mario. Dazu noch einen kleinen Salat, und ich werde schlemmen.«

»Gut gewählt, Sir.« Der Kellner eilte ins Lokal, kehrte kurze Zeit später mit dem Wein zurück und servierte zuerst ein Wasser mit Eis für die Blondine. Nachdem er ihn bedient und sich zurückgezogen hatte, hob Dan sein Glas und prostete der jungen Lady zu, die jetzt viel netter lächelte.

»Wenn er Sie versetzt hat, ist er ein Kommunist«, sagte Dan.

»Er ist Rechtsanwalt«, erwiderte sie leichthin. »Ich bin es gewöhnt, daß er sich verspätet.«

Dan hätte fast gesagt, daß sein Beruf ihn bereits zum Kommunisten machte, doch als sie das Gesicht abwandte, entschied er, sich zu beherrschen. *Wie reif ich werde,* dachte er. *Ich lerne, die Klappe zu halten. Früher hätte ich eine klugscheißerische Bemerkung über Juristen gemacht und festgestellt, daß sie eine von ihnen ist. Grace ist Juristin. Verdammt, das stimmt. Aber sie ist keine von diesen Schakalen, die in Krankenhäusern oder bei Verkehrsunfällen Mandanten suchen. Grace ist eine Spezialistin für Weiße-Kragen-Kriminalität – eine Jägerin, die ihre Opfer mit Schriftsätzen verfolgt, mit kniffligen Überprüfungen von Bankbelegen, Steuerformularen und Computerdateien. Es ist eine sterile Art der Ermittlung: Dem Großteil der bösen Jungs wird vorgeworfen, zuviel Geld angespart zu haben.*

Mario brachte eine große Schüssel mit dampfenden Muscheln, einen Teller mit Pasta und den kleinen Salat. Er stellte alles schwungvoll ab. Mario wußte, daß Dan wegen des Essens und nicht wegen künstlicher Pausen zwischen den einzelnen Gängen kam.

»Alles zusammen, wie Sie es mögen, Sir. Ich hole noch einen Teller für die Muschelschalen. Und hier ist die Rechnung. Ich entschuldige mich dafür, aber nach dem vergangenen Freitagabend habe ich vom Manager die Anweisung, draußen gleich zu kassieren.«

»Das sieht lecker aus, Mario. Was ist denn Freitagabend passiert?«

»Ein älterer Typ war hier – ein komischer Vogel. Groß, merkwürdige Stimme, ziemlich häßlich, irgendwie boshaft, ich weiß nicht, wie ich das genauer erklären soll. Er bestellte sein Abendessen, und mittendrin sprang er auf und rannte davon, als hätte seine Hose Feuer gefangen. Ich war drinnen und sah ihn wegrennen.«

»Hat er die Zeche geprellt?« fragte Dan und trank einen Schluck Wein.

»Nein, er hat Geld auf dem Tisch zurückgelassen – eigentlich mehr als genug. Aber er hat sich wirklich komisch verhalten.«

»Wohin ist er gelaufen?«

»Keine Ahnung. Als ich rauskam, war er verschwunden. Ich räumte Geschirr ab – an diesem Tisch hier –, und dann schoß ein gewaltiger Pickup Truck um die Ecke und fuhr mit Karacho Richtung Union. Aber ich konnte den Fahrer nicht richtig sehen. Weiß nicht, ob er das war oder nicht. Merkwürdige Sache. So, ich hole jetzt den Teller für die Schalen.«

Dan hatte die Hälfte der Muscheln gegessen, als ihm ein Licht aufging. Ein weißer Pickup Truck war Grace nach Hause gefolgt. Und er hatte ein großes Fahrzeug gehört, das scharf in die Union Street eingebogen war. Er schaute die Straße hinauf. Der Suburban stand vor seinem Haus, wie er trotz der Bäume sehen konnte. Wenn jemand sein Haus observieren wollte, dann konnte er das von hier aus tun. Er konnte zwar den hinteren Teil des Hauses nicht überblicken, aber jeden kommen und gehen sehen. Aber warum? Und hatte er tatsächlich ihn oder Grace beobachtet?

Schließlich tauchte der Anwalt mit Aktenkoffer, Handy und Entschuldigungen bei der Blonden auf. Zu Dans Enttäuschung sah der Typ blendend aus, war gut gekleidet, und nach dem Lächeln der Blondine lohnte es sich, auf ihn zu warten. Eindeutig ein Kommunist, sagte sich Dan. Er aß zu Ende, legte Geld für die Rechnung und Trinkgeld auf den Tisch, winkte Mario zu, der durch das Fenster des Lokals zurückwinkte, und ging die Prince Street hinauf. Nachdem er seine Trainingskleidung und die Aktentasche aus dem Suburban geholt hatte, betrat er das Haus. Er hörte seinen Anrufbeantworter ab und rief sofort bei Grace an. Nach dem Meldetext gab er sich zu erkennen und wartete. Grace meldete sich.

»Hallo, Dan«, sagte sie. Es klang erfreut.

»Hallo selbst. Es tut mir leid, daß ich mit Verzögerung

zurückrufe. Ich habe meinen Knoblauchpegel in einem der hiesigen Bistros aufgefüllt. Um Vampire abzuhalten, wissen Sie.«

»Gibt es in Old Town ein großes Problem mit Vampiren?« fragte sie.

»Nur beim Finanzamt. Was ist los?«

»Es geht um die Hardin-Sache.«

»Oh.«

»Ja, oh. Jemand hat anscheinend anonym bei der Polizei angerufen. Captain Vann informierte mich heute nachmittag. Er möchte sich mit mir treffen und bat mich, Sie zu überreden mitzukommen.«

Dan überlegte. »Wann?« fragte er, um Zeit zu gewinnen.

»Morgen vormittag um elf. Bei ihm im Präsidium, gleich bei der U-Bahn-Station Judiciary Square. Dan, ich habe ihm gesagt, daß Sie mich vielleicht nicht begleiten können. Ich habe ihm erklärt, daß man Ihnen möglicherweise das Leben schwermacht, wenn Sie Ihre Nase wieder in den Fall stecken, und daß Sie im Gegensatz zu mir nicht frei sind.«

»Haben Sie etwas vom NIS gehört? Hat der Admiral Benimm gelernt?«

Sie lachte. »Ja, er rief an, und ich war nicht sehr höflich. Aber ich denke, ich habe erreicht, was ich wollte. Er redete sich auf die Blödheit seines EA heraus.«

»Ich habe einige gerissene und hinterlistige EAs kennengelernt, aber niemals einen blöden«, sagte Dan. »Mal sehen, was ich wegen des Treffens mit Vann machen kann. Ich muß beim morgendlichen Briefing um Viertel vor acht ein Stabspapier vorlegen – aber ich werde mit Summerfield sprechen. Wissen Sie, worum es bei dem anonymen Anruf ging?«

»Vann sagte, er müsse mit uns beiden reden – ich glaube, vor allem mit Ihnen. Er meinte, der Tip sei doppelt interessant, nachdem der EA gewarnt hat, sich weiterhin mit dem Fall Hardin zu befassen.«

»Das wird ja immer merkwürdiger.«

»Ich ...«, Grace zögerte, »ich wollte nicht, daß der Fall der einzige Grund ist, mit Ihnen zu telefonieren, Dan. Über Ihren Anruf gestern nachmittag habe ich mich sehr gefreut.«

Er lachte. »Ich habe heute Zivilklamotten zum Bootshaus mitgenommen. Wollte Sie wieder anrufen, aber dann fehlte mir der Mumm. Wie wäre es, wenn wir morgen zusammen zu Mittag essen, nach dem Gespräch mit Vann? Das würde gut vertuschen, weshalb ich mitten am Tag nicht im Pentagon bin.«

»Klingt prima. Obwohl ich wette, daß Sie sich deshalb dumme Bemerkungen von Beißer anhören müssen. Ich warte morgen früh auf Ihren Anruf, Dan.«

Dan stöhnte, als er den Hörer auflegte. Beißer würde ihn zweifellos aufziehen, vielleicht tagelang. Die Frage war, was er Summerfield sagen sollte.

Wie sich herausstellte, hatte Summerfield nichts dagegen, daß Dan ein paar Stunden frei nehmen wollte, um eine Lady zum Mittagessen auszuführen.

»Grüßen Sie Miss Snow von uns«, sagte er nur, als Dan auf der Schwelle von Summerfields Büro stand und Beißer theatralisch mit einer Hand hinter dem Ohr mithörte.

Beißers Reaktion war verdächtig zurückhaltend. Er schaute Dan nur grinsend an und murmelte »soso«. Dan rechnete mit der richtigen Stichelei, wenn er mehr Publikum haben würde. Aber er erledigte am nächsten Morgen seine Stabsarbeit und rief dann Grace an, um zuzusagen. Summerfield und Beißer mußten um zehn Uhr zu einer Konferenz, und so konnte Dan das Pentagon verlassen und um halb elf die U-Bahn nehmen, ohne große Aufmerksamkeit zu erregen.

Grace hatte sich bereits in der Halle des Präsidiums eingefunden, als Dan ankam. Er war in Uniform, und Grace trug eines dieser schlicht wirkenden, aber teuer aussehenden Kostüme, von denen sie anscheinend einen unbegrenzten Vorrat besaß. Sie fuhren mit dem Aufzug in den zweiten

Stock, und Grace erinnerte sich an den Weg zu Vanns Büro. Vann erwartete sie im Empfangsbereich.

»Miss Snow, Commander. Danke, daß Sie gekommen sind. Kaffee? Nein? Okay, gehen wir in mein Büro.«

Dan und Grace folgten dem Captain, und Dan schloß die Tür. Vann nahm hinter seinem Schreibtisch Platz, und Dan und Grace setzten sich in Sessel.

»Als erstes muß ich darauf hinweisen«, begann Vann, »daß dies eine offizielle Polizeisache ist und mit keinem außerhalb der Stadtpolizei darüber gesprochen werden darf. Obwohl ich auf Ihre Diskretion vertraue, muß ich das sagen. Und zweitens dient das, was ich Ihnen preisgebe, dazu, inoffiziell etwas herauszufinden. Mit anderen Worten, diese Zusammenkunft hat nie stattgefunden.«

Dan lächelte und nickte. Im Pentagon gab es jeden Tag mindestens ein Gespräch oder Treffen dieser Art.

»Okay«, fuhr Vann fort. »Wir haben einen anonymen Anruf von einem Münzfernsprecher aus im Metro Center erhalten, ein schöner, ungestörter Ort. Wir haben die Plakate mit der Nummer der Hotline in der ganzen Stadt und in den U-Bahnen. Die Bürger werden aufgefordert, sich bei uns zu melden, wenn sie Hinweise haben. Sozusagen vorbeugende Verbrechensbekämpfung. Wir zeichnen natürlich jeden Anruf auf, aber die meisten Leute haben genug Krimis im Fernsehen gesehen, um das zu wissen. Wie dieser ... diese Person.«

»Person?« fragte Grace.

»Ja, Person«, bestätigte Vann. »Denn ich kann nicht sagen, ob ein Er oder eine Sie angerufen hat. Es klingt fast, als habe jemand den Text auf Band gesprochen und anschließend abgespielt. Jedenfalls sagte die Person folgendes, und ich lese Ihnen Wort für Wort vor:

›Es geht um die Leiche im Kriegsschiff. Welche Verbindung gibt es zwischen der heimlichen Affäre eines gewissen sehr ranghohen Offiziers der Navy mit Elizabeth Hardin und der Ermordung ihres Bruders?‹«

Dan hörte aufmerksam zu, während Vann den Text noch einmal vorlas.

»Das ist alles?« fragte er dann.

»Das ist viel«, warf Grace ein. »Es zeigt, daß unsere Theorie richtig war – daß der Mord etwas mit dem Unfall der Schwester zu tun hat.«

»Wessen Theorie?« fragte Vann.

»Nun, eigentlich meine«, antwortete Grace. »Wir haben darüber gesprochen, erinnern Sie sich? Als wir die Tafeln mit den Fakten anlegten, fiel uns auf, daß man nur ungefähr zwei Wochen nach Elizabeth Hardins tödlichem Unfall ihren Bruder ermordet hatte. Nur wußte zu diesem Zeitpunkt niemand, daß es sich um einen Mord handelte, er war einfach verschwunden.«

Vann nickte. »Sie glauben, Elizabeth Hardins Tod war kein Unfall?«

»Es gibt keinen gegenteiligen Beweis, aber der Tod der Schwester kann immer noch etwas mit der Ermordung des Lieutenants zu tun haben, wenn an diesem Anruf etwas Wahres dran ist.«

»Hm.« Vann blickte Dan an. »Und wie sollte jemand herausfinden, welcher ranghohe Offizier der Navy eine Affäre mit Elizabeth Hardin hatte?«

Dieser Fall wird immer verrückter, dachte Dan. »Das dürfte schwierig sein.« Er schaute Grace an. »Grace, sagten Sie nicht, daß Elizabeth Hardin laut Autopsiebericht schwanger war?«

»Ja, das ist richtig«, bestätigte Grace aufgeregt. »Was beweist, daß sie mit jemandem intim war.«

Vann schüttelte den Kopf. »Quatsch, Beweis. Nun mal langsam. Wir haben hier überhaupt keinen Beweis. Jemand könnte einfach eine Fehlinformation verbreitet oder irgendein Verrückter etwas phantasiert haben. Wir erhalten alle möglichen blödsinnigen Anrufe auf dieser Hotline.«

»Was werden Sie mit diesem Anruf machen?« fragte Dan.

»Ich werde ihn vermutlich an die Navy weiterleiten«, erwiderte Vann. »Es ist ihr Fall, allerdings ...« Er verstummte und sah zu Dan, der sofort verstand.

»Ich muß davon ausgehen, daß der sehr ranghohe Offizier der Navy ein Admiral ist«, sagte Dan. »Und wenn wir hier über einen Admiral reden, dann wäre die Weitergabe der Information an die Navy das gleiche, als würden Sie sie den bösen Buben zuspielen, wer auch immer diese sein mögen. Und lassen Sie mich raten. Sie möchten, daß ich herumschnüffele und aufzudecken versuche, wer ein Verhältnis mit Elizabeth Hardin hatte, bevor sie bei dem Unfall ums Leben kam, richtig?«

»Sie haben sich völlig geirrt, Miss Snow«, widersprach Vann mit einem Grinsen. »Dieser Mann *ist* nicht nur clever, er ist sogar *sehr* clever.«

Grace' Miene spiegelte Besorgnis wider. »Dan«, begann sie, »ich ...«

»Schon okay, Grace. Ich weiß, daß es nicht Ihre Idee war. Und ich wünsche, ich könnte Captain Vann helfen, aber ich bezweifle, daß dies möglich ist. Elizabeth Hardin arbeitete vor zwei Jahren beim CHINFO. Es ist unwahrscheinlich, daß jetzt noch jemand aus dieser Zeit dort ist. Und wenn sie eine Affäre mit einem Flaggoffizier hatte, dann wird sie sie verdammt verschwiegen haben. Es ist eine unerlaubte Verbrüderung. Beide werden das Verhältnis geheimgehalten haben.«

»Und sie hatten einen weiteren verdammt guten Grund dafür – besonders er«, fügte Vann hinzu.

»Welchen?« fragte Grace.

»Die Tatsache, daß er ein *weißer* Flaggoffizier ist.«

»Toll!« sagte Dan. »Ich verstehe, was Sie meinen.« Er fühlte sich etwas verlegen, weil er das gesagt hatte, aber Vann wirkte nicht beleidigt. Er stand auf, schaute aus dem Fenster hinter seinem Schreibtisch und schien nachzudenken. Dan blickte zu Grace, die die Augenbrauen hob, wie um zu fragen: Was nun?

»Angenommen, wir können herausfinden, wer es war«, sagte Vann, immer noch mit dem Rücken zu ihnen. »Angenommen, wir *können* den Mann, der eine Affäre mit Elizabeth Hardin hatte, identifizieren. Was würde uns das bringen, Miss Snow?«

Grace schaute auf Vanns Rücken. Dann schlug sie eine Hand vor den Mund. »Mein Gott, ja. Wir hätten einen Verdächtigen.«

»Sie meinen, weil Lieutenant Hardin das Verhältnis seiner Schwester mit einem ranghohen Offizier, einem Weißen, aufdeckte?« fragte Dan.

»Nein«, erwiderte Grace, als Vann sich umdrehte. »Weil Lieutenant Hardin den Verdacht hatte und möglicherweise sogar auf einen Zusammenhang zwischen Elizabeth Hardins Tod und ihrem Lover gestoßen ist.«

»Das ist ein Ding«, bemerkte Dan.

»Ja«, stimmte Vann zu. »Eine Drohung, die Affäre bekanntzumachen, ist vielleicht ein Motiv für Vergeltung, aber nicht unbedingt für Mord. Ich kannte Wesley Hardin – er hätte sich tierisch aufgeregt, aber er hätte seiner Schwester die Hölle heiß gemacht, nicht ihrem Liebhaber, schon gar nicht einem ranghohen weißen Dandy der Navy. Aber wenn er sich sagte, daß Elizabeth nicht bei einem Unfall ums Leben gekommen war, sieht die Sache etwas anders aus. Dann wäre Wesley wie eine Schlange auf eine Ratte losgegangen.«

»Was zu Ihrem Verdacht wegen all der Zufälle paßt«, sagte Dan zu Grace.

»Richtig.« Vann nickte. »Obwohl zwischen ihnen vielleicht kein direkter Zusammenhang besteht, in dem Sinne, daß es keine zwei Morde sind. Aber wenn Wesley bezweifelt hat, daß ihr Tod ein Unfall war, dann hat er etwas unternommen, vielleicht sogar etwas Dummes.«

»Wie auch immer, es gibt einen Zusammenhang zwischen den beiden Todesfällen«, beharrte Grace.

»Nun, das könnte sein. Schlagen wir nicht zu schnell diesen Weg ein.« Vann setzte sich wieder hinter den Schreibtisch. »Wir haben einige gut klingende Theorien und kein einziges Beweisstück. Aber Sie verstehen, Commander, warum ich es nicht eilig hatte, die Navy über diesen Anruf zu unterrichten.«

Dan nickte. »Und ob ich das verstehe. Aber können Sie einfach auf der Information sitzenbleiben? Schließlich müssen Sie sie doch der Navy weiterleiten.«

Vann grinste. »Oh, ich kann sehr wohl darauf sitzenbleiben. Dies ist der Distrikt, erinnern Sie sich? Wir haben nicht zwei Hardin-Fälle, sondern nur einen offenen und älter werdenden Fall von Fahrerflucht. Ich garantiere Ihnen, daß niemand überrascht wäre, wenn wir darauf sitzenbleiben oder den Fall sogar verlieren.«

»Wie kam der Anruf zu Ihnen?« fragte Grace.

»Nur weil der Hotline-Telefonist ihn in die interne E-Mail legte«, erklärte Vann und klopfte auf den Monitor seines Computers. »Alles, was wir keinem existierenden Fall zuordnen können, zirkuliert ein, zwei Tage in der E-Mail unter der Datei ›Gefährdung‹: Hier ist eine Antwort – bearbeitet jemand eine Frage, die dazu paßt?«

Dan stand auf und reckte sich.

Diese Sessel müssen für Gefangene oder Verdächtige entworfen worden sein, dachte er. »Angenommen, dies geht rüber zum NIS«, sagte er. »Ist Ihnen klar, daß es dann ein weiteres Problem gibt?«

»Welches?« fragte Vann.

»Sie reden von einem Flaggoffizier, der mindestens in eine skandalöse Sache, vielleicht sogar in Mord verwickelt ist«, warf Grace ein. »Ich war lange genug dort, um zu wissen, daß Flaggoffizieren eine ganz besondere Behandlung zuteil wird, wenn der NIS eine Ermittlung durchführt.«

»Von der ganzen Navy werden sie besonders behandelt«, sagte Dan. »Das ist ein Teil der Privilegien ihres Ranges. Mensch, diese Leute leiten die Navy. Und einer schützt den anderen.«

»Auch bei Mord?« fragte Vann mit finsterer Miene.

»Nein«, sagte Dan entschieden. »Nein, ich glaube, wenn es einen Beweis für ein Verbrechen seitens eines Flaggoffiziers gibt, würden die anderen Flaggoffiziere hart schlucken, aber tun, was sie tun müssen.«

»Ah, die Ehre«, bemerkte Vann, und dann schwiegen alle eine Zeitlang.

Schließlich erhob sich Grace. »Wir sollten darüber nachdenken«, schlug sie vor. »Lassen wir uns alles durch den Kopf gehen und überlegen, wie wir vorgehen können. Ich brauche Zeit zum Denken.«

»Ich auch«, schloß Dan sich an. »Ich sehe den armen Kerl immer noch in diesem Kessel stecken. Ich weiß nicht, was ich jetzt denken soll, aber ich will helfen. Im Augenblick weiß ich nur noch nicht, wie ich das kann.«

»Okay«, sagte Vann. »Denken hilft immer in einem Fall. Und ich möchte mit einigen Leuten sprechen, mich in Elizabeth Hardins Viertel umhören.«

»Und ich hoffe, Sie sprechen mit Mrs. Hardin«, fügte Grace hinzu.

»Lassen Sie uns eine Telefonkonferenz schalten«, regte Vann an und ignorierte Grace' Bemerkung. »Ich rufe Sie beide an, wenn ich soweit bin. Commander, Sie haben eine Visitenkarte?«

Dan gab ihm eine seiner Karten von OpNav, und dann verabschiedeten sie sich, verließen Vanns Büro und fuhren mit dem Lift nach unten. Weil sie bereits auf der roten Linie der U-Bahn waren, entschieden sie sich, im American Café in der Union Station zu Mittag zu essen. Die Touristensaison hatte bereits begonnen, und sie mußten eine Viertelstunde warten, bis ein Tisch frei war. Nachdem die Kellnerin die Bestellungen aufgenommen und sich entfernt hatte, schaute sich Dan in dem vollen Lokal um. »Diese Hardin-Sache läßt uns nicht los, nicht wahr?« sagte er und dachte daran, was er Vann erzählt hatte.

»Es tut mir leid«, begann Grace, »ich ...«

»Nein, das ist nicht Ihre Schuld, Grace. Ich bin froh über Ihren Anruf. Ich habe Vann nicht gesagt, daß ein möglicher Grund, weshalb die EAs ihren Kompetenzstreit mit dem NIS eingestellt haben, die Tatsache ist, daß irgendwie, irgendwoher einer von ihnen diesen Aspekt mit dem Geliebten kennt. Das könnte auch der Grund sein, weshalb man uns ausgeschaltet hat.«

»Das ist ein Ding. *Wissen* Sie das?«

»Nein, ich kann es nicht beweisen, wenn Sie das meinen. Aber die EAs sind eine Art Netzwerk, und sie schützen sich und die Flaggoffiziere. Wenn sie einen Skandal riechen, arbeiten sie zusammen, um sich selbst und damit den guten Namen der Navy zu schützen.«

»Aber nicht bei Mord.«

»Nein, natürlich nicht, aber sie denken nicht an Mord, verstehen Sie? Sie denken an einen weißen Flaggoffizier, vielleicht verheiratet, der eine Affäre mit einer schwarzen Frau hat, die obendrein ein rangniedrigerer Offizier ist. Das trifft heutzutage in der Navy einen empfindlichen Nerv. Sie erinnern sich an die Tailhook-Affäre und die Resonanz in den Medien, und sie wollen zum Wohl der Navy und um das Image aller Flaggoffiziere zu wahren, den Schaden in Grenzen halten. Mensch, das ist ihr Job.«

»Wenn das so ist, welche Chance haben wir, ihre Verschleierungspolitik zu durchbrechen?«

»Für meine Begriffe geringe bis keine. Aber ich denke, ich muß mit Captain Summerfield reden. Er war EA, bis seine Frau den Schlaganfall erlitt. Er weiß über das System Bescheid und ist mit einigen Flaggoffizieren befreundet. Er kann vielleicht etwas herausfinden.«

»Vann hat gesagt, wir sollen mit niemandem darüber sprechen.«

»Er hat auch gesagt, daß er meine Hilfe wünscht. Er braucht jemanden innerhalb des Flaggoffizier-EA-Systems, und Summerfield war wenigstens dabei und kennt sich aus. Mir ist klar, daß ich nicht herumschnüffeln kann, aber jemand wie Summerfield könnte das schaffen. Was ist übrigens Ihrer Meinung nach Vanns Rolle bei dieser Sache?«

Grace zögerte. »Ich habe nach wir vor den Eindruck, daß

er ein persönliches Motiv hat. Ich kann mir vorstellen, daß die Polizei genug Arbeit am Hals hat und keine Mordkommission nach noch mehr Fällen sucht, und so ist er vorsichtig. Aber er ist ein Ex-Chef der Mordkommission, und ich glaube, sein Interesse wird durch die persönliche Beziehung mit der Familie Hardin verstärkt.«

»Und deshalb stellt er sich vermutlich so schützend vor Mrs. Hardin. Ja, das paßt. Ah, da kommt die Kellnerin.«

In der nächsten halben Stunde genossen sie ihr Mittagessen und die Atmosphäre der Passage mit den Geschäften und Lokalen in der U-Bahn-Station, die elegant aufpoliert und zu einer erstklassigen Touristenattraktion geworden war. Eine gewaltige, mit Marmor verkleidete Halle beherrschte die Station, und ringsum gab es Dutzende Restaurants, Cafés, Läden und Bars. Durch den Zugang zur U-Bahn war es auch eine sehr beliebte Stätte für Staatsbedienstete, die hier zu Mittag aßen.

Nachdem der Tisch abgeräumt und der Kaffee serviert war, wirkte Grace nachdenklich.

»Einen Penny für Ihre Gedanken«, sagte Dan.

»Sie wollten wissen, welche Rolle Vann spielt«, erwiderte Grace. »Ich habe mich eben nach meiner gefragt, weshalb ich mich weiter mit dem Fall befasse.«

»Der Instinkt des Ermittlers, nehme ich an.«

»Nun, zum Teil, aber dies ist ein Mordfall. Ich habe an komplizierten Betrugsfällen gearbeitet, mich mit Manipulationen von Sicherheitsvorschriften und -verfahren beschäftigt, mit der sogenannten Weiße-Kragen-Kriminalität. Schön und sauber. Keine mumifizierten Leichen, die einen aus weit aufgerissenen Augen aus dem Kessel eines Schiffes anstarren.«

Zwei Frauen am Nebentisch schauten plötzlich weg, und Dan und Grace lächelten, nachdem ihnen klargeworden war, daß die Touristen mitgehört hatten.

»Wenn wir einen Fall beim SEC hatten«, fuhr Grace fort, »dann endete er gewöhnlich an einem großen Mahagonitisch in irgendeinem Konferenzraum, und es wurde verhandelt:

wie hoch die Geldstrafe sein würde, wer besser oder schlechter davonkam, wenn er sein Fehlverhalten eingestand, wer geschäftlich verantwortlich war und welche Konsequenzen es für seinen Posten haben würde, Dinge dieser Art. Dann rauschten diese sogenannten Kriminellen in ihren großen schwarzen Limousinen zum Mittagessen zu den Nobelrestaurants. Für eine Investmentgesellschaft oder einen Börsenhändler sind es in der Regel nur zusätzliche Betriebsausgaben, wenn sie erwischt werden.«

»Wenn man zwanzig Millionen Dollar pro Jahr durch krumme Machenschaften verdient, zahlt man eine Million Strafe mit links, meinen Sie?«

»Genau. Aber ich wollte verdeutlichen, daß diese Fälle fast ein intellektuelles Spiel sind. Gelingt es den Anwälten und Experten der Regierung, die Anwälte und Experten der Insider auszutricksen? Es ging um Steuern und um den Schutz von Kleinaktionären, und man wollte so tun, als seien die Parteien ebenbürtig. Aber ich nahm nie einen Fall mit nach Hause und fand keinen Schlaf darüber. Doch diese Sache …«

»Ich verstehe, worauf Sie hinauswollen. Stecken wir unsere Nase in diesen Fall, weil wir vielleicht eine Art Nervenkitzel brauchen oder einen Krimi aus zweiter Hand erleben wollen?«

»Nun, zum Teil. Oder weil der Fall uns zu nahe geht. Aber vielleicht sollten wir uns einfach heraushalten, wie die EAs, der NIS und sogar Vann sagen.«

»Wie Vann *sagte*. Jetzt sagt er das nicht mehr. Er hat Sie angerufen, nicht wahr? Sehen Sie, lassen Sie mich den gewaltigen Schritt tun. Wenn ich auf Ihren Zehen lande, melden Sie sich.«

Grace lächelte. »Und was ist dieser ›gewaltige Schritt‹?«

»In erster Linie bin ich heute zu dem Treffen mitgekommen, weil Sie mich darum gebeten haben, Grace. Ich werde bei diesem Spiel mitmachen, welches es auch immer sein mag, aber nicht, wenn es mir die Chance vermasselt … Zum Teufel, ich weiß nicht, wie ich mich ausdrücken soll.«

Sie legte eine Hand auf seine. »Sie meinen, wenn sich zwischen uns etwas entwickelt, sollten wir versuchen, nichts zu tun oder zu sagen, was es zerstört, nicht wahr?«

»Verdammte Anwältin.«

Sie lachte und wurde dann ernst. »Ich hoffe, daß das möglich ist. Ich hatte nie Probleme, einen SEC-Fall einem anderen Anwalt oder Ermittler zu übergeben. Bei einem Mordfall ist das ganz anders. Es ist ein Spiel, bei dem man nicht einfach aussteigen kann. Ich habe das Gefühl, daß dieser Fall zu einer Bedrohung wird, wie dieser Kerl, der mir gefolgt ist.«

»Gut, daß Sie das erwähnen. Ich sprach mit einem Kellner vom Bistro an der Ecke, den ich gut kenne. Er erzählte mir, daß an dem Abend, an dem Sie mit dem Taxi heimfuhren, ein Typ seinen Tisch fluchtartig verließ, ohne zu Ende gegessen zu haben. Und dann sah er einen großen Pickup Truck rasant in die Union Street einbiegen.«

»Hat er den Fahrer gesehen?« fragte Grace.

»Nein. Aber es paßt irgendwie zusammen.«

Sie dachte darüber nach.

»Machen wir folgendes«, meinte Dan schließlich. »Wir beide tun unser Bestes, um den richtigen Kriminalbeamten zu helfen, aber wenn es darum geht, in der Nacht an Türen zu klopfen, überlassen wir das den Cops, den richtigen Cops. Der Trick für uns besteht darin, im Hintergrund zu bleiben, damit der böse Bube oder die bösen Buben uns nicht zu Gesicht bekommen, sondern nur die richtigen Cops. Und böse Buben verfolgen normalerweise keine Cops.«

»Amen. Also was haben Sie vor, Dan?«

»Ich werde mit Summerfield sprechen. Er soll seine Beziehungen spielen lassen zum Netzwerk der EAs und vielleicht zu seinen Kommilitonen, die bereits Flaggoffiziere sind. Wir warten, bis Vann sich meldet – er sagte, daß er den Hotline-Anruf auf Band hat. Und wir überlegen, wo wir morgen abend essen gehen. Um es auf den Punkt zu bringen: Wir beschäftigen uns mit wichtigen Dingen.«

45

Am Mittwoch ging Dan um 17 Uhr zu Summerfield, während sie darauf warteten, daß der Stab zur Konferenz der Joint Chief of Staffs gerufen wurde. Die Joint Chiefs of Staff, die Vier-Sterne-Offiziere und Chefs von Army, Navy, Air Force und Marine Corps, trafen sich in Begleitung ihrer Stellvertreter für Operationen jeden Mittwoch um 14 Uhr im JCS-Konferenzraum, genannt ›der Tank‹. Stellvertreter für Operationen der Navy war Vice Admiral Layman, OP-06. Er würde am späten Nachmittag in die 06-Büros kommen und die Stabsoffiziere über alle Themen, die man diskutiert, und über jede Entscheidung, die man getroffen hatte, informieren. Jeder Stabsoffizier, der ein Thema bearbeitete, das im ›Tank‹ behandelt wurde, hielt sich auf Abruf bereit, bis das Treffen der Joint Chiefs of Staff beendet war und das Debriefing stattfand. Da über viele Themen gesprochen wurde, ohne anschließend eine Entscheidung zu treffen, waren die JCS- Informationen nach der Konferenz selten brandneu. Aber niemand konnte Feierabend machen, bevor Vice Admiral Layman von der Konferenz zurückkehrte und darüber berichtete.

Dan schloß die Tür von Summerfields Büro und ließ sich auf die Couch sinken. An den Wänden hingen Bilder von Schiffen und Erinnerungsstücke. Summerfield war fast vier Jahre in der Abteilung OpNav. Der Captain streichelte sehnsüchtig über seine Pfeife, aber er wußte, daß es noch zu früh zum Rauchen war.

»Daniel? Haben Sie ein persönliches Problem?«

»Ja und nein, Sir«, erwiderte Dan. Er teilte Summerfield mit, was er und Grace vorhatten, was Vann erbat und welche Hilfe er, Dan, von Summerfield brauchte. Als er fertig war, sagte Summerfield nichts; statt dessen stopfte er seine Pfeife, zündete sie an und paffte das Büro mit einer würzigen blauen Wolke voll.

»Das Spiel, auf das Sie sich eingelassen haben, ist gefährlich, Daniel«, warnte der Captain schließlich.

»Wegen der EAs?«

»Ja, obwohl Sie davon ausgehen müssen, daß sie tatsächlich im Auftrag ihrer Chefs entscheiden, diesen Fall wieder dem NIS zu übertragen. Jetzt wissen wir unter Umständen, warum. Vielleicht haben sie aber auch nur darauf bestanden, weil er peinlich für die Gemeinschaft der Flaggoffiziere werden könnte, abgesehen davon, daß es sich um einen Mordfall handelt. Wie auch immer, wenn sie herausfinden, daß Sie wider Ihre Befehle aus Ihrer Kiste gestiegen sind, suchen sie möglicherweise eine neue Kiste für Sie, irgendwo, wo es feucht und sehr warm oder trocken und sehr kalt ist, können Sie mir folgen?«

»Jawohl, Sir. Ich halte mir ständig vor Augen, daß ich nur ein kleiner Sailor bin, den man verwenden kann, wo immer man will. Aber in gewissem Sinne ist die Katze bereits aus dem Sack, nicht wahr?«

»Wie meinen Sie das?«

»Erstens ist da Captain Vann. Er ist kein kleines Licht bei der Polizei, Ex-Leiter der Mordkommission und jetzt der EA des stellvertretenden Polizeichefs. Wenn er auf den Gedanken kommt, daß die Navy einen Mord vertuscht, noch dazu an jemandem, den er kannte und dessen Motiv er kennt, wäre es dann nicht das beste, wenn die Navy den bösen Buben selbst erwischt, vor allem, wenn ein Flaggoffizier in den Fall verstrickt ist?«

»Ja, da ist was dran«, gab Summerfield zu. »Und Miss Snow ist auch noch da, nicht wahr?«

Dan zuckte die Achseln. »Ja, Sir. Sie ist sich der Bedeutung des anonymen Anrufs bei der Polizei voll bewußt. Aber sie arbeitet nicht mehr im Staatsdienst.«

»Was heißt das?«

»Sie ist private Bürgerin. Eine freie Agentin, wenn Sie so wollen.«

Summerfield nickte. »Frei, um jede verdammte Sache zu

tun. Mit anderen Worten, eine möglicherweise wandelnde Bombe.«

Dan schwieg. Er fragte sich plötzlich, ob Summerfield besorgt oder ärgerlich oder beides war. Vielleicht war es keine so gute Idee gewesen, ihn einzuweihen, denn Summerfield ging es bei diesem Problem offenbar darum, die Navy zu schützen und nicht einen Mörder zu finden. Andererseits mußte Dan zugeben, daß es für einen Captain der Navy im OpNav-Stab keine unverständliche Reaktion war, besonders nicht für einen Ex-EA.

»Okay«, sagte Summerfield schließlich durch eine blaue Rauchwolke. »Lassen Sie mich darüber nachdenken. Es gibt viele Zugänge zum Netzwerk der EAs und Flaggoffiziere. Ich kann ganz oben beginnen – mit meinem alten Studienfreund, dem Vice Chief, reden. Wenn ein Flaggoffizier in einen Mordfall verwickelt ist, dann ist der Vice genau der richtige Mann, um ihn schnell zu entlarven. Oder ich kann mit einigen EAs plaudern.« Er paffte ein paarmal an der Pfeife, bevor er fortfuhr.

»Aber Sie sollten eines berücksichtigen, Daniel: Ja, es gibt ein Schutzsystem für Flaggoffiziere, aber das dient hauptsächlich dazu, *nach* einem bürokratischen Schnitzer oder einem Einsatzfehler das Gesicht zu wahren. Das Auswahlsystem für Flaggoffiziere ist nicht idiotensicher, denn sonst würden wir nicht jedes Jahr sechzig Prozent der Ausgewählten nach nur zwei Dienstzeiten mit einem Stern in den Ruhestand schicken. Andererseits schützt dieses System auch die Navy vor ihren bürokratischen Feinden, wie die Air Force oder gewisse Politiker, die die Navy hassen. Es dient nicht dem Schutz unfähiger oder krimineller Personen.«

Er paffte wieder an der Pfeife. »Nun, vielleicht fällt Unfähigkeit in die Bereiche, in denen man vielleicht Schutz gewährt, wenn ich an einige Leute denke, die drei Sterne bekommen haben, obwohl man sie nur mitgeschleppt hat. Aber ich kann garantieren, daß jeder Flaggoffizier will, daß ein Mörder geschnappt wird. Aber vorzugsweise durch unser eigenes Ermittlungssystem, verstehen Sie?«

»Ja, Sir, das verstehe ich«, sagte Dan. »Ich befürchte nur, daß Sie zufällig an den Falschen in diesem System geraten und somit den bösen Buben warnen.«

»Ich denke, das Risiko kann ich eingehen, Daniel. Denn wenn das Netzwerk den bösen Buben warnt, dann wird er zittern und sich winden. Und das Netzwerk der Flaggoffiziere mit all diesen EAs spürt, wenn jemand zittert und sich windet, wie eine Spinne ein Insekt in ihrem Netz spürt – mit ungefähr dem gleichen Ergebnis. Aber mein Rat an Sie ist, sich zurückzuziehen und Ihrer Freundin das ebenfalls zu empfehlen. Dies könnte sehr schnell sehr gefährlich werden.«

»Sie ist nicht ganz meine Freundin, Captain.«

»Was Sie nicht sagen! Und wie war das Mittagessen? Und haben Sie folgendes bedacht: Wenn ein Flaggoffizier in einen Mord verwickelt ist, hat er einen oder mehrere Helfer, die für ihn arbeiten – hohe Tiere machen sich die Hände nicht schmutzig, nicht wahr? Deshalb haben sie EAs. Und die können handeln, wenn ihr Boß zu zittern beginnt, manchmal ohne sein Wissen, können Sie mir folgen? Denn wenn der Boß untergeht, geht sein EA mit unter. Miss Snow ist anscheinend eine nette junge Frau, aber sie ist kein richtiger Cop, nicht wahr? Und Sie sind auch keiner.«

»Jawohl, Sir, aber wir haben nur darüber geredet und noch nichts unternommen.«

»Der böse Bube – um Ihre Formulierung zu benutzen – kennt diese Nuance vielleicht nicht. Sagen Sie Ihrem Captain Vann, daß wir an der Sache arbeiten, aber Sie und Miss Snow halten sich raus und überlassen sie den Cops – den richtigen Cops.«

46

Grace betrat ihr Haus und schloß die Tür ab. Es war ein schöner Abend gewesen, mit Abendessen im L'Auberge Provençal in Great Falls, Virginia – auf ihre Kosten, denn Marineoffiziere konnten sich den Besuch dieses Nobelrestaurants nicht erlauben. Dann waren sie in die Stadt zurückgefahren, hatten nach Einbruch der Dunkelheit einen gemütlichen Spaziergang um das Lincoln-Denkmal gemacht und waren überraschend vielen Spaziergängern begegnet. Von den Stufen des Denkmals aus hatte sie das schimmernde Spiegelbild des ganzen Washingtoner Monuments in dem langen Teich gesehen.

Grace war bereit gewesen, an diesem Abend mit Dan intim zu werden. Ihre Beziehung war inzwischen harmonisch geworden. Aber sie hatte auf der Rückfahrt nach Georgetown seine Nervosität gespürt und sich eine kleine Ausrede ausgedacht, um den Abend zu beenden. Sie hatte ihn liebevoll auf die Wange geküßt, bevor sie ihm eine gute Nacht gewünscht hatte, und er war unsicher gewesen, hatte nicht gewußt, was er sagen oder tun sollte. Er war so ein netter Mann, gutaussehend, amüsant, anspruchsvoll, aber gefühlsmäßig immer noch ein bißchen verletzlich; Lady Claire mußte wirklich außergewöhnlich gewesen sein. Grace hängte ihre Handtasche an die Garderobe in der Diele und hörte ihren Anrufbeantworter ab. Captain Vann hatte angerufen.

»Hallo, Miss Snow. Moses Vann am Apparat. Ich habe mit ein paar Leuten geredet und kann Ihnen bestätigen, daß diese Hardin-Sache eine heiße Kartoffel ist. Meine Chefs haben mich angewiesen, das Band und die Abschrift des anonymen Anrufs an die Navy weiterzuleiten. Das habe ich bereits getan – ein Mann namens Englehardt vom NIS ließ es am späten Nachmittag abholen. Rufen Sie mich bitte an. Es gibt noch mehr zu berichten. Danke.«

Grace spielte die Nachricht noch einmal ab, und ihre gute Stimmung verschwand. Sogar Vann klang etwas enttäuscht.

An den NIS weitergeleitet. In den Grand Canyon geworfen, mit dem Rest der Ermittlung der Navy. Sie schaute auf ihre Armbanduhr und spielte mit dem Gedanken, auf Dans Band zu sprechen, denn er konnte noch nicht zu Hause sein. Aber sie wollte den Abend nicht mit der Hardin-Sache beenden. Sie rief trotzdem an und hinterließ eine kurze Nachricht, daß der Abend schön gewesen sei und sie nur nochmals gute Nacht sagen wolle. Die Hardins und Moses Vann hatten bis morgen Zeit. Sie vergewisserte sich, daß alle Haustüren abgeschlossen waren, und ging zu Bett.

Dan mußte lange suchen, bis er einen Parkplatz in der Lee Street fand, einen ganzen Block von seinem Haus entfernt. Es war ein schöner Abend, kühl und trocken, und die Luft schien im sanften Schein der Gaslampen ein eigenes Licht zu erzeugen. In seinem Haus hörte er den Anrufbeantworter ab und lächelte über Grace' Nachricht. Verdammt, er hatte sich wie ein verklemmter Teenager verhalten. Ob Grace den Schweißfilm auf seiner Stirn bemerkt hatte, als sie vom Lincoln-Denkmal aus nach Georgetown gefahren waren? Den ganzen Abend hatte es keinen einzigen Mißton gegeben, alles war so schön und harmonisch gewesen. Er hatte mit ihr schlafen wollen, und er spürte, daß sie das gleiche empfunden hatte. Aber im letzten Augenblick war er zurückgeschreckt, hatte ihn ein Strudel von Emotionen erfaßt. Wovor? Er grübelte über diese Frage, während er sich vergewisserte, daß die Haustüren abgeschlossen waren. Grace war kein Betthäschen, keine Nummer für eine Nacht. Ihnen beiden war klar, daß sie sich nähergekommen waren und vielleicht sogar ineinander verliebt hatten. Er konnte sie zum Lachen bringen, und sie gab ihm das Gefühl, wieder ein Mensch zu sein, ein Mann mit Verlangen, das er zu lange unterdrückt hatte. Er wußte, daß sie irgendwann über Claire reden mußten, und der Gedanke, daß er über ihren Tod mit Grace sprechen konnte, war tröstlich für ihn.

Er ging in die Küche und schenkte sich einen kleinen Cognac ein. Dann schaltete er das Licht aus und sah aus dem Küchenfenster in die Dunkelheit des Gartens. Die dunklen Fenster der Häuser gegenüber der Gasse wirkten wie Höhlen in einem vom Mondschein erhellten Felsen. Wie oft hatte er nur aus dem Fenster auf alles und nichts geschaut, auf die vertrauten Einzelheiten des Gartens, der hinteren Mauer und der Häuser jenseits davon, die Geräusche in sich aufgenommen und sich alleine gefühlt. Zum Teil hatte er sich mit der Einsamkeit abgefunden, doch eine innere Stimme sagte ihm, daß er etwas dagegen unternehmen sollte.

Grace hatte wieder den Schwung in sein Leben gebracht, der ihm lange gefehlt hatte: etwas, das nichts mit Beruf und dem Wunsch, Kommandant eines Schiffes zu werden, zu tun hatte. Sein Leben war nur darauf konzentriert gewesen. Das Leben nach Claire und vor Grace. Seit Monterey hatte er nur die Navy gehabt, die ihm die Möglichkeit geboten hatte, seine wahren Stunden auszufüllen, wenn er das zuließ. Je länger er Grace kannte, desto mehr begriff er, wie unerfüllt sein Leben gewesen war, wie sehr er sich bemüht hatte, die Zeit des Alleinseins möglichst gering zu halten, die Zeit, in der er über die Zukunft nachgedacht und aus dem Küchenfenster gestarrt hatte. Spätestens dienstags hatte er Pläne für das Wochenende gemacht, eine Reise, einen Besuch bei Freunden, eine Betätigung im Haus, irgend etwas, um diese leeren Stunden des Wochenendes auszufüllen, in denen die Straßen voller Leute waren, die offenbar nicht wußten, was Einsamkeit bedeutete, die *lebten*. Die Samstage konnte er mit Besorgungen, Hausarbeit oder mit dem Waschen des Wagens verbringen. Aber die Sonntage zogen sich endlos lange dahin; wenn er allein im Haus war, schienen die Uhren lauter zu ticken, die Stimmen draußen auf dem Bürgersteig lauter zu klingen und das Gefühl der Einsamkeit noch deprimierender zu werden. Grace hatte ihm in Erinnerung gerufen, wie sehr das Leben eines Mannes durch die Anwesenheit oder Abwesenheit einer Frau geprägt werden konnte. Er wollte jetzt sehr behutsam vorgehen, denn er spürte, daß mit Grace eine kostbare Frau in sein Leben getreten war.

Er trank den Cognac, spülte das Glas und ging nach oben. Auf der schmalen Treppe mußte er plötzlich an den Fall Hardin denken, und Ärger stieg in ihm auf. Summerfields warnender Tonfall bei dem Gespräch am Nachmittag machte ihm nichts aus. Aber es ärgerte ihn, daß sein Vorgesetzter sich fast automatisch darauf eingestellt hatte, die Navy zu schützen. Wer den Mord begangen hatte und warum, interessierte ihn anscheinend nicht sonderlich. Und was hatte Summerfield über Chefs gesagt, die sich die Hände nicht schmutzig machen? Dan hatte das ungute Gefühl, daß ihm irgend etwas entgangen war, etwas Wichtiges, aber er kam einfach nicht darauf. Der Captain hatte vermutlich in einer Hinsicht recht: Sie sollten die Sache wirklich den Cops überlassen. Sollte sich der NIS mit den Flaggoffizieren und den EAs herumschlagen – es geschah beiden recht. Er, Dan, sollte sich jetzt etwas Wertvollerem widmen, nicht wahr? Auf dem oberen Treppenabsatz blieb er stehen und grübelte, doch der Gedanke, der ihm in den Sinn gekommen war, hatte keine konkrete Gestalt angenommen. Das Grübeln führte zu nichts. Dan ging zu Bett.

47

Grace rief am Donnerstag um 9 Uhr bei Captain Vanns Büro an, doch er war wieder einmal in einer Besprechung. Die Sekretärin teilte ihr mit, daß Vann vorhabe, um halb elf eine Telefonkonferenz mit Grace und Commander Collins abzuhalten. Konnte sie daran teilnehmen? Grace sagte zu, und die Sekretärin erklärte, daß Vann alles dafür in die Wege leiten werde. Als Grace einhängte, überlegte sie, Dan anzurufen, aber er würde sicher schon Bescheid wissen. So verzichtete sie auf den Anruf und widmete sich dem Haushalt. Um 10 Uhr 30 saß sie beim Telefon und legte einen Notizblock bereit. Um 10 Uhr 35 klingelte es, und sie nahm den Hörer ab. Der Anrufer war Vann.

»Guten Morgen, Miss Snow, hier ist Moses Vann. Ich habe Commander Collins in der Leitung. Ist die Verbindung okay?«

»Prima, Captain Vann. Hallo, Dan.«

»Guten Morgen, Grace. Als erstes muß ich Ihnen beiden sagen, daß ich im Augenblick allein im Büro bin, daß sich das jedoch ändern kann. Wenn ich anfange, von einer Autoreparatur zu reden, wissen Sie, daß ich nicht mehr ungestört sprechen kann, okay?«

»Verstanden, Commander«, sagte Vann. »Ich werde mich beeilen. Wir haben gestern abend einen weiteren Tip im Zusammenhang mit dem Hardin-Fall erhalten, diesmal per Fax an die Verkehrspolizei. Ich lese vor: ›Wenn Sie wissen wollen, wie Elizabeth Hardin wirklich starb, rufen Sie diese Nummer an.‹ Dazu eine Telefonnummer in D. C.«

Es folgte einen Augenblick lang Stille, wie es bei Konferenzschaltungen häufig vorkommt, und dann sagte Dan: »Was, zum Teufel, geht hier vor?«

»Gute Frage, Commander«, bestätigte Vann. »Diese Nachricht wurde an das Hotline-Zentrum weitergegeben, und weil ich die letzte Information in bezug auf Elizabeth Hardin an mich gerissen habe, hat man sie an mich weitergegeben. Ich habe den Anschluß überprüfen lassen, und es ist der eines Captains im Ruhestand, Malachi Ward, U. S. Army, in einem Haus in Capitol Hill.«

»Capitol Hill? Das ist kaum ein Wohnviertel für einen Ex-Captain der Army«, warf Dan ein. »Ein Army-Captain hat die Besoldungsstufe null-drei.«

»Das kann man nicht von allen Häusern behaupten. Viele waren Ende der sechziger Jahre Bruchbuden, die aufgegeben wurden. Man konnte sie für einen Apfel und ein Ei bekommen, wenn man sich verpflichtete, sie wieder in Schuß zu bringen.«

»Woher kam das Fax?« fragte Dan.

»Eine Telefonzelle in einem Hotel, die einen Faxanschluß hat; jemand benutzte vermutlich einen Laptop. Völlig anonym.«

»Haben Sie diesen Ward angerufen?« wollte Grace wissen.

»Nein, nein«, antwortete Vann. »So läuft das nicht. Zuerst überprüfen wir die Person, besonders wenn jemand sie verpfiffen hat. Wir haben nur ein vorläufiges Bild von ihm, nichts, das tief geht. Aber dieser Malachi Ward ist interessant. Er ist Freiberufler, hat eine Lizenz als Privatdetektiv und ›Sicherheitsberater‹ in D. C. Er besitzt die Hälfte eines Doppelhauses in Capitol Hill. Jetzt werden wir nachforschen, was er als Sicherheitsberater macht und für wen er arbeitet, aber wir werden vermutlich einen hinreichenden Verdacht, den Segen eines Richters und so weiter haben müssen, bevor wir weitere Schritte in diese Richtung unternehmen können. Aber ein paar Dinge interessieren mich. Zum Beispiel die Tatsache, daß er weder einen Führer- oder Kfz-Schein von einer hiesigen Behörde noch eine Kreditkarte hat, nicht einmal kreditwürdig ist.«

»Was hat das denn damit zu tun?« fragte Dan.

»Er hat keine Kreditkarte, ist von keinem der drei Kreditmeldesysteme erfaßt. Heutzutage hat jeder eine Kreditkarte oder zumindest einen Dispokredit. Man gerät schon in die Datenbänke oder Kreditauskunft, wenn man etwas auf Raten kauft. Aber dieser verdammte Mann will offenbar unsichtbar sein. Und er ist verdammt nahe daran.«

»Captain?«

»Ja, Miss Snow?«

»Was geht hier vor? Sie erhielten einen anonymen Hinweis, daß ein nicht genannter ranghoher Offizier der Navy eine Affäre mit Elizabeth Hardin hatte und daß es irgendeine Verbindung zwischen ihrem Liebesleben und der Ermordung ihres Bruders gibt. Der zweite Tip bringt Captain Ward mit Elizabeth Hardins Tod in Zusammenhang.«

»Ja, es wird ein bißchen verrückt. Aber dies ist Washington, und die Sache klingt allmählich nach einer Verschwörung, die sich aufzulösen beginnt: Die Verschwörer lassen Informationen durchsickern – gewöhnlich an die Presse – und versuchen, jemand anderem die Schuld zuzuschieben. Doch diese Typen informieren die Polizei, die leider keine Ahnung hat, worum es hier wirklich geht. Commander Collins, mit wem haben Sie gesprochen?«

»Mit meinem Boß von Op-614 – Sie haben ihn kennengelernt, Captain Summerfield. Er hat Zugang zum Netzwerk der EAs der Flaggoffiziere, den ich nicht habe.«

»Okay, das ist vernünftig. Und mir wurde aufgetragen, den ersten Hinweis an den NIS weiterzuleiten. So ergibt der zweite Tip vielleicht einen Sinn.«

»Wieso?« meldete sich Grace.

»Weil ich und Commander Collins vielleicht zwei verschiedene Lunten im Netzwerk der Navy-Admiräle angezündet haben, indem wir nach der Verbindung zwischen dem Mordfall Hardin und dem Liebesleben eines ranghohen Offiziers, vermutlich eines Admirals, gefragt haben.«

»Zwei Kanäle?« fragte Grace.

»Ja – der NIS und der Chef des Commanders, Summerfield. Dieser zweite Tip könnte eine Reaktion von besagtem Admiral sein: Wenn dieser Ward der ist, für den ich ihn halte – und das wissen wir noch nicht mit Sicherheit –, ist dieser zweite Hinweis möglicherweise ein Vergeltungsschlag gegen Helfer, von jemandem, den dieser reingelegt hatte.«

In der folgenden Pause dachten Grace und Dan über diese Theorie nach.

»Wenn das stimmt«, meinte Grace schließlich, »bedeutet das nichts anderes, als daß Ward den ersten, den telefonischen Hinweis gegeben hat. Warum nannte er Ihnen nicht einfach einen Namen? Und wie haben Sie seinen Namen herausgefunden?«

»Das sind zwei Fragen. Frage eins: So läuft das nicht in dieser Stadt. Wenn man in Washington jemanden in Schwierigkeiten bringen will, dann lanciert man eine interessante

Frage, keine Anschuldigung. Wenn man jemanden beschuldigt, leugnet der Beschuldigte, und der Kuchen ist gegessen. Wenn man eine Frage stellt, kommt neben dem Beschuldigten noch jemand anderes ins Spiel und sucht nach der Antwort. Das ist viel wirkungsvoller. Frage zwei: Wir haben die Telefonnummer und die Adresse in Capitol Hill zurückverfolgt. Ich habe auch mit einem Freund in unserem Betrugsdezernat gesprochen, der eine Überwachung in einem anderen Fall in der Nähe des Capitol Hill durchführt, und ihn gebeten, Wards Straße beobachten zu lassen, nur ein paar Stunden in den nächsten drei Nächten, um festzustellen, ob er reagiert. Vielleicht kriegt dieser Ward spitz, daß er observiert wird, bekommt einen Schrecken und unternimmt etwas.«

»Zum Beispiel?« fragte Dan.

»Teufel, das weiß ich nicht. Irgend etwas. Für meine Begriffe lockert sich der Zusammenhalt zwischen denjenigen, die in Hardins Ermordung verwickelt sind. Vielleicht weil die Leiche gefunden wurde. Offensichtlich fangen die an diesem mysteriösen Spiel Beteiligten an, sich gegenseitig zu beharken. Wir haben weder einen Beweis, daß Elizabeth durch einen Mord ums Leben kam, noch Spuren zum Mörder oder den Mördern ihres Bruders. Und wenn man nichts hat, dann klopft man auf den Busch, um zu sehen, was sich hastig zurückzieht, verstehen Sie? Nun, ich bin offen für blendende Ideen. Gibt es welche?«

Grace wußte nicht, was sie sagen sollte, und Dan schwieg ebenfalls.

»Okay, das war's dann. Ich konzentriere mich auf diesen Ward, stelle die Standardfallen auf und warte ab, was sich ergibt. Ich tue dies übrigens auf eigene Faust – Sie erinnern sich, daß man mich angewiesen hat, die Sache fallenzulassen. Wenn ich Tips bekomme, hilft das, aber …«

»Können wir noch irgend etwas für Sie tun?« fragte Grace. »Oder genauer ausgedrückt, kann ich etwas tun? Sie und Dan sind in ähnlicher Lage.«

»Nein«, sagte Vann entschieden. »Sie tun nichts. Schon gar

nicht, bevor ich nicht mehr über diesen Malachi Ward erfahren habe. Wenn ich ihn richtig einschätze, möchten Sie ihn bestimmt nicht kennenlernen; einige dieser Typen gehen sehr hart ran. Commander, wenn Sie irgendwelche Informationen erhalten, lassen Sie mich das wissen, okay?«

»Versprochen, Captain.«

»Gut. Das ist für den Augenblick alles. Und, Leute, ich weiß die Hilfe zu schätzen. Ich denke, Sie haben sich inzwischen zusammengereimt, daß es für mich jetzt eher eine persönliche als eine dienstliche Sache ist, okay? Sie sollen einfach wissen, daß ich Ihre Hilfe wirklich schätze. Seien Sie vorsichtig. Und schließen Sie Ihre Türen ab.«

48

Am Freitagmittag saß Malachi in seiner Küche und starrte auf das Telefon in der Diele. Zwei Tage. Er hatte am Mittwochnachmittag die Kontaktnummer des Captains angerufen und keine Antwort erhalten. Der Captain hatte gesagt, sie würden die Kommunikation abbrechen, es sei denn, es ergab sich etwas Wichtiges. Malachi hatte nichts Wichtiges zu berichten, aber herausfinden wollen, ob der Captain zurückrief. Zwei Tage Schweigen hatten ihn in der Annahme bestärkt, daß sein kleiner Anruf aus dem Metro Center die gewünschte Wirkung erzielt hatte. Aber jetzt stellte sich die Frage, was *sie* im Schilde führten? Malachi erhob sich und lief auf und ab. Er schaute durch einen Spalt des nicht ganz zugezogenen Vorhangs aus dem Fenster und überprüfte die verlassene Straße, suchte nach einer Veränderung. Er war nervös, aber das war nur natürlich. Er hatte das Feuer etwas geschürt, und nun gab es eine Reaktion darauf oder wenigstens etwas, das nach einer aussah. Der Captain rief nicht zurück. Vermutlich herrschte dicke Luft bei der Navy, und der Captain wollte jetzt keinen Kontakt mit ihm haben. Malachi ging wieder in die Küche, setzte sich und betrachtete die Whiskyflasche.

Nein, nicht jetzt. Er hatte noch Kopfschmerzen vom letzten Besäufnis, und das lag sechsunddreißig Stunden zurück. Wenn etwas im Gange war, konnte er sich nicht erlauben, mit einem schweren Kopf alles zu vermasseln. Er mußte vielleicht handeln und schnell sein. Plötzlich hatte er das starke Verlangen, aus dem Haus rauszukommen.

Malachi stand auf und vergewisserte sich, daß alle Türen abgeschlossen waren. Dann nahm er seine Windjacke und eine dunkel getönte Sonnenbrille und ging durch die Hintertür in die Garage. Sollte er zu Fuß gehen oder fahren? Zu Fuß gehen. In einer Stadt konnte ein Wagen zur Falle werden. Zu Fuß konnte er sich in eine Gasse, ein Gebäude, einen Hinterhof oder noch besser in eine U-Bahn-Station verdrücken. Er zwängte sich zwischen dem F-250 und der Garagenwand hindurch und spähte durch die schmutzigen Fensterscheiben gegenüber des elektrisch betriebenen Garagentors. Wurde er allmählich verrückt, um fast in Panik zu geraten, nur weil sein Telefon nicht klingelte? Oder befand er sich bereits im Delirium tremens von zuviel Harper? Vielleicht. Vielleicht auch nicht. Er ging durch die Garage zurück und zur Tür im hintersten Zaun, zog die Windjacke an und setzte die Sonnenbrille auf. Er öffnete die Tür einen Spalt und überprüfte die Gasse. Nichts. Eine Ansammlung von Mülltonnen und ein schiefer Holzzaun, an dessen Fuß Unkraut wucherte. Alles sah perfekt normal aus. Er konnte zwei Blocks rechts und links überblicken. Nichts Ungewöhnliches. Die Verkehrsgeräusche der Constitution Avenue und der East Capitol Street. Irgendwo in der Nähe ein Wagen der Müllabfuhr, der die städtischen Delikatessen in seinem Bauch zermalmte. Das Bellen eines Hundes.

Malachi trat in die Gasse hinaus und wandte sich zur A Street. Einen Block weiter bog er nach links in die Constitution Avenue, die in seiner Gegend nur eine zweispurige Straße war, wenn auch mit Ampelanlagen, damit sie in der

Rush-hour in beiden Richtungen befahren werden konnte. Hinter dem Gebäude des Obersten Bundesgerichts bog er nach links in die Second Street. Nachdem er ein weiteres Mal links abgebogen war, befand er sich in der East Capitol Street, über die er schließlich die Straße, in der er wohnte, erreichte. Um die Mittagszeit gab es wenig Verkehr in seiner Wohngegend; es war kein Viertel mit Kindern und Frauen. Die meisten der Häuser waren Eigentum oder von Berufsverbänden, unabhängigen Lobbyisten oder Personal vom Capitol oder der Kongreßbücherei gemietet. *Um die Mittagszeit sieht man hier nur Kongreßmitglieder und Kriminelle,* dachte er und fand, daß es eine spitzfindige Unterscheidung war. Und Liebende. Als er sich seinem Haus näherte, sah er einen vornehm wirkenden älteren Mann und eine sehr hübsche junge Frau auf der anderen Straßenseite, die so ineinander vertieft waren, daß sie nicht bemerkt hätten, wenn Malachi nackt gewesen wäre. *Ein Kongreßmitglied hart bei der Arbeit oder daran arbeitend, einen Steifen zu bekommen,* sinnierte er, als das Paar in einem Haus verschwand.

An der Kreuzung, die in seinen Block führte, überquerte er die Straße und ging auf die andere Seite an seinem Doppelhaus vorbei, wobei er Ausschau nach irgend etwas Ungewöhnlichem hielt, nach auffälligen Wagen und irgendwelchen Anzeichen für eine Überwachung. Nichts. Natürlich stand Wagen an Wagen – hier herrschte ein ständiger Kampf um Parkplätze. Aber nichts, was nicht dorthin paßte. Vögel zwitscherten, die Bäume blühten, die Politiker waren brünftig, die Straßen leer – und der Captain rief ihn nicht zurück. Malachi spazierte weiter zum Ende des Blocks, bog zweimal links ab, gelangte wieder in seine Gasse und ging durch die hintere Tür im Zaun in sein Haus. Er war tatsächlich etwas ins Schwitzen geraten. Die verdammte Sauferei. Der Sommer kam, der abscheuliche Sommer in Washington, D. C., der Stadt, die nichts als ein verdammter Sumpf war. Als er die Küchentür aufschloß, meldete sich wieder die innere Stimme: Hör auf, Malachi, steig aus. Diese Hardin-Sache ist übel, bestimmt kein gewöhnlicher Job, du bist dabei, in ein Spiel einzusteigen, dessen Regeln du nicht beherrschst. Bei diesem letzten Gedanken blieb er stehen. Bis jetzt hatte er sich damit zufriedengegeben, der Helfershelfer zu sein und den großen Tieren und ihren Stellvertretern das Sagen zu überlassen – wenn Dinge schiefgegangen waren, hatte er einfach auf neue Anweisungen gewartet. Aber sein Anruf bei der Polizei war etwas Neues gewesen: Er hatte auf eigene Faust gehandelt, und jetzt trafen sich die hohen Tiere hinter verschlossenen Türen.

Im Haus überprüfte er den Anrufbeantworter. Ah, das Lämpchen blinkte. Er drückte auf die PLAY-Taste und hörte, wie ein Telefonhörer aufgelegt wurde. Dann einen Wählton. Das war alles. Jemand mochte keine Anrufbeantworter. Oder jemand wollte kontrollieren, ob er zu Hause war. Ein solcher Testanruf ging in Washington oft einem Anruf voraus. Der Unterschied bestand darin, daß ihn hier nicht immer ein Ganove erledigte. Er spähte wieder aus den Fenstern, doch die Straßen waren immer noch verlassen. Aber der Anruf hatte ihn in einem Gedanken bestärkt, mit dem er schon den ganzen Morgen gespielt hatte: Arlington. Seit Jahren hatte er das Wichtigste in dem Apartment in Arlington bereitliegen: Geld, ein paar Waffen, Kleidung, einen Erste-Hilfe-Kasten und zwei Telefonleitungen. Okay. Er würde an diesem Nachmittag alle Spuren in diesem Teil des Doppelhauses beseitigen; in der anderen Hälfte war dies nicht nötig. Er würde den Truck mit allerlei Kleinigkeiten beladen, hauptsächlich mit einigen Flaschen Harper, und nach Einbruch der Dunkelheit, wenn die Rush-hour vorüber war, von hier verschwinden. Er würde bei den Randolph Towers einen Parkplatz für den Truck finden müssen, aber dort gab es immer welche.

Malachi streifte durch das Haus und betrachtete alles mit den Augen eines Polizisten. Er sammelte Papiere, Steuerunterlagen, Quittungen, Post, Scheckbücher, schmutzige Wäsche – all die Dinge, die in einem Polizeibericht aufgelistet würden, falls man sein Haus tatsächlich durchsuchte. Je länger er arbeitete, desto überzeugter wurde er, daß es das Richtige war unterzutauchen. Er hielt es für besser, etwas zu tun, anstatt nur herumzusitzen. Aber als nächstes würde er herausfinden müssen, was genau im Gange war.

49

Am späten Freitagnachmittag kehrte Dan von einer zweistündigen ermüdenden Stabskonferenz in seine Abteilung zurück. Er hatte dabei mit offenen Augen von Grace' angenehmer Gesellschaft am vergangenen Abend geträumt. Sie waren ins Kino gegangen, hatten anschließend Pizza gegessen und sich gut amüsiert. Er dachte gerade an Grace, als ihm auf dem Flur Verwaltungsunteroffizier Jackson entgegeneilte. »Commander Collins! Captain Summerfield sagte, daß Sie vom EA des VCNO gesucht werden. Aber Sie sollen erst mit ihm sprechen, bevor Sie zum EA gehen.«

»Na wunderbar«, meinte Dan und schaute auf seine Armbanduhr. 16 Uhr 45. Es wurde wohl nichts mit dem Rudertraining auf dem Fluß. »Wann war das?«

»Ungefähr vor einer halben Stunde.«

»Okay. Sie machen Feierabend?«

»Jawohl, Sir. Es ist Freitag, da kann man nicht schnell genug von hier wegkommen. Hören Sie, ist es wahr, was Beißer behauptet? Daß Sie nach Ägypten gehen?«

»Ägypten?«

»Ja. Als Colonel Beißer hörte, daß Sie zum EA müssen, sagte er, Sie werden nach Ost-Ägypten abkommandiert. Haben wir denn Stützpunkte in Ägypten?«

»Nein, Jackson. Beißer wollte andeuten, daß ich weit, sehr weit weggeschickt werde, weil ich den EA des VCNO verärgert habe.«

Jackson dachte darüber nach und schüttelte dann den

Kopf. »Er hat es nicht angedeutet. Er hat es rundheraus gesagt, wissen Sie? Nun, ich muß abhauen. Bis Montag, wenn Sie dann noch hier sind.«

»Vielen Dank, Jackson«, sagte Dan, aber Jackson war bereits Richtung Halle unterwegs. Dan bahnte sich einen Weg durch den Strom der zivilen Staatsbeamten, die dem Ausgang zustrebten, und bog nach links in den Flur des E-Flügels. Nach 16 Uhr 30 blieben hauptsächlich Uniformierte im Gebäude zurück; zivile Staatsbeamte mußten für Überstunden bezahlt werden. Dan ging in die Abteilung Op-614 und fand die Tür abgeschlossen. Er öffnete sie mit der Codekarte und trat ein. Das Büro war verlassen, aber noch nicht gesichert.

Dan ging zu seinem Schreibtisch und verwahrte die Stabspapiere in seinem Safe. Ein gelber Zettel war auf den Kugelschreiber seines Schreibsets gespießt. »Randall aufsuchen, wenn Sie zurückkommen, aber zuerst mit 614 reden.« Darunter die Paraphe von Beißer und die Uhrzeit 16.20. Er hatte die Notiz also vor fünfundzwanzig Minuten geschrieben. Der Captain und Beißer mußten aus der Abteilung gerufen worden sein. Ohne zu wissen, wo sie waren und wie lange sie wegbleiben würden, mußte er sich entscheiden: Sollte er auf Summerfields Rückkehr warten oder zu Randall gehen?

Das Telefon klingelte. Dan überlegte, ob er sich melden sollte. Es konnte ein Anruf aus Randalls Büro sein. Oder Summerfield versuchte, ihn zu erreichen. *Was nun, Commander,* dachte er, *die Lady oder der Tiger*? Er nahm den Hörer ab.

»OP-614, Commander Collins am Apparat, Sir.«

»Commander, hier ist Senior Chief Batzel im Vorzimmer des VCNO. Haben Sie die Nachricht erhalten, daß Rear Admiral in spe Randall Sie sehen will, Sir?«

Scheiße. Der Tiger. »Ich bin soeben von der JCS-Konferenz zurückgekehrt, Chief. Ich halte die Notiz noch in der Hand.«

»Jawohl, Sir. Sie sollten sich jetzt aber wirklich beim VCNO blicken lassen, Commander.«

»Wird das eine dieser Horizont erweiternden Sitzungen, Senior Chief?«

Es dauerte eine Weile, bis der Senior Chief antwortete. »Nun, Sir«, sagte er, als hätte er gründlich nachgedacht, »*erweitern* ist vielleicht das passende Wort. Aber vielleicht nicht Ihren Horizont, Sir, sondern eine Ihrer Körperöffnungen.«

Dan lachte. »Okay, Senior Chief, ich werde meine Asbestunterhose anziehen. Sagen Sie dem EA, daß ich unterwegs bin.«

»Aye, aye, Commander.« Dan legte den Hörer auf und vergewisserte sich, daß sein Safe abgeschlossen war und nichts herumlag, was einen eklatanten Verstoß gegen die Sicherheitsvorschriften bedeutet hätte. Dann hinterließ er eine Notiz für Summerfield, wo er war. Er verließ das Büro, schloß ab und machte sich auf den Weg zu Randall. Er hielt im Vorzimmer von OP-06 nach Summerfield Ausschau, doch die Chiefs dort hatten ihn nicht gesehen. Captain Manning war nicht im Vorzimmer, nur der Adjutant, und die Tür zum Büro des VNCO wie üblich geschlossen. Dan ging zum Schreibtisch des Adjutanten.

»Ich bin Commander Collins, und ich soll mich bei Captain Randall melden.«

»*Rear Admiral-select* Randall ist in einer Besprechung mit dem VCNO«, erwiderte der Adjutant, ohne von dem Stabspapier, mit dem er beschäftigt war, aufzusehen. »Er wird Sie bald empfangen, Commander.«

»Vielen Dank«, sagte Dan. Am anderen Ende des Büros drehte der Senior Chief die Augen himmelwärts und wies auf den Stuhl bei der Tür. Dan nahm Platz, um zu warten, aber er hatte kaum die Beine übereinandergeschlagen, als Randall und Manning aus dem Büro des VCNO kamen. Randall sah Dan und blieb stehen.

»Wird auch Zeit, Collins. Senior Chief, geben Sie mir die Schlüssel des Zimmers für Flaggoffiziere auf Besuch.«

Der Senior Chief kam seiner Aufforderung nach. Dan stand

auf. Manning schaute ihn mit Fischaugen an, sagte jedoch nichts. Randall verließ das Büro, überquerte den Gang und schloß eine Glastür gegenüber vom Büro des VCNO auf. Er trat ein und schaltete das Licht an. Manning folgte ihm und forderte Dan mit einem Wink auf, ebenfalls einzutreten. Dan schloß die Tür hinter sich und stand in einem kleinen Vorzimmer. Das angrenzende Büro war viel größer und mit einem Schreibtisch, auf dem mehrere Telefone standen, einem kleinen Konferenztisch, einem Sofa und einigen Sesseln ausgestattet. Dan wußte, daß diese Büros benutzt wurden, wenn Flaggoffiziere aus der ganzen Welt zu der Admiralität vom OpNav bestellt wurden. Randall setzte sich hinter den Schreibtisch, während Manning daneben stehenblieb.

»Commander Collins«, begann Randall mit erhobener Stimme. »Ich dachte, ich hätte mich deutlich ausgedrückt, als wir letztes Mal über den Hardin-Fall sprachen. Jetzt muß ich feststellen, daß Sie nicht gut zugehört haben.«

»Sir?« fragte Dan. Er wollte wissen, was Sache war, bevor er sich konkret äußerte. Randalls Gesicht war bereits zornrot.

»Ja, Sir!« bellte Randall. »Gottverdammt, warum beteiligen Sie sich immer noch an der Ermittlung?«

»Das tue ich nicht, Captain.« Die Rollos waren an den meisten Fenstern heruntergelassen, und im grellen Schein der Deckenbeleuchtung wirkte das Büro trotz der Möbel wie ein Vernehmungsraum.

»Oh, aber wir haben Grund zu der Annahme, daß Sie weiterhin Ihre Nase in die Ermittlung stecken, Commander«, wetterte Randall und lehnte sich in seinem Schreibtischsessel zurück. »Admiral Torrance persönlich teilte mir das mit. Sie werden doch nicht die Worte des Vice Chief anzweifeln, oder?«

Summerfield. Er hat in Erwägung gezogen, vielleicht mit seinem alten Studienkollegen zu sprechen, dachte Dan.

»Ich habe Ihnen die Ermittlung im Fall Hardin übergeben, Captain«, entgegnete Dan und bemühte sich, ruhig zu bleiben. »Sie haben sie angeblich wieder dem NIS übertragen.

Seit dieser Zeit bin ich nicht mehr daran beteiligt. Die Washingtoner Polizei hat mich um eine Empfehlung gebeten, wie sie mit einem Hinweis im Zusammenhang mit dem anderen Hardin-Fall verfahren soll.«

»Welcher andere Hardin-Fall?« fragte Manning. Randall schien verärgert wegen der Unterbrechung, sagte jedoch nichts.

»Die Schwester des Lieutenants«, erklärte Dan. »Sie war ebenfalls Lieutenant der Navy und starb bei einem Verkehrsunfall in Washington, ungefähr vierzehn Tage vor Lieutenant Hardins Verschwinden. Das war vor zwei Jahren. Meines Wissens hatte es nicht direkt etwas mit dem Mordfall zu tun.«

Manning schaute Randall an, der Dan fixierte.

»Und was haben Sie der Polizei gesagt?« fragt Randall.

»Ich riet ihr, den Hinweis an den NIS weiterzuleiten, der jetzt die Ermittlung führt. Aber ...«

»Ja? Was aber?« Randall neigte sich angespannt vor. Dan spürte, daß er zu schwitzen begann; dieser Mann starrte ihn an wie eine Schlange.

»Nun, Sir, die Art des Hinweises. Es war ein anonymer Anruf, in dem angedeutet wurde, daß Lieutenant Elizabeth Hardin – das ist die Schwester – eine Affäre mit einem Admiral hatte und diese Beziehung irgendwie mit Lieutenant Hardins Ermordung zusammenhängt.«

»Und Sie bezweifeln dies?« fragte Manning.

»Ich arbeite nicht mehr an einem Mordfall, Captain«, erwiderte Dan unschuldig. »Ich kann nicht beurteilen, ob es einen Zusammenhang gibt. Bevor wir den Fall übergaben ...«

»*Wir?* Wer ist wir?« unterbrach Randall.

»Miss Snow vom NIS und ich. Wir überprüften den Bericht der Verkehrspolizei über den Unfall mit Fahrerflucht, aber wir fanden keinen Hinweis darauf, daß es etwas anderes als ein Unfall war.«

»Was wollte die Polizei außerdem noch von Ihnen?«

»Nichts«, log Dan. »Ich sagte ihr, daß ich nichts sonst tun

kann und sie den Hinweis an die Navy weiterleiten soll. Darüber habe ich Captain Summerfield informiert.«

»Ja, das wissen wir«, sagte Randall, und seine Stimme klang etwas ruhiger. »Das haben Sie verdammt gut gemacht. Jetzt sagen Sie mir, warum Sie es gemacht haben.«

»Ich nehme an, weil es sich anhörte, als sei möglicherweise ein Flaggoffizier in eine peinliche Sache verwickelt. Und bei all dem Medieninteresse an der Ermordung des Bruders hielt ich es für eine gute Idee, den Flaggoffizier oder die Navy zu unterrichten.«

»Und welcher Flaggoffizier könnte das sein, Commander?« fragte Randall leise.

Vorsicht, Vorsicht, dachte Dan. »Ich habe keine Ahnung, Sir. Ich sagte mir, daß diese Angelegenheit ebenso wie die Ermittlung im Fall Hardin über meine Besoldungsstufe hinausgeht.«

Randall starrte ihn einen Augenblick lang an, dann drehte er sich mit dem Schreibtischsessel und schaute aus dem Fenster. Draußen war es fast dunkel. Manning betrachtete die Bilder von Segelschiffen an der Wand. Dan fragte sich, ob einer von ihnen mit der Polizei gesprochen hatte und etwas über den zweiten Tip wußte. Er entschied, daß dies nicht der Zeitpunkt war, freiwillig mit etwas herauszurücken. Randall schwang den Schreibtischsessel zurück und schaute Dan an.

»Sehr gut, Commander.« *Commander, nicht Collins,* dachte Dan. Randall wirkte jetzt weniger aufgeregt. »Wenn sich die Polizei nochmals an Sie wendet, sorgen Sie dafür, daß Captain Summerfield davon erfährt. Er wird wiederum dafür sorgen, daß ich davon erfahre. Ich wiederhole hiermit meine Anweisung an Sie, sich aus dem Fall Hardin herauszuhalten. Übrigens, welche Rolle spielt Miss Snow bei all dem? Ich hörte von Captain Rennselaer vom NIS, daß sie nicht mehr dort arbeitet.«

»Auch nichts Direktes, Captain«, antwortete Dan. »Captain Vann von der D.-C.-Polizei rief sie zum gleichen Zeitpunkt an wie mich. Sie war es, die ihn ursprünglich wegen Elizabeth Hardins Unfall befragte.«

»Dieser Captain Vann weiß, daß Sie beide offiziell nicht mehr befugt sind, sich mit dem Fall Hardin zu beschäftigen?«

»Jawohl, Sir«, sagte Dan. »Er weiß auch, daß der NIS den Fall bearbeitet. Ich gehe davon aus, daß er sich nicht mehr mit uns in Verbindung setzt, weil er jetzt mit einer offiziellen Stelle Kontakt aufnehmen kann.«

»Stellen Sie sicher, daß Sie aus der Sache herausbleiben, Commander«, sagte Randall. »Wenn irgendein Skandal hinter dem Fall Hardin steckt, in den ein Flaggoffizier verwickelt ist, hat der Vice Chief die alleinige Zuständigkeit. Es ist sein Privileg, sich um solche Probleme zu kümmern, sofern sie tatsächlich bestehen. Commanders, die ihre Nase in Dinge auf dieser Ebene stecken, gehen eine große persönliche und berufliche Gefahr ein. Ich denke, das habe ich Ihnen schon einmal erklärt.«

»Jawohl, Sir.«

»Und die Tatsache, daß Sie eine persönliche Beziehung zu dieser Miss Snow haben, geht uns zwar nichts an, sollte jedoch nicht dazu führen, daß Sie sich wieder mit dem Fall Hardin befassen, sofern sie darauf besteht, dies zu tun.«

Dan sah rot. »Sie haben völlig recht, Sir«, sagte er in scharfem Tonfall.

»Wie bitte?«

»Meine persönliche Beziehung zu Miss Snow geht Sie nichts an.«

Manning stieß ein theatralisches Seufzen aus, während Randalls Gesicht zu einer kalten Maske wurde. Er stand auf.

»Wenn Miss Snow sich in eine offizielle Ermittlung der U. S. Navy einmischt, Commander Collins, dann sollten Sie lieber ein paar tausend Kilometer davon entfernt sein, oder ich werde alles daransetzen, daß Sie mit ihr zusammen angeklagt werden. Und jetzt verschwinden Sie, bevor ich die Beherrschung verliere.«

»Aye, aye, Sir«, sagte Dan und drehte sich um. Manning starrte ihn an wie ein Hund, der auf den Teppich gepinkelt hatte. Als Dan an ihm vorbeiging, bedachte er ihn mit einem

Blick, der ihn zum Blinzeln brachte. Dan verließ das Büro und zog die Tür heftig hinter sich zu. Er stampfte über den Korridor in Richtung OP-614, und sein Puls raste. Diese Hurensöhne, wofür hielten sie sich? Rear Admiral-*select.* Ein ausgesuchtes Arschloch. Verdammt, es war richtig gewesen, Summerfield einzuweihen. Und Summerfield hatte das Richtige getan, indem er der Clique der Flaggoffiziere eine Warnung hatte zukommen lassen. Jetzt drohten sie ihm und Grace. Er konnte plötzlich verstehen, wie das mit Pearl Harbor hatte passieren können.

Er war wütend und rannte beinahe zwei Verwaltungsunteroffiziere um, die ihm auf dem Korridor des E-Flügels entgegenkamen. Aber an der Abzweigung des Flurs blieb er abrupt stehen. Plötzlich war ihm ein erschreckender Gedanke gekommen. *O Gott, wissen diese verdammten EAs bereits, wer es ist?* Er fühlte sich auf einmal wie ein Schwimmer im Ozean, der soeben festgestellt hat, daß sich das Ufer immer weiter von ihm entfernt. Beißer, ausnahmsweise einmal ernst, hatte ihn an diesem Morgen gewarnt: »Summerfield macht sich Sorgen um Sie – Sie verärgern einige mächtige Leute.«

Dan ging langsamer weiter zur Abteilung OP-614. Das Büro war so, wie er es verlassen hatte. Es war jetzt 17 Uhr 45. Er fragte sich, wo, zum Teufel, Summerfield und Beißer steckten. An einem Freitag war selten jemand so spät noch im Dienst, selbst bei OpNav. Er schrieb eine Notiz für Summerfield, daß er bei Randall gewesen war, legte sie auf den Schreibtisch des Captains und überprüfte dann, ob Schreibtische und Safes abgeschlossen waren. Der Offizier vom Dienst machte um 18 Uhr seine Runden, und offene Safes, selbst hinter einer Tür, die nur mit einer Codekarte geöffnet werden konnten, stellten einen Verstoß gegen die Sicherheitsvorschriften dar. Normalerweise wäre er geblieben und hätte auf die Rückkehr des Abteilungsleiters gewartet, doch heute hatte er OpNav und all diese Probleme satt.

Ihm wurde klar, daß er mit Grace sprechen wollte, mit ihr sprechen mußte. Er wählte ihre Nummer, der Anrufbeantworter schaltete sich ein. Nachdem Grace sich nicht meldete, sprach er auf Band, daß sie ihn zu Hause anrufen sollte. Dann rief er im Büro von OP-61 an und informierte den Offizier vom Dienst, daß er in 614 alles abgeschlossen hatte, aber die Beleuchtung anlasse, weil Summerfield und Beißer noch dienstlich unterwegs seien.

Die Heimfahrt in der Rush-hour des Freitagabends dauerte lange, aber Dan hatte gelernt, sich nicht über den kriechenden Verkehr aufzuregen, und in Old Town kannte er Schleichwege, auf denen er all die Ampeln in der Washington Street meiden konnte. In seinem Haus blinkte das Lämpchen des Anrufbeantworters, und freudige Erregung stieg in ihm auf.

»Hallo, Dan, hier ist Grace, die telefonisch Fangen spielt. Ich bin daheim und bitte um Rückruf.«

Er griff sofort nach dem Hörer. Zu seiner Überraschung ging sie an den Apparat, bevor er sich zu erkennen gegeben hatte, und im ersten Moment wußte er nicht, was er sagen sollte.

»Hey, Grace. Sie haben mich erschreckt. Warum melden Sie sich sofort?«

»Ich dachte mir, daß Sie es sind. Ich bekomme heutzutage nicht so viele Anrufe, erinnern Sie sich?«

»Ja, die Leiden der Arbeitslosen. Ich gehöre vielleicht bald dazu.«

»Mein Gott, was ist passiert?«

»Können Sie rüberkommen? Wir essen irgendwo eine Kleinigkeit, und dabei erzähle ich Ihnen alles. Es ist wirklich eine irre Geschichte.«

»Die Hardin-Sache, richtig? In Ordnung, suchen Sie mir einen Parkplatz, ich mache mich gleich auf den Weg.«

»Lassen Sie sich Zeit. Ich muß erst ein bißchen aufräumen, und die Touristen halten ohnehin noch ein, zwei Stunden die Tische in den Restaurants besetzt.«

»Ich sage übers Autotelefon Bescheid, wenn ich noch fünf Minuten entfernt bin.«

Sie hängten ein, und Dan räumte die allzu auffälligen Spuren seines Junggesellendaseins auf. Er stellte eine Flasche

Wein in den Kühlschrank, begutachtete drei Stücke Käse, warf zwei in den Abfalleimer, weil sie nichts mehr taugten, probierte einen der Kräcker und stellte fest, daß sie noch genießbar waren. Nachdem Grace angerufen hatte, ging er hinaus zum Suburban und wartete. Sie traf sechs Minuten später ein, und er fuhr den Suburban aus der Parklücke, winkte Grace hinein und drehte eine Runde um den Block, bis er eine Lücke für den Suburban fand. »Die Freuden des Parkens auf der Straße«, sagte er, als sie es sich anschließend im Garten bequem machten.

»Und ich dachte schon, das sei nur in Georgetown ein Problem«, erwiderte Grace und trank einen Schluck Wein. »Immer noch ein guter Wein.«

»Mir ist fast nach etwas Stärkung zumute«, sagte Dan, und dann erzählte er ihr von seinem Gespräch mit Randall und Manning. Grace schüttelte den Kopf, nachdem er zu Ende berichtet hatte.

»Diese Leute sind anscheinend schrecklich besorgt wegen dieser Ermittlung.«

»Besonders Randall.«

»Captain Vann hat uns gebeten, ihm jede Information sofort weiterzuleiten. Das klingt nach einer Information.«

»Ja.« Er schaute sie an, dachte wieder einmal, wie schön sie war, und plötzlich wollte er sich nicht mehr mit der Hardin-Sache beschäftigen. Grace bemerkte seinen Blick und lächelte. Er hatte sich etwas ausgedacht, und jetzt entschloß er sich, damit herauszurücken.

»Wenn Sie ...«

»Du«, korrigierte Grace und hob ihr Glas.

Dan stieß mit ihr an. »Wenn du für das Wochenende nicht ausgebucht bist, könnten wir morgen nach Harpers Ferry fahren. Im Frühjahr ist es wirklich schön dort, und es gibt viel Geschichtliches zu sehen. Da ist auch ein großes Gasthaus mit Blick auf den Fluß. Dort sollten wir zu Mittag essen.«

Sie lächelte. »Klingt wunderbar, Dan, und ich habe noch nichts vor an diesem Wochenende.«

»Super. Dann laß uns unseren Wein austrinken und essen gehen, und dann erzähle ich dir, wie ich mir den Ausflug vorstelle. Vielleicht können wir einen Abstecher durch Sharpsburg machen, und ich zeige dir das Antietam-Schlachtfeld. Ich werde den guten Captain Vann am Montag anrufen und ihm von den nervösen EAs und ihren Drohungen berichten. Aber jetzt möchte ich mich auf die Grace-und-Dan-Show konzentrieren, wenn du einverstanden bist, Mylady.«

»Ich bin einverstanden«, sagte sie lächelnd. »Sehr einverstanden.«

50

Am Freitagabend um 8 Uhr war Malachi zum Aufbruch bereit. Er hatte den Pickup Truck mit zwei Koffern, seiner gesamten elektronischen Ausrüstung und vier großen Kisten mit Papieren und Aktenordnern beladen und alles mit einer braunen Plastikplane bedeckt, weil es leicht regnete. Er hatte ein paar Runden durchs Haus gemacht und Zimmer für Zimmer inspiziert, unter und in jedes Möbelstück geschaut, im Keller und auf dem Speicher nachgesehen, alles mit den Augen eines Cops, dabei vor allem nach irgendeinem Beweisstück gesucht, das eine Verbindung zu dem Fall Hardin herstellen konnte. Er ließ ein nicht programmiertes Telefon zurück, nahm jedoch seinen Anrufbeantworter und den Synthesizer mit. Er löschte den Speicher des Faxgerätes und die Dateien des Computers. Er überlegte, ob er den Computer auseinandernehmen und einpacken sollte, doch er entschied sich dagegen. Das Haus sah aus, als würde er wiederkommen. Sie sollten nicht denken, er sei außer Landes geflüchtet, sondern nur gerade nicht daheim, obwohl das Fehlen jeglicher Papiere, die es in jedem Haushalt gab, auffallen konnte.

Die Verbindungstür zum anderen Teil des Doppelhauses,

im Erdgeschoß hinter der Garderobe, war hinter etwas verborgen, das mit einer vom Boden bis zur Decke reichenden Belüftungsanlage Ähnlichkeit hatte. Wenn man ernsthaft suchte, würde man sie finden, aber das würde nichts beweisen. Das Doppelhaus war siebzig Jahre alt. In einem im Boden verborgenen Safe hatte er zehntausend Dollar und eine Browning .380 Automatik deponiert. In dieser Haushälfte gab es keinerlei Papiere oder verräterische Dinge, obwohl sie bewohnbar war. Sollten sie rätseln, was das alles zu bedeuten hatte oder wo der Besitzer war. Als letzte Maßnahme hatte er in der Klimaanlage im Wohnzimmer beider Haushälften einen Miniatur-Kassettenrecorder, der durch Stimmen aktiviert wird, versteckt. Cops, die ein vermeintlich verlassenes Haus durchsuchten, hatten die Angewohnheit, sich über das, was sie taten und warum sie es taten, zu unterhalten. Die Bänder gaben vielleicht preis, wieviel sie wußten oder vermuteten. Er würde die Kassetten abholen müssen, aber das war machbar, besonders wenn sie nicht herausfanden, daß er Zugang zu beiden Haushälften hatte.

Malachi schloß die Eingangstür ab, schaltete alle Lampen aus und ging in die Garage. Sie setzte sich in den Truck, doch dann zögerte er. Vielleicht sollte er sich noch einmal vergewissern, daß er nicht überwacht wurde, nur um auszuschließen, daß er ihnen mit all dem Zeug förmlich in die liebenden Arme fuhr. Richtig. Er stieg aus, zog hinter dem Sitz einen leichten Trenchcoat und Hut hervor und schlich in die Gasse. Bei dem wolkenverhangenen Himmel und Nieselregen kam das einzige Licht von der Straßenlaterne in der Mitte des Blocks; beide Enden lagen im Schatten. Er hastete zur East Capitol Street, nahm die erste Querstraße links und umrundete mit schnellen Schritten den Block. Leute, die in dieser Gegend bei Dunkelheit langsam gingen, waren gewöhnlich zwielichtige Typen, die ein Opfer suchten, das sie ausrauben konnten; die möglichen Opfer neigten dazu, flott zu gehen. Er ignorierte die häuslichen Szenen hinter beleuchteten Fenstern und hielt Ausschau nach Schatten und Gestalten zwischen den Reihen der parkenden Wagen. Es kam ihm in den Sinn, daß er eine Waffe hätte mitnehmen sollen. Beim nächsten Block kehrte er um, bog zweimal links ab und überquerte seine Straße, um auf die andere Seite seines Hauses zu gelangen. Er verharrte an der Ecke im Schatten eines großen Baumes und spähte an seinem Block entlang. Sorgfältig musterte er jedes parkende Fahrzeug. Ein Van, das war's. Dort stand ein Van, auf seiner Straßenseite, fünf Türen von seinem Haus entfernt. Er lächelte in der Dunkelheit. In seinem Block wohnten keine Leute mit Vans.

Er schob sich etwas um den Baumstamm herum, so daß er einen guten Blick auf die Beifahrertür des Vans hatte, und wartete. Der Verkehrslärm wurde gedämpft durch die nassen Bäume zu beiden Seiten der Straße. Er sah ein Paar Hand in Hand die Straße am anderen Ende des Blocks überqueren, zwei Gestalten, die kurz im Lichtkreis einer Straßenlampe auftauchten und wieder verschwanden. Jemand öffnete eine Haustür und rief einen Hund oder eine Katze – er wußte nicht, was von beidem. Aus einem der Häuser dröhnte stampfender Rock Beat. Über all diesen Geräuschen städtischer Häuslichkeit waren das Quaken von Laubfröschen und das Flattern und Zwitschern von Vögeln zu hören, die sich für die Nacht in den Ästen niederließen. Regentropfen, die sich auf den Blättern gesammelt hatten, spritzten gelegentlich auf den Bürgersteig rings um ihn. Dort. Ein Feuerzeug flammte auf, und der Lichtschein wurde kurz vom regennassen rechten Seitenspiegel des Vans reflektiert. Aha. Er hatte verdammt recht mit seiner Vermutung.

Malachi kämpfte gegen den plötzlichen Drang an, einfach dort hinzugehen, noch während der Typ im Van beim Anzünden seiner Zigarette geblendet war, die Tür aufzureißen und den Bastard auf den Bürgersteig zu zerren. Ja, und dann? Der zweite Mann würde nicht tatenlos bleiben, wenn sein Kollege zusammengeschlagen wurde. Malachi nahm an, daß jemand auf dem Fahrersitz saß; vielleicht auch nicht, aber er meinte die Feuerzeugflamme am rechten Seitenfenster gesehen zu haben. Er musterte den Van von neuem, suchte nach einer Funkantenne oder anderen Kennzeichen eines Polizeiwagens, fand jedoch nichts. Nummernschild von D. C., eine Standard-Radioantenne vorne rechts, keine Fenster außer den vorderen und den beiden verschmutzten Scheiben in der Hecktür. Es konnten Bullen sein; es konnte aber auch jeder sonst sein.

Malachi atmete tief durch und trat einen Schritt in den Schatten des Baumes zurück. Er kontrollierte, ob keine Fußgänger in der Nähe waren. Also doch eine Überwachung. Er mußte davon ausgehen, daß sein Haus überwacht wurde, obwohl es in Washington jedermanns Haus sein konnte. Die Nachbarn, die drei Türen weiter wohnten, konnten zur Serbischen Befreiungsarmee gehören und planen, den Kongreß in die Luft zu jagen. *Nur zu, ihr Serben, tut euch keinen Zwang an,* dachte Malachi.

Er vergewisserte sich, daß keine Wagen durch seine Straße oder die Constitution kamen, und zog sich dann – den Baum zwischen sich und dem Van – über die Kreuzung zur nächsten Ecke zurück, machte kehrt und ging schnell in die Dunkelheit davon. Er umrundete den nächsten Block, stahl sich wieder in seine Gasse und hielt an, damit sich seine Augen an die Dunkelheit gewöhnten. Je nachdem, wie ernst sie die Geschichte nahmen, beobachteten sie vielleicht auch die Gasse. Aber da war keiner gewesen, als er sie betreten hatte. Er hatte jedenfalls niemanden gesehen. Er blieb zehn Minuten stehen, und ihm wurde warm, und er begann in dem Trenchcoat zu schwitzen; den Nieselregen nahm er nicht wahr. Er lauschte auf die Geräusche, die aus Häusern und Hinterhöfen drangen. Als eine Katze um sein Bein strich, zuckte er zusammen und mußte gegen seinen Jähzorn und den starken Drang ankämpfen, das Tier in den Boden zu stampfen. Ihm wurde klar, daß er das Bedürfnis hatte, an etwas oder jemandem seine Wut abzureagieren.

Malachi konnte nicht wissen, ob es einen Zusammenhang zwischen der Weigerung des Captains, sich auf seine Anrufe zu melden, und den Beobachtern im Van gab, aber er mußte davon ausgehen. Das Spiel hatte sich geändert, und Malachi Wards Regeln hatten keine Gültigkeit mehr. Wie er vermutet hatte. Es mußte sich um den Fall Hardin drehen, aber warum verpfiffen sie *ihn*? Er war es doch, der sie verpfeifen konnte! Bei seinem Anruf hatte er den Cops gegenüber weder einen Namen noch sonst etwas erwähnt, wodurch sie auf einen hätten stoßen können – er hatte nur angedeutet, daß Elizabeth Hardin einen Geliebten bei der Navy gehabt hatte. Das war offenbar ausreichend gewesen, um sie nervös zu machen. Aber das hatte der Captain getan – und wie waren die Cops auf die Verbindung gekommen? Der Captain hatte behauptet, die Ermittlung sei unter Kontrolle und werde abgewürgt. Wenn der Captain nicht selbst mit den Bullen telefoniert und ihnen den Namen Malachi Ward genannt hatte, was Selbstmord gleichkam, dann mußte es einen anderen Grund geben, weshalb die Cops eingeweiht waren. Aber bei der Navy arbeitete keiner mit den Cops zusammen oder sprach auch nur mit ihnen. Er schloß die Augen und konzentrierte sich; da war etwas, das ihm entging, etwas im Zusammenhang mit seinem Anruf. Ah ja, die mysteriöse Miss Snow, die angeblich nicht mehr für den NIS tätig war. Möglicherweise arbeitete dieses Weibsstück auf eigene Faust. Und der Captain dachte vielleicht, daß er, Malachi, niemals auf die Idee kommen würde, daß er eine Frau auf ihn angesetzt hatte. Hurensohn!

Er spähte wieder durch die Gasse und kam zu dem Schluß, daß es dort weder Wagen noch Anzeichen für eine Observierung gab. Gerade als er weitergehen wollte, nahm er eine Bewegung hinter dem Zaun wahr. Die Pforte wurde geöffnet, und ein Lichtschein fiel in die Gasse. Ein fetter Mann in formlosen Bermudas und einem T-Shirt kam mit einer Abfalltüte heraus. Er hob den Deckel einer grünen Plastikmülltonne hoch, warf den Abfall hinein, ohne den großen Mann wahrzunehmen, der keine fünf Schritte entfernt in der Dunkelheit stand und ihn anstarrte. Der Mann klappte den Deckel der Mülltonne zu und ging schnaufend durch die Pforte zurück, die er verriegelte, bevor er in seinem Haus verschwand. *Sehr vorsichtig und auf Sicherheit bedacht, Mann,* dachte Malachi. *Du achtest wirklich auf deine Umgebung. Kein Wunder, daß hier so viele Leute ausgeraubt werden – sie verdienen es.* Plötzlich war er zuversichtlich, daß er sich ungesehen davonmachen konnte.

Er schlich durch die Tür im Zaun und betrat die Garage durch die Hintertür. Dann öffnete er die Beifahrertür des Trucks, wodurch das Licht in der Kabine anging. Er knipste es aus und schaltete eine kleine Lampe über der Ladefläche ein. Dann kletterte er auf die Ladefläche und schraubte die Birne der Garagenbeleuchtung heraus, die an den elektrischen Türöffner gekoppelt war. Er holte die gelbe Blinklichtanlage der Metro von den Dachsparren der Garage, befestigte den Blinker auf dem magnetischen Fuß und führte das Kabel durch die Öffnung im hinteren Fenster. Danach sprang er von der Ladefläche, befestigte die Magnetschilder mit dem Logo der Washingtoner Metropolitan Transit Authorithy an den Türen und zog das Kabel durch die Öffnung in die Kabine, stöpselte es jedoch nicht ein. Er schaltete die Lampe über der Ladefläche aus, ließ den Motor an und öffnete mit der Fernbedienung das Garagentor. Anschließend setzte er den Truck vorsichtig rückwärts aus der Garage, schaute sich ein letztes Mal um und schloß das Garagentor per Fernbedienung. Er fuhr durch die Gasse zur East Capitol Street, überquerte sie und hielt auf die Independence zu und bog nach rechts ab. Diese führte ihn auf direktem Weg zur Auffahrt der Fourteenth Street Bridge und in die Sicherheit von Arlington.

Eine Stunde später stand Malachi an der gläsernen Balkontür seines Apartments und trank Bourbon. Der Ausblick auf das dunkle Bürogebäude gegenüber der Ninth Street war wirklich trist, aber das paßte ihm einfach prima. Diese Wohnung war ein Schlupfloch, kein Heim. Er hatte nie ein richtiges Heim gehabt. Die Hausverwaltung hatte ihm eine vorläufige zweiwöchige Parkerlaubnis für den F-250 gegeben. Danach mußte er sich etwas anderes einfallen lassen, denn der Manager hatte ihn daran erinnert, daß die Kennzeichen der Kraftfahrzeuge mit Parkerlaubnis und die Namen der Halter der Behörde gemeldet werden mußten. Aber zwei Wochen hatte er Zeit. Und bis dahin …

Er dachte über Miss Snow nach, was ihm mit Hilfe von Mr. Harper leichtfiel. Er hatte mal einen Film gesehen, über den man wußte, daß jemand den Helden umbringen sollte, man jedoch nicht auf den Gedanken kam, daß es die schöne Schauspielerin war, in die er sich verliebt hatte. Sie war einfach zu süß und hübsch, und man traute ihr nichts Böses zu. Bis sie diese verdammte .22er Automatik mit langem Lauf hervorzauberte. Er hatte jetzt das gleiche Problem bei der Vorstellung, daß der Captain vielleicht jemanden angeheuert hatte und dieser Jemand eine Frau war, und zwar Miss Snow.

Zugegeben, die Entdeckung, daß seine Straße überwacht wurde, hatte geholfen, konzentriert nachzudenken, aber das bedeutete nicht unbedingt, daß ein Killer hinter ihm her war. Er hatte auf den Busch geklopft, um zu sehen, ob sich etwas tat, und nun saßen Cops oder andere Leute in einem Van schräg gegenüber von seinem Haus, vielleicht waren der Captain und der große Mann nervös geworden und hatten etwas unternommen. Beide hatten viel zu verlieren.

Er mußte herausfinden, was gespielt wurde, selbst eine kleine Überwachung inszenieren, feststellen, ob diese Grace Snow etwas im Schilde führte. Und er mußte herausfinden, ob ihr Freund, der Navy-Knabe, mit von der Partie war. Es wäre wirklich in der Tat ein raffiniertes Spiel, wenn der Captain einen Mann von der Navy und eine Ex-NIS-Agentin benutzte, um die Spur zu ihm auszulöschen. Wer würde schon einen solchen Verdacht hegen? *Ich,* dachte Malachi grimmig. Ja, morgen würde er in Erfahrung bringen, was mit Miss Snow und ihrem Freund los war. Er würde früh nach Yuppieville aufbrechen und ein bißchen herumschnüffeln. Nein, morgen war Samstag. Dann eben morgen nacht. Zuerst in Old Town nachsehen, ob sie bei Collins war, und *dann* nach

Georgetown fahren. Dafür würde er den Truck brauchen. Nein, für Georgetown war der Van der Telefongesellschaft besser. *Miss Snow,* dachte er, während er an einem Stück Eiswürfel mit dem Feuer von Mr. Harper lutschte. *Miss Gracie Snow. Ich weiß, wo du wohnst. Ich werde mich mal mit deinen Telefonen beschäftigen.*

51

Nachdem sie den Samstag mit einem Ausflug zu der historischen Stadt Harpers Ferry und dem Antietam-Schlachtfeld verbracht hatten, fuhren Grace und Dan durch das Shenandoah Valley, über Berryville und dann durch die hügelige Landschaft Virginias zur Ashby Gap, wo die Route 50 durch die Blue Ridge Range schneidet, während sie ostwärts über Middleburg nach Washington führt. In der boomenden Metropole von Paris, Virginia, Einwohnerzahl ungefähr achtundsechzig, hielt Dan an. In dem Dorf gab es eine einzige Straße, an deren östlichen Ende das berühmte Wahrzeichen, das Ashby Inn lag.

Dan stellte den Suburban auf dem Parkplatz hinter dem Gasthaus ab, während Grace hineinging und sich erkundigte, ob es mit ihrer Reservierung geklappt hatte. Außerdem wollte sie auf der Toilette Freizeithose und Pullover gegen etwas Passenderes für das Abendessen tauschen. Dan legte im Wagen eine Krawatte an, betastete kurz den Fünf-Uhr-Bartschatten, stieg aus und zog einen blauen Blazer über. Sie hatten einen überaus amüsanten Tag verlebt. Anfangs, während der Besichtigung, war Grace relativ ernst gewesen, doch nach dem Mittagessen hatte er eine Veränderung bemerkt, den Beginn eines subtilen Flirts – vielsagende Blicke, scheinbar zufällige, jedoch bedeutungsvolle Berührungen und seinerseits die wachsende Erkenntnis, daß sie sich ganz anders verhielt als die kühle, ganz geschäftsmäßige Miss Snow vom NIS. Er trödelte noch ein paar Minuten auf dem Parkplatz herum und trat geistesabwesend nach Kieselsteinen, bevor er Grace ins Gasthaus folgte. Es gab dort auch Zimmer, und er wünschte, er hätte versucht, eines zu reservieren.

Er wartete auf Grace im Lesezimmer rechts neben dem Eingang. Nach einer Viertelstunde traf Grace ein, und Dan fand, daß sie mit ihrem Lächeln das Zimmer erhellte. Fast alle Männer, die Dan hier gesehen hatte, trugen Anzüge, und Dan hatte sich mit seiner Cordsamthose, dem grauen Hemd und dem Blazer schon etwas fehl am Platz gefühlt. Aber Grace machte das mehr als wett für ihn. Sie hatte ein cremefarbenes Kostüm aus Crêpe de Chine an, dessen Rock kurz über den Knien endete. Dazu eine weiße Seidenbluse. Auf Schmuck hatte sie verzichtet und mit einem Minimum an Make-up ihre Schönheit betont, die er unwiderstehlich fand.

Eine Kellnerin führte sie über eine Treppe in den Speiseraum hinunter. Das Gasthaus war ein Lokal aus dem 18. Jahrhundert, das mit Bed-and-Breakfast warb, aber es entsprach viel mehr dem französischen Konzept einer *auberge*. Oben gab es einige kleine Suiten, und unten befand sich ein hervorragendes Restaurant. Der Speiseraum war rustikal eingerichtet. Die acht Tische sahen aus, als seien sie vor langer, langer Zeit bei ländlichen Tanzfesten eingesetzt worden. Dan und Grace machten es sich an einem Ecktisch bei einem der beiden offenen Kamine bequem. Ein Barkeeper in der Ecke hantierte gekonnt mit einem Shaker. Es war ein Samstagabend, das Lokal gut besucht, und das Personal arbeitete auf Hochtouren.

»Ich glaube, ich habe über das Ashby Inn gelesen«, sagte Dan und schaute sich um. Jeder Mann im Restaurant hatte Grace verstohlene Blicke zugeworfen, seit sie Platz genommen hatten.

»Es ist zu einem der zehn besten Inns in Amerika gewählt worden«, erklärte Grace. »Mehrmals. Ich habe hier nie gegessen, aber die Küche soll ungewöhnlich gut sein.«

»Hoffentlich ist es keine Diätküche«, murmelte Dan und sah mißtrauisch auf die Speisekarte. Grace lachte.

»Das bezweifle ich, und ich glaube, du meinst mit ›Diätküche‹ *cuisine minceur.* Große Teller mit winzigen Portionen, kunstvoll garniert?« Ihre grünen Augen funkelten, und er hatte Mühe, sich auf die Bestellung zu konzentrieren.

»Das meine ich. Kommunistenfraß«, grollte er.

»Jetzt klingst du wie Beißer.«

»Beißer frißt aus einem Hundenapf. Wenn ich esse, bin ich meistens hungrig. Ich meine, nach Harpers Ferry, Sharpsburg und dem Antietam-Schlachtfeld könnte ich etwas Kräftiges vertragen.«

»Hast du den kleinen Snack in Harpers Ferry vergessen?«

»Kleinigkeiten, Frau«, erwiderte er. »Hey, das sieht gut aus. Und riecht gut. Wie du.«

Sie erwiderte sein Lächeln, und ihre grünen Augen funkelten amüsiert. Der wie ein Anwalt wirkende Mann am Nebentisch war so hingerissen von ihr, daß er sein Weinglas auf seinem vollen Teller abstellte, was seiner Frau nicht entging.

»Wein, Gastwirt«, sagte Dan in weithin hörbarem Flüsterton wie auf einer Bühne. Der Barkeeper, nur ein paar Meter entfernt, schnappte es natürlich auf. »Aye, Euer Hochwürden«, gab er im besten Tavernen-Akzent zurück, während er an einer imaginären Stirnlocke zupfte. »Wein soll's sein, und die Pest für eure langweiligen Hürchen.«

Dan lächelte, als eine Kellnerin mit geröteten Wangen die Weinkarte an den Tisch brachte. Dan wählte einen australischen Chardonnay, der sofort vom Barkeeper serviert wurde. Die Kellnerin kehrte an den Tisch zurück und nahm ihre Bestellungen auf. Als sie sich entfernt hatte, hob Dan sein Glas zu einem Toast.

»Auf das erste gute Wochenende seit langer, langer Zeit«, sagte er.

»Ja, darauf trinke ich«, erwiderte Grace und schaute ihm in die Augen. »Ich hatte vergessen, wie schön die Landschaft Virginias zu dieser Jahreszeit ist. Besonders hier oben in den

Blue Ridge Mountains. Ich habe oft mit dem Gedanken gespielt, hier ein Landhaus zu kaufen, aber …«

»Aber die Fahrerei wäre schrecklich, und die Blue Ridge Mountains sind nicht das Richtige, wenn man allein ist. Hier oben gibt es zu viele Geister.«

»Das habe ich bei Antietam gespürt«, sagte Grace. »Es hat mich an eines von Bruce Cattons Büchern über den Bürgerkrieg erinnert – das mit dem Wort ›Stille‹ im Titel.«

»*Stille in Appomattox*«, ergänzte Dan.

»Ja. Dort herrschte solch eine Stille. Ist dir aufgefallen, daß sogar die Touristen leise sprachen?«

»Es gab fast fünfundzwanzigtausend Tote oder Verwundete auf diesem Schlachtfeld. Ich habe immer gedacht, ihre Geister schlafen dicht unter all dem Gras. Ich fahre immer wieder hin, und ich kann nicht erklären, warum. Du solltest mal an einem Sonntagnachmittag dort sein: Da steigt ein Nebel vom Antietam Creek auf, daß du eine Gänsehaut bekommst.«

»Das glaube ich«, sagte Grace, als die Kellnerin Brot reichte und Wein nachschenkte. »Dennoch hat diese Gegend von Virginia einen gewissen Charme – all die historischen Stätten, Washington, diese Landschaft. Ich könnte nie nach Boston zurückkehren. Aber ich weiß nicht, was ich als nächstes tue.«

»Leg eine Denkpause ein. Warte auf einen Wechsel der Administration.«

»Wohin wirst du gehen?«

»Keine Ahnung. Wir haben eine Präferenzkarte ausgefüllt, um das Wichtigste unserer Wunschliste anzugeben: die Art des Schiffes, die Küste oder die Tätigkeit. Da ich für ein Kommando vorgesehen bin, habe ich den Schiffstyp – einen Zerstörer – als Priorität angegeben. Ich könnte im Atlantik oder Pazifik oder sogar in Übersee landen.«

»Und dann?«

»Ah, das ist die Frage. Dann werde ich ziemlich nahe an meinen zwanzig Jahren Dienst sein. Ich habe immer gedacht, es geht einfach ewig weiter. Aber jetzt …«

»Was möchtest du machen, wenn du sie hinter dir hast?«

»Du meinst, wenn ich erwachsen bin?«

Grace lachte. Die Kellnerin servierte das Essen, und sie stellten die Spekulationen über die Zukunft ein und genossen das erstklassige Mahl. Dan orderte eine zweite Flasche Wein. Nach dem Hauptgang verweilten sie bei Crêpe Suzette. Dan war dankbar dafür, daß keine Kapelle spielte. Die Wärme und Behaglichkeit des Speiseraums, die Kamine und sympathischen Gäste sorgten für eine angenehme Atmosphäre, die seiner Meinung nach durch ehrgeizige Musiker nur gestört worden wäre. Außerdem war der Anblick von Grace mit Kriegsbemalung und einem äußerst verführerischen Kleid Ablenkung genug.

Er beobachtete sie, während der Abend nach dem vorzüglichen Essen und dem ausgezeichneten Wein bei leisem Plaudern ausklang. Sie strahlte förmlich, ihre Gesten waren lebhaft, ihre Wangen leicht gerötet, ihre Augen glänzten. Der Tag war herrlich gewesen. Sie hatten sich für dieselben Dinge interessiert, was sie gesehen hatten, gleichermaßen bewundert oder kommentiert und miteinander über die kleinen Schwächen anderer Leute oder Orte gelacht. Ihm wurde klar, daß seine Antwort auf ihre Frage über die Zukunft ein bißchen unaufrichtig gewesen war: Er konnte sich einfach noch nicht ganz vorstellen, wie er sie in diese Zukunft mit einbeziehen, würde. Aber eines war klar: Er war entzückt von dieser Frau, hatte das Gefühl, sie schon eine halbe Ewigkeit zu kennen und wollte seine Zukunft mit ihr teilen. Er stellte sein Weinglas ab und warf es fast um.

»Ich lasse den Vino besser stehen«, meinte er. »Es ist noch eine lange Fahrt in die Stadt.«

Grace musterte ihn forschend. Dann stellte auch sie ihr Glas ab und ergriff seine Hand.

»Das ist nicht nötig«, sagte sie leise und schaute ihm in die Augen.

»Nicht?«

»Ich habe hier ein Zimmer reserviert. Sie werben doch mit Bed-and-Breakfast, nicht wahr?«

Er grinste unwillkürlich. »Wann, zum Teufel, hast du denn das geschafft?«

»In Harpers Ferry. Als du den Apfelkuchen verschlungen hast. Ich habe es einfach versucht, und sie hatten eine Absage bekommen. Man sagte mir, daß normalerweise alles Wochen vorher ausgebucht ist.«

Dan drehte sich nach der Kellnerin um. Sie war im Moment nicht zu sehen, aber der Barkeeper, der sie beobachtet haben mußte, hob fragend eine Augenbraue.

»Zwei Cognac bitte«, sagte Dan.

Eine Stunde später verließen sie den Speiseraum, und Dan hatte Mühe, nicht von einem Ohr zum anderen zu grinsen, als er die neidischen Blicke der verbliebenen männlichen Gäste bemerkte. Ihr Zimmer war im zweiten Stock im hinteren Gebäudetrakt und bot einen weiten Blick auf Bergwiesen und eine Reihe kleiner Seen vor den fernen Bergen. Der Vollmond stand über den Blue Ridge Mountains, und sein Schein färbte jeden der Seen silbern. In stummem Einverständnis schalteten sie kein Licht ein, setzten sich aufs Bett und nahmen Hand in Hand den Anblick in sich auf. Als Grace sich ihm schließlich zuwandte, küßten sie sich zärtlich, und dann begann das gegenseitige Erkunden mit Händen und Lippen. Sie entkleideten sich gegenseitig, und dann lagen sie ausgestreckt nebeneinander im Mondschein, der durch das Fenster fiel. Dan streichelte mit den Fingerspitzen über ihren ganzen Körper, fasziniert von der Weichheit ihrer Haut und erstaunt über den Aufruhr seiner Gefühle. Dann ließ er sich auf sie sinken und stützte sich so ab, daß er sie kaum berührte. Er küßte sie wieder, und sie erwiderte den Kuß zuerst und suchend und dann fordernd. Er küßte ihre Lippen, das Gesicht und den Hals, und sie zog seinen Kopf tiefer, auf ihre Brüste, deren Spitzen hart geworden waren, und wieder zu ihrem Mund. Beide mußten all das aufgestaute Verlangen unter Kontrolle halten, und sie gaben sich dem Gefühl hin, ihre Lust befriedigen zu können. Ihr Verlangen wuchs, und sie wußten instinktiv, daß es süß und gut sein würde, wenn sie schließlich alle

Kontrolle verloren. Er verlagerte sein Gewicht und schob einen muskulösen Oberschenkel zwischen ihre Beine, und Grace schmiegte ihren Schenkel an seinen und begann, sich zu bewegen, jetzt leise stöhnend, die Hände an den Seiten abgestützt, den Kopf zurückgeworfen. Er ließ sie seine Kraft spüren, und dann begann er das erregende Spiel von neuem, küßte ihren Hals, die Brüste und wanderte tiefer, bis sie sich ihm entgegenwölbte und laut aufschrie. Bevor sie zu Atem kommen konnte, drang er in sie ein, hielt ihre Knie hoch und nahm sie so tief wie er konnte, während sie vor Lust stöhnte. Er hielt sie fast eine Minute lang so, bis sie sich zu bewegen begann, und dann wurden sie schneller, steigerten sich in Ekstase. Sie schlang die Beine um seine Hüften, preßte ihn an sich, während sie ihr Verlangen stillten, das sie so lange unterdrückt hatten. Als er kam, umklammerte sie ihn noch fester, bevor sie den Höhepunkt abklingen ließen, Dan zuerst auf ihr und dann neben ihr, den Kopf auf ihren Brüsten; sie hatte ihre Hände in seinem Haar vergraben, die Lippen auf seiner Stirn, und murmelte sanfte Worte der Liebe, in der Gewißheit, daß die ganze Nacht noch vor ihnen lag.

Nach ein paar Minuten, als er dachte, sie sei bereits eingeschlafen, zog sie ihn hoch, so daß ihre Gesichter dicht voreinander waren, und sah ihn mit großen Augen an, als erwarte sie, daß er etwas sagte. Er zögerte nur kurz, als ihm der Name Claire in den Sinn kam, doch dann sagte er die Worte: »Ich habe mich in dich verliebt, Grace Ellen Snow«, und während er sie aussprach, wurde ihm klar, daß er sie sagen *wollte,* daß sie aus ganzem Herzen kamen.

Sie setzte sich auf, drückte ihn sanft zurück aufs Bett und schob sich auf ihn. Sie umfaßte sein Gesicht mit beiden Händen, und ihre Augen glänzten im Mondschein.

»Ich weiß, wie schwer es für dich war, das zu sagen«, flüsterte sie.

»Nein, das war es nicht. Nun, ein bißchen schon. Aber nicht deinetwegen.«

»Wenn du sie geliebt hast, kannst du all diese Erinnerungen und Gefühle nicht einfach wegwerfen. Ich meine, es ist genug Zeit zum Teilen da, und ich erwarte niemals von dir, daß du die Erinnerung an sie oder eure Liebe vergißt. Das ist ein Teil von dir und einer der Gründe, weshalb ich mich in dich verliebt habe.« Sie neigte sich hinab und küßte ihn, und dann schmiegte sie sich an ihn, barg ihr Gesicht an seiner Schulter und schlief ein. Er lag fast eine Stunde lang wach und ergötzte sich an dem Schatz, den ihm das Leben geschenkt hatte, zu glücklich, um einzuschlafen.

52

Am Samstag nahm Malachi kurz vor Mitternacht die letzte U-Bahn in die Stadt. Er trug eine Khakihose, ein kurzärmeliges Hemd, eine dunkle Windjacke und braune Lederstiefel. Zu dieser späten Stunde war die U-Bahn praktisch leer, und Malachi war in dem Waggon allein mit sechs Mädchen im Teenageralter, die ihm zwischen Kicheranfällen verstohlene Blicke zuwarfen. Er hätte ihnen liebend gern eine Kettensäge gezeigt. In Clarendon, der ersten Station, stieg er aus und fuhr mit der Rolltreppe hinauf auf die Betoninsel zwischen Wilson und Clarendon Boulevard. Er überquerte die Straße, passierte eine Reihe vietnamesischer Läden und Restaurants und bog nach rechts in die Hudson Street. Einen Block weiter gelangte er zu einem kleinen, heruntergekommenen Haus, das sich in einer Gasse an ein Wohngebäude schmiegte. Dahinter befand sich eine Garage, deren Dach eingefallen war. Das Tor öffnete sich auf die Gasse. Eine einzige Straßenlampe, sie hing in einem sonderbaren Winkel an einem Telefonmast, ließ das Garagentor, durch das man die Gasse erreichte, im Schatten. Er verharrte und schaute in der Gasse auf und ab, doch nichts bewegte sich im Schein der Lampe. Er überprüfte die Straße und die Bürgersteige, aber niemand war zu sehen. In dieser

Gegend waren Fremde nach zehn Uhr abends nicht willkommen; die Vietnamesen betrieben selbst einige interessante Geschäfte. Er hörte einen Hund irgendwo in der Nähe kläffen und nahm den Geruch von vietnamesischem Essen wahr. *Sehr tapfer von dem Hund, so lange und laut in der Nähe eines ganzen Blocks vietnamesischer Restaurants zu bellen,* dachte Malachi.

Er vergewisserte sich, daß im Haus kein Licht brannte, ging durch die Gasse zur Garage, sperrte ein Vorhängeschloß auf und zog die beiden Flügel des Tors auf, das mit Graffiti besprüht war und dessen Scheibe seit langem übermalt war. Der Telefon-Van füllte die Garage fast aus. Malachi ließ das Tor offen, ging zum Heck des Vans und machte die Hecktür auf. Er nahm einen Overall mit dem Firmenzeichen der Chesapeake & Potomac Telephone Company heraus, streifte die Windjacke ab und zog den Overall über seine Kleidung an. Er holte einen weißen Schutzhelm aus dem Van, schloß die Hecktür und öffnete die Tür an der Fahrerseite.

Auf den Seiten des Vans war das C&P-Firmenzeichen aufgemalt, und auf dem Dach befanden sich drei Funkantennen. Das Innere hinter dem Sitz war mit Schränken und Regalen ausgestattet, die fast sämtliche Werkzeuge und Ausrüstungsgegenstände eines echten Reparaturwagens der Telefongesellschaft enthielten. Dazu gehörten einige interessante Geräte, mit denen man sich Zugang zu Häusern verschaffen konnte, eine weitreichende Videokamera, zwei Handfeuerwaffen, zwei Funkgeräte der Army, ein Empfänger, Tonbandgeräte für Abhörinstallationen und eine Blinklichtanlage, wie er sie für seinen Metro-Truck hatte. Er montierte sie auf dem Dach, stöpselte sie für einen kleinen Funktionstest ein und gleich wieder aus. Er ließ den Van an, rollte in die Gasse hinaus und stoppte. Nachdem er sich noch einmal vergewissert hatte, daß er nicht beobachtet wurde, schob er die Flügel des Garagentors zu und schloß ab. Er setzte sich ans Steuer und fuhr zum Wilson Boulevard; dort bog er rechts ab und wendete auf dem Clarendon Boulevard, der ihn Richtung Rosslyn führte.

Malachi öffnete das Handschuhfach und fand einen Umschlag voller Banknoten. Er lächelte. Er hatte den Van vor drei Jahren von einem anderen Sicherheitsberater gekauft, der ihn laut eigenen Angaben von einem Kollegen erworben hatte, der an dem Iran-Contra-Projekt beteiligt gewesen war und für nicht genannte Leute gearbeitet hatte. Inklusive Ausrüstung hatte Malachi fünfzehntausend Dollar in bar für den Van und all die gesamte Ausrüstung bezahlt, unter der Bedingung, daß gewisse Leute, deren Namen anonym bleiben würden, ihn von Zeit zu Zeit benutzen konnten. Diese gewissen Leute würden dafür Miete in bar im Handschuhfach zurücklassen. Bis jetzt hatte er in den vergangenen drei Jahren drei Umschläge mit Geld erhalten.

Der Van war ihm mitsamt der Zulassung der Telefongesellschaft übergeben worden, was ausreichte, um eine Kontrolle auf der Straße zu überstehen. Das Funkgerät war auf die Frequenzen der C&P-Einsatzzentrale eingeschaltet, und so konnte es für hörbare Glaubwürdigkeit sorgen, wenn ein Polizist den Wagen anhielt. Zur Ausrüstung zählte auch ein Ausweis mit Bild, der ihn als Mitarbeiter der C&P-Telefongesellschaft identifizierte. Diesen heftete er jetzt an seinen Overall. Wenn all das nichts nutzte und der Van jemals gestoppt und durchsucht wurde, hatte er in der Regalkonstruktion zwei PVC-Röhren mit Zündern und genügend Sprengstoff versteckt, um eine wirklich lästige Durchsuchung abrupt zu beenden.

Der schwache Punkt würde eine andere C&P-Crew sein, die anhielt, wenn Malachi gerade an einem Projekt arbeitete, aber das war bis jetzt noch nie vorgekommen. Er benutzte den Van selten, in der Regel nachts, und er achtete darauf, ihn außer Sicht und fern von Hauptstraßen zu parken. Aber er war eine wertvolle Operationsbasis für Einbrüche, Überwachungen oder Abhöraktionen gewesen, alles Dienste, die er seinen Auftraggebern anbot, besonders einigen der größeren Interessenverbände, die Abgeordnete beeinflußten. Es war erstaunlich, wie viele Einzelpersonen von diesen Leuten observiert wurden, und noch erstaunlicher, was einige dieser Observierungen ergeben hatten. Malachi hatte einen Videofilm von einem hohen Tier des Außenministeriums, der Frauenkleidung trug und es auf dem Vordersitz eines Fiats mit einem Angehörigen der ungarischen Botschaft trieb. Er hatte mit dem Gedanken gespielt, das Band an die Redaktion der Fernsehshow ›Mein lustigstes Video‹ zu schicken.

Tagsüber war er durch die Prince Street in Old Town spaziert und hatte sich vergewissert, daß der Wagen von Grace Snow vor Collins' Haus parkte. Es sollte also alles klar sein. Er fuhr den Clarendon Boulevard hinab nach Rosslyn. Nachdem er die Key Bridge überquerte und die noch betriebsame Gegend mit den Bars, Discos und Pubs in Georgetown hinter sich gelassen hatte, erreichte er die Straße, in der Grace Snow wohnte. Zwei Cops in einem Streifenwagen an der M Street winkten ihm zu, als er vorbeifuhr, und er winkte lässig zurück. Um Viertel vor eins vergewisserte er sich, daß Grace Snows Wagen nicht vor ihrem Haus stand, das bis auf die Lampe über der Eingangstür unbeleuchtet war. Er fuhr langsamer um den Block herum und gelangte zu der Gasse, die er bei seiner ersten Erkundung entdeckt hatte. Diesmal konnte er das Schild lesen: Pomander Walk. Er fuhr noch langsamer, bog in die Gasse ein, die von kleinen ehemaligen Kutscherhäusern und Garagen gesäumt war, die zu Wohnungen und Quartieren von Hauspersonal umgebaut worden waren. Die Gasse endete in einem Wendehammer in der Mitte des Blocks zwischen P Street und Volta Place, wo zur Zeit eine ehemalige Garage zu einer Wohnung umgebaut wurde. Er fuhr in den Wendehammer, setzte zurück bis vor das Gerüst an einer fast fertigen Backsteinwand und schaltete den Motor aus. Dann setzte er den Plastikhelm auf, knipste die Innenbeleuchtung an, kurbelte die Scheibe auf der Fahrerseite herunter, stellte das Funkgerät etwas lauter und hörte sich einige Zeit die Funksprüche aus der Zentrale an, während er so tat, als notiere er etwas auf Zettel auf einem Klemmbrett. Alle Fenster der Häuser längs der Gasse waren dunkel, doch fast jedes

Haus hatte eine Veranda- oder Sicherheitslampe, deren Schein in die Gasse fiel. Malachi schnaubte verächtlich bei deren Anblick, denn sie bewirkten nur, daß der untere Teil der Häuser in tiefem Schatten lag.

Er hatte sich schon eine Tarnung überlegt – einen Telefonmasten, gleich neben einer grünen Holztür und einer Backsteinmauer, die nach seinen Berechnungen Miss Snows Hof begrenzte, denn ihre Adresse war P Street 1335. Auf den grünen Plastikmülleimer neben der Tür war die Nummer 1335 gemalt. In den ersten zehn Minuten würde er die Hecktür des Vans öffnen, das Licht hinten im Van einschalten und etwas Ausrüstung herauslegen. Er würde Testgeräte für den Verteilerkasten zum Telefonmast bringen und vorgeben, irgendein Problem zu analysieren. Das mußte er lange genug tun, um jeden, der aufgestanden war und nachsah, was draußen los war, davon zu überzeugen, daß er die Befugnis hatte, dort zu arbeiten, und noch eine Weile bleiben würde. Er wollte, daß sich jeder, der ihm zusah, langweilte und wieder zu Bett ging. Es gab kein Anzeichen für irgendeinen Beobachter, aber Malachi mußte davon ausgehen, daß mindestens eine alte Lady jetzt durch ein dunkles Fenster spähte. Er wollte nicht, daß jemand die Polizei anrief und ein Streifenwagen hier auftauchte. Wenn einer der Bewohner aus seinem Haus kam und ihn ansprach, würde er etwas von einem Defekt im Schaltkreis faseln und ankündigen, daß er vielleicht auf den Mast klettern müsse, um den Fehler zu finden.

Nachdem er zwanzig Minuten scheinbar mit der Lösung eines Problems beschäftigt gewesen war, holte er die Kletterausrüstung aus dem Van, schnallte das Gurtwerk um, befestigte die Steigeisen an seinen Stiefeln, klemmte einen Beutel mit Werkzeug und Ausrüstung daran und kletterte auf den Telefonmast. Von seinen häufigen Überwachungen wußte er, daß es nicht schwierig war, wenn man erst die Kletterprossen ungefähr drei Meter über dem Boden erreicht hatte. Er blieb fast fünf Minuten lang auf dem Mast und suchte unauffällig die Fenster der Häuser um den Wendehammer nach

Gesichtern oder Anzeichen auf Bewegungen ab. Von seinem Aussichtspunkt aus konnte er auch in die der Häuser hinter den Grundstücksmauern sehen. Alles wirkte völlig normal, und Gott sei Dank gab es keine Hunde. Er schaute sich ein letztes Mal um, stieg auf die Mauer, hangelte sich ein Stück auf der anderen Seite hinab und ließ sich in den Hof der Nummer 1335 fallen. Er löste sofort den Beutel von dem Gurtwerk, legte ihn neben die Tür, öffnete sie und kehrte durch die Gasse zum Van zurück. Jedem Beobachter mußte der Sprung in den Hof verdächtig vorgekommen sein, aber niemand ließ sich blicken. Er würde das Problem im Haus oder Hof vermuten. Malachi ging noch zweimal durch die Tür und kam jedesmal binnen einer Minute wieder. Beim ersten Mal brachte er einen zweiten Beutel in den Hof, beim zweiten Mal eine Tasche mit Werkzeug. Anschließend setzte er sich in den Van und tat, als spreche er über Funk, bevor er in den Hof zurückkehrte und diesmal die Tür einen Spalt offenließ.

Jetzt mußte er schnell sein. Er schnappte die beiden Beutel mit den Ausrüstungsgegenständen und die Werkzeugtasche, eilte zur Hintertür und suchte nach einer Alarmanlage, fand jedoch keine. Er ließ Beutel und Tasche auf der Veranda zurück, lief zur Seite des Hauses und untersuchte die Telefonleitung. Normaler Draht, kein Problem. Von der hinteren Veranda aus konnte er in einen Raum sehen, offenbar eine Vorratskammer der Küche. Auch hier kein Anzeichen auf eine Alarmanlage. Er holte ein Paar Lederhandschuhe und eine Rolle Isolierband aus der Werkzeugtasche. In der Hintertür war ein Fenster, das aus sechs kleinen Scheiben bestand. Er klebte das Isolierband auf das Scheibenquadrat, das dem Schloß am nächsten war, und schlug es mit der Faust ein. Dann zog er das Isolierband mit den daran haftenden Glasscherben aus dem Rahmen und legte es in die Werkzeugtasche. Er griff durch das eingeschlagene Fenster, entriegelte die Tür von innen, öffnete sie und trat ein. Er verharrte und lauschte. Totenstille. Das Haus war verlassen. Ein schneller Blick in den Hof. Auch dort war alles ruhig.

Malachi schaltete kein Licht ein, sah sich schnell im Haus um und nutzte das Licht, das von der Straßenbeleuchtung vorn hereinfiel. Er inspizierte den vorderen und hinteren Teil des Hauses, das Erd- und Obergeschoß, prägte sich den Grundriß und die Positionen der Telefonanschlüsse ein. Er schob ein kleines Bücherregal zur Seite und öffnete die Kellertür, doch er ging nicht hinunter. Die Treppe stand voller Utensilien und wurde offenbar nicht benutzt. Malachi machte eine kleine Taschenlampe an und ließ den Lichtschein über die geschmackvollen Möbel, die dicken Teppiche und den Parkettboden schweifen. In einem Schlüsselkasten in der Küche fand er einen Ersatzhausschlüssel, was er feststellte, als er ihn an der vorderen und hinteren Tür ausprobierte; diesen und einen zweiten Schlüssel, der für die Hoftür zu passen schien, steckte er ein.

Malachi griff nach dem Beutel mit den Ausrüstungsgegenständen und ging über die Treppe ins Gästeschlafzimmer hinauf, das offenbar als Lagerraum benutzt wurde. Er kniete sich hin und suchte mit der Taschenlampe den Boden nach einem Telefonanschluß ab. Dann nahm er eine kleine weiße Box, aus deren Mitte ein Telefonverbindungsstecker ragte, aus dem Beutel mit den Ausrüstungsgegenständen und schob ihn in den Telefonanschluß. Mit dem Fingernagel ertastete er einen Hebel in der Box und legte ihn um. Jetzt konnte er das Telefon abhören. Er zog zwei Kartons mit Büchern vor den Telefonanschluß in der Wand und verließ den Raum.

Im Arbeitszimmer benutzte er wieder die kleine Taschenlampe, um die Papiere, mit denen der Schreibtisch bedeckt war, durchzusehen; wobei er darauf achtete, daß ihr Schein nicht durch das Fenster fiel. Da war ein Foto von einem vornehm aussehenden älteren Mann in einem Arztkittel und ein anderes von einer sehr beeindruckenden Villa. Das rote Lämpchen des Anrufbeantworters blinkte, doch er hatte gelernt, keine Anrufbeantworter anzurühren, denn es gab welche mit einem Code, und wenn ein Unbefugter den nicht kannte, schickt das Gerät ein Warnsignal an eine Sicherheitsfirma. Er faßte auch keine Papiere an, las jedoch alles, was mit der Schrift nach oben lag, und fand dabei einen Notizblock, auf dem sein Name notiert war. Ihm stockte der Atem, aber da stand es: Malachi Ward, dann die Abkürzung *Capt.* und das Wort *Army.* An den Rand waren mehrere unleserliche Bemerkungen und ein paar Strichmännchen gekritzelt und darunter unterstrichen ›unsichtbar‹ und ›Kreditsystem‹ geschrieben. Es waren die letzten drei Wörter, die sofort seine Aufmerksamkeit erregten. *Captain. Ziel. Ward.*

»Verdammtes Weib!« murmelte er und schaute sich schnell um, wie um sich zu vergewissern, daß niemand es gehört hatte. Er blickte auf seine Armbanduhr und schaltete die Taschenlampe aus. Dann hastete er in die Küche und spähte durch das Fenster in den Hof, aber dort rührte sich nichts. Es war an der Zeit zu verschwinden. Er holte den anderen Beutel, in dem es gluckerte, als er ihn anhob, aus der Vorratskammer und stellte ihn auf die Kellertreppe zu dem Gerümpel. Dann verließ er das Haus durch die Hintertür und ging zum Van, wo er wieder vorgab, über Funk zu sprechen. Anschließend kehrte er zur Hintertür des Hauses zurück. Er kniete sich hin, öffnete eine Tasche und nahm ein Maßband und einen Hebel heraus. Nachdem er die vier Schichten Kitt aus dem Fensterrahmen entfernt hatte, maß er schnell die Größe der Scheibe und lief zum Van in der Gasse. Er rutschte auf den Fahrersitz und griff erneut nach dem Funkgerät, um einen etwaigen Beobachter zu täuschen. Danach kehrte er zur Hintertür des Hauses zurück und öffnete den Beutel, der einen mit Klebeband gesicherten Stapel unterschiedlich großer Fensterscheiben enthielt. Keine der Scheiben war neu und klar, und so würde sie nicht bei den älteren auffallen. Im Schein der Lampe aus der Gasse fand er eine, die etwa die richtige Größe hatte, schnitt sie mit einem Glasschneider zurecht und setzte sie ein. Mit etwas Staub von den Regalen in der Vorratskammer rieb er dann über den Fensterkitt, damit er wie der andere alt wirkte.

Er verstaute die Werkzeuge, vergewisserte sich, daß er die

Schlüssel noch in der Tasche hatte, und schloß die Hintertür ab. Er fühlte sich jetzt sehr gut, sein Atem war tief und gleichmäßig, und Adrenalin durchströmte ihn wie der Alkohol von Mr. Harper, verstärkt durch Zorn über seine Entdeckung auf dem Notizblock. *Captain. Ziel. Ward.* Vertrau deinen Instinkten, hatte Monroney stets gesagt. Und seine Instinkte hatten ihm das Richtige signalisiert. Jetzt wußte er Bescheid. Vorgewarnt würde Bruder Malachi keine Zielscheibe abgeben. Bruder Malachi würde außerhalb der Stellung sein, in der Wildnis, mit dem Arsch im Gras, auf der Flucht. Er war im Besitz des Hausschlüssels, er kannte den Grundriß, wußte, wo die Telefonanschlüsse waren, und hatte alles, was er brauchen würde, bereits im Haus versteckt.

Er durchquerte schnell den Garten und probierte noch in der Dunkelheit den Schlüssel zur Hoftür. Er paßte. Malachi ging hindurch, schloß sie ab und schlenderte zum Van. Kein Arbeiter mit einem Reparaturauftrag ging schnell. Ein letztes Mal tat er, als spreche er über Funk mit der Zentrale, überprüfte zum Schein noch einmal den Verteilerkasten, packte bedächtig seine Werkzeuge und Geräte ein, schloß die Hecktür des Vans und fuhr davon.

Er fühlte sich wirklich gut, als er über den Volta Place auf die Wisconsin Avenue zuhielt. Er hatte recht gehabt, bei all dem Gelaber des Captains, er könne sich entspannen, mißtrauisch zu sein. Auch mit seiner Vermutung, daß jemand anderes im Spiel war, hatte er recht gehabt, und es war ebenso richtig gewesen, sie zu überwachen. Jetzt verbrachte Miss Snow vermutlich das Wochenende mit ihrem Freund, dem schönen Offizier. Ein bißchen vögeln, bevor sie zur Sache kommt. Sie würde nach Hause zurückkehren, vermutlich Sonntagnacht, genau wie er. *Und dann finden wir heraus, wer das verdammte Ziel ist, Baby,* dachte er. *Weißt du, ich war in deinem Spinnennetz, Miss Snow. Du siehst gut aus und hast Geld, Miss Snow, aber du bist mit Sicherheit kein Profi, Miss Snow.* Malachi freute sich wirklich auf die Begegnung. Er lächelte in der Dunkelheit vor sich hin.

53

Nachdem sie lange geschlafen und den üppigen Sonntagsbrunch im Ashby Inn genossen hatten, fuhr Dan mit Grace am frühen Nachmittag zurück nach Old Town. Sie hatten versucht, ein paar Kalorien vom Brunch loszuwerden, indem sie eine Stunde lang einen Schaufensterbummel in Middleburg gemacht hatten, doch Dan fiel es immer noch schwer, auf der Fahrt durch die sanft gewellte grüne Landschaft die Augen offenzuhalten. Von Middleburg aus nahm Dan die Route 50, bevor er sich hinter Aldie widerstrebend auf den Verkehr in den nördlichen Vororten von Washington einließ. Dan entschied sich für den George Washington Parkway statt für den Beltway, und die idyllische Fahrt am Sonntagnachmittag entlang des Potomac war ein schöner Abschluß eines perfekten Wochenendes. Sie sprachen nicht viel miteinander, sondern hielten Händchen.

Grace kam nicht mit hinein, nachdem sie bei seinem Haus in der Prince Street angekommen waren. Sie küßte ihn schnell und stieg dann in den BMW, um Platz für den Suburban zu machen, bevor sie winkend davonbrauste. Dan ging ins Haus, um sich umzuziehen und sich um die Wäsche der vergangenen Woche zu kümmern. Er spielte mit dem Gedanken, noch kurz zum Fluß zu fahren und nach der Völlerei des Wochenendes ein paar Kalorien beim Rudern abzuarbeiten, als das Telefon klingelte. Er nahm den Hörer ab. Grace meldete sich.

»Da ist eine Nachricht von Captain Vann.«

Der verdammte Fall Hardin! Seit Samstagmorgen hatte er nicht mehr daran gedacht. Grace deutete sein Schweigen richtig.

»Ich weiß«, tröstete sie, »es ist wie eine Rückkehr in die Welt, nicht wahr? Aber Vann hat für uns ein Treffen mit Mrs. Hardin vereinbart. Mit uns beiden, sagte er. Im Distrikt Heights, wo auch immer das sein mag. Ich glaube, es ist in Maryland.«

»So ungefähr«, bestätigte Dan. »Eine Art Verlängerung von Südost-Washington.«

»Oh.«

»Ja, das ist Indianerland. Wir nehmen besser meinen Suburban.«

»Du kommst also mit?«

»Ich denke, es muß sein. Wir haben ihn schließlich gebeten, das zu arrangieren. Und du fährst am Abend nicht allein nach Distrikt Heights, das ist verdammt sicher. Welche Uhrzeit?«

»Um halb acht sollen wir dort sein. Ich habe die Adresse im Straßenverzeichnis gefunden. Es sieht nicht kompliziert aus.«

Dan dachte kurz nach. Distrikt Heights. Ihm wurde klar, daß er noch nie in diesem Teil Washingtons, dem Gebiet zwischen der Distriktgrenze in Anacostia und dem Capitol Beltway, gewesen war. »Und Vann wird dort sein?« fragte er.

»Ja. Und nach dem, was Freitag passiert ist, kann ich nicht absagen und ...«

»Zur Hölle mit ihnen«, fiel ihr Dan ins Wort. »Allmählich mißtraue ich diesen Typen. Ich hatte geglaubt, das politische Spiel zu durchschauen, als all dies anfing, aber jetzt ist ein Flaggoffizier darin verwickelt, und anscheinend gehen plötzlich viele Zugbrücken hoch. Wenn Elizabeth Hardin sich ihrer Mutter anvertraut hat, dann könnten wir etwas wirklich Interessantes erfahren.«

»Wenn sie tatsächlich mit uns redet.«

»Ja, ein großes Wenn. Ich bin in einer Stunde bei dir.«

54

Malachi hatte die Leitung in Grace Snows Haus an diesem Sonntagnachmittag dreimal abgehört. Er wußte, was Vann auf ihren Anrufbeantworter gesprochen hatte, und er hatte Grace' Telefonat mit Dan mitbekommen.

Aus Vanns Nachricht ging hervor, daß er sie alle drei zu Besuch bei einer Mrs. Hardin im Distrikt Heights angemeldet hatte. Malachi wußte, daß dies Lieutenant Hardins Mutter sein mußte, aber das war nicht das Interessanteste für ihn. Dieser Captain Vann, wer immer das sein mochte, hatte ihnen auch mehr Informationen über Ward angekündigt. Die Erwähnung seines Namens bestätigte ihn in seinem Verdacht, daß Grace Snow als gedungene Mörderin auf ihn angesetzt war. Er fragte sich, ob es sich bei diesem Captain Vann um einen EA, irgendeinen neuen Spieler im Navysystem handelte. Aber wer auch immer Vann war, er gab ihnen Informationen über ihn, über das Ziel. Und sie nahmen an, daß er nichts über sie wußte, was ihm einen enormen Vorteil verschaffte.

Malachi handelte gleich nach Sonnenuntergang. Sie würden vermutlich eine Stunde Fahrt von Georgetown nach Distrikt Heights einkalkulieren. Das bedeutete, daß sie um halb sieben aufbrachen. Distrikt Heights – er bezweifelte, daß einer der beiden jemals in diesem Teil Washingtons gewesen war. Er wünschte, sie hätten eine Reifenpanne, damit sie eine einzigartige Erfahrung in zwischenmenschlichen Beziehungen machen konnten. Er zog sich dunkle Kleidung an – schwarze Windjacke, schwarze Hose und Handschuhe und einen dunkelgrauen Hut –, fuhr mit der U-Bahn nach Rosslyn und ging dann am Key Bridge Marriott vorbei und über die Key Bridge nach Georgetown. Es schien eine mondlose Nacht zu werden, und das dunkle Wasser des Potomac River reflektierte die Lichter der verzierten Straßenlampen auf der Key Bridge.

Alles, was er heute nacht brauchen würde, war bereits in Grace Snows Haus versteckt, was ihm erlaubte, ohne Taschen oder verdächtig aussehende Beutel dorthin zu gehen. Er schritt zielstrebig voran, als gehöre er hierin, schloß das schmiedeeiserne Tor auf, ignorierte den parkenden Wagen auf der Zufahrt, marschierte geradewegs auf das Haus zu und verschaffte sich mit dem Schlüssel Zutritt. Er schloß die

Haustür, zog die Vorhänge vor die vorderen Fenster und schaltete eine Tischlampe ein. Dann ging er in die Küche, um nachzusehen, ob Whisky im Haus war. Er würde daran denken müssen, das Abhörgerät mitzunehmen. Nach der heutigen Nacht würde er es nicht mehr brauchen, aber an die verdammten Dinger war nur schwer ranzukommen.

55

Dan fuhr über die Pennsylvania Avenue durch die Stadt, bis er das Capitol sehen konnte. Er bog in die 7th Street und erreichte über die Independence Avenue die andere Seite des Kongreßgebäudes, bis er auf der Pennsylvania den Weg nach Südost-Washington fortsetzen konnte. Beide sprachen kaum während der Fahrt durch eine zunehmend gefährlicher wirkende Gegend. Sie bemerkten die offenen feindseligen Blicke der Leute an den Straßenecken jedesmal, wenn sie an einer roten Ampel stoppen mußten. Dan wünschte sich eine Waffe, denn viele der Typen auf diesen Straßen sahen aus, als hätten sie eine. Als sie schließlich die Distriktgrenze überquerten, verbreiterte sich die Pennsylvania Avenue zu der vierspurigen Maryland Route 4.

»Wir suchen jetzt die Silver Hill Road«, sagte Grace. »Wir müssen links abbiegen.«

Grace las die Wegbeschreibung vor, die Vann ihr gegeben hatte, und sie trafen zehn Minuten zu früh bei Mrs. Hardins Haus ein. Vor einem Parkplatz, der groß genug für den Suburban war, befand sich ein Wagen, der wie ein neutrales Polizeiauto aussah, und Dan stellte den Motor ab. Das Haus, das sie suchten, Nummer 1117, war das dritte in einer Reihe mit vier zweigeschossigen Brownstonehäusern. Ein schmiedeeiserner Zaun vor allen vier Reihenhäusern begrenzte die winzigen Vorgärten, die man mit zwei Schritten durchqueren konnte.

Das Erdgeschoß von Nummer 1117 war erleuchtet, auch die Lampe über der Tür war eingeschaltet. Nur in einem der anderen Häuser entdeckten sie Licht. In dieser Straße herrschte nicht viel Verkehr, und es waren auch keine Passanten unterwegs. Dan und Grace tauschten einen Blick und stiegen aus.

Dan hatte sich entschieden, seine blaue Uniform anzuziehen. Er arbeitete zwar nicht mehr offiziell an dem Fall, aber Mrs. Hardin würde ihn von Philadelphia in Uniform in Erinnerung haben. Die Uniformmütze ließ er allerdings im Wagen. Grace trug ein schlichtes graues Wollkleid und eine langärmelige weiße Bluse. Er hätte beinahe ihren Arm ergriffen, als sie durch die leicht quietschende Vorgartentür über die Treppe gingen, doch er beherrschte sich. Grace spürte sein Zögern und lächelte ihn an, und er fühlte sich plötzlich viel besser. Moses Vann, in grauem Anzug mit Weste, öffnete die Haustür und forderte sie auf einzutreten. Er führte sie ins Wohnzimmer rechts neben der Diele.

Es war warm und roch nach Kaffee und Blumen, die in zahlreichen Vasen den Raum schmückten. Das Wohnzimmer war größer, als Dan erwartet hatte, mit einem Klavier in einer Ecke, einer Couch, flankiert von zwei kleinen Couchtischen, mit drei Sesseln und einem kleinen Kamin, auf dessen Sims zwei gerahmte Schwarzweißfotos standen. Eines zeigte eine sehr hübsche junge Frau in der weißen Uniform eines Ensign der Navy, eines Lieutenants zur See, an der Seite einer strahlenden Mrs. Hardin. Auf dem anderen Foto war ein lächelnder junger Mann mit Hemd, Krawatte und blauem Uniformrock der Navy zu sehen. Dan schluckte, als ihm klar wurde, wen es darstellte.

Mrs. Hardin saß in dem Sessel, der dem Kamin am nächsten stand, und Vann bat Grace und Dan, sich auf die Couch zu setzen, bevor er in einem der anderen Sessel Platz nahm. Vom angrenzenden Eßzimmer führte eine Schwingtür zur Küche, in der jemand zu hantieren schien. Mrs. Hardin begrüßte sie reserviert, stand jedoch nicht auf; es war offenkundig, daß sie Vann die Gesprächsführung überlassen wollte. Ein hübsches, vielleicht fünfzehnjähriges Mädchen brachte ein Tablett mit drei Tassen Kaffee und Zucker und Kaffeesahne in silbernen Serviceteilen und stellte es auf den Couchtisch, bevor es sich wortlos und ohne die Gäste anzusehen, zurückzog. Dan bedankte sich, als sich der Teenager bereits entfernte.

»Haben Sie den Weg leicht gefunden?« begann Vann und legte sein Jackett ab.

»Das war kein Problem, Captain«, antwortete Dan. »Wir blieben auf dem ganzen Weg von Georgetown auf der Pennsylvania.«

»Ah, die landschaftlich schönste Strecke«, sagte Vann. »Möchten Sie eine Tasse Kaffee? Sie werden sie vielleicht brauchen.« Er bediente sich selbst.

Mrs. Hardin blickte in die Ferne, und ihr Gesicht war wie eine Maske, als Dan und Grace sich vorneigten, um sich eine Tasse Kaffee zu nehmen. Grace, die näher am Couchtisch saß, fragte Dan, ob er den Kaffee mit Milch oder Zucker oder beidem mochte, was ihr bewußt machte, daß sie vieles über sich noch nicht wußten. Grace reichte ihm die Kaffeetasse, während sich Schweigen im Raum ausbreitete, doch nachdem sie sich selbst bedient hatte, ergriff Vann sofort das Wort.

»Angela hier«, sagte er, und es klang fast, als wäre Mrs. Hardin nicht anwesend, »hat zugestimmt, heute abend mit uns zu reden. Es ist nicht ihr Wunsch, aber ich habe ihr klargemacht, daß es wichtig ist, weil Sie vielleicht herausfinden können, wer für den Tod ihrer Kinder verantwortlich ist.«

Dan schaute zu Vann. »Weiß sie, daß wir beide im Augenblick inoffiziell arbeiten?« fragte er.

Vann nickte. »Wir alle drei arbeiten inoffiziell. Deshalb war sie zu einem Gespräch bereit. Ich habe ihr erzählt, in welche Schwierigkeiten Sie geraten sind und daß Miss Snow wegen dieses Falles ihren Job verloren hat.« Er sah kurz zu Grace, um sicherzustellen, daß sie ihm nicht widersprach, aber Grace hatte die Eröffnung dieses Schachspiels offenbar verstanden.

Sie nickte und blickte zu Boden. »Ich habe Sie über die Einzelheiten, die uns bis jetzt vorliegen, informiert und schlage vor, daß Sie mit Ihren Fragen beginnen, Commander.«

Dan stellte seine Kaffeetasse ab und schaute Mrs. Hardin zum ersten Mal an diesem Abend direkt an. Sie starrte weiterhin geradeaus.

»Mrs. Hardin, ich möchte Ihnen noch einmal mein Beileid aussprechen. Ich werde mich hüten, Ihnen zu versichern, wie sehr ich mit Ihnen fühlen kann, weil ich meine Frau verloren habe, bevor wir die Chance hatten, Kinder zu bekommen und aufzuziehen.«

Mrs. Hardin sah ihn jetzt mit einer Spur von Interesse an.

»Meine Fragen drehen sich um Ihre Tochter«, fuhr Dan fort.

»Meine Lizbeth.«

»Ja, Ma'am.«

»Sie war ein gutes Mädchen, das beste Mädchen«, sagte Mrs. Hardin.

»Ja, Ma'am«, wiederholte Dan. »Aber hat Sie ihnen jemals anvertraut, daß sie sich mit einem ziemlich ranghohen oder bedeutenden Mitarbeiter der Navy traf? Sogar Verabredungen mit ihm hatte?«

Mrs. Hardin schaute zu Vann und schüttelte dann den Kopf.

»Nein«, entgegnete sie fast zornig. »Das hat sie niemals.«

Vann neigte sich vor. »Angela«, sagte er leicht verärgert.

Mrs. Hardin blickte lange zu Boden und seufzte schließlich. »Lizbeth hat nie so etwas gesagt«, beharrte sie. »Aber Weshley hat mir etwas erzählt. Gleich nach der Beerdigung.«

»Mrs. Hardin, hat er Ihnen mitgeteilt, wer es war?« fragte Grace. »Hat er einen Namen genannt?«

Mrs. Hardin schüttelte langsam den Kopf. »Er sagte nur, er wisse, wer der Mann sei; wollte ihn aufsuchen, um ein paar Dinge herauszufinden. Er war ganz scharf darauf.«

»Warum?« fragte Dan.

Mrs. Hardin schaute wieder zu Vann, der nickte. Zum ersten Mal an diesem Abend sah sie Dan richtig an.

»Weil der Mann ein Weißer war«, erklärte sie. »Wesley hielt es für das Falscheste, was sie tun konnte, sich mit einem weißen Mann zu treffen.« Sie atmete tief durch, offenbar verlegen wegen ihres Ausbruchs. »Es tut mir leid, aber so war es.«

»Ich kann das verstehen, Mrs. Hardin«, sagte Dan. »Aber äußerte er den Verdacht oder sagte er irgend etwas, das Sie auf den Gedanken brachte, daß es einen Zusammenhang zwischen Elizabeth' Unfall und ihrer Beziehung mit diesem weißen Mann gab?«

»Wie meinen Sie das?« Mrs. Hardin schaute erst zu Dan und dann hilfesuchend zu Vann.

»Erwähnte er irgend etwas, das Sie vermuten ließ, der Tod Ihrer Tochter könnte kein Unfall gewesen sein?« fragte Grace.

Mrs. Hardins Miene nahm einen entsetzten Ausdruck an. »Moses?« Es klang fast wie ein Aufschrei. »Moses, was sagt diese Frau? Was sagt sie über Lizbeth?«

Vann nagte an der Unterlippe und blickte zu Boden. Dan begriff, daß die beiden vor ihrem Eintreffen lange und hart diskutiert haben mußten, Vann jedoch diese Möglichkeit nicht zur Sprache gebracht hatte.

»Angela«, sagte er schließlich, »die Polizei hat keinen konkreten Beweis, daß das, was mit Elizabeth geschehen ist, etwas anderes als ein Unfall war. Aber wir versuchen herauszufinden, warum jemand Wesley umgebracht hat. Aufgrund einiger Hinweise, die wir bekommen haben, ist es möglich, nur möglich, daß Wesley nicht an einen Unfall geglaubt und vielleicht deswegen jemanden unter Druck gesetzt hat. Dieser Jemand könnte etwas mit Wesleys Tod zu tun haben.«

»Die Verbindung ist die Navy, Mrs. Hardin«, sagte Grace. »Wesley wurde vermutlich in einer Einrichtung der Navy ermordet. Elizabeth traf sich mit einem ranghohen Mitglied der Navy. Beide waren selbst bei der Navy.«

»Und was hat die Navy mit all dem zu tun?« fragte Mrs. Hardin und schaute Dan an.

Dan blickte zu Grace, bevor er antwortete. »Das ist ein Teil davon, Mrs. Hardin. Wir – und wir sind jetzt Außenstehende, vergessen Sie das nicht – wir denken, einige Leute bei der Navy wollen nicht, daß ermittelt wird. Wir waren das ursprüngliche Ermittlerteam, und jetzt ist Miss Snow nicht mehr beim NIS, und mich haben einige mächtige Leute der Navy gebeten, daß ich mich heraushalten soll. Deshalb brauchen wir Ihre Hilfe, denn wenn Sie irgend etwas mitteilen können, das Elizabeth' ... Freund identifiziert, können wir das Captain Vann weiterleiten, und er kann es von *außerhalb* der Navy nutzen. Ich glaube, dann wird der Rest der Navy, die Leute, die nicht darin verwickelt sind, das Richtige tun.«

»Das Richtige?« Mrs. Hardin schniefte. »Sagen Sie mir eines: Bekommen Sie Schwierigkeiten, wenn Sie beim Schnüffeln in dieser Sache erwischt werden?«

»Das hat man mir versichert«, antwortete Dan.

»Und warum tun Sie es?«

»Weil ich wissen will, wer Ihren Sohn ermordet hat. Besonders wenn es jemand von der Navy war.«

»Mir scheint, Ihre Navy kann nicht unterscheiden, was richtig und falsch ist.«

»Ja, Ma'am. Aber die Navy ist eine große Einheit. Es sieht zwar so aus, als seien viele schlimme Dinge hier in Washington passiert, aber die Navy hat Mitglieder in der ganzen Welt, Tausende von Männern und Frauen, die ihrem Land dienen, und zwar ehrenhaft. Das ist die wahre Navy, nicht die Washingtoner Navy, und ich garantiere Ihnen, daß sie ein klareres Bild von richtig und falsch haben als anscheinend viele Leute in dieser Stadt.«

Mrs. Hardin starrte ihn an, bevor sie wieder einmal zu Vann sah. Dann erhob sie sich. »Ich habe etwas. Vielleicht nutzt es, vielleicht auch nicht.«

Nachdem sie das Wohnzimmer verlassen hatte, wandte sich Dan an Captain Vann. »Wieviel haben Sie ihr gesagt?«

Vann zuckte die Achseln. »Genug. Sie hat die ganze Zeit das Gefühl gehabt, daß irgend etwas vertuscht wird, aber es gab nichts, was das untermauerte. Die vergangenen beiden Jahre waren äußerst ... schwierig.«

Mrs. Hardin kehrte mit einem kleinen weißen Kuvert ins Wohnzimmer zurück und reichte es Dan.

»Das war bei ihren persönlichen Dingen. Sie sehen am Datum, es war ungefähr eine Woche vor … vor dem, was in der Stadt geschehen ist.«

Grace neigte sich näher zu Dan, als er den Umschlag öffnete und eine Karte, offenbar eine Grußkarte zum Valentinstag, hervorzog. Die Vorderseite zierte ein großes rotes Herz, und darunter standen in silbernen Druckbuchstaben die Worte: *»Sei meine Liebste.«* Auf der Innenseite stand in Handschrift mit einem schwarzen Filzschreiber geschrieben: »Mach nicht Schluß – ich liebe Dich viel zu sehr, um jetzt einfach aufzuhören.« Es folgten die Initialen W. T. Dan drehte das Kuvert um, und sein Blick fiel auf den Poststempel: Foggy Bottom.

Es war also in Elizabeth Hardins Wohngegend aufgegeben worden. Dan gab den Umschlag Captain Vann, der ihn sorgfältig betrachtete und dann auf den Couchtisch legte.

»Und Sie wissen nicht, wer W. T. ist?« fragte Dan.

Mrs. Hardin schüttelte den Kopf. »Das ist das einzige persönliche Stück bei ihren Papieren. Der Rest sind Rechnungen, Urlaubsscheine der Navy und einige Formulare.«

Sie ging zu dem Sessel, setzte sich wieder und schien zusammenzusinken. Dan sah Vanns besorgte Miene, und so stieß er Grace leicht mit dem Ellenbogen an.

»Mrs. Hardin, wir danken Ihnen sehr, daß Sie uns empfangen haben. Wir werden weiter an der Sache arbeiten und herauszufinden versuchen, wer W. T. ist. Ich hoffe, wir müssen Sie nicht noch einmal behelligen.«

Mrs. Hardin sagte nichts, nickte nur leicht und drehte sich in ihrem Sessel, um auf die Wand zu starren. Vann erhob sich und begleitete Dan und Grace auf die Veranda. Er ließ die Haustür einen Spalt offen. Dan bemerkte, daß Mrs. Hardin aufgestanden war und langsam in die Küche ging.

»Ich habe es Ihnen gesagt«, sagte Vann. »Für meine Begriffe hat sie alles aus ihrer Erinnerung gelöscht, damit sie mit dem weitermachen kann, was von ihrem Leben übriggeblieben ist. Deshalb wollte ich dieses Gespräch nicht. Sie haben sie erlebt.«

Dan nickte, und Grace verschränkte fröstelnd die Arme. Es war erheblich kühler geworden, und Regen kündigte sich an. Zwei Teenager spazierten vorbei und hielten an, um den Suburban zu betrachten. Dann erkannten sie den neutralen Polizeiwagen an der Antenne und Funkanlage und schlenderten weiter.

»Wußten Sie von der Valentinskarte?« fragte Dan.

Van schüttelte den Kopf. »Ich habe erst heute abend davon erfahren. Sie hätte bis jetzt auch keine Bedeutung für mich gehabt – wenn sie eine hat.«

»Für mich hat sie eine«, sagte Dan. »Der Typ im Pentagon, der mir am meisten zusetzte, mich von all dem fernzuhalten, ist der EA des VCNO, ein Captain und Rear Admiral in spe namens Randall.«

»Ja und?«

»Und sein Chef, der VCNO, ein Vier-Sterne-Admiral und die Nummer zwei in der ganzen Navy und bald die Nummer eins, heißt Torrance. William H. Torrance, Admiral, USN.«

Vann starrte ihn an. »Wie in W. T.«, sagte er leise.

»Ja, wie in W. T.«

Vann schaute über den winzigen Vorgarten hinweg und nagte an der Unterlippe. Grace stand still da und beobachtete Vann.

»Ich schlage vor, wir denken weiter nach«, sagte Dan und wandte sich der Verandatreppe zu. Diesmal ergriff er Grace' Arm. Vann begleitet sie. »Es ist ein großer Sprung von Hinweisen auf einen Admiral zu einer Anklage. Oh – Sie kündigten mehr Informationen über diesen Ward an?«

Vann nickte und zog ein Notizbuch aus seiner Westentasche. Sie blieben beim Suburban stehen.

»Der Typ ist offenbar einer dieser sogenannten Sicherheitsberater, die darauf spezialisiert sind, für wichtige Auftraggeber in dieser Stadt Müll zu beseitigen.«

»Müll zu beseitigen?«

»Ja, so etwas wie ein Schläger, der diskrete Muskelarbeit verkauft, Leute überwacht, als Leibwächter fungiert, sich als Privatdetektiv und Kurier betätigt – jemand für all die nicht so feine Kleinarbeit, die Tausend-Dollar-pro-Tag-Typen mit Seidenanzügen erledigen lassen. Ein Freund hat mir ein paar Namen ausgedruckt; von Leuten, die ihm oder seiner Privatdetektei Schecks ausgestellt und gesagt hatten, dies aktenkundig zu machen. Mit einigen habe ich auch gesprochen. Sie alle kannten ihn, wurden aber sehr undeutlich, als ich nach ihren Aufträgen gefragt hatte. Sie alle hielten ihn für einen großen widerlichen Bastard. Wenn der Kerl Ihnen also gefolgt ist, Miss Snow, müssen Sie vorsichtig sein. Einige dieser Typen sind gefährlich.«

»Irgendeine Verbindung zur Navy?« fragte Dan.

»Nein. Seine Auftraggeber sind überwiegend politische Typen: Ausschußmitglieder, Lobbyisten, ein Anwalt in der Innenstadt, eine Firma, die angeblich für den CIA arbeitet, eine Import-Exportfirma – solche Leute.«

»Sind diese Aktivitäten legal?« erkundigte sich Dan.

»Was diese Leute tun, ist legal; was sie ihn tun lassen, ist vermutlich illegal oder am Rande der Illegalität. Diese Typen operieren fast völlig im dunkeln; das letzte Mal sah man viele von ihnen beim Watergate-Skandal.«

»Danke für die Informationen«, sagte Dan mit einem Lächeln.

Vann grinste. »Gern geschehen.«

»Und danke dafür, daß Sie das Gespräch arrangiert haben«, sagte Grace. »Diese arme Frau verdient Besseres, als daß diese Sache einfach in Vergessenheit gerät.«

Vanns Miene wurde ernst. »Für sie gerät nichts davon in Vergessenheit. Oder für mich.« Er musterte Grace. »Sie haben es herausgefunden, nicht wahr, Miss Snow? Ich sah im Haus, wie Sie erst das Foto und dann mich anschauten.«

»Er war Ihr Sohn, nicht wahr, Captain?« sagte Grace leise. Dan war überrascht. An diese Möglichkeit hatte er nie gedacht. Er sah, wie es in Vanns Gesicht arbeitete, bevor er antwortete.

»Ja. Es ist eine komplizierte Geschichte. Die Dinge hier ... nun, sie klappten einfach nicht. Wesley hat mir nie verziehen, daß ich weggegangen bin. Auf Elizabeth' Beerdigung – sie war Angelas Kind von ihrem ersten Mann – hat er nicht mit mir gesprochen. Er war so verdammt aufgewühlt. Aber ich dachte, es sei wegen ihres so sinnlosen Todes. Keiner von ihnen hat mir etwas erzählt. Daß da etwas anderes im Spiel sein mußte, wurde mir erst klar, als Sie auftauchten.«

»Ich glaube, ich verstehe«, sagte Grace.

»Das bezweifle ich, Miss Snow«, entgegnete Vann. »Aber vielen Dank für Ihre mitfühlenden Worte. Commander, Sie finden den Weg zurück? Bei Dunkelheit kann diese Gegend ziemlich gefährlich sein.«

»Ich denke schon«, meinte Dan und schaute sich um.

Vann nickte, und er schien noch etwas sagen zu wollen, doch dann schüttelte er den Kopf. »Reden wir morgen über alles, einverstanden? Ich glaube, ich sollte noch eine Weile mit Angela verbringen.«

»Wir werden in Verbindung bleiben, Captain«, versicherte Grace.

Vann verabschiedete sich mit Handschlag und schlenderte zum Haus zurück. Dan zog seinen Uniformrock aus, schloß den Wagen auf und hielt die Tür für Grace auf, die einstieg. Dan hängte den Uniformrock auf den Haken über dem Rücksitz, ging um den Wagen herum und stieg auf der Fahrerseite ein. Sie sprachen kein Wort, bis sie auf der Pennsylvania Avenue stadteinwärts fuhren. Die Kuppel des Kapitols glänzte in der Ferne durch zunehmenden Nieselregen.

»Wie, zum Teufel, bist du auf dieses kleine Geheimnis gestoßen?« fragte Dan schließlich, als sie die Sousa Bridge überquerten.

»Wie er sagte, durch die Fotos. Und ich konnte mir nicht erklären, weshalb er mit im Spiel war – wenn er von einer Ermittlung in einem Mordfall ausging, war er Profi genug, um ihn einer der Mordkommissionen zu übergeben. Aber aufgrund der Fotos und Mrs. Hardins hilfeheischender Blicke schloß ich, daß es so etwas sein mußte.«

Dan nickte. *Die geschulte Ermittlerin in Aktion*, dachte er. Er gab Gas und fuhr bei einer Ampel bei Gelb noch durch, denn er fühlte sich unbehaglich, wenn er in dieser Gegend an einer Kreuzung halten mußte.

»Es wird die Dinge komplizieren«, meinte er.

»Warum?«

»Als freier Mitarbeiter ist er kaum in der Lage, die Leute mit Fakten zu konfrontieren. Ich denke, wir werden das übernehmen müssen.«

»Freier Mitarbeiter? Das klingt lustig. Wir sind doch selbst welche.«

Dan lächelte, aber das löste nicht das Problem.

»Ich muß mit Summerfield reden«, sagte er. »Er muß wissen, wie so etwas gehandhabt wird. Ich bin da überfordert.« Auf der restlichen Fahrt sprachen sie über die Familie Hardin und stellten Spekulationen über die Beziehungen an. Als sie in Georgetown eintrafen, war es fast halb zehn. Am Sonntagabend hatte selbst hier der Verkehr etwas nachgelassen, und es gab sogar zwei freie Parkplätze vor Grace' Haus. Dan stoppte. Er sah Licht auf der Veranda.

»Hast du die Lampe angemacht?« fragte er.

»Nein. Sie schaltet sich immer automatisch ein, sobald es dunkel wird. Sonst würde ich das verdammte Ding immer vergessen. Kommst du mit rein? Wir könnten noch eine Weile ...«

»Gute Idee«, sagte er und lächelte.

56

Er schloß den Suburban ab und trat mit Grace durch die Tür im Zaun. Als sie sich vergewisserte, daß auch der BMW abgeschlossen war, fiel ihr ein, daß Dan die Parkerlaubnis in seinem Wagen auslegen mußte. Das tat er. Dann gingen sie zur Haustür. Grace schloß auf und trat ein, dicht gefolgt von Dan. Als er sich drehte, um die Tür hinter sich zuzuziehen, hörte er Grace scharf einatmen.

»Commander Daniel Collins, U. S. Navy?« fragte eine rauhe Stimme praktisch in sein Ohr. Dan fuhr herum und sah einen Mann, ganz in Schwarz, direkt vor sich. Der Hüne war einen Kopf größer als er, und sein Gesicht spiegelte Grausamkeit wider.

»Was …«, begann Dan, doch der Hüne schlug ihm in die Magengrube, und er klappte zusammen, bekam keine Luft mehr, und Schmerzen stachen durch seinen Körper. Er konnte sich nicht aufrichten, weder die Arme heben noch sonst etwas tun; dann hatte er das Gefühl, ein Baumstamm falle auf seinen Nacken, und er stürzte vornüber und glaubte, in eine schwarze Schlucht zu fallen.

Nachdem der Mann Dan niedergeschlagen hatte, wandte er sich Grace Snow zu, die wie erstarrt dastand, die Augen weit aufgerissen, den Mund wie zum Schrei geöffnet. Bevor sie wußte, wie ihr geschah, faßte er mit einer gewaltigen behandschuhten Hand nach ihrer Bluse und riß sie auf die Zehenspitzen. Sein Gesicht war wie aus einem Alptraum, groß, grobknochig, mit schrecklichen Narben vom Hals bis zur Wange. Sein Atem roch stark nach Whisky.

»Und du mußt Miss Snow vom NIS sein, richtig?« grollte ihr der Mann ins Gesicht. »Früher vom NIS ist wohl zutreffender, richtig, Miss Snow?«

Grace schlug um sich, wollte ihn von sich stoßen, doch er

griff mit seiner Linken nach ihrem Handgelenk und drückte zu; er war stark und tat ihr weh, und sie schrie auf und drehte sich mit der linken Seite im Reflex zu ihm, daß es wie ein grotesker Tanzschritt beim Jitterbug aussah. Verzweifelt versuchte sie, ihm das Knie zwischen die Beine zu rammen, und es gelang ihr auch, ihn zu treffen. Zu ihrem Entsetzen lachte er nur und stieß ihr ein Knie in den Unterleib. Sie brüllte vor Schmerz und brach zusammen, doch er packte sie am Nacken und hob sie wie eine Stoffpuppe hoch. Dann ließ er sie fallen, daß sie auf Händen und Knien auf dem Boden landete. Er trat die Arme unter ihr weg, ging in die Hocke und drückte ihr ein Knie auf den Rücken. Im Fallen hatte sie den kleinen Tisch in der Diele umgerissen, und dabei war die Glaslampe zersplittert. Er ignorierte die Scherben und drückte ihre Arme so hart zu Boden, daß sie von neuem aufschrie. Der Schmerz in ihrem Unterleib war schrecklich; sie glaubte, sich übergeben zu müssen. Dann hörte sie ein Ratschen und spürte, wie irgendein Klebeband um ihre Handgelenke gewickelt wurde. Nachdem er ihre Arme auf den Rücken gefesselt hatte, riß er ihren Kopf zurück, verrenkte ihr fast den Nacken. Er starrte ihr in die Augen, die Entsetzen widerspiegelten – aus seinen sprühte Haß; und dann schlug er sie unvermittelt so hart, daß sie buchstäblich Sterne sah und ohnmächtig wurde.

Malachi richtete sich auf und schaute sich um. Mr. Navy lag zusammengerollt im Flur wie ein Fötus, den Kopf fast zwischen den Knien und zur Seite gedreht, ohne Bewußtsein. Ja, Navy-Junge. Jetzt weißt du, wie es in Pearl Harbour war. Die Frau hatte sich zusammengekrümmt, ihre linke Gesichtshälfte war von seinem Schlag gerötet, ihr Kleid hochgerutscht und ihr linkes Bein bis zum weißen Höschen entblößt. Er schaute einen Augenblick lang auf sie hinunter, dann schob er das Kleid mit der Schuhspitze höher und betrachtete ihren Körper. Aber er konnte nichts damit anfangen. Haß auf die deutsche Hure stieg in ihm auf. Er trat gegen eine ihrer Brüste, und Grace Snow stöhnte auf.

Malachi wandte sich ab und beugte sich über Collins. Er riß

genügend Isolierband ab, um Collins' Kopf vom Haaransatz bis zum Kinn zu umwickeln. Er ließ nur einen kleinen Schlitz über dem Mund frei, damit er Luft bekam. Er stieß Collins seinen Ellenbogen gegen die Nase, die sofort zu bluten anfing. *Da hast du's, Mr. Navy,* dachte er. *Jetzt wirst du wirklich vorsichtig atmen müssen, wenn du wach wirst.* Er wickelte noch mehr Isolierband von der Rolle und um Collins' linkes Handgelenk, zog dann den linken Arm zwischen dessen Beine, zwang den rechten Arm unter Collins' Gesäß und fesselte beide Arme, Unterarm an Unterarm, wodurch Collins völlig bewegungsunfähig wurde. Als letztes verklebte er Collins' Finger, damit er nicht nach etwas greifen konnte, wenn er zu sich kam. Er überlegte, ob er die Füße ebenfalls zusammenbinden sollte, entschied sich jedoch, sie frei zu lassen. Wenn er das Bewußtsein wiedererlangte, würde er schnell feststellen, daß er die Wahl hatte, an dem Nasenbluten zu ersticken oder sich völlig ruhig zu verhalten.

Malachi sah sich schnell um. Er hatte das Haus für den Fall präpariert, daß er schnell verschwinden mußte. Die Hintertür war aufgeschlossen und stand, wie die Pforte zur Gasse, einen Spalt offen. Die Telefonleitung hatte er durchgeschnitten. Das Benzin stand bereit. Er schaute aus den vorderen Fenstern, lauschte einen Moment lang und nickte zufrieden. Es war ein perfekter Überraschungsangriff gewesen. Am meisten hatte ihn der Gesichtsausdruck der Frau befriedigt, ihr Entsetzen, als sie gesehen hatte, was mit ihrem Freund geschehen war. Das Standardverfahren: Wenn man die Frau zuerst schlägt, hat man es mit einem wütenden Mann zu tun. Erledigt man zuerst den Mann, ist die Frau unter Schock und zu keiner Handlung mehr fähig. Er ging zu Grace Snow, packte sie unter die Achseln und schleppte sie die Treppe hinauf ins Schlafzimmer, wo alles für das Verhör vorbereitet war.

Unten im Haus kam Dan zu sich und wußte nicht, wo er sich befand und was passiert war. Er konnte weder etwas sehen noch hören und hatte das Gefühl, durch einen feuchten Wattepfropfen zu atmen, der in seiner Nase steckte. Er versuchte, die Augen zu öffnen, doch sie waren buchstäblich verklebt. Dann erkannte er, daß sein Kopf in etwas Klebriges gehüllt war, sein ganzes Gesicht, Ohren, Mund, Augen, der Großteil seiner Nase – alles war verdeckt. Wie eine Mumie. Er dachte plötzlich an Wesley Hardin und geriet in Panik. Sein Puls begann zu rasen. Dann erinnerte er sich, was geschehen war. Grace. Was hatte der Bastard mit Grace gemacht? Er wollte nach ihr rufen, doch in dem Moment bekam er keine Luft mehr, seine Nase füllte sich mit einer warmen, klebrigen Flüssigkeit, und er mußte erst schlucken und dann heftig niesen, was die Sache noch verschlimmerte, weil sein Mund mit einem Band verklebt war und er befürchtete zu ersticken. Er kämpfte gegen die Panik an und gewann wieder die Kontrolle über sich. Er holte schmerzlich langsam Luft, indem er sie durch die Nase einsog und anschließend kräftig ausstieß, und er spürte Feuchtigkeit auf seiner Hemdbrust, aber er konnte jetzt atmen, und das tat er, langsam und regelmäßig, immer wieder, und dann entdeckte er, daß die Tatsache, daß er sich nicht aufrichten konnte, einen wesentlichen Bestandteil seines Problems ausmachte.

Seine Unterarme waren mit Klebeband zwischen den Beinen gefesselt, und seine Hände kamen ihm wie große klebrige Pfoten vor. Beim ersten Versuch, die Arme auseinanderzureißen, schien jemand seinen Unterleib mit einem Messer zu bearbeiten, und er gab sofort auf. Sein Nacken fühlte sich noch schlimmer an, er war wie gelähmt, besonders die linke Seite, und sein Magen schmerzte von dem ersten Hieb, den ihm dieser Kerl versetzt hatte. Er überlegte, wer der Kerl war und was das alles zu bedeuten hatte, aber er konnte in seiner Verfassung keinen klaren Gedanken fassen. Obwohl seine Augen zugeklebt waren, glaubte er, rote Schleier zu sehen. Er wußte, daß er etwas unternehmen mußte, dieses Klebeband entfernen mußte, bevor der Kerl zurückkehrte, um ihn ins Jenseits zu befördern. Die Haustür. Vielleicht konnte er sie erreichen und jemanden auf der Straße auf sich aufmerksam machen. *Aber wie? Wo ist die Haustür? Ich habe keine Ahnung, aber ich muß etwas tun.* Er kroch über den Boden, ohne zu wissen, ob er sich auf den Eingang, die Küche, den Fuß der Treppe oder eine Wand zubewegte. Er konnte nichts sehen, nichts hören, nicht einmal etwas mit der Gesichtshaut fühlen. Er hielt kurz inne, schnaubte die Nase frei, kroch weiter, schnaubte wieder. *Das ist hoffnungslos,* dachte er. *Ich bewege mich wahrscheinlich im Kreis.* Er vergaß zu schnauben, und Blut verstopfte seine Nase, nahm ihm wieder die Luft, bis er es hinausgeschnaubt hatte.

Er versuchte, Hände und Arme zu bewegen. Vielleicht konnte er das Bein hindurchziehen – das Rudern hatte ihn ziemlich gelenkig gemacht, aber es war einfach kein Platz. Er kroch wieder ein Stück. Schnauben, die Nase freibekommen. Kriechen. Schnauben. Plötzlich stach etwas Scharfes in zwei Fingerkuppen seiner rechten Hand. Er verharrte. Ein brennender Schmerz schoß durch die Finger. Glas, Glasscherben. Damit konnte er das Klebeband durchschneiden. Aber nicht mit verklebten und zusammengebundenen Fingern. Er war nicht in der Lage, die Scherben zu greifen. Verdammt! Der Bastard hatte ihn wirklich fertiggemacht. Dan heulte fast vor Enttäuschung. Doch dann merkte er, daß die Fingerspitzen bluteten. Und sich bewegen ließen. Er konnte sie bewegen! Das Blut hatte den Mastix des Bandes aufgelöst. Blut, er brauchte mehr Blut!

Er drehte sich auf dem Boden, suchte nach mehr Scherben, fand schließlich welche, als sich ein Splitter in sein Knie und dann anschließend hinten in seinen rechten Arm bohrte. Er schob ihn mit dem Knie in eine Position, in der er ihn mit den Fingerspitzen berühren konnte. Und er stieß mit dem Finger dagegen. Nach einem scharfen brennenden Schmerz spürte er Blut fließen. Er rollte sich auf die Seite, versuchte die gefesselten Hände zu heben, damit es auf das Klebeband tropfte, und dann versuchte er die Hände auseinanderzuziehen, das Band zu dehnen, bis er schließlich nach einer scheinbaren Ewigkeit feststellte, daß sich das Band an seinen Händen bewegte.

Malachi warf Grace aufs Bett und schloß die Tür. Dann knipste er die Nachttischlampe an und griff nach dem langen, scharfen Küchenmesser, mit dem er das Isolierband durchgeschnitten hatte, um ihre Hände zu fesseln. Er rollte Grace auf den Rücken, zog ihre Arme zum Kopfbrett des Bettes und befestigte ihre Handgelenke mit Isolierband an den Bettpfosten. Dann spreizte er ihre Beine und band die Knöchel ans Fußende. Sie stöhnte leise, doch ihre Augen blieben geschlossen. Mit einem weiteren Streifen Isolierband klebte er ihren Mund zu. Er würde sie sehen und atmen lassen. Es machte nichts, wenn sie ihn sah, denn wenn die beiden die waren, für die er sie hielt, würde keiner von ihnen die Nacht überleben. Sie gab wieder einen wimmernden Laut von sich und bewegte den Kopf, hielt die Augen jedoch nach wie vor geschlossen.

Während sie zu sich kam, rückte er den Schminktisch neben das Bett. Er zog ein großes schwarzes Bündel aus dem Beutel mit seiner Ausrüstung und schnallte es auf. Er legte die verschiedenen chirurgischen Instrumente, die es enthielt, eine Handsäge aus Stahl, ein Schädelbohrer, Skalpelle, Zangen, Pinzetten, Klammern, so auf den Schminktisch, daß sie alle gut sehen konnte. Dann holte er eine kleine Flasche mit Alkohol, öffnete sie und stellte sie neben die Instrumente. Grace hustete einmal und stöhnte, doch sie öffnete die Augen immer noch nicht.

Malachi ging ins Badezimmer und fand einen irdenen Krug, den Grace benutzte, um die Zimmerpflanzen auf den Fensterbrettern zu gießen. Er füllte ihn mit kaltem Wasser, kehrte ans Kopfende des Bettes zurück und schüttete ihr das Wasser ins Gesicht. Grace zuckte zusammen, bäumte sich in den Fesseln auf, hustete, nieste Wasser und machte die Augen auf.

»Wecken!« rief er. »Willkommen zurück in der Welt, Baby. Wenigstens für eine kleine Weile.«

Sie blickte sich verzweifelt um und vermied es, ihn anzuschauen, und er lachte.

»Suchst du Mr. Navy? Mr. Navy ist unten. Er ist im Moment ein bißchen verpackt, aber es geht ihm prima, wenn er sich nicht bewegt und nicht viel atmet.«

Er setzte sich auf die Bettkante und tastete mit der Hand über ihr Gesicht, um sich zu vergewissern, daß das Klebeband ihren Mund verschloß. Bei der Berührung fuhr sie zusammen.

»Was ist los, Miss Snow? Willst du nicht von einem Mann angefaßt werden? Oder nur im Gesicht nicht? Wie wäre es denn hier – besser so? Oder hier, ja, das ist besser, nicht wahr? Nein?«

Er berührte jeden Teil von ihr, zuerst leicht, dann härter. Mit der behandschuhten Hand massierte er ihre Brüste und beobachtete die ganze Zeit über ihr Gesicht. So viel Fleisch, mehr bedeutete es für ihn nicht. Zu schade, sie war sehr hübsch. Vielleicht etwas zu schlank für seinen Geschmack, aber was sollte es. Früher hätte er längst eine Erektion gehabt, aber jetzt rührte sich dort unten nichts mehr. Woran eine Frau schuld war. Deshalb hatte er gelacht, als sie ihm einen Tritt zwischen die Beine versetzt hatte. Und er lachte sie jetzt aus, schob seine Hand unter ihr langes Kleid, zwischen ihre Schenkel, und sein behandschuhter Daumen drang in die Weichheit ihrer Schamlippen ein. Sie begann zu weinen.

»Dieses Spiel nennt man Herz und Verstand, Miss Snow«, erklärte er. »Als wir in Vietnam waren, sollten wir mit Herz und Verstand um die Hügel kämpfen. McNamaras blödsinnige Gegenrevolte. Alle Sergeants wußten, wenn man sie bei den Eiern packt, folgen ihre Herzen und ihr Verstand einem überallhin. Und das will ich von dir, Baby – ich will, daß dein Herz und dein Verstand einigen Fragen folgt, okay? *Okay?«*

Sie zuckte zusammen, als er die Stimme beim zweiten *›okay‹* hob. Dann nickte sie.

»Sehr gut, Miss Snow.« Er zog die Hand unter ihrem Kleid hervor. »Viel besser. Herz und Verstand, ja, Ma'am, so machten wir es in Nam, Herz und Verstand, und dann vielleicht einige dieser kleinen Nummern hier drüben, Miss Snow, ja, hier drüben, was meinen Sie?«

Er beobachtete ihr Gesicht, als sie auf die chirurgischen Instrumente sah, weidete sich am Anblick ihrer weit aufgerissenen Augen, dem Erschrecken eines Rehs im Scheinwerferlicht. Verdammt, sie war kein Profi. Sie war zu weich, zu leicht zu erschrecken. Ein Profi hätte Furcht gezeigt, zugleich jedoch nach einer Chance gesucht. Aber was machte das schon – sie war sozusagen der Spatz in der Hand. Er hob ein Instrument nach dem anderen an, nannte seinen Namen, sagte ihr, wozu es diente, und beschrieb, wie es funktionierte. Sie zitterte, und er neigte sich über sie und legte die Knochensäge auf ihren Oberkörper, gerade unterhalb des Kinns. Er verschüttete etwas Alkohol, damit sich der scharfe Geruch im Schlafzimmer ausbreitete, tätschelte ihre Wange und lachte, als sie unter dem Klebeband zusammenfuhr, und dann stand er vom Bett auf.

»Erst waschen«, kündigte er über die Schulter an. »Sauberkeit kommt gleich nach Göttlichkeit, ist meine Devise. Wie ist das mit dir, Baby? Lauf nicht weg.«

Er betrat das Badezimmer und drehte den Wasserhahn auf. Sie sollte Zeit haben, um ihrer Phantasie freien Lauf zu lassen. Er hatte nicht vor, tatsächlich eines der Instrumente zu benutzen, vielleicht mit Ausnahme der Zange. Ein Bekannter, der vom CIA gefeuert worden war, hatte ihm erklärt, daß nichts, was man tut oder sagen kann, jemandem so viel Angst und Schrecken einjagt wie seine eigene Phantasie. Natürlich richtig stimuliert. Er zog die schwarzen Lederhandschuhe aus und betrachtete sein Gesicht im Spiegel. Vielleicht sollte er nach Mr. Navy sehen. Quatsch, der würde nirgendwohin gehen. Vielleicht war er schon erstickt. Auch das war okay. Trotzdem …

Malachi ließ das Wasser laufen und verließ das Badezimmer. Er ignorierte die ans Bett gefesselte Frau, öffnete die Schlafzimmertür und lauschte. Absolute Stille. Er schloß die Tür. Dort unten tat sich nichts. Er kehrte ins Badezimmer zurück und wusch sich die Hände.

Dabei starrte er in den Spiegel. *Du gehst wirklich ran, Malachi,* dachte er. *Als Aperitif Kidnapping, dann ein Doppelmord. Bereits bei dem Hardin-Mädchen war es Mord gewesen. Dummkopf. Nein, nicht Mord – Körperverletzung mit Todesfolge. Das Weibsstück hatte einfach den falschen Weg eingeschlagen. Und ihr Bruder? Nun, auch das war anders geplant gewesen. Das haben die Itaker versaut. Keiner der beiden hatte dran glauben, sondern nur eingeschüchtert werden sollen. Sie sind nicht vorsätzlich umgebracht worden. Aber alles war außer Kontrolle geraten, wie so manches in dieser verdammten Stadt. Wie viele wirklich große Sauereien haben hier mit Pannen angefangen?* Er atmete tief durch und musterte sich im Spiegel. Während seiner Vorbereitungen im Haus hatte er ihren Schnapsvorrat gefunden, und der Bourbon war gar nicht so schlecht gewesen – etwas schwach im Vergleich zum Harper 100, aber gut genug. Er spürte die vertraute Wärme in seinem Magen, seine Nerven waren beruhigt, und sein Verstand arbeitete auf Hochtouren. Erstaunlich, was ein paar Doppelstöckige bei ihm bewirkten.

Aber heute nacht hatte er noch etwas zu erledigen, und es würde eine ganz klare Sache werden. Er würde die Bestätigung bekommen, daß der Captain sie auf ihn angesetzt hatte, beide bewegungsunfähig machen und das Haus in Brand stecken. Zwei Liter Benzin standen auf dem Küchentisch bereit. Er würde sie natürlich nur indirekt töten, denn sie würden im Feuer umkommen. Ja, und dann würde er seinen früheren Arbeitgeber besuchen, den lieben Captain, und ihm das Genick brechen. Das würde er auf die direkte Art und Weise erledigen. Und wenn sich der allmächtige Boß vom Captain nicht bedeckt hielt und am richtigen Ort zur falschen Zeit auftauchte, würde er auch ihn umlegen. Allmählich sollten die großen Tiere die Zeche bezahlen anstatt immer nur all die kleinen. Im Anschluß daran würde er sofort aus dieser Stadt verschwinden. Das einzige, was er nicht an sich verändern konnte, waren seine Größe und die Stimme, aber er hatte drei Fahrzeuge mit den dazugehörigen Papieren und genug Geld, um leicht unterzutauchen. Er prüfte sein Gewissen, doch da regte sich seit langem ebensowenig wie bei seinem Sexleben. *Also los jetzt*, sagte er sich, *fang an.*

Der Spiegel über dem Spülbecken war vom Wasserdampf beschlagen. Er drehte den Hahn zu und trocknete die Hände ab. Dann nahm er die Automatik aus dem Gürtel an seiner rechten Hüfte und schob sie sich am Rücken in den Hosenbund. Er fischte ein Paar Gummihandschuhe aus seinen Taschen und zog sie geräuschvoll an, damit die ›Patientin‹ im Schlafzimmer die Vorbereitungen hörte. Er hatte mit dem Gedanken gespielt, einen Mundschutz zu tragen, sich dann jedoch dagegen entschieden. Der Anblick seiner Mimik machte die Prozedur vielleicht noch furchteinflößender. Er hielt die Hände mit den Gummihandschuhen theatralisch gespreizt von sich und ging ins Schlafzimmer.

Dan klemmte die rechte Hand zwischen den Boden und seinen linken Unterarm und schaffte es, das blutgetränkte Klebeband zu bewegen. Nach mehreren Versuchen bekam er zwei Finger der rechten Hand frei. Wo war jetzt die Glasscherbe? Weg. Er tastete danach, fand sie jedoch nicht. Er mußte eine andere finden. Als er mit dem Kopf gegen etwas stieß, stöhnte er, und dann hörte er, daß irgendwo eine Tür geöffnet wurde. Er erstarrte. Oben. Das Geräusch kam aus dem oberen Stock. Kein Laut. Wenn der Bastard nach ihm schaute, war es aus. Er hörte, daß die Tür geschlossen wurde, und setzte kriechend seine Suche nach einer Glasscherbe fort. Er mußte sie finden. Grace hatte nur eine Chance, wenn er sich befreien konnte. Seine Nase begann wieder zu bluten, und er mußte sie ein paarmal freischnauben, während er weiterkroch und um sich tastete. Schließlich traf sein rechter

Handrücken etwas Scharfes. Vorsichtig und langsam drehte er die Hand, mußte sich wegen all des Klebebandes den ganzen Körper herumrollen, bis er die Glasscherbe zwischen Daumen und Zeigefinger zu fassen bekam. Er begann, mit der Scherbe das Band zu bearbeiten, das sein Handgelenk mit dem anderen Unterarm verband. Es war schwierig. Das Blut, das den Matrix aufgelöst hatte, machte es jetzt fast unmöglich, die Scherbe zu halten, und er ließ sie ein paarmal fallen. Nach einer scheinbaren Ewigkeit konnte er sein rechtes Handgelenk bewegen und das wunderbare Reißen des Klebebandes hören. Je mehr er riß, desto effektiver konnte er die Glasscherbe einsetzen. Binnen einer Minute hatte er seine Arme befreit. Endlich konnte er sich ausstrecken und die Scherbe fest mit der rechten Hand halten.

Dan wartete einen Moment, bis sich sein Atem beruhigt hatte, bevor er sich daranmachte, das Klebeband vom Kopf zu entfernen. Er schnitt vom Nasenschlitz an aufwärts, verletzte dabei seine Wange, hörte jedoch nicht auf, schnitt weiter, bis er den Haaransatz erreichte. Dann atmete er kräftig ein, riß das Band vom Gesicht und schnappte nach Luft, nachdem sein Mund frei war. Frei. Mit den Zähnen zog er das restliche Isolierband von seinen Händen. Er mußte nach oben, mußte Grace befreien.

Aber wie? Der Kerl war ein Monster. Er brauchte eine Waffe. *Blödmann, du brauchst Hilfe,* dachte er. *Alarmiere die Cops. Ruf 911. Und dann kannst du dir den Bastard vornehmen.* Er wälzte sich auf Hände und Knie und versuchte aufzustehen. Das war ein Fehler. In seinen Ohren rauschte es, als er den Kopf hob, und seine Augen drohten aus ihren Höhlen zu treten. Er brach zusammen, und sein Nacken schien in Flammen zu stehen.

Dan lag eine Minute lang auf dem Boden und kämpfte gegen die Wogen der Übelkeit, gegen Schwäche und Schmerzen an; er konnte den Kopf kaum bewegen. Der Bastard hatte ihm einen Genickschlag verpaßt, und jetzt war sein Nacken steif. Er hatte das Gefühl, daß etwas gebrochen war. *Kriech,* sagte er sich. *Du mußt zu einem Telefon.* Er krabbelte wie ein Baby. Unterarme auf den Boden und nach vorne schieben, die Hüften nachziehen, Ellenbogen nach vorne schieben, wieder die Hüften nachziehen. Er war nicht in der Lage, den Kopf zu heben, sein Kinn schabte über den Teppich im Wohnzimmer und weiter zum Eßzimmer. Die weiße Telefonschnur kam dort vorne aus der Wand, aber wie sollte er das Telefon auf dem Tisch erreichen? Es schien unmöglich. *Zieh es runter. Aber das wird Lärm verursachen. Er wird ihn hören.* Dan quälte sich auf den Rücken und begann, an der Schnur zu ziehen. *Langsam. Du mußt den Apparat auffangen, wenn er fällt. Kein Geräusch. Nur ja kein Geräusch.* Aus seiner Nase lief wieder Blut und tropfte auf das Hemd. Er hörte nicht auf, an der Schnur zu ziehen, und starrte gebannt auf die Tischkante, bis das Telefon dort auftauchte. *Jetzt vorsichtig*, dachte er. *Setz dich auf. Vielleicht kannst du es erwischen.* Aber in seinen Ohren rauschte es wieder, und er nahm alles nur noch verschwommen wahr, wie durch farbigen Nebel. Das Rauschen in seinen Ohren wurde lauter.

Malachi ging zu dem Bett. Die Frau starrte ihn mit weit aufgerissenen Augen an, und ihr Mund bewegte sich unter dem Isolierband; sie stieß einen erstickten Laut aus. Er ragte über ihr auf, schaute eine Weile auf sie hinunter, und dann nahm er die Knochensäge, betrachtete sie, legte sie wieder zurück und ordnete die chirurgischen Instrumente, als überlege er, welche er benutzen sollte. Er spritzte etwas mehr Alkohol auf den Tisch, um den Geruch zu verstärken.

»Ich muß wissen, Baby«, begann er, »warum mein Name auf deinem Notizblock steht. Mein Name und zwei Wörter. *Captain* und *Ziel.*«

Er blickte zu Grace, um sich zu vergewissern, daß sie zusah. Das tat sie. Gutes Mädchen. Er hob die Instrumente an, drehte eines nach dem anderen scheinbar unschlüssig hin und her. Sie sollte es beobachten. Der Stahl reflektierte den Lichtschein.

»Weißt du«, fuhr er fort, »als ich letzte Nacht hier war, las ich sozusagen deine Post. Ja, so ist es. Ich war schon mal hier. Und deshalb wußte ich, daß wir beide uns hier treffen werden. Hier ist meine Theorie, okay? Ich denke, der Captain hat dich wegen des Hardin-Problems auf mich angesetzt. Du erinnerst dich doch an das Hardin-Problem? Nick einfach als Bestätigung. Okay. Das ist alles, was ich wissen will.«

Malachi verstummte und starrte auf sie hinunter.

»Weißt du, du machst keinen besonders glücklichen Eindruck. Warum machen wir es dir nicht ein bißchen bequemer? Okay. Fangen wir mit all der Kleidung an.«

Er nahm eine große chirurgische Schere und begann am Saum ihres Kleides, schnitt es bis obenhin auf, dicht neben der Knopfleiste. Er schnitt den Slip auf, bis hinauf zum Saum ihrer Bluse, und dann schnitt er die Bluse ebenfalls bis zum Ausschnitt auf. Er zog den Stoff zur Seite und zerschnitt dann beide Ärmel, entblößte ihre Schultern und schob die Reste des Kleides, der Bluse und des Slips von ihrem Körper. Ihr BH glänzte im Schein der Tischlampe, als er die Träger durchtrennte. Dann legte er die Schere auf den Tisch, zog den Stoff unter ihrem Körper weg, bis sie völlig nackt auf dem Bett lag. Er setzte sich zurück und bewunderte sein Werk. Und er verfluchte zum tausendsten Mal die deutsche Hure. All diese Reize der nackten Frau vor ihm, und er konnte nichts damit anfangen.

Grace weinte wieder, hielt die Augen geschlossen, und ihr Mund bewegte sich unter dem Isolierband. Sie konnte nicht wissen, daß nichts Sexuelles im Spiel war: Nackt und auf dem Rücken, gefesselt, war sie ihm völlig hilflos ausgeliefert. Er tastete langsam nach ihrem Mund und riß das Isolierband mit einem Ruck ab. Sie schrie auf, doch dann verstummte sie, und Tränen liefen über ihr Gesicht.

»Laß das Schreien«, befahl er. »Du denkst, ich will dich vergewaltigen. Aber ich werde dich nicht ficken. Du hast mir zwischen die Beine getreten, erinnerst du dich? Ich meine, welcher Mann kann nach einem Tritt in die Eier schon viel ausrichten. Das muß wirklich ein besonderer Mann sein, findest du nicht auch? Aber weißt du was? Ich bin ein besonderer. *Sieh mich an, du Hure!*«

Sie zuckte zusammen, als er sie anbrüllte, öffnete die Augen, schaute ihn voller Furcht an und murmelte etwas Unverständliches.

»Es stimmt, Miss Snow, ich bin wirklich ein besonderer Mann«, sagte er, erhob sich und stellte sich ans Kopfende des Bettes. »Wirklich ein besonderer Mann. Hier, sieh dir das an. *Ich sagte, sieh dir das an!*«

Er schnallte den Gürtel auf und zog die Hose hinunter. Die Automatik fiel auf den Teppich, doch er ignorierte es. Er wollte, daß sie ihn betrachtete. Er wollte, daß sie begriff, daß sie einen Teil einer alten Schuld zurückzahlte. Er stand dicht vor ihrem Gesicht, als er auch die Unterhose hinunterzog. Sie schnappte nach Luft, als sie seinen verstümmelten Unterleib sah, das Netz wulstiger, blaßweißer Narben, wo seine Geschlechtsteile hätten sein sollen.

»Siehst du, Miss Snow?« zischte er und neigte sich über sie. »Ich kann keine ficken. Ich kann nicht mal mehr pissen wie ein Mann. Ich muß mich hinhocken wie ihr Weiber, Miss Snow.«

Er sprach weiter, mit erhobener, von Zorn erfüllter Stimme, während er Unterhose und Hose hochzog und den Gürtel zuschnallte. »Ein gottverdammtes Weib hat mir das angetan, Miss Snow. Und ich habe geschworen, daß mir nie, nie wieder ein anderes Weib etwas antut. Und als ich meinen Namen und das Wort *Ziel* auf deinem kleinen Notizbuch sah, beschloß ich, wiederzukommen und Nägel mit Köpfen zu machen. Deshalb bin ich hier, und deshalb bist du hier, und jetzt wirst du meine Fragen beantworten. Denn wenn du es nicht tust, werde ich mir eines von diesen kleinen Spielzeugen aussuchen und dir vielleicht das antun, was mir dieses Weib angetan hat. Ich bin natürlich kein Arzt, aber ich kann es probieren, sozusagen üben. Verstanden? *Verstanden?*«

Sie schluckte hart, nickte stumm und brachte schließlich ein einziges Wort heraus. »Ja.«

Er lächelte kalt und böse und schüttelte den Kopf in gespieltem Erstaunen. »Gott liebt eine nackte Frau, die ›ja‹ sagt, Miss Snow.«

Dan kam zu sich. Er lag mit dem Gesicht auf dem Boden, sein Kopf schmerzte, er atmete schwer und war schweißgebadet. Er überlegte, wo er sich befand, und dann setzte die Erinnerung ein, und er war schlagartig hellwach. Das Telefon. Er drehte sich sehr langsam, damit es nicht wieder in seinen Ohren rauschte. Er mußte vorsichtig sein; wahrscheinlich hatte er eine Gehirnerschütterung. Er zog wieder an der Telefonschnur, bis der Apparat über die Tischkante rutschte. Er landete auf seinem Bauch, und der Hörer prallte von seiner Wange ab – aber fast lautlos. *Schnapp ihn dir und ruf an. 911 – drei leichte Nummern.* Er wartete auf das Amtszeichen – vergeblich. Die Leitung war tot. Er legte den Hörer auf den Boden. Während der Bastard auf sie gelauert hatte, mußte er die Leitung gekappt haben. Natürlich hatte er das getan. Oben. Oben war vor einiger Zeit eine Tür geöffnet und wieder geschlossen worden. Er mußte dort hinauf. Sofort.

Dan wälzte sich herum, kam auf Hände und Knie und versuchte, Kraft zu sammeln. Es ging, nicht gut, aber einigermaßen. Die Schleier vor seinen Augen hatten sich gelichtet, und das Rauschen in den Ohren war gedämpft. Auch das Schwindelgefühl hatte nachgelassen. Die Küche. Er mußte irgend etwas aus der Küche holen, das er als Waffe verwenden konnte, und dann hinaufgehen, bevor … bevor … Er wollte nicht daran denken, was dort oben geschah. Er kroch in die Küche. Die Tür. Die Hintertür stand einen Spalt offen. Zum Teufel mit der Hintertür. Er mußte durch die Vordertür, auf die Straße, vielleicht im Nachbarhaus Hilfe holen. Und Grace im Stich lassen? Nein, das kam nicht in Frage. Er machte eine Schublade auf. Handtücher. Er versuchte es bei einer anderen.

Bestecke. Messer. Sinnlos. Der Kerl war zu groß; er würde sehr nahe an ihn herankommen müssen, um ein Messer einzusetzen, und er konnte sich kaum bewegen. Der Inhalt der nächsten Schublade, an der er etwas zu stark gezogen hatte, verstreute sich auf dem Boden. Utensilien, die man zum Backen braucht: Siebe, Kuchenformen. Moment mal. Da war ein Nudelholz. Das konnte man als Knüppel benutzen, als Keule. Dürftig. Aber eine Keule konnte er werfen. Er hatte vielleicht eine Chance, wenn er den Bastard überraschte, mit dem Nudelholz in der Hand durch die Tür trat und es schleuderte, wenn der Kerl ihn angriff. Er hatte nur einen Wurf, das war ihm klar, aber vielleicht traf er richtig. David und Goliath. Er mußte es wagen.

Er nahm das Nudelholz und kroch über den Linoleumboden und durch das Eßzimmer ins Wohnzimmer zurück.

Dann hörte er Grace schreien.

Malachi hatte sie geschlagen. Er hatte eine einfache Frage gestellt: »Hat der Captain dich auf mich angesetzt? Ja oder nein?« – und sie hatte versucht, ihn anzulügen, davon war er überzeugt. Sie hatte behauptet, niemand habe sie geschickt, und ihn gefragt, von welchem Captain er spreche, es gebe so viele, und dann hatte er eine Klammer an ihrer rechten Brustspitze befestigt, und das Weib hatte geschrien. Sein Schlag hatte sie verstummen lassen. Sie war nicht ganz blöde.

»Lüg mich nicht an! Ich habe deine Telefonleitung angezapft. Ich weiß alles über Captain Vann. Du hast dich heute abend mit ihm getroffen. Bei Mrs. Hardin. Versuch nicht, mir weiszumachen, daß du nicht für ihn arbeitest, denn wenn er anruft, springst du. Und du hast Mr. Navy dort unten mitgenommen. Wegen der Hardin-Sache. Ich *weiß* also, was läuft, okay? Aber eines muß ich noch wissen: Arbeitet dieser Captain Vann für den Lakaien des Vice, für Captain …«

In diesem Augenblick flog die Schlafzimmertür auf, und Malachi fuhr herum. Er war verblüfft, Dan auf der Türschwelle zu sehen, aber dann lachte er fast. Da war Mr. Navy, okay, Mr. Navy mit geschwollenem, blutigem Gesicht, Mr. Navy, der sich kaum auf den Beinen halten konnte und ein *Nudelholz* in der Hand hielt!

»O Mann«, sagte Malachi und richtete sich auf. Er tastete nach der Waffe, und dann erinnerte er sich, daß sie auf den Boden gefallen war. Kein Problem. Er blickte zu Dan. Überhaupt kein Problem. Lächerlich, dieser Kerl.

»Nun, wenn das kein Mannweib ist«, spottete er. »Will Madame mich mit dieser bösen Nudelrolle aus der Küche verjagen?«

Malachi lachte, und dann sprang er geduckt auf Dan zu, doch Mr. Navy machte eine Bewegung mit dem Arm – er konnte sie nicht verfolgen, so schnell war sie –, als werfe er einen Softball aus dem Handgelenk, und dann traf etwas sein rechtes Auge, aber das war kein Softball, eher eine Kanonenkugel. Malachi schrie auf und legte eine Hand auf das Auge. Er konnte seinen Vorwärtsschwung nicht stoppen und nahm nur verschwommen wahr, daß Mr. Navy auf der Türschwelle zusammenbrach. Du bist erledigt, du Scheißer. Als er versuchte, Dan zu packen – doch dann hatte er das Gefühl, eine weitere Kanonenkugel habe sein rechtes Schienbein erwischt, er verlor das Gleichgewicht und stürzte über die um sich schlagende Gestalt hinweg auf den Gang vor dem Treppenabsatz, wo er den Sturz über die Stufen gerade noch verhindern konnte, indem er sich am Geländer festklammerte. *O Gott, mein Bein ist gebrochen,* durchfuhr es ihn, als er ein Knacken hörte. Und sein Auge, was war mit seinem Auge? Und dann war der Verrückte bei ihm, brüllte wie ein Berserker und schlug mit irgend etwas auf ihn ein. Er mußte weg von hier, verschwinden. Und dann polterte er die Treppe hinunter, der Kerl schrie, er wisse, wer er sei, und sie würden ihn schnappen, denn sie seien über alles informiert. Im nächsten Augenblick knallte er vor die Haustür, stieß sich ein Bein an dem umgekippten kleinen Tisch und rutschte durch Glasscherben, als er sich abstützen wollte.

Mr. Navy hatte aufgehört zu brüllen, und Malachi wälzte sich auf die Seite, stemmte sich auf Hände und Knie. Er mußte sich fast übergeben. Schmerzen schossen durch das verletzte Bein und das Auge. Und dann nahm er trotz seiner Benommenheit ein Geräusch wahr. Er blickte zur Treppe und wurde fast ohnmächtig. Der Berserker hatte seine Waffe und feuerte auf ihn! Die 9mm bäumte sich in seinen blutigen Händen auf, und Malachi hörte das Krachen, den Einschlag von Kugeln in der Haustür, der Wand und im Boden, das Zerklirren einer Fensterscheibe. Er erinnerte sich an das verdammte Frankfurt, doch das war nicht Terry Eastman, und er war nicht Inge. Er rollte sich über den Boden, um aus der Feuerlinie zu gelangen, war nicht sicher, ob er getroffen worden war, aber er kroch weiter.

Plötzlich herrschte Stille. Er rappelte sich auf und lehnte sich gegen die Wand, als sein rechtes Bein nachgab. *Dieser Bastard!* Wie hatte er sich befreit? Er sollte die andere Waffe holen, dort raufgehen und beide umlegen. Auf der Stelle. Aber er wußte, daß er dazu nicht in der Lage war. Sein rechtes Auge kam ihm wie eine breiige brennende Masse vor, und er wagte es nicht einmal zu berühren. Mit dem linken konnte er nur verschwommen sehen, und der Schmerz in seinem Bein war so stark, daß ihm bei der geringsten Bewegung schwindlig wurde. Er tastete sich ab und stellte fest, daß er keine Schußverletzungen hatte. Fünf Kugeln, und jede hatte ihn verfehlt. Typischer Amateur.

Weg hier. Er mußte verschwinden, solange er noch dazu fähig war. Vielleicht hatte sie irgendwo dort oben eine Waffe versteckt, die er nicht gefunden hatte. Nichts wie weg. Nein. Er würde tun, was er geplant hatte. Im Haus Benzin verteilen, es anzünden und erst dann abhauen. Er wankte in die Küche, wo die beiden Steingutflaschen mit Benzin warteten. Er humpelte mit einer Flasche in die Diele, schüttete den Inhalt auf den Teppich der Treppe und schleuderte die Flasche an die Wand, als sie fast leer war. Dann holte er die andere Flasche, wankte durchs Wohnzimmer und das Arbeitszimmer und spritzte Benzin auf die Möbel und Vorhänge. Er legte eine Spur bis in die Diele, mußte dabei immer tiefer durchatmen und gegen Brechreiz ankämpfen, denn glühende Messer schienen sein verletztes Bein und das Auge zu durchbohren. Die zweite Steingutflasche warf er wütend gegen die Küchenwand, und dann riß er die Tür zum Garten weit auf. Als er zurückhumpelte, um das Benzin anzuzünden, fiel sein Blick auf den Gasherd. Noch besser. Er packte den Kochaufsatz, riß ihn vom Herd und knallte ihn auf den Küchenboden. Mit einem großen Küchenmesser aus einer offenstehenden Schublade schlug er auf das dünne Metall der Gasleitung ein, bis Gas austrat. Dann torkelte er ins Arbeitszimmer und zündete die Benzinspur mit seinem Feuerzeug an. Zufrieden beobachtete er, wie die Flamme über den Boden kroch. Dann wankte er durch die Hintertür, die er offenließ, ins Freie und schleppte sich zur Gartentür.

Als er sich umdrehte, sah er den flackernden Schein von Flammen im Erdgeschoß, der schnell stärker wurde. Zufrieden stolperte er durch die Gartentür und schloß sie hinter sich.

Nachdem der Kerl am Fuß der Treppe gelandet war, taumelte Dan ins Schlafzimmer, sah die Waffe auf dem Boden, hob sie auf und hastete auf den Gang zurück. Er konnte sich kaum auf den Beinen halten, aber er hatte es geschafft – er hatte den Bastard mit dem Nudelholz richtig erwischt. Jetzt stand Dan auf dem oberen Treppenabsatz, richtete die Waffe auf die unten kriechende Gestalt, versuchte zu zielen und drückte ab. Aber nichts tat sich. Der Schlitten. Er mußte durchladen. Er tat es, zielte wieder und feuerte, und diesmal krachte es, und die Waffe bäumte sich in seiner Hand auf. Er schoß sie leer und nahm nur verschwommen wahr, daß der Kerl sich aus der Feuerlinie rollte. Dann wankte er wieder ins Schlafzimmer, warf die Tür hinter sich zu und sank zu Boden. Vor seinen Augen drehte sich alles, und er konnte so gut wie nichts erkennen.

Er war sich ziemlich sicher, daß er tatsächlich einen Moment lang ohnmächtig gewesen war, nachdem der Kerl über ihn gefallen und auf den oberen Treppenabsatz geknallt war. Er hatte mit dem Nudelholz auf die Stirn des Kerls gezielt und sie verfehlt, aber der Schlag aufs Auge hatte gesessen, obwohl Dan durch die Anstrengung beim Werfen zusammengebrochen war. Aber der Hüne war lange genug benommen gewesen, und Dan hatte sich das Nudelholz wieder schnappen können, bevor Ward angegriffen hatte, und weil Dan am Boden gewesen war, hatte er den Bastard ein zweites Mal treffen können, diesmal am Schienbein.

Dan vernahm ein Geräusch vom Bett. Grace. Er wandte den Kopf und starrte sie an. Ihr Augen waren weit aufgerissen und spiegelten Entsetzen wider. Ihr nackter Körper war obszön ausgestreckt, Arme und Füße waren ans Bett gefesselt. Eine glänzende chirurgische Klammer hing an einer ihrer Brüste.

»O Gott«, murmelte Dan, stemmte sich auf und wandte den Blick ab. Er hörte Geräusche unten im Haus. Es klang wie das Zerbersten einer Flasche. Er erstarrte. Der Bastard kam zurück. Er mußte die Tür verrammeln. Schnell. Er versuchte, die Frisierkommode davor zu schieben, aber es mangelte ihm an Kraft, und er brach fast wieder zusammen. Sein Nacken war steif und schmerzte. Er versuchte es noch einmal. Nur schieben, nicht anheben. Schließlich bewegte sich die Kommode ein Stück, und es gelang ihm, sie etwas seitwärts zu drehen, bis sie die Tür zum Teil blockierte. Dann taumelte er zum Bett, sagte Grace, daß alles gut sei, alles gut werden würde. Er entfernte die Klammer und durchtrennte ihre Fesseln mit einem der Skalpelle, hüllte sie in die Bettdecke und hielt sie in den Armen, als sie zu schluchzen begann. Er tröstete sie, während sie von einem Weinkrampf geschüttelt wurde, und dann hörte er unten im Haus ein Geräusch, bei dem ihm der Atem stockte.

Dan wußte, was es bedeutete. Er kannte es vom Unterricht über Feuerbekämpfung bei der Navy, als der Ausbilder Benzin auf eine Lache mit Diesel geschüttet und anschließend angezündet hatte.

Er rollte sich vom Bett und hielt nach dem Telefon Ausschau. Das nutzte nichts – die Leitung war tot. Grace rief seinen Namen, als er sich von ihr löste. Dann drang ein Knistern durch die Schlafzimmertür, das zu einem Prasseln anschwoll.

»Was … was ist das?« fragte Grace.

»Er hat Feuer gelegt. Wir müssen hier raus. Bist du verletzt?«

»N-nein«, stammelte sie. »Er wollte … wollte …«

»Es ist vorbei. Ich habe ihn erledigt. Aber mein Nacken ist wie betäubt. Ich kann kaum aufstehen. Du mußt mir helfen. Er hat die Telefonleitung durchschnitten. Welche Hausseite ist am niedrigsten?«

Grace versuchte, sich aufzusetzen, verhedderte sich mit der Bettdecke, war noch zu benommen, um ihn zu verstehen. »Ich … ich weiß es nicht«, murmelte sie, nachdem er die Frage wiederholt hatte, und sah unsicher zu den Fenstern.

Dan wankte zum Fenster in der rechten Wand und schaute hinaus. Ein Geschoß tiefer sah er Büsche und eine Backsteinmauer, auf der er einen orangefarbenen Schein von den Fenstern im Erdgeschoß auszumachen glaubte, aber sie war unerreichbar. Er hastete zur anderen Wand, und jetzt bemerkte er den Rauch unter der Kommode.

»Grace, du mußt aufstehen. Stopf irgendwelche Kleider unter die Schlafzimmertür.«

Sie starrte auf die Kommode, und erst als sie Rauch ins Schlafzimmer dringen sah, begriff sie und handelte. Sie warf die Bettdecke von sich und eilte nackt zu der Kommode.

Dan schaute aus dem anderen Seitenfenster. Das gleiche. Wenn die Mauer nur etwas näher gewesen wäre, hätten sie hinunterspringen können, aber zwischen ihr und dem Haus lagen mindestens drei Meter. Grace stopfte Kleidungsstücke unter die Kommode, es hielt etwas von dem Rauch ab, und dann zog sie sich hastig Shorts und einen Pullover an. *Gut,* dachte er, *sie kann wieder klar denken.* Er ging zum hinteren

Fenster des Schlafzimmers und erkannte sofort, daß sie auf das Dach der hinteren Veranda gelangen konnten.

»Okay!« rief er. »Hier ist unser Ausweg.«

Er wollte das Fenster öffnen, aber es klemmte. Vermutlich, weil man es gestrichen hatte und Lack in den Rahmen gelaufen war. Als er es nochmals versuchte, wurde ihm schwindlig. Er stützte einen Moment den Kopf mit den Händen, und dann bemerkte er, daß der Teppich warm war, sehr warm.

»Grace!« schrie er. »Wir müssen raus. Unten brennt schon alles. Hilf mir, das Fenster aufzumachen!«

Grace lief zum Fenster, barfuß. Sie rüttelte an der Fensterklinke und ächzte vor Anstrengung. Auch mit Dans Hilfe schaffte sie es nicht. Grace trat auf den Boden neben dem Teppich und schrie auf. Das Holz war heiß. Der Boden vibrierte jetzt, weil das Feuer in der Küche, verstärkt durch Gas und frische Luft, das Erdgeschoß in einen Verbrennungsraum verwandelte. Funken sprühten aus der Wand, das Licht ging aus, und die Luft im Schlafzimmer erhitzte sich. Dan erkannte, daß ihnen nur noch Sekunden blieben.

»Wirf etwas durchs Fenster!« schrie er. Er mußte schreien, damit Grace ihn in dem Getöse verstehen konnte, von dem das Haus erfüllt war. Auf der Vorderseite krachte es, das Prasseln und Tosen wurde stärker, und der Boden des Schlafzimmers bebte jetzt. Grace nahm den Hocker, der zu dem Schminktisch gehörte, und schlug auf das Fenster ein, bis sie das meiste Glas herausgeschlagen hatte. Dan polsterte den Rahmen mit einer Bettdecke, während unten Fensterscheiben zerbarsten und Rufe ertönten. Er schob Grace durch das Fenster, half ihr, sich umzudrehen, damit sie sich einen Moment festhalten konnte, bevor sie sich aufs Dach und von dort in die Büsche fallen ließ. Hinter ihm begann die Schlafzimmertür zu rappeln, und ein Blick über die Schulter zeigte ihm, daß ihre Farbe große schwarze Blasen warf, bevor sie sich nach innen wölbte und plötzlich ein orangefarbenes Viereck von Feuerschein zu sehen war. Dan spürte, wie Luft aus dem Schlafzimmer gesaugt wurde, als sich die Vorhänge zu beiden Seiten des Fensters in Richtung der sich auflösenden Tür blähten. Er hatte vorgehabt, die Bettdecke festzubinden und sich daran hinunterzulassen, doch er wußte, daß ihm keine Zeit mehr blieb. Er warf die Decke auf das Verandadach und kletterte aus dem Fenster. Sein Nacken versagte ihm fast den Dienst, als er sich umdrehte und einen Moment an den Fensterrahmen klammerte, wobei er sich an Scherben aufschnitt.

»Spring, Dan, spring!« schrie Grace vom Hof. Dan meinte einen Jet mit röhrenden Triebwerken praktisch unter seinen Füßen landen zu hören. Er ließ den Fensterrahmen los und fiel auf das schräge Verandadach. Obwohl er hauptsächlich auf der Bettdecke landete, schürfte er sich Knie und Ellenbogen auf und stürzte dann, wie Grace zuvor, in die Büsche. Grace war sofort bei ihm, zog ihn mitsamt der Bettdecke vom Haus fort, während die Flammen fauchend aus dem Schlafzimmerfenster loderten, als suchten sie nach ihnen. Dann waren Leute um ihn herum, und Sirenen heulten. In der Gewißheit, dem Feuer entkommen zu sein, ergab er sich in die unwiderstehlich kühle Behaglichkeit des feuchten Grases.

57

Nach Atem ringend, mußte Malachi stehenbleiben, als er die Schatten oben an der *Exorzist*-Treppe erreichte. Auf dem Weg zur Gartentür hatte er sich einen Rechen geschnappt, die Zinken am Türpfosten abgeschlagen und den Stiel als Krücke bei seiner Flucht durch die Seitengasse genutzt. Sein rechtes Bein war aber offenbar nicht gebrochen, sonst wäre er nicht so weit gekommen. Instinktiv wußte er, daß die Verletzung seines Auges schlimmer war. Es hatte sich ganz geschlossen, und jedes unfreiwillige Blinzeln schickte einen stechenden Schmerz durch seinen Schädel. Schlimmer noch, aus dem Auge lief etwas, das sich wie klare Flüssigkeit anfühlte, auf seine Wange; wenn sie das war, was er befürchtete, dann hätte er fast vorgezogen, daß es sich um Blut handelte.

Der Blick über die Stufen zur M Street hinunter war beunruhigend. Durch das linke Auge betrachtet, wirkten sie noch steiler, als sie ohnehin waren. *Besser runter als rauf,* sagte er sich und zwang sich, die Treppen hinunterzusteigen. Auf jeder Stufe drehte er sich zur Seite, benutzte die improvisierte Krücke als Stütze, setzte das linke Bein auf und drehte sich wieder, um das rechte Bein auf die nächste Stufe zu schwingen. Er erinnerte sich, daß er keine Antwort auf seine Frage bekommen hatte. Aber vielleicht doch. Er hatte den Ausdruck in ihren Augen gesehen; sie war bestürzt gewesen, als habe sie begriffen, was ihr blühte, nachdem er ihr gesagt hatte, daß er nicht nur alles über Captain Vann wußte, sondern auch, daß man sie angeheuert hatte, um ihn umzulegen.

Aber es störte ihn, daß sie so leicht zu besiegen gewesen war. Er hatte keine Waffen gefunden, weder im Haus noch an ihrem Körper, was der Hauptgrund gewesen war, weshalb er ihr die Kleider vom Leib geschnitten hatte. Gott wußte, daß der Anblick ihrer nackten Reize nichts bei ihm bewirken konnte. Bei der Killer-Lady, die ihm vor ein paar Jahren Angst eingejagt hatte, war das anders gewesen; er hatte von den beiden Waffen an ihrem Körper und einer weiteren in der Handtasche, mehreren Rasierklingen, eingenäht in ihren BH, und einer Sechs-Zoll-Hutnadel aus Stahl im Haar gewußt. Die Snow hätte ihre Furcht in Zorn verwandeln, ihn anschreien und sich wehren sollen, als er sie ans Bett gefesselt hatte, doch sie war völlig eingeschüchtert gewesen, hatte fast unter Schock gestanden. Das beunruhigte ihn. Irgendwas paßte nicht zusammen. Er stolperte auf einer Treppenstufe und verlor fast das Gleichgewicht. Unbewußt schrie er auf, weil er befürchtete, auf das verletzte Bein zu fallen. Aber er fing sich, mußte jedoch eine volle Minute stehenbleiben, bis sich sein Atem beruhigt hatte und die Schwäche überwunden war.

Und das Dumme war, daß er jetzt nicht wußte, ob sie das Feuer überlebt hatten. Er hatte die Sirenen gehört, und Mr.

Navy war oben gewesen, konnte sie also losgebunden und in Sicherheit gebracht haben. Aber Mr. Navy war fertig gewesen, das war klar – den Genickschlag hatte ihm ein Experte verpaßt; die Leute neigten dazu, zu vergessen, daß solch ein Schlag eigentlich dazu diente, einem Kaninchen den Hals zu brechen. Dennoch hatte der Kerl ihn überrumpelt. Er hatte Glück gehabt, das war alles. Malachi zuckte zusammen, als er daran dachte, daß er über das alberne Nudelholz gelacht hatte. Gott sei Dank war der Bastard ein lausiger Schütze.

Am Fuß der Treppe humpelte Malachi zu der geschlossenen Tankstelle an der M Street und ließ sich auf eine Bank vor der Männertoilette sinken. Verdammt, er brauchte jetzt einen Whisky. Er blickte über die belebte Straße, den stetigen Strom von Wagen, die durch den Schein der Straßenlampen Richtung Key Bridge fuhren. Er mußte die M Street überqueren, dann die Brücke, und es hügelaufwärts zur Rosslyn Station schaffen, bevor sie für die Nacht geschlossen wurde. Dann mußte er nach Ballston und den Randolph Towers. Keine Taxen, keine öffentlichen Verkehrsmittel.

Und hoffentlich keine Cops. Wenn er Glück hatte, dann würden Mr. Navy und seine Freundin lange genug mit dem Feuer beschäftigt sein, so daß er aus dem Viertel herauskam. Die Brücke stellte den größten Gefahrenpunkt dar, wenn die Bullen ihn suchten. *Dann humpel los, Malachi,* sagte er sich. Er atmete tief durch. Als er sich von der Bank aufstemmte, meinte er, sein Auge falle dabei heraus, und er mußte die Zähne zusammenbeißen, als Schmerzen sein Bein durchfuhren. *Morgen,* dachte er. *Konzentrier dich auf morgen. Zeit genug, um zu überlegen, was zu tun ist. Aber es wird bestimmt den Captain mit einschließen.*

Dan erwachte in einer Ecke der Notaufnahme des Georgetown University Hospital. Dies wurde ihm klar, als er blinzelnd den Namen des Krankenhauses und die Abkürzung für ›Notaufnahme‹ las. Um seinen Nacken lag eine Art Manschette, sein Magen schmerzte, und auf seiner Wange, mehreren Fingern und dem linken Ellenbogen klebten Pflaster. Einige Leute standen hinter den Vorhängen und sprachen leise miteinander. Versuchsweise rief er Grace' Namen.

Grace kam durch den Vorhang und ergriff seine linke, weniger verletzte Hand. Sie trug immer noch Shorts und Pullover und hatte Grasflecke auf ihren Knien. Eine Gesichtshälfte war bleich, die andere gerötet, doch als er den Ausdruck ihrer Augen sah, fühlte er sich erheblich besser.

»Er ist wach«, sagte sie mit einem Blick über die Schulter, und dann tauchte Captain Vann auf.

»Hey, Mann, was habe ich euch über freie Mitarbeiter erzählt?« bemerkte er grinsend.

»Verdammt, Captain, ich habe nur eine Frau nach Hause gebracht. Sogar noch früh. Aber dort hat dieser Alptraum gewartet.«

Vanns Miene wurde ernst. »Ja, ich nehme an, es ist Mr. Malachi Ward gewesen, ehemals wohnhaft in Capitol Hill.«

»Ehemals?«

»Ja, er ist abgehauen. Aber Grace sagte, Sie haben ihn ganz schön zugerichtet.«

Dan wollte den Kopf schütteln, aber die Manschette hinderte ihn daran. »Ich weiß es nicht – ich habe ein Nudelholz nach ihm geworfen, um ihn auszuknocken, aber ich habe nur sein Auge und sein Bein getroffen, denke ich. Dann habe ich eine Neun-Millimeter auf ihn geleert.«

»Sie haben ihn getroffen?«

»Vermutlich nicht. Aber es hat viel Krach gemacht und ihn vertrieben. Alles ist schnell passiert, und mir war nicht nach einer heißen Verfolgung.«

Vann schaute auf die Halsmanschette. »Er hat Ihnen einen Karateschlag in den Nacken verpaßt. Der Doc meinte, Sie hatten Glück, daß er Ihnen nicht das Genick brach.«

»Fühlt sich aber so an«, sagte Dan und seufzte. »Und das Haus?«

»Abgebrannt«, sagte Vann. »Der Scheißkerl hat nicht nur

Benzin, sondern auch noch Gas benutzt. Ein übles, schnelles Feuer. Ihr beide hattet unglaubliches Glück.«

Dan versuchte, seinen Nacken zu massieren. Die Manschette war unbequem, aber sie half – solange er sich nicht abrupt bewegte. Grace drückte seine Hand. »Eine schwere Verstauchung«, erklärte sie. »Sie haben dich geröntgt. Der Arzt versicherte, daß es schnell heilen, aber noch lange Zeit schmerzen wird. Sie wollen dich heute nacht hierbehalten.«

Dan wollte den Kopf schütteln und vergaß wieder die Manschette. »Ich kann mir Georgetown nicht leisten – sie müssen mich ins Bethesda-Marinelazarett bringen«, entgegnete er.

Grace lächelte ihn an und teilte ihm mit, daß sie die Formalitäten mit dem Krankenhaus bereits erledigt hatte. Er betrachtete ihr Gesicht genauer, besonders die Seite, die gerötet und geschwollen war. Er meinte fast, Fingerabdrücke darauf zu erkennen – und die Klammer an ihrer Brust.

»Wie …«, begann er, doch sie legte einen Finger auf den Mund.

»Mir geht's prima. Er hat mich nur geschlagen.« Ihr Blick bat ihn, vor Vann nicht über den Rest zu sprechen. Es war immer noch eine Spur von Panik in ihren Augen.

»Wir müssen ein Protokoll aufnehmen«, sagte Vann. »Und früher ist besser als später. Der Kerl muß gefunden werden. Ich bezweifle, daß er vorhatte, Sie beide davonkommen zu lassen.«

»Die Cops überprüfen die Gegend?«

»Ja, aber er ist verschwunden. Er ist vielleicht über die Key Bridge nach Virginia entkommen. Als unsere Jungs die hiesigen Cops informierten, war es schon zu spät.« Vann zuckte die Achseln.

»Das kann ich mir vorstellen«, sagte Dan. »Machen wir folgendes. Mein Nacken ist gestützt. Bei diesen Preisen hier schlafe ich besser in meinem eigenen Wigwam. Können Sie uns vielleicht zu meinem Haus in Alexandria fahren? Grace muß irgendwo bleiben, und ich kann mit Ihren Jungs dort genausogut reden wie hier. Oder sogar im Wagen.«

Vann spitzte die Lippen. »Sie sind hier sicherer als zu Hause. Denken Sie daran, daß Ward frei rumläuft.«

»Ich schätze, wir haben nichts zu befürchten, jedenfalls nicht heute nacht. Er war nicht in der Verfassung zu einem weiteren Angriff.« Dan beobachtete Grace. Um ihren Mund zuckte es, und sie fuhr bei jedem Geräusch außerhalb der Vorhänge zusammen.

Vann nickte schließlich. »Ja, okay. Die Ärzte werden ein bißchen Theater machen, sie werden morgen noch einmal Ihren Nacken röntgen. Aber was soll's. Ich hasse Krankenhäuser auch.«

Es dauerte eine volle Stunde, bis Dan entlassen wurde, aber schließlich saßen sie in Vanns Polizeiwagen und fuhren Richtung Old Town. Ein anderer neutraler Polizeiwagen folgte ihnen mit zwei Detectives der Mordkommission. Dan trug ein Pyjamaoberteil des Krankenhauses. In der Annahme, er sei angeschossen worden, hatte man ihm bei der Einlieferung sein blutiges Hemd aufgeschnitten. Grace hatte ein paar Krankenhauspantoffel erhalten; sie war ja barfuß aus dem Fenster geklettert.

Nach ihrer Ankunft verhörten die beiden Detectives Dan und Grace eine Stunde lang und nahmen ihre Aussagen auf Tonband auf. Als Vann bemerkte, daß sie müde wurden, beendete er die Befragung. Es war kurz vor Mitternacht, als die Detectives das Haus verließen. Vann, Grace und Dan blieben noch ein paar Minuten lang in der Küche. Dan spürte ein stetes Ziehen in seinem Nacken, aber er verschaffte sich vorübergehend Erleichterung mit Koffein, während er auf die Wirkung der Schmerztablette wartete.

»Wir reden morgen weiter«, sagte Vann und stellte seine leere Kaffeetasse in die Spüle. »Nach dem, was letzte Nacht passiert ist, haben wir einen aktiven Fall. Freiheitsberaubung und versuchter Mord, ganz zu schweigen von schwerer Brandstiftung. Ich habe Wards Haus in Capitol Hill durchsuchen lassen. Wir werden sehen, was dabei rumkommt. Vor allen Dingen müssen wir herausfinden, warum er es auf Sie beide abgesehen hatte.«

Grace schüttelte den Kopf. Dan fiel auf, wie bleich und erschöpft sie war. Sie hatte Kaffee abgelehnt und sank jetzt im Sessel zusammen. »Ich habe es Ihnen erzählt«, sagte sie. »Er wollte wissen, ob uns jemand angeheuert hat, und er meinte, dieser Jemand seien Sie. Da ist noch etwas anderes im Spiel, aber ich weiß nicht, was.«

»Aber wofür angeheuert?«

»Um ihn zu erledigen, sagte er … Dan, ich glaube, ich lege mich jetzt besser hin.«

»Richtig.« Vann schaute Dan an. »Rufen Sie mich gleich morgen früh an, okay? Und wir bitten die Cops vom Arlington County, heute nacht zu patrouillieren. Das kann nicht schaden.«

Dan dankte ihm, und Vann verabschiedete sich. Nachdem er gegangen war, zog Dan Grace an sich.

»Prima Rendezvous, Miss Snow. Keine Spur von Langeweile.«

Grace lächelte nicht über seinen Scherz. Sie zitterte und atmete stoßweise. Er brachte sie nach oben in sein Schlafzimmer. Als sie das Bett sah, wich sie zurück und begann zu weinen; sie klammerte sich an ihn und schmiegte ihr Gesicht an seine Schulter. Er setzte sie auf die Bettkante, streichelte über ihr Haar und versuchte, sie zu beschwichtigen, aber sie zitterte nach wie vor und stammelte Unzusammenhängendes. Plötzlich setzte sie sich kerzengerade auf.

»Toilette«, brachte sie mit aschfahlem Gesicht hervor.

Er führte sie ins Badezimmer, wo sie sich übergab. Sie hörte nicht auf zu weinen, während sie krampfhaft würgte und schließlich von einem hysterischen Anfall geschüttelt wurde. Dan konnte nur an ihrer Seite knien und sie stützen, ziemlich unbeholfen wegen der Halsmanschette. Nachdem sie sich beruhigt hatte, nahm Dan ein nasses Tuch und reinigte ihr Gesicht. Schließlich sank sie zu Boden, und es wurde offenkundig, daß sie die Kontrolle an beiden Enden verloren hatte. Als sie selbst es bemerkte, begann sie wieder zu weinen, diesmal weniger hysterisch, eher wütend über das Malheur. Dan drehte den Duschhahn auf, entkleidete Grace und schob sie unter den lauwarmen Strahl. Er erhöhte langsam die Wassertemperatur, während er neben dem Waschbecken stand und Grace festhielt; er benutzte einen Waschlappen und Seife und ließ das Wasser die Schrecken der Nacht abspülen. Bei seiner ersten Berührung fuhr sie zusammen, doch er redete auf sie ein. »Ich bin es, Grace. Nur ich. Alles ist in Ordnung. Jetzt haben wir nichts mehr zu befürchten. Wir sind in Sicherheit.« Dann wurde sie ruhiger. Die Spitze ihrer rechten Brust war gequetscht und angeschwollen. Sie blieb unter dem Duschstrahl stehen, bis der betagte Boiler den Kampf verlor und nur noch kaltes Wasser kam. Dan drehte den Hahn zu, setzte Grace auf den Toilettensitz und holte Handtücher. Von seiner Halsmanschette tropfte Wasser auf den Boden.

Nachdem er Grace abgetrocknet hatte, gab er ihr eines seiner alten Flanellnachthemden und ein Paar Wollsocken, weil sie sie sich mit dünner Stimme über kalte Füße beklagt hatte. Dann brachte er sie ins Bett. Sie hielt die Augen geschlossen, als könne sie die grauenvolle Nacht aus ihrer Erinnerung verbannen, solange sie nichts sah. Dan deckte sie zu und strich ihr feuchtes Haar aus dem Gesicht. Er entkleidete sich und zog einen Pyjama an. Dann ging er nach unten und warf die schmutzigen Kleidungsstücke in den Mülleimer. Dabei fiel sein Blick auf die Flasche Courvoisier, und er holte zwei Cognacschwenker aus dem Schrank. Er ließ die Lampe im Flur und im Badezimmer brennen und öffnete die Schlafzimmer- und Badezimmertür einen Spalt, damit ein wenig Licht ins Schlafzimmer fiel. Die Schlafzimmerbeleuchtung machte er ebenfalls aus. Dann setzte er sich behutsam neben sie auf die Bettkante. Grace war fast völlig zugedeckt, nur ein Teil ihres Kopfes war zu sehen. Er streichelte zärtlich über ihr Haar.

»Ich habe einen Cognac«, sagte er leise, um sie nicht zu

wecken, falls sie eingeschlafen war. Er hörte ein »Hm-uhm« unter der Decke. Okay, sie wollte in Ruhe gelassen werden. Er trank einen Schluck Cognac und fand, daß er scheußlich schmeckte. Vielleicht weil er Schmerztabletten genommen hatte. Er beschloß, beim Schlafen auf die Halsmanschette zu verzichten, und als er sie auf den Nachttisch legte, fiel sie prompt auf den Boden. Er dachte flüchtig an seinen Wagen und fragte sich, was er Summerfield am Morgen über all dies erzählen würde.

Dann bemerkte er, daß Grace einen Arm hervorstreckte und am Laken zupfte.

»Was ist?« fragte er.

»Komm zu mir«, sagte sie, und ihre Stimme klang gedämpft unter der Decke hervor. »Schnell. Mir ist kalt.«

58

Um Mitternacht lag Malachi auf der Couch in der Dunkelheit seines Apartments in den Randolph Towers. Sein rechtes Bein hatte er auf einen Stuhl davor gelegt, und eine Eispackung sollte die dicke Schwellung an seinem Schienbein lindern. Sein Kopf ruhte auf der Armlehne der Couch, und eine andere Eispackung bedeckte seine ganze rechte Gesichtshälfte. Er hielt die Flasche Harper zwischen den Beinen, die rechte Hand umklammerte den Flaschenhals, und sein unversehrtes linkes Auge war geschlossen. Er hörte den Ton eines Fernsehers – irgendeine Show, bei der ständig gelacht wurde – aus dem benachbarten Apartment: noch jemand, der an Schlaflosigkeit leidet. Mit dem leichten Nachtwind drang ein schwacher Geruch nach Kümmel durch den Vorhang der Balkontür, die einen Spalt offenstand.

Der Weg über die Key Bridge und den Hügel zur U-Bahn-Station war für ihn eine Tortur gewesen. Auf der Brücke hatte er einen Augenblick mit dem Gedanken gespielt, in das kalte, dunkle Wasser des Potomac zu springen, um die Qualen zu beenden. Er war wütend auf sich selbst gewesen, weil sein Körper nicht mit Schmerzen von zwei relativ harmlosen Treffern fertig wurde: ein Schlag gegen das Schienbein und einer gegen das Auge. Obwohl er spürte, daß die Verletzung des Auges ernst war, quälte ihn das Bein erheblich mehr. Er hatte einen heiklen Moment überstehen müssen, als in der Rosslyn Station der Vorsteher auf den Bahnsteig gekommen war, um sich nach seinem Befinden zu erkundigen, nachdem ihn einer der auf die Bahn Wartenden alarmiert hatte.

»Mein Gott, Mister, sind Sie überfallen worden? Soll ich die Polizei oder einen Arzt rufen?«

Malachi, der in einem Nebel aus Schmerz auf einer der Bänke gesessen war, hatte beim Wort Polizei schnell überlegen müssen.

»Mein Freund hat mich mit einem anderen erwischt«, hatte er gesagt. »Ich möchte jetzt nur meine Ruhe haben, wenn das in Ordnung ist.«

Der Stationsvorsteher, ein älterer Schwarzer, hatte ihn noch einmal merkwürdig angesehen und sich zurückgezogen. Malachi, dankbar dafür, daß es in Amerika immer noch Vorurteile gegenüber Schwulen gab, hatte gehofft, daß dem Mann ein Streit zwischen Homosexuellen nicht wert war, die Polizei zu verständigen. Der Portier in den Randolph Towers, ein älterer Pakistaner, war wegen seines Zustandes genauso bestürzt gewesen, aber Malachi hatte behauptet, er sei von Straßenräubern überfallen worden, habe Anzeige erstattet, Stunden auf dem Polizeirevier verbracht und wolle jetzt nur noch ins Bett. Der Portier hatte Mitleid gezeigt und war in seine Kabine an den Fernseher zurückgekehrt.

In seinem Apartment hatte Malachi ein paar Aspirin mit Bourbon hinuntergespült. Einen Teil des rechten Hosenbeins hatte er abschneiden müssen; das Bein war blutig und geschwollen gewesen, und der Stoff hatte an der Wunde geklebt. Die Verletzung des Auges war ein ernsteres Problem.

Er hatte versucht, sie mit dem unversehrten Auge im Badezimmerspiegel zu untersuchen, und bei dem Anblick war ihm fast schlecht geworden. Er hatte großes Glück gehabt, daß der Stationsvorsteher nicht 911 angerufen hatte. Die Stelle seines Auges hatte jetzt eine geschwollene schwarzrotblaue Masse von der Größe einer dicken, reifen Pflaume eingenommen, aus der nach wie vor klare Flüssigkeit gesickert war. Ein schwarzblauer Ring hatte das andere Auge umgeben, als wolle es sein Mitgefühl bekunden.

Er hatte mehrere kleine Schnitte an seiner Hand festgestellt und zwanzig Minuten lang winzige Glasstückchen entfernen müssen, bevor es ihm gelungen war, eine Eispackung für das Auge zu machen und eine Zigarette zu rauchen. Jetzt hatte er das Bedürfnis, sich zu duschen – seine Kleidung stank, und er stank und sah aus, als hätte er tagelang auf einer Müllkippe gelegen. Er mußte daran denken, alles, was er heute nacht getragen hatte, in einen Plastikbeutel zu packen und in den Müllschlucker zu werfen. Obwohl das nicht viel änderte, wenn diese beiden dem Feuer entkommen waren. Er würde es aus den Zeitungen oder den Fernsehnachrichten erfahren.

Malachi trank noch einen Schluck Harper und seufzte laut, als die Kakophonie der nahen Arlingtoner Feuerwehr durch die Straßenschluchten hallte; vermutlich war sie zu einem Einsatz auf dem Interstate 66 unterwegs. Erstaunlich, wie laut sie war. Er hatte Feuerwehrwagen auf ihrem Weg nach Georgetown gehört, als er ungefähr drei Blocks vom Haus der Snow entfernt gewesen war, aber sie hatten bestimmt nichts mehr löschen können, nachdem Benzin und Gas im Spiel gewesen waren.

Er hatte nur einmal zuvor ein Haus in Brand gesteckt, und zwar im Auftrag des Besitzers, eines verheirateten Anwalts, der wegen seiner Geliebten hatte verschwinden wollen. Sie war in einem Krankenhaus beschäftigt gewesen und hatte ein halbes Jahr lang Körperteile aus den Labors geschmuggelt, die der Anwalt in einem Kühlschrank im Keller aufbewahrt hatte. Als seine Frau nicht in der Stadt gewesen war, hatten sie daraus einen groben Körper zusammengesetzt und ins Schlafzimmer des Anwalts geschafft. Malachi hatte aus Rollen von Papiertüchern eine Leitung gebastelt und Gas aus dem Ofen in der Küche ins Schlafzimmer geleitet. Es war in der Weihnachtszeit gewesen; er hatte eine brennende Weihnachtskerze unten auf den Kaminsims gestellt und drei Fenster geöffnet, um gute Sauerstoffzufuhr zu gewährleisten, und dann waren alle abgehauen. Die folgende Gasexplosion hatte das Haus in Schutt und Asche gelegt. Zurückgeblieben waren nur Knochenstückchen und menschliches Gewebe, und die Ermittler waren zu dem Schluß gelangt, daß der Anwalt die Reise zu seinem Richter angetreten hatte.

Wenn die beiden in dieser Nacht davongekommen waren, konnten sie ihre Geschichte erzählen, aber nutzbare forensische Beweise waren schwer zu finden – abgesehen vielleicht von den chirurgischen Instrumenten. *Scheiß drauf,* dachte Malachi und trank wieder Whisky.

Was also nun? Sein weiteres Vorgehen hing davon ab, ob sie mit den Bullen redeten. Andernfalls hatte er Zeit genug, um den Captain zu erledigen und unterzutauchen. Aber er mußte davon ausgehen, daß Collins und die Snow überlebt hatten und der Captain gewarnt war, aber jetzt in ihm, Malachi, eine aktive Bedrohung sah. Mr. Navy würde sich eine Weile bedeckt halten. Und die Frau ... nun, die würde nicht gerade erpicht darauf sein, ihm so bald wieder zu begegnen.

Welche Möglichkeiten hatte er? Verschwinden, sofort. Die Polizei kannte seine Identität, und er hatte der Frau gegenüber von Hardin gesprochen, also konnten sie sich alles zusammenreimen. Es gab Akten von ihm bei der Army und vermutlich sogar altes CID-Material, um das Bild abzurunden. All diese Jahre war die Anonymität sein großes Plus gewesen. Damit war es nun vorbei. Ja, es war vernünftig, sich abzusetzen. Das konnte er schaffen. Noch heute nacht konnte er die Stadt verlassen. Der Polizeiwagen war eine ausgezeichnete Tarnung, und in zwei Stunden würde er in West Virginia sein. Der Pickup Truck wäre sogar noch besser.

Er nahm noch einen Schluck aus der Flasche und konnte jetzt gut denken. Die Schmerzen hatten nachgelassen. Er erkannte, daß es das beste war, abzuhauen und den Captain zu vergessen. Seine Auftraggeber hatten ihn beim ersten Anzeichen auf dicke Luft fallengelassen – das hätte jeder in Washington getan. Der Captain hielt sich nur an die Spielregeln. Aber etwas an dem Fall Hardin machte ihn wirklich sauer. Beide Hardins würden noch leben, wenn Seine Eminenz den Pimmel in der Hose gelassen hätte. Nichts von diesem Scheiß war seine, Malachis, Schuld. Und jetzt versuchten sie, *ihn* fertigzumachen, nachdem er für sie die Drecksarbeit erledigt hatte – zweimal. Hätte der Captain ihn fallengelassen wie Nixons Lakaien die Watergate-Jungs, dann wäre das etwas anderes. Er erinnerte sich an die Formulierung in der *Washington Post:* ›Die Fahne nach dem Winde drehen‹. Aber ihm jemanden auf den Hals zu hetzen, auch wenn es nur eine unfähige Frau war ... nun, das machte es zu einer persönlichen Sache.

Malachi trank weiter Whisky und verschluckte sich. Bei dem folgenden Hustenanfall meinte er, sein verletztes Auge schwappe in seiner Höhle herum. Schrecklich. Er fragte sich, was er tun würde, wenn es herausfiel. Vielleicht würde er sich dann besser fühlen. Er zündete sich eine Zigarette an. Dann setzte er sich auf, um die Eispackung von seinem Gesicht zu entfernen, weil er befürchtete, daß es einfror. Das Handtuch auf seinem Bein, das jetzt naß war, rutschte auf den Boden. Er nahm noch einen Schluck Harper, verkorkte die Flasche, stellte sie auf den Boden und legte sich wieder hin, um weiter nachzudenken.

War es tatsächlich nötig, mit der ganzen Sache Schluß zu machen? Was wußten die Cops oder der NIS *wirklich*? Sie hatten nur hysterisches Gestammel von der Frau und einen weinerlichen Bericht von Mr. Ruderer. Der Navy-Knabe hatte ihn während der ganzen Zeit allenfalls drei Sekunden gesehen, in denen er ziemlich beschäftigt gewesen war. Die Frau konnte sich sein Gesicht eingeprägt haben, aber auch bei ihr hatte er für einige Ablenkungen gesorgt. Waren die Bullen schon in seinem Haus in Capitol Hill gewesen? Vermutlich, wenn die Frau überlebt und ausgepackt hatte. Nach der Brandstiftung in Georgetown hatte die Polizei einen hinreichenden Verdacht.

Abwarten, dachte er. *Abwarten bis zwei, drei Uhr und dann zu meinem Haus fahren. Die Lage peilen. Wenn niemand dort ist, die Tonbänder holen.* Er konnte durch die Garage von der Gasse aus ins Haus gelangen und den Polizeiwagen benutzen, um nicht aufzufallen – zu dieser Zeit waren viele Polizeifahrzeuge in D. C. unterwegs.

Also Plan zwei. Feststellen, was die Cops vorhatten, und dann das tun, was er wirklich wollte: eine letzte kleine Sitzung mit seinem lieben Freund und Auftraggeber, dem Captain, abhalten. Dann würde er aus der Stadt verschwinden und untertauchen. Mittlerweile sollte das Eis wirken. Das Eis und der Harper, seine Freunde in der Not. Er stellte den Wecker auf zwei Uhr, blinzelte dabei angestrengt mit dem unversehrten Auge, um das Ziffernblatt zu sehen, drückte seine Zigarettenkippe auf einem Eiswürfel aus und döste ein.

59

Gegen zwei Uhr erwachte Grace mit einem Schrei, schlug um sich und riß Dan aus tiefem Schlaf. Er verrenkte sich fast wieder den Hals, als er sich ruckartig im Bett aufrichtete. Nachdem er begriffen hatte, was los war, packte er Grace' Arme, hielt sie fest und schrie sie an aufzuwachen. Zuerst wehrte sie sich heftig und stammelte Unzusammenhängendes, doch dann kam sie zu sich, setzte sich auf und warf Dan dabei fast aus dem Bett. Als ihr bewußt wurde, wo sie sich befand, und sie sich an den Traum erinnerte, begann sie zu weinen. Dan nahm sie in den Arm und tröstete sie, so gut er konnte. Sein

Nacken schmerzte wieder, was sie merkte, als sie ruhiger wurde. Sie sah sein schmerzverzerrtes Gesicht und streichelte ihn mitfühlend. Sie lagen sich in den Armen und trösteten sich gegenseitig mit Worten und Liebkosungen, bis sie beide wieder einschliefen.

60

Am Montagmorgen um halb vier setzte sich Malachi wieder hinter das Steuer des Polizeiwagens und verriegelte alle Türen. Er war etwas außer Atem von der Anstrengung, aber es gab ihm Auftrieb, daß er in sein Haus gekommen war, ohne erwischt worden zu sein. Die Fensterscheiben des Wagens waren so stark beschlagen, daß keiner sehen konnte, ob jemand darin saß. Er atmete tief durch und lachte. Nachdem er fast eine Dreiviertelstunde vom nächsten Block aus beobachtet hatte, ob ihm jemand in der Nähe des dunklen Hauses auflauerte, war er innerhalb von zwei Minuten durch die Gasse in die unbewohnte Hälfte des Doppelhauses gelangt. Zuerst hatte er einen Block vor seiner eigenen Straße angehalten und die Nummern beider Häuser angerufen, um zu sehen, was geschehen würde, aber es hatte keine Reaktion gegeben – kein Licht, kein Anrufbeantworter, gar nichts. Es parkten auch keine fremden Fahrzeuge in der Straße.

Als er zum Handeln entschlossen gewesen war, hatte er keine Zeit vergeudet, das eine Tonband an sich genommen und sein Geld und die zusätzliche Waffe aus dem Safe geholt. Dann war er durch die versteckte Tür, die man offenbar nicht entdeckt hatte, in die andere Hälfte gegangen. Dort war die Polizei zweifellos gewesen, denn er hatte in jedem Zimmer Anzeichen für eine Durchsuchung festgestellt.

Er hatte nur die zweite Kassette geholt und war durch die Küchentür und die Garage in die Gasse und zu seinem Wagen gelaufen, so schnell sein schmerzendes Bein dies erlaubt hatte.

Als er jetzt mit den beiden Kassetten im Wagen saß, stieg ihm ein besonderer Geruch in die Nase – von seinen Füßen, von etwas auf dem Wagenboden. Er schaute hinab. Graues Pulver war auf der Fußmatte. Diese Hurensöhne – sie hatten die Teppiche im Haus präpariert. Verdammt, dieser alte Trick war ihm entgangen. Jetzt hatte er Fußabdrücke auf dem Pulver hinterlassen, was ihnen sagen würde, daß er zurückgekehrt war. Er erinnerte sich jetzt, daß er den Geruch auch im Haus wahrgenommen, ihm jedoch keine Beachtung geschenkt hatte. Aber was sollte es. Sie wußten also, daß er noch in der Gegend war. Sie würden wissen wollen, was er im Haus gesucht hatte. *Zu spät, ihr Schwachköpfe,* dachte er. *Ich bin euch einen Schritt voraus, und ich brauche nur einen Tag, um zu erledigen, was getan werden muß.*

Er ließ den Motor an, drückte auf den Knopf für die Belüftung und richtete sie auf die Windschutzscheibe. Es dauerte nicht lange, bis sie klar war, und dann fuhr er aus der Gasse Richtung Stadt. Er wollte so schnell wie möglich in der Anonymität der großen Boulevards untertauchen. Längs der majestätischen Regierungsgebäude hinter dem Capitol warfen die Straßenlampen einen gelblichen Schimmer auf all die verzierten Fassaden und erhellten kaum die dunklen Gestalten der Obdachlosen, die auf den Gittern des Entlüftungssystems der U-Bahn schliefen. Auf der Pennsylvania Avenue überholte ihn ein Streifenwagen, und er winkte den Cops zu wie sie ihm. Nachdem er die Constitution passiert hatte, überquerte er die Teddy Roosevelt Bridge und hielt auf Virginia zu. Die Wirkung des Whiskys und des Aspirins ließ nach, und sein Auge tat mehr weh als sein Bein. Manchmal schienen alle Lichter miteinander zu verschmelzen. Die rechte Gesichtsseite fühlte sich bleiern an, als ob sie sich von den Knochen lösen wollte, wie das Make-up eines Monsters in einem Horrorfilm. Der Schmerz in seinem Bein klopfte im Rhythmus seines Herzschlags. Er mußte vorsichtig sein, denn in seiner Verfassung konnte er sich nicht erlauben, durch einen Fahrfehler aufzufallen. Ab der Ballston wählte er Nebenstraßen; die Randolph Towers waren hoch genug, um sie über den Bäumen und Häusern längs der Wohnstraßen sehen zu können, und er orientierte sich daran.

Erst in seinem Apartment entspannte er sich. Er mußte sofort in die Flachlage, um die Schmerzen unter Kontrolle zu bekommen. Besonders das verletzte Auge tat unerträglich weh, als steche eine glühendrote Nadel in sein Gehirn; mit dem anderen, das überfordert war, sah er auch nicht gut. Er schaltete alle Lichter aus und legte sich auf die Couch. Er schaute auf die Uhr. Fast fünf. Bald wurde es hell.

Malachi zwang sich, wieder aufzustehen und in die Küche zu humpeln. Das Eisfach in dem kleinen Kühlschrank war fast leer. Er öffnete eine neue Flasche Harper, trank ein paar Schlucke und zündete sich dann eine Zigarette an. Der Imbiß würde in einer Stunde öffnen; dort konnte er sich Eis besorgen. Aber er brauchte eine Augenklappe, bevor er sich in die Öffentlichkeit wagte. Wenn sie dem Feuer entkommen waren, mußte er davon ausgehen, daß die Polizei nach jemandem mit einem verletzten Auge suchte. Aber vielleicht nicht in den Morgennachrichten. Möglicherweise hatte er eine Gnadenfrist von einem Tag, bevor seine Beschreibung im Fernsehen ausgestrahlt wurde, aber es änderte ohnehin nichts, denn die Leute würden sich in jedem Fall an ihn erinnern – der U-Bahn-Typ, die Portiers. Also konnte er eine Augenklappe tragen. Er legte sich wieder auf die Couch und stellte die Whiskyflasche auf den Boden. Vielleicht eine Stunde die Augen schließen. Das Auge, genauer gesagt. Bei diesem Gedanken begann er zu lachen, aber es tat zu weh. Er mußte noch etwas tun, sich etwas anhören. Die Kassetten. Richtig. Aber erst etwas ausruhen.

61

Dan schaute auf seine Armbanduhr und sprang fast aus dem Bett. Es war halb acht an einem Montagmorgen, und um diese Zeit saß er normalerweise an seinem Schreibtisch in der Abteilung 614 und sortierte die Eingangspost. Doch dann fielen ihm die Ereignisse der Nacht ein, und er legte sich zurück und wandte sich Grace zu. Sie war in Decken eingehüllt, ihr Haar dicht vor seinem Gesicht, und er konnte ihre gleichmäßigen Atemzüge hören. Obwohl sein Nacken nicht stark schmerzte, drehte er sehr vorsichtig und langsam den Kopf, um seine Bewegungsfähigkeit zu prüfen. Nach ein paar Minuten löste er sich von Grace, die etwas im Schlaf murmelte. Er streichelte über ihren Kopf, bis er sicher war, daß sie weiterschlief. Dann stieg er aus dem Bett und wäre fast auf die Nase gefallen. Er mußte sich auf die Knie sinken lassen und blieb fast eine Minute lang in dieser Position, während er sich an der Bettkante festhielt, bis sich nicht mehr alles vor seinen Augen drehte. Er versuchte aufzustehen, viel langsamer, und diesmal gelang es ihm, und er wankte ins Badezimmer.

Er setzte sich auf die Toilette und kämpfte gegen Übelkeit und Benommenheit an. Er meinte, seine Nackenwirbel seien eine Reihe überlappender Platten, von denen jede einzelne protestierte, sobald er den Kopf bewegte. Für die Übelkeit mußten die verdammten Pillen verantwortlich sein. Er wagte nicht daran zu denken, wie sich sein Nacken anfühlen würde, wenn er sie nicht genommen hätte. Er mußte Summerfield anrufen, ihm sagen, warum er nicht im Büro saß, und erzählen, was geschehen war. Dann mußte er seinen Wagen holen, vorausgesetzt, er hatte den Brand überstanden. Als er die Augen schloß, glaubte er wieder das Röhren des Feuers zu hören, das an das Geräusch der Triebwerke eines Jets erinnert hatte. Und er sah vor seinem geistigen Auge, wie sich dieses Monster über Grace neigte, die hilflos, nackt und mit gespreizten Beinen ans Bett gefesselt war … Er schüttelte den

Kopf, um das schreckliche Bild zu verbannen, was ihm eine Woge von Schmerz einbrachte. Er sollte die verdammte Halsmanschette tragen.

Dan vergewisserte sich, daß Grace noch schlief, zog Shorts und ein T-Shirt an und legte die Halsmanschette um. Seinen Morgenmantel ließ er am Fuß des Bettes für Grace zurück und ging nach unten. Er schaute aus jedem Fenster im Erdgeschoß, aber draußen schien alles normal zu sein.

Er ging in die Küche und kochte Kaffee. Dann setzte er sich mit einer Tasse Kaffee hin und rief im Büro an. Verwaltungsunteroffizier Jackson meldete sich.

»Jackson, lassen Sie mich mit dem Captain sprechen«, bat Dan.

»Hey, Commander. Man hat viel über Sie geredet«, bemerkte Jackson. »Colonel Beißer erzählte von dieser heißen Romanze ...«

»Den Captain bitte, Jackson.«

Jackson ließ ihn eine Minute warten, und dann meldete sich Summerfield.

»Daniel, alles in Ordnung mit euch beiden?«

»Sie haben davon gehört?«

»Es war in den Sechs-Uhr-Nachrichten – ein Brand in Georgetown, das Haus einer Miss Grace Ellen Snow. Miss Snow und ein Freund überraschten einen Einbrecher im Haus; der Einbrecher verspritzte Benzin und legte Feuer. Es hieß, ihr beide hättet euch in Sicherheit bringen können, aber der Einbrecher sei entkommen.«

Dan schwieg einen Moment. »Woher, zum Teufel, haben die Nachrichtenleute all das?« fragte er dann.

»Vom Polizeibericht. Beißer meint, Ihre Vorstellung von einem heißen Rendezvous sei äußerst extrem, selbst bei einem Sailor.«

Dan lächelte. »Sagen Sie Beißer, daß ich wenigstens Rendezvous mit *Mädchen* habe. Sein Freund ist noch sicher.«

»Sagen Sie ihm das selbst; in diesem Punkt ist er sehr empfindlich. Ich nehme an, Sie brauchen ein paar Tage Urlaub, um

Miss Snow zu helfen, ihr Leben wieder in den Griff zu bekommen?«

»Nun«, fing Dan an und überlegte schnell. Wieviel konnte er Summerfield erzählen? Er wußte jetzt, daß alles, was er ihm sagte, zu den EAs weiterging. Er mußte mit Vann sprechen, bevor er noch irgend etwas von sich gab. »Ja, Sir, ich weiß das zu schätzen. Mein Suburban steht in Georgetown, und Grace ist hier bei mir. Ich nehme an, wir werden nicht viel aus dem Haus retten können.«

»Haus? Es gibt kein Haus mehr. Da ist nur noch ein Loch. Fährt sie einen BMW?«

»Jawohl, Sir.«

»Nun, den kann sie ebenfalls vergessen. Von einem Suburban war in den Nachrichten nicht die Rede, aber es waren heute morgen immer noch Feuerwehrwagen dort.«

»Verdammt. Ich muß ihr etwas Kleidung besorgen, und sie sollte zu ihrer Bank und Versicherung. Ein paar Tage Urlaub wären sehr nützlich. Und ich habe mir den Nacken verletzt – als ich aus dem Feuer sprang. Man hat mir eine Halsmanschette verpaßt, und ich muß zugeben, ich fühle mich wirklich ziemlich mies.«

Summerfields Stimme klang jetzt ernst, nicht mehr scherzhaft wie zuvor. »Okay. Nach dem, was ich in den Nachrichten sehen konnte, haben Sie eine schlimme Nacht durchgemacht. Ich schreibe Ihnen einen Urlaubsschein für den Rest der Woche aus, und Sie können wieder zum Dienst kommen, wenn Ihnen danach ist. Kümmern Sie sich um Ihre Freundin, und tragen Sie gewissenhaft die Halsmanschette. Wenn Sie heute einen Wagen brauchen, können Sie meinen leihen. Ich kann Jackson mit den Schlüsseln zu Ihnen auf den Parkplatz schicken. Wenn wir sonst noch etwas hier für Sie tun können, rufen Sie mich an. Und, Dan – steht dieses Feuer in irgendeinem Zusammenhang mit dem Fall Hardin?«

Da hat er mich, der alte Fuchs, dachte Dan. Er konnte Summerfield nicht belügen. Aber er brauchte ihm auch nicht all seine Vermutungen mitzuteilen.

»Ja, Sir, ich denke schon.«

Es folgte eine Pause, als warte Summerfield auf mehr. »Okay, Dan, ich glaube, ich verstehe«, sagte er schließlich. »Aber versprechen Sie mir zu erzählen, was los ist, wenn sich Miss Snow beruhigt hat.«

»Jawohl, Sir. Im Augenblick gibt es nur einige Dinge, die Sie vielleicht nicht wissen wollen.«

Summerfield lachte leise. »Rufen Sie uns an, wenn Sie Hilfe brauchen«, wiederholte er. Dann legte er den Hörer auf.

Dan hängte ebenfalls ein. Als er sich umwandte, stand Grace auf der Türschwelle zur Küche. Sie trug seinen Morgenrock, und die Gesichtshälfte, die der Kerl geschlagen hatte, war immer noch gerötet und geschwollen. Ihr Haar war zerzaust, und sie hatte anscheinend Mühe, die Augen offenzuhalten, aber sie war trotz allem schön. Dan wurde von einer plötzlichen Woge der Zuneigung erfaßt. Er ging zu Grace und nahm sie in die Arme. Sie stieß mit dem Gesicht gegen seine Halsmanschette, und sie lachten beide. Aber sie ließ ihn nicht los.

»Das mit heute nacht tut mir leid«, sagte sie leise.

»Ein Rendezvous mit dir ist äußerst aufregend, Miss Snow«, gab er zurück.

»Ich meinte …«

»Ja, ja. Man könnte meinen, ich lerne aus Fehlern. Ich verführe die Damen mit teuflischem Rum, und sie werden heiß und zu allem bereit? Irrtum. Ihnen wird in meinem Wagen übel. Das passiert mir immer wieder. Wie ich schon sagte, man könnte meinen, ich lerne aus Fehlern.«

Sie umarmte ihn fester, und sie standen eine Weile eng umschlungen da, während er über ihren Rücken streichelte. Schließlich führte er sie zu einem Stuhl und schenkte Kaffee für sie ein. Er füllte auch seine Tasse auf und setzte sich Grace gegenüber an den Küchentisch.

»Dies wird ein alltäglicher, scheinbar nie endender, original beschissener Montag«, verkündete er, und Grace lächelte schließlich und nippte an ihrem Kaffee.

»War es in den Nachrichten?«

»Ja. Summerfield hat es heute morgen gesehen. Grace, das Haus existiert nicht mehr, und ich befürchte, dein Wagen ist nur noch Schrott.«

Sie sank ein wenig auf dem Stuhl zusammen. Er ergriff ihre Hand, bevor er weitersprach.

»Und wir haben einige andere Probleme. Ich habe Summerfield angerufen, um Urlaub zu bekommen, damit ich dir helfen kann. Ich nehme an, wir brauchen die ganze Woche, um alles zu regeln. Das Problem ist, daß Summerfield fragte, ob diese Sache etwas mit dem Fall Hardin zu tun hat. Ich habe es bestätigt, ohne mich weiter dazu zu äußern, denn ich vermute, daß er alles, was ich ihm erzählt habe, direkt an die EAs weitergegeben hat.«

»Dan, sie können dir keine Schuld an dem geben, was passiert ist.«

»Vielleicht können sie das, vielleicht nicht, aber das ist nicht meine wahre Sorge. Mich beunruhigt, daß Vann offenbar glaubt, der Alptraum, in den wir geraten sind, sei von einem gekauften Gangster inszeniert worden. Dieser Bastard handelte auf Anweisung – das war kein Einbrecher, Grace. Ich bezweifle, daß wir diese Nacht überleben sollten. Jemand hat den Kerl beauftragt, uns umzubringen.«

Grace wurde bleich, und ihre Hand zitterte, als sie die Kaffeetasse abstellte. Dan stand schnell auf, ging um den Tisch und ergriff ihre Hände. Sie lehnte den Kopf an ihn, als er neben ihr stand.

»Vielleicht irre ich mich, aber ich nehme an, daß dieser Kerl auf uns gewartet hat. Und du sagtest, er sei schon einmal im Haus gewesen. Er schien zu glauben, wir beide ermitteln im Fall Hardin. Ich denke, er wurde geschickt, um herauszufinden, was wir wissen, und uns dann zu eliminieren, indem er das Haus anzündete. Er hat Benzin mitgebracht, erinnerst du dich?« Sie nickte.

»Und nach dem, was er in der Nacht von sich gegeben hat, könnte er Hardins Mörder sein – aber nicht auf eigene Faust.

Jemand bezahlt den Kerl, und ich habe das schreckliche Gefühl, daß dieser Jemand ein Flaggoffizier der Navy ist.«

Sie zog den Kopf zurück und schaute zu ihm auf. »Aber ...«

»Was aber?« Er hatte Mühe, auf sie hinabzublicken, weil ihn die Manschette behinderte.

»Er wollte wissen, ob ›der Captain‹ mich geschickt hat. Er verhielt sich, als sei jemand auf ihn angesetzt worden. Wenn er den Auftrag hatte, uns zu ermorden, warum sollte er dann solche Fragen stellen?«

Dan starrte aus dem Küchenfenster. Warum? Grace hatte recht mit ihrem Einwand. Warum hatte er Grace ausgehorcht, nicht ihn? Wenn er beauftragt gewesen wäre, sie zu töten, hätte er sie beide niederschlagen, nach oben ins Schlafzimmer bringen und das Feuer legen können. Dan war aber immer noch überzeugt, daß der Kerl vorgehabt hatte, sie zu töten – allerdings erst *nachdem* er etwas herausgefunden hatte.

»Dan«, sagte Grace und schlug die Hand vor den Mund. »Mir fällt gerade etwas ein.«

»Was?«

»Er hätte fast einen Namen genannt ... bevor du durch die Tür gekommen bist. Er wollte etwas über Captain Vann wissen. Ob Captain Vann für einen Captain sowieso arbeitet. Er sprach vom ›Lakai‹ des Vice.«

Dan sah sie entsetzt an. »Der Lakai des Vice Chief? Sagte er das?«

»Ja. Etwas in dieser Art. Und ich glaube, das war sein wahres Ziel. Er ging davon aus, daß ich für Captain Vann arbeite und daß Captain Vann für diesen anderen Captain arbeitet.«

Dan zog einen Stuhl heran und sank darauf.

»Allmächtiger! Der Lakai des Vice Chief. Captain Randall. Jetzt ergibt alles einen Sinn. Deshalb war Randall so wütend wegen der Hardin-Sache. Das erklärt auch, warum OpNav dem NIS die Ermittlung zuerst entzog. Auf Anweisung des Vice Chief, erinnerst du dich? Dieser Hurensohn! Verstehst du nicht? Elizabeth Hardin hatte eine Affäre mit dem VCNO! Kein Wunder, daß er das vertuschen mußte. Dieser Bastard!«

Grace starrte ihn an. »Und du hast Summerfield informiert.«

»Ja. Und er hat alles seinem lieben Freund und Studienkollegen, dem Vice Chief, weitererzählt.«

»Meinst du, Summerfield weiß Bescheid?«

Dan schüttelte den Kopf. »Das kann ich mir nicht vorstellen. Er hat nur die EAs und den Vice Chief auf dem laufenden gehalten, damit der Navy kein Schaden entstand. Summerfield, der Ex-EA. Nein, Summerfield würde nicht bei einem Mord mitspielen. Aber auszuschließen ist es nicht. Grace, das ist furchtbar schrecklich. Nach all den Skandalen der Navy in den vergangenen Jahren wird ihr diese Sache das Genick brechen.«

Grace erhob sich, ging zu ihm und zog seinen Kopf an ihren Busen. »Armer Dan«, tröstete sie. »Ein Bastard versucht, uns beide umzubringen, er hat vermutlich bereits einen oder zwei Morde begangen, du denkst, der zweitranghöchste Admiral der Navy hat ihn dafür angeworben, und deine größten Sorgen scheinen die Konsequenzen für die *Navy* zu sein?« Gegen Ende war ihre Stimme hysterisch laut geworden.

»Die Navy ist mein Leben«, beteuerte Dan mit gedämpfter Stimme. Er wollte zu ihr aufblicken, doch die Manschette behinderte ihn. »Besonders nachdem ich Claire verloren und bevor ich dich gefunden hatte. Die Navy stellt etwas Besonderes für uns dar, Grace. Die Schiffe, die Crews, die Seefahrt, all die Geschichte und Tradition. Man versteht nach einer Weile, daß man ein Teil davon sein darf, ein Teil von etwas Größerem und Wichtigerem als jede Einzelperson. Und man empfindet es als eine Ehre, dafür zu arbeiten.«

Er stand auf. »Und dieser Dreckskerl hat seine Uniform entehrt, ganz davon zu schweigen, daß er einen Mord angestiftet hat und beinahe mit zwei weiteren ungestraft davongekommen wäre. Kein Wunder, daß Mrs. Hardin nicht reden wollte, besonders wenn sie wußte, mit wem sich ihre Tochter getroffen hatte. Sie sagte sich, daß es hoffnungslos ist.«

»Du meinst doch nicht, daß Wesley Hardin ihn aufgesucht hat? Ein Lieutenant, der sich mit einem Vier-Sterne-Admiral anlegt?«

»Denke an Vanns Worte. Er sagte, Wesley wäre scharf darauf gewesen, etwas zu unternehmen, ob es klug war oder nicht. Wir müssen mit Vann sprechen. Sofort.«

»Können wir erst etwas Kleidung für mich kaufen?« fragte sie mit dünner Stimme.

Er lächelte sie an, doch dann wurde seine Miene ernst. »Ja, aber dann müssen wir uns beeilen. Sobald der Killer aus den Nachrichten erfährt, daß wir davongekommen sind, wird er alles daransetzen, uns zu beseitigen. Im Augenblick ist Vann unser einziger Schutz, aber nur, wenn er weiß, was wir wissen.«

Dan ging nach oben, um seine Brieftasche zu holen. Er fühlte sich wie ein Freak mit der Halsmanschette, aber sie half sehr. Sein Nacken schmerzte nach wie vor, doch die Manschette verhinderte, daß er das Problem durch unvorsichtige Kopfbewegungen vergrößerte. Er nahm Vanns Visitenkarte aus der Brieftasche und stieg die Treppe hinunter. Grace rührte Zucker in einer zweiten Tasse Kaffee um und schaute aus dem hinteren Fenster. Fast automatisch ging er zu ihr.

»Du bleibst hier bei mir, nicht wahr?« sagte er und legte die Hände auf ihre Schultern.

»Und was wird der Buschnazi nebenan sagen, wenn eine Frau bei dir einzieht?«

»Vielleicht, daß es Zeit wurde«, erwiderte er. »Aber ich möchte dich nicht aus den Augen lassen, bis wir die Gewißheit haben, daß diese Leute aus dem Verkehr gezogen sind. Je nachdem, was Vann tun kann, legen wir uns mit einigen wirklich großen Tieren an.«

»Was kann Vann denn schon tun? Er kann sie nicht einfach verhaften.«

»Das weiß ich, Grace. Der Fall Hardin ist Sache des Bundes.

Vann hat von seinen Chefs die Anweisung, die Finger davon zu lassen. Nach der Brandstiftung ist er befugt, etwas zu unternehmen, aber er muß den Täter finden, bevor er möglicherweise gegen die Flaggoffiziere vorgehen kann. Im Augenblick ist der NIS für den Fall zuständig, und wir wissen, daß der Vice Chief tun und lassen kann, was immer er will.«

»Es *war* ein Fall des Bundes bis gestern nacht«, wandte Grace ein. »Vann kann daraus versuchten Mord und Brandstiftung machen, um nur zwei Punkte zu nennen. Die Sache zu beweisen wird härter sein, aber er kann definitiv ermitteln.«

»Finden wir es heraus.«

Dan rief in Vanns Büro an, aber der Captain war wie üblich in einer Besprechung. Dan hinterließ seine Privatnummer und bat um baldmöglichsten Rückruf. Er hängte ein und forderte Grace auf, eine Liste anzulegen.

»Eine Liste?«

»Von dem, was du an Kleidung brauchst – Größe, Anzahl und so weiter. Es gibt einige Läden um die Ecke, in denen wir wenigstens eine Grundausstattung besorgen können. Danach sollten wir nach Georgetown fahren, falls wir noch nichts von Vann gehört haben.«

Zwei Stunden später fuhren sie mit einem Taxi nach Georgetown. Dan hatte anhand von Grace' Liste eingekauft und sogar auf sich genommen, in der Abteilung für Damenunterwäsche mit ein wenig roten Ohren und zur Belustigung zweier Kundinnen hinter ihm die Fragen der Verkäuferin nach Art der Dessous, die ihn interessierten, zu beantworten. Grace hatte sich die Sachen angesehen, ihn mit einem schelmischen Blick bedacht und war ohne Kommentar nach oben gegangen. Dan hatte eine Khakihose und ein weißes ausrangiertes Uniformhemd angezogen. Grace trug einen grauen Rock, eine weiße Bluse und eine dunkelrote Jacke. Ein neuer leichter Regenmantel lag auf ihrem Schoß.

Sie überlegten im Taxi, wie sie Zugang zu dem Tresorfach der Bank bekommen konnten – beide Schlüsselbunde waren natürlich im Haus gewesen. Der Bericht im Lokalfernsehen hatte sie nicht auf die völlige Zerstörung vorbereiten können, die sie vorfanden, als das Taxi in die P Street einbog. Ein Feuerwehrwagen war noch dort, und die Besatzung untersuchte die schwarzen Trümmer und spritzte gelegentlich auf noch glimmende Stellen. Eine Traube von Studenten der nahen Universität stand herum und starrte auf die schwelenden Überreste, die vom Haus geblieben waren. Die halbe Straße und Grace' gesamtes Grundstück hatte man mit gelbem Band abgesperrt. Vom Haus waren nur die Backsteine der Seitenwände erkennbar. Die Hitze des Feuers war stark genug gewesen, um die Blätter der nahen Bäume zu versengen und die Nachbarhäuser auf beiden Seiten zu schwärzen. Sie konnten von der Straße aus bis zur hinteren Gartentür sehen. Grace' Wagen stand in einer Masse von Glasscherben auf den Felgen. Er war bis auf das Metall der Karosserie ausgebrannt, das bereits vereinzelt rostbraune Stellen vom Löschwasser aufwies. Dans Suburban parkte noch gegenüber des Zufahrtswegs, und sie stellten fest, daß der Lack der Haube Blasen geworfen hatte. Grace starrte auf die qualmenden Trümmer, die ihr Haus gewesen waren, und hatte Mühe, ihre Tränen zurückzuhalten, während Dan beim Taxifahrer bezahlte.

Ein uniformierter Polizist kam zu ihnen, als sie ausstiegen.

»Sind Sie die Besitzer?« fragte er.

»Ich bin die Besitzerin«, sagte Grace, und sie hatte ihre Stimme noch nicht ganz unter Kontrolle.

»Okay, Lady. Die Jungs von der Abteilung Brandstiftung sind auf dem Weg hierher. Ich habe einige Formulare, die Sie ausfüllen müssen.«

»Haben Sie mit Captain Vann gesprochen?« fragte Grace. Dan war zu seinem Suburban gegangen und untersuchte ihn.

»Vann? Nein. Was hat Captain Vann mit einem Hausbrand zu tun?« Der Polizist, ein dicklicher Puertoricaner, der eine

Rasur brauchte, wirkte leicht verärgert. Auf dem Namensschild an seinem Hemd stand »Lopez«.

»Es gibt eine Vorgeschichte zu dem, was hier passierte«, erklärte Grace geduldig. »Die Ermittler von der Abteilung Brandstiftung sollten mit Captain Vann reden, bevor sie hier mit der Arbeit anfangen.«

»Okay, ich werde es ihnen sagen. Aber ich muß trotzdem diesen Papierkram erledigen. Möchten Sie mit rüber zu meinem Wagen kommen?«

Grace folgte dem Cop. Der Gestank von verbrannter Isolierung, verkohltem Holz und geschmolzenem Plastik erfüllte die ganze Straße. Einige der Nachbarn standen auf ihren Veranden, und zwei Leute winkten Grace zu, als sie in den Polizeiwagen auf der anderen Straßenseite stieg. Nachdem sie zwanzig Minuten lang die Formulare für den Polizeibericht ausgefüllt hatte, trafen die Ermittler des Dezernats Brandstiftung, vier Männer in dunkelblauen Overalls, ein. Ein Weißer Mitte Vierzig mit rötlichem Haar und buschigem Schnurrbart, der sich als Detective Sergeant Cowans ausgab, schlenderte zum Polizeiwagen. Es stellte sich heraus, daß Captain Vann bereits mit ihm Kontakt aufgenommen hatte und er Einzelheiten über die Brandursache wußte. Für Grace hatte er eine Botschaft von Vann.

»Er sagte, er möchte Sie und Commander Collins zwischen fünfzehn Uhr dreißig und sechzehn Uhr in seinem Büro im Präsidium sehen.«

»Wir haben heute morgen versucht, ihn telefonisch zu erreichen«, sagte Grace.

Der Sergeant wirkte etwas verlegen. »Er mußte den ganzen Tag an einem Seminar über sexuelle Belästigung am Arbeitsplatz teilnehmen, denn davor können sich nicht mal die Captains drücken. Es war schon seit Wochen geplant.«

Das Leben geht weiter, dachte Grace und blickte zu den Studenten. »Wir werden dort sein«, versicherte sie. »Ich habe heute morgen vieles zu erledigen. Also um sechzehn Uhr bei Captain Vann?«

»Ja, Ma'am. Das mit Ihrem Haus tut mir leid. War etwas von besonderem Wert darin? Zum Beispiel Schmucksachen und besonders Diamanten? Manchmal finden wir diese Dinge.«

Grace hielt ihre Hand hoch, an der sie immer noch Rennies Ehering trug, als Abschreckung für männliche Singles, die auf schnelle Abenteuer aus waren. »Dies ist der einzige Diamant, Sergeant Cowans. Mein restlicher Schmuck war aus Gold, und ich nehme an, daß alles geschmolzen ist.«

»Wir werden uns umsehen, Miss Snow. Manchmal haben wir Glück. Aber gewöhnlich ...«

»Ich verstehe, Sergeant. Danke.«

Der Sergeant stellte ihr ein paar Fragen über den Grundriß und erkundigte sich, ob Waffen oder Munition im Haus gewesen waren, bevor er wieder zu dem Transporter ging. Der uniformierte Cop folgte ihm, ließ Grace auf dem Beifahrersitz zurück und versuchte, eine Bestandsaufnahme zu machen. Das Haus und der Hausrat waren versichert, aber sie hatte allen Besitz bei dem Feuer verloren: Möbel und Erbstücke ihrer Eltern aus dem Haus in Boston, die einzigen Fotos und Gemälde von ihnen, die sie besessen hatte, all ihre Kleidung, ihre Lieblingsbücher und Kindheitserinnerungen. Sie hatte das Gefühl, als sei ihre Vergangenheit einfach verschwunden. Sie wollte nach einem Papiertaschentuch greifen, aber ihre Handtasche war natürlich auch weg – Geldbörse, Scheckbuch, Kreditkarten, Führerschein, alles. Sie wischte sich mit dem Handrücken Tränen aus den Augen, als sie von einer Woge der Trauer erfaßt wurde, und dann kam die Erinnerung an diesen schrecklichen Mann wieder, der sich im Schlafzimmer über sie neigte, diese völlige Hilflosigkeit, die sie empfunden hatte, als er ihre Kleidung zerschnitten hatte, den Alptraum des Anblicks seines verstümmelten Unterleibs. Dieser Mann lief noch frei herum, vielleicht gar nicht weit weg, vielleicht beobachtete er sie sogar in diesem Augenblick. Sie wußte, daß Dan großes Glück gehabt hatte, nach dem Karateschlag auch nur die Treppe hochzukommen, und noch viel mehr Glück, daß es ihm gelungen war, den Kerl zu vertreiben. Dan lag völlig richtig: Dieser Mann hatte geplant, sie zu töten. Sie begann wieder zu zittern, und vor ihren Augen verschwamm Dan hinter einem Tränenschleier. Er war nur zehn Meter entfernt, stand vor seinem Wagen, während er nach dem Zündschlüssel kramte, unbeholfen wegen der Halsmanschette. Sie wollte seinen Namen rufen, doch sie brachte keinen Ton hervor. Dennoch wandte er sich zu ihr um, als hätte er sie gehört. Er kam zu ihr, öffnete die Tür des Polizeiwagens und ergriff ihre Hände. Sie sank gegen ihn und weinte.

»Hey«, sagte er. »Es wird alles wieder gut. Der Suburban ist okay. Laß uns von hier verschwinden. Wir fahren zu mir. Du kannst dich mit der Versicherung in Verbindung setzen und alles andere telefonisch erledigen. Komm.«

Er half ihr auszusteigen und führte sie über eine glitschige Matte aus verbrannten Blättern und Lachen von Löschwasser zum Suburban. Dan meldete sie bei Officer Lopez ab, der gleichgültig wirkte, und fuhr zurück nach Old Town. Auch der Lack auf der rechten Seite seines Wagens hatte Blasen geworfen. Dan stellte die Klimaanlage an, um den schwachen Brandgeruch, der den Innenraum erfüllte, zu vertreiben. Grace konzentrierte sich auf die vertraute Szenerie längs des George Washington Parkway, wollte sich ablenken. Dann erinnerte sie sich an die Worte des Sergeants.

»Vann möchte uns heute nachmittag sehen«, sagte sie. »Sechzehn Uhr in seinem Büro.«

»So spät?« empörte sich Dan. Grace erkannte, daß sie in der Trauer über den Verlust ihres Hauses den Fall Hardin völlig vergessen hatte. Sie richtete sich kerzengerade auf. *Reiß dich zusammen,* ermahnte sie sich. *Wir sind beide mit heiler Haut davongekommen.* Sie mochte nicht daran denken, was gewesen wäre, wenn sie überlebt hätte und Dan umgekommen wäre. Doch dann setzte sich ihre praktische, sachliche Yankee-Art durch. Das Haus war verloren. Sie sollte besser in Erwägung ziehen, daß Malachi Ward von neuem versuchen könnte, sie umzubringen.

»Wirst du Vann über deinen Verdacht informieren?« fragte sie.

»Natürlich«, erwiderte Dan. »Vann ist der einzige Außenseiter, der die Navy damit konfrontieren kann. Aber er wird meine Hilfe brauchen. Und deine Aussage – dieser Bastard wollte anscheinend nicht mit mir reden. Aber es kommt auf uns beide an, denn der NIS wird sicherlich nichts unternehmen. Deshalb sorge ich mich wegen der Zeit. Wenn der Vice Chief und sein EA, Captain Randall, zwei und zwei zusammenzählen, dann können sie gegen mich vorgehen. Und wenn sie mich neutralisieren, können sie vermutlich die Distriktpolizei heraushalten.«

»Könnte Vann in diesem Fall mit meiner Hilfe etwas ausrichten?«

Er lachte bitter. »›Verärgerte ehemalige Angestellte des NIS beschuldigt den zweithöchsten Offizier der Navy. Behauptet, ein Unfall mit Fahrerflucht vor zwei Jahren habe etwas mit dem Liebesleben des Admirals zu tun. Die Anklägerin mußte den NIS auf Anweisung des Top-Managements verlassen. Es kam die Frage auf, wie sie überhaupt ernannt werden konnte.‹ Nein. Sie können jede Aussage von dir als einen Racheakt hinstellen, weil du rausgeschmissen wurdest. Ich hingegen kann aussagen, daß ich unter Druck gesetzt wurde, nachdem sie den Fall Hardin wieder dem NIS übertragen hatten, damit ich mich heraushalte. Aber wenn sie mich zu einer Wetterstation in Patagonien schicken, wird es wirklich hart, an dem Fall dranzubleiben.«

»So blöde werden sie doch nicht sein«, meinte Grace.

»Nicht? Du würdest bezweifeln, daß wirklich ranghohe Offiziere nach einer dreitägigen Orgie in Las Vegas nicht gefaßt werden, während rangniedrigere Offiziere jungen Frauen in den Hotelhallen traditionell die Kleidung vom Körper reißen, alles unter dem Deckmantel eines beruflichen Seminars. Und es sieht aus, als wäre der Vice Chief, der übrigens verheiratet ist, blöde genug, eine sexuelle Beziehung mit einer Null-drei gleich hier im Stab der Navy einzugehen.

Wenn sie vorhaben, die Sache unter den Teppich zu kehren, indem sie mich aus dem Spiel nehmen, dann lande ich im Nu im Eis der Antarktis. Das können wir nur verhindern, wenn wir sie zuerst konfrontieren – Randall und seinen Boß. Aber dazu brauchen wir Vann.«

Auf Dans Anrufbeantworter erwarteten sie zwei Nachrichten. Die erste war von Vanns Büro, eine Bestätigung dessen, was Sergeant Cowans gesagt hatte. Die zweite Nachricht hatte Summerfield hinterlassen.

»Dan, hier spricht Ron Summerfield. Ich denke, wir haben hier ein ernstes Problem. Der Vice Chief will ein Treffen mit Ihnen und mir um siebzehn Uhr dreißig in seinem Büro. Ich habe gesagt, daß Sie wegen des Feuers Urlaub haben, aber Randall war, wie soll ich es sagen, weniger als teilnahmsvoll. Deshalb empfehle ich Ihnen, zurückzukommen, sagen wir gegen siebzehn Uhr. Ich gehe davon aus, daß es Ärger geben wird.«

Dan ließ sich in einen Sessel sinken. »Da haben wir, was ich befürchtet habe, Grace.«

»Zum Glück sprechen wir vorher mit Vann. Du kommst doch mit mir, ja?«

Dan überlegte. »Dies wird keine sehr erfreuliche Sitzung, Grace. Andererseits ...«

»Zum Teufel damit«, protestierte Grace heftig. »Es war *mein* Haus, das man zerstört hat, und wenn du diesen Randall richtig einschätzt, dann war der Täter *sein* gedungener Gangster, der übrigens den Auftrag hatte, uns dabei umzubringen. Ich finde, wir sollten Vann um Polizeischutz bitten, anstatt an Treffen mit diesen Leuten teilzunehmen.«

Dan stand auf und ging im Wohnzimmer auf und ab. »Diese Leute«, sagte er langsam, »sind meine gesetzmäßigen Vorgesetzten. Es ist nicht so, als würde ich gegen den Vice Chief oder sogar seinen EA ermitteln. Vann wird uns vermutlich daran erinnern. Folglich muß ich Befehle ausführen. Wenn ein Null-zehn sagt: ›Melden Sie sich bei mir‹, dann fragt ein Null-fünf nicht: ›O Gott, muß das wirklich sein?‹« Er blieb vor dem Fenster stehen.

Grace verstand, daß es Dan schwerfiel, an seine eigene Theorie zu glauben, denn sie bedeutete, daß das, woran er fest glaubte, ein System und ein Beruf, ganz an der Spitze sehr faul war. Sie ging zu ihm.

»Sieh mal«, sagte sie. »Eines nach dem anderen. Laß uns mit Vann reden, um seinen Standpunkt zu all dem zu erfahren. Vielleicht kann er ein Loch darin finden. Vielleicht gibt es eine andere Erklärung für das, was gestern nacht geschehen ist. Seine Leute sollten inzwischen die Durchsuchung von Wards Haus abgeschlossen haben, und vielleicht liegen ihm neue Erkenntnisse vor. Aber wenn alles zusammenhängt, auch nur durch Indizien bewiesen, dann gehen wir heute nachmittag alle ins Pentagon und konfrontieren diese Leute damit.«

Dan setzte sich wieder hin und stützte den Kopf in die Hände. Die Halsmanschette wirkte zwischen seinen Armen wie eine elisabethanische Halskrause. Grace nahm neben ihm Platz.

»Selbst wenn sonst nichts dabei herausspringt«, sagte sie, »wird das Washingtoner System zu arbeiten anfangen. Du weißt, was die Navy macht, wenn sich ein größerer Skandal zusammenbraut – sie isoliert die Hauptfiguren. Der Vice Chief kann dem NIS nicht befehlen, diese Sache zu begraben, wenn es eine öffentliche Konfrontation mit der Distriktpolizei gibt.«

»Du hast recht. *Wenn* Captain Vann mitspielt.«

62

Malachi schreckte auf seiner Couch aus dem Schlaf. Er spürte Tageslicht durch die Balkonfenster dringen und nahm Verkehrsgeräusche vor dem Apartmentgebäude wahr. Im ersten Moment begriff er nicht, warum er nicht sehen konnte, doch dann setzte die Erinnerung ein. Er betastete vorsichtig sein Gesicht. Sein rechtes Auge war geschwollen und heiß. Die klare Flüssigkeit, die aus den Augenwinkeln gesickert war, bildete jetzt eine zuckerartige Kruste auf seiner Wange, und Schmerzen stachen bis zum rechten Ohr. Er mußte sich über das linke Auge reiben, um es aufzubekommen, und dann war er endlich in der Lage, etwas zu erkennen. Er schaute auf seine Armbanduhr und fluchte. Sechzehn Uhr dreißig. Verdammt! Er hatte den ganzen Tag verloren.

Er schwang sich von der Couch, und sein rechtes Schienbein schmerzte. Er konnte das Bein nicht belasten. Er humpelte ins Badezimmer, um sich zu erleichtern, und schaltete dann die Beleuchtung des Spiegels an, um den Schaden zu betrachten. Das rechte Auge sah ebenso schlimm aus, wie es schmerzte. Der Hurensohn hatte ihn mit dem Nudelholz ganz schön fertiggemacht. Sein linkes Auge war unversehrt, aber der Ring darunter, wie bei einem Pandabär, fiel noch stärker auf. Malachi setzte sich auf die Toilette und untersuchte sein Schienbein. Die Schwellung war nicht zurückgegangen, zudem hatte sich ein gewaltiger Bluterguß gebildet. Er betastete den Knochen und zuckte zusammen, aber anscheinend war nichts gebrochen. Mr. Navy hatte ihn voll erwischt. Der Treffer war schmerzhafter gewesen als der gegen das Auge – erheblich schmerzhafter sogar.

Er wusch vorsichtig sein Gesicht und ging dann ins Schlafzimmer, um das Material für eine Augenklappe zu finden, die er schließlich aus zwei Schnürriemen und einem ovalförmigen Stück Stoff seiner schwarzen Windjacke anfertigte. Er schnitt ein etwas kleineres Stück Handtuch zurecht und benutzte es als Polster. Dann band er die Augenklappe um. Das ganze Ding fiel sofort herunter. Er brauchte Gummiband. Er zog ein Stück Gummi aus dem Bund einer Unterhose und verknotete es mit den beiden Enden der Schnürriemen. Diesmal blieb die Augenklappe an Ort und Stelle. Malachi nahm noch ein Aspirin und humpelte in die Küche, um zu sehen, ob es noch etwas Eis gab. Er war plötzlich sehr durstig. Er trank die halbe Flasche Orangensaft, die noch im Kühlschrank stand, und spülte mit Harper nach. Dann machte er eine Eispackung aus einem Küchentuch und dem dürftigen Rest an Eiswürfeln und ging ins Wohnzimmer. Dort legte er sich wieder auf die Couch, zündete sich eine Zigarette an und zog den Kassettenrecorder heran. Die Eispackung legte er wieder auf sein Bein. Durch die Augenklappe hatten die Schmerzen sonderbarerweise nachgelassen. Vielleicht lag es an dem Druck. Er hatte weder Medikamente für eine Augenverletzung noch die geringste Ahnung, welche er kaufen sollte. Am Abend würde er nach West Virginia fahren und sich vielleicht von irgendeinem Landarzt behandeln lassen. Aber zuerst die Kassetten.

Er untersuchte die beiden kleinen Kassetten. Eine war ganz abgelaufen. Er legte sie ein, setzte seine Kopfhörer auf und stellte den Recorder auf seinen Schoß. Fast eine halbe Stunde lang lauschte er den Geräuschen, die anscheinend von drei Männern verursacht wurden, die durch sein Haus streiften, Schubläden aufzogen, Möbel verrückten und sich über das Haus, die Basketball-Meisterschaft und die neue Beförderungsliste zum Lieutenant unterhielten. Erst am Ende des Bandes kam einer der Männer auf den Grund ihres Besuches zu sprechen.

»Hey, Sarge, müssen wir nebenan auch suchen?«

»Nein, glaube ich nicht.«

»Was steht denn auf dem Durchsuchungsbefehl?«

»Es gibt keinen Durchsuchungsbefehl.«

Es folgt eine Pause, und dann betrat offenbar der Mann, der nach der zweiten Haushälfte gefragt hatte, das Zimmer mit dem Mikrofon.

»Du sagst, wir haben keinen Durchsuchungsbefehl?«

»So ist es, Junge. Wir tun Vann einen Gefallen.«

»O Mann ...«

»Nun mal kein Muffensausen, Williams. Vann hat uns auch schon geholfen, also können wir uns ruhig mal revanchieren. Die Jungs von der Mordkommission behaupten, daß es sich um eine persönliche, inoffizielle Sache handelt. Er tut es für einen Typen bei der Navy. Er trifft sich am Montag mit ihm. Das Haus muß durchsucht werden; er will wissen, was wir gesehen haben. Bringen wir es hinter uns, und verschwinden wir, okay?«

Williams protestierte noch ein bißchen, bis der Sergeant Spekulationen über den Streifendienst in Anacostia anstellte. Das reichte Malachi. Er hörte sich den Rest der Kassette an, aber es war nichts von Bedeutung darauf, abgesehen davon, daß sie anscheinend nichts Erwähnenswertes fanden. Das Band endete mit einem Wortwechsel über den letzten Personalabbau im Distrikt.

Malachi nahm die Kopfhörer ab und stellte den Recorder auf den Boden. Er zog das Telefon auf seinen Schoß und überlegte, was er tun sollte. Vann war also ein Bulle, und er arbeitete für irgendeinen Navy-Typ – vermutlich schwarz nebenbei. Die Bastarde ließen ihre Beziehungen spielen, okay. Sein Haus war noch vor dem Feuer ohne Durchsuchungsbefehl auf den Kopf gestellt worden, und irgendwann heute sollte ein Treffen mit dem Navy-Typen, natürlich dem Captain, stattfinden. Er blickte auf seine Armbanduhr. Vielleicht gerade in diesem Augenblick.

Er verlagerte sein Gewicht auf der Couch, um die Schmerzen in seinem Bein zu lindern. Er hatte sich nicht getäuscht – der Captain operierte inoffiziell, manipulierte gekaufte Gangster und schwarzarbeitende Cops, um das Netz um ihn zusammenzuziehen. Nun, das machte es fast leicht. Der Captain war immer noch der einzige, der wegen dieser verdammten Hardin-Sache mit dem Finger auf ihn zeigen konnte. Es war an der Zeit, den Scheißkerl auszuschalten. Er konnte den Captain anrufen, ihm sagen, daß er seine Zelte abbrechen und verschwinden würde, und dann ein letztes Treffen vorschlagen. Sollte der Captain den Ort bestimmen. Dann das Wesentliche in den Truck packen, das Geld, beide Waffen – eine als Reserve, wenn er sich der anderen entledigte – und etwas Kleidung.

Ihm war klar, daß der Captain auch nach dem Feuer vielleicht zu eingeschüchtert war, um sich mit ihm zu verabreden. Aber er zählte darauf, daß der Captain vielleicht eine gute Gelegenheit in solch einem Treffen sah. Er mußte jetzt fast in Panik sein, obwohl er etwas inoffizielle Hilfe hatte. Die Cops würden wegen der Brandstiftung in Georgetown ermitteln, und es war nur eine Frage der Zeit, bis sie herausfanden, daß es eine Verbindung zwischen dem Täter und dem Captain gab. Deshalb sollte es aus Sicht des Captains eine verlockende Chance sein, ihn, Malachi, irgendwo an einem verlassenen Ort seiner Wahl allein zu erwischen. Besonders wenn er unter dem Vorwand, etwas Geld zu bekommen, darum bat, wenn er versprach, aus der Stadt zu verschwinden. Er ging davon aus, daß der Captain letztendlich zustimmen würde, weil er entweder dankbar war, daß er etwas Geld nahm und abhaute, oder aber vorhatte, ihn zu beseitigen und somit sein Problem aus der Welt zu schaffen. Er würde bereits erste Rückschlüsse aus dem vorgeschlagenen Treffpunkt ziehen können, diesen hochnäsigen Bastard aber umlegen. Das würde *sein* Problem lösen, und dann konnte er im schönen West Virginia untertauchen.

Er beschloß, ihn um siebzehn Uhr anzurufen und die Telefonnummer des Doppelhauses zu hinterlassen, um den Rückruf hier ins Apartment weiterzuleiten. Das feuchte Tuch fiel auf den Teppich, und er stand auf und humpelte in die Küche, um die Flasche Harper zu holen. Es ging ihm tatsächlich ein bißchen besser. Er durfte nicht zuviel trinken, denn er mußte vielleicht am Abend lange fahren. Er verbannte den Gedanken, daß der Captain ihn mit einer Waffe in der Hand oder sogar einigen Helfern erwartete. Der Captain war ein EA, kein Profi. Solche Typen konnten Dutzend Hinterhalte für Malachi planen, doch selbst als einäugiger Krüppel würde er sie erledigen. Er hätte etwas von dem Eis aufheben sollen.

63

Dan, Grace und Captain Vann waren schweigsam, als sie mit der langen Rolltreppe zum Eingang des Pentagons hochfuhren. Um siebzehn Uhr bildeten die drei einen Kontrast zu dem stetigen Strom von Leuten, die in die Metro Station hinunterfuhren, während die dreiundzwanzigtausend Angestellten des Pentagons das Gebäude verließen. Grace war gekleidet wie am Morgen. Dan hatte seine Halsmanschette nicht angelegt, jedoch seine blaue Uniform angezogen, und Vann trug einen anthrazitfarbenen Anzug. Dan fiel auf, daß Grace sehr müde aussah. Sie hatte den Großteil des Tages damit verbracht, mit ihrer Bank, den Kreditkartengesellschaften und ihrer Versicherung zu telefonieren, die dem in ihrer Werbung propagierten Ruf nicht gerecht wurde. Und mit Vann war es ebenfalls schwierig gewesen.

Um siebzehn Uhr hatten sie wieder im Pentagon sein müssen. Da sie mit dem Wagen von Vanns Büro in der Rush-hour mindestens vierzig Minuten unterwegs gewesen wären, hatte Dan ihn auf dem Nordparkplatz abgestellt, und sie waren mit der U-Bahn in nur einer Viertelstunde zum Judiciary Square gefahren, um Vann zu treffen. Vann hatte nach dem Seminar schlechte Laune gehabt und Verwünschungen über alle Arten von Bindestrich-Amerikanern gemurmelt, nachdem er verspätet ins Büro gekommen war. Er hatte sie über die dürftigen Ergebnisse der vorläufigen Durchsuchung von Wards Haus informiert.

»Er hat irgendwo ein Versteck. Alles Interessante fehlt, aber er hat das Haus nicht aufgegeben. Meine Leute haben sich heute früh noch einmal dort umgesehen, aber es gab keine Anzeichen darauf, daß er zurückgekehrt ist. Ich werde feststellen lassen, ob er heute dort war. Aber ich habe das Gefühl, daß er noch in der Stadt ist.«

»Was bedeutet, daß wir noch nicht aus dem Schneider sind«, folgerte Dan.

»Stimmt. Sie sind noch nicht außer Gefahr. Was hat sich auf Ihrer Seite getan?«

Dan erklärte ihm seine Theorie über die Hauptfiguren in diesem üblen Spiel und teilte ihm mit, daß er für siebzehn Uhr zum EA des Vice Chief bestellt worden war. Vann stieß einen leisen Pfiff aus, als er hörte, was Malachi Grace gegenüber gesagt hatte, doch dann kam die zu erwartende Bemerkung über den Mangel an Beweisen.

»Ich weiß«, gab Dan zu. »Aber ich muß einräumen, daß es sehr gut zusammenpaßt. Erinnern Sie sich an die Valentinskarte mit den Initialen W. T.? Und deshalb brauche ich Sie bei dem Treffen heute nachmittag – wenn sie mich versetzen wollen, kann ihnen die Tatsache, daß die Distriktpolizei mitspielt, einen Strich durch die Rechnung machen.«

Vann ordnete einige Papiere auf seinem Schreibtisch. »Die Distriktpolizei ist nur am Rande beteiligt«, sagte er. »Technisch ist der Hardin-Fall immer noch Sache des Bundes. Das Feuer in der vergangenen Nacht und Ihre schlimmen Erlebnisse – nun, wir haben keinen Beweis, daß es einen Zusammenhang mit dem Fall Hardin gibt, abgesehen von Wards Äußerungen Miss Snow gegenüber. Aber wissen Sie, dies sieht nach einer Verschwörung aus, und der Bund wird vermutlich die alleinige Zuständigkeit bekommen.«

»Aber die zuständigen Leute sind unter dem Daumen des Kerls, der vermutlich dahintersteckt«, wandte Grace ein. »Das war von Anfang an so, als derselbe Admiral dem NIS die Ermittlung entzog.«

Vann bestätigte das Problem. »Ich kann Sie begleiten, aber wir bewegen uns auf dünnem Eis. Sehen Sie, ich will genau wie Sie, daß diese Typen zur Rechenschaft gezogen werden, aber ich kenne das System gut genug, um zu wissen, daß wir am Ende in die Kluft zwischen Bund und Stadt fallen. Ich habe bereits etwas getan, was ich hätte bleibenlassen sollen.«

»Was?« fragte Dan.

»Die Durchsuchung des Hauses erfolgte ohne Durchsuchungsbefehl. Sonntagnacht, vermutlich während er in Miss

Snows Haus wartete. Nach unserem Gespräch mit Angela habe ich mit einigen Jungs telefoniert, und sie haben mir einen Gefallen erwiesen.«

»Aber nach dem, was er in der vergangenen Nacht tat, haben Sie bestimmt einen hinreichenden Verdacht.«

»Miss Snow, ich bezweifle, daß ein Gericht Ihre spätere Aussage als zuvor hinreichenden Verdacht anerkennt.«

»Okay«, sagte Dan. »Aber Sie erzählten doch, Ihre Leute hätten nichts gefunden; infolgedessen ist auch kein Beweis gefährdet worden, richtig? Ihre Teilnahme an diesem Treffen dient der Abschreckung. Sie brauchen nichts zu sagen. Allein Ihre Anwesenheit sollte reichen, um ihnen klarzumachen, daß sie mich heute abend nicht einfach nach Alaska schicken können.«

»Das können die tun?«

»Der Vice Chief kann das Flugzeug des CNO von Andrews kommen lassen und mich in einer Stunde in der Luft haben, wenn er das will. Oder er kann mich in seinem Büro mit einem Kommando Marineinfanteristen empfangen und in den Bau nach Quantico bringen lassen. Ein Anruf genügt da.«

»Mist«, fluchte er. »Ich wünsche, ich könnte das auch.«

Vann hatte also zugestimmt mitzukommen, aber Dan wußte, daß es eine Zitterpartie werden würde. Wenn der Vice Chief hinter alldem stand, dann hatte er gewaltige Macht. Er konnte ihn, Dan, tatsächlich in seinem Büro festnehmen und in ein Militärgefängnis irgendwo im Land sperren lassen, wenigstens für eine Weile, denn Dan als Offizier in aktivem Dienst unterlag der militärischen Disziplin nach dem Uniform Code of Military Justice – USMJ, der ebenfalls bevorzugte Zuständigkeit über jedes zivile Gericht hatte, welchen militärischen Verstoß man ihm auch immer anlasten würde. Schließlich hatte er gegen die Befehle verstoßen, sich aus dem Fall Hardin herauszuhalten.

Sie betraten das Pentagon; in der Halle warteten die vertrauten Sicherheitspolizisten des Bundes, die Metalldetektoren und die Gepäckkontrollen, zusammen mit vier stämmigen Militärpolizisten der Army in Tarnanzügen. Dan schluckte hart, als er auf die Sicherheitsschleuse zuging. Er hatte einen Ausweis des Gebäudes und mußte sie im Gegensatz zu den beiden anderen nicht passieren. Vann wies sich als ein D.-C.-Polizist aus und wurde durchgewunken, aber Grace mußte die ganze Prozedur über sich ergehen lassen. Die MPs standen nur da und versuchten, Grace nicht zu sehr anzustarren, aber zu Dans großer Erleichterung suchten sie anscheinend nicht nach ihm oder sonst jemand.

Er führte Grace und Vann zur Abteilung OP-614. Es war siebzehn Uhr zwanzig, als sie im Büro eintrafen, und Captain Summerfield wartete allein auf sie. Beißer und Jackson hatten Feierabend gemacht. Summerfield bot Grace und Captain Vann Platz auf der Couch an, und Dan blieb auf der Türschwelle stehen.

»Nun, Jungs und Mädchen«, sagte Summerfield und fummelte an seiner nicht angezündeten Pfeife herum. »Wir müssen uns bei Captain Randall ›melden‹. Seine Lordschaft wirkte nicht sehr gut gelaunt.«

»Na wunderbar«, sagte Dan. »Warum habe ich mir das schon gedacht? Haben Sie eine Ahnung, warum es MPs an den Kontrollpunkten gibt?«

»Wegen einer Bombenwarnung. Ich nehme an, sie benutzen es als Vorwand für eine Übung.«

»Was genau will der EA?« fragte Grace. Dan lächelte trotz seines unbehaglichen Gefühls. Grace traf den Nagel mal wieder auf den Kopf.

»Captain Randall erinnerte sich an den Namen Snow, als er den Bericht über den Brand in den Fernsehnachrichten sah«, antwortete Summerfield. »Er hatte eine wohlbegründete Vermutung, wer der erwähnte ›Freund‹ ist, und er rief mich an. Er wollte wissen, ob Dan in diese Sache in Georgetown verwickelt ist und ob sie irgend etwas mit dem Hardin-Fall zu tun hat. Ich mußte beide Fragen bejahen, aber mehr konnte ich ihm nicht sagen. Eine Stunde später erhielt ich die Anweisung, Sie herzubestellen. Dan, möchten Sie mir jetzt sagen, was los ist?«

Dan zögerte. »Ich bin mir nicht sicher, ob ich das tun soll, Captain. Wieviel von dem, was ich Ihnen bis jetzt erzählt habe, ist direkt nach oben weitergegeben worden?«

Summerfield musterte Dan nachdenklich.

»Das, was ich für angemessen und sachdienlich hielt«, sagte er. »Haben Sie ein Problem damit?«

»Ja, wenn der Mann, der für einen Mord, vielleicht sogar zwei, und vielleicht für das, was Grace und mir in der vergangenen Nacht widerfuhr, verantwortlich ist, zufällig oben an der Spitze ist.«

Summerfield schnappte nach Luft, behielt jedoch die Beherrschung. »Okay, das sollten Sie erklären.«

Dan berichtete, was in der vergangenen Nacht geschehen war, und erläuterte anschließend das Wesentliche seiner Theorie über die Identität des Flaggoffiziers, der hinter den Hardin-Fällen steckte. Summerfield hörte aufmerksam und mit gerunzelter Stirn zu und legte seine Pfeife ab, als Dan seinen Verdacht gegen den Vice Chief äußerte. Nachdem Dan geendet hatte, schüttelte Summerfield den Kopf.

»Admiral Torrance ist ein mächtiger, politisch versierter, wenn auch rücksichtsloser Mann, falls es sein muß«, sagte er. »Er ist sehr ehrgeizig und ein überaus fähiger Vier-Sterne-Admiral. Wenn ich mich sehr, sehr bemühe, könnte ich mir vielleicht sogar vorstellen, daß er eine Freundin hat, obwohl ich ihn für viel zu intelligent halte, um durch so etwas Dummes seine Karriere aufs Spiel zu setzen. Außerdem kenne ich seine Frau, und die ist ein Schatz. Aber ich kann mir niemals im Leben vorstellen, daß er – oder ein anderer Flaggoffizier, was das anbetrifft – einen Mord inszenieren würde, geschweige denn zwei.«

»Vier, wenn Sie uns mitzählen«, warf Grace ein.

»Das bestärkt nur meine Ansicht«, betonte Summerfield.

»Ich denke nicht, daß er es getan hat – ich denke, es war sein EA«, sagte Dan und betastete seine Halsmanschette. »Im günstigsten Fall weiß der Admiral gar nichts darüber. Er hat möglicherweise den Verdacht, daß jemand zu seinen Gunsten auf eigene Faust operiert hat, aber er kann alles leugnen. Im schlimmsten Fall hat er das Ganze selbst arrangiert.«

Summerfield dachte darüber nach, während er seine Pfeife stopfte. Dann legte er sie hin, schwang auf seinem Schreibtischsessel herum und schaute auf seine Armbanduhr.

»Das wäre möglich«, meinte er schließlich und drehte sich zurück. »Randall ist clever, ehrgeizig und so rücksichtslos wie sein Boß. Er ist meiner Meinung nach auch ein herzloser, kalter Fisch – ein aus rein politischen Gründen bestellter Flaggoffizier, wie er im Buche steht.«

»Wenn dieser Vice Chief in Gefahr geriete unterzugehen, würde das irgendwelche Folgen für diesen Randall haben?« fragte Vann.

Summerfield sah ihn an. »Ja, das hätte Folgen. Er ist ein Captain, der zum Rear Admiral ausgewählt wurde, aber er ist noch nicht offiziell befördert. Das dauert manchmal zwei Jahre.«

»Und?«

»Einige EAs erledigen ihren Job, ohne sich mit Leib und Seele mit ihren Flaggoffizieren zu identifizieren. Aber Randall ist von der anderen Sorte – der neue Vice, Torrance, machte ihn zum EA, als ich mich von dem Posten zurückziehen mußte, und er sorgte auch für seine Auswahl zum Flaggoffizier. Eldon Randall hat niemals Zurückhaltung geübt, die vier Sterne seines Ziehvaters zu zeigen, Teufel, sogar damit zu protzen. Ja, es hätte Folgen für ihn. Meinen Sie, daß an dieser Theorie etwas dran ist, Captain?«

Vann zuckte die Achseln. »Mag sein, aber es gibt sehr wenig Beweise, und unser System lebt nun mal von Beweisen. Lassen Sie mich die umgekehrte Frage stellen: Wenn der EA an allem schuld ist, hätte das ebenfalls Folgen für den Admiral?«

Summerfield nickte wieder. »Sie meinen, wenn sich herausstellt, daß sein EA Morde deckte, um das Ansehen des Vice

Chief zu *schützen*? Ja. Selbst wenn der Vice Chief behauptet, er habe nichts davon gewußt, würde der Skandal zumindest seine Chance zunichte machen, Chief of Naval Operations zu werden.«

»Hm«, sagte Vann. »So haben sie vielleicht beide ein Motiv, Commander Collins mundtot zu machen.«

»Das ist eine ziemlich gute Beschreibung dessen, was sie die ganze Zeit versucht haben, seit wir die Ermittlung nach Washington zurückbrachten«, stellte Grace fest.

Summerfield nickte langsam und runzelte die Stirn. »Verdammt«, murmelte er, als das Telefon im Vorzimmer klingelte. Summerfield forderte Dan mit einer Geste auf, den Hörer abzunehmen. Einer der Verwaltungsunteroffiziere im Vorzimmer des Vice Chief teilte Dan mit, daß das Gespräch mit Rear Admiral-select Randall um siebzehn Uhr fünfundvierzig stattfinden würde. Dan bedankte sich für die Information und legte auf.

»Die Schau beginnt gleich«, verkündete er und sah auf seine Armbanduhr.

»Es wird vielleicht spät, ich muß schnell zu Hause anrufen«, sagte Summerfield zu Dan. »Sie sichern das Büro.«

Dan schloß alles ab, während Vann und Grace draußen auf dem Gang des E-Flügels warteten, und dann gesellte er sich zu ihnen. Summerfield telefonierte noch. Eine Minute später kam er zu ihnen, und sie gingen über den leeren Flur zum Büro des Vice Chief. Sie passierten das Vorzimmer von OP-06, aber der EA war anscheinend nicht anwesend. Vor dem Vorzimmer zum Büro des Vice Chief übernahm Summerfield die Führung. Zu Dans Überraschung erwartete sie nicht nur Captain Manning, der EA von OP-06 und Randall, sondern auch Rear Admiral Carson, OP-06B. Das Büropersonal hatte anscheinend Feierabend gemacht, denn der Verwaltungsbereich war zum Teil dunkel. Die Tür zum Büro des Admirals war geschlossen, aber durch die Milchglasscheibe fiel Licht. Keiner der Versammelten machte einen besonders glücklichen Eindruck. Randall ging sofort zum Angriff über.

»Captain Summerfield«, sagte er und ignorierte Dan, »wer sind diese Leute?«

Summerfield zeigte sich unbeeindruckt. »Das ist Miss Snow, die ursprünglich für den NIS im Fall Hardin ermittelte; Captain Vann hier kommt vom D. C. Police Department. Und Commander Collins kennen Sie natürlich.«

Randall schaute Vann und anschließend wieder Summerfield an; Dan ignorierte er weiterhin. »D. C. Police Department?« fragte er und ging hinter seinen Schreibtisch. »Dieses Gespräch sollte Sie und Commander Collins einschließen. Warum sind die beiden anderen hier?«

Dan stellte erleichtert fest, daß sich Summerfield weder aus der Ruhe bringen noch einschüchtern ließ.

»Sie sagten, Hauptgrund dieses Treffens sei die Tatsache, daß Miss Snows Haus in der vergangenen Nacht niedergebrannt wurde. Ich dachte, wenn wir darüber sprechen, hören wir am besten die Leute an, die dabei waren, besonders weil es anscheinend etwas mit dem Fall Hardin zu tun hat.«

»Und dieser Polizeibeamte?«

»Er ist ein Polizei-*Captain.* Das Feuer fand in Washington statt, und einer der Hardins starb ebenfalls in Washington. Es gibt jetzt Anzeichen dafür, daß es entgegen der ursprünglichen Annahme kein Unfall war, und deshalb ist Captain Vann hier.«

»Ich verstehe. Nun, Ihre erste Annahme ist ungerechtfertigt, Captain Summerfield«, protestierte Randall und trommelte ungeduldig mit einem Bleistift auf seine Schreibtischplatte. »Diese Zusammenkunft betrifft Commander Collins und seine Gehorsamsverweigerung bezüglich des Hardin-Falles. Dies ist im wesentlichen eine vorläufige Anhörung, um zu entscheiden, ob Commander Collins in den Bau kommt.«

»In den Bau!« ereiferte sich Dan. »Sie wollen *mich* in den Bau stecken. Das ist wirklich lustig, Captain. Ich denke, Captain Vann hier sollte *Sie* wegen Komplizenschaft bei einem Mord festnehmen.«

Es folgte Totenstille. Rear Admiral Carson wirkte wie betäubt, als er zuerst Dan und dann Randall anstarrte. Aus Randalls Gesicht war jegliche Farbe gewichen.

»Was haben Sie gesagt?« fragte er angespannt.

Dan holte tief Luft. »Ich glaube, daß Sie und Ihr Chef den wahren Grund für den Tod der beiden Hardins verschwiegen haben. Ich denke, Sie wollten die Ermittlung im Fall Hardin von OpNav durchführen lassen anstatt vom NIS, weil Sie sie unter Kontrolle halten mußten. Und als Miss Snow und ich sie wieder nach Washington verlegten und fortsetzten, entzogen Sie uns die Ermittlung, um sie erneut dem NIS zu übertragen und ihre Einstellung anzuordnen. Und deshalb waren Sie so verdammt wild darauf sicherzustellen, daß ich die Sache nicht weiter verfolgte. Ich will Ihnen eines sagen: Die ›Sache‹ verfolgte Grace Snow und mich in der vergangenen Nacht, Captain, und selbst wenn ich dafür keine Beweise habe, wird Captain Vann hier bereit sein, eine Ermittlung der Mordkommission einzuleiten, um diese zu finden. Wenn Sie versuchen, mich in den Bau zu bringen, wird diese kleine Geschichte in der *Washington Post* erscheinen.«

»Welche kleine Geschichte, Commander?« ertönte eine tiefe Stimme hinter ihnen. Alle wandten den Kopf und sahen Admiral Torrance, den VCNO, auf der Türschwelle seines Büros stehen. Torrance war über einsachtzig groß, hatte einen wuchtigen Kopf, buschige schwarze Augenbrauen, eine Adlernase, rötliche Haut, dünne Lippen und ein vorspringendes Kinn. Er strahlte Autorität aus, und seine hellblauen Augen blickten stechend. In voller Uniform wirkte er beeindruckend, und das Gold auf seinen Ärmeln schien in dem halbdunklen Büro von eigenem Licht erfüllt zu sein.

Carson, Manning und Randall nahmen automatisch Haltung an, und Dan spürte, wie sein Mund trocken wurde. Randall hatte es offenbar total die Sprache verschlagen. Torrance fixierte jeden Anwesenden, wobei sein Blick kurz auf Summerfield verweilte, bevor er Randall befahl, alle in sein Büro zu bringen. Sie folgten ihm schweigend und im Gänsemarsch.

Summerfield bildete den Schluß hinter Grace. Dan schaute nur einmal zurück, um sich zu vergewissern, daß mit ihr alles in Ordnung war. Er wollte ihr nahe sein, doch sie wirkte ruhig in Summerfields Obhut.

Das Büro des Vice Chief war fast dreißig Quadratmeter groß und sah eher wie eine Bibliothek aus. Es gab zwei Ledercouches und mehrere Sessel. Dicker Teppichboden, getäfelte Wände, einige Messinglampen und vier große Bücherregale aus Nußbaumholz schufen eine ruhige Atmosphäre, die einen Kontrast zu den vier Aktenstapeln auf dem großen Mahagonischreibtisch schuf. Dan erkannte, daß die Aktenordner Hunderte Stabspapiere enthielten, die auf die Prüfung und oftmals eine Entscheidung warteten. Dan hatte das Büro des Vice Chief noch nie betreten; es war das höchste in der Hierarchie und wurde von den Offizieren von OP-06 aufgesucht.

Admiral Torrance ging hinter seinen Schreibtisch und forderte die anderen mit einer Geste auf, Platz zu nehmen. Die Sessel und beide Couches waren so angeordnet, daß jeder mit dem Gesicht zum Schreibtisch saß. Rear Admiral Carson, der ranghöchste der anwesenden Offiziere, die zum Vice Chief bestellt worden waren, räusperten sich. Er sah aus, als müsse er immer noch einen ernsten Schock überwinden.

»Admiral Torrance, ich weiß nicht, wieviel Sie gehört haben, aber …«

Torrance hob die Hand, und Carson verstummte. »Ich hörte etwas von *Ermittlung der Mordkommission* und *Washington Post*«, sagte er. »Wer sprach davon?«

Dan erhob sich. »Ich, Admiral. Ich bin Commander Collins. Ich arbeite für Captain Summerfield in OP-614.«

»Sie haben im Fall Hardin ermittelt«, sagte Torrance. Es war keine Frage, sondern eine Feststellung.

Dan hatte das Gefühl, daß Torrance ihn absichtlich mit seinem Blick förmlich aufspießte. Die Augen des Admirals waren auf ihn gerichtet wie der Entfernungsmesser eines Kriegsschiffes, ohne zu zucken, unpersönlich und mit dem perfekten Ausdruck eines Raubvogels. Dann wandte der Admiral seine Aufmerksamkeit Grace Snow und Captain Vann zu.

»Und wer sind Sie?«

»Mein Name ist Grace Snow, ehemaliges Mitglied des NIS«, stellte Grace sich vor. »Ich habe Commander Collins bei der OpNav-Ermittlung im Hardin-Fall assistiert – bis sie aufgehoben wurde.«

»Und ich bin Captain Moses Vann, Assistent des stellvertretenden Kripo-Chefs der Distriktpolizei.«

Torrance nickte langsam. Dan, der immer noch stand, fühlte sich schrecklich bloßgestellt. Dann erhob sich Randall.

»Admiral«, sagte er. »Dieser Offizier äußerte einige sehr ernste Anschuldigungen bezüglich des Hardin-Falles. Er hat außerdem meinen Befehl, sich aus dem Hardin-Fall herauszuhalten, mehrfach verweigert. Ich empfehle, daß Sie sich seine absurde Geschichte nicht anhören. Erlauben Sie mir, jemanden vom JAG kommen zu lassen und in dieser Sache die entsprechenden disziplinarischen Schritte einzuleiten.«

Dan hörte das Telefon im Vorzimmer läuten, aber offenbar war dort niemand, der den Hörer abnahm. Die anderen Offiziere im Büro des Admirals ignorierten das Klingeln. Er wußte nicht, wie er sich verhalten sollte. Wenn der Admiral tat, was sein EA empfohlen hatte – und er spürte, daß es im Augenblick das Vernünftige für Torrance war –, dann konnten sie ihn in Gerichtsverfahren lebend begraben. Aber Torrance hob wieder die Hand.

»Ich habe Sie verstanden, El, aber ich nehme an, daß ich irgendwie in die Anschuldigungen des Commanders einbezogen bin, und deshalb muß ich mir das anhören. Commander?«

Dan atmete tief durch und gab eine Zusammenfassung der Ereignisse vom Beginn der Ermittlung, den ursprünglich falschen Voraussetzungen, über die Erkenntnis, daß es eine Verbindung zwischen dem Tod von Bruder und Schwester gab, bis zur unerklärten Aufhebung der OpNav-Ermittlung. Er gestand, daß er und Grace aufgrund Captain Vanns Bitte weitere Nachforschungen angestellt hatten, fügte hinzu, daß sie sich schließlich entschieden hatten, den NIS und die Polizei ermitteln zu lassen, bis die anonymen telefonischen Hinweise eingegangen waren und Vann sie wieder hinzugezogen hatte. Er erinnerte den Admiral daran, daß er Summerfield informiert hatte und überzeugt gewesen war, daß dieser das Büro des Vice Chief auf dem laufenden gehalten hatte.

Der Admiral hörte zu, ohne etwas in Abrede zu stellen oder zu bestätigen. Dan schloß mit den Ereignissen der Sonntagnacht, was Carson und Manning zu überraschten Äußerungen veranlaßte, und kam dann zum Kern der Sache.

»Ich denke, daß jemand ganz oben in der Navy die Ermittlung des NIS im Fall Hardin manipuliert, um zu verhindern, daß die Affäre eines Flaggoffiziers mit Elizabeth Hardin bekannt wird, deren Schweigen durch einen als Unfall mit Fahrerflucht getarnten Mord erreicht wurde. Ich denke, daß ihr Bruder, Lieutenant Wesley Hardin, der Offizier, dessen Leiche man in dem Kriegsschiff gefunden hat, in Philadelphia ermordet wurde, weil er herausgefunden hatte, von wem und warum seine Schwester umgebracht worden war.«

»Und Sie meinen, ich sei dieser Flaggoffizier?« Torrance' Miene war ausdruckslos, und seine Stimme klang ruhig, fast verständnisvoll. Aber Dan glaubte, eine Spur von Zorn herauszuhören.

Dan schluckte. »Aufgrund der Tatsache, daß mich vor allem Ihr EA unter Druck setzte, den Fall Hardin abzugeben, ja, Sir, meine ich das. Entweder sind Sie es, oder es ist Captain Randall oder jemand, den Sie beide schützen.«

Der Admiral lehnte sich in seinem Schreibtischsessel zurück und stützte sein Kinn in die Hände. Seine Pose verdeckte den unteren Teil des Gesichts, in dem nur die glänzenden blauen Augen zu leben schienen. Randall schüttelte den Kopf in einer theatralischen Geste: »Ich kann einfach nicht glauben, was er sagt«. Rear Admiral Carson schaute Summerfield völlig ungläubig an. Grace saß steif in ihrem Sessel und beobachtete den Vice Chief.

Der Admiral starrte Dan ein paar Sekunden lang an und wandte seine Aufmerksamkeit dann Captain Vann zu.

»Captain Vann, haben Sie eine offizielle Ermittlung in dieser Sache eingeleitet?«

»Nein, Sir, das habe ich nicht. Noch nicht.«

»Haben Sie dies vor?«

»Möglicherweise. Der Mann, der Miss Snows Haus in der Nacht zum Sonntag niederbrannte, hat nicht aus eigenem Antrieb gehandelt. Wir haben herausgefunden, daß er einer der Typen in D. C. ist, die sich darauf spezialisiert haben, die Drecksarbeit für die großen Tiere in der Stadt zu erledigen. Jemand hat ihn beauftragt, und es sieht für mich aus, als sei dieser Jemand ein ranghohes Mitglied der Navy, wie der Commander hier bereits ausführte.«

»Haben Sie einen Beweis für diese Theorie?«

»Noch nicht, Admiral. Aber wie ich schon sagte, ich denke, wir werden mit der Arbeit an dem Fall beginnen.«

Admiral Torrance nickte langsam und sah auf seinen Schreibtisch.

»In Ordnung, Captain Vann«, sagte er. »Lassen Sie mich folgendes sagen. Der Commander geht von einer falschen Voraussetzung aus. Ich übertrug die Ermittlung OpNav aus bürokratischen Gründen, hauptsächlich wegen der Öffentlichkeitsarbeit. Ich wollte nicht, daß der NIS mit einem weiteren Zwischenfall auf einem Kriegsschiff in Verbindung gebracht wird. Als klar war, daß es sich um einen Mordfall handelt, änderte ich jedoch meine Meinung. Ein Mordfall ist zu wichtig, um ihn unter dem Aspekt der Öffentlichkeitsarbeit zu betrachten. Deshalb übertrug ich den Fall wieder dem NIS, und die OpNav-Ermittlung wurde beendet, damit sich nicht zwei Stellen in die Quere kamen. Das können Sie verstehen, nicht wahr, Captain Vann?«

Dan durchschaute die Taktik des Admirals, noch bevor Vann nickte. Vann war der einzige Außenseiter, die einzige

Person in diesem Büro, die genügend Einfluß hatte, um wirklich Schwierigkeiten zu machen. Wenn der Admiral Vann überzeugen konnte, daß es besser war, sich herauszuhalten, dann konnte er mit ihm, Dan, nach Belieben verfahren. Der Admiral wollte einen Keil zwischen sie treiben. Und er, Dan, war dagegen machtlos. Grace blickte besorgt drein; sie hatte es ebenfalls begriffen.

»Und jetzt ermittelt der NIS, Captain Vann«, fuhr der Admiral fort. »Ich denke, Sie sollten sich bei ihm über den Stand der Dinge informieren. Ich schlage vor, daß Sie Kontakt mit ihm aufnehmen, und ich garantiere Ihnen seine uneingeschränkte und begeisterte Kooperation. Es gibt wenig Zweifel an der Ermordung Lieutenant Hardins – der Offizier, dessen Leiche in dem Kriegsschiff gefunden wurde, genauer ausgedrückt. Über den anderen, weiblichen Lieutenant Hardin weiß ich nichts. Ich kann aussagen, daß ich sie nie gekannt, weder dienstlich mit ihr zu tun gehabt noch jemals einen Blick auf sie geworfen habe. Und ich hatte keine Affäre mit irgendeiner anderen Frau außer meiner Ehefrau, mit der ich seit sechsunddreißig Jahren verheiratet bin. Ich bin nicht blöde, Captain Vann, und der sicherste Weg, um meinen Ruf und meine Zukunft in der Navy zu gefährden, wäre ein Verhältnis mit einem rangniedrigen weiblichen Offizier, besonders beim heutigen politischen Klima. Stimmen Sie mir da zu? Die Ernennung meines Nachfolgers wurde wegen des Vorurteils sexueller Belästigung verhindert, der absolut unbegründet war. Allein die Verbindung zu ihr hatte ausgereicht.«

Torrance wandte sich wieder an Dan. »Und was Sie anbetrifft, junger Mann, möchte ich, daß Sie Captain Vann bei seinen Ermittlungen unterstützen. Sie werden sein Assistent sein und ihm Zugang zu dem System der Navy verschaffen, ihm in jeder Weise behilflich sein. Wenn Sie auf Widerstand stoßen, wird Captain Randall sich für Sie verwenden. Ich tue dies, weil Sie offenbar ernsthaft glauben, ich sei hier der Kopf einer Verschwörung. Deshalb will ich, daß Sie voll beteiligt sind, bis dieser Fall gelöst ist. Ich *weiß*, daß ich unschuldig bin. Aber Sie sollen sich selbst davon überzeugen. Und nun halte ich es nur für fair, Sie zu bitten, keine weiteren Anschuldigungen mehr zu äußern, bis Sie Beweise dafür haben. Und niemand hier –«, er ließ den Blick über die Anwesenden schweifen, »– wird sich in diese Sache einmischen, bis sie abgeschlossen ist. Sind Sie damit zufrieden, Commander? Captain Vann?«

Dan war fassungslos und brachte nur »Jawohl, Sir« heraus. Der Admiral hatte ihn in einer Mausefalle. Anstatt herumzubrüllen und zu toben und sich hinter einer Phalanx von EAs und disziplinarischen Maßnahmen zu verstecken, hatte er geschickt dafür gesorgt, daß er, Dan, seine Vorwürfe begründen mußte. Wenn der Admiral auch nur die geringste Schuld hatte, mußte er, Dan, sie beweisen, und er wußte, daß dies fast unmöglich war. Und wenn es ihm nicht gelang, konnte er niemals mehr behaupten, daß etwas vertuscht worden sei, denn er hatte ihn in die Ermittlung einbezogen. Torrance war brillant.

»Lady, Gentlemen, es ist spät«, schloß Torrance. »Wir werden Sie jetzt entschuldigen.«

Dan schaute sich um. Grace, Summerfield und Captain Vann standen auf, aber Rear Admiral Carson und die Captains Manning und Randall blieben sitzen. Carson bedachte Summerfield mit einem Seitenblick, der Zorn verriet, aber Summerfield ging bereits zur Tür voran. Sie verließen das Büro, Dann als letzter, hatte beinahe Angst, sich zu den mächtigen Männern umzudrehen. Vor allem Randalls Miene wollte er nicht sehen. Er schloß die Tür hinter sich. Dann standen sie im mittlerweile verlassenen Vorzimmer.

»Jetzt wissen Sie, warum er vier Sterne hat«, meinte Summerfield leise und grinste grimmig. Vann zuckte mit den Schultern.

»Scheint, als hätten wir eine faire Chance«, sagte er ebenfalls leise. »Das alles mag eine Vernebelungstaktik sein, aber für mich klingt es, als könnten wir die Spur verfolgen, wohin sie auch führt.«

»Welche verdammte Spur?« fragte Dan verdrossen.

»Aber was passiert, wenn sie hierhin zurückführt?« fragte Grace.

»Wenn er der Schuldige ist, hat er etwas Zeit gekauft«, erklärte Summerfield. »Und es wird ziemlich aufschlußreich sein, wie man Sie beim NIS aufnimmt.«

Dan schüttelte den Kopf. »Ich bin beunruhigt wegen der verdammten EAs; ich kann verstehen, daß Admiral Torrance gereizt ist, aber Randall ...«

In diesem Moment leuchtete ein weißes Lämpchen auf der Telefonkonsole des EAs auf. Alle vier schauten erst darauf und dann zum Büro des Admirals. Die Tür war geschlossen, kein Laut war zu hören. Dan sah zu Summerfield, der den Kopf schüttelte. Aber Grace' Blick sagte: Tu es! Dan schaute auf das Telefon. Wen riefen sie an? Den JAG? Dan griff nach dem Hörer.

»Dan«, mahnte Summerfield.

Dan ignorierte ihn und hob ab.

»Investigative Service, Rear Admiral Keelers Büro, Captain Rennselaer am Apparat.«

Es gab ein Geräusch im Büro des Admirals, und Dan legte hastig den Hörer auf und forderte alle mit einer Geste auf, das Vorzimmer zu verlassen. Er schloß die Tür leise hinter sich, und sie gingen schnell über den Flur des E-Flügels. Wie in gemeinsamem Einvernehmen sagte keiner etwas, bis sie die Tür zur Abteilung OP-614 erreicht hatten.

»Nun?« meinte Summerfield und sah Dan fragend an.

»Jemand hat Admiral Keeler beim NIS angerufen«, sagte Dan. »Ein Captain Rennselaer meldete sich.«

»Rennselaer ist der EA vom Leiter des NIS«, murmelte Summerfield.

»Kann mir jemand sagen, was hier gespielt wird?« fragte Vann.

»Sie telefonieren mit dem Chef des Naval Investigative Service«, erklärte Grace. »Die Frage ist, warum? Um den NIS zu warnen oder um den Weg für Ihre weitere Ermittlung zu ebnen?«

»Vielleicht ein bißchen von beidem«, bemerkte Summerfield. Dann sah er Dans Miene. »Was ist los?«

Dan öffnete das Codeschloß zur Abteilung 614. Plötzlich war ihm ein erschreckender Gedanke gekommen, und er wollte aus dem Pentagon raus.

»Dan, was ist?« fragte Grace.

Dan öffnete die Tür, trat ein und wandte sich zu ihnen um. »Mir ging gerade durch den Kopf, daß wir uns vielleicht auf den falschen Mann konzentriert haben. Angenommen, nur angenommen, daß der in den Fall verwickelte Flaggoffizier nicht der Vice Chief ist, sondern sein Protegé, der Direktor des NIS? Daß der Captain, den der Gangster erwähnte, nicht Randall, sondern Rennselaer ist?«

»Mensch, Dan, eine neue Theorie?« sagte Summerfield. »Sie meinen, Randall schützt hier einen Mann mit einem Stern anstatt den Vice Chief?«

»Moment mal, Commander«, schaltete sich Vann ein. »Macht es Ihnen Spaß, sich mit der Admiralität anzulegen? Wollen Sie auch noch auf einen anderen losgehen? Ich denke, es ist an der Zeit, mich eine Weile zu vergessen. Ich habe schon genug am Hals.«

»Lassen Sie mich telefonieren«, sagte Grace. »Wenn beim NIS etwas im Gange ist, dann wird Bobby Booker darüber Bescheid wissen.«

Dan schaute Summerfield an, der verärgert den Kopf schüttelte. Alle außer Vann betraten das Büro.

»Es ist mir ernst, Leute«, warnte Captain Vann von der Türschwelle aus. »Ich muß diese Sache in reguläre Kanäle leiten, bevor sie noch mehr außer Kontrolle gerät. Ihr alle geht zu schnell vor und habt verdammt wenig hieb- und stichfeste Beweise.«

Grace wandte sich ihm zu. »Wenn Dan mit der Verbindung zum NIS recht hat und Rennselaer der Mann ist, den wir suchen, was spricht dann gegen einen Zusammenhang zwischen diesem Ward und den Hardin-Morden?«

Vann blinzelte. Dann schüttelte er den Kopf. »Sie sind mir

immer noch zu schnell und voreilig. Sie hüpfen herum wie Gummibälle. Lassen Sie mich morgen früh mit meinen Leuten reden, und dann packen wir diese Sache richtig und sachlich an. Ich kann für Ihren Schutz sorgen. Dieser Mord ist zwei Jahre her – insofern hat die Aufklärung keine Eile. Können Sie mich jetzt rausbringen?«

Dan wurde ausgewählt, und er begleitete Captain Vann zu einem der Ausgänge. Grace setzte sich an Beißers Schreibtisch, um zu telefonieren. Eine Viertelstunde später kehrte Dan zurück und stellt sich auf die Türschwelle von Captain Summerfields Büro. Summerfield saß zur Abwechslung auf seiner Couch und hatte den Kopf in die Hände gestützt.

»Gut, daß Sie Urlaub haben«, murmelte Summerfield. »Morgen müssen wir hier mit einem harten Tag rechnen. Haben Sie Carsons Miene gesehen?«

Grace beendete ihr Telefonat, als Summerfield zu Dan aufblickte. »Verlassen Sie sich nicht auf den Urlaub«, riet er. »Die Kosten dafür, das Gesicht eines Flaggoffiziers zu wahren und ihm seine Würde wiederzugeben, werden beträchtlich sein. Sie sollten sich schon mal auf eine Versetzung vorbereiten.«

»Eine Versetzung?«

»Glauben Sie wirklich, Sie bleiben nach dieser kleinen Szene mit dem Vice Chief heute abend im OpNav-Stab?« fragte Summerfield. »Sie werden Befehle erhalten. Welche, weiß ich nicht, aber Sie werden mit Sicherheit im Laufe der nächsten zwei Wochen die Treppe runterpurzeln. Und ich purzele vielleicht gleich hinter Ihnen her.«

»Und was ist mit dem Befehl, daß ich Vann assistieren soll?«

»Wie ich schon sagte, zwei Wochen. Wenn Sie in dieser Zeit nicht mit etwas wirklich Dramatischem aufwarten können, werden Sie ... Was ist, Miss Snow?«

»Beim NIS braut sich etwas zusammen. Ich sprach gerade mit meinem Informanten; er sagte, daß dort den ganzen Tag über große Aufregung geherrscht habe. Der Admiral traf sich mit einigen Anwälten des JAG, und der EA brüllte jeden an, der es wagte, auch nur ein Wort an ihn zu richten. Laut Bobby hat der Admiral schon Feierabend gemacht, aber die Sicherheitsleute behaupten, daß er auf dem Weg zurück ins Büro ist.«

»Wo ist Rennselaer?« fragte Summerfield.

»Ich nehme an, er ist noch dort«, antwortete Grace. »Bobby sagte, er habe sich mit jemandem verabredet.«

Summerfield erhob sich. »Vielleicht hat der Anruf aus dem Büro des Vice so was wie ein Feuer entfacht.«

»Ich habe Visionen von der Japanischen Botschaft, die in der Nacht zum sechsten Dezember ihre Papiere verbrennt«, sagte Dan. »Grace, vielleicht sollten wir zum NIS fahren. Mein Wagen steht um die Ecke.«

»Ist das klug?« fragte Summerfield. »Sie haben gehört, was Captain Vann gesagt hat – er leitet diese Sache in die richtigen Kanäle, und Sie haben nur die Erlaubnis, durch ihn mitzuspielen.«

»Wenn dieser Rennselaer mein Haus, in der Annahme, ich hielte mich dort auf, in Schutt und Asche legen ließ, dann brauche *ich* von niemandem eine Erlaubnis«, schnaubte Grace. »Dan, laß uns fahren.«

»Aber sie können heute nacht nichts tun, außer sich aufzuregen«, ermahnte Summerfield. »Warten Sie doch, bis sie in Panik geraten, und bringen Sie Vann morgen dorthin, nachdem sie die ganze Nacht geschwitzt haben. Noch eines ist zu bedenken: Sie beide sollten sich von den Straßen fernhalten, bis dieser Malachi Ward geschnappt ist. Vann nimmt an, daß er sich noch in der Stadt aufhält.«

Grace schüttelte den Kopf. »Nein. Die Polizei braucht vielleicht eine Woche, bis diese Sache in Gang kommt, besonders wenn Vann von dem Treffen mit dem Vice Chief berichtet. Es würde mich nicht überraschen, wenn seine Chefs ihn sogar zurückpfeifen. Nein. Ich will mit Rennselaer reden, und jetzt ist der richtige Zeitpunkt.«

64

Es war völlig dunkel, als Malachi den Pickup Truck, der wieder einmal mit dem Metro-Logo und der Warnblinkanlage ausgestattet war, vor dem großen verlassenen Fabrikgebäude parkte, das die beiden Blocks gegenüber der ehemaligen Schmiede auf der Marinewerft einnahm. Der gelangweilte Posten am vorderen Tor hatte ihm die Geschichte von einer Panne auf dem Werftgelände geglaubt und ihn mit einem lässigen Winken passieren lassen. Malachi setzte den Truck zurück in eine Lücke zwischen zwei Laderampen vor dem verlassenen Gebäude. Die Rampen befanden sich neben zwei großen Stahltoren, die einen Spalt offenstanden und einen Blick in dessen höhlenartiges Innere erlaubten. Er hätte den Truck in das Gebäude gefahren, doch ein großer Stapel von Metallteilen blockierte den Eingang. Er schaute auf seine Armbanduhr. Achtzehn Uhr fünfundvierzig. Er blieb ein paar Minuten im Truck und sah sich um. Das Gebäude war riesig, ungefähr sechzig Meter breit und fast zweimal so lang, hatte zehn Stockwerke, und das andere Ende erstreckte sich fast bis zum Fluß. Auf einem verblichenen Schild über der Laderampe stand REVOLVERDREHBANK. Es war kein Licht in dem Gebäude. Außer dem Lichtschein, der vom Flutlicht des Kraftwerks nebenan einfiel, war es dunkel. Anscheinend standen einige sehr große Maschinen im Innern, aber er konnte keine Einzelheiten erkennen.

Der Captain hatte überraschenderweise sofort zurückgerufen und sich eilig mit ihm auf der Marinewerft verabredet. Sie würden sich an Bord des Museumsschiffes treffen, des außer Dienst gestellten Zerstörers USS *Barry,* der am Pier gegenüber vom Waffenpark auf der Flußseite der ehemaligen Schmiede vertäut lag. »Nachts hält sich dort niemand auf«, hatte der Captain versichert, »und die Luken des Hauptdecks sind alle gesichert. Auf dem Pier ist ein Zaun mit einer abgeschlossenen Tür, aber Sie können an einer Seite gut über den

Zaun klettern. Gehen Sie über die Gangway aufs Hauptdeck, und warten Sie. Hier ist im Augenblick viel los, also kommen Sie zwischen neunzehn Uhr und neunzehn Uhr dreißig. Ich werde Sie finden.«

Malachi lächelte in der Dunkelheit. *Ja, ich wette, daß du mich finden wirst,* dachte er. *Du willst dich mit mir in der Finsternis auf einem verlassenen Schiff auf dem Anacostia River treffen. In Ordnung.* Das paßte Malachi prima. Er trug eine Khakihose, ein dunkelrotes Hemd und seine schwarze Windjacke, die ein Loch aufwies, weil er ein Stück Stoff für die Augenklappe herausgeschnitten hatte. Sie hatte geholfen. Das Auge war immer noch stark entzündet, doch der Schmerz hatte etwas nachgelassen. Vielleicht hatte auch der Harper seinen Teil dazu beigetragen. Malachi kontrollierte, ob die Browning .380 in seinem Hüftholster steckte, klopfte auf die Bernadelli .25 Automatik in seiner rechten Socke und zog schwarze Lederhandschuhe an. In dem Moment, in dem er aussteigen wollte, entdeckte er Scheinwerferlicht, das sich näherte. Er duckte sich unter den Vordersitz. Ein grauer Wagen des Sicherheitsdienstes der Werft fuhr vorbei. Der Cop hinter dem Steuer beachtete den Pickup Truck nicht. *Sehr gut,* dachte Malachi. *Seine Aufmachung macht ihn so gut wie unsichtbar.*

Malachi wartete, bis das Fahrzeug außer Sicht war, und stieg aus. Er ließ den Schlüssel im Zündschloß und machte die Tür schnell zu, damit der Warnton nicht anschlug. Es war ein kühler Abend, und die Luft verhieß Nebel vom Fluß. Er wollte gerade zum Park gehen, als der Wagen des Sicherheitsdienstes zurückkam, und so huschte er in das ehemalige Revolverdrehbankgebäude. Nachdem der Wagen vorüber war, schaute Malachi sich um. Die riesigen Umrisse dunkler Maschinen auf dem Boden hatten die Größe eines Fußballfeldes: Metallpressen, gigantische Fräsmaschinen, Bohrmaschinen und in der Mitte die größte Drehbank, die er jemals gesehen hatte. Von einem Kran darüber hing eine zylindrische graue Stahlmasse, die er fünfzehn Meter lang schätzte. Hoch über ihm entdeckte er eine Kranbrücke mit einem großen und einem kleineren Kran in der Mitte. Die diamantförmigen Hakenköpfe waren auf die Drehbank in der Mitte ausgerichtet. In dem rosafarbenen Licht, das durch die Oberlichter drang, konnte er die größeren Maschinen erkennen, aber die Haufen von Metallabfall, rostenden Läufen und Elektrokabeln, mit denen der Boden übersät war, lagen im Schatten. Im ganzen Gebäude stank es nach Rost, altem Öl, Schmierfett und verrottendem Isoliermaterial. Das Kraftwerk nebenan stieß eine Dampfwolke aus, und Malachi zuckte zusammen und beendete seine Betrachtungen.

Er überprüfte noch einmal die Straße und schlich dann an der Seitenwand der verlassenen Fabrik entlang und hielt sich im Schatten für den Fall, daß Fußpatrouillen unterwegs waren. Aber dieser Teil der Marinewerft schien verlassen. Er ging so schnell, wie es sein verletztes Bein erlaubte, bis er sich auf der Höhe der ehemaligen Schmiede befand, deren erhellte Fenster er auf der anderen Straßenseite zu seiner Linken sah. Das Schild über dem Eingang, das es als Kapelle der Marinewerft auswies, verdeckte ein kleines Backsteingebäude. Jenseits davon konnte er die schrägen, in den Anacostia River ragenden Piers und die Masten des Museumsschiffes über dem nächsten Gebäude ausmachen. Er drückte sich in eine dunkle Türöffnung und beobachtete ein paar Minuten lang, suchte wieder nach Posten oder Fußgängern, aber nichts bewegte sich auf der dunklen Straße. Nach einem kürzeren Block überquerte er die Straße, die in den Waffenpark führte.

Der Waffenpark, ein Teil des Museum-Komplexes, erstreckte sich über ungefähr zwei Morgen Land zwischen der ehemaligen Schmiede und dem Hafengebiet und bestand aus je einem Exemplar aller Marinewaffen, die jemals auf der Marinewerft hergestellt worden waren – vom Kriegsschiffgeschütz mit achtzehn Meter langem 16-Zoll-Rohr bis zu einer Kollektion von Mörsern aus dem Bürgerkrieg; sogar ein Eisenbahngeschütz aus dem Ersten Weltkrieg, ein Zwölf-Zoll-Marinegeschütz auf dem Rahmen einer Lokomotive, die auf einem Stück Gleis neben einer Abschußvorrichtung für

Fernlenkgeschosse stand, war ausgestellt. Jenseits des Parks lag der Zerstörer, dessen über einhundertzwanzig Meter langer Rumpf den Blick auf die Bolling Air Force Base am anderen Ufer des Anacostia River verdeckte.

Malachi betrat den Park am südwestlichen Ende und schlich leise durch die Schatten von Geschütz zu Geschütz, verharrte und lauschte immer wieder. Der Captain konnte ihm sehr gut hier auflauern, denn er wußte, daß dies der einzige Weg zum Schiff war, der genügend Schutz und Deckung bot. Schließlich gelangte er zu dem ausgestellten Kommandoturm des deutschen U-Bootes, und er duckte sich in die Dunkelheit, um das Schiff jenseits der Straße zu betrachten.

Eine breite, gut beleuchtete Straße verlief längs des gesamten Ufers; direkt gegenüber war der öffentliche Eingang zu dem Schiff, das an einem breiten Pier vertäut lag. Den Fuß des Piers umgab ein hoher Drahtzaun mit einem Schiebetor neben einer dunklen Wachbaracke. Malachi erinnerte sich an den Besuch des Schiffsmuseums, als es geöffnet gewesen war. Normalerweise saß ein Matrose in der Wachbaracke, der Besuchern den Weg über den Pier zur Gangway wies, die auf das Schiff führte. Nach der Besichtigung kamen sie über eine andere Gangway auf der anderen Seite der Baracke auf die Straße zurück. Aber jetzt war das Schiff dunkel. Die Hauptdecks wurden von den Straßenlampen beleuchtet, doch die oberen Decks, die diese überragten, lagen im Schatten.

Malachi erkannte, daß er unmöglich die andere Straßenseite erreichen konnte, ohne von jemandem gesehen zu werden, der sich hoch oben auf dem Schiff versteckte. Es war auch unmöglich, sich über das Heck an Bord zu schleichen, denn der Pier ragte schräg in den Fluß, und das Achterschiff war ungefähr achtzehn Meter vom vorderen Teil des Zauns entfernt. *Wenn ich James Bond wäre,* dachte er, *würde ich am Ufer entlanggehen, in sicherer Entfernung ins Wasser springen, zum Heck des Schiffes schwimmen und über die Schraube an Bord klettern.* Aber er bezweifelte, daß James Bond auch nur einen Finger in den stark verunreinigten Anacostia River tauchen würde. Und mit nur einem funktionstüchtigen Auge und einem verletzten Bein war er Mr. Bond heute abend mit Sicherheit nicht gewachsen.

Er hielt Ausschau nach parkenden Wagen oder anderen Indizien für eine Überwachung, doch die Straße und der Besucherparkplatz waren leer. Die einzigen Anzeichen auf Leben waren der stetige Verkehr auf der Welsh Memorial Bridge am Ende der Marinewerft und eine Reihe beleuchteter Fenster hinter ihm in der ehemaligen Schmiede. Der NIS muß heute lange arbeiten.

Nun, dies sollte ein letztes, freundliches geschäftliches Treffen des »Sicherheitsberaters« und seines Auftraggebers werden – vielleicht nicht ganz so freundlich, aber auch gewiß kein Shoot-out am O. K. Corral. Er hatte dem Captain gesagt, daß er untertauchen wolle, dafür jedoch fünftausend Dollar in bar brauche, um die Leute zu bezahlen, die ihn aus der Stadt bringen würden. Der Captain hatte nur sehr kurz gezögert und dann dem Treffen zugestimmt. Er hatte gesagt, er müsse einige Dinge wissen, bevor er zahlen würde, vor allem müsse er die Wahrheitsbeweise für die Hardin-Morde einer gewissen Miss Snow erfahren. Malachi hatte erwidert, daß er eine interessante Information geben könne, die dem Captain bestimmt das Geld wert sein würde.

Also nur ein letztes kleines geschäftliches Treffen. Das beste war, er spazierte über die Straße, stieg über den Zaun und ging lässig aufs Schiff, als habe er jedes Recht, sich dort aufzuhalten. Vorausgesetzt, es hatte keinen Kugelhagel vom Schiff aus gegeben, würde er an Bord sehen, was möglich war. Er stellte sich vor, daß der Captain tatsächlich wissen wollte, was in Georgetown geschehen war und ob die Leute von OpNav die Identität des großen Mannes herausgefunden hatten, und so war das wahrscheinlichste Szenario vermutlich ein »Hände hoch, umdrehen, vorausgehen und tun, was ich dir sage«. Malachi hatte nichts dagegen. Er mußte nur so überzeugend auftreten, daß ihm der Captain die Waffe nicht auf den Rücken drückte. Dann würde es einfach sein, fast ein Kinderspiel.

Er spähte ein letztes Mal die Straße auf und ab, bevor er sie lässig überquerte und sich bemühte, nicht zu humpeln. Er ging langsam und hielt die Hände sichtbar. Und während er darauf zählte, daß der Captain der Amateur war, für den er ihn hielt, trieb ihm der Gedanke an einen .22er Colt Woodsman mit Laser-Zielfernrohr trotz der Kühle des Abends Schweiß auf die Stirn. Er gelangte zum Zaun nahe beim Wasser und schaute sich um, blickte jedoch nicht zu dem Schiff hinauf. Die Wellen schlugen leise gegen dessen Bug, und etwas platschte im Wasser, in dem Abfall schwamm. Er kletterte über den Maschendrahtzaun und hing kurz über dem dunklen Anacostia River. Dann schwang er sich an der anderen Seite auf den Pier und wankte ein bißchen aufgrund seines verletzten Beines und der eingeschränkten Sicht mit nur einem Auge. Er atmete erleichtert auf, als er Boden spürte und nichts geschah; das wäre die Stelle gewesen, an der ihn der Captain mit einem gezielten Schuß hätte erledigen können. Es würde also eine »Erst reden, dann schießen«-Sache werden.

65

Dan trommelte ungeduldig auf das Lenkrad, als sie auf dem Southeast Freeway im Stau standen. Sie konnten die hohen, beleuchteten Schornsteine des Kraftwerks der Marinewerft in der Ferne zu ihrer Rechten sehen, aber sie kamen wegen eines Unfalls einen Kilometer vor ihnen nicht weiter. Sein Kinn war auf die Halsmanschette geschlagen, nachdem er am Ende des Staus scharf gebremst hatte. Er hatte ärgerlich an der Manschette gezogen, sie abgenommen und auf den Rücksitz geworfen.

»Verdammt!« stieß er hervor. »Es ist neunzehn Uhr fünfzehn. Warum ist hier draußen noch so viel Verkehr?«

»Vielleicht hatte Summerfield recht«, sagte Grace. »Je

näher ich an eine Konfrontation von Angesicht zu Angesicht mit Rennselaer komme, desto besser finde ich den Gedanken, einen Tag zu warten.«

»Nein«, sagte Dan. »Ich denke, dein Gefühl bezüglich Vann und der D.-C.-Polizei ist richtig. Seine Chefs werden sich Zeit lassen, ehe sie sich mit jemandem im Pentagon auf der Ebene des Vice Chief of Naval Operations anlegen. Und wenn unser Mann der Direktor des NIS ist, kompliziert das die Sache noch mehr – der NIS ist eine andere Polizeiorganisation. Wenn wir heute abend Rennselaer zur Rede stellen, wird das den Druck auf beide, auf ihn und seinen Chef, verstärken.«

»Du meinst, er ist der Schuldige?«

»Ich habe keine Ahnung. Der Vice Chief hatte ein wirklich starkes Argument: Er hat zuviel zu verlieren. Verdammt, weißt du was? Wir hätten die U-Bahn nehmen sollen – sie fährt bis zur Marinewerft, drei Stationen vom Pentagon entfernt.«

66

Malachi ging unter der Plane entlang, die über das ganze Deck mit den Raketenwerfern gespannt war. Neben einer geschlossenen Luke war das Podium des Führers bei Besichtigungen für die Nacht gesichert. Neben der Luke befand sich eine Art Schalttafel für ein Lautsprechersystem mit einer Reihe kleiner weißer Lampen, aber es gab kein Anzeichen auf Leute. Nachdem er den Windschutz des Schiffes verlassen hatte, spürt er eine kalte Brise vom Fluß hier oben. Er erwartete fast, daß das Schiff in der Strömung knarrte und sich bewegte, aber es war totenstill. Malachi ging hinüber zum Fuß des ASROC-Raketenwerfers und schaute nach achtern. Eine steile Leiter führte hinab zum Achterschiff, auf dem sich das Achterngeschütz in der Dunkelheit erhob. Er humpelte zu der Leiter, blieb jedoch im Schatten stehen, als er den Wagen des Sicherheitsdienstes der Werft am Ufer näher kommen sah. Der Wagen fuhr langsam vorbei, und das Gesicht des Fahrers war wie ein heller Fleck am Fenster. Dann bog er um die Ecke hinter die ehemalige Schmiede und verschwand.

Malachi wußte nichts über Schiffe, aber er ging davon aus, daß der Captain irgendwo vorne und oben sein würde, abseits von all den Lichtern. Er stieg vorsichtig die Leiter hinunter. Auf dem Hauptdeck verharrte er und schaute sich um, aber es gab keine Spur vom Captain oder sonst jemanden. Die Geschützlafette war viel größer, als sie vom Pier aus gewirkt hatte, und die stählernen Seiten schimmerten im Licht der Straßenbeleuchtung. Das Deck des Zerstörers war überraschend uneben. Die Backbordseite war von der Pierbeleuchtung angestrahlt. Er ging zur Steuerbordseite, die in völliger Dunkelheit lag; nur die Hangarbeleuchtung des Bolling Fields am anderen Flußufer sorgte für einen schwachen Lichtschimmer.

Ihm wurde klar, daß er genug hatte – genug von diesem blöden Spiel, von all diesen Leuten, für die er arbeiten mußte, für die er aufräumte, während sie durch ihre kostbaren kleinen Zinnsoldaten-Karrieren eilten. *Du kannst nach wie vor einfach verschwinden, Malachi. Diese beiden werden vermutlich früher oder später ihr Fett kriegen. Hau ab. Kehr um, steig in den Truck und fahr geradewegs nach Westen aus der Stadt zu den Blue Ridge Mountains.* Noch während ein Teil seines Verstandes darüber nachdachte, zwang ihn der andere, auf der Steuerbordseite nach vorne zu laufen und sich mit dem gesunden Auge an die plötzliche Dunkelheit zu gewöhnen. Er konnte tief unten die Wellen gegen den stählernen Rumpf des Schiffes schlagen hören. Der Fluß stank nach Schlamm, verfaulten Baumzweigen, Öl und Abfall zu fast gleichen Anteilen. Er glaubte, etwas mit der Strömung vorbeitreiben zu sehen, aber er wollte nicht wissen, was es war. Er ging an den hinteren Decksluken und unter den Davits vorbei zu einer Leiter mittschiffs und zurück auf die 01-Ebene, bis er zu einer tunnelartigen Struktur vor einer Luke kam, durch die man unterhalb der Brücke ins Schiff gelangte. Es hatte den Anschein, daß der Tunnel, der genauso breit wie der Laufgang des Hauptdecks und ungefähr zweieinhalb Meter hoch war, durch eine Stahltür, die geschlossen war, aufs Vorderdeck führte.

Malachi blieb stehen. Der Tunnel war stockfinster; auf der Außenwand glaubte er Umrisse von Gasflaschen zu erkennen. Zu seiner Linken war eine Luke mit der Aufschrift ZUM VORDERDECK, und darunter standen die Abteilungen, zu denen sie Zugang bot: die Offiziersmesse und der vordere Radar-Raum. Malachi stellte fest, daß die Luke nicht abgeschlossen war. Er fragte sich, ob der Captain vielleicht irgendwo *im* Schiff war. Das würde es hart machen. Aber nein, er hatte gesagt, er werde ihn finden. Das klang nach draußen. Er spähte wieder in den finsteren Tunnel. Auch mit zwei gesunden Augen hätte er nichts sehen können. Waren die Schatten entlang der Außenwand des Tunnels alles Gasflaschen oder etwas anderes? Er hätte eine Taschenlampe mitnehmen sollen. Sollte er ins Schiff hinein gehen? Oder nach vorne? Er berührte den stählernen Griff der Luke. Er war kalt und etwas feucht. Er blickte hinauf zur Brücke und erwartete fast, dort eine Gestalt zu entdecken, aber da war niemand.

Malachi atmete tief durch und entschloß sich, nach vorne zu gehen. Er legte die rechte Hand auf die Waffe in seinem Hosenbund und setzte sich in Bewegung. Als die Schatten an der Außenwand sichtbar wurden, erkannte er, daß es sich tatsächlich um Flaschen handelte, auf deren weißen Aufklebern STICKSTOFF, ARGON, ACETYLEN stand. Er blieb dicht hinter dem Eingang des Tunnels stehen und versuchte, sein gesundes Auge an die Dunkelheit zu gewöhnen. Der Tunnel schien vier, fünf Meter lang zu sein. Er drehte sich um und konnte das ganze Hauptdeck überblicken, das im Vergleich zur Finsternis des Tunnels im hellen Tageslicht lag. Er trat noch einen Schritt in den Tunnel hinein, dann einen weiteren. Stop. War da vorne jemand? Er blinzelte heftig und zog die Waffe. Da war eine Gestalt, die reglos vor einem Schott stand.

Sie hatte etwas Lustiges an sich. Der Kopf. Der Kopf war das Lustige.

»Das ist Oscar«, sagte eine vertraute Stimme hinter ihm. Malachi zuckte zusammen. »Nicht umdrehen, Malachi. Wir tragen heute abend alle Waffen. Laß also deine fallen. Leg sie einfach auf den Boden, und kick sie in den Fluß. Langsam. So ist es gut.«

Malachi kniete sich langsam hin und legte die Browning auf den Boden. Er war versucht, die .25er Automatik aus der Socke zu ziehen, aber er entschied sich dagegen, denn der Captain hatte ihn vor der Mündung, und außerdem waren seine Hände besser als jede Waffe – und leiser. Er richtete sich auf und schob die Automatik mit dem Fuß ein Stück über den Boden.

»In den Fluß damit.«

Malachi versetzte der Waffe einen weiteren Tritt, und sie rutschte durch einen Speigatt und fiel mit einem Platschen in den Fluß.

»Sehr gut. Falls du dich wunderst, Oscar ist ein Dummy. Wir benutzen ihn für Rettungsübungen von Leuten, die über Bord fallen. Er ist mit Kapok gefüllt, schwimmt also. Wir werfen ihn vom Schiff und manövrieren es zurück, um ihn zu suchen und aus dem Wasser zu fischen. Er wohnt auf dem Wetterdeck. Das ist ein guter Platz für Dummys.«

Malachi vernahm Geräusche. Das Klappen einer Luke. Der Hurensohn hatte *dahinter* gelauert, gewartet, daß er an ihm vorbei in den Tunnel ging. Er hatte vermutlich gehört, daß er stehengeblieben war.

»Und jetzt?« fragte Malachi.

»Jetzt schneide ich das lose Ende ab, Malachi«, antwortete der Captain.

»Sie meinen, es interessiert Sie nicht mehr, wieviel Miss Snow weiß? Sie denken, Sie kommen davon, wenn Sie mich abknallen und in den Fluß werfen, was? Halten Sie mich für so blöde, daß ich keine Versicherung dort draußen zurückgelassen habe? Ich meine, ich weiß, wen wir alle schützen.«

Der Captain lachte. »Nein, das weißt du nicht. Halte deine Hände so, daß ich sie sehen kann, Malachi. So ist es gut. Ich nehme an, du hast nie damit gerechnet, daß ich einen Profi wie dich reinlege. Es gibt keinen Brief ›Nach meinem Tode zu öffnen‹, denn du kennst keinen, dem du solch einen Brief hinterlassen könntest. Du bist ein einsamer Wolf, Malachi; das hast du mir hundertmal gesagt. Aber du bist nicht mehr von Nutzen. Ich nehme an, du bist nicht mehr zu gebrauchen, seit du vor zwei Jahren dieses Mädchen überfahren hast. War das Absicht, Malachi?«

Malachi überlegte angestrengt. Er mußte den Captain näher heranlocken. Die Waffe mußte in seine Reichweite gelangen.

»Sie hat mich mit einem Messer verletzt«, sagte Malachi. »Als ich sie im Auftrag des großen Mannes einschüchtern sollte. Die letzte Frau, die mit dem Messer auf mich losging, kostete mich meine Männlichkeit. Deshalb habe ich sie überfahren.«

»Du hattest eine klare Anweisung, Malachi. Du solltest die Frau überzeugen, zu verduften und die Klappe zu halten. Und was ist daraus geworden?«

Die Stimme des Captains klang jetzt ein wenig lauter, vielleicht war er nicht mehr so weit entfernt. Gut. Er zählte darauf, daß der Captain ihn nicht hier draußen erledigen wollte, denn der Schuß würde die Polizei alarmieren. Im Inneren des Schiffes würde es etwas anderes sein. Er mußte ihm die Waffe entreißen, bevor der Captain ihn zwang, ins Schiff zu gehen. Malachi begann, sein verletztes Bein zu entlasten, indem er das Gewicht auf das gesunde verlagerte, um herumwirbeln und zuschlagen zu können. Komm näher ran, komm!

»Und der Junge, Malachi – was geschah dort wirklich? Es fällt mir schwer zu glauben, daß du nach Philly gereist bist und den Job erledigt hast.«

»Ich habe einige Verbindungen. Es war überhaupt nicht schwierig. Sie sollten auch nur mit ihm reden. Aber er wurde aufmüpfig und laut. Wollte nicht hören. Beide waren keine guten Zuhörer.« Der Captain war näher gekommen, ja, er war jetzt zweifellos näher.

»So ungefähr habe ich mir das vorgestellt. Zieh deine Jacke aus, Malachi.«

Was? Meine Jacke? *Ja. Zuerst den linken Arm, dann den rechten Arm heben und als Dreschflegel einsetzen. Herumwirbeln und ihm die Waffe aus der Hand schlagen.* Malachi zog den Reißverschluß der Windjacke auf, neigte seinen Körper leicht nach links, damit er Platz zum Herumschwingen hatte, und verlagerte sein Gewicht wieder auf das verletzte Bein. Das mußte sein.

»Wird Ihnen kalt, Captain?« fragte er, um den Mann hinter sich abzulenken, während er den linken Arm aus der Windjacke zog. »Bekommen Sie kalte Füße? Die Polizei mischt übrigens bei diesem kleinen Spiel mit. Sie hat mein Haus durchsucht. Wer weiß, was sie gefunden hat.«

»Wer weiß, Malachi.«

Malachi hörte ein metallisches Klicken hinter sich, als er den Arm anwinkelte. Die Jacke hing jetzt frei um ihn, und seine linke Hand schloß sich um seine rechte, damit er den Schlag richtig ausführen konnte. *Jetzt die Chance. Tief durchatmen. Ducken und herumwirbeln …*

Und dann lag er auf dem Boden, in seinem Kopf hämmerte es, seine Beine zuckten, als gehörten sie nicht zu ihm, und er bekam keine Luft. *Was, zur Hölle, ist passiert? Kann nicht atmen. Mann, atme. Die Brust gehorcht mir nicht. Atme, Mann. Du hast keinen Schuß gehört. Atme, gottverdammt! Man hört nie den Schuß, der einen erledigt. Was war das?* Er sah den Captain vor sich aufragen. Der Captain neigte sich hinab und schaute ihn an. Da war etwas in seiner Hand. Keine Pistole, kein Revolver.

»Das ist eine Betäubungswaffe, Malachi. Die verschießt einen kleinen Pfeil an einem winzigen Titaniumdraht und verpaßt dir fünfzehntausend Volt. Deshalb mußtest du die Jacke ausziehen, Malachi. Es funktioniert, nicht wahr? Du hast leichte Schwierigkeiten beim Atmen? Laß dir Zeit.

Schrecklich, wie dein Auge aussieht. Hat dich eine Lady mit der Handtasche geschlagen?«

Der Captain richtete sich auf, während Malachi um Atem rang und etwas Luft bekam. Gott, war das Atmen schwer. Und seine verdammten Beine zuckten immer noch, das rechte Schienbein schmerzte fürchterlich, und die Augenklappe war verrutscht. Er fühlte die kalte Luft an seinem verletzten Auge. *Atme, verdammt, atme.* Er spürte, wie sich seine Brust etwas bewegte, und ein krächzender Laut kam über seine Lippen. Er versuchte, sich zu sammeln.

»War das ein kleiner Atemzug, Malachi? Ich nehme an, wir sind noch nicht ganz fertig, wie?«

Und dann traf ihn ein weiterer Stromstoß, warf ihn zurück auf das Stahldeck, als wäre er eine Feder. Seine Muskeln zuckten, und sein linkes Auge schloß sich zu einem roten Kreis, während er gegen die Bewußtlosigkeit ankämpfte. In seinen Ohren dröhnte es, und Schmerzen stachen wieder durch sein rechtes Auge. Er prallte mit dem Gesicht gegen eine der Gasflaschen. Dann bekam er verschwommen mit, daß der Captain ihn bei den Füßen gepackt hatte und über das Deck schleifte, und als er mit dem Kopf gegen etwas stieß, glaubte er in schwarzen Nebel zu versinken, noch nicht ganz ohnmächtig, aber völlig hilflos, und die Windjacke fiel aus seiner rechten Hand, und er nahm auf einmal nichts mehr wahr.

Als er zu sich kam, drückte sein Gesicht auf etwas, das sich wie geölter Stahl anfühlte, und dann stieg ihm der Geruch von Dieselöl in die Nase. Sein Körper schien ein einziger großer Bluterguß zu sein, und er hatte den Geschmack von Blut in seinem Mund. Seine Gesichtshaut war aufgeschrammt und blutig. Er versuchte, das linke Auge zu öffnen, aber es gelang ihm nicht. Wie durch einen Schleier erkannte er, daß er sich im Schiff befand. Seine Arme waren hinter dem Rücken gefesselt, und er meinte, daß auch seine Füße zusammengebunden waren, aber er konnte sie bewegen. Seine ganze linke Seite war geprellt. Und dann bewegte er sich wieder, wurde bewegt, rutschte über etwas, das sich wie eine Holzplanke an seinem

Gesicht anfühlte. Starke Hände packten ihn am Hosengürtel, zogen ihn über eine Schräge und dann auf glatten Stahl, der mit einer Puderschicht überzogen schien, und dann ging der Geruch von Öl in einen anderen über. Er bemühte sich verzweifelt, die Augen zu öffnen, aber keiner seiner Muskeln gehorchte ihm. Er wollte schreien, doch er brachte nur ein langgezogenes Stöhnen zustande. Die Geräusche um ihn hatten sich verändert, und er erkannte, daß um ihn etwas war, etwas Langes und Gewölbtes. Dann spürte er, daß ihm die Schuhe ausgezogen und die Socken grob von den Füßen gerissen wurden. Die .25er knallte auf Stahl. Er versuchte, den Kopf zu heben und das gesunde Auge zu öffnen, und er schaffte es mit Mühe. Hinter seinem Kopf und bei seinen nackten Füßen war Licht, aber er konnte nicht erfassen, was er sah, eine runde, glatte gewölbte Oberfläche mit Löchern, irgendeine Art Zylinder, und dann traf ihn wieder ein Stromschlag, diesmal seine nackten Füße, und sein ganzer Körper ruckte und zuckte krampfhaft, sein Schädel stieß gegen etwas sehr Hartes, Tränen stiegen in seine Augen, in beide Augen. Wieder diese schreckliche Atemnot, der peinigende Versuch, wenigstens einen Hauch von Luft zu bekommen.

Dann ein Moment Stille. Eine Taschenlampe flammte auf, der Lichtstrahl stach ihm grellweiß ins linke Auge, das jetzt offen war. Er wollte den Kopf von dem blendenden Licht wegdrehen, doch sein Nacken war wie aus Gummi.

»Weißt du, wo du bist, Malachi?«

Die Stimme des Captains, fern, als spreche er vom anderen Ende eines Tunnels. Diese ganze Sache war schiefgelaufen. Völlig schief. Er sollte jetzt auf dem Weg nach West Virginia sein, und er glaubte, grüne Hügel und eine einladende Straße zu sehen.

»Ich werde dich nicht töten, Malachi. Aber ich lasse dich hier drin. Genau dort, wo du Wesley Hardin gelassen hast. Du bist in einer Dampftrommel, Malachi. In einem Schiff. In einem leeren und außer Dienst gestellten Schiff. Niemand kommt jemals hier runter, Malachi. Ich werde die Trommel verschließen und verriegeln, und du kannst eine Woche lang oder so über deine Sünden nachdenken, bis zu vertrocknest und zu Staub wirst.«

Und dann umgab ihn pechschwarze Dunkelheit, als etwas Großes und Schweres das Licht zu seinen Füßen ausschloß. Diesmal gehorchten ihm seine Muskeln, und Malachi begann zu schreien.

67

Dan stoppte den Suburban vor der ehemaligen Schmiede und parkte auf einem der Plätze, die für ranghohe Offiziere reserviert waren. Dünne Nebelschleier trieben durch den Waffenpark vor dem Gebäude. Die unteren Fenster waren alle dunkel, mit Ausnahme des Eingangs und eines einzigen Büros am fernen linken Ende des Erdgeschosses.

»Da arbeitet jemand lange«, sagte Dan.

»Die Navy-JAG-Abteilung im Erdgeschoß«, erklärte Grace. »Die arbeitet *nie* so lange. Der NIS belegt den ganzen ersten Stock und eine Ecke vom Erdgeschoß, und dort brennt überall Licht. Dort unten links ist der Konferenzraum des Admirals.« *Bobby hatte recht,* dachte sie. *Da ist was im Gange.*

Dan griff nach seiner Mütze, die auf dem Rücksitz lag.

»Ziehst du die Halsmanschette wieder an?« fragte Grace.

»Zum Teufel damit«, fluchte er. »Mein Nacken tut nicht mehr so weh.«

Vermutlich wegen der Manschette, dachte Grace, aber sie hielt den Mund. Sie stiegen aus dem Wagen, und ein älterer Beamter vom Federal Protective Service kam aus der Glastür des Empfangsbereiches. Er sah Dans drei Streifen und grüßte fast automatisch.

»Guten Abend, Commander«, sagte er. »Miss Snow. Habe Sie eine Weile nicht gesehen.«

»Viel Licht an heute abend, Mr. Jansen«, meinte Grace, die sich im letzten Moment an den Namen des Mannes erinnerte. »Was ist denn los?«

»Weiß ich nicht genau, Miss. Der Admiral kam soeben wieder ins Haus und war ziemlich aufgeregt.«

In diesem Augenblick sah Grace Bobby Booker im Empfangsbereich auftauchen. Er eilte in Hemdsärmeln durch die Glastür auf sie zu.

»Hey, Miss Snow. Die sind hier ganz aus dem Häuschen. Was ist denn los?«

»Hallo, Bobby ...«, begann Grace, doch dann verstummte sie, als Dan laut »Hey!« schrie. Als sie sich umwandte, sah sie eine Gestalt über das Ende des Waffenparks sprinten und hinter der Kapelle verschwinden. Dan war herumgewirbelt und rannte über die Treppe auf die Straße.

»Hurensohn!« schrie er. »Grace, ich jage ihn. Alarmier die Cops. Sag ihnen, sie sollen uns suchen. Und ruf Vann an. Er soll herkommen!« Und dann lief er Richtung Industriebereich, und seine Mütze flog ihm vom Kopf.

»Miss!« sagte der Sicherheitsbeamte. »Was ist los?«

»Ich weiß es nicht«, erwiderte Grace verwirrt. Wen hatte Dan gesehen? Warum hetzte er hinter ihm her? War es Rensselaer? War er vom Büro des VCNO gewarnt worden und ergriff die Flucht? Mein Gott, Dan hatte recht gehabt. Sie wandte sich an den Beamten.

»Können Sie den Sicherheitsdienst der Werft rufen? Der Mann, den der Commander verfolgt, ist vielleicht bewaffnet und bestimmt gefährlich.«

»Das kann ich, aber nur über Funk, und dafür müssen wir nach oben. Aber was – wer –«

»Ich habe keine Zeit, es zu erklären. Lassen Sie uns gehen. Bobby, ich muß telefonieren.«

Sie eilten in das Gebäude und über die Treppe.

»Hey«, protestierte eine korpulente Frau, als sie in den Empfangsbereich des NIS stürmten.

»Alarmieren Sie die Zentrale«, rief der Sicherheitsmann.

»Sie soll Leute ins Industriegebiet schicken. Bewaffneter Eindringling. Ein Navy-Offizier verfolgt ihn. Schnell!«

Grace schnappte sich das Telefon vom Pult und wählte 81, um eine Außenleitung zu bekommen, während sie in der Handtasche nach Vanns Karte fischte. *Los, los, geh dran, sei da!* flehte sie stumm, nachdem sie die Verbindung hergestellt hatte. Das Telefon läutete in Washington, aber keiner ging an den Apparat. Nach zehnmaligem Klingeln legte Grace enttäuscht auf. Was nun?

Die Frau vom Empfang hatte den Notruf über Funk durchgegeben und versuchte jetzt die Fragen der Funkzentrale zu beantworten. Sie schaute zu Grace, aber Grace nahm sie gar nicht wahr, denn der EA des Direktors des NIS, Captain Rennselaer, kam durch die Halle. Schockiert wich sie vom Empfangspult zurück. Wen, zum Teufel, verfolgte Dan? O Gott, es mußte dieser Ward sein, Malachi Ward. Der Bastard, der sie gequält und ihr Haus niedergebrannt hatte. Was trieb er hier auf der Marinewerft? Bobby hatte gesagt, der EA sei mit jemandem verabredet gewesen. Ward hatte sich mit Rennselaer getroffen! Und jetzt war Dan hinter ihm her – unbewaffnet. Grace fuhr herum, zog die Waffe aus dem Holster des älteren Sicherheitsbeamten, stürmte aus dem Empfangsbereich des NIS und die Treppe hinunter, und die Proteste des Beamten hallten hinter ihr her.

68

Dan rannte den Block hinunter, verschwand zwischen der Kapelle und der ehemaligen Schmiede. Bei jedem Schritt stachen Schmerzen durch seinen Nacken, aber sonst machte ihm das Laufen nichts aus. Er knöpfte den Uniformrock auf, als er um die Ecke des Gebäudes hastete und stehenblieb. Die Straße war von einer einzigen Lampe in etwa vier Meter Entfernung schwach beleuchtet. Auf einer Seite, zu seiner Rechten, war das Ende der ehemaligen Schmiede, und zu seiner Linken erhob sich die Backsteinwand der verlassenen Waffenfabrik, das ehemalige Revolverdrehbankgebäude. Dan wagte sich vorsichtig in die Straßenmitte, um festzustellen, ob der Mann, den er verfolgte, darauf reagierte. Er, ausgerechnet er! Dann blitzte es an der Ecke des ehemaligen Revolverdrehbankgebäudes auf, nach dem darauf folgenden Knall pfiff eine Kugel dicht an seinem Kopf vorbei. Dan sprang zurück und drückte sich gegen die Wand des Gebäudes. Wieder blitzte und krachte es, und diesmal streifte die Kugel sein Hosenbein, bevor sie von der Backsteinwand abprallte und ein Fenster der Kapelle durchschlug. Verdammt! Die Straßenlampe. Er war perfekt beleuchtet. Er suchte nach einem Versteck, aber es gab keines. Ein Arm schob sich um die Ecke des Gebäudes, und als es abermals knallte und das Jaulen von Querschlägern folgte, warf sich Dan zu Boden. Eine kleinkalibrige Waffe. Sein Nacken schmerzte wieder schrecklich. Plötzlich hörte er eine Sirene in der Ferne. Der Arm verschwand. Als Dan hochsah, war der Arm verschwunden. Er rappelte sich auf und hetzte im Zickzack über die Straße, um dem verdammten Licht zu entfliehen. Sein Blick war weiter auf die Ecke des Gebäudes gerichtet, doch dort bewegte sich nichts mehr. Er wünschte, er hätte eine Waffe. Das Sirenengeheul wurde lauter, jetzt klang es wie zwei Sirenen.

Dan stoppte ein paar Schritte vor der Ecke und ging hinter einem Hydranten notdürftig in Deckung. Er fühlte sich wie in einer Felsenschlucht, zu beiden Seiten von hohen Wänden eingeschlossen. Als er die Straße entlangspähte, sah er die Schnauze eins weißen Pickup Trucks hinter einer Laderampe hervorragen. Weißer Pickup Truck. Warum war das wichtig? Es fiel ihm nicht ein. Er wollte um die Ecke herum, aber was würde ihn dort erwarten? Er sagte sich, daß es sein mußte – er war hier in der Straße zu schutzlos, und der Mann, den er verfolgte, konnte sich davonmachen und an der nächsten Kreuzung in eine Seitenstraße entkommen.

Dan sprang auf und sprintete zur Ecke des Gebäudes, wo er sich gegen die Backsteinwand drückte. Er lauschte einen Augenblick lang, versuchte etwas außer seinen keuchenden Atemzügen zu hören, hechtete dann um die Ecke und drückte sich gegen die Laderampe. Er lauschte auf Geräusche über ihm, aber nur das näherkommende Geheul der beiden Sirenen war zu hören. Er glaubte, Blaulicht zu sehen, das von den Fenstern des Gebäudes auf der anderen Straßenseite widergespiegelt wurde. *Vielleicht ist er in dem Gebäude,* dachte Dan. *Die Sirenen können ihm nicht entgangen sein, und er weiß, daß jeder gesehen wird, der über die Straßen der Werft rennt.*

Dan schlich geduckt zum rechten vorderen Kotflügel des Pickup Trucks und stellte fest, daß er in einer Lücke zwischen zwei Rampen parkte. Er spähte unter den Wagen, suchte nach Füßen. Nichts. Aber er konnte erkennen, daß das Tor des Fabrikgebäudes offenstand. Er hätte gewettet, daß der Kerl dort drinnen war. *Du verwettest deinen Arsch, wenn du dort reingehst,* flüsterte ihm eine innere Stimme zu. *Er hat eine Waffe, vergiß das nicht!* In diesem Augenblick tauchte ein Polizeiwagen mit quietschenden Reifen an der Kreuzung auf, das Fernlicht fraß sich durch die Dunkelheit, und das Blaulicht geisterte über die Hauswände. Als Dan sich aufrichten und winken wollte, wendete der Wagen und fuhr in die Straße zurück, aus der er soeben gekommen war; den anderen Wagen konnte er irgendwo im Labyrinth der Industriegebäude hören, doch er sah ihn nicht. Verdammt. Er traf seine Entscheidung.

Dan schlich um die Schnauze des Trucks herum, der anscheinend ein Fahrzeug der Metro war, zum Eingang der Fabrik. Er drückte sich gegen die linke Seite des offenen Schiebetors. Dahinter lagen große Haufen Abfall und Metallteile, doch da war eine Art Pfad an einer Seite, der um das Hindernis führte. Er wählte die andere Seite, weil er sich sagte, daß der Pfad vielleicht beobachtet wurde und er darauf eine Zielscheibe abgeben würde. Er kroch auf die Metallteile, rutschte oben aus, verlor den Halt und purzelte auf der anderen Seite in die Dunkelheit des riesigen Gebäudes, als ein Schuß krachte und die Kugel in den Metallhaufen schlug. Dan rollte über den Boden, stieß gegen irgendein Maschinenteil, lauschte und versuchte, seine Atemzüge zu dämpfen. Das Sirenengeheul wurde wieder lauter, und diesmal fuhr ein Polizeiwagen mit Blaulicht am Eingang der Fabrik vorbei und raste die Straße hinunter. Dan konnte nur hoffen, daß sie bald auf die Idee kamen, in die Gebäude zu schauen. *Fangt bitte mit diesem an!* dachte er.

Dan glaubte, eine Bewegung wahrzunehmen, vielleicht sechs, sieben Meter entfernt, und drehte langsam den Kopf. Das schwache Licht in dem Gebäude fiel durch die Oberlichter, und die Schatten hier unten waren wirklich tief. Er rief sich nochmals in Erinnerung, daß sein Gegner bewaffnet war, und nahm sich vor, nicht sehr lange an einer Stelle zu bleiben. Er kroch auf Händen und Füßen um den Maschinenteil, verharrte einen Augenblick und kroch dann weiter auf den nächsten großen Schatten zu, tiefer ins Gebäude. Jedes Geräusch nahm er extrem bewußt wahr – seine eigenen Atemzüge, das Rascheln von Ratten, die durch die unzähligen Abfallhaufen huschten, das dumpfe Summen der Gebläse oder Ventilatoren des Kraftwerks nebenan, das verrückte ferne Sirenengeheul und das leise Raunen der Brise vom Fluß, das vom Mauerwerk zwischen den Trägerbrücken hoch über seinem Kopf zurückgeworfen wurde. Er gelangte zur nächsten Maschine, anscheinend irgendeine Presse, und kauerte sich an ihrem Fuß hin. Seine Augen hatten sich jetzt etwas mehr an die Lichtverhältnisse gewöhnt, und er stellte bestürzt fest, welch deutliches Ziel er abgegeben hatte, als er durch das Tor gegangen war. Er spürte den kalten Stahl der Presse an seinem Nacken, und das gab ihm ein beruhigendes Gefühl – bis sich der Stahl bewegte.

»So ist es gut, Daniel«, ertönte eine Stimme über ihm. Dan erstarrte, und dann hob er langsam den Kopf. Captain Summerfield in blauer Uniform, mit offenem Rock, die Waffe in der rechten Hand und etwas, das wie eine schwarze Box aussah, in der linken, saß über ihm auf dem Sitz des Maschinisten. Die vier goldenen Streifen auf seinen Ärmeln schimmerten, und sein Gesicht war nur ein blasser Fleck, aber erkennbar.

»Ich hatte recht«, sagte Dan. »*Sie* waren es, der davonrannte.«

»Ja, ich rannte davon. Vermutlich werde ich mich jetzt daran gewöhnen müssen. Es war nicht sehr clever, einem bewaffneten Mann im Freien hinterherzurennen.«

»Wie, zum Teufel, sind Sie hierhergekommen? Wir haben das Pentagon verlassen und sind direkt hierhergefahren.«

Summerfield lächelte. »Ich nahm Ihre geliebte U-Bahn. Fünfzehn Minuten.«

»Wollen Sie mich auch noch umbringen?« fragte Dan und bemühte sich, seine Furcht nicht durch die Stimme zu verraten.

»Nur, wenn ich es muß. Ich habe keinen umgebracht – das war dieser Idiot, Malachi, Ihr nächtlicher Besucher.«

»Aber Sie haben ihn angestiftet.«

»Ich schätze, in gewisser Weise, ja. Obwohl, wie bei so vielen Dingen in dieser Stadt, nicht alles, was passierte, beabsichtigt war. Ob Sie es glauben oder nicht – die Morde waren Pannen – alle beide.«

Dan wollte aus dem Schatten der Maschine kriechen, um einen besseren Blick auf Summerfield zu bekommen, doch er ließ es bleiben, als die kleine Waffe wie ein Schlangenkopf hochruckte. Draußen schienen weitere Polizeiwagen vorgefahren zu sein. »Und es war nicht der Vice Chief, oder?« sagte Dan. »Es war der NIS. Keeler. Walter T. Keeler. Aber der Vice, Randall, Rennselaer – sie alle waren darin verwickelt, nicht wahr?«

Summerfield seufzte und kletterte vom Sitz des Maschinisten herunter. »Rennselaer ging zu Randall, als das Mädchen zu einem Problem wurde. Das war vor zwei Jahren, gleich nachdem ich meinen EA-Posten bei dem vorherigen Vice

Chief aufgeben mußte. Randall war neu, und er hat sich an mich gewandt, weil ich in dem Ruf stand, mit solchen Problemen fertig werden zu können. Ich weihte den Vice Chief nicht ein. Admiral Torrance hätte Keeler heimgeschickt, ihn in dreißig Tagen in den Ruhestand versetzt. Aber Keeler war sein Protegé, und so tat der EA, was EAs tun: Er versuchte, seinen eigenen Boß und den Flaggoffizier mit dem Kurzschluß zwischen Verstand und Pimmel zu schützen.«

»Indem er sie *ermordete*?«

Beide schwiegen, als sich das Sirenengeheul erst näherte und dann abrupt abbrach, während gleichzeitig der Widerschein von Blaulicht durch die Oberlichter flackerte.

»Nein«, sagte Summerfield. »Ward war ein Gangster, den ich von Zeit zu Zeit benutzt hatte, um solche Probleme aus der Welt zu schaffen. Er war mir von einem Bekannten im Capitol empfohlen worden. Keeler befürchtete, die Frau würde Theater machen und an die Öffentlichkeit gehen, und deshalb sollte Ward sie einschüchtern. Das war alles. Doch statt sich einschüchtern zu lassen, ging sie mit einem Messer auf ihn los und fügte ihm Schnittwunden zu. Am nächsten Morgen überfuhr er sie mit einem Truck – mit dem, der vor dem Gebäude parkt, könnte ich mir vorstellen.«

»Und ihr Bruder?«

»Bei ihm war es fast das gleiche, wirklich.« Summerfield seufzte. Er lauschte auf die Geräusche draußen, die von Polizisten verursacht wurden. »Der Bruder erfuhr irgendwie von der Affäre, unglücklicherweise kurz bevor das Mädchen ... bei dem Unfall ums Leben kam. Er reiste aus Philly an und verlangte eine Unterredung mit Rear Admiral Keeler. Rennselaer geriet in Panik und bat mich, ein Treffen zu arrangieren. Der Tod des Mädchens galt als Unfall, aber Rennselaer zweifelte daran. Da es mein Mann gewesen war, der sie besucht hatte, fiel es mir zu, eine Möglichkeit zu finden, wie wir den Jungen zum Schweigen bringen oder ihn wenigstens täuschen und ablenken konnten. Wir bestellten ihn in den Army Navy Town Club, und Ward sollte diesmal ihn einschüchtern. Er übergab den Auftrag an irgendwelche Leute in Philly. Sie verpatzten die Sache, und der Junge kam dabei ums Leben.«

»Mein Gott. All das, um einen ranghohen Offizier vor einem Skandal wegen einer Liebesaffäre mit einem rangniedrigen Offizier zu schützen?«

»Eine Komödie von Irrtümern – oder eine Tragödie. Aber es konnte nichts mehr geändert werden, und nach zwei Jahren dachten wir, alles wäre ausgestanden – bis die Leiche im Kriegsschiff *Wisconsin* gefunden wurde. Keeler muß gewußt haben, daß zwei Todesfälle kein Zufall sein konnten, aber ihm waren die Hände gebunden. Es waren Rennselaer und Randall, die den Schachzug ausheckten, OpNav die Ermittlung zu übertragen.«

»Dann war dieser Teil also ein vorbereiteter kleiner Tanz.«

»Zu Anfang. Aber als Sie und Miss Snow den Fall wieder in die Stadt brachten, begann der Vice Chief, Fragen zu stellen, und als es für Randall aussah, als könne der Vice tatsächlich herausfinden, was passiert war, fiel es mir zu, den einen Mann zu eliminieren, der uns alle verraten konnte – Malachi Ward. Es bedurfte gewisser Maßnahmen, um die Polizei auf ihn aufmerksam zu machen, damit er gezwungen wurde, aus der Stadt zu verschwinden. Es hätte auch geklappt, wenn Sie und die unbeugsame Miss Snow sich nicht eingemischt hätten.«

»Aber Malachi Ward gab uns in der Nacht, in der er uns gefangennahm, einen Hinweis auf den Vice! Er sprach über den Lakaien des Vice Chief.«

»Als alles begann, war *ich* der EA des Vice, nicht wahr? Er ging einfach davon aus, daß ich das immer noch war. Und jetzt zur Gegenwart, Daniel. Ich kann nicht hier sein, wenn die Cops schließlich herausfinden, in welchem Gebäude sie nachschauen müssen. Aber ich brauche eine Versicherung, und deshalb gehen Sie mit mir. Stehen Sie auf.«

Jetzt hörte Dan Stimmen und Schritte draußen, das Klappen von Wagentüren, und mehr blaues Licht geisterte über die Decke. Aber die Wagen waren nicht am vorderen Eingang. Summerfield schaute zum Tor und lachte leise.

»Sicherheitspersonal aus Ex-Cops. Sie umzingeln das falsche Gebäude. Herrlich. Gehen Sie los – hier lang.«

69

Grace hatte dem älteren Sicherheitsbeamten die Waffe entrissen und war die Treppe hinuntergerannt, bevor der Mann zu schreien begann. Sie hetzte aus der ehemaligen Schmiede und lief nach rechts, in die Richtung, in der Dan verschwunden war, bis zur Kapelle. Dort stoppte sie. Ihr Puls raste. Hinter wem war Dan her? Es mußte dieser Ward sein. Sie war wie betäubt gewesen, als sie Rennselaer gesehen oder zumindest angenommen hatte, ihn zu sehen. Bobby hatte gesagt, er sei bei einem späten Treffen, und sie hatte angenommen, daß der Mann, der durch den Park gerannt war, eine Navy-Uniform trug und Rennselaer war. Schüsse peitschten durch die Straße einen Block vor ihr, und sie zuckte zusammen, als Querschläger jaulend von einer Wand abprallten. Sie packte die Pistole fester und betrachtete sie zum ersten Mal. Eine große Waffe. Sie würde beide Hände brauchen, um zielen zu können. Sie lief zur Ecke der ehemaligen Schmiede und blieb stehen. Was nun? Sollte sie den Kopf um die Ecke stecken? Plötzlich hielt sie das für eine schlechte Idee. Aber Dan war irgendwo dort und hatte keine Waffe, und die Person, die er verfolgte, war bewaffnet. Die Entscheidung wurde ihr abgenommen, als einen Block hinter ihr zwei Sicherheitsbeamte aus der ehemaligen Schmiede stürmten, die Frau vom Empfang des NIS folgte ihnen. Sie sah Grace und schrie aus Leibeskräften, sie solle stehenbleiben. Als Grace sich umdrehte, sahen die Männer vom Sicherheitsdienst die Pistole. Die Frau vom NIS zog ihre Waffe und forderte Grace auf, ihre fallen zu lassen. Grace zögerte, dann huschte sie um die Ecke des Gebäudes ins Licht einer Straßenlampe.

Das Licht. Sie stand im Schein einer Straßenlampe. Sie mußte weiter. Sie rannte die Straße hinunter, fort von der ehemaligen Schmiede, fort von den Sicherheitsleuten und in die Straße, die parallel zum ehemaligen Revolverdrehbankgebäude verlief. Dann bog sie in die nächste Straße, die die Ex-Schmiede von dem Komplex der Waffenfabrik trennte. Sie hätte nie gedacht, daß sie einmal unbeleuchtete Straßen schätzen würde, aber sie atmete erleichtert auf, als sie sich zwischen den beiden Gebäuden gegen eine Wand drückte. Vor ihr erhob sich die zehnstöckige fensterlose Backsteinwand des ehemaligen Revolverdrehbankgebäudes aus dem Flußnebel, der von den Scheinwerfern des Kraftwerks dahinter erhellt wurde. Wo, zum Teufel, waren sie?

Jetzt konnte sie in der Ferne Sirenen hören. Sie wollte nach Dan rufen, doch sie wagte es nicht. Sie hielt die große Pistole mit beiden Händen, und ihre Arme ermüdeten. Was hatte sie in der Ausbildung beim NIS gelernt? Steh nicht still, wenn der Gegner eine Waffe hat. Sie ging vorsichtig weiter den Block hinunter. Und dann sah sie den weißen Pickup Truck. Es *war* Ward, der sie in einem weißen Pickup Truck verfolgt hatte. Aber dieser Truck hatte eine gelbe Warnblinklichtanlage auf dem Dach. Grace wagte sich noch ein paar Meter weiter, bis sie die Front der ehemaligen Revolverdrehbankgebäudes sehen konnte. Sie entdeckte das offene Tor. *Sie sind dort drin,* dachte sie. *Warte auf die Cops. Zeige ihnen die Richtung.*

Ein Polizeiwagen raste mit Blaulicht und Sirene heran. Der Fahrer stieg auf die Bremse, als er sich der Kreuzung näherte. Grace winkte, doch die Idioten bogen *links* ab und entfernten sich wieder. *Verdammt, hierher!* wollte sie schreien, doch sie tat es nicht, denn sie wollte ihre Anwesenheit nicht verraten, für den Fall, daß Ward in diesem dunklen Gebäude auf der anderen Straßenseite war. Mit Dan. O Gott, hatte er Dan in seiner Gewalt? Ein zweiter Polizeiwagen kam die Straße entlang, ebenfalls mit eingeschalteter Sirene und Blaulicht, überquerte sie und fuhr mit quietschenden Reifen nach rechts am offenen Tor des Gebäudes vorbei, in dem sie Dan und Ward wähnte. *Mein Gott,* dachte sie, *überall Cops, und ich stehe hier mit einer Pistole in der Hand und winke ihnen, und sie sehen mich nicht?*

Sie lief über die Straße und ging hinter der rechten Tür des Pickup Trucks, der zwischen zwei Laderampen stand, in Deckung. Das offene Tor war drei Stockwerke hoch und nur sechs, sieben Meter entfernt. Sie richtete sich langsam auf und schaute in den Truck. Die Schlüssel steckten im Zündschloß. Auf dem Sitz lagen zwei Matchbeutel; aus der Seitentasche des einen ragte der Griff einer Pistole. Ward. Eine solche Pistole hatte er in Georgetown bei sich gehabt, davon war sie überzeugt. Geduckt ging sie um die Schnauze des Trucks herum und schlich langsam und vorsichtig zur linken Seite des Tors. Der Eingang war dunkel, nur ein Haufen Eisenteile und Kabel waren zu erkennen. Sie hatte Mühe, einen Schrei zu unterdrücken, als ein dunkles, pelziges Tier über die Laderampe huschte. Dann hörte sie weitere Polizeiwagen, die sich auf das Gebäude jenseits der Straße zu konzentrieren schienen. Hatten sie die beiden entdeckt? War dies hier eine falsche Fährte? Grace schob sich näher an das Tor und spähte um die Ecke in das höhlenartige dunkle Innere. Waren sie hier drin? Einen Block entfernt herrschte viel Aktivität. Grace drückte sich gegen das Stahltor und entschloß sich, Dans Namen zu rufen.

70

Dan erhob sich, wandte sich um und ging los. Er versuchte über die Schulter zu blicken, doch sein Nacken war zu steif. »Sie haben keine Chance, Captain«, sagte er. »Selbst wenn Sie aus der Werft rauskommen, werden jede Menge Cops bei Keeler und Rennselaer sein. Und Ward ist auch noch da.«

»Ward ist gewesen, sagen wir mal, er ist neutralisiert. Ohne ihn kann jeder Spekulationen anstellen, aber wenn Randall und Rennselaer den Mund halten können, gibt es keinen Beweis. Nun, ich denke, in diesem Knaller sind zwei Patronen. Es ist ein italienisches Fabrikat Kaliber .25. So gut wie keine Stoppwirkung. Wenn Sie also unvernünftig sind, werde ich Ihnen in den Kopf schießen, denn ich kann keine Munition verschwenden. Ich will Sie nicht erschießen. Sobald ich in Sicherheit bin, lasse ich Sie frei. Aber jetzt kann ich Sie vielleicht brauchen, um an diesen Clowns dort draußen vorbeizukommen.«

Dan stolperte über irgendwelchen Abfall, es gelang ihm jedoch, das Gleichgewicht wiederzugewinnen. Er wußte nicht, wo Summerfield genau war, aber ihm war klar, daß der Captain keine leere Drohung ausgestoßen hatte. Summerfield, der Waffensammler, der Schießexperte, der ihn dort draußen auf der Straße hätte treffen können, sogar mit einer kleinkalibrigen Pistole.

»Sie meinen, wenn Sie mich laufenlassen, werde ich nicht reden?« fragte Dan.

»Es ist mir gleichgültig, ob Sie reden. Ich kann mich irren, aber nach Ihrem heutigen Auftritt im Büro des Vice Chief wird Ihnen keiner glauben, wenn Sie noch einen weiteren Flaggoffizier unverschämt und unbeweisbar anschuldigen. Und verlassen Sie sich nicht auf die Distriktpolizei, die wird Sie nicht mehr unterstützen. Sie haben gehört, was Vann gesagt hat. Hier lang – zum Kraftwerk. Vann ermittelte auf eigene Faust, wie ich hörte. Warum?«

»Wesley Hardin war sein Sohn.«

Summerfield stieß einen Grunzlaut aus, antwortete jedoch nicht. Er ließ Dan langsam zwischen den Abfallhaufen hindurchgehen, an der langen Wand auf der rechten Seite entlang, tiefer in das Gebäude, weiter in die Schatten. Dan suchte nach einer Tür in der Wand, aber da war keine. Plötzlich kam ihm ein Gedanke, bei dem er erschauerte. Summerfield wollte ihn erschießen! Plötzlich ertönte Grace' Stimme vor dem Gebäude. »Dan? Dan, bist du da drin? Dan, *antworte*!«

Dan blickte in die Richtung, aus der die Stimme gekommen war, und erkannte deutlich Grace' Silhouette in der Türöffnung, vielleicht zwanzig Meter entfernt, doch dann trat Summerfield zwischen ihn und das vordere Tor und versperrte ihm die Sicht. Er hielt die Pistole in der rechten Hand, stützte sie mit der linken und nahm die Haltung eines Profischützen ein. Dan konnte sein Gesicht nicht sehen, aber Summerfield schüttelte den Kopf, wie um ihn zu warnen, still zu sein.

»Dan?« schrie Grace von neuem. »Die Polizei ist bereits eingetroffen und Captain Vann auf dem Weg hierher. Die Sicherheitsleute haben Schüsse gehört. *Antworte*!«

Er hat noch zwei Patronen, dachte Dan verzweifelt. Wenn er sich jetzt mit einem Schrei bemerkbar machte und sich fallen ließ, feuerte Summerfield vielleicht und traf nicht. Dann würde er nur noch eine Patrone haben. Grace war weit weg, und eine Patrone war in diesem Fall besser als zwei.

»Grace, runter!« brüllte Dan. Er warf sich hin, und während er über den Boden rollte, streifte eine Kugel Kaliber .25 glühendheiß sein linkes Ohr, als Summerfield zu ihm herumfuhr und feuerte. Dan rollte weiter, ignorierte den stechenden Schmerz in seinem Nacken und hoffte, daß Grace auf seine Warnung reagiert hatte. Als er in der Dunkelheit gegen den Fuß einer großen Maschine prallte, lauschte er angespannt. Ein Wagen näherte sich mit Sirenengeheul, stoppte mit quietschenden Reifen, und plötzlich erhellten Scheinwerfer das Gebäude. Dan setzte sich auf, war einen Augenblick geblendet und erstarrte, als er Summerfield keine drei Meter neben sich stehen sah, vom Scheinwerferlicht angestrahlt. Dan begann, wieder zu rollen, aber dann traf ihn ein harter Schlag, der ihn gegen den Fuß der Maschine zurückschleuderte. *Die .25er soll keine Stoppwirkung haben?* dachte er noch, und dann glaubte er, in einen schwarzen Schacht zu fallen, während die Schüsse in der Ferne verhallten.

71

Grace ließ sich auf ein Knie fallen, als Dan schrie. Sie hörte den Schuß, und ihr wurde klar, daß sie auf der Torschwelle deutlich sichtbar war. Sie sprang auf und hastete zur Seite, weg vom hellen Eingang. Sie stolperte über irgend etwas, konnte sich jedoch fangen. Ein Wagen kam mit Sirenengeheul die Seitenstraße herab, bog um die Ecke und bremste, nachdem der Fahrer sie offenbar gesehen hatte, mit quietschenden Reifen. Der Wagen kam schlitternd zum Stehen, und das Scheinwerferlicht fiel durch das Tor in das Gebäude. In der plötzlichen Helligkeit sah Grace Dan auf dem Boden liegen. Sein Gesicht – war das Blut? Dann erst bemerkte sie die große Gestalt neben ihm, Streifen, viele Streifen – ein Navy-Offizier. Wer war das? Plötzlich richtete die große Gestalt etwas auf Dan, und Grace, die schlagartig die tödliche Gefahr für Dan erkannte, stand auf und feuerte, so schnell sie konnte. Die schwere Waffe bäumte sich krachend in ihrer Hand auf, und das Mündungsfeuer blendete sie einen Moment. Erstaunlich viel Rauch stieg auf, und sie hörte Kugeln von Metall abprallen. Als sie die Pistole leergeschossen hatte, war die Stille fast schmerzlich; in ihren Ohren schien es zu klingeln, und ihr wurde bewußt, daß ihre Augen geschlossen waren. Sie öffnete sie. Die große Gestalt war verschwunden. Dann stürmten zwei Cops mit gezogenen Waffen in das Gebäude.

»Was treiben Sie hier, Lady?« brüllte einer sie an. Offenbar wußten sie nicht, auf wen sie ihre Waffen richten sollten.

Grace ließ die Pistole fallen und stürzte in das Gebäude. »Snow, NIS«, schrie sie über die Schulter. »Rufen Sie eine Ambulanz!« Einer der Cops brüllte etwas hinter ihr her, aber sie ignorierte ihn und rannte zu Dan. Und dann sah sie all das Blut: Sein Gesicht war blutüberströmt, und auf dem Boden rings um ihn war Blut. Kopfschuß. O mein Gott, ein Kopfschuß. Er lag regungslos da. Sie hörte ein Geräusch, etwas tiefer im Gebäude, und dann erhaschte sie einen Blick auf eine

Gestalt, die auf den Hinterausgang zulief. Einer der Cops, der sie ebenfalls gesehen hatte, forderte die Gestalt zum Stehenbleiben auf.

»Das ist er«, schrie Grace. »Das ist der Schütze. Stoppt ihn. Er will hinten raus! Er hat Commander Collins erschossen!«

Der Cop brüllte wieder »Stehenbleiben!« und ging in Schußposition, doch jetzt gab es kein Ziel mehr. Er ließ die Waffe sinken, als Grace an ihm vorbeirannte.

»Hey, Lady, ich muß einen Ausweis sehen!« rief der Cop. Sein Partner war im Wagen, der auf der Schwelle des offenen Tors stand, und bestellte über Funk einen Krankenwagen. Grace hielt nicht an, lief geradewegs zum dem Pickup Truck. Sie riß die Tür auf, schwang sich auf den Fahrersitz, ließ den Motor an und knallte den ersten Gang rein. Der große F-250 röhrte, schoß zwischen den Laderampen hervor und rammte fast einen gerade eintreffenden Polizeiwagen. Grace riß das Steuer herum und konnte eine Kollision gerade noch vermeiden. Ohne Licht fuhr sie über die Straße, die an dem Gebäude entlangführte, aus dem der Navy-Offizier flüchten wollte. Dans Mörder! Wilder Zorn erfaßte sie bei diesem Gedanken. Sie beschleunigte und brauste an mehreren Polizeiwagen vorbei, während sich Cops mit wilden Sprüngen in Sicherheit brachten. Sie griff nach der Waffe in der Seitentasche eines der Matchbeutel, ohne den Blick von der Straße zu wenden, ertastete den Griff der Pistole und riß sie heraus. Sie befand sich etwa in der Mitte, als sie ihn aus einem Fenster über einer Tür am anderen Ende klettern sah. Er sprang auf den Bürgersteig, rappelte sich auf und rannte weiter. Grace lenkte den Truck auf die Straßenseite, die er entlanglief, beschleunigte immer noch. Der Bastard hatte Dan erschossen. Sie nahm die linke Hand kurz vom Steuer, um die Scheinwerfer einzuschalten, und verlor fast die Kontrolle über den Wagen. Der flüchtende Mann hetzte weiter, aber dann stoppte er plötzlich schlitternd am Straßenrand, als hätte er erst jetzt den nahenden Truck bemerkt. Er hob seine Waffe, als Grace heranraste, und sie glaubte Dans blutüberströmtes Gesicht in der Windschutzscheibe zu sehen, als sie sich auf die reglose Gestalt am Straßenrand konzentrierte, die Gestalt in der Uniform eines Captains der Navy. Und dann erkannte sie ihn: *Summerfield!* Sie nahm den Fuß vom Gaspedal und bremste. Ihr Verstand wollte einfach nicht registrieren, daß sich Summerfield dem Truck in den Weg gestellt hatte, daß er seine Hand mit der Pistole gesenkt und sie angeschaut hatte, als der Truck ihn erfaßt und weit und hoch durch die Luft geschleudert hatte, bevor er durch ein beleuchtetes Fenster im ersten Stock der ehemaligen Schmiede geknallt war. Grace stieg voll auf die Bremse, der Truck schlitterte noch über dreißig Meter weiter, bis er sich schließlich mit qualmenden Reifen drehte und beinahe umkippte, bevor er auf alle vier Räder zurückfiel und zum Stehen kam. Grace brach über dem Lenkrad zusammen, schrie Dans Namen und hämmerte mit der Pistole aufs Steuer, bis ihr bewußt wurde, daß der Wagen von Polizisten umringt war. Ein Sergeant näherte sich der Tür auf der Fahrerseite, und ein anderer Cop rief:

»Vorsichtig, Danny. Mein Gott, erschrick sie nicht. Sie hat diesen Scheißer bis in das Gebäude geschickt!«

Grace erkannte, daß sie noch die Waffe in der Hand hielt. Sie atmete tief durch, kurbelte die Fensterscheibe herunter und überreichte dem Sergeanten die Pistole mit dem Griff voran. Dann lehnte sie sich auf dem Sitz zurück. Alle schienen sich zu entspannen, und der Sergeant öffnete vorsichtig die Tür auf der Fahrerseite. Mit weichen Knien stieg Grace aus, und der Sergeant ergriff ihren Arm und führte sie zu einem der Polizeiwagen. Sie wollte ihren Ausweis hervorholen, doch dann wurde ihr klar, daß sie keine Handtasche hatte.

»Ich bin Grace Ellen Snow«, sagte sie. »War beim NIS. Mein – Commander Collins – ist er ... ist er ...«

»Der Junge in der Waffenfabrik? Der Commander kommt wieder in Ordnung, Miss«, beruhigte sie der Sergeant. »Er hat einen Streifschuß am Ohr, und wir fanden eine Betäubungswaffe auf dem Boden.«

»Am Ohr. Da war überall Blut ...«

»Ja, aber Sie wissen doch, wie das bei Verletzungen an Ohren ist. Da fließt jede Menge Blut. Sie bringen ihn zum Bethesda. Hören Sie, Miss Snow, ich werde Ihnen jetzt Ihre Rechte vorlesen und alles, okay? Ich meine, die Sache mit dem Truck, daß dieser Typ auf die Fahrbahn in Ihren Weg trat, mag nicht Ihre Schuld gewesen sein, aber im Augenblick ...«

»Ich verstehe. Wann kann ich Commander Collins sehen? Ich ...«

»Nun, zuerst sollten wir zu den NIS-Büros gehen. Ich meine, dies ist ziemlich kompliziert. Sagten Sie, Sie *waren* beim NIS?«

Grace sank gegen die Tür des Polizeiwagens. Viele Wagen und Leute waren jetzt auf der Straße, und es herrschten Aufregung und Aktivität. Sie merkte, daß einige von ihnen immer noch rätselten, wer die Guten und wer die Bösen waren. Dann erkannte sie ein vertrautes Gesicht in der Menge.

»Das ist Captain Moses Vann von der D.-C.-Polizei«, sagte Grace und zeigte auf ihn. »Von der Mordkommission. Lassen Sie ihn bitte durch. Er kann helfen, dies aufzuklären.«

»Okay, aber wir müssen Sie zum NIS bringen.«

Sie ließen Vann durch, der sich auswies und zu Grace in den Polizeiwagen stieg. Der Sergeant fuhr um den Block zum Eingang der ehemaligen Schmiede, vor dem sich NIS-Stabspersonal und Sicherheitsbeamte versammelt hatten. Vann sagte nichts während der kurzen Fahrt, aber er drückte verstohlen und beruhigend Grace' Hand. Ihr war gar nicht klar, daß sie zitterte. Als sie um die Ecke bogen, sah sie überrascht einen Krankenwagen vor dem Eingang stehen. War Dan darin? Sie hielten Schnauze an Schnauze mit der Ambulanz. Vann stieg aus und reichte Grace eine Hand, um ihr aus dem Wagen zu helfen. Als sie die Treppe hinaufgeführt wurde, erblickte sie Bobby Booker und den älteren Sicherheitsbeamten vor dem Eingang. Dann tauchten zwei vertraute Gestalten auf: Rear Admiral Keeler und Captain Rennselaer. Beide schienen unter Schock zu stehen. Der Admiral wurde von einem Sanitäter gestützt und hatte Schnittverletzungen im Gesicht. Keeler hielt kurz an, als er Grace erkannte, doch dann ging er mit versteinerter Miene zu einem wartenden Stabswagen, begleitet von Rennselaer, dessen Gesicht totenbleich war. Doug Englehardt folgte ihnen und blieb abrupt stehen, als er Grace und die Polizisten sah.

»Grace, was machen Sie hier? Guter Gott, ist alles in Ordnung? Was, zum Teufel …«

»Alles in Ordnung, Doug. Warum ist der Krankenwagen hier?«

»Wissen Sie das nicht? Natürlich nicht. Wie können Sie das wissen. Es gab eine Schießerei, einen Block weiter, und dann, und dann …« Er atmete tief durch. »Wir waren alle – Ames, der Admiral, der EA, ich – wir waren alle bei einer Konferenz in Admiral Keelers Büro, wegen der Hardin-Sache, als, o Gott, ich weiß nicht, wie ich es sagen soll.«

»Was, um Himmels willen?« Grace bemerkte, daß die Cops ungeduldig wurden.

»Nun, wir hatten aus den Fenstern auf all die Polizeiwagen geschaut und uns gerade wieder hingesetzt, als Roscoe Ames und ich etwas hörten, das wie das Motorengeräusch eines Fahrzeugs klang, das sich mit hoher Geschwindigkeit näherte. Der Admiral war ungeduldig und wollte mit der Konferenz weitermachen, und so konnte keiner von uns aufstehen und sehen, was los war, und dann flog dieser Körper durch das Fenster. Ja, Sie haben richtig gehört: flog durch das Fenster wie eine Stoffpuppe. Durch die Scheibe und die Jalousie. Der Admiral wurde sogar durch Glassplitter verletzt. Und die Leiche – der Mann war von der Navy. Einer mit vier Streifen.«

»Oh«, sagte Grace. »Nun denn.«

»Nun denn? Menschenskind, Grace. Verstehen Sie, sie haben versucht, ihn zu identifizieren. Rennselaer glaubte, den Toten zu erkennen, obwohl es, äh, sehr schwierig war, etwas zu erkennen.« Englehardt schluckte. »Aber wie ich schon sagte, er war ein Offizier der Navy. Ein Captain …«

»Summerfield«, ergänzte Grace. »Ronald Summerfield. Ich muß jetzt reingehen, Doug.« Sie ließ Englehardt, der sie mit offenem Mund anstarrte, stehen und betrat das Gebäude.

72

Vier Tage später, kurz nach siebzehn Uhr, saßen Dan und Grace auf Liegestühlen im Potomac Boat Club und warteten auf Moses Vann. Sie beobachteten einige Ruderer beim Anlegeplatz, die unbedingt in der letzten Stunde Tageslicht auf den Fluß hinauskommen wollten. Dan trug seine Ruderklamotten und Grace Freizeithose und Pullover. Sein linkes Ohr und seine Wangen waren noch verbunden. Sie saßen in behaglichem Schweigen zusammen, erschöpft nach endlosen Aussagen bei der Anhörung nach Paragraph 32 vor einem Militärrichter im Pentagon und Verhören bei verschiedenen Polizeibehörden.

Dan dachte an die vergangenen Tage. Das Büro des Chief of Naval Operations hatte nach den Ereignissen der Montagnacht auf der Marinewerft schnell die Ermittlung und die Hearings durchgeführt. Dans und Grace' Aussagen waren der Dreh- und Angelpunkt bei der Aufdeckung der Verschwörung im Zusammenhang mit der Ermordung der beiden Hardins, besonders weil Summerfield nicht mehr lebte und man Malachi Ward in einer städtischen Nervenheilanstalt untergebracht hatte. Nach drei Tagen war klar, daß Summerfield, Randall und Rennselaer die Schlüsselfiguren gewesen waren, doch weil die drei Captains nichts Gegenteiliges aussagten, konnte Keeler nicht direkt in Zusammenhang mit den Morden an den Hardins gebracht werden. Randall, der loyale EA bis zum Letzten, behauptete standhaft, daß er alles von dem Vice Chief ferngehalten habe und für das Ablenkungsmanöver, durch das die ursprüngliche Ermittlung, angeblich aus PR-Erwägungen, vom NIS an OpNav übergeben wurde, die alleinige Verantwortung trage.

Dan sorgte sich immer noch wegen Grace' emotionaler Verfassung. Sie hatte die drei Tage der Anhörungen stoisch über sich ergehen lassen, aber die Nächte waren schrecklich gewesen, mit Weinkrämpfen und Alpträumen, und in der Nacht zum Mittwoch hatte sie einen hysterischen Anfall gehabt. Der Arzt hatte Dan gesagt, daß es sich um eine verzögerte Schockreaktion handele, die mit seiner Unterstützung und Anwesenheit in ein paar Wochen abklingen werde. Die Bestätigung des Coroners, des richterlichen Beamten zur Untersuchung der Todesursache in Fällen unnatürlichen Todes, daß Summerfield tatsächlich ein Selbstmörder war, hatte Grace etwas geholfen. Aber sie beide wußten, daß es einige Zeit dauern würde, bis sie wieder im Lot waren.

Dan entdeckte schließlich Captain Vann, der durch den Bootsschuppen kam, winkte ihm und forderte ihn mit Gesten auf, einen Liegestuhl mitzubringen. Vann gesellte sich zu ihnen und zog seinen Uniformrock aus. Es war fast heiß im Sonnenschein des späten Nachmittags am Fluß. In seinem weißen Hemd und der Krawatte wirkte Vann neben all den halbnackten Männern, die Boote zur Anlegestelle trugen, fehl am Platz. Einige hoben beim Anblick der Pistole, die aus seinem Schulterholster ragte, die Augenbrauen, aber keiner sagte etwas.

»Was ist mit dem Frühling passiert? Hier unten ist es wie im Sommer«, sagte Vann, als er sich in den Liegestuhl setzte und die Aktentasche abstellte.

»Sie haben gerade erst den Uniformrock abgelegt«, erwiderte Dan. »Im Vergleich zu Juli und August ist es heute himmlisch. Sie sollten öfter mal vorbeischauen.«

Vann schaute erst zu den Ruderern und den glänzenden, teuer aussehenden Booten und dann zweifelnd zu dem baufälligen Clubhaus.

»Ich bin zu alt für diese kraftraubende Sportart«, sagte er und wandte schnell seinen Blick ab, als ein muskulöser, fit aussehender Mann von mindestens siebzig Jahren aus dem Bootshaus kam und einen glänzenden Fiberglas-Einer lässig auf dem Kopf balancierte. Grace und Dan schmunzelten.

»Was halten Sie von den Navy-Anhörungen nach Paragraph zweiunddreißig?« fragte Dan.

Vann schüttelte verwundert den Kopf. »Ich habe nie erlebt, daß die Akten zweier Mordfälle nach so kurzer Zeit geschlossen wurden«, antwortete er. »Wenn die Navy etwas einschlafen lassen will, kann sie sehr schnell sein.« Er öffnete seine Aktentasche, entnahm ihr ein großes Kuvert und gab es Dan. »Hier ist Ihre Kopie von meinem Abschlußbericht. Dieser JAG-Captain sagte, der Papierkram der Navy wird ein paar Wochen dauern.«

»Es bleibt also unter der Zuständigkeit der Militärjustiz?« fragte Dan.

»Ja. Und es gibt keine Freiwilligen bei uns, die es anders wünschen. Wenn Ihr CNO so kurzfristig Hearings vor dem Militärgericht organisieren kann, dann hat er einige schuldige Bastarde im Visier.«

»Randall und Rennselaer bekennen sich schuldig?« fragte Grace.

»Und Keeler«, ergänzte Vann.

»Aber nicht des Mordes, oder?«

»Richtig. Wissen Sie, die einzigen, die direkt mit den Morden zu tun hatten, waren Malachi Ward und Captain Summerfield. Der Captain … nun, er ist unter der Erde. Und was Ward anbetrifft, die Ärzte im St. Elizabeth' meinen, er wird geistig nicht so schnell wieder auf dem Damm sein, wenn überhaupt jemals. Er schreit, seit man ihn bei der Sicherheitskontrolle am Mittwochmorgen in diesem Museumsschiff gefunden hat, und jetzt trägt er Windeln und bekommt zweimal pro Tag starke Medikamente, durch die er ruhiggestellt wird.«

»Wie wurde Ward gefunden?«

»Ein Sicherheitsmann entdeckte auf dem Hauptdeck seine Windjacke, mit Flecken, die von Blut zu stammen schienen. Er organisierte eine Durchsuchung des Schiffes, und sie fanden ihn am nächsten Morgen.«

»Ich wünsche, man hätte ihn nie gefunden«, sagte Dan mit plötzlich grimmiger Miene. »Es hatte etwas mit Gerechtigkeit zu tun, daß er in diesem Schiff landete.«

Vann schnaubte. »Gerechtigkeit? Seit wann spielt Gerechtigkeit mit? Ich bin Polizist, wissen Sie? Bei einem Cop spricht man nicht über Gerechtigkeit. Aber Ward war nützlich, auf seine eigene verdrehte Weise.«

»Wieso?« fragte Grace.

»Weder die EAs noch Admiral Keeler wußten, in welcher Verfassung Ward wirklich war, nachdem man ihn gefunden hatte.«

»Und die Regierung klärte sie nicht auf, wie?« sagte Dan.

»Dieser JAG-Captain ist ein überaus fairer Ankläger. Nun, solange Ward lebt, halten alle es für besser, sich vor einem Militärrichter wegen Verschwörungsanklagen zu verantworten anstatt vor einem Zivilgericht, damit Ward nicht unter Zusage von Straffreiheit wegen Unzurechnungsfähigkeit gegen sie aussagt. So sind die beiden EAs wegen Verabredung zur Ausübung einer Straftat dran und können fünfzehn Jahre bis Lebenslänglich kriegen. Der Admiral hat sich einen zivilen Anwalt genommen, er muß wissen, was er tut. Und die Navy klagt ihn wegen ›ungebührlichen Verhaltens eines Offiziers‹ an. Das finde ich stark.«

Dan schüttelte den Kopf. »Ich wette, der Vice Chief hat da etwas nachgeholfen. Es ist ernster, als es klingt. Ungebührliches Verhalten ist ein Grund für ein Verfahren wegen moralischer Verworfenheit. Und moralische Verworfenheit fällt unter Paragraph zehn, nach dem der Admiral auf dem *Verwaltungsweg* sein Offizierspatent verlieren kann, was heißt, seine Pension, freie medizinische Versorgung und alle Vergünstigungen, die er im Ruhestand gehabt hätte.«

»Das wußte ich nicht«, bekannte Vann. »Ich hielt die Anklage für lächerlich, für eine Art Formsache. Was wird nun aus dem NIS?«

»NIS? Der NIS ist eine Ansammlung von Bürokraten, die versuchen, einen Job zu schaffen. Ihr Boß und sein EA waren die bösen Buben, nicht das Fußvolk. Sie werden einen neuen Chef bekommen, und die Navy wird vermutlich den Namen der Organisation ändern.«

»Und Admiral Torrance kommt ungeschoren davon?«

»Nicht ganz«, sagte Dan. »Nach drei Tagen Nachrichten über diesen ganzen Schlamassel wird er niemals der nächste CNO. Es war sein EA, der die Justiz behindert hat, und es waren seine – wenigstens die administrativen – eigenen Befehle, die Ermittlung zwischen NIS und OpNav hin und her zu schieben. Und all die Flaggoffiziere wissen, daß Keeler einer seiner Kronprinzen war. So zahlt er im Grunde den Preis dafür, daß man ihn mit seinem EA in einen Topf wirft.«

»Meinen Sie, er war beteiligt?« fragte Grace Captain Vann.

»Wer weiß das schon.« Vann seufzte. »Das ist eine alte Frage in Washington, nicht wahr? Was hat er gewußt, und wann hat er es erfahren? Aber ein Mann wie er ist ziemlich gerissen. Ich persönlich denke, er hat vielleicht mehr gewußt, als er zugibt, aber als er Ihnen, Dan, die Anweisung gab, mir bei der weiteren Ermittlung zu helfen, hat er darauf hingearbeitet, jeden Angriff auf seine eigene Glaubwürdigkeit abzuwehren. Und nach allem, was Sie in Ihren Aussagen erklärt haben, sieht es aus, als seien die EAs die wahren Drahtzieher gewesen. Aber Summerfield ist tot und Ward in einer Gummizelle …« Er ließ den Rest unausgesprochen und zuckte die Achseln.

Grace erschauerte bei der Erwähnung von Summerfields Namen. Dan ergriff ihre Hand.

»Summerfields Motive bei all dem verstehe ich immer noch nicht«, sagte Grace. Sie schwiegen eine Weile, während sie einen Zweier beobachteten, der alles andere als gekonnt und von drastischen und spöttischen Kommentaren anderer Clubmitglieder begleitet, an einem der Pontons anlegte.

»Ich nehme an, die EA-Mentalität trieb ihn«, sagte Dan schließlich. »Weißt du, diese völlige Hingabe für das Ziel, die

Beförderung ihres Admirals – oder wer auch immer ihr Chef ist – zu erreichen und zu bewahren. Summerfield erklärte mir einen Teil davon vor einiger Zeit. Er betonte, daß es keine Fehler, keine Pannen um den großen Mann herum geben dürfe. Diese Sache begann vermutlich mit der Begrenzung eines relativ kleinen Schadens – weißt du, der erfahrene EA zeigt dem Neuen, wie es in der großen Stadt so läuft. Ich vermute, die EAs setzten alles daran, daß der Vice Chief nicht herausfand, daß Keeler Mist gebaut hatte.«

»Sie erwähnten in Ihrer Aussage, daß Summerfield selbst mal EA war«, sagte Vann.

»Ja, und ich denke, das ist auch der Grund für seine Reaktion. Wegen des Schlaganfalls seiner Frau hatte er den Posten des EA und seine Ambitionen zu Höherem aufgeben müssen. Ich denke, es fehlten ihm die Aktion und die Herausforderung. OP-614 ist nicht gerade eine karrierefördernde Verwendung für einen Captain und Flaggoffiziersanwärter. Aber als der angeheuerte Gangster sie alle mit reinriß, taten sie, was die Steigbügelhalter in Washington tun. Sie warteten ab und hofften sehnlichst, daß alles gutgehen und sich einfach irgendwie auflösen würde.«

»Mord löst sich nie einfach irgendwie auf«, bemerkte Vann mit finsterer Miene.

»Sie haben einen Sohn verloren«, sagte Grace.

»Einen Sohn, den ich nie wirklich hatte«, erwiderte Vann nach kurzem Überlegen. »Ich hätte mehr tun sollen, als nur zu reden, als er sagte, er werde etwas wegen Elizabeth' Tod unternehmen.«

»Sie konnten nicht wissen, was das alles zu bedeuten hatte«, wandte Grace ein.

»Das ist das Erstaunliche daran. Jemand sagt etwas wie Wesley, und es ist wie in dieser TV-Show, die ich am Abend zuvor in PBS sah, die Sendung über Vulkane. Diese Wissenschaftler stehen auf dem Feld aus erstarrter Lava, das vermutlich erloschen ist, und dann gehen sie zu dem Loch in der Lava, und man kann runterschauen und diesen gottverdammten *Strom* von Feuer unter ihren Füßen fließen sehen. Vorher hat man nicht gewußt, daß er überhaupt da war.«

Sie schwiegen eine Zeitlang, schauten auf den Potomac, beobachteten die Ruderer und lauschten den Verkehrsgeräuschen hoch oben auf der Brücke über ihnen. Schließlich wandte sich Vann an Dan.

»Sie sagten, Sie verlassen die Stadt?«

»Ja. Summerfield hatte recht. Meine weitere Anwesenheit im OpNav-Stab ist anscheinend für einige einflußreiche Leute im E-Flügel beunruhigend. Aber sie geben mir ein Kommando, und so kann ich nicht meckern.«

Vann nickte und blickte kurz zu Grace, bevor er Dan fragte, ob er allein gehe.

»Nie wieder«, antwortete Dan und drückte Grace' Hand.

»Gut«, stellte Vann fest. »Das war mein anderer Fehler im Leben – von Angela fortzugehen. Ich muß etwas dagegen tun, aber ich habe keine Ahnung, was.«

»Weiß sie, wie all dies ausgegangen ist?«

»Ja, aber das bringt ihr die Kinder nicht wieder, nicht wahr? Aber vielleicht findet sie jetzt Frieden. Vielleicht kann ich diesmal sogar helfen. Aber erlauben Sie eine Frage, Commander. Bleiben Sie nach all dem über Ihre zwanzig Jahre hinaus, wenn Sie Captain werden?«

Dan zögerte mit der Antwort. Er und Grace hatten sich seit Montagnacht oft und lange über genau dieses Thema unterhalten.

»Ich denke, ich werde sehen müssen, welche Art Navy es ist, wenn ich vom Dienst auf See zurückkehre«, sagte er langsam. »Wissen Sie, es gibt wirklich zwei Navys: die Flotte und das sogenannte Washingtoner Establishment. Bei der Flotte bringt ein Kommandant Schiffe auf See und sorgt, so gut er kann, für die Sicherheit der Crew und des Schiffes, das seine Funktion als Kriegsschiff erfüllt. Es gibt natürlich auch Politik, aber bei hohem Seegang begreift jeder, daß sie über Bord geht. In Washington geht es hauptsächlich um das Spiel, befördert zu werden. Ich kann Ihre Frage jetzt noch nicht beantworten, so lautet meine wahre Antwort.«

Vann nickte abermals und schwieg, als er merkte, daß Dan noch nicht zu Ende gesprochen hatte.

»Wissen Sie, das Dumme ist«, fuhr Dan fort, »daß man gut an Land sein muß, um die Leiter hochzuklettern, damit man wieder auf Schiffe kommt und zunehmend mehr Verantwortung übernimmt – Abteilungsleiter, stellvertretender Kommandant und schließlich Kommandant. Und das ergab für mich immer einen Sinn, denn wenn man sich in dem politischen Spiel bewährt, ist das Resultat der Platz auf der Kommandobrücke. Doch nach dem Kommando ist man ein relativ alter Mann, und es gibt sehr, sehr wenig freie Stellen für einen Admiral auf See. Ich finde, daß das System in diesem Punkt versagt hat. Nach dem Zweiten Weltkrieg hatten wir zehntausend Schiffe und vielleicht fünfhundert Admiräle. Jetzt haben wir weniger als vierhundert Schiffe und über zweihundert Admiräle. Und es ist nicht nur bei der Navy so, die anderen Streitkräfte haben das gleiche Problem. Es ist ein derart hartes Spiel geworden, an Sterne zu kommen, daß die Leute fast *alles* tun, um es zu schaffen – wie diese EAs. Ich gehe davon aus, daß ich so lange bei der Navy bleiben werde, wie ich es für vernünftig halte, Marineoffizier zu sein. Aber danach …«

Vann lächelte, zog seinen Uniformrock an und nahm seine Aktentasche. »Danach werden Sie vielleicht weiter dabeibleiben, bis man Sie rauswirft«, meinte er. »Wie wir alle. Ich muß gehen. Es war ein langer Tag.«

»Wir informieren Sie, wie die Befehle lauten.«

»Ja, tun Sie das.«

Dan stand auf und verabschiedete sich von dem Captain mit Handschlag. Als der Captain sich auch von Grace verabschiedet hatte und zum Clubhaus davonging, ergriff Grace Dans Hand.

»Ob er jemals über die Sache mit Wesley hinwegkommen wird?« fragte sie nachdenklich.

»Wenn, dann weil er versucht, Angela Hardin zu helfen. Das ›Hätte-ich-doch-nur-Spiel‹ ist eine höllische Sache, wenn man versucht, es allein zu spielen. Willst du mich immer noch heiraten?«

Sie lächelte und drückte seine Hand. Ihr Lächeln ließ fast die Schatten unter ihren Augen verschwinden. »Ich glaube, ich habe diese Frage schon beantwortet, Commander. Ungefähr drei dutzend mal.«

»War nur eine Kontrolle«, sagte Dan, schaute über den glitzernden grauen Fluß und rieb sich geistesabwesend über das verbundene Ohr. »Nur, um ganz sicherzugehen«, fügte er hinzu und drückte ihre Hand.

73

Malachi saß auf dem Boden eines schwach beleuchteten, fensterlosen Raumes und starrte mit dem gesunden Auge auf die grüne Stahltür. Er trug eine Zwangsjacke über einem Krankenhauspyjama, aber keine Windeln mehr. Der Raum war mit einem Eisenbett, einer Kommode und sogar einem Stuhl ausgestattet, der mit Bolzen im Boden verankert war. Aber er zog es vor, auf dem Boden zu hocken. Da konnte er besser nachdenken, nachdenken, wie er freikam, über den Captain nachdenken.

Die Träume waren jetzt besser; man gab ihm gute Medizin. Nicht so gut wie die von Mr. Harper, aber das Leben war voller kleiner Kompromisse. Er konnte wieder Harpers trinken, wenn er draußen war. Er hatte mit dem Wärter, der ihm seine Mahlzeiten brachte, über Whisky gescherzt. Nach drei Wochen hier drinnen hatte er begonnen, ein freundschaftliches Verhältnis zu dem Wärter aufzubauen, und kleine Abkommen mit ihm getroffen: Seit diesem ersten Tag habe ich keinerlei Probleme gemacht, könnt ihr mir bitte, bitte die

Zwangsjacke lockern – nur um ein Loch. Und gestern, oder vielleicht vorgestern – er war sich nicht sicher – war der Wärter mit einem Helfer gekommen, und sie hatten die Zwangsjacke gelockert.

Wegen der Medizin schlief er viel, aber das war auch in Ordnung. Der Schlaf war wie ein Blackout nach einer ganzen Nacht mit Harpers, aber ohne den folgenden Kater. Wahrscheinlich weil sie ihm die Medizin ständig gaben. Wenn man nie die Bar verläßt, gibt es niemals einen Kater. Jeder Trinker weiß das. Doch sein Sieg in puncto Zwangsjacke war wichtig gewesen. An dem Tag, an dem sie ihn in der Kesseltrommel gefunden hatten, war er einfach ein bißchen hysterisch gewesen. Und als sie ihn dann in der Psychiatrie wieder in die Zwangsjacke gesteckt hatten, war er wild geworden. Sie verstanden einfach nicht. Aber jetzt war es okay. Er wußte, daß er sicher war. Und er wußte auch einige andere Dinge, die er *niemals* den Ärzten oder der Polizei oder sonst jemandem sagen würde, der zu ihm kam und mit ihm sprach. Malachi hatte einen Plan.

Er würde einfach warten – Wochen, Monate, sogar Jahre. Er würde sie in ihren vorläufigen Schlüssen bestärken: daß er sich an nichts über den Hardin-Fall entsinnen konnte, daß die Gefangenschaft in dem Kessel jede Erinnerung an sein bisheriges Leben ausgelöscht hatte. Hölle, das wäre fast wirklich passiert. Aber er war härter, als sie wußten. Er würde ein Musterhäftling sein – brav, ruhig, geduldig. Gewaltlos. Keine schlechte Laune zeigen, keine Gefühlsausbrüche. Er würde nicht zu einer vorübergehend unbewachten Tür springen. Keinen der anderen beim Duschen zusammenschlagen. Keinem der jüngeren Krankenpfleger, die ihm nur verstohlene Blicke zuwarfen und über den Zustand seines Unterleibs tuschelten, das Genick brechen.

Nichts dergleichen. Er würde völlig fügsam sein. Eine katastrophale Vergangenheit, ein kleines geistiges Trauma, nachdem er in dem Kessel eingesperrt gewesen war, aber eine völlig ruhige Gegenwart. Schließlich wieder normal. Teilnahme an Therapie, Gruppendiskussionen. Und im Laufe der Zeit für niemand eine Bedrohung.

Schließlich würden sie sich keine Gedanken mehr über ihn machen, ihre Aufmerksamkeit neueren, problematischeren Fällen zuwenden. Er würde einfach nur ein weiterer beschädigter Karton im Lager sein. Uninteressant, friedlich, kooperativ. Sogar freundlich. Hölle, vielleicht sogar vertrauenswürdig. Dies war eine öffentliche Einrichtung, und Malachi kannte Beamte im öffentlichen Dienst. Sie würden nachlässig werden, und dann würde er zuschlagen. Und den Captain und dessen Chef suchen und finden.

Er hörte auf dem Gang Schritte. Malachi blieb auf dem Boden hocken, zauberte einen friedlichen, versonnenen Ausdruck auf sein entstelltes, einäugiges Gesicht, testete noch einmal die Gurte der Zwangsjacke und beobachtete die Tür.

ENDE

CAMPBELL ARMSTRONG

Polit-Thriller voller Rasanz und Klasse.
»Großartig recherchiert, hochgradig spannend.«

Chicago Tribune

Jig
Band 13418

Ex
Band 13461

Die letzte Mazurka
Band 13499

Konzert der Schatten
Band 13553

Sie erhalten diese Bände im Buchhandel, bei Ihrem Zeitschriftenhändler sowie im Bahnhofsbuchhandel.

BASTEI LÜBBE